一千零一夜

الف ليلة وليلة

纳 训 译

人民文学出版社

图书在版编目(CIP)数据

一千零一夜:全6册/纳训译. —北京:人民文学出版社,2022
ISBN 978-7-02-017513-0

Ⅰ.①—… Ⅱ.①纳… Ⅲ.①民间故事—作品集—阿拉伯半岛地区 Ⅳ.①I371.73

中国版本图书馆 CIP 数据核字(2022)第 181095 号

责任编辑　张欣宜
装帧设计　黄云香
责任印制　王重艺

出版发行　人民文学出版社
社　　址　北京市朝内大街 166 号
邮政编码　100705

印　　刷　北京盛通印刷股份有限公司
经　　销　全国新华书店等

字　　数　2359 千字
开　　本　880 毫米×1230 毫米　1/32
印　　张　91.875　插页 6
印　　数　1—3000
版　　次　2022 年 12 月北京第 1 版
印　　次　2022 年 12 月第 1 次印刷

书　　号　978-7-02-017513-0
定　　价　598.00 元(全六册)

如有印装质量问题,请与本社图书销售中心调换。电话:010-65233595

前　言

　　《一千零一夜》是一部卷帙浩繁、优美动人的阿拉伯民间故事集。它好似用离奇突兀的情节、神奇瑰异的想象绣织出的一幅宏伟辉煌、绚丽多彩的画卷。在世界文学史上，很难找到哪部文学作品能像它传播那样广，影响那样深，以至于家喻户晓、妇孺皆知。俄国大文豪高尔基曾说过："在民间文学的宏伟巨著中，《一千零一夜》是最壮丽的一座纪念碑。这些故事极其完美地表现了劳动人民的意愿——陶醉于'美妙诱人的虚构'，流畅自如的语句，表现了东方民族——阿拉伯人、波斯人、印度人——美丽幻想所具有的力量。"我国著名作家叶圣陶先生也说："《一千零一夜》仿佛一座宝山，你走了进去，总会发现你所喜欢的宝贝。虽然故事是一个长故事，但是我们若截头去尾，单单取中间包蕴着最小的一个故事来看，也觉得完整美妙，足以满意，这譬如一池澄净的水，酌取一勺，一样会尝到甘美的清味。"

　　《一千零一夜》的书名是来自其主线故事：相传古代有一个萨桑国，国王山鲁亚尔发现王后不忠，一怒之下，除将她及与其私通的奴仆杀死外，还存心向所有的女人报复：每娶一个处女，枕宿一夜之后便将其杀掉再娶。如此三年，全国一片恐慌。聪慧、美丽的宰相女儿山鲁佐德为使姊妹们不再惨遭虐杀，毅然挺身而出，让父亲将自己送进宫去。她请国王允许将其妹敦娅佐德召进宫，以求死别。其妹按照事先约定，要求姐姐讲个故事以消遣一夜。于是山鲁佐德便征得国王同意,开始讲起故事。翌晨天刚亮,那引人入胜的故事却正值精彩之处,留下悬念。国王受好奇心驱使,想知道故事结局,只好免山鲁佐德一死,让她第二夜接着讲。就这样,故事接故事,故事套故事,每到夜尽天亮时,正是故事兴味正浓处,"欲知后事如何,且听下回分解",一直讲了一千零一夜。其间,山鲁佐德还为国王生了孩子。最后,国王受到那些神奇迷人的故事感化,幡然悔悟,弃恶从善,决心与聪明、美丽的山鲁佐德白头偕老。

这部鸿篇巨制的民间故事集并非一时一地一人所作,它实际上是古代东方,特别是阿拉伯地区的民间说唱艺人与文人学士历经几世纪共同创作的结果。

阿拉伯阿拔斯朝建国初期,即公元八世纪中叶到九世纪中叶,有长达百年的"翻译运动",大批外文书籍被译成阿拉伯文。据阿拉伯学者迈斯欧迪在《黄金草原》一书中称:"在从波斯、印度、罗马文翻译过来并传到我们手中的群书中,有《希扎尔·艾夫萨乃》一书,由波斯文译为阿拉伯文的意思就是'一千个故事'。故事一词的波斯文就叫'艾夫萨乃'。人们称这部书叫'一千零一夜'。"另一位阿拉伯学者伊本·奈迪姆在《索引》一书中则说:"最早将故事编撰成书,并将其保存于文库(其中有些是动物寓言)的是古代的波斯人……这些故事在萨桑王朝时期数量更多,面也更广。阿拉伯人将它们译成了阿拉伯文。一些善于言词、长于修辞的人们把它们拿过来,进行修饰润色,并按其类似内容进行整理。在这类内容方面的第一本书就是'希扎尔·艾夫萨乃'。"伊本·奈迪姆并随之加以评论道:"事实是——如蒙天佑——最早在夜晚进行夜谈的是亚历山大。他有一伙人逗他笑,向他讲故事。他这样做倒不是为了取乐,而是为了记下,作为镜鉴。此后,国王也都因此而利用《希扎尔·艾夫萨乃》一书。全书有一千页,却不到二百个故事。因为一个故事也许要讲几夜。我曾分几次读完全书。事实上,这是一本粗俗无聊的书。"

从上述引文中,我们不难看出,《一千零一夜》的雏形译自波斯的名为《希扎尔·艾夫萨乃》一书。将《一千零一夜》的故事串联起来的主线(引子)故事的基本情节连同这个故事的女主人公山鲁佐德的名字都来自这本书。学者们又多认为,波斯的《希扎尔·艾夫萨乃》可能来源于印度。

《希扎尔·艾夫萨乃》原书已佚,原貌已不得而知。但显而易见,它与现在所见的《一千零一夜》大不相同。因为它在当时还只是一只"丑小鸭"——"粗俗、无聊",远没有成为羽翼丰满、令人赞叹的"天鹅"。事实上,《希扎尔·艾夫萨乃》只是为日后的《一千零一夜》提供了一个主线故事,一个伸缩性很大的故事框架——山鲁佐德为国王讲了一千或一千零一夜的故事。

据学者考证,《一千零一夜》定型于公元一五一七年至一五三五年之间的埃及。从八九世纪《希扎尔·艾夫萨乃》的译出,即《一千零一夜》中的一些故事开始在阿拉伯人中间流传,到十六世纪定型,这七八个世纪就是《一千零一夜》由"丑小鸭"变"天鹅"的成长过程,即成书过程。而在定型成书前,"它是一些故事集。编写出来不是为了阅读,也不是为了保存于图书馆的,而是一种散乱的故事集子。将它们写下来的目的在于要通过讲述它以娱乐公众。几百年间,说书人带着这本书的各自抄本,可以随意抻长,随意增删。直到后来的时代,人们用赞赏的目光来看待这些故事,于是要么通过印刷,要么通过图书馆对那些抄本进行保存,这些故事便被限定下来"。即可以认为,在十六世纪《一千零一夜》定型前的各种手抄本,实际上多是说书人备忘的"底本"。

《一千零一夜》除了主要源自《希扎尔·艾夫萨乃》的印度、波斯故事外,还有两大组成部分:一是出自阿拔斯朝的伊拉克;一是出自马木鲁克朝的埃及。

阿拉伯人自古就有讲故事的传统。到阿拔斯朝,随着阿拉伯帝国的国势稳定,政治军事的强盛,经济文化的发展,特别是商业的发达,促进了城市的昌盛和市民阶层的成长,于是以说书、讲故事为主要形式的市井文学便应运而生。《一千零一夜》正是这种市井文学的代表作。

阿拔斯朝灭亡后，马木鲁克朝的埃及实际上成了当时阿拉伯的经济文化中心。自阿拔斯朝后期开始出现的文学作品向文野两个方向发展的趋势，在这一时期显得益甚。那些以雕词凿句、浮文巧语为特色的所谓高雅诗文很难为普通百姓所接受，倒是民间艺人的说唱——市井文学使以商人为主的市民感到更为亲切。马木鲁克王朝的统治者原是突厥、塞加西亚等异族人。他们由于自己的文化修养和语言水平较低，自然也更喜欢通俗的市井文学。而且，由于埃及所处的地理位置，以及当时它的政治、经济、文化地位，使兴起于阿拔斯朝初期伊拉克的市井文学，在马木鲁克王朝的埃及再次繁荣。《一千零一夜》在此时此地又注入新的血液，而最后定型，也就不难理解了。

《一千零一夜》的成书定型过程，实际上是说书人在《希扎尔·艾夫萨乃》这一粗俗、松散的底本上，在内容方面不断增加、扩充，使其更加丰富多彩，在艺术性方面不断修饰、润色，使其臻于完美的过程。这一过程是由文人学士和民间艺人共同完成的。其方式、方法大约有三种：一是将现成的书面故事塞进或糅进这本故事集中；二是将一些民间口头流传的传说、故事加工、整理出来，补进书中；三是将书中原有的故事修补、抻长。

值得注意的是《一千零一夜》发源、流传、成书、定型过程的空间与时间。须知，《一千零一夜》的故事集中产生于印度、波斯、伊拉克、埃及。这些地区有人类最古老的文明——古埃及文明、两河流域文明、古印度文明和古波斯文明的积淀，而且由于伊斯兰初期的开疆拓域、阿拉伯帝国的建立，通过战争、占领、混居、通婚、商业贸易、作品的译介……阿拉伯、印度、波斯、希腊-罗马、希伯来、柏柏尔……乃至中国等各国、各民族的文化，以及印度教、祆教、犹太教、基督教等各种宗教文化，都在这一空间、这一时间，相互撞击而融汇于阿拉伯—伊斯兰文化中。

《一千零一夜》中的故事既然产生于不同的民族、地区,就难免带有不同的胎痣,可供识别。如印度成分的故事多为故事套故事的框架式结构,即树状结构,在"节外生枝"时,多以"那是怎么回事儿?"的问句导引出另一个故事。有关动物的寓言故事也多半来源于印度,这可能与印度教—佛教关于轮回转世投胎的信仰有关。源于波斯的故事多是一些有关风流才子聪明、机智的单篇故事。有关阿拔斯朝的伊拉克和马木鲁克朝的埃及故事则有着较浓厚的地方色彩与时代特征,表现出当地的风土人情。

《一千零一夜》全书包括有大小近三百个故事。其中有神话传说、爱情传奇、寓言童话、宫廷奇闻、名人逸事、冒险奇遇……不一而足。故事发生的时间自开天辟地直到成书当时;故事发生的空间是阳世阴间、山南海北、宇宙太空、世界各地,更多的则是巴格达、巴士拉、开罗、大马士革……阿拉伯的都会、名城,无所不包。故事的主人公则是上自仙魔精灵、帝王将相、王子公主、才子佳人,下至商贾、僧侣、工匠、渔翁……应有尽有。这些故事或直接或间接地反映了中古时期阿拉伯的社会风貌、价值观念;贯穿于全书的主旋律是真善美与假恶丑的斗争。

《一千零一夜》既然是一部民间故事集,很多故事就很自然地站在人民群众的立场上,爱憎鲜明地描述了百姓的苦难和不幸;表达了人民对现实生活的不满与控诉;歌颂了劳苦大众的勤劳、勇敢、聪明、善良的美德,他们忠于爱情,不畏强暴,不怕艰险,疾恶如仇,执着地追求幸福、正义,憧憬美好的生活。与此同时,很多故事也揭露了统治阶级的荒淫、残暴、穷奢极欲;斥责了社会的黑暗不公;嘲笑了上层权贵的昏聩、贪婪。书中在每一场善与恶、美与丑、正义与黑暗的斗争中,总是让前者战胜了后者,从而鲜明地表达了劳动群众的感情与倾向。

由于说书艺人不仅在民间市井中讲述故事,有时也要进入王宫、官府中为君王、权贵们说书消遣，又由于很多平民百姓往往把改变丑恶现实的希望寄托于"明君""清官"身上，因此，我们也会看到一些描述哈里发微服私访、惩恶扬善的故事，起到了粉饰太平、美化统治者的作用。

《一千零一夜》一书既然是中古时期世界各种文化，尤其是东方各民族文化相互撞击、融汇的产物，我们从中自然不难看到古埃及、两河流域、印度—佛教、波斯—祆教、希伯来—犹太教、希腊-罗马—基督教……诸种文化的影响。当时中国文化通过丝绸之路与香料之路（亦称"海上丝绸之路"）对阿拉伯世界的影响，从书中亦可看到。如很多故事都提到中国和中国人，其中有些著名的故事（如《驼背的故事》《阿拉丁和神灯的故事》等）还以中国为主人公活动的舞台。

虽然如此，但不能认为《一千零一夜》是一盘集各民族、宗教故事的"大杂烩"。这是因为它实际上一方面是伴随阿拉伯—伊斯兰文化形成的产物，另一方面又是反映这一文化的镜子。它在对外来故事的取舍、消化过程中，是以阿拉伯民族和伊斯兰教的道德价值观念为准则的。

当然，书中也有一些对违背伊斯兰教戒律事物的描述。如有些故事写到了人们纵酒狂饮的场面；原书中亦有一些感官刺激的色情场面描写，致使埃及宗教界曾于一九八五年通过由其控制的礼教法庭指控《一千零一夜》为淫书，勒令对其禁售、查收、销毁，并对出版商课以罚款。应当指出，那些有关酒色的描述，正是当时社会现实的反映。作为市井文学，为吸引听众，有些色情的描述和词语，也不难理解。还应看到，文学本来就是"人学"，《一千零一夜》的人文思想的反映，可以认为是欧洲文艺复兴运动所提倡的人文主义的先声。

《一千零一夜》作为一部民间故事集，一部世界名著，其艺术特色也是非常突出的。

该书一个重要特点在于它在结构上采取了大故事套小故事，小故事中又套更小的故事的框架式结构，亦称树状结构或连串插入式结构。这种结构源于古代的印度,其最大的优点就在于使当年的说书艺人和后来整理、编写全书的文人有相当大的自由,可把不同时代、地点流传的,以不同时间、空间为背景的故事编织在一起,机动灵活,变幻莫测。

亦幻亦真,浪漫主义与现实主义相结合,是《一千零一夜》艺术手法的一大特色。时而,大胆的夸张、非凡的想象,带领我们走进一个个奇妙的神话世界;时而,真实的描写,细致的刻画又把我们领进中古阿拉伯现实生活中,许多故事似一幅幅色彩绚丽的风俗画,真实地勾勒出中古时期阿拉伯的风土人情。不管是幻想的虚构,还是真实的写照,都反映或折射出中古阿拉伯人民的现实生活和他们美好的愿望。

《一千零一夜》的另一个特点就是运用了鲜明的对比方法。在一个个故事中,把代表真善美的人物与代表假恶丑的势力进行强烈的对照,使人物形象、性格特征和思想意识显得更加突出。从中我们可以看到故事的创作者们爱憎分明,褒贬清楚,体现了人民大众传统的惩恶扬善的美学观。

作为民间文学的代表作,《一千零一夜》在语言上亦有其特色:文白相间,散韵结合,诗文并茂,相得益彰。书中穿插、引用了大量的诗句、格言、谚语、成语、警句;叙事、写景、状物时,语言通俗流畅,词汇丰富,善用比喻,富有浓郁的生活气息。但同时它也具有民间创作的一些通病:有些描写、比喻显得程式化,如提到女人的美丽,往往都是把她们比喻成月亮、羚羊……犹如中国民间文学一提到美女就用"闭月羞花""沉鱼落雁""倾国倾城"……来形容一样,有时让人感到单调、刻板;有些语言也还不够精练,显得粗俗。

《一千零一夜》在自公元八九世纪至十六世纪的流传、成书过程中,形成了各种手抄本。至今发现的手抄本多为残篇。这些手抄本虽然基本框架故事相同,但其中所包括故事篇什的数量、内容或次序却都不尽相同。阿拉伯原文的《一千零一夜》一八一八年于印度的加尔各答首次印行,称"加尔各答头版本",不过它仍是一个残本,只有约二百夜的故事。一八三三年,出版了"加尔各答再版本",那是据来自埃及的一部内容完整的手抄本印行的。一八三五年依据这一版本于开罗出版的"布拉哥版"被认为是阿拉伯原文的善本。一八八八至一八九〇年于贝鲁特出版的"萨里哈尼神父版"的《一千零一夜》则是据"布拉哥再版本"删改的"洁本",删去的主要是一些迎合小市民口味的色情描写和淫词秽语。现在出版的各种阿拉伯文本子和外文译本,多是依据这两种版本。其实,这两种版本虽是按"夜"分的,全书共有一千零一夜的故事,但从某种意义上讲,也并不全,因为法国东方学者佐登堡①据一个巴格达手抄本于一八八八年在巴黎发表的《阿拉丁与神灯》的故事,和另一东方学者麦克唐纳据他自己发现的一个手抄本而于一九一〇年发表的《阿里巴巴与四十大盗》的故事,都没包括在内。

《一千零一夜》"这部故事是在西方各国最普及的阿拉伯文学作品,甚至比在穆斯林东方本地还要普及些"②。

一七〇四年至一七一七年间,法国人加朗首次在西方翻译出版了《一千零一夜》。这一译本虽说是依据四册来自叙利亚阿勒颇的手抄本,但译文并不忠实于原文,很多故事是加朗在听了一个来自阿勒颇的名叫哈纳的天主教马龙派的教徒口述后,根据笔记再创作的。加朗是个颇具讲故事天才的人,他在翻译过程中,对原著进行了大量的增删、改写,以迎合欧洲人的口味。这一译本一出,立即在西方掀起了一股"东方热"。整个十八世纪和十九世纪初,依据加朗的译本,《一千零一夜》被重译成欧洲几乎全部文字。自阿拉伯原文的"加尔各答再版本"和"布拉哥版"于十九世纪三十年代问世后,英国的东方学者们开始努力从阿拉伯原文直接翻译。其中最著名的是

---

① 埃尔曼·佐登堡(1836—1894),法国东方学者,阿拉伯语言文学学者。
② 希提:《阿拉伯通史》上册,马坚译,商务印书馆,1979年版,第479页。

莱恩于一八三九年至一八四一年出版的译本。

但《一千零一夜》的许多故事早在中世纪就通过当时属于阿拉伯帝国版图的安达卢西亚、西西里岛，通过十字军东征和其他接触与交流的途径，传到了西方，而对西方的文化、文学乃至欧洲的文艺复兴运动产生过巨大的影响。如意大利薄伽丘的《十日谈》(1348—1353)，英国乔叟的《坎特伯雷故事集》(1387—1400)，学者们多认为，这两本书的框架式的结构、许多故事的题材内容及其体现的人文主义思想，都反映出《一千零一夜》的影响。再如法国拉封丹的《寓言诗》(1668—1694)、西班牙塞万提斯的《堂吉诃德》(1605—1615)、英国莎士比亚的《终成眷属》(1603)、斯威夫特的寓言小说《格列佛游记》(1726)、德国莱辛的诗剧《智者纳旦》(1779)，直至美国朗费罗的叙事诗集《路畔旅舍的故事》(1863)等名著，都在取材、写法和风格上，或多或少地受到《一千零一夜》直接或间接的影响。近现代和当代的西方著名作家、诗人，如伏尔泰、歌德、普希金、安徒生、爱伦·坡、卡夫卡、迪伦马特、加西亚·马尔克斯……几乎没有哪一个没读过这部神奇美妙的故事集，被其吸引，受其影响的。从西欧的文艺复兴、浪漫主义的兴起，直到拉美魔幻现实主义的出现，《一千零一夜》在其中的影响和作用可谓大矣！

从阿拉伯文译成中文的工作虽早在十九世纪就已开始，但当时多是出自宗教的目的，翻译了《古兰经》部分章节和蒲绥里的《天方诗经》等。中国读者最早认识的纯阿拉伯文学著作应是《一千零一夜》(《天方夜谭》)。

我国最早有关《一千零一夜》的介绍，见于林则徐在鸦片战争期间编辑的《四洲志》，其中在谈及阿拉伯的文化成就时，写道："……本国人复又著辑，论种类、论仇敌、论攻击、论游览、论女人，以至小说等书。近有小说《一千零一夜》，词虽粗俗，亦不能谓之无诗才。"①

---

① 李长林：《清末中国对〈一千零一夜〉的译介》，《国外文学》，1998年第4期，第121页。

在我国，开译《一千零一夜》故事之先河者是周桂笙。一九○○年，他在《采风报》上发表了《一千零一夜》中《国王山鲁亚尔及其兄弟的故事》和《渔者》两篇译文。一九○三年，上海清华书局出版了他的《新庵谐译初编》，凡二卷，其第一卷为《一千零一夜》中的故事。

《一千零一夜》又称《天方夜谭》。最早用这一译名的是严复，同时以《天方夜谭》为译名，将《一千零一夜》介绍给我国读者的还有奚若。他于一九○六年在商务印书馆出版了其所译的《天方夜谭》一书，共四册，包括五十个故事。该书曾多次再版，流传颇广，影响甚大。

无论是严复还是奚若，他们所读或据以翻译的都是莱恩的英译本。英译本既称"The Arabian Entertainments"①，汉译文又是文言文，那么《天方夜谭》这一译名无疑还是很贴切的。因为在中国（尤其是明清学者写的）古籍中，"天方"就是指中国穆斯林"西向拜天"，即朝向真主礼拜的那个方向、那片地方，即阿拉伯地区，阿拉伯世界。"夜谭"即"夜谈"，当然是指书中的所有故事都是山鲁佐德在那"一千零一夜"中谈的。

在二十世纪初或清朝末年最早将《一千零一夜》的故事介绍到中国的翻译前辈中，还应提到：钱楷译的于一九○三年五月文明书局出版的《航海述奇》②；周作人署名"萍云女士"所译的一九○四年八月苏州《女子世界》刊登的《侠女奴》③，并于一九○五年出了单行本。

据统计，从二十世纪初到二十世纪末，一百年间，在我国，《一千零一夜》（《天方夜谭》）故事的各种译本或有关它的书林林总总竟达四五百种，是外国文学作品中汉译版本最多的一部著作。鉴于《一千零一夜》在世界文学史上的地位，鉴于它是译介到我国最早的外

① 直译为《阿拉伯夜晚趣谈录》。
② 即《辛迪巴德航海历险记》。
③ 即《阿里巴巴和四十大盗》。

国文学作品之一,又是译本种类最多的外国文学作品,它对我国近现代文学及作家们的影响是不言而喻的。

总体看来,新中国成立前,我国对阿拉伯文学的译介少得可怜,而且多是由英文或他种文字译出。新中国成立后,二十世纪五十年代末、六十年代初,阿拉伯各国人民的反帝国主义、反殖民主义的民族解放运动风起云涌,如火如荼。为了配合当时中东政治形势的发展,当时在我国出现了介绍阿拉伯文学的第一次高潮。但译作多半是从俄文转译的。直接从阿拉伯文译成中文的则是凤毛麟角。纳训先生所译的《一千零一夜》正是其中的代表。

纳训(1911—1989),原名光政,字鉴恒,回族,经名努尔·穆罕默德,出生于云南省通海县纳家营的一个贫苦农民家庭,是著名政治家、元朝云南省平章政事赛典赤·瞻思丁的后裔。纳训先生自幼勤奋好学,尊师重道。一九三四年由其母校昆明明德中学选派,负笈至埃及艾兹哈尔大学深造。

纳训在中学时代就酷爱文学,曾广泛涉猎古今中外文学名著。在国外留学期间,纳训便立志将《一千零一夜》全书翻译成中文。他从《一千零一夜》中选译出五册,每册十万至十二万字,共约五十余万字,一九三九年托人带回国内交给上海商务印书馆,袭用《天方夜谭》为书名,于一九四〇年二月至一九四一年十一月相继出版。一九五四年八月,纳训先生应邀参加了在京召开的全国文学翻译工作者会议。接受了人民文学出版社要他重译《一千零一夜》之约请。于是他新译《一千零一夜》三卷选集,共八十余万字,于一九五七年至一九五八年间出版,一时风靡全国,深受欢迎。

一九八二年七月至一九八四年十一月,由纳训先生翻译的我国第一部《一千零一夜》全译本终于出齐,实现了纳训先生的平生夙愿。"纳译本对原作进行了'体制改革',将以'夜'排序变为以故事顺序编排,删去相关套语,并增编了比原作多几倍的故事标题。在今天看来,这一举措也许应该说得失参半——多级编目使读者对故事,特别是大故事所套小故事一目了然,却没有使读者领略到原作的风貌。但这毕竟是译者的创意,因为在世界上各种语言的《一千零一夜》的全译本中,纳译本的这种编排是独一无二的。"①

　　如今,《一千零一夜》(《天方夜谭》)的中文译本已多达几百种,仅是全译本也有多种。但我们永远不该忘记纳训先生和他所译的《一千零一夜》。因为"纳训新中国成立后翻译的《一千零一夜》,除去刊物上发表的零篇和选入各种'集子'的译文不算,单独出版发行的至少有二十一种,三十六册。这在《一千零一夜》于世界各国的传播过程中是十分罕见的。纳训《一千零一夜》版本之多,印数之大,受众之广,影响之深,堪称中国第一"②。

　　是为序。

仲跻昆

二〇一三年十二月

---

　　①② 葛铁鹰:《天方书话——纵谈阿拉伯文学在中国》,首都师范大学出版社,2007年版,第248页。

目　　次

1

国王山鲁亚尔及其兄弟的故事

相传在古代印度和中国的海岛中,有一个萨桑国,国王养着庞大的军队,宫中婢仆成群。他的两个儿子,都是英勇的骑士。大儿子山鲁亚尔比小儿子沙宰曼更英勇。山鲁亚尔继承王位,掌握政权,为人公正,博得庶民的拥护爱戴。沙宰曼被封为撒马尔干第的国王。兄弟二人各在自己的国中治理国事,大公无私地对待百姓;二十年以来,国家不断地繁荣富强,他们与民同乐,过着幸福的生活。

国王山鲁亚尔想念弟弟,派宰相前往撒马尔干第去迎接沙宰曼。宰相回答国王"遵命",便动身起程,平安来到撒马尔干第,和沙宰曼见面言欢,转达国王的致意,告诉他国王惦念他,希望他去看他。

沙宰曼回答宰相说"遵命",随即准备好旅行用的帐篷、骆驼、骡子、仆从等等,并委托他的宰相代理国政,动身出发。走了不远,他忽然想起礼物遗忘在宫中,便转回去取。他回到宫中,看见王后正跟乐师坐在一起弹唱、嬉戏。他一见这种情景,宇宙霎时便在他眼前变黑了。他说道:"我还未离开京城,便发生了这种事情,我要是去哥哥那里住久了,这邪恶的家伙不知会闹到什么地步呢!"于是拔出佩剑,杀了王后和乐师,匆匆离开王宫,传令出发,率领人马,跋山涉水,继续向目的地进发。

快到京城了,沙宰曼派人前去报信。山鲁亚尔出城迎接,和弟弟见面,彼此寒暄,十分高兴,并为他装饰城郭,款待他,陪他起坐谈心。

沙宰曼想着妻子的行为,心里闷闷不乐,因此面容憔悴,身体消瘦。山鲁亚尔看见弟弟的这种情况,以为是离愁的缘故,因此不大在意,也不过问。有一天山鲁亚尔对沙宰曼说:"弟弟,我觉得你面容憔悴,身体消瘦,这是什么缘故?"

"哥哥啊!我内心感觉痛苦呀。"他不肯把自己的遭遇告诉他。

"我要你同我一块儿往山中去打猎,借此消愁解闷。"

沙宰曼不愿意去,山鲁亚尔便一个人率领人马往山中打猎去了。沙宰曼一个人留在宫中。他居住的那幢宫殿的拱廊,面对着御花园。那天他凭窗眺望,见宫门开处,二十个宫女和二十个奴仆鱼贯走到花园里,王后也在他们队中,打扮得格外美丽。她们慢步走到喷水池前面坐下,又吃又喝,唱歌跳舞,一直玩到日落。

沙宰曼看了这种情景,心里想道:"我的患难比起这个来,实在不算什么!"他的苦恼因此烟消云散了。继而他想:"这个要比我的遭遇严重得多了!"于是他开始吃喝,恢复了常态。

山鲁亚尔打猎归来,和弟弟握手言欢,看见他的情况好转,满面红光,食欲比过去旺盛,因而问道:"弟弟,从前你脸色苍白、憔悴,现在却红光满面,恢复了正常状态,这是什么缘故?请你告诉我吧。"

"我的脸色苍白、憔悴,这当中的理由我可以说给你听;至于恢复健康的原因,这不便说,请原谅我。"

"好的,你先把你憔悴、消瘦的原因说给我听吧。"

"哥哥啊!当你派宰相去接我的时候,我准备一切,离京出发。行在途中,我想起送给你的一串挂珠,还在宫中,忘了携带,便回宫去取。我回到宫中,看见我妻跟乐师坐在一起嬉戏弹唱,我抽剑杀了两个坏种,然后旅行到你这儿来。可是这桩事使我一直念念不忘,因而影响健康,所以如此憔悴消瘦。至于恢复健康的原因,这不便说,请原谅我。"

"指安拉起誓,你恢复健康的原因,非请你告诉我不可。"

沙宰曼把他看见的情景和盘托出。山鲁亚尔听了,对弟弟说:

"我要亲眼看一看。"

"你率领人马出去打猎，然后悄悄回来，躲在我屋里窥探。你亲眼看看那种行为，就明白真相了。"

国王山鲁亚尔立刻下令出猎，率领人马，去到郊外宿营。他住在帐篷里，吩咐侍从："别让人进帐来。"随即悄然转回宫去，躲在沙宰曼屋里。他坐在窗前等了一会儿，便看见王后和宫女、奴仆们姗姗走进花园，在一起嬉戏歌舞，直到日偏；当时的情景，跟沙宰曼所说的毫无差别。国王山鲁亚尔看了，气得昏头昏脑，几乎发狂。他一气之下，决心出走，对沙宰曼说："老弟，宫中发生这种事情，咱们没有脸面再当国王了。来吧！咱们抛下王国，出去旅行，随心所欲地周游各地，看一看人间谁有咱们这样的遭遇？若是没有，那么咱们活着还不如死掉呢。"

沙宰曼欣然响应山鲁亚尔的号召，于是弟兄二人相约着悄悄地从后门溜出王宫，持续跋涉了几昼夜，到达一片濒临大海的草原上。他们坐在一棵大树下乘凉，喝泉水解渴。约莫过了一小时，他们突然发现海中风浪大作，波涛汹涌澎湃，接着一根黑柱直升到高空。见到此景，他俩吓得魂不附体，赶忙攀到树上躲避，等着看将要发生的事情。一会儿海里冒出一个体格粗壮、脑袋庞大、肩膀宽阔的妖魔，顶着一个箱子，走出大海，来到陆上，一直走到山鲁亚尔弟兄藏身的那棵大树下面坐下来，然后打开箱子，从里面取出一个匣子，随手打开它，只见从里面走出一个非常窈窕美丽的女郎，笑容满面，犹如一轮灿烂的太阳，恰如诗人所说：

> 她的光辉照亮黑夜，
> 灿烂的白昼便随之出现。
> 她洒下辉煌的光泽，
> 给花草树木涂上金色。
> 当她除去面纱抛头露面，
> 太阳便从她的神色中吸收更多光线。

她从揭开的帷幕中一旦出现，

宇宙万物便侧身向她下跪。

当她电光似的目光稍微闪烁一会儿，

泪水便暴雨般流个不止。

魔鬼嬉皮笑脸地望着女郎说："自由自在的小娘子，我要休息一会儿，让我睡一觉吧。"于是他倒了下去，枕着女郎的膝盖睡着了。

女郎抬头看见躲在树上的两个国王，便把魔鬼的头托起来挪到地上，然后一骨碌爬起来，站在树下，打着手势叫他俩下来，不用害怕。他俩回道："指安拉起誓，求你宽容，别叫我们这样做吧。"

"指安拉起誓，你们快下来吧！否则，我唤醒魔鬼，让他狠狠地杀死你们。"

山鲁亚尔和沙宰曼在女郎的威胁下，怕得要死，只得从树上下来。女郎挨到他俩面前，吩咐道："过来，痛痛快快地跟我交欢吧！否则，我唤醒魔鬼，让他整治你们。"

山鲁亚尔听了女郎的吩咐，吓得要死，对沙宰曼说："兄弟，你照她的吩咐去做吧。"

"不，我要等你做过之后才做呢。"沙宰曼踟蹰不前。于是弟兄二人挤眉弄眼地拒绝跟女郎苟合。

"你们眉来眼去地在做什么？"女郎生气了，"你们再不来同我交欢，我马上唤醒魔鬼狠狠地治你们。"

为避免魔鬼的危害，山鲁亚尔和沙宰曼弟兄二人不得不按照女郎的吩咐，勉强同她交欢苟合。女郎达到目的之后，让山鲁亚尔和沙宰曼坐在一旁，然后从衣袋中掏出一个袋子，从里面取出一串戒指，总计五百七十个。她拿戒指给他俩看，并指着戒指问道："你们知道这是从哪儿来的吗？"

"不知道。"

"这些戒指的主人，他们都是在这个魔鬼睡觉、疏忽的时候跟我交欢过的。现在轮到你俩把戒指送给我了。"

山鲁亚尔和沙宰曼不得不按女郎的指示，赶忙把手上的戒指脱下来递给她。

女郎收下戒指说："这个魔鬼，原是在我新婚之夜，把我抢来据为己有的。他把我藏在匣子里，再把匣子装在箱子中，用七把锁锁上，放在波涛汹涌的海底下。这是因为他知道我们妇女要干什么事，准要干到底，什么都阻挡不住。正如诗人所说：

> 别信赖妇女，
> 不可信任她们的诺言。
> 她们的喜怒哀乐，
> 和她们的肉体紧密相关。
> 她们的爱情是虚伪的爱情，
> 衣服里包藏的全是阴险。
> 对妇女的阴谋诡计一定要防备，
> 须从约瑟夫的经历中吸取教训。
> 莫非你不知道老祖宗亚当的结局，
> 就是因为她们才被撵出乐园！"

山鲁亚尔和沙宰曼听了女郎一席坦率的话，感到无比惊异，彼此悄悄地说："这个魔鬼，他作为一个神通广大的魑魅，尚且不免妇女的欺骗，而且他经受的欺骗，比咱们所经受的有过之无不及。如此说来，这倒是一桩足以令咱们解气的事情呢。"于是弟兄二人欣然向女郎告辞，即刻动身起程，向家乡迈进，继续跋涉了几昼夜，终于平安回到山鲁亚尔的国中，进入王宫，杀了淫荡的王后和奸险的宫女、奴仆。从此山鲁亚尔讨厌妇女，存心报复，每天娶个女子来过一夜，次日便杀掉再娶，继续了三个年头。百姓受这种威胁，十分恐怖，都带着女儿逃走。可是国王照例迫令宰相替他寻找女子，供他虐杀。当时的妇女，不是死于国王刀下，便是逃之夭夭，城中十室九空。这一天宰相找遍民间，得不到一个女子，只得满腔恐惧、忧愁苦恼地转回相府。

宰相有两个女儿,大的名叫山鲁佐德,小的名叫敦亚佐德。山鲁佐德知书识礼,读过许多历史书籍,熟悉古代帝王的传记和各民族的史实。据说她收藏的文学历史书籍,数以千计。那天宰相忧郁地回到家中,她便对宰相说:"爸爸!您为何愁眉不展,如此忧愁苦闷?古人说得好:

> 告诉忧愁苦闷的人吧,
> 患难不是永恒的。
> 像欢乐消逝那样,
> 患难也要消亡。"

宰相听了女儿的劝慰,便告诉她国王派给他的任务。山鲁佐德听了说道:"父亲,指安拉起誓,把我嫁给国王好了。我进宫后,或许可以跟他一块儿生活下去;我要牺牲自己,拯救千千万万的女子呢。"

"我儿,指安拉起誓,你千万不可冒险。"

"以目前的情况来说,不这样做是不行的。"

"你如果这样固执,恐怕水牛和毛驴在农夫手中的遭遇,会在你身上重演的。"

"父亲,水牛和毛驴的遭遇怎么样?请您告诉我吧。"

水牛和毛驴的故事

从前有个商人,他不但有经营生意的本钱,而且懂得鸟兽的语言。他和妻子儿女住在一个小乡村里,家中养着一匹毛驴和一头水牛。有一天,水牛跑到毛驴的厩里,看见毛驴全身洗刷得干干净净,躺着休息,非常安闲,槽中还有铡细的草和煮熟的糠供它享受。主人有时因事骑它出去跑一趟,不一会儿也就转回家来。因此水牛对它的境遇,羡慕称颂不已。一天,水牛和毛驴彼此谈心,它们谈话的内容,却被主人听见了。当时水牛对毛驴说:"恭喜了!你终日清闲,有主人的关怀照顾,并且吃铡细的草料。主人有时虽然役使你,但总不外骑你出去走一趟便转回来了。至于我嘛,却终日劳碌,从早到晚,不是去田里耕种,就是在家里推磨。"

"农夫把你牵到田里给你上轭的时候,你别接受,只管蹦跳。"毛驴给水牛出了个主意,"要是他打你,你只管躺倒,或者站起来乱跳。要是他牵你回家,给你草料,你别吃,装出疲弱的样子。你只要在一两天或三天之内拒绝饮食,就可以摆脱劳役,过安闲日子了。"

当天夜里农夫给水牛送草料,它只吃了一点点。次日清晨,农夫去牵牛耕田,看见牛疲惫无力,因而产生慈悲心肠,叹道:"这是因为昨天的工作过重了!"于是前去报告商人,说道:"报告主人,水牛昨夜通宵不食不饮,如今半死不活地躺在厩里,不能干活了。"

主人听了农夫的报告,心里已经明白其中底细,就对他说:"去吧,把毛驴牵去代水牛耕地好了。"

毛驴整整耕作了一天,到傍晚才回来。水牛对它的德行表示感激,因为蒙它代耕,使自己能够整整地休息了一天。可是毛驴却不理会,心中百般懊恼。次日清晨,农夫照旧牵着毛驴去田里继续耕作;到傍晚毛驴回来,磨破了肩头,疲惫得有气无力。水牛见了,又可怜又感激,不停地夸赞它。毛驴叹道:"我辛勤地干到底了,这可不是白吃苦嘛!"继而它对水牛说:"我要对你进一句忠言,因为主人说了:水牛倘若再不起来,就要把它送给屠夫去宰掉,割碎它的皮肉。我正为这件事替你担忧呢。我已对你进了忠告,你自己想办法维护你的安全吧。"

水牛听了毛驴的忠告,非常感激。勉为其难地说道:"我要恢复常态了。"它于是一变而为老饕,满口大吃大嚼。

毛驴和水牛的谈话,同样给商人听见了。次日清晨,商人和老婆一块儿往驴厩里去,碰到农夫牵水牛去耕田。水牛一见主人,便精神抖擞,甩着尾巴,显出快活的神情。商人见了这种情形,不禁哈哈大笑,笑得抑制不住自己,几乎倒在地上。他的老婆莫名其妙,问道:"你笑什么呢?"

"我发现一桩秘密的事情,但是不能对人讲。因为这是鸟兽的话,此中秘密一旦泄露,我的性命就完了。"

"你的性命完不完,这我不管。你为什么笑,非把理由告诉我不可。"

"我因为怕死,所以不能泄露秘密。"

"你笑不为别的,一定是在奚落我。"

老婆一再坚持、纠缠,弄得商人不能忍受,终于屈服下来。他打发儿子去邀请法官和证人,决心当着人的面写下遗嘱,然后泄露秘密而死。他宁可牺牲自己的生命,而不让老婆受委屈;因为她是叔父的女儿,也是孩子们的母亲,向来为他宠爱,而况他自己已经是活了一百二十岁的老头了。当时他邀请亲戚朋友和邻居,向他们说明自己的情况:他只要把鸟兽的语言一泄露,生命就得告终。到场的亲友都劝他的妻子,对她说,

"指安拉起誓,你放弃这个要求吧,免得牺牲了孩子们的父亲——你的丈夫。"

"我不放弃;不管他死不死,非让他把秘密告诉我不可。"

她始终坚持,弄得亲友们面面相觑,无话可说。这时商人站起来,离开亲友,前去沐浴,预备回来泄密而死。他家里养着一条狗、一只雄鸡和五十只母鸡。他经过鸡棚时,听到那条看家狗用责备的口吻对雄鸡说:"主人预备死了,你还高兴什么?"

"这是怎么一回事?告诉我吧。"雄鸡问。

狗把主人家中发生的事情说了一遍。雄鸡听了,说道:"指安拉起誓,主人的脑筋真是简单。我自己拥有五十个妻子,我喜欢谁,就同谁亲近。我们的主人总共只有一个老婆,就无法管束她了!他为什么不折几条桑树枝,把她关在房里痛打一顿,即使不把她打死,也

得叫她忏悔认错,不敢再有所要挟!"

商人把鸡和狗的谈话全都听在心里。

宰相讲了水牛和毛驴的故事,接着对女儿山鲁佐德说道:"如果你再固执,我便像商人对付老婆那样地对付你。"

"他怎样对付她呀?"

他就折了些桑树枝,拿去藏在房里,然后对他老婆说:"来吧,让我把秘密告诉你,然后死在房中,别让人看见我。"老婆进了房,商人把房门一关,拿出桑树枝,不住地在她身上抽打。一顿好打,打得几乎丧了命,她这才认错,说道:"我忏悔了!饶恕我吧!"她跪了下去,不住地吻丈夫的手脚。商人饶恕了她,于是夫妻两人从房中出来,和好如初。亲戚朋友也为他们的和好而欢喜,大家怀着愉快的心情各自回去。

山鲁佐德听了宰相的叙述,说道:"父亲,话虽如此说,但目前的事是人命攸关的,所以我坚持原意,请您送我进宫去吧。"宰相无法制止,不得已,只好预备送女儿进宫,完成国王给他的使命。

临走的时候,山鲁佐德对敦亚佐德说:"妹妹,我进宫后,就打发人来接你。你到我面前的时候,对我这样说:'姐姐,请讲个故事给我听,让我们快快乐乐地消遣一夜吧。'那时候我便趁机会给你讲故事。若是安拉愿意,那么我所讲的故事也许能救人活命呢。"

宰相从从容容地把自己的女儿送进宫去,献给国王。国王见了,非常喜欢,问道:"我所需求的,你给我带来了吗?"

"是的,已经带来了。"

山鲁佐德一见国王,便悲哀哭泣。国王问道:"你为什么伤心?"

"主上,我有个妹妹,希望和她再见一面,做最后的话别。"

国王派人去宰相家迎接敦亚佐德。敦亚佐德来到宫中,看见姐

姐,高高兴兴地拥抱着她,一块儿坐在床脚下谈笑起来。她说道:
"姐姐,指安拉起誓,今天晚上,请你给我讲个故事,让我们快快活活
地消遣一夜吧。"

"只要德高望重的国王许可,我自己是非常愿意讲的。"

国王原是情绪不宁,无法入睡,听着敦亚佐德姊妹的谈话,引起
了他听故事的兴趣,便欣然允诺。于是在这一千零一夜的第一夜,山
鲁佐德开始讲述下面的故事——

商人和魔鬼的故事

从前有个富商,拥有雄厚的资本,经商的地区很广。有一天,他骑马离开家乡,往别的地方去做买卖。旅途中天气十分炎热,他便走进道旁的园子里,坐在一棵大树下面乘凉,并伸手把鞍袋中的枣子掏出来充饥。他吃了枣子,随手把枣核一掷,忽然间,在他面前出现一个高大魁梧、手持利剑的魔鬼,开口说道:"站起来! 让我像你杀我儿子那样把你杀了吧。"

"我怎么杀了你的儿子呢?"

"你掷枣核的时候,我儿子凑巧从这里经过,枣核打中他的胸部,立刻把他打死了。"

"我们是属于安拉的,我们都要归宿到安拉御前去,全无办法! 只盼伟大的安拉拯救了。即使是我杀了他,这也只算是误杀,恳求你饶恕我吧。"

"不行,非报复不可。"魔鬼伸出爪子,抓住商人,把他按在地上,举剑要杀。商人悲哀哭泣着说:"我把自己的一切托靠安拉了!"接着吟道:

> 时代分为两天:
> 这一天是安全,
> 另一天却充满恐怖。
> 生活有两面:

这一面是幸福，

那一面却是痛苦。

对那些被命运嘲弄的人说吧：

被命运作弄的总是卓越显贵的人。

难道你不曾见过暴风吗？

它刮起来的时候，

被摧毁的是高大的树木。

难道你不曾见过海洋？

波涛中漂浮的净是腐尸，

珍珠却潜伏在海底深处。

命运的手尽管作弄我们，

经常把灾难带给我们，

然而，空中数不尽的星辰，

也只是太阳月亮有亏有蚀；

大地上多少葱郁和枯萎的树林，

遭劫的只是结果子的佳木。

你对幸运的时日猜测得正确，

而对命运带来的祸患却顾虑不足。

商人吟罢，魔鬼喝道："你少说几句吧！指安拉起誓，我非杀你不可。"

"魔王。你要知道，我家中有财产，有妻室儿女，还有债务未了，典当的东西未赎，因此求你放我回去，让我把各项事务办理清楚。我向你发誓，待来年元旦，我一定回到这里，任你处置我。我的话一句也不假，有安拉可以证明。"

魔鬼相信商人，果然放了他。商人回到家中，赶忙办理各项债务，清理典当的各种东西，对妻室儿女讲明一切情况，并写下遗嘱，安安静静地和家人一块儿过生活。到了新年元旦，他便沐浴熏香，把寿衣夹在腋下，勉为其难地辞别家人和亲友、邻居，在他们的哭泣送别下,一直来到道旁的园子里,孤单寂寞地坐在树下,想着自己的境遇而悲哀哭泣。这时候,忽然来了一个老人,带着一只锁着链子的羚羊。他走到商人面前,问候一声,说道:"这是鬼神盘踞出没的地方,你为什么一个人孤单单地坐在这里?"商人把遇鬼的经过从头对他叙述一遍。老人听了非常惊奇,说道:"老弟哟!指安拉起誓,你的这笔债负得真够繁重,你的这种境遇也太离奇古怪了,要是把它记录下来,对于后人倒是前车之鉴呢。"于是他在商人身边坐下,接着说道:"老弟哟!指安拉起誓,我不离开你,要跟你在一起,亲眼看看这个魔鬼怎么对待你。"

老人和商人坐在一起闲谈,商人感到一阵阵的忧虑、恐怖,情绪正紧张、混乱的时候,忽然又来了一个老人,带着两条黑色猎犬。他走近他们,问候一声,说道:"这是鬼神出没的地方,二位为什么坐在这里?"他们两人便把遇鬼的始末从头说了一遍。那老人刚在他们身旁坐下,接着又来了一个老人,带着一匹花斑骡子。他来到他们面前,打个招呼,然后问他们为什么坐在这里。他们便把商人遇鬼的事从头到尾对他说了一遍,于是他也陪他们一块儿坐下。第三个老人刚坐定,旷野中突然刮起一阵狂风,卷来满天的沙石。一会儿沙石消逝,一个巨魔便在他们的眼前出现。他的巨掌握着一柄出鞘的宝剑,灯笼似的眼睛冒着火花;他伸出魔爪;一把抓住商人,嚷道:"站起来!我要像你杀我的爱子那样杀死你。"

商人悲哀哭泣,三位老人也忍不住流下了同情的眼泪。他们一齐站了起来,其中羚羊的主人挺身往前,吻了魔鬼的手,说道:"神王魔爷的领袖,我打算对你讲一讲我和这只羚羊的故事,你要是认为这故事离奇古怪,请看我的情面,把商人的罪过免掉三分之一吧。"

"行,老头儿,你讲吧。你的故事如果真是奇怪,我看你的情面,免他三分之一的罪过好了。"

第一个老人和羚羊的故事

这只羚羊,她原是我叔父的女儿,她和我之间有着血统的关系。在她还是少女的时候,我便娶她为妻。我们结婚后,过了三十年的夫妻生活,却没有生育子女,我才另娶一妾,生下一个男孩。这孩子眉清目秀,像太阳一样漂亮可爱。我认真抚育,待他年满十五岁的那年,我携带许多商品出外经商。我叔父的女儿——这只羚羊,她幼年时学过魔术,因此,她就趁我不在,用魔法把我的儿子变成一头小牛,把他母亲变成一头黄牛,一并交给牧人,送往牧场饲养。这当中经过了一段漫长的岁月,我旅行归来,追问小妾和儿子的下落。她说:"你的小妾死了,你的儿子逃亡在外,至今不知下落。"从此我就终日伤心饮泣,整整熬了一个年头。到了牺牲节的时候,我叫人到牧场里,命令牧人拣头肥胖的黄牛供我做牺牲之用。牧人果然牵来一头肥壮的母牛,它却原来是我的中了魔法的小妾。当时我卷起袖子,拿刀去宰,却见那黄牛淌着眼泪,哞哞地狂叫不已。我觉得奇怪,站在一旁冷眼观看,不忍心宰它,就对牧人说,"去,给我另牵一头来。"当时我叔父的这个女儿嚷道:"牧场里没有比这头再好再肥的了,还是宰掉它吧。"我走过去要宰,黄牛又狂叫起来,我便吩咐牧人去宰。牧人宰了那头母牛,剥开皮一看,不见肌肉和脂肪,却全是皮毛和骨头。这时候我虽然懊悔已不济事,便把那堆皮毛和骨头送给牧人,教他另选一头肥壮的小牛来。这回他可把我儿子给带来了。那头小牛一见我,挣断了绳索,奔到我面前,恋恋不舍地依附我,淌着眼泪,哞哞地叫个不止。我不忍心宰它,便对牧人说:"留下这头小牛,给我另牵一头黄牛来。"当时我叔父的女儿——这只羚羊又嚷起来:"今天是隆重的节日,必须宰一头顶好的牛,还是宰了这头小牛吧,我们牧场里没有比这头小牛更肥更好的了。"

"刚才我依你宰了那头黄牛,情况怎么样?根本没有一点好处,大家都失望了,我自己也懊悔到极点。这次我可不能听你的话再宰这头小牛了。"

　　"指安拉起誓,今天这样隆重的节日,非宰它不可。要是不宰它,你就不算是我的丈夫,我也不是你的妻室了。"

　　她说出这么强硬的话,我不知道她是什么居心,于是拿起屠刀,走到小牛面前——

　　山鲁佐德讲到这里,已经天亮,就不再讲下去了。敦亚佐德说道:"姐姐,你讲的这个故事多么美丽!多么甜蜜!多么有趣啊!""要是主上开恩,"山鲁佐德说,"让我活下去,那么来夜我要给你们讲的故事,比这个更有趣呢。"国王听了两姊妹的谈话,想道:"指安拉起誓,我暂且不杀她,等她讲完下面的故事以后再说。"他们就这样讲了一夜。清晨,国王临朝视政,宰相挟着寿衣进宫,准备去收拾女儿的尸首。他见国王埋头理政,发号施令,直到傍晚,却不见把寻找女子的命令吩咐下来,觉得非常惊奇。当天夜里,国王进后宫去安息。敦亚佐德对山鲁佐德说道:"姐姐,请你继续把商人和魔鬼的故事讲给我们听吧。""如果主上许可,"山鲁佐德说,"我是非常愿意讲的。"国王听了,说道:"好的,你讲吧。"于是山鲁佐德就继续讲了下去:

　　我要宰那头小牛,但是不忍心下手,便吩咐牧人:"把这头小牛牵去,跟其他的牛一块儿饲养吧。"当时的各种情况,我叔父的女儿——这只羚羊,她是亲眼看见的,她并且屡次撺掇:"这头小牛肥得很,宰掉它吧。"我可是不忍心宰,还是教牧人把它带走了。

　　次日,我在家中,正感到闷闷不乐,牧人忽然来到,对我说:"老爷,有件事报告你;这件事不但会使你欢喜快乐,而且对我也是再好不过的。""什么事?你说吧。"我吩咐他。他说:"老爷,我有个女儿,

15

她幼时跟一个与我们同居的老太婆学过魔术。昨天我奉你的命把那头小牛牵回去,我的女儿一见它,便捂着脸失声痛哭,接着又狂笑起来。她说:'父亲,你不重视我的尊严,这才把生人带来见我呀!'我问她:'生人在哪儿?你怎么哭一会儿又笑起来呢?'她说:'你带来的这头小牛,它原是我们主人的儿子,因为中了魔法,才变成小牛的。他的大娘在他母子身上施了魔法,这是使我发笑的原因;至于我伤心痛哭,那是为了可怜他的母亲。为什么他的父亲要宰了她呢?'我听了女儿的话,十分惊奇,所以今朝天刚亮,便赶来向你报告。"

我听了牧人的报告,欣喜若狂,如痴如醉,立刻随牧人到他家中。他的女儿迎接我,吻我的手。那头小牛也走过来,恋恋不舍地依附我。我问她:"你所说的这头小牛的遭遇,都是事实吗?"她说:"不错,老爷,它是你的儿子,你的心肝呀!"我说:"小姑娘,你若解救了他,我便把牧场中在你父亲管理下的牲畜和财物,全部送给你。"她微笑着说:"老爷,我没有贪财的念头,我只是提出两个条件:第一,把我许配给他做妻子;第二,让我把魔法施在你妻子身上,把她锁起来;因为她作恶成性,必须这样,我才放心得下。"我说:"你提出的两个条件,我全同意。除此之外,凡是你父亲替我管理的那些牲畜和财物,也全都送给你。至于我的妻子,你即使杀了她也是合法的。"

牧人的女儿得到我的同意,便用一个碗,装满水,念了咒语,把水洒在小牛身上。她边洒边说:"你要是有生以来就是小牛,那就不必变化;如果你是中了魔法,那么凭着安拉的允许,你快恢复原状吧。"她说罢,小牛果然摇身变成了人。这时候我坐下来,把儿子搂在怀里,说道:"指安拉起誓,儿啊,你的大娘是怎样危害你们母子的?告诉我吧。"他就把前后的事情从头说了一遍。我说:"儿啊,这是安拉差人来解救你,恢复你应有的权利哪。"于是我把牧人的女儿娶为儿媳妇,让她用魔法把我的老婆变成这只羚羊。她当时说:"这是美丽可爱的形象,不是惹人讨厌的毒蛇猛兽。"

我的儿媳妇在家里生活了一段时期,便瞑目去世。她死后,我的儿子便旅行到印度,那就是与你发生纠葛的这位商人的家乡。我带着这只羚羊,从一个地方旅行到另一个地方,离乡背井,在外流浪,探听我儿子的消息。我就在这样的情况下,被命运驱使到这里,看见商人坐在树下伤心哭泣。这便是我的故事。

魔鬼听了第一个老人和羚羊的故事,说道:"这个故事奇怪得很,看你的情面,免了他三分之一的罪过好了。"

这时候第二个老人——两条猎犬的主人,趁机向前,对魔鬼说道:"我给你讲一讲我自己和两个哥哥——这两条猎犬的故事吧,如果你认为离奇古怪,求你看我的情面,把商人的罪过免掉三分之一吧。"魔鬼道:"你的故事如果真是奇怪的,我就答应你的请求。"

第二个老人和猎犬的故事

这两条猎犬原来是我的哥哥,我是他俩的弟弟。我们的父亲死后,给我们弟兄三人留下三千金币的遗产,每人各得一千金币。我拿分得的遗产做本钱,开了一个铺子经营生意,两个哥哥也各开一个铺子过活。可是没有多久,我的大哥——这两条猎犬之一,以一千金币的代价卖掉他的铺子和货物,另外收集一些商品,往外乡经商去了。在他离开我们整整一年之后,有一天我的铺子门前忽然出现一个乞丐,我对他说:"愿安拉开解你。"他哭哭啼啼地说:"你已经不认识我了!"我仔细把他打量一下,这才认出他是我的哥哥。我起身迎接他,领他回家去,问他别后的情况。他说:"用不着谈了,反正钱弄光了,情况已经不堪回首。"我带他去澡堂沐浴,拿自己的衣服给他穿,留他在家里住。后来我结算账目,除一千金币的本钱外,赚了一千金币利润。于是我把一千金币的利润分给他一半,嘱咐道:"这些钱给你,拿去好生经营,别再往外跑了。"他欢天喜地,果然又开了一个铺子。

过了不久,我二哥——这两条猎犬之一,又卖了他的铺子和货物,攒了一笔资金,要往外面去经商;我竭力劝止,他不肯听,终于带了货物,跟伙伴们一块儿走了。一年以后,他也像大哥那样狼狈不堪地归来。我对他说:"哥哥,我不是劝过你,教你别往外跑吗?"他哭哭啼啼地说:"弟弟,这是前生注定的,如今我褴褛不堪,穷得一个子儿也没有了。"

我带他去澡堂沐浴,拿自己的新衣服给他穿,供他吃喝,对他说:"哥哥,我每年年初要把账目清理结算一次,今年结算所获的利润,你我弟兄两人平分好了。"于是我清理结算一番,结果赚得两千金币,我感激和赞美安拉,自己留下一千金币,把其余一千金币给了二哥做本钱开铺子谋生。

过了一晌,两位哥哥约着来见我,怂恿我跟他俩一块出去经营。我不肯去,说道:"你俩出去跑了一趟,究竟赚得了什么呢?难道我去就会赚钱吗?"我不听他俩的话,还是在铺中各自做自己的买卖。可是从那回起,每当年头,两个哥哥总要怂恿我到外面去经商,我却始终不理会。之后,一直过了六年,我才答应他俩的要求,同意和他俩一块儿出去。我说道:"哥哥,现在我同意和你俩出外经营生意,不过我要看看你俩有多少本钱。"

我真想象不到,原来他俩两手空空,什么也没有。由于他俩游手好闲,吃喝嫖赌,无所不为,把仅有的一点本钱挥霍得一干二净。我默然无言,埋头清理自己的账目,将现金和存货一并结算,共有六千金币。我感到无限的高兴快乐。当时我把钱分为两份,挖了一个地洞,埋下三千金币,以备万一途中发生不测,碰到哥哥们那样的遭遇时,可以回来取出再开铺子谋生。至于其余的三千金币,我摆出来开诚布公地对他俩说:"这里有三千金币,我们带在身边,作为出外经商的本钱。"他俩赞成我的意见。于是我就分给他俩每人一千金币,自己同样留下一千金币,彼此分头去采购需要带出去销售的各种货物,积极准备动身起程。

我们一切预备妥当,这才雇了一只船,载上货物,乘风破浪,在海洋中航行。一天,两天,继续航行了一个月,来到一座城市,卸下货物,运往城中,以一本十利的价格出售。卖完货物,我们收拾行装,预备起程时,在海滨碰见一个衣服褴褛的女人。她吻了我的手,说道:"先生,你要做好事,救人危难吗?让我报答你吧。"我说:"是的,不管你报答不报答,我是乐意做好事、救人危难的。"她说:"先生,把我娶为你的妻室,带我到你家里去吧。我以身许你,望你对我施恩。如果你是乐善好施的人,我自然会报答你的;千万别让我的窘况欺骗你吧。"

她的话感动了我,使我产生了怜悯心肠。我便带她上船,给她好衣服穿,替她铺下安适的床铺,而且格外敬重她。在归途中我的两个哥哥,眼望我的钱财而眼红嫉妒,暗中设计要谋害我,夺取我的钱财。他俩说道:"我们杀了弟弟,他的财物全都是我们的了。"他们两人鬼鬼祟祟商量好,在魔鬼的怂恿下,终于趁我熟睡的时候,悄悄地把我妻和我抬出来,抛在海中。

我的妻从梦中惊醒,摇身变为一个仙人,把我救起来,送到岛上,随即匆匆而去。次日清晨,她回到岛上,说道:"我是你的奴婢,我是凭着安拉的许可把你从海中救出来送到这里来的。你要知道,我是个仙女,对你一见倾心,发生了纯洁的爱情;我是信仰安拉与穆圣的。当初我化成那个褴褛的模样来见你,结果却被你娶为妻子。我救了你的生命,同时也痛恨你的两个哥哥,非杀死他俩不可。"

我听了她的叙述,感到惊奇。我感谢她,说道:"至于杀害我的两个哥哥,这可不必。"于是我把自己和两个哥哥的情况,从头到尾详详细细讲给她听。她知道我的情况以后,说道:"今天夜里我飞到船上去,把船撞沉,让他们两人淹死在海里。"我苦苦哀求,说道:"指安拉起誓,你别这样做,古人说得好:'作恶者的坏行为,尽够惩治他自己了。'总之,姑念他们是我的同胞手足吧。"她说,"指安拉起誓,此害非除不可。"

她带着我飞到我自己家中,我把埋藏在地里的钱刨出来,拜望了亲戚朋友,并买了货物,仍然开铺子做买卖。

吃晚饭的时候,我关锁铺子,回去吃饭,发现家里拴着这两条猎犬。它们一见我便站了起来,流着眼泪,恋恋不舍地依附我。我刚发觉,我的妻子便对我说:"这两个就是你的哥哥。"我问:"是谁把他俩弄成这个样子的?"她说:"是我把他俩送到我姐姐那里,她把他俩弄成这个样子的。必须过十年以后,他俩才能恢复原状。"

从当时到现在,已经整整十个年头了。今天我带这两条猎犬去找她,以便恢复他俩的原状。到了此地,遇见这位商人,谈到他的遭遇,我便留下来,打算看看你们之间的结局。这便是我和两条猎犬的故事。

魔鬼听了第二个老人的故事,说道,"你的故事奇怪得很,看你的情面,免掉他三分之一的罪过好了。"

这时候,第三个老人——骡子的主人上前对魔鬼说道:"魔王,我讲一个比这两位老人讲的更离奇古怪的故事给你听,求你看我的情面,把商人剩下的罪过免了吧。"魔鬼说:"可以的,你讲吧。"

第三个老人和骡子的故事

这匹骡子原来是我的妻室。我因事旅行在外,一年以后才回到家中。这期间,她行为放荡,已经变成一个淫妇。她一见我,便急忙拿来一壶水,念了咒语,把水洒在我身上,说道:"从这个人变成一条狗吧。"随着她的咒语,我立刻变成了狗,被她撵出大门。从此我流落在街头,无家可归。有一次我走进一家肉店去啃骨头,屠户见了,把我收留下来,带回家去。可是他的女儿一见我,便捂着脸说:"父亲,你把一个男人带到家中来了。"屠户说:"男人在哪儿?"她说:"这条狗就是被他老婆施过魔法的一个男人,我能够解救他呢。"屠户说:"指安拉起誓,儿啊,你救救他吧。"

屠户的女儿取来一壶水,念了咒语,把水洒在我身上,说道:"从这个形状恢复你的原样吧。"我果然恢复了人形。当时我吻她的手,表示感谢,说道:"我求你把魔法像她施在我身上那样地施在我妻子身上吧。"于是她给我一些水,说道:"等她睡觉的时候,把水洒在她身上,你要她变成什么东西,随便说吧,她会照你的愿望变化的。"

我把水带在身边,回到家中,看见老婆已经睡熟,便把水向她身上一洒,说道:"从这个形状变成一匹骡子吧。"她立刻就变成骡子。魔王,她就是你老人家亲眼看见的这匹骡子呀。

第三个老人讲了骡子的故事,魔鬼觉得很奇怪,回头对骡子说:"真是这样吗?"骡子点点头,表示说:"是的,指安拉起誓,这真是我的故事和遭遇。"魔鬼觉得稀奇古怪,并且受了感动,就对老人说:"我看你的情面,免除他剩下的罪过了;现在把他交给你们,你们带走他吧。"

商人走到三位老人面前,感谢他们,老人们也庆贺商人再生之喜。大家互相拜别,各自归去。商人回到家中,和妻室儿女团聚,继续过活,直至白发千古。

山鲁佐德讲完这个故事,天已大亮。敦亚佐德说道:"姐姐,你的故事多美丽,多甜蜜,多有趣呀!"山鲁佐德说道:"要是主上开恩,让我活下去,那么来夜我要给你们讲的故事比这个更精彩,更有趣呢。"国王听了两姊妹的谈话,想道:"故事奇怪着哪,我暂且不杀她,等她讲了以后再说吧。"清晨国王临朝,文武百官朝拜毕,他便在宝座上发号施令,埋头处理国家大事。到了晚上,他回后宫安息。敦亚佐德对山鲁佐德说道:"姐姐,请你继续讲故事给我们听吧。"山鲁佐德回道:"好,我非常愿意。"于是她开始讲下面的故事:

渔翁的故事

　　从前有个上了年纪的渔翁，每天靠打鱼谋生，家里除老婆外，还有三个儿女，一家五口，全靠他打鱼供养，因此景况萧条，生活困难。他虽然以打鱼为业，可是每天照例只打四网，便心满意足，不肯多打。一天正午，他来到海滨，放下鱼笼，卷起袖子，下到水中布置一番，便把网撒在海里，等了一会儿，然后收网。当时他感到鱼网很沉重，再使劲也收不起来；没奈何，只好回到岸上，打下一根木桩，把网绳系在桩上，然后脱了衣服，潜入海底，努力挣扎一番，最后终于把鱼网弄起来了。这时候，他欢天喜地地回到岸上，穿好衣服，然后仔细打量，只见网里躺着一头死驴，鱼网也给撕破了。他看见这种情景，感到苦闷，叹道："毫无办法，只盼伟大的安拉援助了。获得这样的衣食，真是奇怪的现象呢！"于是吟道：

> 黑夜里在死亡线上奔波的人呀，
> 你别过分辛勤，
> 因为衣食不是专靠劳力换来的。
> 难道你不曾看见，
> 在星辰交辉的海空下面，
> 渔夫直立在汹涌的海滨，
> 并涉到水里，
> 定睛凝视网头，

任波涛冲刷他的脸面？

夜里他守着挂在铁钩上的大鱼，

愉快地酣睡一夜，

次日清晨，

大鱼却被通宵不受寒风侵袭的人买去。

主宰呀，

我赞美你！

你给这个人享受，

教那个人向隅；

你教这个人辛勤打鱼，

让那个人坐享其成。

渔翁吟罢,自怨自艾地说道:"再打一次吧,若是安拉愿意,我必然会得到报酬的。"随即吟道：

你若因窘迫而感到痛苦，

便该披上一件慈祥的忍耐衣服，

这才是宽畅的襟度。

千万别向人们诉苦，

因为这是向残忍者控诉仁德之主。

渔翁把东西整理一番,拧掉网上的水,带到水中,边说"凭着安拉的大名",边把网撒在海中,紧紧地拉着绳索,待网落在海底好一会儿,这才动手收网。这次仿佛比头次更重,他以为已经捕到大鱼,便系起网绳,脱掉衣服,潜入海底,费尽辛苦把网弄上来,摆在岸上一看,里面却是一个灌满泥沙的瓦缸。这使他感到无限的苦恼、绝望,凄然吟道：

暴怒的命运哟！

适可而止吧。

若是不肯止住，

那么请你温和些。
我出来奔走营生，
发觉衣食的来源已经断绝。
许多粗鲁、愚昧之徒，
飞黄腾达、直上青云，
生活在金牛星座之间。
几许知书识礼的人物，
却埋名隐姓、一文不名，
辗转在沟渠里呻吟。

　　渔翁扔了瓦缸，清洗鱼网，拧掉水，祈祷一番，第三次涉到水中，撒下网，紧紧地拉着网绳，待网儿落入水中多时，这才动手收网；可是这次打起来的，却全是破骨片、碎玻璃和各式各样的贝壳，这使他愤恨到极点，忍不住伤心哭泣，吟道：

这便是衣食，
它不受你的约束，
也不让你有生存的地步。
学问不会给你衣服蔽体，
书法不能供你饮食果腹。
衣食是规划过的，
中间没有机会可图。
像大地那样：
其中有肥沃的良田，
此外便是不毛的瘠地。
命运抬举下流无耻之徒，
它的殃害却专向学者身上降落。
死神呀，
你来吧！

鹰隼沉沦，鸭子飞腾的时候，
人生应该受到诅咒。
我注定做贫困的学者，
迈步走向穷途末路，
这没有可以惊奇之处。
一只鸟儿翱翔、盘旋，
从东边飞到西头；
另一只没有移动脚步，
却享受丰衣足食的生活。

他抬头望着天空，说道："我主，每天我照例只打四网鱼，这您是知道的。今天我打过三网了，可是没有打到一尾鱼儿。我主，最后这次求您把衣食赏给我吧。"于是他喊着安拉的大名，把网撒在海中，等它落到水底好一会儿，这才动手收网，可是再也拉不动，网儿好像和海底结在一起似的。他叹道："毫无办法，只盼安拉救援了。"于是吟道：

呸，你这个世道！
如果长此下去，
让我们老在灾难中叫苦、呻吟，
这就该受到诅咒。
在这样的时代里，
一个人纵然平安度过清晨，
夜里便得饮痛苦之杯。
过去当人们问：
"世间谁最享福"的时候，
我自己总是被人指着回答：
"就是这位"的。

渔翁脱了衣服，潜到水里，努力奋斗一番，把鱼网从海底弄出来，打开一看,发现里面有个胆形的黄铜瓶,瓶口用锡封着,锡上打着苏里曼·本·达伍德①的印章。渔翁望着胆瓶,喜笑颜开地说道:"这个瓶儿拿到市上,可以卖十个金币呢。"他抱着胆瓶摇了一摇,感到很沉重,里面似乎装满东西。他自言自语地说道:"你瞧! 这个瓶里到底装的什么东西? 我要打开看个清楚,然后再拿去卖。"于是抽出插在身边的小刀,慢慢撬去瓶口上的锡块,然后把瓶放倒,按着摇了几摇,以便把里面的东西倒出来。可是当时却没有什么东西,因此渔翁感到十分惊奇。

息了一会儿,瓶中冒出一股青烟,飘飘荡荡地升到空中,继而弥漫在大地上,逐渐凝成一团,最后变为一个魔鬼,披头散发,巍峨高耸地站在渔翁面前;堡垒似的头颅,铁叉似的手臂,桅杆似的脚杆,山洞似的大嘴,石头似的牙齿,喇叭似的鼻孔,灯笼似的眼睛,奇形怪状,非常凶恶丑陋。渔翁看见这个魔鬼的形状,全身发抖,磕着牙齿,吓得口干舌燥,呆呆地不知如何应付。一会儿,他听见魔鬼说道:"安拉是唯一的主宰,苏里曼是他的使徒。安拉的使者呀! 以后我不敢违背你的命令了,你别杀我吧。"

"你这个叛徒! 你说苏里曼是安拉的使徒吗?"渔翁问,"苏里曼已经过世一千八百年了,我们这是在苏里曼之后的末尾时代呢。你的历史和情况如何? 你钻在瓶里的原因是什么? 告诉我吧。"

"安拉是唯一的主宰! 渔翁,让我给你报个喜信吧。"

"你打算给我报什么喜信?"

"给你报个我马上要狠狠地杀死你的喜信。"

"我把你从海里打捞出来,弄到陆地上,又把你从胆瓶中释放出来,救了你的生命。你为什么要杀我? 我犯了什么应杀的罪过?"

"告诉我吧,你希望怎样死法? 希望我用什么方法处你死刑?"

"我犯了什么罪过,你要给我这样的报酬?"

---

① 大卫的儿子所罗门。

"渔翁,你听一听我的故事,这就明白了。"

"说吧,简单明了地告诉我吧,我的灵魂沉到脚底下去了。"

"渔翁,你要知道,我是个邪恶异端的天神,无恶不作,曾与大圣苏里曼·本·达伍德作对,违背他的教化,因而触怒了他,所以他派宰相阿随福·本·白鲁海亚来讨伐,把我捉去交他发落。当时大圣苏里曼劝我皈依正道,服从他的教化。可是我不肯,于是他吩咐拿这个胆瓶来,把我禁锢在里面,用锡封了口,盖上印,然后命令神们把我抬到海滨,投进海里。

"我在海中过第一个世纪的时候,私下想道:'谁要是在这个世纪解救我,我必须报答他,使他终身荣华富贵。'一百年过去了,可是没有人来救我。到第二个世纪开始的时候,我说道:'谁要是在这个世纪解救我,我必须报答他,替他开发地下的宝藏。'可是没有人来救我。到第三个世纪开始的时候,我说道:'谁要是在这个世纪解救我,我必须报答他,满足他的三种愿望。'可是整整过了四百年,始终没有人来救我。这时候我非常生气,说道:'谁要是在这个时候来解救我,我要杀死他,不过让他有选择死法的余地。'渔翁,你现在解救了我,因此我才让你自己选择死的方法呢。"

"好奇怪啊!我却在这个日子来解救你,请你饶恕我吧。你不杀我,安拉会宽恕你。你不危害我,安拉会帮助你战胜你的仇人呢。"

"我非杀你不可;告诉我吧:你希望怎么死法?"

"我救了你的生命,请你就看这点情面,饶了我吧。"

"正因为你救了我,我才要杀你哩。"

"魔爷,我好心对待你,你却以怨报德吗? 这样说来,古人的话一定是正确的了:

> 我们对他们做了好事情,
> 他们却用相反的行为给予报酬。
> 指我自己的生命起誓,

这是娼妓们的行为。

对非其人而行善者，

他的结局就是土狼给保护者的报酬。"

"别多说了！反正你是非死不可的。"

渔翁心里想："他是个魔鬼，而我是堂堂的人类。安拉既然赋予我完备的理智，我就非用计谋对付他不可。我的计谋和理智，必然会压倒他的诡计和妖气。"于是他对魔鬼说："你决心要杀我吗？"

"不错。"

"指刻在大圣苏里曼戒指上的安拉的大名起誓，我来问你一件事情，你必须对我说实话。"

魔鬼一听安拉的大名，惊慌失措，战栗不已，说道："好的，你问吧，说简单些。"

"当初你是住在这个胆瓶里的；然而这个胆瓶，照道理说它既容纳不了你的一只手，更容纳不了你的一条腿，怎么能容纳你这样庞大的整个身体呢？"

"你不相信当初我是住在这个瓶里吗？"

"我没有亲眼看见，这是绝对不能相信的。"

这时候魔鬼就摇身变为青烟，逐渐缩成一缕，慢慢地钻进胆瓶。渔翁等到青烟全都进入瓶中，就迅速拾起盖印的锡封，把瓶口塞起来，然后大声说："告诉我吧，魔鬼，你希望怎么死法？现在我决心把你投到海里，并且要在这里盖间房子住下，不让人们在这里打鱼。我要告诉人们，这里有个魔鬼，谁把他从海里打捞出来，就必须自己选择死亡的方法，被他杀害。"

魔鬼听了渔翁的话，见自己的身体禁锢在瓶中，要脱身而出，却被苏里曼的印章挡住，无从恢复自由，这才知道自己受了渔翁的骗，因此说道："渔翁，先前我是跟你开玩笑的。"

"肮脏下流无耻的魔鬼！你这是说谎呀。"渔翁把胆瓶挪近岸边，预备扔到海里去。

"不，我不敢说谎。"魔鬼表示谦和，尽说好话；继而问道，"渔翁，你打算怎么处置我？"

"我要把你投到海中。如果说你在海里曾经住过一千八百年，那么这回我非叫你住到世界末日不可。我不是对你说过，你不杀我，安拉会宽恕你；你不危害我，安拉会帮助你战胜你的仇人吗？你却不听我的劝告，非背信弃义不可。如今安拉叫你落在我手里，我就用不着跟你讲信义了。"

"饶了我吧，让我好好地报答你。"

"该驱逐的魔鬼哟！你是说谎欺骗我呀。我碰到你这个家伙，跟都班医师碰到郁南国王是同样倒霉的事呢。"

"那是怎么一回事呀？"

"你听着，我讲给你听吧。"于是渔翁开始讲《国王和医师的故事》。

国王和医师的故事

相传古代罗马法理斯城的国王叫郁南，非常有钱，兵马很多，受到了藩属的拥戴，威震遐迩，赫赫不可一世。但美中不足，国王患病，遍身疥疮，吃药、搽膏都不管用，太医和一般医生束手无策，没法治疗这种病症。这时候，有一位叫都班的年迈的大医师来到法理斯城中行医。他懂各国文学，举凡希腊、波斯、罗马、阿拉伯、叙利亚等国的书籍都博览钻研，对医学、天文、哲学也有很高的造诣，深知各种植物的性能，善于配制各种药剂。

都班医师到城中刚住定，就听到国王患病的消息，并知道医生、学者们无法治疗的情况，便决心给国王医病，即刻动手准备一切，通宵达旦，整整忙了一夜。次日清晨他换上一身最华丽的衣服，到王宫求见国王郁南。他跪下吻了地面，用最美妙吉利的言词赞颂、祝福了一番,然后自我介绍说:"国王陛下,据说政躬有恙,医生束手无策,无法治疗,因此,在下不辞冒昧,前来给陛下治疗。我的疗法是:既不吃药,也不搽药膏,便可使陛下的疾病痊愈。"

国王听了医师的谈话,大为惊奇,说道:"你如何治疗? 指安拉起誓! 你若医好我的病,我要重赏你,使你和你的子孙后代过富裕生活,凡是你需求的,我都满足你,并把你当亲信、知心朋友看待。"于是赏医师一袭衣服,非常敬重他,再一次问道:"你将用不吃药不搽药膏的方法医治我的病吗?"

"不错,我将用一种不使你的肉体感受痛苦的方法治好你的病。"

国王感到十分惊奇,说道:"大夫,你所说的这种治疗方法,什么时候可以实现? 请赶快动手给我治疗吧。"

"听明白了,遵命就是,明天就开始吧。"

都班医师应诺着告辞国王,回到寓所,把书籍、药材、器皿拿出来,安置妥帖,然后专心配制药剂,并预备一根曲棍,掏空它,将药剂装在里面,再装上柄,然后精制一个圆球,作为给国王治病的全套工具。

第二天,都班医师带着治病工具到了宫中,跪在国王面前,吻了地面,恳求国王骑马去校场中做打球的游戏。

国王在文武官员和卫队的簇拥下,到了校场,刚坐定,都班医师就赶到了。他把拐杖和圆球呈献给国王,嘱咐道:"这是我替陛下治病的工具。请主上握着这根拐杖的柄,拿它在场中打球玩,以便主上的手心和身体出汗时,杖中的药通过手心,渗透到身体内部,然后回宫洗个澡,睡一觉,疾病就痊愈了。"

国王接过拐杖,握着杖柄,跨上坐骑,把球朝前一抛,随即策马打球。他紧握拐杖,卖力地连续打球,直累得汗流浃背,气喘吁吁。这时候都班医师料到装在杖中的药剂,已经通过国王的手心,渗透到身体内部,能起到治疗作用了,便让他立刻回宫去洗澡休息。

国王回到宫中预备洗澡、睡觉。他稍微休息一会儿,随即出宫前往婢仆们为他收拾、布置得清静、整洁的澡堂中,痛痛快快地洗了一个澡,换了一身新衣服,然后骑马回宫,倒在床上,安安逸逸地睡熟了。

都班医师把国王安排停当,自己便回寓所,安闲地过了一宿。次日清晨,他进宫求见,跪在国王面前吻了地面,吟道:

> 荣誉的地位突然上升到没有限度,
> 因为你允许它呼你为慈父。
> 你的面颜放出强烈的光泽,
> 抹掉了灾难带来的阴暗颜色。
> 你向来容光焕发、笑逐颜开,
> 为的是不让我们看见时代的愁眉、蹙额。
> 你给我们的恩赏、施舍,
> 恰如云雨向丘陵洒下福泽。
> 你不惜钱财寻求崇高的德行,
> 终于达到至高无上的目的。

国王听了都班医师的赞美诗,非常高兴,站起来拥抱他,让他坐在身边,赏他一袭华丽的衣服,并摆出筵席,陪他吃喝,表示竭诚感谢。这是因为国王洗过澡,酣睡一觉醒来,感到轻松愉快,遍体光滑如白银,疥疮的踪影都不见了。他这一喜非同小可,顿时心旷神怡,兴致勃勃地即早登殿,接受文武百官的朝拜。并热情地接待都班医师,陪他吃喝,促膝谈心,彼此情投意合地在一起欢度了一天。傍晚,国王除送都班衣服、礼物之外,又赏赐两千金,这才派御马送他回寓所。

郁南国王非常钦佩都班医师的医术,自言自语地说:"这位大夫从我的体外给我医病,既不吃药,也不抹药膏,终于把我的病治好了。指上帝起誓,这当中是有深奥的哲理呢。这样的人物,应该受到馈赠、尊敬呢。我应当把他作为我终身最亲信的同伴呢。"

郁南国王的疾病痊愈，身体恢复健康，满心欢喜，因而安安逸逸、舒舒服服地又酣睡了一夜。次日清晨，国王兴高采烈地入朝视政，文武百官站在两旁朝拜毕，国王念念不忘都班医师，便派人去邀请他。

都班医师应邀进宫，来到国王面前，跪下去吻了地面。国王站起来迎接都班，让他坐在自己身旁，问他好，赏他衣服、礼物，陪他吃喝、谈心，彼此感情融洽，直到傍晚，国王又赏赐他五套衣服和一千金才分手。都班医师怀着感谢的心情满载而归。

郁南国王病体痊愈的第三天清晨，他情绪饱满地临朝视政，在文武百官的朝拜、赞颂、拥戴下，精神格外振奋。这时候，群臣中有个形貌丑陋、性情乖戾、为人吝啬、嫉妒心重的大臣出来作对。这是因为他眼看国王亲近、厚赏都班医师，便产生嫉妒心，存心不良，想危害都班。他走到国王面前，跪下去吻了地面，然后说："主上尽做好事，施舍范围很广，我对这种做法有不同意见，想借此机会进几句忠言。因为我若隐藏自己的见解，默不作声，就不是忠臣了。如果主上许可，我就陈述自己的意见。"

国王听了他的话，感到惊诧，问道："你有什么忠言要进的？"

"大王陛下，古人说得好：'不考虑后果者，非俊杰也。'这句话是有道理的。关于陛下恩赏自己的敌人、优待危害国家的奸细这件事，在我看来是失常而欠妥的。的确，陛下优待、尊重、亲近这个人，已经达到无以复加的地步了。这便是我替陛下引以为忧的缘故。"

国王骇然震惊，面色突变，问道："你瞎说什么？你指的是谁？"

"主上若在睡梦中，就请醒来吧。我指的是那个叫都班的医师呀。"

"你这个该死的家伙！都班是我的朋友。在我心目中，他是最可敬爱的人。因为他给我一根拐杖，让我握着打了一场球，就把我所患的不治之疾治好了。像他这样一位高明的医师，当今之世，东西各国都是找不到的，你却出此谰言辱没他。从今日起，我将任用他，要给他规定一个月薪一千金的职位。即使我跟他平分江山,这个代价比起他的功劳来,也是微不足道的。你以此无耻谰言诽谤都班医师,显然是嫉妒心在作祟。因为你嫉妒他,所以存心杀害他,其结果只会让我像桑第巴德杀害猎鹰那样懊丧不置罢了。"

"恳求大王恕罪,并请告知臣下:那是怎么一回事情。"

"好的,你听我讲吧。"郁南国王便讲了《桑第巴德和猎鹰的故事》。

桑第巴德和猎鹰的故事

相传古代波斯帝王中,有一个叫桑第巴德的国王,为人达观,好交游、狩猎。他饲养着一只猎鹰,爱如珍宝,白天黑夜跟它待在一起,出猎时更是离不开它,特意为它铸造了一个金碗,挂在它的脖子上,供它饮水吃食之用。

有一天,猎务大臣前来谒见国王,奏道:"启禀主上:今天天气晴朗,正是打猎的好时机。请动身上山出猎吧。"

国王欣然接受大臣的提议,即刻下令准备一切,然后带着猎鹰和狩猎的队伍到了山中。刚划定猎区范围,分兵把守指定的防线,林中便蹦出一只羚羊。国王一见,大为欢喜,决心要把它猎到手,因下令军中:"放走羚羊者,死罪。"于是人人小心,个个谨慎,一起压缩防线,逐渐向羚羊靠近。羚羊被迫乱窜,蹦到国王左近,突然举起两只前脚,站在后脚上,好像要向国王叩头致敬似的。这时候,国王无意间一低头,羚羊趁机一蹦,从国王的头上跳出猎区,向旷野逃去了。

国王举目环顾左右,见士兵挤眉弄眼地窃窃私语,便问猎务大臣:"士兵们在说什么?"

"他们说主上曾下令说'放走羚羊者,死罪'。"

"指我的头颅起誓,我非追去把它猎获不可。"国王说着果然策马跟踪追逐,一直追到山坡上。羚羊挣扎着企图蹿入岩洞,幸亏猎鹰迎头赶上,用翅膀把它打得头晕眼花。国王即时赶到,抽出腰中的短棒,一棍打翻羚羊,然后下马,把它一宰,剥掉皮,挂在鞍头上,预备带回营地。

当时天气炎热,人马俱渴,可是在荒无人烟的地方,找不到水解渴。正当左右为难的时候,国王无意间看见左近的一棵树上流下奶油似的液汁,便从猎鹰脖上取下金碗,拿到树下,让液汁流到碗中,积满一碗,摆在地上,准备喝它解渴。但在他身边的猎鹰却突然张翅一打,顿时把碗中的液汁打翻在地。国王又积了一碗,他以为猎鹰口渴,便把碗摆在它面前,供它解渴,但想不到又被它打翻。国王心情沮丧,没奈何,只得忍气又积了一碗液汁,摆在马前,供它解渴,猎鹰却又张翅把碗打翻。国王很生气,怒不可遏,骂道:"你这该倒霉的讨厌家伙!你不喝水,也不让我和马喝,真是该死!"他一怒之下,抽出宝剑,断然割断猎鹰的两只翅膀。这时候,猎鹰哆嗦着抬头向上观看,好像暗示国王说:"你看那树顶上的东西吧!"

国王抬头一看,见树干上攀缘着一条巨蛇,正在那里吐毒液。他这一惊非同小可,万分懊悔不该错怪猎鹰而割它的翅膀。他痛定思痛,没奈何,只得带着猎获的羚羊和伤残的猎鹰,垂头丧气地回到猎区。进入帐篷,把羚羊交给厨师,吩咐道:"拿去烧烤吧!"然后他捧着可怜的猎鹰,颓然坐下,眼睁睁地望着它呼喘哭泣着气绝身死。

国王见心爱的猎鹰被自己亲手杀死,感到百般懊丧,忍不住痛哭流涕,唉声叹道:"猎鹰救了我的性命,它自己却死在我手里。这该是多么悲惨、痛心的事呀!"

郁南国王讲了《桑第巴德和猎鹰的故事》,他的大臣听了,说道:"大王陛下,我向陛下进忠言,这有什么不对呢?我对都班医师的看法,有什么错处呢?其实,我的一言一行,全是出自一片忠诚,一方面是关心陛下的安全,另一方面是让陛下明了事实的真相。陛下若采纳我的劝告,就会成功胜利。否则,后果是不堪设想的,会踏欺骗某王子的那个大臣的覆辙呢。"

"那是怎么一回事？告诉我吧。"郁南国王急于要知道大臣的遭遇。

于是大臣便讲了《王子和食人鬼的故事》。

王子和食人鬼的故事

相传古代的某国王，膝下只有一个独生子，因此向来重视他的教育和成长。王子非常喜欢打猎。国王派一个大臣专门陪伴、侍奉他，随时不离他的左右。有一天，王子在大臣的陪同下上山打猎。他们在山中碰到一头野兽，大臣不顾王子的安危，一股劲地鼓励他："别放过这头野兽，赶快追去。"

王子跟踪追捕野兽，一步不放，跑到很远的地方，野兽突然不见了。王子也迷失了方向，不辨归路，正徘徊歧途、茫然不知所措的时候，突然看见一个女郎在路边伤心哭泣。他觉得奇怪，便问女郎："喂！你是谁？干吗在此哭泣？"

"我是印度国王的女儿。在旅途中，因为打瞌睡，不知不觉间从牲口上跌下来，当时昏迷不省人事，后来就失群离散，跟旅伴们分开了。"

王子听了女郎的叙述，同情她的境遇，便拉她上马，让她骑在自己身后，带她离开荒山野林。路经一处废墟地带时，女郎对王子说："我的主人，请等一等，让我下马吧，我要便溺呢。"

王子扶女郎下马，让她进废墟去便溺，但是过了好一阵却不见她出来。王子嫌她太慢，不耐久等，便悄然进废墟去踏看。结果却见女郎原形毕露，原来她是个食人鬼，正在对小妖怪们说："孩儿们，今天娘给你们弄到一个肥胖的青年人。""娘！"小妖怪们说，"快拿来给我们饱肚子吧。"

王子听了食人鬼母子们的谈话，相信自己非死不可了，吓得浑身发抖,张皇失措地走出废墟。食人鬼回到王子身边,见他惊慌失措,战抖不已,便问他:"你怎么了? 你害怕什么呢?"

"有一个仇视我的坏人,凶恶、可怕极了。"

"你不是说你是王子吗?"

"是的,我是王子,这没有错。"

"王子有的是钱。你怎么不赏他钱,收买他呢?"

"他不要钱,只要我的命。这便是他凶恶、可怕的地方。因此,我是受莫大冤枉、委屈的人哪。"

"照你的说法,你既是受冤枉、委屈的人,那么,向安拉求援吧!他会保护你不受伤害的。"

王子抬头仰望天空,虔诚地祈祷道:"有求必应的、替被迫害者消灾灭患的主宰呀! 求您替我制伏仇敌,让我摆脱他的危害吧。主啊! 您是万能的。"

食人鬼听了王子的祈祷,非常害怕,便悄然隐遁了。

王子摆脱食人鬼的危害,感到快慰,欣然策马回到宫中。他把大臣教他追捕野兽而迷途,以及中途碰到食人鬼的经过,向国王详细叙述了一遍。国王听了非常生气,立刻下令处大臣死刑。

大臣讲了《王子和食人鬼的故事》,接着向郁南国王进他所谓的忠言,说道:"主上越是信任、放心都班医师,他越容易危害陛下;陛下越是优待、亲近都班医师,他谋害陛下的机会就越多。难道陛下不曾看见:他既然拿一根拐杖给陛下握着,就能治好陛下的病,那么,他拿什么东西给陛下握着就能致陛下死命,这不是不可能的事吧? 这对他来说是轻而易举的事呢。"

"爱卿,你说得对,你的估计有可能成为事实。"郁南国王接受大臣的忠言了,"这个医师,也许是来谋害我的一个奸细。他既然拿拐杖给我握着便治好我的病,那么,他可能拿什么东西给我一闻就能致我死命。情况既然如此,你说吧,爱卿! 该怎么对付他呢?"

"马上派人传他进宫,宣布他的死刑,处决完事。所谓先下手为强嘛。杀死他,杜绝后患,从此高枕无忧,可保天下太平。"

"不错,爱卿说得有理。"郁南国王采纳大臣的建议,即刻下令,召都班医师进宫。

都班医师怀着欢乐的心情应邀进宫,但茫然不知等待他的是吉还是凶,其情如诗人所说:

> 不要畏惧命运,
> 把一切交给掌握财富者去决定。
> 命运注定的事件自然应时而实现,
> 对一切事变须保持镇静。

他洋洋得意,匆忙奔到郁南国王面前,跪下去吻了地面,然后吟道:

一

> 若说我不曾尽到感谢的义务,
> 请问那诗歌、散文究竟为谁而作?
> 当我还未启齿请赏之际,
> 你毫不踌躇即刻慷慨施予,
> 我怎能不公开赞美暗中感谢?
> 恩惠沉甸甸地压着我的肩臂,
> 但是它减轻我内心的忧虑,
> 我将把这种恩惠终身牢记。

二

> 愿你抛弃忧愁、顾虑,
> 把一切委托给命运。
> 对目前的美好际遇应该欢欣、快慰,

过去的事件尽可一概置之脑后。

兴许这件事情目前令人灰心丧气，

说不定将来会演变出美满的结局。

上帝做他要做的事情，

你千万别盲目反对。

三

把一切交给明智的主宰去主持，

让心胸摆脱身外的一切获得休息。

须知事物不可能按你的要求进行，

上帝的意志才能决定一切。

四

达观些，

不必过分忧虑。

把苦恼全都忘记，

因为它善于侵蚀理性。

计划不替卑微的奴婢谋利，

你只该为来世间永恒的享受勤修苦练。

都班医师吟罢，郁南国王对他说："我召你进宫，你知道是为什么吗？"

"我不知道。未来的事，只有上帝知道。"

"我召见你，是要处你死刑呢。"

"主上，干吗要处我死刑呢？"都班感到无比惊奇、恐怖，"我到底犯了什么罪过呢？"

"据说你是个奸细。你到这儿来的目的是要杀害我。喏！现在不待你下毒手危害我，我可先发制人而致你死命了。"国王说罢，大声呼唤刽子手，吩咐他："砍掉这个奸细的头，消除祸患，免得咱们受他的害。"

"饶我一命吧!上帝会延长您的寿命呢。"都班向国王求饶,"别杀我吧!上帝会保佑您呢。"

"不杀死你,我是放心不下的。因为你拿拐杖给我握着便治好我的疾病,你自然会用什么东西给我一闻就要我的命呢。这就是我不放心的地方。"

"大王陛下,难道这就是陛下给我的报酬吗?显然陛下是以怨报德呀。"

"非杀你不可,没有宽容的余地。"

都班医师听了国王斩钉截铁的回话,证实国王决心要杀他,没有幸免的希望了,沮丧到极点。他忍不住伤心哭泣起来,百般懊悔当初不该给不知好歹的郁南国王治病。

刽子手遵循命令,走到都班医师面前,拿布条束住他的眼睛,然后抽出宝剑,摆出执法的架势,向国王请示:"请下命令吧!"

都班医师绝望到极点,哭哭啼啼地向国王求饶:"饶我一命吧!上帝会延长陛下的寿命呢。别杀我吧,上帝会保佑陛下呢。"他说罢凄然吟道:

> 我忠诚老实,
> 结果一败涂地。
> 他们作孽、欺骗,
> 却步步胜利。
> 我被忠实蒙蔽,
> 它导致我进入毁灭的屋宇。
> 今后若能苟全性命,
> 我绝口不提有关忠实的事情。
> 如果我一旦死去,
> 古往今来的忠实者都应受到诅咒。

都班医师吟罢,对国王说:"难道这是我应得的报酬吗?那么陛下给我的报酬跟鳄鱼的报酬是一样的了。"

"鳄鱼是怎么给报酬的?"国王急于要知道鳄鱼的故事。

"在这样的情况下,我是不能谈鳄鱼的故事的。指上帝起誓,饶我一命吧!上帝会延长陛下的寿命呢。"都班医师边哀求边痛哭流涕。

郁南国王的一个亲信大臣眼看都班医师的无辜,觉得可怜,便站起来替他讲情:"主上,请看臣面,饶恕这位医师吧。在我们看来,他没犯什么罪过,倒是陛下所患的不治之疾,太医和一般医生都束手无策,却被他一手给治好了。"

"我要杀这个医师的原因,你们可不知道。"国王对在座的群臣说。"因为让他活着,我就要受他的危害,这是不可避免的事。因为他拿一根拐杖给我握着便治好我的疾病,他自然也会拿什么东西给我一闻便弄死我呢。我认为他是受人贿赂而来谋害我的。显然他是一个奸细,为谋害我才到这儿来的,所以非处他死刑不可。杀掉他,我的生命才安全呢。"

郁南国王断然拒绝大臣的讲情,都班医师知道国王要杀他的决心很坚定,没有活命的希望,便剀切地说:"大王陛下,如果陛下非杀我不可,那么恳求你稍缓一步,让我回家去准备一下后事,同家人和亲友见一面,嘱咐他们替我料理善后,并处理一下我的医学书籍。那些书籍中有一册非常特殊的珍本,我打算拿它做礼品献给陛下,保存在库藏里,留作纪念。"

"那册珍本记载着什么内容?"国王对都班医师的珍本书籍很感兴趣。

"该书的内容很丰富,有一部分是关于机密事物的。待砍掉我的头时,陛下打开书,翻到第三页,然后从左边那页的开头阅读三行,我的头就能同陛下谈话,并回答陛下提出的各种问题。"

郁南国王听了都班医师的谈话,感到十分惊异,心情非常兴奋,欣然问道:"大夫,我砍掉你的头,它还能说话吗?"

"不错,还能说话。"

"这桩事真奇怪!"国王感叹着,即时派监视人随都班医师回家去料理他的身后。

都班医师回到家中,在一天之内,赶着办完各种应办的事情。

次日清晨,都班医师随监视人从容返回王宫,见文武朝臣和卫队济济一堂,拥挤不堪,整个朝廷热闹得像一座百花盛开的花园。都班医师手持一册古籍和一个盛着药粉的瓶子,走到郁南国王面前,安然坐下,说道:"给我拿个盘子来!"

人们按照都班医师的吩咐,给他拿来一个盘子。于是他把瓶里的药粉倾入盘中,随手摊平它,然后对国王说:"大王陛下,请陛下拿着这本书,暂别翻阅,待砍下我的头来,将它摆在盘中,按在药粉上,待血停止时,陛下打开书本,从头读下去好了。"

郁南国王手持古籍,下令执法砍头。刽子手站起来,走到都班医师面前,手起刀落,一刀砍掉他的脑袋,随即把它摆在盘中,按在药粉上,血便停止,接着都班医师的头颅就睁开眼睛,望着国王说:"大王陛下,请打开书本读下去吧。"

国王打开书本一看,见书页粘在一起,便将指尖伸入口内,蘸口液来翻书;每翻一页蘸一次,直翻到第六页,都不见字迹,觉得奇怪,问道:"都班医师,书中怎么一个字也没有?"

"陛下继续翻着看下去吧!"

郁南国王果然边翻边看,又连续翻了三页之后,霎时间感到头晕目眩,全身战栗,摇摇欲坠。这是因为那册所谓的珍贵古籍曾毒化过,毒素已散布到国王体内,使他支持不住,狂叫着说:"我中毒了!"

都班医师眼看郁南国王的情状,耳闻他的叫声,坦然吟道:

　　　他们掌权,统治黎民,

　　　一味追求延长专政期限。

　　　可惜天不遂人愿,

刹那间政权变成缥缈的泡影。

倘若他们公正、廉明，

庶民必然感激涕零。

然而他们暴虐成性，作恶不息，

所以应遭残疾、瘟疫的罪罚。

今晨刚从甜梦中惊醒，

现实的情况便向他们吟诵：

"这个结局，原是来自那个原因，

千万别责怪、埋怨命运。"

　　都班医师的吟诵声刚停止，郁南国王便颓然一跟头栽倒，顿时气绝身死。

　　渔翁讲了《郁南国王和都班医师的故事》之后，接着责备魔鬼："该死的魔鬼！你要知道：假若郁南国王让都班活着，那么安拉一定会让国王生存下去的。可是国王不饶都班而杀了他，所以安拉才处国王死刑哩。你呢，该死的魔鬼呀！假若你不存心危害我，安拉一定会饶恕你的，可是你口口声声要危害我，所以我才要把你闷死在胆瓶中，抛到大海里。"

　　"渔翁，指安拉起誓，你别这样做吧。我固然作了孽，还求你饶恕我，别因为我的行为而责备我，因为你是善良的人类嘛。古人说得好：'以怨报德的人哟！作恶者的坏行为，尽够惩治他自己了。'如此说来，求你不要像艾玛迈对耳帖凯①那样对待我吧。"

　　"艾玛迈是怎样对待耳帖凯的？"

　　"我被禁锢在瓶里，不是叙谈的时候；求你放了我，我再告诉你吧。"

　　"你留着别说好了。我非把你投入海里不可，教你一辈子没有

----

① 这个故事已失传。

出头的日子,因为当初我向你苦苦哀求,低声下气地求你可怜我,你却一味要杀我。我没有犯该死的罪过,也不曾冒犯你,相反的,我对你行过好,把你解放出来,救了你的生命。你却不知好歹,以怨报德,因此我知道你的本质是坏透了的。你要知道:我不仅要把你投在海里,而且还要把你怎样对待我的情况告诉世人,教他们有所警惕,以便他们打捞着你的时候,立刻把你投在海里,让你一辈子留在海中,遭受种种痛苦,直到世界末日。"

"渔翁,放了我吧,现在正是你讲义气的好机会呢。我向你赌咒,今后我绝不危害你,而且还要给你一件东西作为媒介,使你发财致富。"

渔翁接受魔鬼的要求,彼此约定:渔翁释放魔鬼,魔鬼不危害渔翁,而且要好生对待他。经魔鬼指安拉的大名发过誓,渔翁才相信他,便打开瓶口。这时候,一股青烟从瓶中冒了出来,飘飘荡荡地升到空中,逐渐汇集起来,变成一个狰狞的魔鬼,一脚把胆瓶踢到海中。

渔翁见魔鬼把胆瓶踢到海中,认为自己非受害不可,暗自叹道:"这不是好兆头呀!"继而他鼓着勇气说:"魔爷,安拉说过:'你们应该践约,因为约言将来是要受审查的。'你同我有约在先,发誓不欺骗我。你不违约,安拉就不惩罚你。因为安拉对人是审慎、宽容而不疏忽大意的。现在我像医师都班对国王郁南所说那样对你说吧:'让我活下去吧,安拉会延长你的生命呢。'"

魔鬼哈哈大笑一阵,随即拔脚向前走,说道:"渔翁,跟我来吧。"

四色鱼的故事

渔翁虽然跟在魔鬼后面,可是他却不相信自己能够脱险。他们一直向前,经过郊区,越过山岭,来到一处宽阔的山谷,便发现眼前有一个水清见底的湖泊。魔鬼涉到湖中,对渔翁说:"随我来吧。"待渔翁也涉到湖中，魔鬼才站定，吩咐他张网打鱼。渔翁低头一看，只见白、红、蓝、黄色的四种鱼儿游在水中，不觉大吃一惊。于是取下网，张开撒在湖中，一网打得四尾，每种颜色各一尾。渔翁看着网中的鱼，感到十分高兴。魔鬼对他说："渔翁，你回去的时候，把鱼送到宫中，献给国王，他会把使你发财致富的东西赏赐你的。指安拉起誓，现在我没有别的方法报答你，请原谅吧。我在海中待了一千八百年，今天才得见天日。今后你每天只消来湖中打一网鱼就够了，不要贪心。现在我把你托付给安拉了。"魔鬼说罢，一顿足，地面裂开，便陷进去不见了。

渔翁带着四尾鱼回城，在归途中老是想着跟魔鬼打交道的经过，感到惊奇。他回到家中，取个钵盂，装满水，把鱼养在钵中。鱼儿得水，活跃起来，在钵中游来游去。尔后他按照魔鬼的吩咐，顶着钵盂，送鱼进宫。到了宫中，把鱼献给国王。国王看了渔翁进贡的四尾鱼，非常惊奇，因为这种形状和品种的鱼，他生平还是头一次看见。他吩咐宰相："把这几尾鱼交给女厨师去烹调。"原来宫中有个善于烹调的女奴，是三天前希腊国王当礼物送来服侍国王的，国王还不知道她的本领，因而送鱼给她煎制，以便试验她的技能。

宰相奉命把鱼带到厨房，交给女厨师，说道："主上说，他老人家不伤心的时候是不掉眼泪的。今天有人把四尾鱼送来献给他，希望你用卓越的技巧烹饪出来，让我们高兴愉快地享受吧。"宰相吩咐毕，匆匆回到国王面前。国王命令他赏渔翁四十个金币。宰相遵命赏赐渔翁。渔翁得了赏钱，欣喜万分，跟跄奔到家中，快乐得一会儿坐下，一会儿站起，蹦蹦跳跳地以为自己是在梦中。他用赏钱给家人买了生活必需的各种东西，当天夜里，欢喜快乐地过了一夜。

宫中的那个女厨师遵循命令，即刻动手，把鱼剖洗干净，架上煎锅，然后把鱼放在锅中去煎。她刚煎了一面，再翻过来煎第二面的时候，厨房的墙壁突然裂开，里面出来一个窈窕美丽的妙龄女郎，身披一条蓝绢混织的围巾，耳下垂着耳环，臂上戴着手镯，指上戴着珍贵的宝石戒指,手中握着一根藤杖。她把藤杖戳在煎锅里,说道:"鱼啊!你还坚守旧约吗?"女厨师眼看着这种情景,吓得昏了过去。在女郎第二次第三次重复了她的问话以后,煎锅里的鱼儿都抬起头来,清清楚楚地回答道:"是的,是的。"接着吟道:

> 你若反目,
> 我们也反目;
> 你若践约,
> 我们也践约;
> 你若舍弃誓约,
> 我们也奉陪着。

鱼儿吟罢,女郎用藤杖掀翻煎锅,走进原来的地方,接着厨房的墙壁便合拢,恢复原状。这时候,女厨师慢慢苏醒过来,看见四尾鱼全都烧焦,枯如木炭,大吃一惊,叹道:"第一次上阵,还未交锋,枪杆就先折断了。"她叹息着又昏了过去。这时候,宰相突然来到厨房,见女厨师昏迷不省人事,便用脚踢一踢她。女厨师苏醒过来,悲哀哭泣,把发生的事详细地告诉宰相。宰相听了,感到惊奇,说道:"这真是一桩奇怪的事情呢。"于是立刻派人把渔翁唤来,大声喝道:"渔翁!把你上次拿来的那种鱼儿给我再拿四尾来。"

渔翁去到湖中,一网打了同样的四尾鱼,诚惶诚恐地送进宫去,献给宰相。宰相把鱼拿到厨房里,交给女厨师,说道:"你来当着我的面煎吧,让我亲眼看看这种怪事。"女厨师把鱼剖洗干净,架上煎锅,把鱼放在锅里。刚开始煎的时候,墙壁忽然裂开,那个女郎便出现在他们面前,还是第一次的那种打扮,手中握着藤杖。她把藤杖戳在煎锅里,说道:"鱼啊!你还坚守旧约吗?"随着女郎的声音,锅里的鱼都抬起头来,吟道:

> 你若反目,
> 我们也反目;

你若践约，

我们也践约；

你若舍弃誓约，

我们也奉陪着。

女郎听罢，用杖掀翻煎锅，走进原来的地方，墙壁便合拢，恢复原状。宰相自言自语地说道："这桩事情不可隐瞒下去，必须报告国王。"于是赶忙去见国王，把亲眼看见的事情报告一番。国王听了，说道："我非亲眼看一看不可。"随即派人去唤渔翁，限三天的期限，命他照过去送来的那种鱼儿再送四尾进宫。渔翁诚惶诚恐地往湖中去，打了四尾鱼，及时送到宫中。国王吩咐赏渔翁四百金币，才向宰相说："来，你亲自在我面前煎鱼吧。""听明白了，遵命就是。"宰相回答着，即刻拿来煎锅，洗了鱼，放在锅中。他把煎锅架在火上，刚开始煎的时候，墙壁突然裂开，里面出来一个彪形黑奴，像一头牡牛，又像是翁定族①的遗民。他手中握着一根绿树枝，粗声粗气地问道："鱼啊！鱼啊！你坚守旧约吗？"随着黑奴的吼声，锅中的鱼都抬起头来，回道："是呀，是呀，我们是践约的。"随即吟道：

你若反目，

我们也反目；

你若践约，

我们也践约；

你若舍弃誓约，

我们也奉陪着。

黑奴走过去，举起树枝，掀翻煎锅，随即从原路归去。国王仔细打量，见鱼儿都被烧焦，变得枯如木炭，不禁骇然震惊，说道："这样的事不可缄默不问，这种鱼必然有它特殊的情况。"于是他下令传渔

_____

① 古代阿拉伯民族的一支，以身材高大著称。

翁进宫,问道:"该死的渔翁,这种鱼你是从哪里打来的?"

"从城外山谷中的一个湖泊里打来的。"

"由这里去有多少路程?"国王瞪眼看着渔翁。

"启禀主上,约莫半小时的路程。"

国王听了渔翁的话,感到惊奇。他急于要知道其中的实况,便传令部下,即刻整装出发。于是率领人马,浩浩荡荡地开出城去,渔翁在前面领路。他们经过郊区,爬过山岭,一直来到广阔的山谷中,看见那个水清彻底,四面被群山围绕,里面有红、白、黄、蓝色鱼的湖泊,人人都感到惊奇,因为这样的山色湖光是他们生平未见过的。国王且惊且喜,站在湖旁,对左右的随从和兵士说:"你们中间有谁见过这个湖泊吗?""没有,主上!我们生平从未见过。"人们齐声回答。接着国王又问那些年纪较大的人,他们也都说:"我们有生以来还没见过这个地方的湖泊呢。"国王说:"指安拉起誓,我要把湖和鱼的来历弄个清楚明白,才肯回城视事。"于是吩咐部下,依山扎营,并对那位精明强干、博学多智,经验丰富的宰相说:"今天夜里我打算一个人静悄悄地躲在帐中,仔细研究湖和鱼的来历。我命令你坐在帐外,凡是来见我的,无论公侯将相,或侍从仆役,一律不许进帐。告诉他们,国王欠安,不能接见,可千万别把我的意图告诉任何人。"

宰相听从命令,小心翼翼地守在帐外。国王卸了朝服,佩上宝剑,悄然离开营帐,趁黑夜爬上高山,向前迈进。他一直跋涉到天明,继而冒着炎热的天气,不顾疲劳,继续走了一昼夜。次日又走了一昼夜,到天亮时,才发现远方有一线黑影。他十分高兴,说道:"也许我能遇到一个可以把湖和鱼的来历告诉我的人吧。"他走近一看,原来是一座黑石建筑的宫殿,两扇大门,一闭一开。国王高高兴兴地站在门前,轻轻地敲门,却不见有人答应。他第二次第三次再敲,仍然没有人答应。他又猛烈地敲了一会儿,还是没有人答应。他想:"毫无疑问,这一定是一所空房。"于是鼓起勇气,闯进大门,来到廊下,高声喊道："住在屋里的人啊！我是一个异乡人，路过这里，你们有什么食物，可以给我充饥吗？"他一连喊了三四遍，还是听不到有人答应。他鼓起更大的勇气，抖擞精神，由廊下一直闯到堂屋里。屋里虽然不见人影，可是却布置得井然有序，一切陈设都是丝绸的，非常富丽，铺着闪光的地毯，挂着绣花的帷幕。一个宽敞的院落，被四间矗立的拱形大厅环抱着；院中有石凳和喷水池，池边蹲着四个红金狮子，口里喷出珍珠般的清水。院中养着鸣禽，空中张着金网，防止群鸟飞遁。国王看了这种景象，却没有一个人来和他谈这旷野中的山岳、湖泊、四色鱼和宫殿的来历，感到无限的惊奇和苦闷。没奈何，他颓然在门前坐下，低头沉思。这时候，他突然听到一声哀怨的悲叹，继而伤感地吟道：

> 我隐藏起你那里见到的一切，
> 它却甘心暴露自己。
> 瞌睡从我眼边逝去，
> 换来了失眠。
> 命运哟！
> 你不必对我怜惜，
> 也别教我的灵魂再在困顿和危险之间苟延。
> 你们不是怜惜人群中的英俊，
> 因为他在情场中一败涂地，
> 变为卑劣、懦怯。
> 你们也不是爱慕人民中的富豪，
> 因为他已经一文不名，
> 穷无立锥之地。
> 我们原是望风而来趋附你们的，
> 然而厄运降临的时节，
> 眼睛随之而失明。
> 骑士有什么办法呢，

当与敌人相遇，

挽弓欲射之际，

弓弦已先断裂？

青年人被愤恨重重包围的时候，

教他从厄运手中逃往哪里去躲避？

听了吟诵声，国王立刻站了起来，探头一看，见大厅门上挂着帘幕，便伸手掀起帘幕，发现一个青年坐在幕后一张一尺多高的床上。他是一个眉清目秀、满面红光、口舌伶俐、身段标致的青年，正是：

乌发粉面的标致青年，

白天黑夜在人前出现。

你们不可否认他腮上的黑痣，

因为每一朵秋牡丹都有一粒黑子呢。

国王一见青年，欣喜若狂，向他问好。那个青年端坐着，身穿一件埃及式的金线绣花锦袍，头戴珍珠王冠，只是眉目间挂满愁云。他彬彬有礼地回问国王，接着说道："我有痼疾，不能起身迎接你，请原谅我吧。"

"青年人，你别客气，现在我是你的客人了。为了一桩重要的事情我才到你这儿来的。我要你把这里的湖泊、四色鱼和这座宫殿的来历告诉我，并且让我知道，为什么你一个人住在这里？为什么这样悲哀痛苦？"

青年人听了国王的话，眼泪簌簌地从腮上流下，忍不住伤感起来，吟道：

对睡梦沉沉的人说吧，

命运的主宰教多少人倒下去，

教多少人又站起来，

你若是酣睡未醒，

安拉的眼睛却一直是睁着的。

天空豁然晴朗了，

　　究竟是因为何人？

　　它霎时晦暝下去，

　　又是为了谁呢？

　青年吟罢，感伤地叹了一口气，接着又吟道：

　　把一切托付给人类的主宰，

　　从此撇开愁恨，

　　按下追溯的念头。

　　已经逝了的事情，

　　别追问："为什么这样演变？"

　　因为命运是一切演变的根源。

　国王感到奇怪，问道："青年人，你为什么伤心哭泣？"

　"我的情况如此，怎么能不伤心呢！"他撩起衣服，让国王看他的下身。

　原来那青年的身体，从腰到脚这一截已经化为石头，只是从头到腰的一截还有知觉。国王看了青年的情况，忧心如焚，垂头丧气，长吁短叹一阵，然后说道："青年人，你把一重新愁加在我的旧愁上了。我原是为了打听四色鱼的来历才到这儿来的，可是现在除了打听鱼的究竟之外，又要了解你的情况了。毫无办法，只盼伟大的安拉援助了。青年人，快快把你的境遇告诉我吧。"

　"你听着，我告诉你吧。"

　"我的耳目早已准备好了，你说吧。"

　"我自己和四色鱼有着一段离奇古怪的遭遇呢，如果把它记录下来，对于后人倒是很好的训诫哩。"

　"这是怎么一回事呀？"

着魔王子的故事

　　先生,你要知道,先父是这个国家的国王,叫玛哈睦德,是这个黑岛的主人。黑岛的四周被群山重重围绕。先父执政七十年死后,我继承王位,娶了叔父的女儿为妻,彼此情投意合,相亲相爱。她尤其敬爱我,爱到我不在她面前就不思饮食的程度。这样的恩爱生活,继续保持下去,整整过了五个年头。有一天趁她去澡堂沐浴的时候,我吩咐厨师迅速准备晚餐,待她回来时一同享用。当时我在这座宫里休息,吩咐两个宫女分别坐在床头床尾侍候。由于我妻不在我的身边,我的情绪不宁,倒在床上,辗转不能入睡,只是闭目躺着不动。当时两个宫女以为我睡熟了,便闲谈起来。我听见坐在床头的那个宫女说:"买斯武德,我们的主人可怜极了!他跟我们这个弄魔法的太太一起过活,这真是糟蹋他的青春呀。"

　　"是啊,愿安拉惩罚这个邪恶的女人!"坐在床尾的宫女说,"像我们主人这样青春年少,实在不该娶这样一个女人为妻。"

　　"我们的主人昏庸极了,他一点儿不管束她。"

　　"该死的你呀!如果主人知道她的情况还能不过问吗?她是背着主人在胡闹的呀。她把麻醉剂放在主人每天睡前喝的酒里,让主人喝了昏迷过去,不知道她到哪里去,做些什么事,也不知道她从哪里回来。她自己衣冠楚楚,收拾打扮起来,溜到外面去,串到清晨回来,焚香在主人鼻前一熏,主人才清醒过来呢。"

　　听了宫女的谈话,我心里十分着急,脸都气黑了。傍晚,我妻由澡堂沐浴回来,便摆出饭菜,一块儿吃喝。饭后我们坐着闲谈了约莫一小时,这才照往日的习惯预备睡觉。当时我妻吩咐仆人给我拿来睡前喝的酒,并亲手把酒送给我。我把酒接在手里,暗暗地倒掉,然后装作已经像往日那样喝了,倒在床上,拉被盖着,仿佛已经入睡。

当时我听见我妻自言自语地说道:"睡你的觉吧,再不要起来了,我讨厌你,尤其讨厌你的形象,我跟你过厌倦了,我不知道几时安拉才来收拾你的灵魂,教你快快死去。"她说罢,从从容容地换上最华丽的衣服,涂脂抹粉,馨香扑鼻地打扮起来,拿了我的宝剑,开门出去了。

我立刻起床,跟踪追了出去。我见她出了宫门,经过大街小巷,去到城门下,口中念念有词地不知说了些什么,铁锁便掉了下来,同时城门也就开了,她便溜出城去。我悄悄地紧跟在她后面,一直去到一处土墩中。那里有一座堡垒,当中有一间砖砌的圆顶屋子。我追进去,爬在圆屋顶上监视她的行动。原来她是来会住在屋中的一个黑奴的。这个黑奴的上下唇合在一起,突了出来,穿着污秽潮湿的衣服,躺在甘蔗叶上。

我妻在黑奴面前跪下吻了地面,他才抬起头来,骂道:"你这个该死的家伙,为什么耽搁到这时候才来?"

"我的主人哟!你不知道吗,我是和我的堂兄结过婚的人呀?不过我讨厌他的形象,不愿意跟他在一块儿过活。我要是不考虑你的安全,一定会在日出之前捣毁他的城市,教猫头鹰和乌鸦在里面叫嚣,教狐狼成群结队地在里面盘踞,并且还要把城中的石头全都搬到戈府山后面去的。"

"你这个该死的家伙,你是说谎欺骗我呀。指黑人的英雄起誓,我们黑人的豪气和你们白人是不同的。从今天起,你如果要耽搁到这个时候才来,那我就不要跟你来往了。你这个白人中最肮脏、下贱、可鄙的家伙,你是随意在玩弄我呀。"

我亲眼看了这种情景,听了他们的谈话,气得昏头昏脑,整个宇宙在我眼前都变黑暗了,我的灵魂也不知哪里去了。当时我妻一直站在黑奴面前哭泣,卑躬屈节地苦苦哀求:"我的主人哟!要是你恼恨我,那还有谁怜恤我呢?要是你遗弃我,还有谁收容我呢?"她悲哀哭泣着,直到黑人饶恕了她,才欢跃起来,说道:"我的主人哟!你这里有什么给我吃的吗?""你去打开那个铜盆吧,"黑人说,"里面有煮熟了的老鼠骨头,你拿出来啃吧。那个土罐里还有剩汤,你拿来喝吧。"我妻听从黑人的指示,啃了骨头,喝了残汤,然后洗手漱口。

我看了老婆的卑鄙下流行为,肯定她是一个邪恶家伙,气得几乎毁灭了自己。我蹑手蹑脚地从圆屋顶上溜下来,走进屋去,拿起妻子拿去的那把宝剑,迅速抽出来,决心杀死他俩。我一剑砍在黑奴脖上,以为已经结果了他的性命。

当初我砍黑奴的时候,本来是打算砍断他的大静脉和大动脉的,可是结果却只砍破了他的皮肉和喉管。当时他粗鲁地喘着气,我认为他的性命完结了。我砍黑奴的时候,老婆趁机逃跑了。我把宝剑插在鞘中,匆匆回城,来到宫中,倒身躺在床上睡觉。清晨,我妻把我唤醒。我一看,见她剪了头发,穿着丧服,对我说:"哥哥啊!我这样做,你别责备我吧;因为消息传来,说我母亲已病逝,父亲战死疆场,两个兄弟,一个被蝎螫身死,另一个也因噎丧命。遭了这样悲惨的事件,我应该哀悼守孝呢。""我不反对你,"我平心静气地对她说,"你喜欢怎样办就怎样办吧。"

从此她终日悲哀哭泣,埋头守孝。过了一年以后,她对我说:"我打算在宫中建筑一间寝陵似的圆顶屋,取名为'哀悼'室,预备一个人静悄悄地躲在里面守孝。""你打算怎么办,"我对她说,"便怎么办吧。"于是她果然在宫中建起一间圆顶的哀悼室,里面砌着坟墓,看去就像一座陵寝。之后,她把那个黑奴搬到哀悼室中养病。那黑奴虽然还活着,其实已经成为一个不中用的残废者。因为他自从被我砍了一剑之后,只能喝些汤水,病弱得不能开口说话,早晚就要咽气了。可是我妻却早早晚晚去看他,哭哭啼啼地安慰他,早送汤,晚送水,不辞辛苦地服侍他。我一直宽容她,不去追究,让她在这种情况下又过了一年。有一天,我趁她不提防的时候,去到哀悼室里,见她悲哀哭泣,说道:"我心房里的花朵呀!你干吗离开我?干吗不肯见我的面?我的灵魂呀!我的知心呀!跟我谈一谈心头的话吧。"

说罢,接着吟道:

你远走之后,
我自己已不存在人世之间;
因为除你之外,
我的心不喜欢其他的一切。
你去到任何地区,
请带着我的灵魂和骨片。
到什么地方住定,
便在你身边葬下我的骨片。
你站在坟前呼唤的时候,
听了回声,
这骨片发出的呻吟,
便和你的声音前后呼应。

她吟罢,哭了一会儿,继续吟道:

康乐的日子,
是在你面前享受荣幸的时候。
死亡的日子,
是你和我离别的时候。
我在恐怖中过夜,
经常受到死亡的威胁。
据我的估计:
和你紧密地联系在一起,
这当中的乐趣比安全还甜蜜。

息了一会,她又吟道:

如果我享尽人间的艳福,
拥有整个宇宙,

波斯王的国土也是属于我的；

那么当我的眼睛看不见你的时候，

这一切的享受，

在我看来，

它不比一只蚊子的翅膀更值钱。

待她吟罢，哭毕，我才对她说："妹妹！你终日悲哀哭泣，到现在应该是悲哀够了吧；要是再悲哀哭泣下去，你的眼泪也是淌不尽的。悲哀哭泣是没有什么好处的。""你别阻挠我！"她说，"你如果要干预我的事情，我只好自杀了。"

从那回以后，我默默不语，抱着放任的态度，让她穿着丧服又悲哀哭泣了一年。到了第三年，我对在我眼前发生的一直拖延下来的这桩痛苦事件，感到无限的愤恨。有一天，我走进哀悼室，看见我妻坐在坟前，长吁短叹地说道："我的主人哟！好久我没听你说一句话了。我的主人哟！你怎么不回答我呢？"说罢，接着吟道：

坟呀，

坟呀，

他的英俊消逝了吗？

或者是那灿烂的景象磨灭了你的光泽？

坟呀，

你不是天，也不是地，

为什么太阳和月亮会聚集在里面？

她和黑奴的谈话和她吟的赞美诗，使我怒火烧心，愤恨有增无减，因而慨然问道："唉！你要悲哀哭泣到什么地步呀？"我继而吟道：

坟呀，

坟呀，

他的黑色消灭了吗？

或者是那肮脏的景象磨灭了你的光泽？

坟呀，

你不是池沼，也不是锅釜，

为什么炭灰和渣滓会聚集在里面？

听了我的诅咒诗，我妻一骨碌站起来，说道："该死的你呀！原来是你给我干了这桩坏事，砍伤我的情人，摧残他的青春，教他三年来在不死不活的境况中受苦受难呀。"

"不错，这桩事是我做的。"我说着，拔出宝剑，握在手里，走过去预备杀她。

我妻听了我的话，见我决心要杀她，便笑起来，说道："滚开！要重演过去的事，好不容易啊！要死人复生，多困难呀！用这种手段对付我的人，我能够制服他；我心里因他而燃起的怒火还未熄灭，火焰还熊熊地燃烧着呢。"于是她站着喃喃地念了我不懂得的咒语，最后说道："凭着我的法术，你的下半截身体变成石头吧！"随着她的咒骂，我的下身果然变成了石头。从那时候起，我站不起来，睡不下去，既不是断了气的死人，也不是行动自由的活人。我的下身化石以后，整个城市，包括街道、庭园，也都中了她的魔法。城中原来住着伊斯兰、基督、犹太和袄教等四种宗教的信徒。他们着魔之后，全都变成了鱼类；伊斯兰教徒变成白鱼，袄教徒变成红鱼，基督教徒变成蓝鱼，犹太教徒变成黄鱼。原来的四个岛屿着魔后，变成了四座山岭，围绕着湖泊。从此之后，她尽量虐待我，每天打我一百棍，把我打得皮破血流，然后在我身上披一块毛巾，再把这件华丽的衣服穿在外面。

着魔王子谈了他的经历和遭遇，忍不住伤心哭泣，吟道：

主宰呀，

你的判决和规定，

我全都甘心忍受，

只要这里面包含着你的意愿。

他们暴虐、作恶，

任意侵害、掠夺，

也许凭着忍耐我们可以换取天堂的一角。

这一切的遭遇，

使我束手无策，

寸步难行，

最后只剩穆罕默德是我唯一的救星。

青年吟罢，国王抬头望他一眼，说道："青年人，你给我道破此中秘密之后，无形中在我的旧愁上加了一重新愁了。不过，青年人，告诉我吧，她在哪里？受伤的黑奴所栖息的坟墓在什么地方？"

"黑奴睡在哀悼室中的坟墓里，至于我的妻室，她住在间壁的这间大厅里。她每天日出时到这儿来，脱掉我的衣服，打我一百棍，打得我痛哭流涕，声嘶力竭，不能动弹时，才往哀悼室去侍奉黑奴，给他端汤送水。明天一清早，她就要到这儿来的。"

"指安拉起誓，青年人，我一定要替你做一桩功德无量而永垂不朽的好事呢。"

国王陪着青年谈话，直到夜里才休息睡觉。次日黎明前，国王起床，脱掉衣服，光着身子，带起宝剑，一直去到哀悼室中，看见里面摆着灯、烛、香料和药膏等物。他走过去，一剑砍死黑奴，把他的尸首掮出来扔在宫中的一眼井里，然后回到室内，拿黑奴的衣服裹在身上，手中握着宝剑，倒身睡了下去。

过了约莫一小时，那个该死的妖婆来了。她先脱了丈夫的衣服，痛打一顿，打得他苦苦哀求，说道："妹妹哟！这够我受用了。妹妹哟！求你可怜我吧。""你有没有可怜我？你有没有为我而谅解我的情人？"她反问着继续痛打，直到她自己感到精疲手酸，打得他皮破血流，才给他披上毛巾，把锦袍罩在外面。之后，她径往哀悼室，手中端着一杯酒，一碗汤，前去侍奉黑奴。她去到哀悼室里，走到坟前，哭着说道："主人哟！你回答我呀，有什么心事，对我讲吧。"继而吟道：

我流了足够的眼泪，

可不知此中的阻塞几时才能开禁？

如果说是嫉妒者从中作祟，

这惨状应该使他感到满意；

其实是你自己存心拖延聚首的日期。

她吟罢，痛哭流涕，说道："我的主人，你说吧，有什么话，只管告诉我。"国王压低嗓子，模仿黑奴的口吻说道："唉哟！唉哟！毫无办法，只望伟大的安拉援救了。"她听见黑奴开始说话，欣喜若狂，大叫一声，昏迷不省人事。息了一会儿，她苏醒过来，说道："主人哟！你说得对。"这时，国王用更微弱的声音说："你这个讨厌的家伙，是你使我病弱到这个地步的呀。"

"这是什么缘故呢？"

"因为你天天拷打你的丈夫，他哭泣求救的声音扰乱着我，使我通宵不能睡觉；他的祈祷和咒骂使我感到不安，心绪不宁；倘若不是为了这个，我的健康早就恢复了，同时也就是为了这些缘故，我才不理你呢。"

"既然如此，凭着你的许可，我饶恕他吧。"

"你饶了他，让我们安静下来吧。"

"听明白了，遵命就是。"她说着站起来，赶忙走进宫去，取个碗，装满水，念了咒语，碗中的水便咕嘟咕嘟地沸腾起来。她把水洒在她丈夫的身上，说道："如果你是因为我的法术和阴谋而变成这个形状的，那么凭着我说话的效力，你从这个形状恢复你的原形吧。"她说罢，霎时间青年果然恢复了健康，立刻站了起来，心中感到无限的快慰。"滚出去吧，"她骂道，"以后不准你再到这里来，否则我就杀掉你。"待青年离开宫殿之后，她才从从容容地来到哀悼室中，对黑奴说："出来吧，我的主人，让我看看你，为你的健康而快乐吧。"

"你到底干了什么呢？"国王把声音压低到最微弱的程度说，"你这样医治我，只是治标，不是根本的办法呀。"

"我亲爱的人哟！什么才是根本的办法呢？"

"你这个该死的讨厌的家伙！岛国里的居民还处在患难中，每天夜静更深的时候，湖中的鱼都抬起头来祈祷求救，并且咒骂我们，这就是我不能恢复健康的原因。去吧，你快去解救它们，再来牵我出去吧；现在我的健康逐渐恢复过来了。"

"指安拉起誓，主人呀！拿我的头和眼做保证，我马上去解救他们。"当时她认为真是黑奴在跟她说话，因而高兴快乐，立刻动身，欢欣鼓舞地跑到湖滨，伸手掬起一捧水，喃喃地念了咒语，湖中的鱼便活跃起来，霎时恢复了原状，变为人类。从此开了魔禁，黎民得到解救，河山城镇顿然恢复旧观。人们买的买，卖的卖，农工商贾马上兴旺繁荣起来。这时候妖妇匆匆回到哀悼室，说道："把你那双慈祥的手伸出来，让我牵你出去吧。"

"靠近我些。"国王低声说着，迅速抽出宝剑，猛然一剑刺穿她的胸口，接着又在她腰上砍了一剑，终于把她劈为两截，结果了她的性命。国王走出哀悼室，去到宫外，跟着魔的青年王子见面言欢，祝他脱难之喜。青年王子吻了国王的手，表示衷心感谢。国王对他说："你愿意在本国住下呢，还是随我往敝国去？"

"主上，您知道我们两国之间的距离吗？"

"两天半的路程吧。"

"主上，您如果还在睡觉，这该清醒过来了。其实从这儿往贵国去，即使一个健行者，也需要整整地走一个年头呢。您到这儿来只走了两天半，这是因为敝国受了魔禁的缘故。主上，今后我自己再也不愿离开陛下了。"

"赞美安拉，他把你当恩惠赏赐我。现在你是我的儿子了，因为我生平还没有过儿子呢。"于是两人拥抱起来，欣喜若狂。继而他们去到宫中，青年王子吩咐他的侍臣替他准备行李。侍臣遵从命令，赶忙料理，在十天内，把国王在旅途中需要的一切全部准备齐全。青年王子这才怀着依依不舍的情绪，选择五十名精壮的侍从，并携带许多珍贵物品,与老王一块儿动身。他们在旅途中不分昼夜地跋涉,整整行了一个年头,最后平安来到老王国中,派人往京城报讯。

国王平安归来的消息传到宫中,人们正在绝望之时,不禁喜出望外。宰相立刻率领人马出城迎接,跪在国王面前,庆祝凯旋。国王在宰相和人马的簇拥下回到宫中,坐在宝座上,然后对宰相叙述青年王子的遭遇。宰相听了,非常同情青年王子,并祝他脱难之喜。之后,国王吩咐设宴款待青年王子和侍从,并赏赐群臣。

国王回国之后,重理国事,把政务处置得有条有理,一切恢复了旧观,于是他吩咐宰相:"去把从前献鱼给我们的那个渔翁请来见我。"宰相奉命,找到那个因他而使一个国家的人民得到解救的渔翁,带他进宫,谒见国王。国王重赏渔翁,并打听他的家庭情况,问他有无子嗣。渔翁报告国王,说他有妻室和一子二女。国王派人把他全家接进宫去,选择他的大女儿为王后,把二女儿配给青年王子为妻,并委他的儿子为司库官。同时国王还委派宰相去做黑岛国的国王,吩咐同来的五十名侍从护送,前往青年王子的祖国去上任,并颁给许多礼物,带去赏赐黑岛国的官吏。宰相奉命,吻了国王的手,立刻动身,前去上任。

从此渔翁一跃而为国丈,他的儿子当了司库官,两个女儿做了王后,一家人在宫中享尽荣华富贵,过舒适的幸福生活,直至白发千古。

脚夫和巴格达三个女人的故事

　　古代巴格达城里住着一个孤苦伶仃的脚夫。有一天他去到市场中,坐在路旁,靠着篮子等生意。不觉之间,发现一个头戴卯隋里丝面纱、身着细纱衫、腰结飘带、脚穿绣花鞋的妙龄女郎,姗姗来到他面前,看他一眼,用甜蜜、清脆的音调说道:"带着篮子跟我来吧。"

　　脚夫一听女郎吩咐,即刻带着篮子就走,嘴里嚷道:"幸运的日子啊!"于是一直随女郎去到一家商店门前。她敲门,出来一个基督教徒。她向他买了一枚金币的橄榄,放在篮子里,吩咐脚夫:"带着跟我来吧。"这时脚夫自言自语地说道:"今天是吉利、幸福的日子哪!"于是把篮子顶在头上,边走边唠叨着,一直去到一家水果店。女郎买了叙利亚苹果、土耳其楹桲、阿曼梅子、哈勒白素馨花、大马士革睡莲、伊格拉密胡瓜、埃及柠檬、撒尔他尼橙子,此外还买了桃金娘、指甲花、甘菊、白头翁、紫罗兰、石榴和蔷薇等花果,一齐放在篮子里,吩咐脚夫:"带着走吧。"脚夫顶着篮子随她走到一家肉店。女郎对屠户说:"给我割十磅肉吧。"屠户照她的吩咐割了十磅肉递给她;她兑了钱,把肉包在芭蕉叶中,放在篮里,吩咐脚夫:"带着走吧,脚夫。"

　　脚夫顶着篮子,随她走到干果铺;她买了阿月浑子仁、葡萄干、杏仁,然后吩咐脚夫:"带着跟我来吧。"脚夫顶着篮子,随她走到糕饼铺。她买了一大盘各种各样的甜食,放在篮子里,吩咐脚夫带着走。

这时脚夫对她说："要是事前你说一声，我一定会牵匹小毛驴来替你驮这些东西哩。"女郎微笑着拍拍他的肩膀，说道："别啰唆！快走吧。若是安拉愿意，你的脚钱是预备好了的，一文也不短少。"于是脚夫跟她去到香水店；她买了玫瑰、睡莲、垂柳等十种香花制成的香水，并买了用麝香、乳香、沉香、龙涎香精制的装在喷瓶中的香水精，以及亚历山大的蜡烛等物，放在篮子里，吩咐脚夫："带着跟我来吧。"

脚夫顶着篮子，跟女郎走到一所高大、整齐、美观的屋子门前，两扇大门是黑檀镶红金的。女郎站在门前，整一整面纱，然后轻轻地敲门。一会儿，随着敲门的声音，大门开处，出现一个慈祥、窈窕的女郎，说道："进来吧，虎实卡舍。快让这可怜的脚夫放下篮子吧。"

脚夫随虎实卡舍跨进大门，一块儿走进宽敞的屋里，一看，是一所构造结实、雕刻精致、陈设富丽堂皇的建筑物，里面拱廊、楼台、亭榭应有尽有，门窗上挂着帘幕，院落中的池塘里，水面上浮着小艇。大厅的上方摆着一张镶金玉、挂珠帐的杜松床，床上坐着一位笑容可掬、举止活泼大方的女郎，她似乎是天空闪闪发光的明星，正是：

> 她启齿微笑的时候，
> 像一串均匀的珠玉，
> 像一阵透明的冰雹，
> 也像芬芳的甘菊。
> 她的头发仿佛是漆黑的夜；
> 她的容颜竟然羞退了晨曦。

这位女主人下床来，慢步走到她的两位姊妹面前，站在大厅中央，说道："你们怎么站着不动？赶快协助这个可怜的脚夫放下篮子吧。"于是虎实卡舍从前面，管门的女郎从后面，女主人从侧面，姊妹三人同心协力，帮助脚夫卸下篮子，并取出篮中之物，一件一件摆在适当的地方，然后给脚夫两个金币，说道："去你的吧，脚夫。"

脚夫望着三个女郎和那许多馨香扑鼻的花果以及各式各样丰盛的食物,感到万分羡慕、惊异,简直看呆了。这时候女主人问道:"你怎么着?为什么不走?你好像嫌脚钱给少了?"于是回头看她的姊妹一眼,说道:"再给他一枚金币好了。""我不是嫌脚钱少,公主,"脚夫说,"我的脚钱还不值两个银币呢;不过我心里有些想不通,为什么这里只是你们几位女流,却没有一个男性陪伴安慰你们?你们是知道的:一张桌子,必须有四条腿才能摆得起来;可是你们只有三个人呀!诗人说得好:

> 歌唱演奏的时候,
> 须有铙钹、琵琶、竖琴和笛子四种乐器;
> 如同配香的时候,
> 免不了玫瑰、桃金娘、丁香、百合四类花卉;
> 如此良夜,
> 要是没有醇酒、鲜花、歌唱和园地,
> 那就不能称为齐备。

现在你们只有三个人,这还需要一个聪明、活泼、智慧而能保守秘密的男性陪伴你们呢。"

　　听了脚夫的一席话,她们感到惊异,望着脚夫笑了一阵,然后说:"谁替我们去找这样的人呢?我们不敢把秘密告诉不守信用的人呀。诗人艾博·努瓦士说得好:'把自己的秘密泄露出去的人,应该受到烙印的惩罚。'这句话是千真万确的。"脚夫道:"指你们的生活起誓,我是个忠实、敏感、知书,识礼的人,举凡历史书、诗文、无不知晓。正是:

> 人间只有忠信的人,
> 能够保守秘密。
> 秘密在我心房里,
> 好像禁锢在屋子中;

屋门不但加上锁,

贴上封皮,

而且门锁的钥匙已经丢失了。"

女郎们听了脚夫朗诵的诗,看了他的举止,说道:"我们不能留你和我们一块儿起坐,除非你接受一个条件:这就是你必须有礼貌,言语行动要庄重严肃,不随便探听与你无关的事情,否则,我们不但要驱逐你,而且要打你呢。"脚夫道:"我用自己的头颅和眼睛向你们保证,甘愿接受这个条件,你们瞧,现在我是等于没有舌头的人了。"

虎实卡舍站了起来,系上围腰,清洗酒罐,澄清醇酒,备办肴馔和蔬菜以及各种必需的食品,满满地摆了一桌,然后请她的姊妹和脚夫围桌坐下。于是她自斟自饮,喝了第三杯,这才开始斟给她的两个姊妹,最后斟给脚夫,说道:"敬你这杯,你痛痛快快地喝吧,这是可以医治疾病的。"脚夫端起酒杯,谢谢她,一饮而尽,吟道:

一

要陪随身世清白、品德高尚的兄弟们,

你才可以痛饮几杯;

因为酒味正像空气,

风刮起来的时候,

经过鲜花,

它带来香甜的气味;

掠过粪堆时,

难免要染上恶臭。

二

血液中的一点一滴,

都在禁饮之列,

喝它的人便是作恶、不义;

64

只有葡萄的血呀，

它是例外了；

饮它不算是犯禁。

虎实卡舍斟满一杯递给管门的女郎；她谢过她，接过去饮了。继而她斟给女主人，最后斟给脚夫。脚夫谢过她，端起来，边饮边吟道：

拿来吧，

指安拉起誓，

满满地斟给我一杯；

因为这是生命的泉源，

请尽情地灌我几杯。

继而他站起来，走到主人面前，吟道：

你奴婢中的一人，

站在门前侍候；

你的慷慨、施舍，

永久铭刻在他的心头。

主人顿时高兴快乐起来，说道："指安拉起誓，我非吻你不可；你安心愉快地继续饮吧。"脚夫果然举杯，津津有味地一饮而尽，随即斟满一杯，递给主人，高声唱道：

我认识清楚了：

她仿佛是光辉灿烂的明灯；

她的光辉，

好像火把中燃烧出来的火焰。

主人接过去，一饮而尽，然后坐下来，陪着她的两个姊妹和脚夫，开怀地吃喝、吟咏、欢笑、歌唱，不断地嬉戏作乐。等到吃饱、喝足、尽欢之后，脚夫才进一步要求女郎们把他收留下来当她们的仆人使唤。

"你要做我们的仆人可以，但是需要服从我们的命令，关于我们的事情,你什么都不能过问。这个条件你能接受吗?"

"是,我能接受。"

"那么你起来,走过去看一看写在那道门上的字条吧。"

脚夫走了过去,看见门上用金墨写着:"别谈与你自身无关的事情,否则你要听到不如意的语言。"他回到席间,对她们说:"你们可以见证,凡是与我自己无关的事情,我绝对不闻不问。"

虎实卡舍站起来,添了酒肴,点上灯烛,于是在灿烂的灯光下,芬芳的龙涎香气氛中,一面喝酒,一面谈古论今。继而洗盏更酌,另换一种娱乐方式,重新摆上新鲜果品,继续吃喝、谈笑、吟唱,一直消遣到夜阑人静。可是好景不长,正当她们陶醉的时候,突然听见敲门的声音。这时候,管门的女郎起身去到门前,问了一番,然后转进去对她的姊妹说:"今夜我们的宴饮到此告结束吧。"

"这是为什么呢?"

"门前来了三个僧人,头发、胡子、眉毛剃得光秃秃的,而且巧得很,都是瞎了左眼的外乡人。他们风尘仆仆,似乎刚到巴格达,初次旅行到此;因为找不到住处,所以前来敲门借宿。他们说:'或许这里的房主人会把马房的钥匙交给我们,让我们在那里面,或者什么空旷的地方暂时过一夜吧。'现在更深夜静,他们是异乡人,当然没有相识的人可以去投宿。姊妹们,他们每个人的模样和面貌都是好笑的。"

"让他们进来好了,不过告诉他们,教他们别谈和他们自己无关的事情,免得听到不如意的语言。"

管门的女郎兴高采烈地跑了出去,把三个僧人引了进来。他们向女郎们问候一声,随即退到后面站着;女郎们站起来迎接,问候他们,请他们坐下。僧人们看看摆满蔬菜、肴馔、鲜果、美酒,点着灯烛,焚着乳香的洁净、雅致的所在,以及彬彬有礼的女郎们,便不约而同地齐声赞道:"指安拉起誓,这是个好地方啊!"继而他们回头看见脚夫那副洋洋得意而带着醉意的疲乏形象,仔细打量一番,认为是他们的同道，便说道："他和我们一样，也是僧人；但不知他是外乡人呢，还是本地人。"脚夫听了他们的谈话，睁大眼睛，瞪着他们说："你们规规矩矩地坐着吧，别多嘴多舌的！难道你们不曾看见写在门上的字条吗？你们这些穷光蛋，刚到这儿来，就谈论起我们来了！""我们的头颅掌握在你这个穷小子手里，"僧人们说，"因此我们祈求安拉保护我们。"

女郎们笑了一笑，站起来在僧人和脚夫之间劝解一番，然后端出饮食招待他们，请他们坐下喝酒，管门的女郎殷勤地替他们斟满杯子。脚夫突然问道："弟兄们，你们有什么故事或稀奇的见闻讲给我们听吗？"这时候暖意在僧人们的身内蠕动起来，他们感到高兴，便向女郎索取乐器。管门的女郎给他们拿来一面卯隋里铃鼓、一把伊拉克琵琶、一副波斯铙钹。于是他们站了起来，每人操着一种乐器，调了弦，随即演奏歌唱起来。女郎们也兴奋得引吭高歌。正当鼓乐喧天，唱得热烈的时候，突然发现有人敲门，管门的女郎匆匆出去探听消息。

原来那天夜里，哈里发①何鲁纳·拉施德照他的惯例，随身带宰相张尔蓄、掌刑官马师伦，扮成商人模样，去到民间巡查私访。他们从这所屋子门前经过时，听到里面奏乐歌唱的声音，哈里发便对张尔蓄说："我要进去听唱歌，看一看主人是谁。"

"穆民的领袖啊！这班老百姓，现在喝得酩酊大醉，我们进去恐怕会吃他们的亏呢。"

"非进去不可，你给我想办法吧。"

"听明白了，遵命就是。"张尔蓄回答着，不得已前去敲门。

管门的女郎闻声出来开了大门。张尔蓄迎上去说道："小姐，我们是陀白勒的生意人，到巴格达已经十天了，住在旅店里。我们卖了货物，今晚应一位商人的邀请，前去赴宴。饭后我们坐着闲谈了一小

---

① 哈里发在阿拉伯文中是王位继承人的意思，后遂成为阿拉伯国王的通称。

时才告辞出来。因为我们是外乡人，黑夜里迷了路，找不到住宿的那个旅店。你们能够行行好，让我们在你们家里借宿一夜，这对你们会有好报酬的。"

管门的女郎一看，见他们穿着长袍，是商人的打扮。于是她转进去，把张尔蕃的谈话说给她的两个姊妹听。她的话博得她俩的同情和怜悯，便对她说："让他们进来好了。"她出去开门迎接他们。他们见她开门，说道："凭你们的许可，我们可以进去吗？"

"你们进来好了。"

哈里发、张尔蕃和马师伦一直走进屋里，女郎们站起来迎接，殷勤招待，请他们坐下，说道："我们衷心欢迎客人们，不过我们需要向几位提出一个条件。"

"什么条件？"

"希望你们在这里别谈与你们自身无关的事情，免得你们听到不如意的语言。"

"好的，我们接受这个条件了。"

于是他们坐下来吃喝、闲谈。哈里发打量三个僧人，发现他们全都瞎了左眼，心中感到奇怪。他打量三个女郎，见她们一个个生得既美丽而又慈祥，这使他越发感到迷惑、惊奇。她们斟酒递给哈里发，说道："你喝这杯吧。"

"我决心要去圣地朝觐，因此不便再喝酒了。"

管门的女郎知道他不喝酒，马上拿来一条绣花食巾，铺在他面前，给他预备一缸用柳花水加冰和糖制成的果子露，供他解渴。哈里发谢谢她，心里想："她这样优待我，明早我一定厚赏她。"

他们继续饮的饮，谈的谈，直至大家都有几分醉意的时候，女主人这才站起来，拉着虎实卡舍的手说："姊妹们，让我们来偿付孳债吧。"

"好的，来吧。"两姊妹回答着，一齐动手收拾，弃了果皮，扫了堂屋，擦了地板，换了乳香，让三位僧人排成一行站在大厅的一边，哈里发、张尔蕃、马师伦也排成一行,站在另一边;接着高声对脚夫说:"你是自己家中的人,干吗这样冷酷无情? 难道你是客人不成!"脚夫忙束起腰带,问道:"要我做什么呢?""站在那里等着吧。"她吩咐。

这时候虎实卡舍搬来一张椅子,放在堂屋里,继而打开一间密室,然后吩咐脚夫:"你来协助我,把两条黑狗牵出来。"脚夫抬头,看见两条脖上套着链子的黑狗。他听从吩咐,把两条黑狗牵了出来。女主人卷起袖口,拿起鞭子,然后吩咐脚夫:"牵一条过来吧。"脚夫牵狗过去。她就举鞭打在狗头上,把狗打得狂叫不已。她继续不断地鞭打,直至打得手臂酸软,才撇下鞭子,亲昵地把狗搂在怀里,替它拭泪,亲切地吻它的头。继而她又吩咐脚夫:"带走这条,把那条牵过来吧。"

脚夫牵第二条狗过去,她便像打第一条那样地打它。这时候哈里发心里着急,闷闷不乐,再也忍耐不住了。他急于要知道两条黑狗的情况,便扯扯张尔蕃的衣边。张尔蕃回头向他示意,教他静默。

这时候女主人回头看管门的女郎和虎实卡舍一眼,说道:"起来,执行你们的任务吧。"于是慢步走了过去,坐在那张镶金银的杜松床上。管门的女郎听从主人的吩咐,走过去,坐在床前的椅上;同时虎实卡舍走进一间密室,拿来一个镶着金片、垂着绿缨的缎匣,站在床前,打开匣子,取出里面的琵琶,调了弦,随即弹着唱道:

> 请把拐去的睡意还给我的眼睛,
> 并告诉我它在哪里?
> 我知道当我同爱情起居的时候,
> 瞌睡便恼恨我的眼睛。

管门的女郎听了歌唱,便"唉哟! 唉哟!"地呻吟几声,撕破自己的衣服,倒在地上,昏迷不省人事。虎实卡舍忙取水洒在她脸上,把她救醒,并给她换上一件衣服。

管门的女郎昏倒的时候,哈里发发现她遍体鳞伤,感到十分惊奇，其余的人看了这种情况，同样也感觉到纳闷，对于她们的情形，莫名其妙，一点也不清楚。于是哈里发对张尔蕃说："关于这个女郎的情况，你的看法如何？这些伤痕是哪里来的？我忍不住了。这个女郎和两条黑狗的真实情况，非调查清楚不可。"

"主上，人家曾经给我们提过条件，教我们别谈与我们无关的事情，免得我们听到不如意的语言。"

息了一会，女主人说道："我的姊妹哟！指安拉起誓，你践约再奏一曲吧。"虎实卡舍回道："好的，我愿意极了。"于是拿起琵琶，抱在怀里，轻舒玉指，弹着唱道：

> 若是我们诉说我们隔得太远，
> 那我们有什么话可言？
> 如果我们要表达彼此间的思念，
> 那该用什么方法？
> 或者派个使者去解释吧，
> 不见得他会把彼此的情意清楚地传达。
> 眼前摆着的是遗恨、忧愁，
> 泪珠流向腮颊。
> 离开我的视线而远行的人呀！
> 你的形影永久寄宿在我的心头。
> 你可曾知道我的约言，
> 天长地久，
> 永不改变？

管门的女郎听了歌唱，说道："指安拉起誓，这好极了！"随即大叫一声，倒在地上，第二次昏晕过去。虎实卡舍赶忙洒水在她脸上，把她救醒。接着她对虎实卡舍说道："你践约再演唱一曲吧，现在只剩最后一次演唱了。"虎实卡舍抱起琵琶，弹着唱道：

> 我流了足够的眼泪，

可不知此中的阻塞几时才能畅遂？

如果说是嫉妒者从中作祟，

这惨状应该使他感到满意；

其实是你自己存心拖延聚首的日期。

管门的女郎听了歌唱，大叫一声，倒在地上，第三次昏晕过去，露出遍体的伤痕。僧人们看了这种情景，感到惊奇难过，说道："早知如此，我们宁可在粪堆上睡一夜，也不要进这屋里来；这种令人痛心的事，把我们给弄糊涂了！"

"这是为了什么呢？"哈里发掉头望着他们问。

"因为这种事情使我们苦恼极了。"

"难道你们不是这间屋子里面的人吗？"

"不，我们看到这种情景，还是第一次呢。"

"跟你们在一起的这一位，他能知道她们的情况吧？"哈里发说着，向脚夫使个眼色，然后向他打听她们的情况。脚夫回道："我和你们一样，全然不知不晓；我生长在巴格达城中，可是生平不曾到过这里，今天到这里来还是第一次哩。"

"原先我们把你看成是她们家里的人，原来你和我们一样都是陌生人。"僧人们说。

"我们总共是七个男人，"哈里发说，"她们不过是三个女流，再没有第四人了。现在你们问一问她们的实况吧；要是她们不肯说，我们就强迫她们。"

哈里发的提议，博得大家的同意，其中只有张尔蓄例外。他说："我可不同意这样做，我们也不应该干涉人家；我们在这里是人家的客人，当初人家给我们提出条件，我们已经完全接受，这是大家都清楚的：第一是不过问这些与我们无关的事情。再说，不多一会儿就天亮了，那时候我们各人走自己的路好了。"继而他向哈里发使个眼色，悄悄地对他说："再等一个钟头天就亮了；明天把她们召进宫去，再打听她们的情况吧。"

哈里发抬起头来，怒形于色地望着张尔蓄，大声叫道："我急于要知道她们的情况，没法忍耐下去了！你教僧人去问她们吧。"张尔蓄回道："我可不愿意这样做。"

　　于是他们议论纷纷，对于谁先开口去问她们这个问题，意见分歧。最后他们才一致地说："叫脚夫去问吧。"这时候女主人问道："喂！各位客人们，你们为什么忽然骚扰起来？这到底为了什么？"女主人发问以后，脚夫毕恭毕敬地站了起来，说道："我的主人，这些客人们希望你把两条黑狗的故事告诉他们：你为什么鞭挞那两条黑狗，并把它们搂在怀里流泪亲吻？同时他们还要求你把你姊妹的境遇和她身上那些伤痕的来源告诉他们。这便是他们的要求。祝你安宁。"

　　"他所说的这个是事实吗？"女主人问。

　　"不错。"他们回答，其中只是张尔蓄默然不语。

　　"指安拉起誓，客人们，你们未免过分干扰我们了，我们曾经向你们提出条件，要你们别谈与自身无关的事情，免得听到不如意的语言。我们让你们进屋里来，用饮食招待你们，这还不能满足你们的愿望吗？可是这倒不能怪你们，应该怪那个放你们进来的人。"她说着把袖口卷了起来，用手掌在地板上拍了三下，喊道："你们快快出来吧！"随着她的喊声，一间密室的门砰地开了，里面跑出七个奴仆，每人手中都握着明晃晃的宝剑。于是主人吩咐他们："这些多嘴多舌的人，把他们给我绑起来！把他们通通绑在一起好了。"奴仆遵从主人的吩咐，把他们捆绑起来，然后向主人请示："太太，我们砍掉他们的脑袋吗？"

　　"稍微等一会儿，待我问过他们的情况之后再砍不迟。"

　　"指安拉起誓，我的女主人哟！"脚夫哀求，"你千万别因他人的罪过而误杀我。他们犯了错误，有了过失，我可是无罪的呀。指安拉起誓，这班僧人到什么地方就能把人烟稠密的城市毁掉，要是他们不来扰乱我们，我们这一夜准是过得挺美满的。"于是怅然吟道：

从权威者手中施舍出来的饶恕，

尤其对孤苦无告的人说来，

它是多么高尚可贵！

指我们友谊的情分起誓，

求你别因后来者而误杀先到的人。

主人听了脚夫的吟诵，转怒为喜，嫣然一笑，随即转脸对在座的人说："不须一个钟头的工夫，你们的生命就完结了；趁此机会，快把你们的情况告诉我吧。你们如果不是高贵的头目、领袖或行政长官，那一定不敢如此大胆冒险的。"

听了主人的吩咐，哈里发对张尔蕃说："唉！该死的张尔蕃哟！把我们的情况告诉她吧，免得她误杀我们。在祸患临头之前，对她讲个清楚明白，这是必要的。"

"这是我们罪有应得的惩罚哩！"

"玩笑有玩笑的时候，张尔蕃！"哈里发一声嚷叫起来，"现在是做正经事的时候哪。"

这时，女主人走到僧人面前，问道："喂！你们是弟兄手足吧？"

"不，我们不是弟兄，我们是异乡的穷苦人。"

"你生来就瞎了一只眼睛吗？"她问其中的一个僧人。

"不，我这只眼睛是经过奇奇怪怪的遭遇之后才被人挖掉的。我生平的遭遇奇怪得很，如果记录下来，是可以劝诫后人的。"

继而她又问第二个僧人和第三个僧人的情况，所得到的回答，和第一个僧人说的相似。最后他们说："主人，我们来自不同的地方，每人都出生在帝王之家，不是王子，也是王孙呢。"主人转着眼睛看他们一眼，说道："你们每个人对我谈一谈自己的经历和到我们家里来的原因，然后摸摸自己的头，各走各的路吧。"

听了主人的吩咐，其中自告奋勇，首先出来说话的是脚夫。他说道："女主人，我是一个脚夫，这位虎实卡舍小姐雇我替她搬东西。她带我从酒店到肉店，从肉店到水果店，从水果店到干果店，再到糕饼铺、香水铺,最后来到这里,然后跟你们在一起过夜,直到现在。这是我自己的故事。祝你平安。"

女主人笑一笑,说,"摸摸你自己的头,然后去你的吧。"

"我不去;我要听一听这些朋友们的故事才去呢。"

第一个僧人的故事

我剃了胡须,瞎掉一只眼睛的原因是这样的:先父是个国王,他的弟弟也被分封出去做了国王。事情说来凑巧,在我出生的那天,同时也是叔父的儿子诞生的日子。过了一些年头,我和叔父的儿子都长大成人。我间或去看望叔父,每去一次,总要跟他们在一起住几个月。有一次我的堂兄弟格外尊敬我,备酒杀羊款待我。等到彼此同桌共饮,喝得有些醉意的时候,他对我说:"哥哥,我有一件重要事请求你,希望得到你的同情和协助。""什么事,你说吧,"我说,"我愿尽力帮助你。"

经我对他赌过咒,他才相信我,于是起身匆匆去了一会儿,随即带来一个穿着华丽衣服、佩着珍贵首饰的女郎,双双地站在我面前,说道:"你带她先往 X 家坟地去吧。"经他解释以后,我便知道坟地的所在。继而他说:"你带她进坟地去,在那里等我。"

由于我对他发过誓,所以不可能违背他,也不能拒绝他的要求,于是我带那个女人,一直去到坟地里。我们在那里刚坐定,堂弟就带着一桶水、一袋石灰、一把锄头赶到。他走到坟地中央的一座古墓前,用锄头掘了坟石,摆在一旁,再刨开土块,掘起约莫一扇小门那么大小的一个铁盖,下面便现出梯级。他回头指着地穴对女郎说:"按照你自己的选择行事吧。"他说罢,那女郎便沿梯级走了下去。之后他看我一眼,说道:"哥哥,待我下去之后,你用铁盖把洞门掩盖起来,并照原样把土块和石头挪来,堆在铁盖之上。再把这个袋中的石灰和那只桶里的水混在一起,照原样涂在墓石之间,别让人看出被掘的痕迹。这样一来,你对我行好就算行到底了。关于这件事情,我整整计划了一个年头,除了安拉之外,谁也不知个中的秘密。这就是我要求你替我做的事情。哥哥啊!"他接着说,"愿安拉不使你因我而感到寂寞。"说罢,他沿着梯级走下去了。

他下去以后,我拿铁盖掩盖地穴,并把土块、石头挪到铁盖上堆砌起来,照他的吩咐恢复古墓的原状,然后头昏脑涨,醉汉般踉踉跄跄回到宫中。当时叔父出猎还未归来。我糊里糊涂地睡了一夜。次日清晨醒来,想起昨天替弟弟做的事情和他的行为,感到十分懊悔;悔恨当初我不该替他做这件事,也不该听从他的吩咐,可是懊悔已不济事。当时我幻想他在睡觉,因而向宫中的人打听他的消息,可是无人告诉我他的下落。我上坟地里去寻找那座古墓,却又茫然分辨不清。我在坟地里打转,一座一座地踏看,从早到晚,始终找不到。我回到宫中,茶饭不思,因为找不到堂弟的踪影,心中着实苦闷。由于过度的忧愁苦恼,我躺在床上,翻来覆去,通宵不能入睡。次日我第二次到坟地里,想着我替弟弟所做的事情,百般懊悔,悔恨当初不该听他的吩咐。我在坟地里转来转去,把所有的坟墓都转遍了,却一直找不到那座坟墓。我这样周转、寻找,继续过了七天,始终没有结果。我的忧愁、苦闷越来越厉害,差一点就发疯了。在这种情况下,除了转回故乡,我没有别的办法。

我不再犹豫,立刻动身回国。可是刚到京城,就被城下的一群官吏逮捕,把我捆绑起来。我是太子,他们都是我父亲的臣仆,竟然闹出这样的事件,这使我万分惊奇。继而我对他们的行为,感到无限的恐怖,心想:"难道父亲遭到什么意外吗?"我向他们追问绑我的原因,他们可不答复。过了一会儿,那些人中的一个,他原是在宫中伺候我的仆人,对我说:"你父亲时运不好,部队叛变,宰相弑了他,把帝位给篡夺了。我们就是奉宰相的命令等在这里逮捕你的。"听了父亲的噩耗,我心绪纷乱,差点儿昏死过去。

他们逮捕我,是因为我和宰相之间有着宿怨的缘故。原因是这样的:原来我喜欢射弩,有一天我站在王宫的平台上面,见一只鸟儿落在相府的阳台上;我举弩射那只鸟儿,当时宰相正站在阳台上,被弹丸误伤了他的一只眼睛。正是:

一

任命运去做它要做的事情,
它的所作所为尽可置之不提。
别因某一事件过分欢喜或忧虑,
因为任何事件不会永恒不变。

二

命运替我们安排的路线,
我们按步前进。
凡是命运规定要经历的途径,
必须按步实践。
被规定在这里瞑目长逝的生灵,
他不会往另一个区域去安息。

宰相的眼睛被我射瞎了一只,当时他没有什么话敢说,因为先父是国王的缘故。但是我和他之间已经结下了宿怨。因此,当我被押到他面前的时候,他便下令处我死刑。我问道:"凭什么罪过你要处我死刑?"

"还有什么罪过比这个更大的?"他指着自己的那只瞎眼说。

"这是我误伤了你呀。"

"如果说你是误伤了我,我却是有意要杀害你了。"

继而他吩咐侍从:"把他押过来吧!"侍从把我押到他面前,他就用手指挖了我的左眼。从那时起,我便瞎了一只眼睛,如你们现在所见的这样。尔后,他给我戴上镣铐,禁锢在一个木箱里,然后吩咐刽子手：“拔出你的宝剑，把他带到郊外去，杀死他，扔给禽兽吃掉。”

剑子手执行命令，把我带到郊外，从木箱里放了出来，预备用带子蒙上我的眼睛，然后杀我。当时我悲哀地哭泣着，剑子手受了感动，流下同情的眼泪。我对着他吟道：

一

我把你们当作坚固的铠甲，
作为抵御箭镞的鞣靶；
然而你们却是敌人向我射出的箭镞。
在危急存亡的关头，
右手需要左手协助的时候，
我对你们怀着莫大的需求。
别向我谈论责备者的事情，
请让开敌人向我进击的路径。
你们即便不愿保护我，
只希望你们静默着，
不要伤害我，
也不要助敌作恶，
请站个中立的地步。

二

许多弟兄们，
被我指为坚固的铠甲，
铠甲虽然坚固，
却披在敌人的身上。
许多弟兄们，
被我称为锐利的箭镞，
箭镞虽然锐利，

却射在我的心头。

那个刽子手，他原来是先父的掌刑官，因此我们之间彼此还有旧情。听了我的吟诵，他对我说：“我的主人哟！我是奉命来行刑的，这叫我怎么办呢？你快逃走吧。今后你不要再到这个地方来，免得你自己受害，而且还要连累我呢。正是：

> 你若听到威胁的语气，
> 即刻拔脚逃命，
> 宁可撇下居室，
> 让建筑者去凭吊哀怜。
> 因为宇宙间到处有栖息的地域，
> 可是你的身躯仅仅只有这一具。
> 我对那株守陋室者的行径，
> 感到无限的惊异；
> 大地上无边的荒地，
> 他们不肯去经营。
> 别差使者去处理重要事情，
> 因为除了自己的本身，
> 世间找不到忠实的代理人。
> 狮子的脖子那么壮健，
> 是不怕劳苦、辛勤锻炼出来的。”

我吻他的手，表示感谢。我真想不到自己还能活命，虽然牺牲了一只眼睛，幸而却保得一条生命。于是我动身起程，离开本国，一直去到叔父国中，把先父的遭遇和我自己被挖掉眼睛的经过对他叙述一遍。他听了痛哭流涕，说道：“如今你把一重新愁加在我的旧愁上了。因为你的弟弟已经失踪，我不知道他的遭遇如何，这么多大以来没有人告诉我他的下落。”他悲伤过度，晕过去了。他的情况使我更加伤心、苦闷。后来叔父预备给我的眼睛敷药，看见我的左眼被挖得像一个空胡桃,更感叹地说:"儿啊!你的眼睛是瞎定了,可是这不影响你的生命。"这时候,关于弟弟的事,我不可能再缄默,于是把前后的经过全都告诉他。叔父听了儿子的消息,感到十分高兴,说道:"来吧,带我看那座古墓去。"

"叔父,那座古墓我认不清楚了;因为事件发生以后,我曾经几次去到坟地里,走遍各处,可是始终没有把那座古墓辨别出来。"

我带叔父去到坟地中,转着头左右前后仔细打量,最后把那座古墓辨认出来了。我和叔父皆大欢喜,于是走了过去,刨开石土,揭起铁盖,沿梯级走了进去。下了五十级,到达最后一级的时候,我们的眼睛全被里面冒出来的烟雾蒙蔽了。当时叔父叹道:"毫无办法,只盼伟大的安拉拯救了。"我们继续向前,走到一间室内,见里面储藏着面粉、粮食和其他食用物品。当中摆着一张床,床上挂着帐子。叔父仔细打量,见他的儿子和他带来的那个女郎一起睡在床上,已经变成两具焦炭,像丢在火坑里烧过一样。当时叔父向他脸上吐了一口唾沫,骂道:"瘟猪!你是该受这种惩罚的呀。这不过是现世的惩罚罢了,来世更厉害的惩罚还等待着你呢。"继而他脱下靴子,打在儿子的尸骸上。他的举止使我惊惧,兼之弟弟和那个女郎的变相,尤其使我悲伤苦恼,因此我对叔父说:"指安拉起誓,叔叔,你别生气。如今我的情绪非常混乱;弟弟的遭遇,他和这个女人变相的事件,使我格外忧愁、苦闷;他们的这种情况难道还不够可怜,你还要拿靴子打他吗?"

"侄儿,我的这个儿子,幼年时他恋爱他的妹妹,我严厉禁止他,当时我说:'他俩是小孩子,可以原谅他们。'待他们长大成人的时候,我便隔离他们,严密地防止他接近他的妹妹。我对他说:'对于过去的行为你应该加倍检点,别弄出秽亵丑恶的事情,免得声张出去,会使我们帝王之家遗臭万年的。今后要是再发生什么不正当的行为,我就恼恨你,杀掉你。'从那时起,我毫不放松地把两人隔开;可是他妹妹这个坏东西却同样恋念着他,离不了他,就这么样任魔鬼怂恿、摆布，助长他们的暧昧行为。他看我防备紧严，才设法掘开这座古墓，储备粮食，趁我去打猎的时候，偷偷摸摸地躲到这里来，如你亲眼所见这样。归根结蒂，他们难逃安拉的法网，终于被焚毁了。而且来世的惩罚，比这个更厉害哩。"他说罢，伤心哭泣，我也陪着他流泪。继而他看我一眼，说道："他死了，你代替他做我的儿子吧。"

当时我感到宇宙间的各种事物变化无常，一想起宰相弑我父亲，篡夺帝位，挖掉我的眼睛和弟弟的奇怪遭遇等事件，忍不住伤心流泪，叔侄二人相对泣不成声。

我们从坟中出来，盖上铁盖，用土石掩埋起来，恢复了古墓的原状，然后转回宫去。到了宫中，我们刚坐定，便听到鼓声、号角声、笛声、枪刀碰撞声、马嚼铁的铮铮声和马嘶声混成一片；接着马蹄踏起来的灰尘弥漫了天空。我们被这种景象吓得目瞪口呆，茫然不知到底发生了什么事变。经过打听，便有人对我说："篡夺你父亲王位的那个宰相调兵遣将，在阿拉伯人的援助下，带领沙一般骁勇无敌的兵马，突然偷袭我国。城中的人仓促无备，不能抵抗，已经开城投降了。"

叔父听了噩耗，吓得木然不能动弹。我却仓皇逃避，心里想："我要是落在他手里，一定会被他杀掉。"当时各种忧愁顾虑，集中在我心头；我想到父亲和叔父的遭遇和各种不测的祸患；如果我一露面，城中的人和父亲部下的人谁都知道我，这是自投罗网，会遭他们杀害，因此唯一可以逃生的方法，只有乔装的一途。于是我剃了胡须，换了衣服，离开祖国，逃到这座城市里。我希望有人引我去见哈里发，把我的遭遇和事变报告他，求他主持公道。

我今天夜里来到这座城中，正当走投无路的时候，突然与这位僧人邂逅相遇。我对他说："我是异乡人。"他说："我也是一个外路人。"正在这个时候，我们同道中的这第三位僧人不期而然地赶到了。他向我们打招呼，说道："我是异乡人。"我们说："我们两个也是外路人。"于是我们在黑夜里摸索，结果叫命运把我们引到你们这儿来了。这便是我剃了胡须和挖掉眼珠的原因和经过。

女主人听了第一个僧人的故事,对他说:"摸摸你的头,然后去你的吧。"

"不,我要听一听别人的故事才去呢。"

当时在座的人听了第一个僧人的故事,大家都感到惊奇。哈里发对张尔蕃说:"指安拉起誓,像这个僧人这样离奇古怪的遭遇,我生平还是第一次听到的。"

接着第二个僧人站起来,跪在主人面前,吻了地面,然后叙述他的故事:

第二个僧人的故事

我出生时,并不是瞎子。我的遭遇离奇古怪,如果把它记录下来,是可以劝诫后人的。我父亲是国王,我是太子。我从小学习《古兰经》,懂得《古兰经》的七种读法。此外我还跟许多学者学习,精通天文和诗歌散文,并且埋头钻研各种学术,因此在当代学术界中,我的学识和书法是超群出众的,所以我的名声传遍了各地。

印度国王听了我的名声,派使臣携带贵重礼物,不辞跋涉,来到我国访问,聘我去印度讲学。我父亲特别为我预备六艘大船,准备许多礼物和驼、马,于是我们起程,在海洋中整整航行了一个月,然后登陆,牵出驼、马,卸下礼物,装成十驮用骆驼驮着,我和随从骑马向印度前进。我们在旅途中行了不久,旷野中突起飓风,灰尘飞扬,弥漫天空。后来风停尘落,旷野中出现五十个身披铠甲的英勇骑士。我们仔细打量,原来他们是一群阿拉伯的强盗。因为我们人数不多,身边还带着十驮送印度国王的礼物,所以遭到他们抢劫。在他们的枪刀围攻之下,我对他们说:"我们是朝拜印度国王的使臣,你们不得伤害我们。"

"我们不在他的国土之内,他管不着我们。"他们一边说一边动起枪刀。我的随从死的死,逃的逃,我自己身负重伤,幸而当时强盗忙着抢劫财物,不曾注意我的行动。在逃亡的时候,我想到自己是个高贵享福的人,一旦落魄,惊慌失措,茫然不知怎样应付,向什么地方去找归宿。我在仓促忙乱之间狼狈逃窜,跑到一个山洞中躲藏起来。次日离开山洞,急急忙忙向前逃窜,最后奔波到一座人烟稠密的城市里。那城市显出一片日暖风和的美丽景象:残冬卷着严寒去了,春天带着玫瑰归来,香花开放争艳,悠悠的流水和着宛转的鸟语,正是:

> 一座安居乐业的城镇,
> 没有丝毫扰攘的气氛,
> 安宁是它的本来面目,
> 它似乎是一座点缀齐全的乐园,
> 在居民的面前,
> 显出艳丽的姿态。

我到了城市里,心中感到无限的快慰。当时我走得精疲力尽,由于过度的恐怖,我变得面黄肌瘦,狼狈不堪,茫然不知该向哪里去找归宿。我拖着沉重的两腿,经过一间裁缝铺,向裁缝打招呼。裁缝欢迎我,安慰我,问我离乡别井的原因。我把途中遭遇,从头到尾详详细细地叙述一遍。他听了我的经历,不自主地替我担忧起来,说道:"年轻人,你千万别暴露自己,我替你担心着呢。因为我们的国王,是你父亲的仇人,彼此间有宿怨,他会拿你复仇的呢。"继而他给我预备饮食,陪我吃喝,然后坐在一起谈到深夜。他让我在一间侧室里住宿,给我预备被褥和其他物件。我在裁缝家里住了三天之后,他便问我:"你不懂得一种谋生的手艺吗?"

"我是法学家,是读书人,写得一手好字,会计算账目。"

"你的这种技能在我们地方上是不管用的。这里的人,除了经商谋利之外,他们不懂得什么是知识学问。"

"指安拉起誓,除了我说过的几种技能之外,别的手艺我是不懂得的。"

"你束起腰带,带着斧头和绳子,到山中去砍柴,暂时维持生活,静候安拉的解救吧。你只要不暴露自己,就不至于被人杀害了。"

他给我买了一把斧头和一根绳子,并领我去见樵夫,把我托付给他们。于是我随樵夫们去到山中,砍了一天的柴,用绳索捆绑起来,顶到城里,卖得半枚金币,用一部分维持生活,其余一部分积蓄起来。从此我便过樵夫生活,继续了一年。

第二年开始的时候,我照常出去砍柴。有一天我深入山中,发现一片森林,里面干柴很多。其中有棵粗大的枯树,我沿着树根挖掘,刨开土块,无意间斧子碰在一个铜环上。我把泥土全都挪开,仔细一看,发现那铜环钉在一个木盖上。我揭起木盖,下面便出现阶梯。沿阶梯下去,发现前面有门。跨门进去,眼前便出现一幢结构精巧、建筑美观的居室,室中住着一个珍珠般美丽的女郎。我看见那个女郎,便跪下去叩头,表示我对造物主的钦佩,因为他创造了这样的美女。女郎看我一眼,问道:"你是谁? 是人,还是鬼?"

"我是人。"

"是谁带你到这儿来的? 我在此住了整整二十五个年头,却从来没有看见一个人影。"

我把自己的遭遇从头到尾叙述一遍。她听了,可怜我的境遇,流下同情的眼泪,说道:"我也要对你谈谈我自己的遭遇。你要知道:我是国王艾维陀睦斯的女儿,他是艾浦奴斯岛的主人。我和叔父的儿子结婚,但不幸新婚之夜,我被魔鬼哲尔基斯夺走。他是勒基睦斯的儿子,伊补律斯的孙子。他带着我一直飞到这个地方来;从那时起,凡我需要的衣服、首饰、布匹、财物、饮食和各种东西,都由他供给。他每隔十天到这儿来住一夜。他跟我约定,不管什么时候,我需要什么东西,只要伸手一摸写在圆屋顶上的这两行字迹,他立刻便出现在我面前。四天前他还在这儿，再过六天他要到这儿来的。你愿不愿在这儿住五天，在他来的头一天离开这儿呢？"我说："我很愿意。"她听了很高兴，站起来，拉着我的手，跨过一道拱门，来到一间小巧别致的浴室里。她坐在一个褥垫上，叫我坐在她的身旁，拿麝香糖水喂我，并摆出许多水果供我享受。我和她一面吃一面闲谈。她说："你疲倦了，躺下去睡一会儿吧。"

我安安静静地睡了一觉，所遭遇的颠危全都忘得干干净净。我从梦中醒来，见她安详地替我按摩两腿。继而我和她一块儿吃喝谈笑。她说："指安拉起誓，我孤单单地一个人住在这所地下室里，二十五年以来，没有一个人和我谈话，我寂寞苦闷极了。赞美安拉，是他差你到这儿来安慰我呀。"我感谢她对我的热情和款待。我和她在一起，感到无限的快慰，因为我从来还没见过像她那样漂亮的女子。就那么样我陪她吃喝谈笑，舒舒服服快快乐乐地过了一夜。

次日，我和她依然情投意合，非常愉快。她问我："喂！你喜欢喝酒吗？"我回道："好的，给我酒喝吧。"她去贮藏室里，取来一瓶酒，并摆上蔬菜和肴馔，吟道：

> 倘若知道你们要光临，
> 我们必须洒下心血和眼泪，
> 为欢迎你们且铺下我们的腮颊，
> 让你们从我的眼皮上走过。

我赞美她的才情，谢谢她对我的好意，快乐地陪她饮酒。喝到半酣的时候，我对她说："来，让我带你出去，摆脱魔鬼的束缚吧。"她笑一笑说："唉！这谈何容易！不过从今以后每十天之内，其中的一天属于魔鬼享受，剩余的九天都归你占有好了。"这时候我已喝得酩酊大醉，昏头昏脑，一摇一晃地站了起来，坚持着要完全占有她，说道："现在我要毁掉穹顶上的字迹，让魔鬼到这儿来，我要杀死他。我是惯于斩妖的。"听了我的话，她吓得面无人色，说道："指安拉起誓，你

千万不可莽撞,免得做出有害的事情,须注意保卫自己。"随即吟道:

　　离别的马儿争先奔腾的时候,

　　要求分袂的人呀,

　　你尽可能地慢行。

　　因为时日是善于骗人的,

　　结交的终点便是生离、死别。

我不听她的劝止,一脚踢破穹顶,接着宇宙就黑暗起来,在闪闪的电光、隆隆的雷声中,地面震动不已。这时我才清醒过来,问道:"这是怎么一回事?"

"这是魔鬼赶来了。当初我不是警告你,教你别莽撞吗?指安拉起誓,你带累我了,你快从原来的地方逃走吧。"

我惊慌失措,拔脚逃跑,忘了鞋子和斧头。我跑到阶梯上,回头一看,见地面裂开,一个面貌狰狞的魔鬼从地里钻了出来,问:"你干吗这样惊扰我?你遭到什么灾难了?"

"什么灾难也没有。不过我心中一时烦闷,因而喝酒解闷,可是我喝醉了,头昏眼花,站不住脚,这才碰在穹顶上呢。"

"坏家伙,你扯谎骗我呀!"他摆着头左右观看。他看见我的鞋子和斧头,便指着说:"这是人类使用的东西;到底是谁到这儿来了?"

"我现在才看见这个呢,这好像是你刚才卷进来的吧。"

"你胡说八道!"他骂着脱掉她的衣服,把她的手脚绑在四根木桩上,无情地虐打她,逼她招认。我不忍心听她哭泣、呻吟,怀着恐惧的心情,哆嗦着跟跟跄跄地逃了出来,把木盖照原样盖上,并拨土掩埋起来。当时我百般懊悔,不该莽撞。于是想着那美丽多情的女郎受到魔鬼蹂躏,想着她在囚禁二十五年后,因我而遭受虐刑,想着我父亲和他的王位,想着我自己落魄而变为樵夫的经过,感到生活每况愈下,前途茫茫,十分悲观失望,因此忍不住伤心哭泣,吟道:

命运带来患难的时候，

你应当回忆过去。

在一些日子里你看见光明，

在一些日子里你碰到颠危，

你应当借回忆过去安慰自己。

我急急忙忙离开森林，一直回到裁缝朋友家中。当时他正在等候我，局促不安，如同坐在火锅上，一见我便说："昨晚我整夜替你担忧，唯恐你在山中碰到野兽或发生意外；赞美安拉，现在你平安归来了。"我谢谢他的关怀，回到房中，一个人躲在里面，想着山中的经历，埋怨我自己鲁莽多事，平白地去踢穿顶而惹出祸事。我正在懊恼不置的时候，裁缝朋友忽然推门进来，对我说："青年朋友，有个外乡老人带着你的鞋子和斧头来找你。他曾经带着鞋子和斧头去找樵夫们，对他们说，他黎明前听了招祷声，往清真寺去做礼拜，在途中捡到鞋子和斧头，但不知物主是谁，请他们告诉他。樵夫们知道是你的，便告诉了他。因此他带着鞋子和斧头来找你。他在铺里等候你，你出去谢谢他，收下鞋子和斧头吧。"

我听了裁缝的话，一怔，脸色立刻变了，心绪一时混乱起来。这时候，地面突然裂开，由里面钻出一个外乡人。我仔细打量，原来他就是蹂躏女郎的那个魔鬼。他百般拷打女郎，她却不肯招认，于是他拿着鞋子和斧头，说道："我即是哲尔基斯，伊补律斯的孙子，你等我把鞋子和斧头的主人捉来吧！"为了这个目的，他去访问樵夫，然后找到我的住处。他毫不迟疑，把我抓在魔爪中，飞向空中，越飞越高，最后落下来，钻进我去过的那间地下室里。我慢慢苏醒过来，见女郎仍然被绑着，钉在地上，身上显出斑斑的血迹。魔鬼伸出魔爪抓住她说："这不是到这儿来的那个人吗？"

女郎看我一眼，回道："我不认识这个人，我这是第一次看见他。"

"你为他而受了惩罚，还不肯招认吗？"

"我从来没见过他,怎么能说谎呢!安拉是不容许说谎的。"

"你既然不认识他,拿这把宝剑砍掉他的头吧。"

她拿起宝剑,走了过来,站在我面前。我哭哭啼啼地使着眼色向她传情示意,她懂得我的意思,悄悄地说道:"这些祸患是你闯出来的。"我暗示着向她说:"现在是你饶恕我的时候呢。"随即吟道:

> 眼睛替我的舌头翻译,
>
> 向她报告我心中的秘密。
>
> 我们相逢的时候,
>
> 热泪夺眶而流。
>
> 我哑然不能说话的时候,
>
> 眼睛代我诉说衷情。
>
> 她举目使个眼色,
>
> 我懂得她的指示。
>
> 我用指头比个手势,
>
> 她明了我的心事。
>
> 我们缄默着让爱情自己叙述,
>
> 因为眉目能满足彼此间的需求。

女郎明白我的旨意,丢下手中的宝剑,说道:"这个人我从来不认识他,他也没有亏待我,我怎么能杀他呢?再说这种事是宗教不许可的。"她说着往后退了几步。魔鬼说道:"你不轻易杀他,也不肯招认,这是同类互相袒护的缘故。"于是他偏头望我一眼,说道:"人呀,你不认识这个女人吗?"

"这个女人是谁?我现在刚看见她呢。"

"拿这把宝剑杀死她,我便放你走,我也相信你是从来不认识她的。"

"好的。"我回答着拿起宝剑,神气十足地走到女郎面前,举起宝剑要杀她的时候,她使个眼色暗示着对我说:"我不曾慢待你,你却

要这样对付我吗?"我明白她的意思,使着眼色回答她说:"我牺牲自己替你赎身。"于是吟道:

> 好沉默的人呀!
> 用她的眼睛向情人谈心。
> 多么灵活的秋波,
> 多么美丽的容颜!
> 这个拿眼睑速写,
> 那个用眼球快读。

我心里充满感伤,两眼流出同情的眼泪,丢了手中的宝剑,说道:"严厉而勇猛的魔王呀,一个理智和宗教认识都不健全的妇道人家,她还不肯杀我,而我是一个男子汉,和她素昧平生,怎么忍心杀她呢?纵然粉身碎骨,我也是不干这个的。"

"你们两人是有感情的。"魔鬼说着拿起宝剑,接连砍了四剑,砍断女郎的两手和两脚。我眼看那种暴行,相信自己是非死不可的了。当时女郎凝视着我,是离别的最后一瞥了。继而魔鬼一剑砍断她的脖子,结果了她的性命,然后回头瞪我一眼,说道:"人呀,我非杀你不可;你有什么要求,对我说吧。"

"叫我要求什么呢?"

"告诉我吧:你希望我用魔法把你变成个什么东西,狗吗?驴吗?猴子吗?"

"指安拉起誓,如果你饶恕我,那么为你饶恕一个没有冒犯你的穆民,安拉会饶恕你呢。"我希望得到他的饶恕,百般向他表示谦恭,苦苦哀求。我说:"我是受冤枉的人。"

"你少说废话,马上就要杀你,这不过给你一个选择的机会罢了。"

"魔王,饶恕我吧!这对你来说,是再适宜不过的了。求你像被嫉妒的人饶恕嫉妒者那样饶恕我吧。"

"那是怎么一回事情？告诉我吧。"

嫉妒者和被嫉妒者的故事

古代有个德高望重的好人，住在一座城市里，过着舒适幸福的生活。可是他隔壁的一个邻居，对他的幸福生活由羡慕而变为嫉妒。后来嫉妒者的嫉妒心逐渐滋长，越来越厉害，竟然见诸行动，向那好人进行破坏和危害，弄得他自己庸人自扰，不能安适地睡觉，也不能有滋味地吃饮食。至于那个德高望重的好人，他的情况却是蒸蒸日上，生活越来越好。后来他为了避免邻居的嫉妒和危害，毅然决然地离乡背井，迁到别个城市去居住。当时他叹息说："哟！指安拉起誓，为了他，我得离开地面，逃往星球里去了。"

他在城中买了一块空地，新建了房屋，置备了家具什物，并在原来地基上的一眼枯井附近盖了一个小礼拜堂，在里面埋头修道，乐善好施地过舒服安静的生活。一般虔诚可怜的信徒经常和他往来，甚至于有许多人不辞跋涉，从很远的地方去拜望他，和他结交，因此他的名声越传越远。那个原来嫉妒他的邻居听了，也混在人丛中去到小礼拜堂中看他。他殷勤地接待他们。那个嫉妒者趁机对他说："我老远地跑来看你，因为有重要话对你说，要给你报个喜讯。你来吧，我们到屋外去。"他信以为真，站起来，牵着嫉妒者的手，慢步边走边谈，一直来到那眼枯井旁边。嫉妒者趁他不提防的时候，猛力一推，把他推下井去。这时候四下无人，谁也不知道，嫉妒者认为已经结果他的性命，拔脚一溜烟走了。

原来那眼枯井是神仙居住的地方。他跌进去的时候，被神仙们接在手里，把他放在一块大石板上，因此他丝毫不曾受伤。当时一个神仙问道："你们知道这是谁吗？"

"我们不知道。"其余的回答。

"这是从嫉妒者手中逃出来的那位好人呀。他迁到我们城中来居住,建了这座小礼拜堂,在里面修道。他每天对安拉的赞颂和朗诵《古兰经》的声音给予我们慰藉。今天他的邻居来看他,用诡计把他推下井来,存心害死他。他的名声可传到宫中去了,国王为公主的事,明天要来拜望他呢。"

"公主怎么着?"

"公主着了魔,这位好人如果知道一个单方,他便可以医治公主的病,其实这个单方是非常容易找到的。"

"她应该吃什么药呢?"

"这位虔诚的信徒养着一只黑猫,它尾巴上有一块一文钱大的白斑。如果从白斑上拔下七根白毛,把它们燃着向公主一熏,她的病可以立刻痊愈,恶魔从此也就不再来纠缠她了。"

他把神仙的谈话听在心里。次日清晨他从井中出来,捉住黑猫,从尾巴的白斑上拔下七根白毛,预备替公主医病。太阳刚从东方升起,国王便率领朝臣和卫队来他家里拜访他。他毕恭毕敬地迎接国王,慢步走到国王面前,说道:"我可以猜一猜主上驾临寒舍的目的吗?"

"可以的,廉洁的老人,你猜吧。"

"主上驾临寒舍,是要向我询问有关公主的事。"

"对,廉洁的老人,教你猜中了。"

"请主上派人去把公主接来,若是安拉愿意,我马上医好她的疾病。"

国王感到无限的高兴,派侍从把被铐着手脚的公主接来。廉洁的老人让她坐下,用布把她遮盖起来,拿出白毛燃着向她一熏,恶魔被撵走,她的理智逐渐恢复正常,慢慢清醒过来,捂着自己的脸说:"这是什么事情?是谁带我到这儿来的?"国王高兴快乐到极点,吻了公主的眼睛,然后又吻廉洁者的手,继而回头望着朝臣们,问道:"告诉我吧,治好公主的人应该得到什么报酬?"

"他应该娶公主为妻室。"

"不错,你们说得对。"于是国王果然把公主匹配给他。他一跃而成为驸马。过了不久,宰相死了,国王征求朝臣的意见,问道:"我们选谁担任宰相的职务?""选驸马担任吧。"群臣齐声回答。结果他果然做了宰相。过了不久,国王驾崩,朝臣们商讨善后,问道:"选谁做我们的国王呢?""选宰相吧。"朝臣齐声回答。结果他由宰相的职位,一跃而为国王。他励精图治,爱民如子,成为一个英明强干的君王。

　　有一天,国王乘车出巡,在文武百官和侍卫簇拥下,盛况空前。他忽然看见嫉妒他的那个家伙也在人丛中看热闹,便吩咐宰相:"去把那个人带来见我,可别吓唬他。"宰相遵从命令,把嫉妒者带到国王面前,国王吩咐宰相:"把我库里的钱取一千金币,并预备十驮货物一并赏给他,派人送他回去。"之后,他和和气气地向他话别,对他过去的行为毫不追究。

　　"魔王,你看那位好人的德行吧。他的邻居当初百般嫉妒他,危害他、破坏他的幸福生活。他被迫迁往别的城市,仍然避免不了迫害,终于被嫉妒者推下井去,存心危害他;他却不记旧仇,对他的邻居不但不报复,而且饶恕他,还赏他金钱货物。"我在魔鬼面前,讲了好人和嫉妒者的故事,无微不至地苦苦哀告,求他饶恕。我吟道:

　　　　聪明慷慨的人,
　　　　不愿斤斤计较别人的言行。
　　　　犯人造下的罪孽,
　　　　他一向慎重处理。
　　　　我身上积聚着一切罪行,
　　　　愿你从美丽的史册中全部勾去。
　　　　因为希冀上峰原谅者,
　　　　应该饶恕手下的人。

魔鬼听了我的哀求，说道："别啰唆了！不必怕我杀你，也别希望我饶恕你；我只是要把魔法施在你身上罢了。"于是他一把抓着我飞往空中。当时我俯视大地，地球像浮在水面上的碗一般。之后，我被带到一座山顶上，魔鬼抓起一把沙土，喃喃地念了咒语，撒在我身上，说道："从这个形象变成一个猴子吧。"从那时起，我就变成了一个一百岁的猴子。变成丑恶的猴子以后，我想着自己的身世悲哀哭泣；但是没有办法，对这种残酷的遭遇只好逆来顺受，因为我知道不测的祸患是避免不了的。我下到山麓，发现一片一望无际的平原。我在平原中跋涉了一个月，来到茫无边际的海滨。我在那里待了一会儿，突然发现风平浪静的海中漂着一只木船，向岸边驶来。我立刻躲在一个大石后面，等船靠了岸，这才跃身而出，跳到船中。当时一个乘客说："把那个不吉利的东西撵出去。"另一个人说："我们杀死它。"第三个说："拿这把宝剑砍吧。"我紧紧地扯着船长的衣边，淌着眼泪哭泣。船长可怜我，说道："商人们，这个猴子向我求援，我愿意救护它；今后它在我的保护之下，你们不要逗弄它，也别虐待它。"船长优待我，他说什么，我明白他的意思；他要我做什么，我便做什么。我小心谨慎地侍奉他，博得他的爱护。

船在海中风平浪静地航行了五十天，到达一座大城附近停泊，据说城中人口很多。船刚拢岸，国王的钦差大臣到船上向商人们祝贺，说道："敝国王祝你们一路平安。他吩咐我把这纸卷送到船上，请你们每人在纸上写一行字。这是因为国王的书写大臣过世了，国王赌过咒，必须找书法与他类似的人继承他的职位。"商人们把那张宽一尺长一丈的纸卷接过去，于是凡是会写字的人都写过了。末了，我猴模猴样地走过去，把纸卷夺在手里；他们怕我撕破纸卷，严加制止。我向他们表示我要写字，于是船长说："你们让它写吧；它要是弄污或损毁了纸卷，我们把它撵走；如果它写得好，我便收它为儿子；因为像它这样聪明的猴子我还从来没见过呢。"于是我执笔蘸墨，用各种字体写了下面的诗：

一

在过去的岁月里,你慷慨的美德曾被记录,
到现在你的恩惠还难尽述。
愿安拉不要因为你而使人变成孤苦,
因为你是贫穷人的父母。

二

他的笔把恩惠传遍各处,
他的签署使人们普遍享受幸福。
他的手指好比五道河流,
从他的指头流出的水,可以灌溉各洲。

三

每个文人都要瞑目长逝,
他的翰墨却永远被人保留。
你不可随便挥笔漫写,
必须写下在复活日使你悦目畅怀的东西。

四

离别的消息刚传到我们耳里,
沧桑便给我们批下判语。
让我们去到墨水瓶的口边,
借笔的喉舌倾诉离愁。

五

江山不是某姓的专利品,
否则那第一位君主如今他在哪里?

在一切美好的事业中,你应该从事植林,
因为你被免职的时候树木却屹立不移。

六

当你打开豪华、富丽的墨盒的时候,
让墨汁发挥它慷慨、大度的品性。
可能时你尽量写下美好的品德,
以便你的人格和笔墨辉映生色。

我写完之后,使臣收回纸卷,带到宫中,呈献给国王。国王看了,很赏识我的书法,吩咐使臣们:"你们预备鼓乐,并携带华丽的衣服和骡子去,用盛大的仪式把这位书法家接来见我。"使臣们听了国王的吩咐,一个个抿着嘴笑。国王生气,骂道:"你们这些该死的家伙!是不是因为我吩咐你们这桩事情,你们就奚落我吗?"

"主上,我们的笑是有缘故的。"

"有什么缘故?"

"陛下命我们去接那位书法家,其实这些字并不是人写的,而是跟船长在一起的一个猴子写的。"

"你们说的这个是真的吗?"

"真的,指安拉起誓,这是真的。"

国王感到惊奇、兴奋,说道:"我要向船长买下那个猴子。"于是派使臣携带乐器、衣服和骡子去船中迎接我,并嘱咐他们:"你们必须给它穿上这套衣服,让它骑在骡子背上,小心翼翼地把它接进宫来。"

使臣们来到船中,征得船长的同意,给我穿上衣服,让我骑着骡子,带我往王宫去。人们大惊小怪,争先恐后地出来看热闹,整个城市都欢腾起来。到了国王面前,我跪下去吻了三次地面。他请我坐,我便长跪在地上。在场的人看了我的礼貌,大伙感到惊奇,国王也觉得非常诧异。

国王屏退侍从，只留一个太监和一个仆童在侧侍候。继而设宴款待我，饭菜非常丰富，有山中蹦跳的走兽，有空中翱翔的飞禽，有笼中好斗的家禽，以及其他山珍海味。国王示意，要我陪他同席。我跪下去吻了地面，然后入座吃喝。饭后我站起来，洗了七次手，然后执笔写一首诗夸赞筵席，博得国王的赏识，他叹道："多奇怪呀！一个猴子居然写出这样的绝句，还能写这样一笔好字！指安拉起誓，这是最奇怪的事情哪。"仆人把盛在玻璃杯中的醇酒献给国王，他喝了一口之后递给我，我接着跪下去吻了地面，一饮而尽，随即执笔写了下面的诗句：

一

他们把我放在火上审讯，
发现我甘受委屈，能够忍受。
因此人们把我端在手里，
让我和王公亲嘴。

二

黎明在召唤黑暗，
请将败德的烈酒灌我一杯。
我原是不辨清浊的，
是酒在杯中，还是杯在酒里？

国王读了我的诗，感到惊奇，说道："这样的诗要是出自人类之手，那么作者一定是当代超群出众的文豪呢。"继而国王拿来象棋，问道："你愿意和我对弈吗？"我点头表示愿意。于是我坐下去和国王对弈。下了两局，国王都败在我手下，他大为吃惊。下罢棋，我执笔在棋盘上写了下面的诗：

两支军队终日对垒，

战斗的情况越来越猛烈；

直到黑夜降临，

才钻进一床被窝里停战休息。

国王读了诗，感到惊奇，兴奋，心情十分愉快。他吩咐仆童："去请公主到这儿来。告诉她是我唤她来看这个猴子的。"仆童去了一会儿，带着公主出来。可是她一见我，便把脸面遮盖起来，说道："父王，为什么唤女儿出来给外人观看呢？"

"儿啊，这里除了一个仆童和侍候你的一个太监之外，没有别的外人，我是你的父亲，你为什么把脸面遮掩起来呢？"

"这个猴子原来是个年轻的王子，他父亲叫艾夫帖玛罗斯，是艾补奴斯岛的主人。魔鬼哲尔基斯把魔法施在他身上，并杀死自己的老婆——艾维陀睦斯的女儿。这个猴子原是一位博学聪明的学者，由于着了魔，才变成猴子呢。"

听了公主的话，国王感到惊异，回头看我一眼，问道："她所说的是事实吗？"我点头表示说："不错。"于是我忍不住伤心哭泣。国王问公主："你怎么知道他是着魔的呢？"

"父王，我幼年时代，有个精通魔术的老太婆教我魔术。我仔细研究那种法术，懂得其中的一百七十套法门；其中的几套，我可以借它的威力，把您国中的石头挪到地球之外，把陆地变为海洋，或把人畜变为鱼鳖呢。"

"儿啊，指我的生命起誓，你把这个青年解救出来，以便我委他做我的宰相，他是一个活泼、伶俐、多才多艺的青年呢。"

"好的，我很愿意解救他。"

公主拿一把刀，在地板上画了一个圆圈，并在圈内写了一些咒语和符咒，然后聚精会神地思索、研究，口中念念有词。她念的词句中有的听得清楚，有的令人茫然不知。她念了约莫一点钟，天地便逐渐黑暗起来，接着那个魔鬼就原形毕露地出现在我们面前。他那椏桠似的手、桅杆似的腿、灯笼似的眼睛，可怕极了。公主对他说："不受欢迎的东西!"于是魔鬼变成了狮子,说道:"你这个奸诈的家伙!我们不是订过互不侵犯的誓约吗?为什么你要违背盟约呢?"

"你这个该死的家伙!你的盟约是靠不住的。"

"那么你招架着吧。"

狮子张牙舞爪,向公主扑来。公主心灵手快,迅速拔下一根头发,摇摆着念了咒语,头发立刻变成一把锋利的宝剑。她举剑挥去,狮子被她一剑砍成两截。可是狮子的头刚落地就变成一个蝎子。公主也随着摇身一变,变成一条大蛇,追赶蝎子,激烈战斗一场。继而前者变成大鹫,后者变为兀鹰;兀鹰向鹫追逐一阵之后,鹫又变为黑猫,兀鹰变为狼,在宫中斗了约莫一点钟。黑猫招架不住,摇身变成一个大而红的石榴,落在喷水池里;狼跟踪追去,石榴逐渐升到空中,随即落在地上,砸得粉碎,石榴子撒在地上。狼摇身变为雄鸡,啄食石榴子,把石榴子全都啄光,一粒也不剩。这时候雄鸡振翅长啼,摆着嘴向我们示意,我们可不明白它说什么。之后它大叫一声,震耳如雷,好像宫殿已经塌下来,压在我们身上似的。它转着寻找,最后发现有一粒石榴子隐在池边,便奔了过去,预备啄食。但是这粒石榴子落在水中,变为一尾小鱼,游到池底去了。雄鸡立刻变为一尾大鱼,跟踪追了下去。过了一会儿,突然一声咆哮,吓得我们人人发抖;只见魔鬼火把似地蹿了出来。它一张口,嘴、鼻和眼里都冒出烟火。随后公主也火球似的出现在他后面,彼此用火对攻,双方的火力在一起燃烧起来,宫中游漫着火和烟。我们感到恐怖,唯恐被火烧死,想跳进水池里去躲避。当时国王叹道:"毫无办法,只盼伟大的安拉拯救了。我们是属于安拉的,我们都要归宿到安拉御前去。早知如此,我不该教她解救这个猴子,免得她和这个无敌于鬼神的魔鬼搏斗而遭到莫大的困难。但愿我们没有见到这个猴子,那该有多好啊!它是个不吉利的东西,是有害的家伙。我们从慈悲出发,为人道而解救它,可是自身却受苦受难了。"

我结结巴巴地不能说话安慰他。后来那魔鬼叫嚣着蹿到我们面前,把火焰喷在我们脸上。公主追在后面进攻,我们被双方的火焰所包围;但公主的火焰不伤我们,只是魔鬼的火焰烧瞎了我的眼睛,烧焦了国王的脸颊、胡须、嘴唇和牙床。有一股火焰落在太监的胸部,把他活活烧死。那时候我们失望到极点,认为非死不可了。正当危急存亡的时候,突然有股声音喊道:“安拉最伟大!安拉最伟大!他援助我们克服邪恶了。”随着声音的出现,魔鬼被公主的火焰烧死,霎时变为一堆灰烬。公主来到我们面前,说道:“给我一碗水吧。”于是她端起水,喃喃地念了咒语,把水洒在我身上,说道:“凭安拉的权力和他的大名,恢复你的原形吧。”

公主说罢,我的身体一颤动,霎时变成了人,恢复了原形。但是美中不足,我的一只眼睛已被魔鬼的火焰烧瞎。继而公主说:“父王,我快要死了,这是因为我不惯于斩妖的缘故。倘若他是人,那么我可以很快消灭他。我之所以感觉困难,是石榴子散在地上,我啄食的时候,把魔魂寄存在里面的那粒石榴子忘了;我要是啄食了它,魔鬼会立刻被消灭的。但是在命运的安排和操纵下,他再次出现,和我对抗,在地面、空中和水里,跟我做猛烈的搏斗;每当我施出一种法门的时候,他也同样抬出一种法门和我对抗,最后他居然使用火术来对付我。使用火术而不战胜对方的,实在不多;幸而命运照顾我,让我首先把他烧死了。不过我眼前就要死了,我的缺位,安拉会给你补上的。”公主说罢,便有一股黑焰烧到她的胸前,逐渐蔓延到脸部。这时候她感伤、流泪,说道:“我证实安拉是唯一的主宰,穆罕默德是安拉的使徒。”她说罢,霎时被火烧死,变为一堆灰烬。

眼看着这种情况,我们感到无限的忧愁和苦恼。我的确不忍心看解救我的那位美丽公主被焚为灰烬,我愿意代替她死。我虽然有这个愿望,可是安拉的法令却无法规避。国王见公主被焚为灰烬,气得拔剩余的胡须,打自己的耳光,撕身上的衣服,号啕痛哭;我也效法国王的举动,表示悲哀。当时国王的侍从和朝臣闻声赶到,见国王临近死亡的状态和两堆灰烬,吓得惊慌失措,赶忙围着他进行施救。

国王慢慢苏醒过来,把公主和魔鬼搏斗的经过告诉他们。他们认为祸事惨重,婢仆和群臣,都悲哀哭泣。继而举行丧葬,追荐了七天。国王吩咐替公主建筑高大的陵墓,点上辉煌的灯烛,并下令把魔鬼的骨灰撒在空中,随风四散,不让留下一些遗迹。丧葬完毕之后,国王害了重病,卧床不起,几乎丧了性命。

国王整整病了一个月才恢复健康,被烧的胡须也长出来了。他唤我去到床前,对我说:"青年人,你未到我们这儿来的时候,我们的生活一向是过得舒服安静的。但愿我们不曾看见你,那是再好没有的了。我们的情况如今变得如此凄惨,这全是为了你。第一,我牺牲了比男子还强百倍的女儿;第二,火烧落了我的牙齿,烧死了我的太监。我们为你付出这么大的一笔代价,可是自始至终,我们没有得到你的半点好处。不过安拉的这种规定要在你和我们之间实现,这是无法避免的。总之,我的女儿牺牲她自己而解救了你,这是我应当赞美安拉的。孩子,现在你走吧,离开我的国土吧。为了你而在我们之间发生的这些事件,尽够我们忍受得了。愿你平平安安地出去,从此别让我再看见你,否则我会处你死刑的。"

我辞别国王,离开宫殿,走投无路,相信是活不下去了,也不知道应该往哪里去。当时往事一件件涌上心头:从强盗手里逃走以后,我跋涉了一个月的路程去到城中遇着裁缝;在山中地下室里与女郎相会,差一点被魔鬼杀害……总之,我一生的境遇,从头到尾,全部涌上心头。最后我赞美安拉,叹道:"牺牲了一只眼睛,却留得一条生命。"我出城之前,先进澡堂沐浴,并剃了胡须,换上道袍,从此天天悲哀、哭泣,一心打算往圣地去朝觐,找最后的归宿。

我翻山越岭,沿途经过许多城镇,最后来到巴格达,心想也许我能够谒见哈里发,向他报告我自己的经历。我是今天晚上进入巴格达的,在大街上碰到这位弟兄徘徊街头。我对他说:"你好,弟兄。"正当我和他谈话的时候,这第二位弟兄突然来到,对我们说:"你们好,弟兄们,我是个异乡人。"我们说:"我们也是异乡人,今晚才到这儿来的。"于是我们三人同行,谁也不知谁的底细。继而我们被命运驱使到你们门前,最后终于来到你们屋里。这便是我剃了胡须,瞎了眼睛的经过和原因。

女主人听了第二个僧人的叙述,说道:"你的故事很奇怪;摸摸你的头,去你的吧。"

"不,"第二个僧人说,"我要听一听这些朋友的故事才去呢。"

接着第三个僧人站起来,向女主人叙述他的故事:

第三个僧人的故事

我的故事和他们两位的不同;比较起来,我的经历和遭遇是最离奇古怪的。因为他们两位的遭遇是命运招致来的,而我剃了胡须、瞎了眼睛的原因,可以说是我自寻烦恼,一手制造出来的。

我原来是一个王子;父亲过世以后,我继承王位,正直无私,公平地对待百姓。那时候我喜欢航海旅行,因为我的国家建立在海岛上,广阔的海洋中散布着许多岛屿。我自己拥有五十艘商船,五十艘救生艇,一百五十艘战舰。为要周游群岛,我预备一个月的粮食,率领人员分乘十艘大船出发。在海中航行了二十天以后,夜里飓风突起,波涛汹涌。我们遇到葬身鱼腹的危险,都感到绝望。当时我说:"既遭此危险,即使不死,也不是好兆头呀!"于是大家虔诚祈祷,求安拉救援。飓风继续不断地刮着,船在浪涛中漂荡了一夜,到次日太阳出来时,才风平浪静。我们在附近的岛上停泊登陆,煮饭充饥,休息了两天,然后开航。行了二十天之后,发现海水变了,到了什么地方,船长也莫名其妙,只是感觉诧异。我们对探海的说:"你去观察一番吧。"他爬上桅杆看了一会儿,然后对船长说:"报告船长:在右边的水面上,浮着一尾大鱼;前面的海中,却是一片黑暗,最远的地方时而闪出光芒,时而又暗淡下去。"船长听了报告,摔掉缠头,拔着自己的胡须,说道:"告诉你们吧:我们全都完了,谁都逃不了这个灾难。"他说罢,悲伤哭泣;我们也都为自己的生命而伤心流泪。我对船长说:"船长,探海的看见了什么,你把情况给我们解释一番吧。"

"我的主人哟!你要知道:当飓风突起,波涛汹涌的那天,我们过了一夜,次日风平浪静,在岛上休息两天才继续航行。但是我们迷失了方向,至今行了十一天的航程;现在不顺风,我们无法向目的地航行。明天下午我们就可以到黑石山,又叫磁石山。船被风浪推到山下,那时候船上的每颗钉子都飞上山去,紧紧地贴在山上,船便解体;因为磁石有一种吸铁的特性,因此那座磁石山上的铁是数不清的,从古至今不知在那里损坏了多少过往的船只。据说山上有一幢建在十根粗大柱子上的黄铜圆顶建筑,顶塔上有个铜质的骑士骑在一匹铜马上;骑士手中握着铜箭,胸前挂着一块铅牌,牌上刻着神秘的符咒。其实作怪的就是那个骑士。非等那个骑士从铜马上倒了下来,人们的船只是不会安全的。"

船长说罢,痛哭流涕;我们也确信没有挽救的余地,非牺牲不可。因此人人忙于处理自己的善后,互相告辞,做最后的话别。通宵达旦,谁也不曾睡觉。次日清晨,船在风浪的吹打下,逐渐靠近磁石山。最后到达山麓,受了磁石的吸引,船上的钉子和金属,全都飞上山去,船身渐渐支离破碎。我们落在海中,有的淹死,有的围着破船挣扎。傍晚我们中大多数人都淹死了,少数人虽然脱险,可是随着飓风逆浪,东漂西流,四处漂散,谁也不知谁的去向。我自己幸蒙安拉护佑,摆脱危险,这是安拉要我活着受苦受难,多过些倒霉日子的缘故。当时我攀伏在一块木板上,被浪涛打到岸边。我爬到岸上,发现一条凿成梯级通往山顶的曲径。

我喊着安拉祷告一番,趁风停易行的时候,沿曲径攀缘而上,一直爬到山顶,举目一望,那里除了一幢圆顶的建筑,什么也没有。我能平安去到那里,感到十分快慰。为了感谢安拉,我诚心诚意地做了祷告,然后倒身在穹顶下睡觉。在睡梦中听见有人对我说:"海绥补的儿子啊,你睡觉的地方埋着一张铜弓、三支刻有符咒的铅箭;你醒来时,把弓箭刨出来,用它射落屋顶上的骑士,替过往的行人除掉这个祸害吧。因为你向骑士一射,他便跌到海里,它的铜弓也就落在你面前。你拾起铜弓,把它埋在铜马下面。在你这样进行的时候,海水逐渐上涨,直到山顶;这时候另一个铜人划着一只小船来到你面前。你默然乘上小船,它会渡你脱险,十天之后,它能把你渡往安全地带;到了那里,便有人等着送你回家。沿途你只要缄默着不念安拉的大名,便可一帆风顺了。"

我从梦中醒来,振奋精神,按照梦中听到的指示去做。我找到弓箭向骑士一射,它便跌进海里,它的铜弓落在地上;我拾起铜弓,把它一埋,海水果然上涨,和山顶一般高。我等了一会儿,看见一只小船,从远方向我驶来。我边赞颂安拉,边静静地等待。小船驶到我面前时,我见船中有个铜人,胸前挂着一块铅牌,牌上刻着一些符咒。我默然上了小船,被铜人划着向前航行。一天,两天,三天,继续航行了十天之后,发现前面有个海岛。我一时高兴快乐,不自主地喊着安拉的大名赞颂起来:"安拉是唯一的主宰,安拉最伟大……"

当我这么赞颂的时候,小船翻了,我落到海里。幸而我会游泳,在水中和波涛搏斗,从白天到黑夜,弄得臂酸腿痛,疲惫不堪。最后我精疲力尽,认为非淹死不可了,这才开始忏悔,预备葬身鱼腹。正当危急存亡的时候,忽然飓风骤起,掀起堡垒似的波涛,终于把我推打到海滩上。我撑持着站起来,脱了衣服,拧掉水,晾在地上,然后倒在沙滩上睡觉。

次日清晨,我穿起衣服,然后考虑向哪方面去找出路的时候,无意间发现一片树林,便走过去,绕着一看,才知道我已经置身在一个小岛之上,四面围绕着汪洋大海。我望洋兴叹,说道:"嘿!我刚摆脱一重危险,接着又跌到更严重的灾难中了。"我回想自己的境遇,前途茫茫,真令人悲观失望。正当我感觉苦恼,徘徊不知所措的时候,无意间发现一只小船,从远方驶来。我赶忙爬到树上,躲着窥探。那只小船靠岸以后,船里出来十个奴隶。他们携带锄头,来到岛上,挖开地面,掘起一块木板,然后一齐回到船中,把运来的馍馍、面粉、奶油、蜂蜜、羊肉和其他生活起居必需的器皿什物搬到地窖里。他们不歇地来来往往,上上下下,把船中的物件全都搬完。最后一次,他们搬出最华丽的衣物,并簇拥着一个年长的老人登陆。看模样那是一个饱经风霜的人物,衰老得只剩下一架骨头,已经是风前的残烛了。他被一个活泼而漂亮的少年搀扶着,慢慢地走进洞去。

他们在洞中逗留了约莫一点多钟,老人和奴隶便从地窖里出来,只是不见那个少年。他们盖上木板,并掘土把木板掩盖起来,然后乘船归去。他们走后,我从树上溜下来,去到地窖面前,鼓起勇气,把土刨开,揭起木板一看,发现下面有梯级。我怀着惊奇的心情,沿梯级走了下去,原来内部是一间整洁的地下室,陈设都是丝绸细软;那个孩子手持扇子,一个人孤单单地坐在一张高脚椅上,靠在垫子上面,周围弥漫着芬芳的香味。

他一见我,脸色吓得发白。我问候他,说道:"你安静吧,别害怕。我是一个王子,和你一样,彼此都是人类,不过命运把我驱使到这儿来安慰你的寂寞罢了。你的情况如何?为什么一个人住在地下室里?"当他证实我和他是同类的时候,便感到高兴快乐,恢复了脸色,叫我走近他,说道:"弟兄,我的故事奇怪着哪。家父是珠宝商人,他的生意兴隆,手下养着许多仆从,替他往海外经营生意。他的资本雄厚,交易很广,可是美中不足,膝下没有子嗣。有一天夜里他梦见自己要生一个短命儿子,醒来时想着悲哀哭泣。后来我母亲果然怀孕,妊娠期满,便生下我。家父老年得子,喜出望外,于是广施博济,赈救一般孤苦无告的穷人,并大摆筵席,招待亲戚朋友。赴宴的客人中有绅耆、头目、学士、文人和星相家。当时星相家就庆祝诞辰的机会,替我算了命,然后对家父说:'你的儿子活到十五岁那年要遇一次生命的危险。如能平安渡过这道难关,他便可以长命百岁。

他遇险的原因是:在死海中有座磁石山,山上有个骑士和一匹铜马,骑士的胸前挂着一块铅牌。几时骑士从马上跌到海中的第五十天,便是你儿子殒命的日期。杀他的是射倒骑士名叫尔基补的一个青年人,他是国王海绥补的儿子。'家父郁郁不乐,百般忧愁苦闷。他费了千辛万苦,孜孜不倦地才把我抚养教育成人,现在我已经十五岁了。可是十天以前家父听得磁石山上的骑士跌到海中的消息,怕我遇害,因此送我到这儿来躲避。据说射倒骑士的就是国王海绥补的儿子尔基补。这便是我的故事,也就是我一个人住在地下室里的原因。"

听了他的叙述,我感到惊奇,心里想:"我就是国王海绥补的儿子尔基补,骑士是被我射倒的。但是指安拉起誓,我绝对不会伤害他。"继而我对他说:"灾害会远远地离开你,若是安拉愿意,你是不会忧愁苦闷的。现在我暂且留在这儿服侍你,安慰你。等过些日子,我随你去见你父亲,求他派仆人送我回我的故乡去。"我陪他坐谈到天黑,这才燃上灯烛,摆出饭菜,一块儿吃喝。饭后,又吃甜食,我和他一面吃,一面谈天,直谈到深夜,待他睡下,替他盖上被,我自己才睡觉。次日清晨我先起床,烧些热水,轻轻地唤醒他,并端水给他洗脸。他对我说:"愿安拉多多回报你,青年人。指安拉起誓,待我摆脱危险,免除尔基补的危害时,我必须请求家父报酬你。万一不幸,我果然被人杀死,那也希望你平安无恙。"

"不,未来的日子绝不会给你带来灾难。愿安拉把我的死期排在你的前面。"

我端出饮食,陪他吃喝,继而焚了乳香,摆上棋盘,在芬芳的气氛中和他对弈。当天除了休息和吃喝的时间外,我和他一直在下棋。到天黑时,我点着灯烛,端出饭菜,陪他一块儿吃喝。饭后,坐着谈到深夜,待他睡下,替他盖上被,我自己才安息。就这样我陪他一天天过下去,彼此之间发生了感情,他在我心中留下非常好的印象,使我忘了一切忧愁苦闷。我想道:"那些星相家说谎骗人,指安拉起誓,我绝不会杀害他。"我一直侍候他,陪伴他,和他谈心,继续过了三十九天。到了第四十天的晚上,他感到高兴快乐,对我说:"弟兄,赞美安拉,他使我免于死难了。这是凭你的福分和光临而实现的,我恳求安拉赏你平平安安地转回家去。现在烦你烧些热水给我洗澡吧。"

"好的,我乐意极了。"

我给他烧了许多热水,让他洗澡,帮助他擦背。洗毕,我替他换衣服、铺床铺,让他睡下休息。当时他对我说:"弟兄,你剖个西瓜,放些糖在里面,拿来我们吃吧。"我去贮藏室里,拣个好西瓜摆在盘中,端到他面前,问道:"主人,这儿没有刀吗?"

"有,在我头上面的搁板上。"

我赶忙爬上去,取了刀,握在手里,然后转身下来。但脚一滑,便跌在他身上,手里的刀凭着命运的驱使,竟刺入他的胸口,他立刻便死了。他死后,我知道是我杀了他,忍不住痛哭流涕,打自己的耳光,撕自己的衣服,叹道:"我们是属于安拉的,我们都要归宿到安拉御前去。这个少年呀,他在星相家所说的危险中安然过了四十天以后,终于死在我手里了。但愿我早日死掉,不给他剖西瓜,这不就无事了吗?无疑的,这是惨痛的灾难啊!我主,这是您安排的吗?如果真是如此,那么您要什么,全都实现出来吧。"

当我确信是我亲手杀死少年时,便离开地下室,沿梯级走了出来,拉拢木板,盖上土,然后抬头眺望。我看见一只小船破浪而来,不觉大吃一惊,想道:"他们到这儿来,发现孩子已经被杀,如果知道是我杀的他,毫无疑问,一定要拿我抵命。"于是我爬到树上,隐避在枝叶中。我刚躲好,那群仆人和少年的父亲已经离舟登陆,径向地下室的所在走去。他们去到那个地方,刨开土,揭起木板,沿梯级走了进去,发现少年的脸面洗得干干净净,身上穿着洁净的衣服,胸上插着刀僵然躺在床上,便一齐哭喊起来,边打自己的面颊,边不住地悲哀、哭泣;尤其那个老人,晕过去很长的时间。眼看着这种情况,他们认为儿子之死是老人家的致命伤。

他们用衣服包裹少年的尸骸，盖上一床丝被，把他抬到船中；那位老人随他们刚走出地下室，便跌倒，抓土染污自己的头，打自己的脸，拔自己的胡须，老泪滂沱、气喘吁吁地伤心得昏晕过去。奴仆们拿来被褥，让老人安静地躺着，然后一个个围着他默默地坐下。当时我躲在树上，居高临下，眼看这种惨状，忧愁苦闷到发未白而心先衰的境地。

　　傍晚，老人慢慢苏醒过来，望着儿子的下场，想着自身的境遇，打着脸面悲哀哭泣一阵，最后竟喘息着气绝身死。奴仆们见主子惨死，惨痛地哭了一阵，然后把他的尸体搬到船中，放在小主人旁边，张帆归去。我从树上溜下来，去到地下室中，看见里面遗物狼藉，想到少年的遭遇，忍不住伤心落泪，吟道：

　　　　看见他的遗物引起我的悼念，
　　　　我用热泪洒遍他的故居。
　　　　恳求操纵离散的权威者，
　　　　请行行好，准他回来一天。

　　从此我流落在孤岛上，白天在外面流浪，夜里到地下室过夜，这样的生活，整整过了一个月。那个期间，我发现西面的海岸线，由于海水逐渐低落，陆地向外伸展，逐渐突出水面。在一个月的沧桑变化之后，西面的海水差不多退干了。眼看这种情景，我喜不自胜，相信有出路了。我试探着涉到水中，跨过剩余的沼泽地，去到对岸的陆地上，发现一堆堆疏松而能陷没驼腿的沙滩。我鼓起勇气，越过沙漠地带，忽然发现遥远的地方闪耀着强烈的火光。我怀着寻求出路的希望，向火光的所在走去，吟道：

　　　　也许命运会悬崖勒马，
　　　　捎来一些好消息，
　　　　实现我的希冀，满足我的需求，
　　　　在各种演变之后表演一幕喜剧。

我去到火光附近，抬头一看，原来那里矗立着一幢巍峨的宫殿，两扇黄铜大门，在日光照耀下，反映出灿烂的光芒，从远方望去，好像炽烈的火焰。

　　我看见这幢建筑，喜出望外，便在大门的对面坐下休息。我刚坐定，便有一位老人带着十个衣冠楚楚的青年走来。我一看，见青年们都是瞎了左眼的。他们的形象和眼睛瞎得这般整齐，使我感到十分诧异。

　　他们见我坐在那里，便向我打招呼，问我的情况。我把自己的遭遇和经历告诉他们。他们听了感到惊奇，带我去到他们屋里。屋中摆着十张床铺，床上的被褥都是蓝色的。在十张床铺中间，摆着一张小床，上面的被褥也是蓝色的。青年们各人坐在自己的床上，那位老人站在中央的小床面前对我说："请你在我们这儿住下吧，青年人！不过希望你别问我们的情况和失明的原因。"说罢，他端出饮食分给青年们，同时也给我一份。饭后大家坐着谈天，他们问我的情况，我把自己的境遇对他们叙述，一直谈到深夜。当时青年们对老人说："时候到了，老人家，把我们的酬劳拿给我们吧。"

　　"好，我马上拿给你们。"

　　老人说着，去到一间内室，顶出十个盖着蓝巾的盘子，每个青年分给一盘，并燃了十支蜡烛，每个盘中插一支。继而他取去蓝巾，盘中的沙土、炭渣和锅烟子便露出来。青年们卷起袖口，一面抓泥土涂自己的脸面，一面悲哀哭泣，并撕身上的衣服，打自己的脸，捶自己的胸，叹道："这是我们懒惰好奇的结果呀。"他们狂妄地一直闹到黎明时候，老人才给他们预备热水，让他们洗脸，并更换衣服。

　　看了这种情景，我的理智飞了，一时糊涂起来，满腔的郁结，竟然忘了自己的遭遇，情绪沸腾到无从抑制，非问个水落石出不可。于是我问道："我们快活、疲劳之余，何需来此一套呢？这是疯人的举动嘛！赞美安拉，你们是理智完备的人；我问你们，你们的眼睛为什么瞎了？为什么你们要拿泥土污染脸面？我恳切地请求你们回答我。"

"青年人，"他们互相看了一眼说，"别教你的青春欺骗了你；你还是别过问这些事吧。"

继而老人端出饮食，我陪他们一块儿吃喝。饭后，收拾完毕，大家坐在一起交谈。天黑了，老人点上灯烛，端出饮食。饭毕，大家继续坐谈，直到更残夜静，青年们才对老人说："睡觉的时候到了，老人家，把我们的酬劳拿给我们吧。"

老人起身，给他们端来盛满污泥的盘子，他们便跟头夜那样疯狂地行动起来。我跟他们在一起整整待了一个月，他们每天夜里都拿污泥涂脸，然后用水洗净，更换衣服。他们的行为使我感到十分诧异，心中的苦闷日积月累，竟然达到不思茶饭的地步。于是我对他们说："青年们，你们要是不把你们涂脸的原因告诉我，消除我胸中的忧愁苦闷，那我只好向你们告别了。"

"保守我们的秘密，是一桩最重要的事情呢。"他们说。

关于他们的事情，我不知底细，莫名其妙，弄得恍惚迷离，终于拒绝吃饮食。最后我对他们说："这到底是怎么一回事？非请你们告诉我不可。"

"这种事对你绝对有害无益；告诉了你，会给你带来痛苦，使你成为一个像我们这样残缺不全的废人呢。"

"你们必须告诉我；否则，让我离开你们，不要再看这种情景了。俗话说得好：'眼不见，则心不烦。'"

之后，他们弄来一只绵羊，宰了它，剥下皮，然后给我一把刀，说道："拿着刀，睡下去，让我们把你缝在羊皮里。因为这样一来，便有一只叫神鹰的大鸟飞来把你攫去，带到一座山顶上。那时候，你用刀割破羊皮钻出来；大鸟见你，吓得落荒而遁。往后你向前约莫行半天路程，便发现一座巍峨的宫殿。你走进去，便可达到希望目的了。我们也是进了那幢宫殿而变成这样涂脸和失明的。如果要细谈，话就长了；因为我们失明的经过情况，彼此是不同的。"

我乐意那么做,他们就按所说的手续把我缝在羊皮里,结果我被大鸟攫着飞到山顶;我从羊皮里钻出来,向前一直去到那幢宫殿里。宫中有四十个月儿般美丽的姑娘;她们一见我,便齐声说道:"欢迎你,竭诚欢迎我们的主人。"随即请我坐在首席,端出饮食,大家一起吃喝。饭后,她们中有五个人起身预备筵席,铺下席子,焚上香火,摆出酒肴、果品,让大家围着享受。饮宴时,她们有的弹琵琶,有的歌唱,有的翩翩起舞,杯盘不停地传递着,大家开怀畅饮。我陶醉在快乐的氛围中,把世间的苦痛忘得一干二净。

我和姑娘们在宫中一块儿过快乐如意的生活;可惜好景不长,新年元旦日,她们一个个都伤心流泪,对我说:"但愿我们不认识你,那该是多好啊!如果你能接受我们的忠告,这对你是再好没有的。"我觉得奇怪,问道:"这是怎么一回事?"

"我们都是公主,几年以来大家相聚于此,过吃喝享受、逍遥作乐的生活,每当新年我们要离开这里四十天,这是我们的习惯。我们打算嘱咐你一桩事情,只怕我们走后你会违反我们的忠告。这是宫殿的钥匙,我们把它交给你。宫里有四十间宝库,其中的三十九间,你可以进去参观、游览,只是那第四十间宝库,千万不可开启;你必须牢牢记住,否则,会造成我们之间的分别、离散,彼此会永远不能见面的。"

"好的,我不去开它就是。"我接受了她们的忠告。

我们彼此话别之后,她们离开宫殿,各自高飞远走,只剩我一个人孤单单地留在宫中。傍晚时候,我打开第一间宝库,走进去抬头一看,这俨然是一座人间天堂,花园中的绿树枝上结着成熟的果实,鸟儿在枝头歌唱,清泉潺潺地流泻;清新幽雅的景致,使人感觉舒畅。我徘徊在树丛中,闻着花香,听着鸟语,流连忘返。我看见苹果的颜色,红绿相间,闻到榅桲的气味,跟麝香、龙涎香没有区别,正是:

> 榅桲集合人间的美丽,
> 比任何果子都显贵。

它的滋味象征快乐，

气味犹如麝香，

颜色好似金子，

形状如满圆的月亮。

还有杏树上的杏子，宝石般灿烂夺目。我欣赏够了，转身走出，把门原封关锁起来。次日，我打开第二间宝藏，走了进去，只见一望无际的旷野，长着高大的枣树，淌着曲折的河流，遍地开满了玫瑰、素馨、蔷薇、水仙、罂粟。微风拂过，满天的芬芳，馨香扑鼻，令人陶醉。我欣赏够了，转身出来，把门照旧关锁起来。

第三天我打开第三间宝藏，进去一看，是间宽敞的大厅，地上铺着彩色云石，门窗户壁上装饰着贵重金属和珍珠宝贝，里面挂着檀木雀笼，笼中有夜莺、唱鸽、山乌、雉鸠、金丝雀等各式各样的鸣禽，唱着悦耳的歌曲。我忘记世间的苦恼，沉醉在大厅中，一觉酣睡到天明。之后，我打开第四间宝藏，是一幢宽大的建筑物，分为四室，里面藏着无数的珍珠、蓝宝石、橄榄石、绿翡翠和其他各种名贵的珠宝玉器，琳琅满室，数不胜数，令人惊羡、赞叹不已。我自言自语地叹道："啊，这种名贵的宝物，即使帝王们的库藏中也是没有的。"我感到无限的快乐、兴奋，胸中的忧愁顾虑，已经烟消云散，丝毫都不存在了。我说道："我是当今的帝王了，这些宝物全都是我的财产了。"

我在宫中不停地走动着，从一间宝库串到另一间宝库，在三十九天之内，除了姑娘们禁止开启的第四十间宝库外，其他三十九间我都进去参观游览过。只是对那第四十间宝库，老是念念不能忘怀。我经不起魔鬼的怂恿，兼之再过一天，便是姑娘们回宫的日期，因此我抑制不住欲望而不能不去开门。

我贸然开门闯进去，首先闻到一股从来不曾闻过的馨香气味，把我熏得昏迷不省人事。过了约莫一小时的工夫，我慢慢苏醒过来，鼓起勇气站起来，抬头一看，见地上铺满了番红花，当中挂着一盏金质灯，火焰辉煌灿烂；旁边摆着两个大香炉，里面的麝香和龙涎香，泛着馨香气味,弥漫了整个屋子。还有一匹夜一般黑的乌骓,两个水晶马槽,一个盛着剥净的胡麻,一个盛着蔷薇水。骏马背上佩着赤金鞍子,头上套着白银辔头。我看着感到惊异,想道:"这匹马儿一定有大用处。"我经不起魔鬼的怂恿,冒昧把它牵出宝库,跃身跨上马背,可是它却不动;我捶它的胸,它还是不动;最后我举鞭一抽,它这才迅雷似的狂嘶一声,张开两翼,飞向空中。它越飞越高,在高空翱翔了一小时后落在山顶上,把我掀倒,甩着尾巴打我的脸,打落我的左眼珠,我便成为独眼。我狼狈逃到山下,找着那十个瞎了左眼的青年。他们对我说:"不欢迎你,也不接待你了。"

"喂! 现在我成为你们的同类了,希望你们收留我,让我跟你们生活在一起,给我一个盘子涂染我的脸面吧。"

"指安拉起誓,不许你留在这儿,快滚出去吧。"

我被他们驱逐出来,穷途末路,无计可施,回忆着往事,哭哭啼啼地叹道:"过了这么长的时期,我还是摆脱不了灾难呀!"于是剃了胡须,周游各地。幸蒙安拉保佑,今晚安然来到巴格达。我在街上和这两位僧人邂逅相遇,向他们问好,说道:"我是个异乡人。"他们说,"我们也是异乡人。"于是我们三个左眼失明的僧人便聚会在一起。我的女主人呀! 这便是我剃了胡须,瞎了左眼的原因和经过。

听了第三个僧人的故事,女主人对他说:"摸摸你的头,去你的吧。""不,"僧人说,"指安拉起誓,我要听一听他们的故事才去呢。"

女主人回头瞅哈里发、张尔蓄和马师伦一眼,说道:"讲你们的故事给我听吧。"张尔蓄站起来,走过去,把来时对管门女郎说过的话重说一遍。女主人听了,说道:"我饶恕你们了,去你们的吧。"

他们告辞出来,一起走进一条狭巷里。哈里发说道:"天还未亮,僧人们! 现在你们打算上哪儿去?"

"指安拉起誓,我们的主人,到哪儿去,连我们自己也不知道。"

"来吧,到我们家里暂过一夜吧。"哈里发说完就嘱咐张尔蓄:

"命运如此,说也无益。"她说。

我让她去澡堂沐浴,给她衣服穿,对她说:"姐姐,你是父亲母亲的继承人;父母亲遗留给我的那份财产,蒙安拉的恩顾,获得了一些利润,因此我的境遇较为优越;你我不是外人,今后你和我在一块儿共同享受好了。"于是我无微不至地照顾她、款待她,姊妹俩在一起快快活活地过了一年。当时我们的生活很舒适,只是对二姐的下落不明,时常惦念她,替她担忧。幸而过了不久,二姐终于也像大姐那样落魄狼狈地归来了。我照顾她,款待她,比对大姐还周到;从此三姊妹团圆聚首,在一块儿过生活。可是过了一些日子,两位姐姐对我说:"妹妹,我们还是要结婚;没有丈夫,我们生活不了。"

"我眼珠般的姐姐呀!结婚到底有什么好处呢?"我说,"如今的世道,好人实在不多,因此我认为你们的想法不太恰当;用不着多说,你们是亲身经历过的了。"

她们不听我的劝告,终于违反我的意思,坚持己见,决心去嫁人。我拿自己的钱给她们每人预备一份妆奁。婚后,两个姐夫跟她们过了不久,玩弄、享受一番,就掳着财物,撇下她俩,不辞而走。她俩穷途末路,没有办法,只好回来找我,向我赔礼,说道:"别责备我们吧,妹妹,你虽然年纪比我们轻,但是你的看法却比我们周到;从今以后,我们再也不提结婚的事了。现在请你把我们当使女一样收留下来,给我们衣食过活吧。"

"欢迎你们,亲爱的姐姐。你们两位是我最敬爱不过的人儿呢。"

我接受她们的要求,格外尊重她们;于是姊妹三人重新聚首,在一起过团圆生活,安安静静地过了一年。后来我打算去巴士拉经营生意,预备一只大船,装上货物和旅途中需要的物品,准备航行。当时我对姐姐们说:"姐姐,你们愿意留在家中等候我呢,还是愿意跟我一块儿出去旅行?"

"我们愿意跟你一块儿去;我们不能够离开你。"

我把现款分为两份，一份藏在家中，一份带在身边，心里想道：“这次旅行，万一途中遇险而能够留得一条生命归来，我就可以拿留在家中的钱维持生活呢。”于是我带着姐姐们上船，开始航海旅行。我们在海中行了几昼夜，船走错了航线，连船长也辨不清楚方向，任船向与目的地相反的方向航行。真实的情况，我们一点也不清楚，不过当时倒也一帆风顺地行了十天。后来探海的爬到桅杆上去观察，喊道：“给诸位报喜讯了！”他欢天喜地地溜了下来，说道：“我隐约看见一座城市的影子，像一只鸽子一样。”听了消息，大家非常快乐。船继续航行了一小时后，在遥远的地方出现了一座城市。我们问船长：“这城市叫什么名字？”

　　“我不知道，”船长说，“这座城市我还是第一次看见，因为我生平不曾到这里航行过。不过我们既然平平安安地来到这个地方，也只好靠岸登陆，进城去做一趟买卖。如果行情好，大家卖掉货物，城中有什么货色，不管好坏，收它一些。要是不上算，这就不必交易，我们在城中休息两天，预备些粮食，再启程航行好了。”

　　船靠岸后，船长登陆进城去了。一点钟后，他回到船上，对我们说：“去吧，你们进城去看看人类的遭遇，大家虔诚地祈求安拉别教我们遭受这种灾难吧。”

　　听了船长的吩咐，我们登陆往城中去。走到城门口，看见人们挂着拐杖站在门前。我们走了过去，这才发现他们都变了原质，化为黑石。我们进得城去，见里面的一切，全都化为黑石，任何房屋里都不见一个人影，也没有一缕炊烟。眼看这种情景，我们感到惊愕、感叹。我们穿过大街，见铺中的货物和金银财帛，都原封原样地摆在里面。大家觉得快慰，说道：“也许我们能从这里找到门路呢。”于是大家分散开来，各走一方，寻找交易的主顾。

　　我自己一直向前走，慢慢去到一座堡垒中，仔细打量一番，知道那是一所法院。继而我去到王宫里，见里面的陈设全是金的，银的。国王身穿光彩夺目的华丽宫服坐在宝座上，左右有朝臣和宰相陪随。

他的宝座镶满珍珠宝贝，星球似的闪着灿烂的光芒，周围站着五十名侍卫，穿着丝绸衣服，手中握着明晃晃的宝剑。那种森严的威风，令人感到恐惧。

我继续向前，去到内宫，见室内门窗上挂着绣花的丝帘，王后睡在床上，身着绣花衣服，头戴珠冠，脖上系着珍珠项链，一切装饰和陈设都保存原状，只是王后本人却化为黑石。

通过寝宫，经过七级石阶，我去到一间镶花砖、铺绒毯的寝室中；里面摆着一张镶珠宝和翡翠的杜松床，床上挂着绣花绸帐，光芒从帐中射了出来。我走过去仔细打量，看见一颗鹅卵大的钻石，陈列在一张小椅上，蜡烛似的闪出光芒；床上的被褥和装饰，全是鲜艳的丝绸制作的。看了这种奢华的场面，我感到无限的惊奇。随后我发现室中燃剩的一支残烛，便想道："这儿一定有人点了这支蜡烛照明。"于是我继续深入，一路走一路仔细观看，被种种稀奇古怪的景象吸引着，把自身的事忘得一干二净。

我沉在思索中，越想越渺茫，不知不觉便到天黑时候。我要离宫回船去，却分辨不清门路，徘徊观望一阵，仍然回到那间有蜡烛的房里，朗诵几节《古兰经》，然后倒在床上，拉被盖着睡觉。我希望好好地安息，可是心神却惴惴不安，始终睡不熟。到了半夜，突然听见朗诵《古兰经》的悠扬之声，我欣喜若狂，赶忙随着声音的所在寻去，找到一间密室。密室里面挂着灯，燃着烛，铺着礼拜毯，一个眉清目秀的青年人正襟坐在里面，面前摆着一个书台，聚精会神地朗诵《古兰经》。当时我奇怪他怎么一个人安然活着而不曾和城中人一起遭殃。我走进去，问候他。他抬头看我一眼，然后回问我。我对他说："指你朗诵的这部《古兰经》起誓，我要向你打听这里的情况，千万请你回答我的问题。"

我对他叙述自己的情况，他感到惊奇。我问他关于城市变化的经过，他便对我说："姊妹，请你稍微等一等。"随即合上《古兰经》，把它装在一个丝袋里，然后让我坐在他身旁。我仔细打量，见他笑容可掬,像满圆的月亮,身材端正标致,性情温和,人品高尚。一见他的形象,我就一千遍地赞叹,对他产生爱慕心情。我催促他:"我的主人呀!快回答我吧。"

"听明白了,遵命就是。"他说,"你要知道,这座城市是先父的京城。他是国王,你曾见他坐在宝座之上,已经化成黑石了。至于睡在帐中那个王后,她是我的母亲。城中的居民原来全都是袄教徒,他们膜拜火、光、影、热和行星绕日的轨道。先父原来没有子嗣,到晚年才生我。在他认真的教育下,一直把我抚养成人。幸而我的命运好,当时宫中有个年迈的保姆,她信的虽然是伊斯兰教,可不敢明目张胆地表示,外观总是跟袄教徒完全一样。由于她忠厚、廉洁,因而先父尊敬而信任她,认为她是一个虔诚的袄教徒。待我长大时,先父把我托付给她,并嘱咐她:'你带他去,好生教育他,把我们袄教的知识灌输给他。你必须好生管教他,不得疏忽大意。'

"那位老保姆,灌输我伊斯兰教的道理,教我沐浴、礼拜,并给我解释《古兰经》的意义。她嘱咐我:'除了安拉,你什么都不要崇拜。'待我学会伊斯兰教的道理,她便嘱咐我:'我的孩子,你须保守秘密,别让你父亲知道,免得他杀害你。'

"我听从老保姆的嘱咐,一直保守秘密,坚持下去。过了一些日子,老保姆死了,袄教徒的异端邪说越来越嚣张。有一天,忽然有一阵迅雷似的吼声,远近人们都听到了。那声音说道:'城里的人们!回头是岸,撤掉火,膜拜仁慈的安拉吧。'人们听了警告,惊慌失措,奔到宫中,聚集在先父面前,问道:'这股令人听了感到万分恐怖的声音,到底是怎么一回事?主上,告诉我们吧。'国王回道:'别教那种声音吓坏你们;你们不可轻信谣传而作践自己的宗教。'

"人们遵从先父的嘱咐,依然继续拜火,而且变本加厉地宣传异端邪说。整整过了一年之后,他们第二次听到那股警告的呼声;第三年开始的时候,他们第三次又听到那股声音。三年以来,他们每年听到一次警告,可是他们听而不闻,结果触怒上苍,因此在一天黎明时候,天灾从空中降下来,城中的人畜全部变质,一概化为黑石,满城生灵,只是我一个人免于灾难。自从那天起,我获得信仰自由,就从事礼拜、斋戒,朗诵《古兰经》;至今已习以为常。虽然孤独寂寞,无人做伴,但自己却能乐天安命。"

听了青年的一席话,我很受感动,被他吸引住了,说道:"青年人,你愿意随我往巴格达去吗?在那儿,你可以同一般学者往来结交,向他们学习各种学术,增加你的学问。你要知道,在你面前的这个女人是发号施令的一家之长,家中婢仆成群,非常富厚,我自己还拥有一艘商船,运载货物到此经营生意。这次萍水相逢,被命运驱使到这儿来,亲眼看见城中的沧桑世变,并和你邂逅相遇,这一切都是前生注定了的。"我竭力怂恿、劝导他,最后他同意跟我同行。

那天晚上我在宫中过夜,快乐得竟然不敢相信自己所处的境地。次日清晨,我们去到国库中,挑选易于携带而贵重值钱的财物带在身边,然后离开宫殿,去到城里。我们在街上碰见仆人和船长正在找我,彼此碰头见面,欣喜若狂。我把自己的见闻、青年的故事和城市化石的原因及经过讲给他们听;他们听了惊奇不已。

我的两个姐姐——即这两条黑狗,见我和青年在一起,因羡成嫉,怀恨在心,暗中酝酿阴谋诡计。后来我们快快活活地上船去,由于获得了丰富的财物,大家高兴得几乎飞腾起来。我们在船里待到顺风时,才扬帆启程。在归途中,两位姐姐和我们在一起,大家说说笑笑,倒也快乐。当时两位姐姐问我:"妹妹,你打算跟这位漂亮青年做什么呢?"

"我有意选他做我的丈夫。"于是回头对青年说:"先生,有一件事我要跟你商量,你别违反我的意思。待回到我们的家乡巴格达时,我和你正式结婚,配成夫妇,你做我的丈夫,我做你的妻室,这样好吗?"

"听明白了,遵命就是。"青年同意了。继而我对姐姐们说:"我有这位青年就满足了,其他的财物全都属于你二人所有。"

"你处理得太好了。"两位姐姐说。

两位姐姐虽然如此说，可是内心里早已怀着敌意。我们一帆风顺地在海中航行，离开危险地带，进入安全地区，行了没有几天工夫，已经靠近巴士拉，看得见城郭了。可是当天夜里两位姐姐趁我和青年熟睡的时候，悄悄地抬起我的床铺，把我连人带床一齐投在海中，而且把青年也同样抛在海里。那青年不会游泳，淹死在海中了。我自己如果当时和他同时淹死，这倒是我的愿望；然而命运注定我不该死，所以当我落水的时候，发现身边浮着一块木板。于是我伏在木板上，逐渐被波浪打到岸边而得救。我连夜在海岛上摸索着跋涉，清晨发现一条通往陆地的狭窄地峡。

太阳出来了，我脱下衣服，铺在阳光下面晒干，然后一路走向陆地。我继续跋涉，行至还剩两小时的旅程便可到达城市的地方，突然看见一条枣树般粗长的大蛇，左右摇摆着向我奔来。它奔到我面前时，我见它的舌头垂了出来，约莫一虎口长；它身后的沙土，被刮出和它身体同样宽的一条痕迹。在它后面，紧跟着一条细而长的毒蛇，咬着它的尾巴不放。大蛇流着眼泪，垂着舌头，显出恐怖可怜的形状。我看了这种情景，心有所感，发生怜悯心肠，随手拾起一个石头抛过去，打中毒蛇的头，把它打死。这时那条被追的大蛇张开翅膀，向高空飞去。当时我不明白是何道理，坐在那里越想越惊异。由于疲劳过度，我支持不住倒在地上睡熟了。约莫一小时后，我醒过来，看见我的脚前坐着一个姑娘，身边带着两条黑狗，她正在替我捏腿。我觉得惭愧，立刻坐起来，问道："你是谁，姊妹？"

"你把我忘记得好快呀！"她说，"你是我的大恩人，刚才你打死毒蛇，救了我的生命。我是仙类，那条毒蛇是一个邪魔，经常和我作对；没有你的援助，我是不能脱险的。因此当我脱险之后，立刻飞到你姐姐们乘坐的那只船中，把里面的财物搬到你的家里，然后弄沉大船，并用法术施在你的两个姐姐身上，把她们变为两条黑狗。她们怎样危害你的情形我是知道得很清楚的，所以应该这样惩罚她们。至于那个青年,已经淹死,来不及拯救了。"

她说罢,带我和两条黑狗飞到城中,把我们放在屋顶上。我回到屋里,见那些原是在船中的财物,全都堆在屋里,丝毫没有损失。后来她嘱咐我:"指大圣苏里曼戒指上的文字起誓,从今以后,如果你每天不打每只黑狗三百鞭,我会来把你变成它们的同类呢。""听明白了,遵命就是。"我说。于是从那时起,我便鞭打两条黑狗。我固然可怜她们,但也没有办法,同时她们也明白这不是我的本意而能原谅我。这便是我自己的经历和故事。

哈里发听了第一个女人的故事,感到惊奇。他回头对第二个女人问道:"你呢?你身上的伤痕是怎么来的呢?"

第二个巴格达女人的故事

我父亲是个富翁。他死后,遗下许多财产。我继承那份遗产,与当代最享福的一个男子结婚。但不幸,我们之间的夫妻生活才过了一年,他便死了。根据法律的规定,我继承八万金币的遗产,成为当时最享福的富人,因此我的名声越传越远。当时我花了一万金币置备十套最华丽的服装,每套衣服值一千金币,过着最豪华的享福生活。

有一天,我家里忽然来了一个奇形怪状的老太婆。她面容憔悴,身材瘦削,白发苍苍,睫毛垂着,眼睛眯着,牙齿缺着,眼角斜着,口水流着,那副蓬头垢面的模样,一眼看去,人不像人,鬼不像鬼。正是:

> 一个老妖妇,
> 魔鬼碰见她,
> 便跟她学骗人的方法。
> 凭着狡猾的手段,

一千只蹦跳的骡子，

　　　被她用一根蛛丝拴住。

　　那个老太婆走到我面前，问候一声，然后跪下去，吻一吻地面，说道：“我有一个孤女儿，今天是她结婚的日期。我们是异乡人，城里没有亲戚，因此想着伤心苦恼。我们没有其他的办法，只好前来求夫人可怜我们，劳驾前去参加婚礼，以便其他的妇女听得夫人大驾光临，她们也前来参加；这样一来，我们的缺陷就被您弥补起来了。”她说罢，哭哭啼啼不住地吻我的脚。吟道：

　　　你的光临，

　　　给我们无上荣幸，

　　　我们必须感谢。

　　　你若是不肯光临，

　　　我们就找不到替换者，

　　　更没有代替的人。

　　她的言行感动我，使我产生怜悯心肠，说道：“你的话我听清楚了，我答应你前去参加婚礼就是。”随后我又对她说：“看安拉的情面，我要为她行好，把我的衣服首饰送给她，让她高兴高兴。”

　　老太婆非常欢喜，低下头，不住地吻我的脚，说道：“愿安拉报答您，使您快活如意，如同您使我快乐一样。不过现在时候还早，夫人不必忙，稍等一会儿，到晚餐时，我来迎接您。”她说罢，吻我的手，然后匆匆归去。

　　老太婆走后，我预备一番，穿戴打扮起来，不一会儿，老太婆也就赶到，说道：“夫人，城中的许多太太小姐都到齐了，我告诉她们您要去参加婚礼，她们非常高兴，都等候您呢。”

　　我带着女仆，随老太婆前去参加婚礼。走了一阵，进入一条打扫得干干净净、泼过水、散布着香味的巷道，来到一幢用云石砌成圆顶的建筑物前。老太婆向前敲门，我随她进去，经过一道长廊，地下铺着砖,上面张灯结彩;我们一直进入一间大厅,里面摆着精致的陈设,挂着灯,燃着烛,非常富丽堂皇。厅中摆着一张镶珠宝的杜松床,床上挂着绸帐。就在这时候,帐中闪出一个月儿般窈窕美丽的姑娘,正是:

> 她的头发垂在额前,
> 如同忧愁的残夜,
> 偎依着欢笑的黎明。

那个花枝招展的女郎下得床来,向前迎接我们,说道:"欢迎,欢迎,一千遍地欢迎尊贵高尚的姊妹。"随即吟道:

> 倘若这屋宇知道贵人大驾光临,
> 它一定高兴、快慰,
> 不但要吻客人踩过的地面,
> 还须根据现实的情景高呼:
> "欢迎,欢迎!
> 竭诚欢迎德高望重的贵宾。"

女郎让我们一块儿坐下,并对我说:"我的姊妹,我有个哥哥,他在宴会场中,几次见你的面;他是个美男子,比我生得漂亮;他衷心爱慕你,因为你不但仁慈、尊贵,据说还是名门闺秀。我哥哥也是我们族中的头目;为了彼此门当户对,所以他爱你,打算跟你举行婚礼,结为夫妻。有媒有证,正式结婚,这不是见不得人的丑事吧?"

我听了女郎的谈话,回顾自己孤单一人,深入人家屋中,面临着威胁,没奈何,只得勉强回道:"听明白了,遵命就是。"女郎听了我的回话,喜形于色,举起两手一拍,屋门应声而开,走出一个衣冠楚楚,生得眉清目秀非常漂亮的青年。正是:

> 他显着美丽的形象出现,
> 赞美安拉塑造他的绝妙技艺;

因为安拉在他身上汇集了所有的美丽，

使看见他的人感到彷徨、迷离；

此外美丽本身还在他额角上写道：

"我证明：

世间没有别的美男子，

美男子只有他一人。"

我一见倾心，非常爱他，和他约莫对谈了一小时。之后女郎第二次拍掌，贮藏室的门突然开了，里面出来一个法官和四个证人。他们向我们打个招呼，随即坐下，替我和青年写了婚书，然后从容归去。这时青年回头对我说："这是幸福的一夜啊！"继而他又说："夫人，我向你提出一个条件。"

"什么条件，我的主人？你提吧。"我说。

他站起来，把《古兰经》拿来递给我，说道："向我宣誓说，从今以后你矢志忠心于我，永不变心。"

我听从他的吩咐，果然向他起誓；他感到十分高兴。继而摆出筵席，我们尽情吃喝、享受，从此开始夫妻生活，欢欢喜喜地度过了蜜月。有一天，我打算上街去买衣料，征得丈夫的同意，便收拾打扮起来，带着女仆和那个老太婆去到市中，走进老太婆认识的一家商店。她对我说："这个年轻的生意人，他父亲去世以后，给他留下许多财产，因此他的本钱多，货物齐备，你无论要什么东西，他这里应有尽有，而且货色也比别人的好。"继而她对老板说："请你把上好的丝绸拿给我们太太看吧。"

"听明白了，遵命就是。"老板说。

老太婆唠唠叨叨，不息地夸赞商店老板。我对她说："我们向他买了衣料便回去，何须你这样夸赞他呢？"

老板拿出丝绸，我们选了需要的衣料，然后付款，他却不接受，说道："今天你们是我的贵宾，这衣料代表我对你们的敬意吧。"我对老太婆说："他要是不收款，把衣料还他好了。"

“钱我不收你的,衣料送给你,作为吻你一次的报酬吧。”

“求安拉保佑,我不干这种坏事。”

他见我断然拒绝,勃然大怒,打我一个耳光,并鲁莽地吻我,弄破了我的腮角。我当场晕倒,被老太婆搂在怀中。待我慢慢苏醒过来,商人却关锁铺门,早已溜走了。当时我血流满面,痛不可支,老太婆也非常着急。她说:“我们回家去吧;到了家里,你装病躺在床上,我替你盖上被,再找药给你敷搽,不消几天工夫,伤口就会好的。”

息了一会儿,我勉强支持着站起来,怀着满腔忧愁,一面思索,一面慢慢地回到家中,装病躺在床上。当天夜里,我丈夫进房来,问道:“你怎么了,我的太太? 白天出去遇见什么不如意的事吗?”

“我不舒服,觉得头痛。”

他看我一眼,燃了一支蜡烛,挨到我面前,仔细打量一番,问道:“你腮上的创伤是因何而来的?”

“今天征得你的同意出去买衣料,城中街道窄狭,一个樵夫挤过来,我的面幂①被柴棒拉破,因而腮角也被划破,如你所见的这样。”

“明天我去见省长,要他把城中的樵夫全都绞死。”

“指安拉起誓,你千万不要冤枉别人;这是我骑驴子,它蹦跳的时候,我跌在地上被柴棒划破的。”

“明天我去见张尔蕃,告诉他事情的经过,要他把城中赶驴的人全都处死。”

“为了我,你太把人不当人了。我的这种遭遇,其实是命运注定了的。”

“非这样做不可……”

他神气十足地缠着我说长道短,我可心绪不宁,很不耐烦,一时出言不慎,冒犯了他,因而他怀疑我,说道:“你违背誓约!”随即高声一喊,房门开处,出来七个黑奴。他吩咐他们把我从床上拖起来,摔

①　蒙面用的罗、纱等。

在堂屋里,命他们中的一人握着我的臂膀,坐在我的头上;一个坐在我的膝上,按着我的腿;其中第三人握着明晃晃的宝剑,向主子请示:"主人,要我一剑把她砍成两截,再把她的尸首扔在底格里斯河中去喂鱼吗? 这是违约者咎有应得的处罚呢。"当时我丈夫怒不可遏,吟道:

> 有人同我分享爱情的时节,
> 我便约束自己的魂灵,
> 教它舍弃恋爱的念头,
> 保全自身的名誉。
> 我对它说:
> "灵魂呀!
> 你慨然摆脱一切,
> 宁可光明磊落地牺牲自己;
> 因为追求虚伪的爱情,
> 终归是徒劳无益。"

他吟罢,吩咐奴仆:"揍她,撒尔德。"仆人得了命令,一屁股坐在我身上,说道:"太太! 你念一念信仰箴言吧;你还有没有遗嘱,对我们说吧,这是你生命的最后一刻了。"

"好奴婢,"我说,"你等一会儿,让我嘱咐你。"

我低头看一看自己,觉得不多一会儿竟变得如此卑贱,忍不住伤心、流泪、号啕痛哭。继而我又抬头看我丈夫一眼,吟道:

> 你抛弃爱情,
> 使我彷徨、留恋,
> 你自己却恬然自娱。
> 你把我弄得忧郁失眠,
> 你自己却尽情酣睡。
> 你的居室建筑在我的心、眼之间,

我的心不曾把你忘记，

眼泪也不掩饰我对你的留恋。

你曾山盟海誓，

决心守约到底；

可是当你征服我的时节，

却表现出欺骗的行为。

我的留恋、呻吟得不到你的怜惜，

难道你能保证殃祸不会降临？

我以安拉的名义要求你：

若是我一朝命归黄泉，

请在我的墓碑上刻下

"这是爱情的奴隶"一句；

说不定一个深知此中滋味的失恋者，

偶然走过我的坟前，

会洒下一掬同情的眼泪。

我吟罢，痛哭流涕。我丈夫听了我的吟诵，见我伤心哭泣，他的愤怒有增无减，吟道：

我毅然抛弃爱情，

不是出自我的心愿，

而是犯罪者的行为，

使我打消爱情的痴念。

因为她找别人来跟我共享爱情，

我的信念不许我做这种事情。

听了他的吟诵，我依然伤心哭泣，向他苦苦哀求，想道："让我在他面前认错，说软话吧，也许他能饶恕我。只要他不杀我，即使牺牲所有的财物也不要紧。"于是我向他诉苦，吟道：

你若是公正廉明，

就不该判我死刑；

然而这当中的处决，

显然还缺少公平。

你把爱情的重担放在我个人肩上，

累得我疲劳不堪，

无从担负一件汗衫的重量。

灵魂的消灭，

不足以引起我的怜惜，

然而你去后，

教人怎样认识我的身体，

这倒是使我惶惑的一件事情。

我吟罢，痛哭流涕。我丈夫看我一眼，破口大骂一阵，随即吟道：

你舍弃我恋爱别人，

割断我们之间的情谊。

我抱着容忍的决心，

效法你的行径，

向你宣布离异。

你既然变节，

我也可以决裂；

这中间的责任，

你自己应该负起。

他吟罢，悍然吩咐奴仆："一刀劈掉她，让我们休息吧。让这样的家伙活着，是没有好处的。"

我吟诗辩论时，自信已无生存的余地，悲观绝望到极点，没奈何只好把自身的一切托付给安拉。当时那个老太婆突然赶到，倒身跪在我丈夫的脚下，哭哭啼啼地说道："孩子，看我抚育你服侍你的情面，饶了她吧；她没有应受这种处罚的过错呀。你还年轻，我怕你会遭到诅咒的报应呢。俗话说得好:'杀人者死。'你应该知道,世间还有谁比我更爱你呢?"

"好,我饶她就是。不过定要给她身上留些痕迹,教她消灭不了。"

之后,他吩咐奴仆把我摔倒,按在地上,然后亲手用槟榔棍不住地打在我的胸背和肋巴上,打得我昏晕过去。当时我痛不可支,感到绝望,以为非活活地被打死不可。最后他吩咐奴仆,叫他们在夜里找老太婆带路,把我送回老家去。

奴仆们遵从主子的命令,当天夜里,把我送回老家,抛在地上,然后扬长而去。那晚上,我通宵在昏迷状态中,至次日清晨才苏醒过来。我用药膏敷搽创伤,吃药调理。那个期间,我疲弱不堪,整整卧床四个月,创伤才痊愈,但遍体的伤痕却无法消灭了。

我的健康恢复以后,曾往发生事变、身遭毒打的那所屋子去过一趟,打算看个究竟。可是那幢建筑已经倒塌,变为废墟,小巷也阻塞不能通行,个中的变故,我一点也不知道。我走投无路,这才去找这位异母所生的姐姐,在她屋中看见这两条黑狗。我问候她,详细叙述我的遭遇;她对我说:"妹妹,这个年头,谁免得了不遭患难的?赞美安拉,他使你活着归来了。须知人生不过如是而已,逆来顺受吧;环境越是恶劣的时候,我们应该更耐心地等候好的转机。"

姐姐对我叙述她的经历和两条黑狗的遭遇;我们姊妹同病相怜;从那回以后,就躲在家里,规规矩矩地做人,绝口不敢再提婚姻问题。我们姊妹几人,相依为命,一块儿过生活。这位叫虎实卡舍的姑娘,她担任采买的职务,每天出去购买日常生活必需的日用物品。昨天她照例出去采买,由于雇脚夫搬东西和三个僧人突然光临的缘故,我们的情况就有了改变。当时我问明他们的来历,让他们进屋去,当宾客招待,大家在一起吃喝。可是过了不久的工夫,又有三个陀白勒商人接踵而到,说明他们的来意。经过交谈,他们愿意遵守我们提出的条件,这才收容他们,尽东道之谊。然而他们中途违约,不得已我们才根据他们所犯的错误强迫他们叙述他们的经历和遭遇,然后饶恕了他们,把他们打发走了。可是到了今天,我们什么也不明白,莫名其妙地被人带进宫来了。

哈里发听了她们的故事,感到惊奇,吩咐朝臣把她们所谈的详细记录下来,作为史料保存。之后,他问第一个女人:"把魔法施在你姐姐身上的那个女仙的消息,现在你知道不知道?"

"我知道,主上。"她回答,"当时她曾给我一束头发,对我说:'你几时要我,只消燃着一根头发,即使你远在戈府山后面,我也可以立刻赶到你面前呢。'"

"把头发拿来给我吧。"

她回去把头发取来,交给哈里发。哈里发收下头发,点火燃着一根,随着烟火的出现,宫廷便震动起来,迅雷似的隆隆之声响个不止。继而一个女仙出现在他们面前,对哈里发说:"愿您平安,安拉的代理人。"

"你好,愿安拉怜悯你。"哈里发回答。

"主上知道吧:这位女子给我做过一桩好事,这是我无法报答她的。她替我除了我的敌人,救了我的生命,因此当我知道她是被两个姐姐谋害时,便决心替她报复。当初我有意弄死她的两个姐姐,可是怕她生气,这才施用法术,把她们变成两条黑狗。如今主上如果要挽救她俩,那么为了尊重主上的意志,我解救她俩就是。"

"你先解救她俩,然后我们再办理那个打得遍体鳞伤的女人的事吧。要是真相揭露出来,有了真凭实据,我一定要替她申冤报仇呢。"

"主上,让我先解救这两个,然后把虐待她和抢她财物的人告诉您吧。不过,他是您的一个亲人呢。"

女仙取一碗水,喃喃地念了咒语,然后洒在两条狗头上,说道:"恢复你们原来的人形吧。"霎时间,两条黑狗果然恢复原状,变成人类。继而她对哈里发说："主上，虐待这个女人的不是别人，而是您的儿子艾敏。当初他听得这个女人贤德美丽，因而暗中设计，明媒正娶，跟她结婚。他虽然打她，可是他却无罪，因为结婚时他向她提出条件，她也曾宣誓，对他不怀二心。后来他怀疑她违背誓言，决心要杀她，可是唯恐受到安拉的惩罚，所以才把她毒打一顿，然后送回家去。"

哈里发听了女神的叙述，明了个中情节，感到十分惊奇，说道："赞美伟大的安拉，他借我的手解救了那两个女子，使她们摆脱灾难，并使我知道这个受虐待者的真情。指安拉起誓，我一定要做一桩惊人的事情，让后人传为美谈呢。"于是传太子艾敏进宫，亲自问他那个女人的事情。艾敏把过去跟她结婚的经过，照实招供出来。哈里发毫不犹豫，马上召集法官和证人，共聚一堂，随即宣布把三个同胞姊妹匹配给三个自称为王子的僧人为妻室，并任他们为侍臣，住在宫中，按月发给薪俸，供给一切费用；继而又命艾敏跟他的妻子复婚，破镜重圆，另换婚书，赏给许多钱财，建筑一幢堂皇的宫殿供他们夫妇居住。最后，哈里发娶虎实卡舍为妃子，让她住在宫里，派婢仆侍候，过幸福生活，直至白发千古。

三个苹果的故事

　　相传哈里发何鲁纳·拉施德执政时期,有一天夜里,哈里发召宰相张尔蕃进宫,对他说:"我要你们陪我去城中,从老百姓口里了解那班执法者的情况,他们中凡是被人民控告的,非撤职查办不可。至于勤勤恳恳,为人民爱戴的,必须提升奖励他们。"

　　"听明白了,遵命就是。"张尔蕃回答着,于是哈里发、张尔蕃、马师伦三人一块儿去到城中,穿过大街,跨进一条小巷,他们碰见一个老头子,手拄拐杖,头顶枣叶篮,篮中装着鱼网,慢腾腾地边走边吟道:

> 人们对我说:
> "凭着知识学问,
> 你在人群里,
> 仿佛是月明的良夜。"
> 我回道:
> "请别说此言,
> 拿我开心;
> 因为金钱才是知识,
> 地位才是学问。
> 倘若把我送到当铺里,
> 连同书籍墨水瓶一起算在内,

要求当一天的生活费，

人家决不肯接受。"

我的可怜生活、潦倒境遇，

好凄惨！好污秽！

夏天挨饿肚，

冬天靠太阳过活；

一举手、一投足，

总是受到群犬追逐；

向人哀求、诉苦，

人家视若无睹。

如此惨淡生活，

比睡在坟墓里差得多。

听了老人的哀歌，哈里发对张尔蕃说："留心那个穷汉吧；他的诗歌，证实他的怨尤和需求呢。"他于是追了过去，问道："老人家，你是做什么的?"

"先生，我是打鱼为生的。"老人回答，"我还有家室。今天正午我出来打鱼，可是到了现在却打不到一尾鱼儿，解决不了家人的生活，因此我悲观厌世，不打算活下去了。"

"你可愿意跟我们一起往河边去，站在底格里斯河岸上，替我们打一网鱼；无论打得多少，我们用一百金币向你收买?"

"愿意极了，我愿意随你们去。"渔翁欣喜若狂。

渔翁随哈里发等转到河边，撒下网，等了一会扯起来，打得一个沉重的箱子。哈里发见了箱子，走过去提起来试一试，觉得非常沉重，于是给渔翁一百金币。

渔翁走后，张尔蕃和马师伦两人把箱子抬到宫中，点上蜡烛，当哈里发的面打开箱子，发现里面有个系着红毛线的棕叶篮子。他们割断毛线，见里面有毡子包裹着；再揭开毡子，原来是一具女尸，碎银似的被割得七零八碎，形状非常可怕。哈里发看了这种情景，心有所感,眼泪从腮上淌下来。继而他大发雷霆,对张尔蕃说:"你这个狗东西!在我执政的时期,居然有人行凶,杀了人把尸首抛在河里,让这些被害的人,将来在总清算之日好向我算账。这个被害的女人,我必须替她申冤报仇,非用极刑惩罚凶手不可。指我的祖宗阿巴斯发誓,你要是不把凶手找来抵罪,替死者申冤,那么你自己和你的四十个家族非被我绞死在王宫门前不可。"

"恳求陛下限我三天的期限吧。"

"可以的,限你三天好了。"

张尔蕃离开王宫,忧郁苦闷地转回相府,私下想道:"谁杀这个女人我不知道,怎么能够找到他呀?我要是找个不相干的人来顶替,那是自作罪孽!真的,我实在不知该怎么应付才对。"没奈何,他一直待在家里,三天之内,一筹莫展。第四天,哈里发派使臣到相府传他进宫。他随使臣进宫,哈里发问道:"杀人犯在哪里?"

"众穆民的领袖!难道我能知未来的事,一去就可以找到犯人吗?"

哈里发大发雷霆,下令在王宫门前处张尔蕃绞刑,命传报者在巴格达城中晓谕群众:无论何人,要看处宰相张尔蕃及其四十名家族绞刑的,径往王宫门前去。消息传开以后,人们争先恐后,从四面八方赶来,聚集在王宫门前,等着看热闹,可是他们都不知道究竟为什么要处宰相死刑。绞刑架威严地排立着,宰相张尔蕃和他的家族站在绞刑架下,等哈里发一摆手巾,命令下来,立即开始行刑。在这森严紧张的情况下,人们对着这种惨淡凄凉的景象,都为了同情张尔蕃和可怜他的无辜家族而悲伤流泪。正当危急存亡之时,一个衣冠整洁、眉清目秀、生得标致漂亮的青年,没命地挤开人群,一直奔到张尔蕃面前,说道:"相爷,当此危急存亡的时候,你有救星了。你们发现死在箱里的那个女人,是被我杀死的;我自己是杀人犯,如今拿我抵罪,绞死我吧。"

张尔蕃听了青年的自首,一方面为自己得到解救而喜悦,另一方面却因青年的犯罪而忧虑。正当他们两人在谈话的时候,一个年满花甲的老头蹒跚挤开人群,奔到张尔蕃和青年面前,问候一声,说道:"相爷,我们万民的父母官啊!这个青年说的话,你别信它;因为杀女人的不是他,而是我,应该拿我抵罪。你要是不肯,我就凭安拉的名义恳求你吧。"

"相爷,"青年说,"这位老人年迈健忘,他嘴里说些什么,连他自己也不清楚;我是杀女人的凶手,请拿我抵罪吧。"

"孩子,"老人说,"你青春年少,正是过好日子的年头;我自己年迈体衰,饱经世故,已经活够了,因此我应该用自己的生命替你、替宰相和他的家族赎身。杀女人的是我,指安拉起誓,求你快快执行王法,处我死刑吧;反正今后我是不能活下去了。"

看了这种情景,宰相感到惊奇,带青年和老头去见哈里发,跪在他面前说道:"众穆民的领袖,杀人犯已经找到了。"

"他在哪里?"

"这个青年前来自首,供认是他杀害女人的。可是这位老人出来否认,自称他自己才是杀人犯。现在他们两人都在这儿。"

"你们两人中究竟是谁杀害女人的?"哈里发看了老人和青年一眼说。

"是我。"青年回答。

"不,他不曾杀人;是我杀的。"老人说。

"把两人都带出去,一块儿绞了吧。"哈里发吩咐张尔蕃。

"他们两人中有一个杀了人,犯了罪,却把无辜的另一人也处死,这是冤哉枉也。"张尔蕃提出异议。

"指创造宇宙的安拉起誓,"青年说,"我自己真是杀人犯。"随即提出有力的证据,把处置尸体的经过说出来,与哈里发发现尸体的情况相符合,于是青年杀人的事实在哈里发面前证实了。哈里发对他们两人的故事,感到惊奇,问道:"你为什么随便杀人?你既决心杀她,并前来自首,要求抵罪,这是什么缘故?"

"众穆民的领袖请听,这个女人是我叔父的女儿,也是我的妻子;这位老人是她的父亲,也是我的叔父。我和她结婚后,先后生了三个儿子;她忠心耿耿地爱我,服侍我,从来没有说过一句怨言,也从来没有不满意的行为;我自己也是无限地钟爱她,夫妻之间,彼此相处得很好。到了本月初,她害重病,我请医生替她治疗,经过服药、调理,病况有了起色,健康渐渐恢复过来。我打算带她去澡堂沐浴,她却对我说:'在进澡堂之前,我希望得到一件东西;这是我渴望已久的事了。'

"'听明白了,遵命就是;那是什么?你说吧。'

"'我希望有个苹果闻闻香,咬一口尝尝它的滋味。'

"为了满足她的愿望,我立刻进城去买,即使一枚金币一个也要买来给她。可是我到处都找遍了,始终没有买到。这把我给难住了,闷闷不乐地回到家中,对她说:'贤妹,指安拉起誓,苹果一个也买不到。'当时她疲弱不堪,感到失望、苦恼,夜里她的疾病更严重了。我躺在床上,沉思默想,翻来覆去,整夜不能入睡。次日清早,我又出去寻找,所有的果园都跑遍了,始终没有找到一个苹果。但无意间碰到一个老园丁,我向他打听,他说:'孩子,这是目前不容易找到的果子,只是在巴士拉的御花园中,园丁还给哈里发保藏着这种东西。'

"我赶忙回到家中,由于过分钟爱她,我才愿意不辞跋涉,任劳任怨地满足她的愿望,所以决定动身旅行到巴士拉去。我往返跋涉了五昼夜,这才用三枚金币向御花园的园丁买了三个苹果。我不分昼夜地匆匆赶到家里,把苹果递给她。可是她不太愉快,接过去放在身旁。她的身体越来越弱,体温很高,这种情况一直持续了十天,才渐渐地恢复了健康。之后我抽空去铺中做买卖。当天正午,我在铺中经营生意的时候,忽然来了一个黑奴,手里拿着一个苹果,我见了惊奇,忙问道:'好奴婢,你哪里来的这个苹果?告诉我,让我同样去找一个吧。'那黑奴笑了一笑,对我说:'这是从情人那里拿来的,我们分别日久,今天和她相会,见她疲弱不堪,身边有三个苹果,她说是

她丈夫特意去巴士拉花三枚金币为她买来的。这个便是我从她那里拿来的。'

"众穆民的领袖啊！听了奴才的话，宇宙在我眼前变黑暗了。我站起来，关锁了铺子，急急忙忙回到家中。我由于过分恼恨，心神恍惚，丧失了理智。我仔细打量，见她身旁的苹果，果然只剩两个，便问她：'苹果怎么不见一个了？'她说：'我不知道。'

"这证明黑奴的话是事实了，我这才动起手来，拿把刀，一言不发地从后面一跃骑在她胸上，宰了她，割下她的脑袋，砍碎她的尸体，急急忙忙拿毡子包裹起来，盛在篮内，拿毛线扎起来，然后放在箱中，用自己的骡子驮了出去，亲手把她抛在底格里斯河中。众穆民的领袖啊！指安拉起誓，求您快快执行王法，绞死我吧，否则我怕总清算的日子她向我算账呢。因为当我悄悄地把她的尸体抛在底格里斯河中，转回去的时候，看见我的大儿子在伤心哭泣。我处置他母亲的事情，当时他还不知道，因此我问他：'儿啊！你为什么哭泣？'他说：'我拿母亲的一个苹果，和弟弟在巷中游玩；可是一个个子高大的黑奴把苹果给抢了。他问我是哪里来的苹果，我说是母亲生病的时候，爸爸往巴士拉去买来的三个苹果。我屡次求他还我，他不肯，还动手打我，拿着苹果就走了。我怕母亲责备我，所以带弟弟去城外躲避，到天黑了还不敢回来。爸爸！指安拉起誓，别告诉母亲，免得影响她的健康。'

"听了孩子的话，我恍然大悟，知道奴才毁谤我的妻子，证明我错杀人，这时懊悔已不济事，我气得号啕痛哭。之后，我的这位岳父来到我家，我对他叙述这事件的经过，于是他坐在我身边悲哀哭泣，我们越哭越伤心，直哭到深夜。后来举行追祭，超度死者，至今已经是第五天了。我错杀无辜的妻子，直到今天还痛恨、忏悔不已。这便是我杀人的经过，也就是那个奴才惹出来的祸事。指您的祖先起誓，求您快快执行王法，拿我抵罪，处我死刑吧；反正她死了，我也活不下去了。"

哈里发听了青年的叙述，大为惊奇，说道："我只应当把那个鬼鬼祟祟的奴才拿来抵罪处死。这件人命案，我非寻根究底，办得使人心服口服，并博得安拉的欢欣不可。"于是回头对张尔蕃说："那个讨厌的奴才，他是这桩人命案的祸首，你必须把他逮捕归案，否则，你就要做他的替身呢。"

张尔蕃流着眼泪，忧愁苦恼地转回相府，自言自语地叹道："我这是第二次死期临头了！譬如一个瓦罐呗，不是每一次都碰不破的；这一回，我可实在无法应付了。但愿第一次救了我的安拉，再救我一次吧。指安拉起誓，今后三天之内，我待在家里，不出门，耐心地等候安拉安排好了。"

他果然在家中，三天不曾出门。到了第四天，才邀请法官和证人来替他办理善后，哭哭啼啼地向家人告别，做最后的见面。当时哈里发的使臣已奉命来到相府，对他说："哈里发大发雷霆，下令传你进宫。他赌咒说，必须在今天之内执法，要处你绞刑呢。"

张尔蕃听了使臣传下的圣旨，心有所感，抑不住伤心流泪，家人父子相对泣不成声。他向他们话别，最后把生平最宠爱的小女儿抱在怀里痛吻。当此生离死别，父女二人抱头痛哭。就在他紧紧地搂住女儿的一刹那，突然感到她袋中有个硬邦邦的东西，因而问道："儿啊，你衣袋里装的什么东西？"她回道："爸爸，这是一个苹果，是奴仆赖义哈尼拿来的，我是四天前拿两枚金币向他换来的。"

听了女儿提说奴仆和苹果，张尔蕃欣喜若狂，伸手从她袋中掏出苹果，一看便知底细，长叹一声，说道："有救星了！"于是把奴仆赖义哈尼唤到面前，问道："该死的赖义哈尼，你从哪儿弄来的这个苹果？"

"我的主人哟！指安拉起誓，若是说谎不受责罚，那么说实话更应该受饶恕才对。这个苹果，不是从您园里偷来的，也不是从御花园里偷来的，而是五天前我打一条胡同里经过，见一群儿童在巷中游戏，其中的一人拿着这个苹果，我便从他手中抢过来，打了他一个耳光。他哭哭啼啼地说，这是母亲的苹果，她害病想吃，父亲才去巴士拉用三枚金币给她买来三个苹果，他是悄悄地拿一个出来玩的。他哭泣、哀求，我可不理他，把苹果给带回来了。当时小姐看见，便拿两枚金币向我调换。苹果的来历就是这么一回事。"

张尔蕃听了奴仆的口供，由于奴仆生事闯祸，以致引起人命案，所以他感到惊惧；由于奴仆与自己有密切关系，所以感到忧愁苦闷；同时由于找到线索，自身有了解救，所以满心欢喜、快慰，欣然吟道：

> 奴婢既然惹下祸端，
> 责任便该由他负担。
> 因为你有许多奴婢，
> 可是你的身体只有一具。

张尔蕃吟罢，即时牵着奴仆赖义哈尼一起进宫去自首，在哈里发面前，从头到尾，详细报告事件的经过。哈里发听了，十分惊奇，抑不住哈哈大笑，笑得差一点直不起腰。于是他吩咐记录事件的始末，保存在宫中，俾流传后世引以为戒。当时张尔蕃说道："主上，这桩事件跟努伦丁和白迪伦丁的故事比较起来，并不算稀奇古怪。"

"世间还有什么比这个更奇怪的？请讲给我听吧。"

"除非主上饶恕奴才，赦免他的罪过，我是不肯讲的。"

"如果故事真是稀奇，那么看你的情面饶他就是。如果平淡无奇，那就非杀他抵罪不可了。"

于是张尔蕃开始讲《努伦丁和白迪伦丁的故事》：

努伦丁和白迪伦丁的故事

古代埃及有一个国王，为人正直公道，爱民如子，与文人学士交往甚密。他的宰相智慧博学，精明强干，善于治理国事，虽然年长，可是老当益壮。宰相的两个儿子，生得标致漂亮，是当代不可多得的人物。长子名尚谟士丁·穆罕默德，幼子名努伦丁·哈桑。努伦丁比他哥哥更出色。当时各地听到他的大名的人，有许多人怀着敬爱心情，不辞远道跋涉，到京城瞻仰他的容颜。

宰相死后，国王失了臂助，感到悲伤，往相府去吊丧，赏赐宰相的两个儿子，说道："你们不必悲伤，我委你们代替令尊的职位好了。"

尚谟士丁和努伦丁弟兄两人非常欢欣快慰，当面跪下谢恩。继而举行追悼、居丧；待一个月的孝服期满，弟兄两人才约着进宫，像过去老父在朝服务那样，负责处理宰相职责之内的事务。当时，每当国王出巡，总是他弟兄中的一人奉陪。有一天，正是国王准备出巡的前夜，他弟兄两人促膝谈心，尚谟士丁说道："弟弟，我希望将来咱两弟兄能够在同一个日子结婚，那该是多好啊。"

"但愿你的愿望成为事实，我是赞同你的这种理想的。"

"结婚之后，但愿咱俩的妻室在同一个日期各生子女；譬如你妻生个男孩，我妻生个女孩；待孩子们长大成人，便把他们匹配为一对夫妻。"

"那么结婚时，你打算向我的儿子索取什么聘礼呢？"

"我打算替女儿向他要三千金币、三座庭园、三顷土地作为聘礼，因为青年人结婚没有这样的聘礼，那是不相宜的。"

"你向我儿子提出这些条件，这是什么居心？难道你不知道我们是弟兄手足，彼此都任宰相的职位吗？你应当无条件地把女儿匹配给我的儿子，才合情理；如果非要聘礼不可，那是有意借事铺张夸耀。你自己知道，男人比女人尊贵；我的儿子是男人，他将来可以代替我的职位为官为宦，你的女儿却和男人恰恰相反。"

"何以见得？"

"因为她是女人，不能代替你的职位为官为宦。"

"你以为你的儿子比我的女儿尊贵，这是你的浅见；无疑的，你的脑筋太简单，对于世袭宰相职位的想法，确是太无道理。老实说，只为可怜你,我才带你进宫来,做我的助手;我从来没偏待你,你既然如此说,我可不愿把女儿配给你的儿子了,你纵然拿与她身体同等重量的黄金来做聘礼,那也是枉然的。"

"我何尝一定要儿子娶你的女儿呀!"努伦丁生气了。

"我更不愿你的儿子来做我的女婿。若不是我要陪驾出巡,非透透彻彻地训你一顿不可;待我出巡归来,看我怎样对付你。"

努伦丁听了哥哥的怨言,满腔愤恨,气得昏头昏脑,恍恍惚惚,好像离开世界一样;他一时恼恨在心,默不吭声。当下弟兄两人,便各自睡觉去了。

次日清晨,尚谟士丁陪国王出巡,先至吉赛游览金字塔。努伦丁呢,憋着一肚子气过了一夜,清晨起床,做过晨祷,便往贮藏室中取出一个被套,装满衣服和金银,预备出走。他记着哥哥作践他的言语,慨然吟道:

> 去吧,
> 在异乡可以找到知心。
> 劳动吧,
> 在劳动中可以尝受生活的滋味。
> 株守的人不见得尊贵,
> 不可能如愿地达到希望目的,
> 反而会养成颓废下流。
> 去吧,
> 撇下庭园,
> 往大地上去遨游,
> 停潦易于腐臭,
> 流水却永久清澈美丽。
> 月亮若不运循,
> 怎么会被人们眼睁睁地等候?
> 狮子若不离开森林,

怎能获得食物？

箭若不离弦，

何以能中的？

金子埋在地里，

与泥土无异，

一旦开采出来，

便是人间宝贝。

沉香生长在山里，

与柴火同类，

一旦带往市上，

便身价十倍。

努伦丁吟罢，吩咐仆人替他预备行李，拿铺着垫褥的鞍子辔在一匹雄壮的努摆①骡子背上。那副金属鞍辔，配着印度马镫、波斯毡毯，把骑骡装扮得十分华丽庄严，远望好像一个拱形的堡垒。一切准备妥当，他便对仆人说："我心绪不宁，要出城去消遣、解闷，打算先到格勒优彼，在那里逗留三天；你们不用陪我了。"于是随便携带一点食物，匆匆离开京城。

正午，到达比里比斯城，在那里打尖休息，让骡子喘口气，自己吃些东西，喂骡子一些草料，买些途中需要的东西，然后动身。他继续在旅途中跋涉，傍晚到撒尔底亚投宿。他吃过饭，铺下毡毯，枕着被套，无忧无虑，自由自在地露宿了一夜。

次日清晨，他从梦中醒来，跨上骑骡，忙着赶路程，一直去到哈勒白，住在旅店中，逗留了三天，待人马将息好了，才动身起程。他骑着骡子一直向前走，可是要往什么地方去呢？心中却漫无目的，只是不顾一切地继续向前走，一直到了巴士拉，他还茫然不知。他向一家旅店投宿，把行李和牲口交给门房，替他照料。

---

① 努摆，苏丹的一个地名，产好马。

努伦丁到了巴士拉,投宿旅店的时候,恰巧巴士拉国王的宰相坐在相府中,临窗眺望,看见他的骑骡和阔气的行李,认为是将相人家的子弟出游,那匹骡子,也许是御用的牲口。他思考了一会儿,但是弄不清楚;为了要知道其中的底细,便打发仆人去唤旅店的门房。仆人遵从命令,立刻去旅店中,带门房来到相府。宰相问他:"告诉我吧,那匹骡子的主人是谁? 他的相貌如何?""相爷,"门房跪着回答,"骡子的主人是个活泼青年,态度温和,仪表威严,是生意人家的子弟。"

听了门房的叙述,宰相立刻起身,跨马径往旅店去会努伦丁。努伦丁看见宰相,起身迎接,问候他。宰相高兴愉快,匆忙下马,亲切地拥抱他,让他坐在身旁,问道:"孩子,你由哪里来? 是做什么的?"

"我从埃及来,先父是埃及的宰相。"努伦丁回答着,把自己的情况,从头到尾叙述一遍后,接着说,"我有志周游各国,必须走遍各个城市,才打算回家去。"

"孩子,你别任性所欲,不可拿生命冒险,因为每个地方都荒凉,我担心你会遇到不测的祸患呢。"

宰相吩咐仆人,取出努伦丁的行李,搭在他的骡子上,带他往相府去,当上宾招待,非常尊重和爱护他,对他说:"孩子,现在我已经年迈力衰,膝下无子,只有一个女儿,倒也生得不错,她的模样和你差不多;许多向她求婚的人,都给我拒绝了。我非常喜欢你,打算把女儿给你为妻,让她终身服侍你;你愿意接受我的这番好意做她的丈夫吗? 如果你愿意,我便带你去见巴士拉国王,说你是我的侄子,向国王建议,委你为宰相,代替我的职位。因为我自己是上年纪的人,不能继续服务,应该退休了。"

听了宰相的谈话,努伦丁低头考虑了一会儿,回道:"听明白了,遵命就是。"

宰相非常高兴,即刻吩咐仆人:一方面预备丰富的饮食,款待努伦丁;一方面迅速收拾布置,将客厅装饰成堂皇富丽、与将相的子女举行婚礼相称的宏伟场面,准备举行宴会,邀请宫中文武官员和巴士拉城中的巨商大贾,参加宴会。在宴会席上,他对客人说:"各位高朋贵宾!家兄在埃及任宰相职位,膝下有两个儿子,我自己呢,各位知道,只有一个女儿,因此家兄早已嘱咐我将女儿匹配给他的一个儿子为妻,这是我答应过的。如今子女已长大成人,到了结婚年龄,因此家兄打发他的一个儿子前来求婚,他便是这个青年。他既然来了,替他们缔结婚约,举行婚礼,这是理当如此的。结婚后,如果他本人愿意,便住在我这里,或者让他们夫妇回埃及去侍奉公婆也可以。"

"你的意见好极了!"宾客同声赞扬。

客人们转着眼睛注视努伦丁,大家对他有好感,都怀着敬羡的心情。宰相请出法官和证人,当着宾客的面替努伦丁和女儿缔结婚约,写下婚书;接着焚上香炉,洒了玫瑰香水,传过喜茶,宾客才尽欢而散。

宰相吩咐仆人带努伦丁去澡堂沐浴,并送华丽的衣服和沐后需要的披巾、碗盏和熏香用的手提香炉供他使用。努伦丁沐浴后,穿起官服,走出浴室,好像十五晚上升在夜空中的一轮明月,骑着骡子,活泼潇洒地转回相府。他下马去到宰相面前毕恭毕敬地吻他的两手。宰相迎接着对他说:"愿安拉保佑你,明天我带你往宫中去谒见国王。"

努伦丁的哥哥尚谟士丁陪埃及国王巡游归来,不见弟弟的面,便向仆人打听他的去向。仆人对他说:"就在主人陪主上出巡的那天,他收拾行李,说他心绪不宁,要出城去消遣解闷,预备先到格勒优彼,到那里逗留一两天便回来,教我们谁也不要陪他去。可是从他骑骡出去的那天起,直到现在一点音信没有。"

尚谟士丁为了弟弟的出走,郁结于衷,闷闷不乐,自言自语地叹道:"这不为别的,一定是那天夜里我随口骂他,伤了他的心,这才使他出走的,我非派人去找他不可。"于是匆匆进宫,谒见国王,报告一番,随即通令地方官,同时派人四处寻找。当时,努伦丁已经去到遥远的巴士拉,因此那些寻找的人茫然不知他的去向,费了许多精力时间,始终得不到确切的消息,最后空手回去,致使尚谟士丁大失所望,叹道:"为了孩子的婚姻问题,我出言得罪了弟弟,这只怨我无知,怨我不会做人。"

努伦丁走后不久,尚谟士丁娶了一个商人的女儿为妻。婚后老婆怀孕,妊娠期满,生下一个美丽的女儿,当时在埃及境内是独一无偶的美女,取名为赛玉黛·哈桑。说来事出巧遇,就在那同一天里,努伦丁的妻室也生了一个漂亮的男孩,当时在巴士拉也是绝无仅有的美男子。正是:

一

乌发粉面的标致青年,
白天黑夜在人前出现。
你不可否认他腮上的黑痣,
因为每一朵秋牡丹都有一粒黑子呢。

二

假若让美丽和他媲美,
它一定羞得垂头丧气。
人们对它说:
"美丽呀!
像这样的人物你可曾见过?"
它回道:
"像这样的人物,
我生平不曾寓目。"

努伦丁的儿子取名白迪伦丁·哈桑,为了外孙的诞生,老宰相极为高兴快慰,照官宦人家的习惯,预备了适于相府门第闹排场的丰盛筵席,大宴宾客,并带努伦丁进宫谒见国王。努伦丁不但人生得标致漂亮,而且口才好,善于言谈。他彬彬有礼地跪在国王面前,赞颂祝福一番。国王听了赞颂,非常愉快,站起来,对他们翁婿表示谢意,并问宰相:"这个青年是谁?"

"是我的侄子。"

"怎么你会有个侄子?你不曾对我谈过这桩事呀。"

"主上,臣下有个长兄,他原是埃及国王的宰相,现在已经过世了。他的两个儿子,长的继承他父亲的职位,担任宰相的职务;小的这个,他不辞跋涉,投奔到我这里来,因此臣下将女儿匹配与他为妻,已经举行过婚礼。他是个少壮力强的有为青年,可是回顾我自己,年迈力衰,耳重目花,调度不周,唯恐贻误国家大事,因此臣不揣冒昧,恳求陛下准臣退休,委他担任宰相的职位。他一方面是先兄的子嗣,一方面是臣下的女婿,属官宦人家的子弟,聪明机智,有调度的本领,倒也适合担任这个职位。"

国王看看努伦丁,非常满意,因而采纳宰相的建议,果然委努伦丁为宰相,赏赐官服车马,并规定俸禄。努伦丁感谢一番,吻了国王的手,然后告辞,转回相府,翁婿两人欢天喜地地说:"这是白迪伦丁的福气呀!"

次日努伦丁进宫去上任,先朝拜国王,然后埋头处理职责之内的事务,照惯例批阅公文,筹划国家大事,替人民解决诉讼纠纷。他的机智聪明和调度应付手腕,博得国王的钦佩和赞扬,因此非常爱护他,亲近他。办完公事,努伦丁转回相府,陪岳父闲谈,叙述工作情况,并好生安慰他老人家,翁婿过着愉快幸福的生活。

努伦丁为相以后,每天进宫视事,勤勤恳恳,任劳任怨,埋头苦干,君臣之间,彼此感情融洽,相亲相敬,白天黑夜都在一起,因此国王提升他的官阶,增加他的俸禄,他的生活越来越优越,车马婢仆成群,田产财物逐年增多,并有船往海外贸易。这时候他的儿子白迪伦丁刚满四岁,可是他的岳父卧病不起,终于瞑目长逝。他隆重地举行丧葬仪式之后,集中精力,从事教养儿子。待他年满七岁,便专门请一位法学家负责教育。在六年期内,法学家由读书识字起,按部就班,灌输他知识学问,并给他讲解《古兰经》。在法学家六年内不离相府一步地认真严格教育下,白迪伦丁的知识学问与日俱增,兼之身体发育茁壮,长得标致漂亮,神采奕奕,令人产生爱慕心情。有一天,努伦丁高兴快乐,教他穿上最华丽的衣服,骑着雄壮的骡子,带他进宫谒见国王。途中人们见他英俊漂亮的相貌,都感到惊羡。他们成群结队在街上等着,希望再看他一眼。到了宫中,国王见白迪伦丁,非常喜欢,厚赏他,并对努伦丁说:"爱卿,此后你经常带他进宫来吧。"

"听明白了,遵命就是。"宰相回答。从那回起,努伦丁果然天天带儿子进宫去玩。可是到儿子年满十五岁那年,他操劳过度,未老先衰,卧病不起,便唤儿子到床前,对他说:"儿啊!你要知道:世界是要毁灭的,只有来世才能永生。现在我要嘱咐你几桩事情,你好生记着吧。"他说着一时想起家乡和胞兄尚谟士丁,感情冲动,忍不住伤心哭泣。哭了一会儿,他揩干眼泪,吟道:

> 假若我们要诉说的是彼此隔得太远,
> 那有什么话可说?
> 假若要表达彼此心中的恋念,
> 那该用什么方法?
> 或者派代表去解释吧,
> 他不见得能把彼此的心事清楚地传达。
> 离开我起身去了的人哟!
> 你的形影永久寄宿在我的心头。
> 在隔绝的长时期里,
> 你是否想象得出:
> 无论如何我不会违约?
> 在遥远的距离期间,
> 莫不是我已经被你忘却?

> 然而我憔悴的形影和悲泣,
>
> 能供你回忆。
>
> 今后若能相逢聚首,
>
> 我将缕缕不断地向你诉述衷曲。

努伦丁吟罢,拭干眼泪,对儿子说:"在我嘱咐你之前,必须先告诉你一桩事情,那便是你还有个伯父,在埃及任宰相的职务。当年我离开埃及,旅行到巴士拉来,并未征求他的同意。现在你拿笔墨纸张来,让我把自己的经历记载下来吧。"

白迪伦丁遵从父亲的指示,取来笔墨纸张。努伦丁开始写他的经历,从头到尾,顺序记述,对初到巴士拉、结婚以及为相的经过等方面,记述得格外详细。他的年纪从诞生到现在,还不满四十岁。他说,我把这些经历记录下来留给儿子;今后有安拉代我保护他了。最后他把纸折叠起来,盖上印,递给白迪伦丁说:"儿啊,收下这份遗嘱吧,你的出身、血统和家系全都写在里面了。以后要是发生什么不测的事,你往埃及去投奔你的伯父,给他这份简历作为证件。对他说我死在异乡,临终时格外惦念他呢。"

白迪伦丁用一块白色薄布包起那份简历,并拿针线把它缝在帽子的里层,再包上缠头,然后望着父亲伤心,想着自己年纪还轻,便要失去慈父的护佑,忍不住悲哀哭泣。

"儿啊!现在我嘱咐你五件事情,"努伦丁说,"第一,你不可滥交朋友。不滥交朋友,可以保证自身的安全。须知平安只能在隐退的地方可以找到。因此,千万不要随便与人结交往来。这里有诗为证:

> 你生平得不到理想中的知心,
>
> 等到世界末日也不会发现忠诚的朋友。
>
> 你应该息交绝游,
>
> 独立自主地寻求生存。

我不惜言词对你进了忠言，

所谈到的足以供你品评。

"第二，你不可虐待别人。不虐待别人，便可避免同样的报应，因为人生有时顺利，有时却要走向逆境。这里有诗为证：

沉着些，

别因某种企求过于匆忙。

你宽待人，

人家会报你以慈祥。

因为宇宙间但有一种威权，

安拉的威权便在它之上。

但有一桩亏枉，

人家也会给予同样的报偿。

"第三，你需要小心言语，不可信口开河，胡言乱语；必须随时随地检查自己的过失，别过分责备别人。俗话说得好：'慎言是成功之因。'这里有诗为证：

沉默是做人的装饰，

寡言给人带来安宁。

你开口发言，

不可哓哓嬉戏。

因为你对慎言若是懊悔一次，

失言时就该悔恨百回。

"第四，必须提高警惕，不可酗酒。因为酒是万恶的泉源，它毁灭人的理智，必须认真戒绝。这里有诗为证：

我禁了酒，

且与醉汉们息交绝游，

博得禁酒者的称誉。

因为它诱人误入歧途，

开辟罪恶的门路。

"第五，生活必须节俭、朴实，小心爱惜钱财。要爱惜钱财，才能得到钱财的帮助。你如果不浪费，就不至于仰求他人的鼻息。因为钱财好像药剂，是生活不可缺少的因素，必须加倍爱惜。这里有诗为证：

我的钱少了，

亲友不睬我。

我的钱财多，

人人亲近我。

几许朋友辈，

为钱结交我。

一旦金钱尽，

朋辈撇开我。"

努伦丁谆谆嘱咐白迪伦丁，刚说完五件事，便气喘吁吁地瞑目长逝。白迪伦丁在府内治丧，国王和大小官员前往吊问，参加葬礼。葬后，白迪伦丁在家追祭守孝，在两个月期间，闭门不出，也不进宫谒见国王，因此国王生他的气，另委侍臣就任宰相，下令封闭他的居室，没收他的财产，要逮他去治罪。

新到任的宰相执行国王的命令，准备前去逮捕白迪伦丁，办理没收财产的手续。可巧奉命前去没收的差人中，有一个是已故宰相努伦丁的侍从；他听到消息，立刻骑马奔到府第。当时白迪伦丁愁容满面，垂头丧气地坐在门前。侍从跑过去，吻他的手，对他说："少爷，我的主人的子嗣哟！赶快！赶快！在灾祸临头之前，您快快逃走吧！"白迪伦丁大吃一惊，哆嗦着问道："什么事？"

"国王生您的气，已经派人来逮捕您了；灾难马上就要降临，您快快逃命吧。"

"可以稍微耽搁一下,让我进屋去取几件东西在途中使用,行吗?"

"我的主人哟!时机不待了,丢下财物,您马上走吧。"

白迪伦丁站起来,吟道:

> 你若闻到威胁的气味,
> 即刻拔脚逃命,
> 宁可撇下屋宇,
> 让建筑者去凭吊哀怜。
> 因为宇宙间到处有栖息的处所,
> 可是你的身躯仅仅只有这一具。
> 别差使者去处理重要的事情,
> 因为除了自己的本身,
> 世间找不到忠实的代理人。
> 狮子的脖子那么粗壮,
> 是不怕劳苦辛勤锻炼出来的。

白迪伦丁吟罢,长叹一声,没奈何,便依从侍役的劝告,撩起衣襟,遮着面孔,跟跟跄跄地向城外逃跑。沿途他听见人们议论纷纷,说国王已经派新上任的宰相去没收已故宰相的财产,逮捕他的儿子白迪伦丁,要处他死刑。人们对年轻、貌美的白迪伦丁抱着无限的同情心。

白迪伦丁仓促逃走,出了城门,走投无路,不知该往哪里去找出路。他不停地一直向前走,结果不知不觉被命运驱使到坟地里。他在坟地中绕了许多曲径,最后找到他父亲的坟墓,这才揭开捂着头的衣服,倒身靠在父亲的坟头上。正当他百感交集、忧愁苦闷的时候,一个犹太人突然向他走来。那个犹太人看模样好像是兑换金钱的商人;他身边带着被套,里面装着金钱,走到白迪伦丁面前,说道:"少爷,我看你脸色苍白,为什么这样愁眉不展?"

"我刚睡醒,梦中见先父怨我不来上坟,因此我诚惶诚恐地趁机会前来扫墓。我要不马上赶来,怕天晚了,扫不成墓,那我更难为情了。"

"少爷,令尊大人派出去经营生意的商船,其中有一艘已经回来了,我打算以一千金的代价,向你预购第一批货物。"他取出一个钱袋,当面数了一千金,交给白迪伦丁,"请您写张售货单据给我吧。"

白迪伦丁接过纸笔,写道:"立售货单据人宰相努伦丁之子白迪伦丁,愿将先父商船中第一批货物,以一千金的价格,卖给犹太人伊斯哈格先生。货款一千金,已在立约时收清,此据。"伊斯哈格拿着购货单去了,白迪伦丁自怨自艾,想起过去的荣华富贵,忍不住伤心哭泣,吟道:

> 你去后,
> 我的主人哟,
> 房屋不成其为房屋,
> 邻居不成其为邻居,
> 亲戚朋友冷淡疏远,
> 甚至于月儿也一旦变了原形。
> 你去后,
> 宇宙感觉寂寥、孤苦,
> 房屋变得暗淡、萧索。
> 但愿那教人离散的乌鸦,
> 都脱了羽毛,
> 不能飞回巢去。
> 啊! 难忍耐!
> 多惆怅!
> 这离别之幕,
> 何时才能开启?

白迪伦丁吟罢,痛哭流涕。天黑了,他感到疲乏,便枕着父亲的坟墓,呼呼地睡熟了。月光照在他的脸上,显出一副格外美丽的面容。那块坟地原是神、鬼出没盘踞的地方。当时出来一个女仙,看见白迪伦丁孤单单地睡在那里,对他的姿色和美貌感到惊奇羡慕,自言自语地说:"赞美安拉! 这青年似乎是神的儿子。"她说罢照例飞向空中周游去了。她在空中碰到一个魔鬼,向她打招呼。她问道:"你由哪里来?"

　　"我由埃及来。"魔鬼回答。

　　"你愿随我去坟地中看看睡在那里的一个美少年吗?"

　　"是,我愿随你去。"

　　于是女仙带魔鬼飞到坟地里,去到白迪伦丁面前,说道:"你生平见过这样俊美的人儿吗?"

　　"果然不错,"魔鬼看白迪伦丁一眼说,"不过我的姊妹呀,你若愿意听,我把我看见的告诉你。"

　　"你看见什么?"

　　"我在埃及看见像这个青年一样美丽的一个女郎,她是宰相尚谟士丁的女儿,年纪约莫二十岁,生得窈窕美丽,有倾城倾国之色。埃及国王听说她生得美,召她父亲进宫去,对他说:'爱卿,据说你有个女儿,因此我向你求亲,打算娶她为妻。''主上,'宰相说,'恳求陛下原谅我,怜悯我。关于舍弟努伦丁的情况,陛下是知道的。他毅然决然离开我们,至今去向不明。他本来跟我在一起,彼此合作,共同担负宰相的职务,后来因为生我的气,他终于出走了。那是有一回我们两人在一起谈论儿女的婚姻问题,当时我出言不慎,致使他恼恨在心。为了弥补此中遗憾,在十八年前我妻生育时,我曾发誓,一定要把女儿配给舍弟的儿子为妻。最近听到舍弟曾与巴士拉宰相的女儿结婚,已经生下一个儿子。为了尊重舍弟,履行誓愿,我必须把女儿配给舍弟的儿子为妻。关于我结婚的年月,妻室怀孕和小女诞生的年月,全都记录下来,因此小女等于许过人了,现在我是不能违约的。

至于其他的妇女，世间有的是，多着呢，希望陛下另选贤淑吧。'国王听了宰相的话，恼恨在心，大发雷霆，说道：'我堂堂一国之君，向你这样的人求亲，要娶你的女儿为妻，你却拒绝，不肯接受，这是你自作自贱！指我的头颅起誓，为了侮辱你，我非把你的姑娘嫁给一个最下贱的奴才不可。'他说罢，把宫中一个驼背的马夫唤来，当面写下婚书，强迫宰相把女儿嫁给马夫为妻。办完手续之后，便正式宣布，于是宫中的婢仆，成群结队地去庆贺，点着烛，在浴室门前围着马夫祝贺，开他的玩笑。宰相的女儿坐在服侍新娘的老婆子面前悲哀哭泣，人们也不让宰相去看她。她的模样跟这个青年差不多，也可能比这个青年更漂亮呢。至于那个驼背，却是世间最丑恶的一个马夫。"

"你说谎呀！"女仙说，"这青年才真是世间独一无二的美男子呢。"

"我的姊妹哟！指安拉起誓，那个女郎比这个青年的确美得多，不过世间也只有这个青年才配得上和她匹配成婚；她俩真像一对同胞兄妹；把姑娘下嫁给一个驼背的马夫，未免可惜，那太不近人情了。"

"我们带他到你所说的那个姑娘面前去比一比，看他们究竟谁最美丽。"

"听明白了，遵命就是。你的建议太好了，让我带他走吧。"

于是魔鬼掮着白迪伦丁，女仙随在后面，一直飞到埃及，把他放在一家门前的台阶上，唤醒了他。白迪伦丁醒来，见自己不在父亲的坟前，转眼东张西望，知道自己置身于巴士拉之外的另一个城市，感到惊慌失措，吓得要出声喊叫。魔鬼捏起拳头捶了他两拳，随即把随身带去最华丽的一套衣服给他穿起来，燃支蜡烛递给他，对他说："你要知道，为了安拉的情面，我才带你到这里来，预备替你做一桩好事。现在你持烛去那间浴室里，混在人群中，跟他们一块儿往结婚的礼堂中去。你抢前一步，大大方方地站在那个驼背新郎的右边；每当服侍新娘的老婆子或唱歌的妇女们从你面前经过，便伸手从袋里掏出金钱，一把一把地赏给她们。袋里的金钱是用不尽的，你别忧愁。这是天意，你只管放心，不必害怕。"

听了魔鬼的吩咐，白迪伦丁自言自语地说："你瞧！这是怎么回事？这是什么样的好事呀？"他持烛过去，见驼背骑马从澡堂中出来，便趁机会混进人群中。他头戴缠头，身穿金线绣花袍，标致漂亮地走在迎亲的行列中。每当妇女们站着歌唱，他便伸手从袋里掏出金钱，一把一把地赏给她们，有时把钱丢在她们的鼓里。由于他的慷慨、豪爽和标致漂亮，致使迎亲的人和歌舞的妇女都呆呆地望着他。她们且歌且舞，一直去宰相府门前。守门的不让人随便进去，妇女们便对他们说："非有这位青年陪同我们，我们是不进去的，因为他待我们很好，必须让他跟我们一块儿进去，热热闹闹地庆贺新娘子才对。"

白迪伦丁被他们带到礼堂中，和驼背新郎并肩坐在一起，宰相、朝臣和大小官员的太太小姐们左右排成两行，每人手中拿着一支明亮的蜡烛，戴着面纱，从礼堂内一直站到新娘的闺房门前，迎接新娘出来举行婚礼。白迪伦丁脸上闪着红光，像皎洁的明月。他标致漂亮的相貌，吸引着妇女们的视线，唱歌的妇女们对她们说："这位美男子，他赏我们许多红金子，你们不可怠慢他。"于是她们都为白迪伦丁而欢呼、祝福，同时也发出戏弄、咒骂驼背的怨声。

歌女们敲鼓奏起音乐，侍奉新娘的老婆子领出宰相的女儿。她打扮得花枝招展，非常美丽，头发闪着光芒，身上泛着芬芳的馨香，一袭满是花卉鸟兽的绣花衣服穿在窈窕的身上，非常匀称，脖上戴着一串值几千金的名贵项珠，那是古代唐伯尔、该肃鲁等赫赫有名的帝王都不曾看见过的。她打扮得像十四晚上的月儿那样美丽、可爱，其他的妇女繁星般围绕着她。

白迪伦丁坐在礼堂中，非常引人注意，人们都喜欢他，环绕着奉承他。只是那个驼背，却猿猴似的一个人寂寞无聊地待在一旁；点支蜡烛递给他，总是被他弄灭掉，无声无息地在暗中呆坐着。人们的注意力全都集中在白迪伦丁身上,四面八方的烛光都环绕着他。他见新郎独自躲在黑暗中,而自己却被灿烂的烛光包围,不觉感到惊惶、迷惘。继而他看见伯父的女儿,一时欢喜若狂,感到无限的快慰。

新娘抬头看见白迪伦丁,十分惊奇,自言自语地说道:"安拉,我的主宰啊!让我和这个青年结为夫妻,远远地摆脱驼背吧。"妇女们用各种服装打扮新娘,在白迪伦丁面前显示她的美貌。她们继续替新娘换了七套衣服,做完仪式,才宣告婚礼结束。于是妇女、孩子们陆续归去,礼堂中只剩白迪伦丁和驼背两人。侍奉新娘的老婆子带新娘进洞房去卸装,驼背便迎过去对白迪伦丁说:"先生,今晚蒙你驾临,参加婚礼,我们荣幸得很,现在婚礼结束了,你怎么还不走?"

"凭安拉的大名……"白迪伦丁说着就站起来,走了出去。当时魔鬼赶上去对他说:"站着,白迪伦丁!等驼背往厕所去便溺的时候,你趁机溜进洞房去,对新娘说:'我是你的丈夫,国王这样做不过是开玩笑罢了,你看见的那个驼背,他是我们的马夫呀。'"

魔鬼正在吩咐白迪伦丁的时候,驼背走出洞房,进入厕所,魔鬼霎时变成老鼠,从水槽中钻出来,吱吱地叫。驼背说:"你怎么了?"一会儿老鼠变成猫,咪咪地叫;接着猫逐渐长大,变成狗,汪汪地吠。驼背眼看那种情景,大吃一惊,骂道:"倒霉的家伙!滚你的吧。"他刚说完,狗逐渐膨胀起来,变为驴,望着他呜呜地叫个不止。驼背吓得狂叫,喊道:"家里的人!快来救命!"这时候,驴身逐渐长大,变得像水牛那样粗壮,堵住门口,用人类的语言对他说:"你这个该死的讨厌的臭驼背!世界难道是这么狭小,致使你找不到其他的妇女,非跟这个姑娘结婚不可吗?"驼背战战兢兢,磕着牙齿,哆嗦着不吭气。

"说吧!你再不回答,干脆让我把你弄成灰土好了。"

"我没罪,那是他们强迫我的。如今我向安拉忏悔,求你饶恕我。"驼背苦苦哀求。

"我向你起誓,不准你动,不准你说话,太阳出来的时候,你可以规规矩矩地滚回去,从此不许你再到这屋子里来,否则我就宰掉你。

现在我监视着你好了。"

白迪伦丁趁魔鬼跟驼背争论的时候,悄然溜进洞房,刚坐定,便见侍婆带着新娘向他走来,毕恭毕敬地站在门前对他说:"请起来,接受安拉的这个委托吧。"说罢,转身匆匆而去。

黎明前,白迪伦丁正在酣睡的时候,魔鬼对女仙说:"来吧,时候不早了,趁天亮前,让我们送青年回去吧。"于是女仙去到洞房里,捎起白迪伦丁,飞向天空,魔鬼跟在后面赶路程。当时已经是晨祷时候,天神开始工作。魔鬼被一颗流星烧死,女仙着了慌,不敢前进,仓促落下,不想那个地方恰巧是大马士革,她便把白迪伦丁放在城下,然后悄然隐遁。

清晨,城门开了。人们出入的时候,发现一个戴便帽、着汗衫、穿短裤的漂亮青年睡在门外。有人说:"教他检点些,齐齐整整地穿起衣服来吧。"有的说:"这个可怜的孩子,一定是因为有事情,黑夜从酒馆里出来,醉眼蒙眬,认不清方向,失迷路途,见城门关了,才随便在这里睡觉哩!"人们正在议论纷纷,白迪伦丁被寒风吹醒,见自身睡在城门外面,周遭围满了人群,吓了一跳,说道:"各位仁人君子,告诉我这是什么地方?你们为什么聚在这里?我跟你们之间发生什么事情了吗?"

"清晨我们出城,见你睡在这里,除此之外,别的事情我们不大清楚。昨天夜里你究竟是在什么地方呢?"

"昨夜里我在埃及。"

"你是抽鸦片的烟鬼呀!"有人说。

"你是个疯子!哪里有昨夜在埃及,今晨便睡在大马士革的道理?"另一个说。

"各位仁人君子!的确,昨日白昼我在巴士拉,夜里在埃及,这是事实,我并不欺骗你们。"

"好怪诞!这个青年是疯子呀!"人们议论纷纷,继而拍掌哈哈大笑,"可惜他的青春了!指安拉起誓,毫无疑问,他准是疯了。"

"清醒清醒头脑,恢复恢复你的理智吧。"人们嘱咐他。

"昨晚我还在埃及结婚呢。"

"那也许是你做了梦了;你说的这个恐怕是梦中的事吧。"

"这不是梦,也不是梦中看见的事。"白迪伦丁思索了一会儿说,"我亲身在那里,清清楚楚地望着人们在我面前装扮、庆贺新娘,同时还有个驼背跟我坐在一起。弟兄们! 这不是做梦;如果是做梦,那么我的钱袋哪里去了? 我的缠头和衣服哪里去了?"

白迪伦丁站起来,走进城去,漫无目的地经过大街,穿过小巷,到任何地方,前后左右,老是被人群包围着。后来他走进一家饭店,那些跟着他看热闹的人才一哄而散。原来那家饭店的老板,人很胆大,过去是个匪徒,后来才改邪归正,开饭店为业,因此大马士革人对他怀着几分畏惧心情。他看见白迪伦丁生得标致漂亮、聪明、英俊,因而产生爱护心情,就直截了当地对他说:"你从哪里来,青年人? 把你的情况告诉我吧,因为我非常关心你,在我心目中你比我自己的灵魂还可贵呢。"

白迪伦丁把自己的遭遇从头到尾对饭店老板叙述一遍,博得他的同情,便对他说:"你要知道,白迪伦丁,这是稀奇古怪的遭遇;不过,我的孩子,你应该缄默、忍耐,静待安拉解救你吧。现在你在我这里住下,我自己无儿无女,打算收你做我的义子。"

"好的,老伯。"白迪伦丁慨然答应,愿意做老板的儿子。于是老板带他去商店中,给他买了华丽的衣服,并领他去法院中登记,办理收他为义子的手续。从此白迪伦丁生活有了归宿,在饭店中做管账工作,大马士革人都知道他做了饭店老板的义子。

新娘赛玉黛清晨从梦中醒来,不见白迪伦丁在自己身边,以为他往厕所便溺去了,便坐着等他。这时候她父亲却因国王强迫自己的女儿跟下贱的驼背马夫结婚而忧愁愤恨地蹒跚赶来看女儿的卜场。他一面走,一面自言自语地说:"我杀掉姑娘,让她摆脱那个丑鬼的糟蹋吧。"他一直去到洞房门前,喊道:"赛玉黛!"

"来了,爸爸。"她应声袅袅娜娜、满面春风地走出洞房,跪下去迎接父亲。

　　"讨厌的家伙!你钟情这个马夫了?"她的快活情绪引起了父亲的惊疑。

　　"指安拉起誓,爸爸,"她微笑着说,"昨晚人们把我取笑够了;他们拿不值我丈夫一片指甲的那个驼背蒙蔽我。现在您不要再闹我了,千万别提那个驼背了吧。"

　　"呸!你这个该死的东西!"他气成一团,瞪着女儿说,"刚才你说的什么话呀? 也许你愿意做驼背的老婆了?"

　　"指安拉起誓,爸爸,您别拿驼背来取笑我吧;其实那个驼背是用十枚金币雇来凑热闹的。昨晚婚礼完毕,他拿着十枚金币走后,我进房来,便看见新郎坐在里面等我。当举行婚礼的时候,他一把一把地掏出红金子当喜钱赏给那些穷人,致使他们一个个都有钱了。"

　　"小娼妇!"宰相听了女儿的话,脸都气黑了,"你说什么? 你的理智哪里去了?"

　　"爸爸,我的肝肠快要碎断了,请相信我。等一会儿我的丈夫转来,您一看就明白了。"

　　宰相感到奇怪,始终不了解个中的实情。他站起来,离开女儿,走进厕所,发现驼背待在里面,不禁大吃一惊:"这个原来是驼背呀!"随即喊道:"驼背!"驼背认为是魔鬼喊他便"哦! 哦!"地支吾两声。宰相提高嗓子说:"说吧,你不作声,我拿这柄宝剑砍死你。"

　　"魔王! 自从你留我在这里,直到现在,我没敢抬头。指安拉起誓,求你饶恕我。"

　　"你说什么? 我是新娘的父亲,我不是魔鬼。"

　　"你夺掉我的灵魂,该满足了吧。我劝你,趁如此炮制我的人回来之前,快去你的吧。你们叫我来是为了把魔鬼的女儿嫁给我呀。但愿教我娶她而酿成这种灾难的人们,都遭到天诛地灭。"

　　"站起来,滚出去吧。"

"不得魔鬼的许可我便出去,难道我疯了不成?他嘱咐我,要等太阳出来的时候,才许我出去。现在太阳出来了没有?因为非等太阳出来,我是不能离开这个地方的。"

"是谁教你到这个地方来的?"

"昨晚我到这里便溺,见一个老鼠从水槽中钻出来,吱吱地叫着,慢慢长大,末了,变得小牛一般粗大,跟我谈论一阵,然后撇下我走了。愿安拉惩罚新娘和那班教我娶她的人。"

宰相走过去,领他走出厕所,当时他还不相信太阳已经出来。他出了相府,跟跟跄跄,一直奔往王宫,向国王报告遇鬼的经过去了。

宰相送走驼背,对女儿婚姻的真相,仍是摸不着头脑,因此他彷徨迷离地踱到赛玉黛面前,说道:"儿啊,你把个中的情况告诉我吧。"

"昨晚跟我结婚的那个新郎,是个标致漂亮的青年。您老人家若不相信,这是他的缠头、帽子和衣服,还原样摆在这儿呢。"

听了女儿的叙述,宰相跨进洞房,看见白迪伦丁的缠头,随手拿起来仔细看一看,说道:"这种缠头是将相使用的,因为它是卯隋里的特产呀。"当时他发现帽上钉着护符,并随手拿起衣裤观看,发现那个钱袋,打开一看,里面有一千金币和那张白迪伦丁与犹太人交易时写下的售货单的副本。宰相看了大叫一声,随即晕倒,昏迷不省人事。息了一会儿,他苏醒过来,慢慢地领悟到事件的真相,且惊且喜地叹道:"啊!只有唯一的安拉才是万能的。"

"儿啊!你是跟谁结婚的,这个你知道吗?"他问。

"不,我不知道。"

"他是我的侄儿,你叔父的儿子哪。这里的一千金币是你的聘礼。赞美安拉!事情如此巧遇,这是我料想不到的。"

宰相拆开红毡帽上的护符观看,发现他弟弟努伦丁记录的那份简历。眼看着同胞手足的笔迹,心有所感,吟道:

　　看见他的遗迹,

158

饱尝惦念的滋味；

　　我用热泪洒遍他的故居，

　　恳求操纵离散的权威者，

　　请行行好，

　　准他回来一天。

　　吟罢，他细读那份手迹，知道努伦丁在巴士拉跟宰相的女儿结婚的日期、白迪伦丁诞生的日期以及他死时的年岁及当时的情况，不禁感到万分惊奇。因为努伦丁结婚的日期不但与他自己结婚的日期相同，而且白迪伦丁的诞辰和赛玉黛的生日也恰是同日，因此他兴奋快活得无从抑制情绪而战栗不已。继而他带着胞弟的手迹，蹒跚奔到宫中，将事件的始末报告国王。国王认为事出稀奇，吩咐详细记录事件的始末，作为史料保存。

　　宰相辞别国王，回到相府，眼巴巴从早等到天黑，却不见侄子回来。第二天第三天还是耐心地等候，一直等了七天，始终不见侄子的踪影；这时候，他毅然决然地说道："我一定要做一桩前人不曾做过的事情。"随即预备笔墨纸张，从事记录当时整个屋子内部的布置、陈设情况，譬如某橱柜的位置如何，某帷幕的方向怎样，等等。总之室内的大小事物都按照当时的情景详详细细地记录下来，然后吩咐把所有的家具什物收存起来，同时他亲手将白迪伦丁的缠头、衣服和钱袋拿去保管，用铁锁锁起来，非等白迪伦丁回来，誓不开启。

　　赛玉黛新婚之后，身怀有孕。妊娠期满，生下一个月儿般的儿子，标致漂亮，聪明伶俐，颇有他父亲的风度。府中的人替婴儿沐浴熏香，点了眼药，交给保姆抚育，取名尔基补。

　　时间过得很快；尔基补在优越的环境中逐渐成长；他过一天，等于过一月，过一月如同过一年，不知不觉，便已年满七岁。宰相送他进学校读书，聘请法学大师在府中认真管教。

　　四年来，尔基补在学堂里为人要强，经常欺负打骂同学，并夸耀自己，对同学说："我是宰相的儿子，你们比得上我吗？"

孩子们受了尔基补的欺负，约伙成群地去找班长，告诉他尔基补欺侮他们的情形。班长听了孩子们的控诉，安慰他们说："明天他来上学的时候，我教你们怎样对付他，以后他就没有脸面进学堂来捣乱了。这样吧，明天他进学堂来的时候，你们一块儿围着他坐下，然后说，让我们玩个游戏吧，但是必须说得出父母姓名的人，才可以参加游戏；说不出父母名姓的人，他是杂种，不许他跟我们玩。"

　　次日清晨，小学生们来到学堂里，大家等着尔基补；见他一到，便把他包围起来，其中有人提议："让我们玩个游戏吧，不过要说得出父母姓名的人才可以参加，对吗？""对！"大家同声赞成。"我的名字叫买志德，母亲名尔勒威育，父亲名奥祖丁。"其中的一个说。继而其他的人一个个都照样说了；后来轮到尔基补，他说："我叫尔基补，母亲名赛玉黛，父亲名尚谟士丁，是埃及国王的宰相。"

　　"宰相不是你的父亲。"孩子们吼起来了。

　　"真的，宰相的确是我的父亲。"

　　"他没有父亲，叫他滚开，不要跟我们玩；要知道父亲姓名的人，才要他跟我们一块儿玩。"孩子们哈哈大笑，拍着掌一哄而散。

　　尔基补受了同学们打趣奚落，又气又急，郁结于衷，伤心得泣不成声。班长对他说："据我们知道，宰相他是你的外祖父，是你妈赛玉黛的父亲，他不是你的父亲。至于说到你的父亲，那不但是你自己不知道，就是我们大家也不清楚。因为从前，国王曾经把你母亲嫁给一个驼背马夫为妻，因此人们不知道你的父亲是谁。你既然没有父亲，从今以后，你别自高自傲，别欺侮小同学了。莫非你不知道：任何贩夫走卒，都是有个父亲的？你外祖父虽然是埃及宰相，可是没有人知道你父亲是谁；因此我们说你没有父亲。你的头脑应该清楚些，以后小心做人吧。"

　　尔基补听了班长和同学们的谈论和当面的侮辱，立刻拔脚跑回家去，在他母亲赛玉黛面前诉苦，痛哭流涕，伤感得说不出话来。赛玉黛看到儿子的窘况，气得怒火烧心，说道："儿啊，你为何伤心哭泣？告诉妈吧。"尔基补把从同学和班长那里听到的事情告诉了她，继而问道："娘，告诉我吧，谁是我的爸爸？"

"你的父亲就是埃及宰相。"

"您别骗我，宰相他是您的父亲，不是我的。我父亲到底是谁？您不明明白白地告诉我，我就拿这柄短剑自杀了。"

赛玉黛听儿子提起他父亲的事，往事涌上心头，想起跟白迪伦丁结婚时的情景以及以后的遭遇，忍不住伤心流泪，吟道：

> 他在我心田里种下爱情，
> 随即匆匆归去，
> 让屋宇与他遥远地隔离。
> 随着他的去向，
> 我的忍耐逐渐消灭，
> 不曾遗下些许痕迹。
> 从他动身归去的时候起，
> 我的快慰便连夜赶去追寻，
> 教我没有安宁的余地。
> 他凭借分离，
> 将泪珠灌输在我的眼里，
> 眼泪随着遥远的距离，
> 源源地流个不停。
> 每当盼望见他一眼，
> 呻吟和等待的历程便越来越远。
> 我将他的形象描绘在心头，
> 让忧愁、渴望和思索一件件出现。
> 回忆已经变成我的枕席，
> 除却纯洁的爱情，
> 我对他没有别的箴言。
> 我钟情于你，

其中难道还有距离？

这距离究竟相隔多远？

赛玉黛吟罢，母子两人抱头痛哭。正当她母子伤心哭泣的时候，宰相不期而然地走了进来，看见她母子的悲惨情景，心中好似燃起烈火，问道："你们为什么伤心哭泣？"

赛玉黛把儿子在学堂中与同学们发生的纠纷从头叙述一遍。宰相听了，一时想起自己的弟弟，回忆着手足之间的遭逢和女儿的境遇，猜不透事情的底细，一时抑制不住激情，也伤感哭泣起来。继而他抖擞精神，匆匆进宫，谒见国王，把事情的经过叙述一番，恳求国王允许他去东方旅行一趟，直接去巴士拉寻找侄子的下落，并要求国王给他证明，让他无论在什么地方找到侄子，有权利带他回来。他在国王面前痛哭流涕，他的恸哭，激动了国王的慈悲心肠，便答应他的要求，满足他的愿望。宰相获得谕旨，喜不自禁，当面谢恩，替国王祷告求福一番，然后告辞，匆匆回到相府，积极准备行装，带着外孙尔基补踏上旅途，不分昼夜，一天、两天、三天地跋涉，一直去到水清林密的大马士革，正是：

> 在大马士革寄宿了两天零一夜，
> 命运便宣布说：
> 如此的清福，
> 以后不让我再享受。
> 我们酣睡的时候，
> 夜也静静地合上眼皮。
> 清晨，
> 在它的身体上，
> 依伏着一条黑白相间的枝叶；
> 枝头上的露水，
> 如同灿烂的珠玉；

晓风飞来向它们握手送行，

它们便从容归去。

鸟儿开始学习，

河流是它们的讲义，

清风为它们书写，

行云也替它们标点。

到了大马士革，宰相选择哈萨广场，张起帐篷，准备在那里住宿。他对仆从说："我们暂且在这里休息两天。"于是随从们都进城去，有的买东西，有的卖货物，有的进澡堂沐浴，有的去参观无比美好的白尼鄂满叶大寺。当时尔基补和他的仆人也进城去游览。他的仆人，手中握着一根粗长的拐杖，紧紧地跟在后面保护他，那副雄赳赳气昂昂的模样，好像可以一棒打死一匹骆驼似的。

大马士革城中的居民看见尔基补生得眉清目秀，标致漂亮，活泼伶俐，聪明英俊，举止潇洒，真是和风一样的爽快，幽泉一样的清明，因此成群结队地追随在他后面观看；有的人跑向前去，坐在道旁，等他经过时看他一眼。就那么样在不知不觉的情况下，尔基补终于被命运驱使到他父亲白迪伦丁的饮食店门前。

白迪伦丁在十二年的过程中，身体逐步发育茁壮，思想意识逐渐成熟。他的义父早已过世，法官和证人根据法律，承认他是饭店老板的义子，所以让他继承了义父遗留下来的铺面和现款。那天他的儿子尔基补和仆人不期而然地来到他的铺前，他看见尔基补生得非常聪明英俊，心儿便突突地跳个不止，血液也剧烈地沸腾，全副精神无形中跟尔基补本人紧密地联系在一起。他原是继承义父的遗业，继续煮石榴子过生活的。当时他被一种天伦的感情所驱使，便脱口而出地对尔基补说："小少爷！你这么的可爱，我的心肝全被你吸引住了。你能进店里来，尝尝我煮的饮食，给我一些安慰吗？"说罢，他回忆着过去的遭遇和目前的景况，忍不住哭起来了。尔基补听了他父亲的呼唤，受了感动，产生怜悯的心情，回头对仆人说："我对这个厨子怀着无限的同情,他好像丢了儿子似的。让我们进去吃他一点饮食,安慰安慰他吧。也许凭我们给他的一些慰藉,安拉会让我们一帆风顺地找到父亲呢。"

"不行,你是宰相的儿子,怎能随便进饭店去吃饮食?我手持拐杖,为的是保护着不让人看你,你要进饭店去,那是绝对不保险的。"

白迪伦丁听了仆人的话,觉得诧异,呆然望着仆人,眼泪涔涔地流下腮来。尔基补望着这种情况,对仆人说:"因为我同情他,喜欢他嘛。"

"我们不要说这些,"仆人说,"你不能进去。"

听了仆人的话,白迪伦丁对他说:"先生,你为什么不让他进来,使我得到一些安慰呢?你像栗子一样,外表虽黑,内部却是白的;你也像诗人所说的……"

仆人不让他说完,便哈哈大笑起来,对他说:"你说些什么?指安拉起誓,你简单明了地说吧。"白迪伦丁听了,吟道:

> 如果不为他的才能和忠信,
> 他不会被任命在宫廷中服膺。
> 好一个孩提的保卫人呀!
> 由于他的俊秀,
> 天上的安琪儿也要做他的侍卫。

仆人被白迪伦丁的诗感动了,随即带尔基补走进饮食店。白迪伦丁殷勤接待,端出一碗杏仁混糖煮得非常可口的石榴汁款待他们,说道:"两位客人光临,给我无限的慰藉,请两位痛痛快快地吃喝吧。"

"请你坐下来,陪我们一块儿吃吧。这样,也许安拉会使我们和我们寻找的人碰在一起呢。"尔基补说。

"我的孩子!你这样年轻,就遭遇离散的痛苦吗?"

"是呀,叔叔。由于父亲的失散,我的心给燃烧起来了。为了寻找父亲,我跟外祖父别乡离井,走遍各地;可是要相逢聚首,这是多么艰难困苦的事呀!"尔基补说着,忍不住哭起来了。

白迪伦丁触景伤情,非常同情他的境遇;同时回忆自己的身世和生身的父母生离死别,各在一方,也抑不住激情而伤心流泪。当时他们父子对坐饮泣的情景,使仆人也不禁洒下同情的眼泪。

他们坐在一起吃饱之后,便告辞分手。尔基补和仆人走后,白迪伦丁惴惴不安,如有所失,他的灵魂好像离开身体,随着他俩去了。他虽然不知道尔基补是他的儿子,可是他终于抑制不住内心里天伦情绪的自然冲动,于是茫无目的地锁了店门,一股劲往后面追了出去。他匆匆赶到凯比尔门前,见他们还未出门。仆人回头看他一眼,问道:"你怎么了?"

"你们两位走后,我的灵魂似乎也跟着你们走了。城外我有事情,要陪你们一块儿出去;等办完了事,我再转回来。"

仆人生气,对尔基补说:"这种事情我早已考虑到。我们吃了那口倒霉饮食,现在我们到哪里他追到哪里了。"尔基补回头,见厨子果然跟在后面,一时气得满脸通红,对仆人说:"让他走过穆斯林大街,那时候我们从帐篷中出来瞧;他要是真的追随我们,我们就好撵他了。"

尔基补低头跨大脚步,匆匆向前走,仆人随在他身后,一直去到哈萨广场靠近帐篷的地方,回头一看,见厨子还是跟在后面。他越发生气,唯恐仆人泄露秘密,把情况告诉外祖父,引起老人家生气;尤其怕人家笑话,说他吃馆子,被厨子跟踪追赶。他仔细打量一番,见厨子睁大眼睛,呆呆地盯着他,死人般动也不动。他认为那是一双邪恶欺骗的眼睛,于是抑制不住怒火,随手从地上拾起一块石头,抛了过去,打在他父亲的头上,然后和仆人转身跑进帐篷。

白迪伦丁被打破脑袋,血流如注,登时晕倒;息了一会儿,他慢慢苏醒过来,揩了脸上的血迹,扯条缠头包扎起来,心中非常懊丧,自言自语地说:"我亏枉孩子了;由于我关锁店门跟随他们,这才引起他们怀疑,认为我是个邪恶的坏人。"他垂头丧气,回到店中,继续做他的买卖。当时他惦念着住在巴士拉的母亲,忍不住伤心哭泣。

　　宰相尚谟士丁在大马士革逗留了三天,然后启程,经过哈木隋、狄亚尔·白库尔、马尔丁、卯隋里等地方;所到之地,仔细访察。后来他继续跋涉,去到巴士拉,在城中住定,然后进宫谒见国王,被待为上宾。国王非常尊敬他,问他旅行到巴士拉的原因。他对国王叙谈自己的情况,说明他和宰相努伦丁的血统关系。国王听了,格外尊重他,对他说:"阁下,努伦丁他本来是我的宰相,我非常尊重他,但不幸十五年前他逝世了,遗下一个子嗣。可是那个儿子在他死后一个月的工夫也失踪了,至今我们不知他的去向;不过他母亲还健在,她是老宰相的女儿。"

　　宰相尚谟士丁从国王口中知道努伦丁夫人还健在,不禁喜出望外,说道:"陛下,我要去见她一面。"于是向国王告辞,前去拜访他弟弟努伦丁的故居,仔细打量那个区域,站在门前,吻了门槛,想象着弟弟死在异乡的惨状,忍不住痛哭流涕,吟道:

> 我从一幢屋子门前经过,
> 它是我亲人的故居。
> 我吻了这边的墙,
> 又吻那边。
> 不是爱屋子的心情使我留恋,
> 而是屋主的情谊操纵着我的心。

　　他跨进大门,去到宽敞的院落中,看见一道彩色云石镶砌的穹门;走进穹门,举目一望,见他弟弟努伦丁的姓名用金墨写在墙上。他走过去边吻边哭,吟道:

> 每当太阳东升的时候,
> 我向它打听你的消息。
> 每当电光闪烁的时候,

我也向它打听你的消息。

在睡眠的时候，

我的心被惦念握在手里；

它一会儿收缩，

一会儿张弛；

任凭它怎样蹂躏，

我却不向它诉苦。

恋念你的情绪始终不渝，

因此我的心片片地粉碎。

今后若不能白头聚首，

那么仓促见你一面，

也是我生平的心愿。

别以为除你之外我还想念别人，

其实我的整个心房已经全部被你占据。

他慢步踱到努伦丁夫人的房前，隐约听得里面悲泣哀吟之声。原来努伦丁夫人自从白迪伦丁失踪之后，整天整夜躲在屋中悲叹哭泣。过了几年之后，她用云石在屋中替儿子砌成一座坟墓，不分昼夜地守在坟前悲泣，甚至于连睡觉也是靠在坟上。宰相尚谟士丁站在门外，听她吟道：

指安拉起誓，

坟呀！

他的俊美消逝了吗？

莫非那辉煌的景象有了变迁？

坟呀！

你不是花园，

也不是苍天，

怎么树木和月亮会在里面聚会？

正当她悲吟的时候，尚谟士丁推门进去，问候她，并自我介绍，说明他是努伦丁的哥哥，继而叙述他自己的身世和经历，并把她的儿子白迪伦丁在十年前跟他的女儿结婚、婚后失踪以及他的女儿怀孕生下孙子、已带他到巴士拉的消息告诉了她。

努伦丁夫人听到儿子的消息，知道他还活在世上，并且看见老伯伯站在自己面前，情不自禁，欣喜若狂，立刻站起来，走到尚谟士丁面前，跪下去吻他的脚，吟道：

> 安拉将你的降临给我报喜，
> 带来美满的消息，
> 属于无上的恩惠。
> 如果你不嫌破旧，
> 我要把因离散而被割碎了的心，
> 向你呈献。

宰相吩咐左右的人带尔基补来见他祖母。一会儿尔基补来到，他祖母站起来，把他搂在怀里，祖孙抱头痛哭。

"现在不是伤心哭泣的时候，"尚谟士丁说，"你应该快去收拾行李，预备和我们一块儿动身往埃及去。这次安拉也许会教我们和你的儿子我的侄儿碰头见面的。"

"听明白了，遵命就是。"

努伦丁夫人听从宰相的吩咐，立刻起身，收拾财物，积极准备。宰相尚谟士丁也趁机进宫向巴士拉国王辞行。国王托他带许多礼物和古玩，赠送埃及国王。于是他带着眷属动身起程，离开巴士拉，去到大马士革，在戛诺尼张起帐篷住下，对随从们说："我们暂且在这里住一星期，预备买些礼物和古玩带回去奉承国王。"

"廖以谷！"尔基补非常愉快，对仆人说，"我打算出去散步消遣。来吧，我们上街去溜达溜达，找个机会看看那个厨子。你还记得吧，他待我们很好，我们却恶意相向；我们吃了他的饮食，反而砸破他的脑袋。"

"听明白了,遵命就是。"

尔基补和仆人走出帐篷,去到城中,在街上溜达。那时候一种接近亲人的情绪正在激动着他的心弦。他们行走着,一直走到那间饮食店门前,看见厨子站在店中。当时已经是午后,他正忙着煮石榴子。尔基补一见他,便感到不可抑制的眷念。他望着他头上的伤痕,对他说:"喂!你好吗?你知道吧,我的心随时想念你呢。"

白迪伦丁一见尔基补,便感到局促不安,心脏跳个不止。他低头,凝视地面,要开口说话,可是一句也说不出口。息了一会儿,他卑微谦逊地抬头望着儿子,吟道:

> 我百般渴望心头上的亲人,
>
> 可是一旦见面的时候,
>
> 却呆然控制不住自己的眼睛和舌头。
>
> 我向他低头,
>
> 表示驯服、尊敬,
>
> 再努力也无法抑制澎湃的激情。
>
> 数不尽的埋怨,
>
> 早已埋藏在我的心头;
>
> 可是碰头见面时,
>
> 便忘得一干二净,
>
> 不能表达衷曲。

他吟罢,对尔基补和仆人说:"请你们进来吃点饮食,弥补一下我这颗破碎的心吧!你要知道,孩子!我一见你,心脏便跳个不止。上次我刚离开你,便失去知觉,呆若木人。"

"你厚待我们,可是我们吃了你的一顿饮食,你便追随着存心凌辱我们。现在除非你对我们赌咒,不再追随我们,我们才肯吃你的饮食。我们要在这里住一星期,等候外祖父采买礼物赠送国王,因此你别以为以后我们没有机会来见你了。"

"我依从你们就是。"

尔基补和仆人走进去，白迪伦丁端出一碗石榴子招待他们。尔基补对他说："来吧，我们一块儿吃；这样安拉也许会驱散我们的患难呢。"

白迪伦丁喜不自禁，坐下来跟他们一块儿吃喝；可是他的心似乎是高吊着，肢体不住地战栗，面孔呆板生硬得没有一些表情。尔基补望着觉得惊奇，对他说："我不是说过吗，你真是个痴汉呀！你呆呆地看我这么久该可以了吧。"

白迪伦丁听儿子口出怨言，吟道：

> 你在我的心田里种下秘密，
> 它严密地被保全，
> 不曾泄露半点消息。
> 你的笑颜是我的乐园，
> 岂能教热情将我焚毁？
> 你的尊嘴是我的仙池，
> 莫非让我活活地渴死？

白迪伦丁吟罢，振奋起来，殷勤招待他们，请他们吃喝；一会儿亲手拿饮食喂尔基补，一会儿喂仆人，让他们尽量吃饱，然后备水给他们洗手，拿丝手巾替他们擦手，并洒玫瑰香水在他们身上。最后他跑出去，买了一罐混麝香和玫瑰的果子露摆在桌上，对他们说："二位做好事做到底，请随便喝吧。"

尔基补拿起来喝了几口，递给仆人，主仆两人交换着喝，喝得比往日多，肠胃都灌满了，这才起身告辞，急急忙忙回到帐篷。尔基补去到祖母面前，被她抱在怀里痛吻。她想起儿子白迪伦丁，长吁短叹，忍不住伤心哭泣，吟道：

> 我随时渴望着团圆聚首，

因为离开你，

我就没有生存的希冀。

我宣誓：

除了思念你，

我心中没有别的企求。

这种心里的秘密，

我的主宰——安拉，

他洞鉴其中的底细。

吟罢，她问尔基补："孩子，刚才你上哪儿去了？"

"我们去大马士革城中游玩。"

她端出一碗石榴子，对仆人说："坐下来，陪你的小主人吃吧。"仆人悄悄地说："指安拉起誓，一点也吃不下去了！"但是遵从命令，只好坐下去，奉陪主人。同样地，尔基补本人在厨子那里吃得过多，一点也不想吃，也只好勉强坐下，喝了一口，嚼一嚼，咽了下去。由于肚中过饱，觉得石榴子淡而无味，随口骂道："呸！这是什么粗食呀！"

"孩子，这是我亲手煮的；你嫌我煮得不好吗？对于煮石榴子，除了你父亲白迪伦丁之外，没有谁比我煮得更好的。"

"奶奶，您煮得不见得好；刚才在城中，我们看见一个煮石榴子的厨子，他煮出来的石榴子，馨香扑鼻，能开人的胃口，因此人人爱吃。至于您老人家煮的这个，和厨子煮的比起来，那就差多了。"

听了孙子的话，她大发脾气，望着仆人，骂道："你这个该死的家伙！带我的孩子去上馆子，把他给带坏了！"仆人畏罪，不肯招认，分辩说："我们不过是在城中走一走，并没上馆子。""我们上馆子了，"尔基补插嘴说，"我们吃了厨子煮的石榴子，他比您煮得好。"

努伦丁夫人立刻去见宰相，把仆人带尔基补上馆子的情况说了一遍。宰相把仆人唤到面前，问道："你为什么带我的孩子去上馆子？"

"我们不曾上馆子。"仆人畏罪不敢招认。

"我们上馆子了，"尔基补说，"在一家饮食店里吃了许多石榴子；我们吃饱了，厨子还拿混糖的冰水给我们喝呢。"

宰相越发生气，加紧追问，仆人却始终否认。最后他对仆人说："你说的要是真话，那么坐下来，当面把这碗石榴子吃了吧。"

仆人走过去，打算吃喝，可是总咽不下去。他把石榴子推在一旁说："老爷，我昨天吃得过饱，现在不能再吃了。"

宰相知道他在饭店里吃过，吩咐侍从拽着把他摔在地上，亲自动手鞭挞。

"老爷，别打了，让我说实话吧。"仆人苦苦哀求。

"你从实说来。"

"我们走进一家饮食店，那是卖石榴子的；厨子端出石榴子给我们吃，像那样的饮食，我生平是第一次尝到的，它比我面前摆着的这个好得多。"

"你非去向他买一碗石榴子来不可，"努伦丁夫人生气了，"拿来给宰相看，让宰相品评，究竟是谁煮得好。"

"是，我就去买。"

努伦丁夫人给仆人一个碗、半枚金币。于是他匆匆去到饮食店中。

"我们在主人家里拿你煮的饮食打赌，"他对厨子说，"因为主人家里也有石榴子，现在请你卖半枚金币的石榴子给我带回去比较。请好生配备吧，为了你的烹调，我们可是重重地挨了一顿了。"

"这种饮食，"白迪伦丁笑了一笑说，"除了我母亲和我，别人是煮不好的。我母亲如今她住在遥远的地方呢。"

他说着用勺舀满一碗，再撒上麝香和玫瑰水，然后递给仆人。仆人接过去，端着急急忙忙回到帐篷中，交给努伦丁夫人。她接过去一尝，觉得味道不错，煮得很好。当时她明白了煮石榴子的是谁，大叫一声，顿时晕倒。

宰相吓得哑口无言,赶忙拿玫瑰水洒在她脸上。息了一会儿,她慢慢苏醒过来,说道:"倘若我的儿子还活在世间,那么煮这石榴子的,不是别人,就是我的儿子白迪伦丁。毫无疑义,这种饮食,除我和他之外,别人是煮不好的,而且这种煮法是我教他的。"

宰相听了夫人的话,欣喜若狂,说道:"嗨!早就渴望着和我的侄子见面了。你瞧,我们和他见面的日子不是快到了吗?我们只是恳求安拉让我们和他聚首团圆。"于是马上召集随从,对他们说:"你们集合二十个人,去到那间饮食店里,一齐动手,捣毁那间铺子,然后板起面孔,用缠头把那个厨子绑来见我。可是你们必须当心,不可伤害着他。"

"是。"随从们同声应诺,前去执行任务。宰相本人却骑马前往省府,拜访省长,把埃及国王的谕旨呈上去。省长看了,吻一吻,把它放在自己的头顶上,问道:"你的仇人是谁?"

"他是一个厨子。"

省长盼咐侍卫前去逮捕厨子。侍卫们一哄去到饭店中,见铺子已经被人捣毁,里面的家具什物一件件砸得粉碎。原来当宰相往省府的期间,随从们遵奉宰相的命令,前去捣毁了厨子的铺子,并把厨子绑到帐篷中等候宰相回来发落。当时白迪伦丁身在缧绁之中,莫名其妙。"你瞧!"他自言自语地说,"石榴子中有什么东西教他们发觉了,才这样对待我?"

宰相尚谟士丁得到省长允许,可以把仇人带往埃及去发落,于是辞别省长,回到帐篷中。随从把白迪伦丁押到他面前。白迪伦丁被人家拿自己的缠头捆绑着,一见伯父,便痛哭流涕,伤心得了不得。问道:"大人!在你们看来,我到底犯了什么罪过?"

"你就是煮石榴子的那个人吧?"

"是的,你们发现里面有什么东西,才要致我死命呢?"

"这对你是最轻的处罚了。"

"大人,你不曾对我讲明我的罪状呀。"

"好，马上对你讲。"

宰相呼唤随从，对他们说："快牵骆驼来，让我们起身吧。"随从们遵命，赶忙准备。他们把白迪伦丁装在一个木箱里，加上锁，然后带着离开大马士革。他们不停地在旅途中跋涉，直到夜里才打尖休息，放出白迪伦丁，让他吃点饮食，随即又锁进去。他们就这样爬山越岭，风尘仆仆，不停地赶路程。到了埃及境内，他们放出白迪伦丁。宰相问道："你便是煮石榴子的那个人吧？"

"是的，大人。"

"把他铐起来吧。"宰相吩咐随从。

随从遵命，果然给白迪伦丁戴上镣铐，仍然锁在木箱里，一直带到开罗，在载玉多尼叶区域住下。接着宰相吩咐放出白迪伦丁，并找来一个木匠，指着白迪伦丁对他说："你替此人造个十字架吧。"

"造十字架做什么呢？"白迪伦丁问。

"要绞死你，把你的尸首钉在上面，抬到城中去示众。"

"你凭什么这样对待我？"

"因为你煮石榴子的方法不对，里面缺少胡椒。"

"难道说为了缺少胡椒，你才这样对待我？你禁锢我，每天只给一顿饭吃，这还不够满足你吗？"

"石榴子中缺少胡椒，你的报酬最低限度是该杀头呢。"

白迪伦丁惊奇不已，为了生命难保，他忧愁苦恼，低头沉思。宰相问道："喂！你在想什么？"

"我想你这般糊涂脑袋的人；如果你是有理智的，就不该这样对待我了。"

"你应当受到处罚，以后才不至于再犯错误呢。"

"你这般对待我，早已超过我应受的处罚了。"

"总而言之，非把你绞死不可。"

宰相和白迪伦丁在木匠工作的地方互相辩驳，当时木匠工作的情况，白迪伦丁是亲眼看见的。他俩辩论着，不觉也就到了天黑时候,宰相把白迪伦丁装进箱去,关锁起来,说道:"明天你就该被钉在十字架上了。"

宰相耐心等了一会儿,直到白迪伦丁已经睡熟时,这才骑上骆驼,并吩咐随从抬木箱进城,匆匆赶到家中,对女儿赛玉黛说:"儿啊,赞美安拉,他教你和你叔父的儿子见面了;快来,把室内照结婚那天晚上的情况布置起来吧。"

赛玉黛点着灯,让宰相取出关于室内摆设的那份记录,对照着把各种家具什物原样摆设起来,跟结婚那天晚上的情况完全一模一样,看去,俨然还是洞房花烛之夜。最后又把白迪伦丁的缠头、衣服和钱袋摆在原来他亲手放置的地方。之后,宰相嘱咐女儿:"等你叔父的儿子进来时,对他说:'你太慢了!'并继续同他谈到天明;那时候我们再向他揭露这桩历史的秘密。"

一切布置妥帖之后,宰相便悄悄地把白迪伦丁从木箱中弄出来,解掉他手脚上的镣铐。当时白迪伦丁睡梦沉沉,什么也不觉得。过了一会儿,他一翻身,便从梦中惊醒,发现自己睡在一处明亮的门廊中,便自言自语地说:"我在做噩梦哪!"他站起来,走了几步,去到二门前,抬头一看,发现自己置身在结婚之夜受人热烈祝贺的那间屋子里,帷帐、椅凳全都出现在自己眼前。他望着自己的缠头、衣物,惊得哑口无言,一时犹豫迷离起来,问道:"我是在梦中呢,还是醒着?"

他举手擦一擦额头,惶惑不安地嚷道:"这分明是我结婚的那间洞房,现在我到底是在什么地方呢? 当初我是被人禁锢在一个木箱里的呀!"

正当他自思自叹的时候,赛玉黛突然对他说:"我的主人,你怎么不进来? 你太慢了!"听了说话之声,他转眼看见赛玉黛,忙赔笑脸说:"我是在睡梦中呀!"他走进去,唉声叹气,沉思默想,犹豫不决,茫然不知个中底细。他望着自己的缠头和盛着一千金币的钱袋,叹道:"安拉是最知道一切的! 我真是在杂乱的梦寐中呀!"

"你大惊小怪、犹豫不决,这是怎么一回事? 上半夜你并不是这样的。"赛玉黛表示惊奇。

"我离开你有多久了?"他笑了一笑,问。

"哟!愿安拉保佑你。你出去便溺,接着便转来了。莫非你的记性不管用了?"

"对,"他哈哈大笑,"你说得对。不过从你这里出去之后,我梦见在大马士革城中当厨子,在那里住了十年之久。后来好像一个官宦人家的子弟随仆人去到店中。"他举手摸摸额上的伤痕,"我的妻哟,这好像是真实的事情呢,因为他拿石头砸破我的额角,这似乎是在清醒中的事件,又好像我刚离开你,在梦中看见这种情况似的。我好像光着头去到大马士革,当了厨子似的。"他叹了几口气,接着说,"我自己好像在那里煮石榴子,胡椒放得不够。不,指安拉起誓,这好像都是睡梦中看见的现象。"

"指安拉起誓,我问你:此外,你还看见什么?"赛玉黛问。

他把情况从头到尾叙述一遍:"假若我不快快醒过来,那一定被他们钉在木架上了。"

"这是为什么呢?"

"因为煮石榴子放少了胡椒的缘故。当时我的铺子和里面的家具什物全被他们捣得粉碎。他们还把我禁锢在一个木箱里,并且找来一个木匠,教他替我造一个十字架,预备把我绞死,钉在架上。赞美安拉,幸亏这是一场噩梦,而不是清醒时发生的事实。"

赛玉黛忍不住笑了一笑,引起白迪伦丁的怀疑,又使他陷入沉思的状态,说道:"不,这不会是做梦,而是亲身经历的事实吧。但我究竟不明白这是什么道理!"他对那种事情老是迷离犹疑,一会儿说:"我是做梦呀!"一会儿说:"是清醒时发生那些事件呢!"在这样反复无常的情况下,终于度完残夜。清晨宰相尚谟士丁去到他的寝室里,问候他。

"哦!"他一见宰相便嚷起来,"你不是下令拘捕我,要钉死我,并且捣毁我的铺子和家具的那个人吗?那是因为煮石榴子少放胡椒的缘故哇。"

"你要知道,我的孩子,如今真相已明,一切都用不着掩饰了。你是我的侄子。为了要证实你和我的女儿结婚这桩事情,我才这样做的。因为我们素昧平生,彼此都不认识,如果不先让你认识这间屋子、你的缠头、金钱以及你自己和你父亲的手迹,这桩婚姻大事是无法证实的。告诉你吧,我已经把你母亲从巴士拉接到埃及来了。"

宰相说罢,扑向白迪伦丁,伤心地哭泣。听了伯父的叙述,白迪伦丁十分惊奇,投在伯父怀抱里,由于过分的喜悦,抑制不住澎湃的激情,也涔涔地落下清泪。"孩子,"宰相接着说,"过去的种种遭遇,都是我和你父亲两个人弄出来的。"于是对他叙谈他们弟兄手足之间闹意见的经过以及弟弟出走的原因。最后他唤尔基补出来见他。

"这是拿石头砸我的那个人呀!"白迪伦丁一见尔基补便叫起来。

"他是你的儿子尔基补。"宰相说。

白迪伦丁听了,俯身扑向儿子,吟道:

> 为了生离死别,
> 我长期悲哀哭泣,
> 眼泪从眼眶里澎湃奔流。
> 我宣誓:
> 神明要是让我们骨肉聚首,
> 我矢口不再提说分离。
> 欢乐压倒一切,
> 它那无限制的快慰,
> 使我涕泗交流。
> 眼睛呀!
> 欢欣快乐的时候,
> 像忧愁苦闷那样,
> 你也习惯于流泪。

白迪伦丁吟罢,努伦丁夫人突然走进屋来,倒身扑在儿子身上,母子抱头痛哭。继而她振奋起来,对儿子叙述自己的境遇。白迪伦丁也向母亲叙谈自己的遭遇。母子久别重逢,团圆聚首,十分快慰,并衷心感谢安拉。

宰相尚谟士丁旅行归来,在家中休息了两天,然后进宫谒见国王,跪在国王面前,吻了地面,极其能事地赞颂祝福一番。国王很高兴,喜笑颜开地走近他,问他旅途中的见闻和经过。他把旅途中的经历,从头到尾,详详细细地报告了一番。

"赞美安拉,"国王说,"你算是一帆风顺,平安地带着骨肉回家乡来了;我必须看一看你的侄子白迪伦丁·哈桑。明天,你带他进宫来吧。"

"若是安拉愿意,明天一定带他进宫谒见陛下。"

宰相告辞回到相府,对白迪伦丁叙述国王对他的关怀。白迪伦丁决心随伯父进宫谒见国王,说道:"奴婢应当服从主人的命令呢。"

次日,白迪伦丁随伯父去到宫中,站在国王面前,用最美妙的祝词赞颂国王一番,随即吟道:

> 因你们的关怀而品位显贵的人,
> 吻着地面,
> 匍匐在你们前面,
> 庆幸他的成就。
> 你们是光荣的泉源,
> 满足人们的需求,
> 提高他们的地位。

国王听了赞颂,喜不自胜,微笑着让他和宰相坐下,并问他的姓名。"卑微的奴婢名叫白迪伦丁·哈桑,"他说,"白天黑夜都在替主上祷告祈福呢。"听了他的回答,国王感到惊奇,进一步要试验他的知识学问,问道:"你能解释美的意义吗?"

“我能。具体说来,喜笑颜开的面孔、洁净的身体、能辨香臭的鼻子、能看是非的眼睛、能别甘苦、善于词令的口舌、端正的姿态、灵活的举止、美妙的诗文,这些都是美的具体表现。”

“人们经常用‘佘律哈比狐狸还狡猾’这句话来打比喻,这是什么意思?”

“愿安拉保佑陛下;这是鼠疫流行的那个年头,佘律哈去乃吉府避难,在郊外做礼拜时,一只狐狸常来他面前模仿着他的举动扰乱他。过了一晌,他设法收拾狐狸。一天他脱下衬衫和缠头,套在木棒上,扎着中央,展开两只手袖,并把缠头套在上端,然后将木棒插在经常做礼拜的地方。等狐狸出来扰乱时,便悄悄地从后面捉住它。从此之后,人们就说佘律哈比狐狸还狡猾。”

听了白迪伦丁的解释,国王非常满意,对宰相说:“你的侄子很有学问,对文学也很有修养。据我看来,像他这样有才学的人,在埃及恐怕是找不出来的。”

受了国王的夸赞赏识,白迪伦丁马上跪下去,吻了地面,然后站起来,毕恭毕敬,按照主仆的方式,端端正正、彬彬有礼地坐下去。国王发现他的才学礼貌,非常喜欢,赏他华丽的衣服,委他适当的官职,教他进宫去服务。他表示感谢,跪下去吻了地面,替国王祷告祈福一番,然后告辞,随伯父返回相府。

饭后白迪伦丁去到房里,对他的妻子赛玉黛叙谈进宫谒见国王的经过。“难免你要被选为侍臣,受国王加倍的赏赐呢。”赛玉黛说,“凭着安拉的恩顾,你像一座灯塔,你的灿烂的光辉将照耀在海陆之间。”

“我打算写一首赞颂诗,让国王见了高兴,增加对我的信任。”

“你的想法非常正确,你仔细思考,好生写作,让他见了热烈地欢迎你吧。”

白迪伦丁一个人静悄悄地埋头构思,精心结构,终于写成了一首得意的杰作,然后差仆人送进宫去,呈献给国王。国王读了那首歌功颂德的赞美诗,感到欢喜快乐,并读给左右的人听,博得侍臣的称赞赏识。国王一时高兴,立刻召白迪伦丁进宫,对他说:"从今天起,选你做我的亲信侍臣,你的俸禄,除已经规定的数目外,每月增加一千金币。"

白迪伦丁受宠若惊,马上跪下去,吻了三次地面,竭诚感谢国王,并替他祈福求寿。从此他在宫中任职,受到国王的信任和尊重,地位越来越高,名声越传越远,同伯父和家人过着幸福快乐的生活。

哈里发何鲁纳·拉施德听了张尔蕃讲的故事,感到十分惊奇,说道:"这个故事,应当用金墨记录下来,以便流传永久。"随即下令赦免仆人的罪过,并吩咐按月由国库中支给那个青年丰富的生活费,安慰他,让他过富裕的生活,直至白发千古。

驼 背 的 故 事

古代,在中国的京城中,住着一个裁缝,为人达观快活,好娱乐嬉戏,经常带老婆出外散步消遣。有一天他们夫妇两人清晨出去,到日暮才倦游归来。在归途中,他们无意间碰到一个驼背;这是个滑稽人物,他的一举一动,一言一笑,能使忧愁苦闷的人忘掉忧愁苦闷而欢笑起来。裁缝夫妇见了,仔细打量一番,便约他一同回家去,陪他们夫妇吃喝玩乐。

驼背应邀去到裁缝家中,已经是天黑时候。裁缝往市中买了煎鱼、馍馍、柠檬和葡萄,摆出来招待驼背,一起享受,围着饮食,开怀大嚼。当时裁缝的老婆拿块鱼肉塞在驼背口里,然后捂着他的嘴,说道:"指安拉起誓,你必须囫囵咽将下去,不许你嚼。"

驼背一咽,被一根带肉的大鱼刺钩住喉管,喘不过气来,马上鲠死了。裁缝眼看这种情景,叹道:"毫无办法,只盼伟大的安拉拯救了! 这个可怜虫,他早不死,迟不死,却偏偏在这个时候,死在我们手里!"

"为什么慢吞吞地坐着不动呢?"老婆埋怨裁缝,"你这是等于坐在熊熊的火焰上,终究是要被烧死的。"

"这教我怎么办呢?"

"来吧,把他抱在怀里,我给他盖上一张丝帕,然后我在前面走,你随我而来,趁黑夜里送他出去。行到街上,你一边走,一边说,孩子,这是你的妈妈,我们带你去看医生去。"

裁缝听从老婆的吩咐,果然抱着驼背,跟老婆出去。老婆走在前面,口里不住地嚷道:"哟!我的儿呀,你快快好起来吧。真痛苦呀!不碍事,这样的天花,是任何地方都难免的流行病哪。"

他们夫妇边走边说,沿街打听医生的住处,致使街上的行人都认为他们是带孩子去看病的。最后他们终于找到了一家犹太医生。

医生的黑女仆听了敲门声,匆匆下楼开门,见裁缝夫妇抱着孩子站在门前,问道:"什么事情?"

"我们带孩子来请医生看病,"裁缝的老婆说,"这里有一枚四分之一的金币,拿给你的主人,请他下来看看我的孩子吧;这孩子的病严重着哪!"

女仆刚转身上楼,裁缝夫妇趁机闯了进去。"把驼背放在这里吧,"裁缝的老婆说,"好让我们快快脱身。"裁缝果然放下驼背,让他靠在楼梯上,两人便悄然溜之大吉。

女仆回到楼上,对医生说:"门前有一家夫妇带孩子来看病,教我把这个四分之一的金币给你,请你下去替他们的孩子看病。"

医生见了四分之一的金币,喜不自胜,立刻起身,摸索着匆匆下楼来看病人。他下楼时,一脚踩在死了的驼背身上,便跌了一跤。他站起来,叫道:"啊!摩西与十诫哟!亚伦与懒约书亚哟!我好像踩在这个病人身上,他滚下去便跌死了。这教我怎样把跌死在家中的尸体弄出去呢?"

医生把驼背捎到楼上,对老婆叙述刚才发生的事件。"你怎么还不动呢?"老婆说,"你要是坐着不动,等到天亮,我们就完了,我和你的生命全都完蛋了!来呀,我们抬他上平台去,把他放到那个穆斯林家中去吧。"

原来医生的邻居是皇宫里的厨役总管,经常带肉和脂肪到家中,不但猫和老鼠去偷吃,夜里他不在家的时候,连狗也会从墙头上爬下去吃,因此糟蹋了不少的肉和脂肪。那天夜里,医生夫妇两人,一个握着驼背的两手,一个抬着他的双脚,慢慢地把他沿墙放了下去,让他靠在屋角,然后销声匿迹,悄悄地躲在自己家里。

驼背刚被放了下去,那个总管也就回到家中。他开门持烛走了进去,发现有人站在屋角。"啊!指我的生命起誓,"他嚷起来,"好极了!原来偷东西的是人呀!你偷了我的肉和脂肪,我倒错怪了猫和狗,教我杀死巷中的许多猫和狗,干了冤枉罪孽,原来都是你从屋顶上爬下来偷窃的呀!"于是拿起一柄大锤,对准驼背的胸部打了几锤。

驼背倒在地上,登时断了气,总管这才惊慌失措,既忧愁又苦闷,叹道:"毫无办法,只望伟大的安拉拯救了。"他想到事情与自己的性命攸关,骂道:"这些讨厌的肉和脂肪!愿安拉诅咒它们。这个人的生命难道就这样断送在我手里不成?"他仔细一看,原来是个驼背。"你生为驼背还不够,"他说,"定要做贼来偷油偷肉吗?我的主宰呀!求您保佑我,掩盖我的罪孽吧。"于是他掮起驼背,黑夜里摸索着一直去到街头转弯的地方,把他放下来,让他靠在一家店铺门前,然后拔脚逃跑。

当时有一个基督教商人,喝得酩酊大醉,东倒西歪地要去澡堂洗澡,口中喃喃地说道:"快了!快到澡堂了!"他走着走着,毫不注意地一直走到驼背面前,坐下去解鞋带。他一抬头,看见身旁站着一个人影,便一骨碌站了起来,以为驼背要来偷他的缠头。原来昨天夜里,他的缠头被人扒走了,因此他捏起拳头,一拳打在驼背脖子上,把他打倒。由于他醉得厉害,便一面大声喊巡察来捉贼,一面扑在驼背身上,紧紧地捏着他的脖子不放。巡察闻声赶到,见基督教商人骑在伊斯兰教徒身上乱捶乱打。

"为什么打人?"巡察问。

"这个人要抓走我的缠头。"

"站起来!"

基督教商人站了起来,巡察走过去一看,见人已被打死了。"好了!"巡察说,"基督教徒打死伊斯兰教徒了。"于是绑起基督教徒,带往衙门去治罪。

"基督呀!圣母玛利亚呀!"基督教商人自言自语地嚷起来,"我怎么打死了这个人呢?才打了一拳他怎么就死了?他死得多快呀!"

之后基督教商人慢慢清醒过来,逐渐恢复理智,同驼背一块儿在监狱里过了一夜。

次日,法官要处决杀人犯,命令掌刑官宣布基督教商人的罪状,并预备了绞刑架,带他到绞刑架下,拿绞绳套在他的脖子上,快要行刑上绞的一刹那,那个厨役总管忽然赶到。他挤开人群,见基督教商人在绞刑架下,快要受刑了。他没命地推开人群,去到掌刑官面前自首,说道:"别绞他,是我杀的人。"

"你为什么杀人?"法官问。

"昨夜我回家时,发现他从屋顶上爬下来偷我的东西,我拿大铁锤打中他的胸部,他就立刻被打死。我捎起他,送到大街上,让他靠在一家铺子门前。难道我杀了一个伊斯兰教徒还不够,再要杀这个基督教徒不成?现在请你们拿我偿命,绞死我吧。"

听了总管的自首,法官宣布基督教商人无罪,释放了他。"绞这个自首的人吧。"他吩咐掌刑官。

掌刑官取下基督教商人脖子上的绞绳,套在总管脖子上,牵他到绞刑架下,快要动手开绞的时候,突然那个犹太医生挤开人群,叫喊着去到掌刑官面前,说道:"你别绞他,杀人的不是他,而是我。是这样的:昨天我在家中,有一男一女去敲门,身边带着这个病弱的驼背,教女仆把一个四分之一的金币给我,并讲明来意。那一男一女进入我家,让他靠在楼梯上便走了。黑夜里我摸索着下楼去看病人,不想一脚踩在他身上,他从楼梯上跌下去,立刻摔死了。老婆和我把尸体抬到平台上,设法将他放到总管家里,因为他是我们的邻居。总管回去发现驼背在他家中,认他为贼,用锤打他,他倒在地上,便认为是自

184

己打死他的。难道我无意间杀死了一个伊斯兰教徒还不够,再要有意识地害另一个伊斯兰教徒的生命不成?"

听了犹太医生的自首,法官吩咐掌刑官:"放掉总管,绞犹太人偿命好了。"

掌刑官将绞绳套在犹太医生脖上,刚要动手开绞的时候,那个裁缝挤开人群,奔到绞刑架下,对掌刑官说:"别绞他;杀人的不是他,而是我。是这样的:昨天清晨我出去散步消遣,午后回家,碰到这个驼背喝得醉醺醺的,手中敲着小鼓,口里哼着小调。我约他到家里去,买煎鱼招待他。我妻拿块鱼肉请他吃,塞在他嘴里,他一咽立刻便鲠死。我妻和我把他抱到犹太医生家里;他的女仆下来开门,我对她说:'告诉你的主人,我们带孩子来看病,请他快下来吧。'当时给她一枚四分之一的金币。她上楼去见主人的时候,我把驼背放在楼梯上,然后带着老婆悄悄地溜走。医生下来,踩在他身上,便认为是自己杀死的。"

"这是事实吧?"他问犹太医生。

"对,真是这样。"医生回答。

"放掉犹太人吧,"裁缝望着法官,"请绞我偿命好了。"

"这桩事情,应当记录下来作为史料。"法官听了裁缝的自首,对驼背的故事感到非常惊奇。随即吩咐掌刑官:"放掉犹太人,根据裁缝的自首,绞他好了。"

掌刑官拿绞绳套在裁缝脖子上,口出怨言,说道:"麻烦极了!一会儿教绞那个,一会儿又要绞这个,结果,谁也死不了!"

那个驼背,据说是皇帝养在宫里供逗笑取乐的一个侏儒,随时随地不离皇帝左右。那天他喝醉酒,溜出王宫,到次日不见回去,皇帝向左右的人打听他的下落。

"启禀主上,"左右的人说,"驼背的尸体被人送到衙门里,法官要惩办杀人犯。当宣布了罪状,快要行刑开绞犯人的时候,却接二连三地有人出来自首,承认是自己杀人,每人都讲了杀人的原因。"

听了报告，皇帝吩咐侍卫："你快去法场传法官进宫，并将犯人全部解来见我。"

侍卫去到法场，见掌刑官准备妥帖，快就开绞裁缝了。"且慢！"他立刻制止掌刑官，并向法官传达了皇帝的意旨，随即命人抬着驼背，并将裁缝、犹太医生、基督教商人和总管一齐带进宫去。

法官去到皇帝面前，跪下去吻了地面，然后报告事件的经过。皇帝听了，既惊奇而又激动，对在场的人说："你们听过比驼背的遭遇更稀奇的故事吗？"

"如果皇帝许可，"基督教商人说，"那么让我谈谈我亲身经历的一桩事情吧，它比驼背的遭遇更稀奇古怪呢。"

"那是怎么一回事情？你说吧。"

基督教商人的故事

启禀主上——基督教商人说，我携带货物来到贵国经营生意，被命运驱使到这里来。我是埃及的科卜特人，从小生长在埃及。我父亲是个经纪人。我成年后，父亲过世了，我便继承他的职业，从事做掮客事务。有一天，一个漂亮的青年骑着驴子，穿着非常华丽的衣服去到我的铺中，向我问好，随即拿出一方手巾，里面包着胡麻，说道："像这样的胡麻，每艾尔得补①值多少钱？"

"值一百元。"我说。

"带脚夫和量粮食的人到胜利门占瓦里店中来量吧。"

那青年放下手巾中的胡麻匆匆去了，我便四下寻找买主，言定每艾尔得补一百十元的价格；于是带领四个脚夫去到店中，当时青年已经等我多时了。他带我们到仓库里，量过胡麻，总数是五十艾尔得

---

① 艾尔得补，埃及的容量单位，等于197.6公升。

补,共五千元。当时青年对我说:"每艾尔得补你应得经纪费十元;其余四千五百元的售款,暂时托你保管,待我卖完货物便来取用。"

"可以。"我说,并吻他的手,随即和他分手。当天我得了一千元的收入。事后隔了一个月,那个青年去找我,问道:"我的货款呢?"我站起来,向他问好,说道:"你愿意在我这里吃点饮食吗?"他不肯吃,说道:"你把货款预备妥当,我去一会儿便来取。"

他匆匆去了。我弄好货款,等他来取。可是息了一个月他才转来,问道:"我的货款呢?"我起身迎接,向他问好,说道:"你愿意在我这里吃点饮食吗?"他不肯吃,道:"请你预备货款,我去一会儿便来取。"

我即刻预备货款,等他来兑取;可是始终不见他来,当时我说:"这个青年,为人大方极了!"一个月后他骑着骡子,衣冠楚楚,比过去穿戴得更豪华,玫瑰色的腮,发光的额头,脸上还镶着一颗龙涎香似的黑痣,满面春光,笑容可掬,实在令人敬佩。我迎接着,吻他的两手,替他祈福,问道:"先生,你怎么不来取款?""忙什么?"他说,"待我办完事情,自然会来取的。"他说着走了。我对自己说:"指安拉起誓,下次他来,我非请他吃饭不可,我用他的存款做买卖,已经赚了不少的钱财了。"

年终,那青年穿着最华丽的衣服来找我,我向他起誓,殷勤地留他吃饭。他说:"除非你拿我的存款来付钱那才行。""可以。"我说,随即请他坐下,赶忙准备饭菜和其他的食品。等一切齐全,摆在他面前,便说:"请吧!"

我陪他一块儿吃喝,见他一直用左手取食物,心中奇怪。吃毕洗手,并给他手帕擦手;继而摆出糖果,一边吃,一边闲谈。"先生,"我说,"告诉我吧,你为什么老是用左手吃饭? 也许你的右手有什么毛病吧?"

他把右手从袖管里伸出来;我一看,光秃秃的,原来手掌已经被割掉了,因此我感到惊诧。"我和你在一块儿用左手吃饭,"他说,

187

"这是毫不足奇的事;不过手掌被割的原因,那倒是稀奇古怪的事哩。"

"那是怎么一回事情?"我问。于是他对我谈了下面的故事:

你要知道:我是巴格达人,我父亲是城中的大绅士。我成年后,常听一般旅行家和生意人叙谈埃及的情况,给我心中留下很好的印象。因此,父亲过世后,我便筹备很多的本钱,买了巴格达、卯隋里的布帛,然后动身起程,一帆风顺地来到贵国。

到了埃及,投宿在买斯鲁尔旅店中,卸下货物存在库里,并打开行李,给仆人几个钱替我们买吃的。饭后,我躺了一会儿,然后去格斯勒以尼兜了一个圈子,随即回到店中过夜。

次日清晨,我打开一包货物,暗自说:"让我往市中走走,看看行情吧。"于是选了一些布帛,教仆人们带着随我去到盖谊撒律叶·贾尔者斯市场。我的货物博得一班经纪人的欢迎,纷纷向我取布去兜售,可是所出的价格,总是不够本钱。当时我莫名其妙,非常苦闷。后来掮客们的领袖对我说:"先生,我告诉你一个情况,以便你借此获得利润。你经营生意,应当像其他商人那样,委托一个代笔人、一个证人、一个兑换银钱者,规定出赊欠的日期,将货物用记账的方式批发给一般坐商,你自己每逢星期一、四去市中收账,这样,你的货物便可一本二利了。此外,你还可以趁机会参观埃及的古迹,逛逛尼罗河的名胜。"

"这是正确的意见。"我说,于是领经纪人去到旅店中,将货物交给他们,拿往盖谊撒律叶市中批发,并出给他们委托书,同时与兑换银钱者互相签订契约,托他代为收账。从此我安安静静地住在旅店中,每餐必喝酒、吃羊肉和糕点糖果,过享乐生活,直到规定结账的日期,便在星期一、四去到市场,坐在商人们的铺中,让兑换银钱的和代笔人前往各商号收款,然后交我清点、封裹,带回旅店储存。

有一天,是星期一的日子,我由澡堂沐浴归来,喝了一杯酒,躺了一会儿,然后起床、梳洗、熏香,吃过鸡肉,前往一个叫白迪伦丁·补司塔尼的铺中结账。

白迪伦丁一见我便起身迎接，请我坐下，一块儿闲谈。到开市时，有一个女郎，斜戴着头巾，打扮得馨香扑鼻，袅袅娜娜、大摇大摆地来到铺里，向白迪伦丁打招呼，问道："你铺里有用纯金线混织的上好衣料吗？"

白迪伦丁站起来和她交谈，拿向我购买的衣料给她看。她以一千二百元的价钱买了一份。

"衣料我先带走，"她对商人说，"缓一步着人送钱给你。"

"不行，太太；衣料是向这位赊购的，现在我需要将欠款兑给他呢。"他指着我对她说。

"该死的你呀！我一向买你的衣料，都是逐批付款，你要多少，总是多多余余地给你，从来不曾短少过。"

"不错；不过今天我急需现款应用，不便赊欠。"

"你们这种人简直分不清人品的高低！"她把衣料扔在商人胸前，回头便走。

当时我站起来，拦着她说："太太，请相信我，劳驾转来吧。"她果然回到铺中，和我对面坐下，微笑着说："看你的情面我才转来呢。"

"这衣料你多少钱卖给她的？"我问白迪伦丁。

"一千二百元。"他回答。

"算你有一百元的赚头；给我纸笔，让我出个单据，把货款算在我名下好了。"

我写了单据给商人，并由他手中接过衣料，原封递给那个女人，说：

"给你，拿去吧；你要是方便，把货款送来好了；如果你不嫌弃，这点衣料就算是送你的礼物吧。"

"愿安拉报酬你，将我的财产赏与你，并让我成为你的妻室吧。"

"太太，暂时请将这份衣料带回去，以后我还要把同样的一份送给你呢。"

"先生,你别使我寂寞;今晚请到我们家里吃饭吧。"她说着匆匆去了。

我在商人铺中逗留到午后,并向他打听那个女人的情况。他说:"这是一位有钱人,是一个亲王的女儿。她父亲死后,留给她许多财产。如今她住在乃勾补大厦里。"

我告辞回到旅店,整理衣冠,雇匹驴子骑着,吩咐赶驴的:"带我往占巴尼叶去吧。"我们才行了一会儿,便去到一条叫蒙格律的巷口。我吩咐赶驴的:"你进巷去,问一问乃勾补在什么地方。"他去了一会儿转来对我说:"请下驴吧。"

"你向前走,带我去到大厦门前好吗?"我给了他一枚四分之一的金币。

到了门前,赶驴的欣然走了。我轻轻敲门,出来一个仆人,引我进去。我去到一间大厅里,那大厅有七道窗户,面临着一座花园,园中种着各式各样的花卉、果树,流着清泉,养着鸣禽,墙壁上用石膏刷得庄严整洁,可以照见人影;屋顶饰以金属,周围镶着绀青的花纹,灿烂夺目,煞是美丽;地板上铺着云石,中央有个喷水池,池的四角爬着四条金蛇,口中喷出珍珠般的清泉;大厅里铺着彩色的丝绒地毯。

我坐在大厅里,不觉之间,那个女人喜笑颜开地走了出来,头上戴着镶珍珠宝石的帽子。她一见我便微笑着说:"欢迎你!"于是坐下陪我谈心。继而摆出丰盛的筵席款待我,有犊肉、蔬菜、红烧鸡等各式各样可口的饮食。我和她开怀大嚼。吃饱之后,仆人便拿盆、壶来让我洗手,并洒玫瑰麝香水。继而我和她舒舒服服地坐着闲谈。她吟道:

> 倘若知道你要光临,
> 我们必须洒下心血和眼泪。
> 为了迎接你,且铺下我们的腮颊,
> 让你的尊足踩着我们的额角走过。

我们甜蜜地谈着,不觉之间已是天黑时候,仆人摆出饭菜、酒肴,我们便开怀畅饮。饭后,她派人请来证人,对他们说:"我和这个青年结婚,请你们来证婚,替我们写下婚书吧。"当时我对证人们表明态度,愿意每天给她礼银五十金。证人替我们写了婚书,办完手续,带着他们的报酬去了。从此之后,我和她一块儿过美满快乐的夫妻生活,每天用手巾包五十金给她,天天如此。这样继续下去,一直到手中的金钱全部花光了,我才感觉空虚,自言自语地叹道:"这个全是欺人的事呀!"随即吟道:

> 落魄青年脸上的光辉日渐减退,
> 同落山时太阳的黄色没有区别。
> 他不在场的时候,
> 人们不再谈论他的尊贵。
> 他出现的时候,
> 人群中也没有立足的地位。
> 他躲躲闪闪走过街衢,
> 去到荒凉地方洒着清泪伤心哭泣。
> 指安拉宣誓:
> 人到穷途末路的时候,
> 他在亲属中的地位,
> 跟异乡人没有差距。

我离开家,慢步在街上行走,人很多,挤得水泄不通。当时在命运的驱使下,我被人群推到一个骑兵面前,我的手无意间插进他的衣袋,将里面的一包东西掏了出来。可是立刻被骑兵发觉了,他伸手一摸,不见了钱包,回头看我一眼,举起木棒,一棒打在我头上。我昏迷过去,被人群围住。人们扯住骑兵的马缰,问道:"因为拥挤,你便这样打人吗?""不,"骑兵说,"他是一个扒手呀!"

我慢慢苏醒过来,听见周围的人说:"这个青年是好人,他不会偷东西吧。"当时人们议论纷纷,有的说我好,有的却不相信,有的人存心解救我。可是事情不凑巧,合该是命运注定了;正在那个紧急关头,省长和其他的官吏从那里经过,见人群围着骑兵和我,便停下来了解情况,问道:"这是怎么一回事情?"

"指安拉起誓,"骑兵说,"这是一个扒手。我袋里的钱包,里面有二十枚金币,他趁拥挤的时候,把钱包给偷了。"

"当时有人和你在一起吗?"

"没有。"

省长大声吩咐侍卫:"检查他吧。"侍卫抓住我一检查,从我的衣服里搜出那个钱袋,交给省长。省长接过去打开清点,里面果然有二十枚金币,与骑兵所说之数正相符合。于是他大发雷霆,教侍卫将我押到他面前,说道:"青年人,说实话吧:你偷这个钱袋了?"

我低头想道:如果说我没偷,可是钱袋已经从我身上搜出来;如果说我偷了,我便要跌在烦恼中。最后我抬起头来,说道:"不错,我偷了。"

省长听了,非常惊奇,随即唤证人来,让他们证明我的口供,然后命掌刑官按照法律割了我的右手。这桩事件是在宰位勒门前发生的。当时骑兵可怜我,替我说情,省长便撇下我,带着侍从去了,只剩下人群围着看热闹;有人发生怜悯心肠,给我一杯酒喝。同时骑兵把那个钱袋给我,说道:"你是个有为的青年,不应该偷东西呀。"我百感交集,吟道:

> 指安拉起誓:
> 可靠的弟兄,
> 善良的人群!
> 我本来不是扒手,
> 也不是盗贼;
> 只为厄运突然袭击,
> 带给我忧虑、惶恐和贫困。

因为在我投射之前，

神明抢先射来一支冷箭，

把王冠从我头上夺去。

我撕块布包裹伤痕，将手缩进袖管，我的情况顿时改变了，面色苍白，精神困顿。我匆匆回到家中，支持不住，倒身睡在床上，不言不语。可是我的尴尬行动终于被我妻看见了。

"你哪里不舒服？"她问我，"我看你的行动怎么跟平时不一样呢？"

"我头痛，我不舒服！"

"我的主人哟！你别烧我的心吧，"她一时惊惶，惴惴不安，"你起来，抬头对我讲吧，今天你到底遇见什么？看你的脸色，知道是发生事情了。"

"走开吧，我不讲。"

"哟！我看你怎么反常了！"

她哭哭啼啼，向我说长道短，我却默然不答。夜里，她送饭菜给我，我若使用左手吃喝，怕被她发现秘密，因此只好拒绝说道："现在我不想吃。"

"究竟发生了什么事？告诉我吧。你怎么这样忧愁苦闷？为什么这样急躁不安？"

"等一会儿我慢慢告诉你吧。"

"接着，喝了吧。"她斟一杯酒给我，"这个可以消愁解闷，必须喝掉它，然后将情况告诉我。"

"非告诉你不可吗？"

"对，非告诉我不可。"

"如果非告诉你不可，那么你喂我吧。"

我从她手里喝了第一杯，接着又喝第二杯。当她斟满第三杯的时候，我伸出左手接着，眼泪忍不住簌簌地从眼眶里流出来，吟道：

安拉要使一个具备耳目和理性的人遭劫，

必先塞聋他的耳朵，

弄瞎他的心眼，

并且像脱发那样逐渐消除他的智慧。

直待意旨贯彻到底的时候，

才恢复他的理性，

教他从事件中吸取经验。

我吟罢，喝了手中的酒，忍不住伤心哭泣。她大叫一声，说道："你为什么哭泣？你把我的心给燃烧起来了！你用左手持杯，这是为什么呢？"

"我手上生疮。"

"伸出来，我替你放脓。"

"还不到放脓的时候；你别纠缠我，目前我是不会伸出手来的。"

她斟酒给我，我继续不断地喝，直喝得酩酊大醉，昏昏沉沉，不省人事时，她才悄悄地窥探我这只没手掌的手，继而又检查我的身体，发现那个钱袋。她从此感到世人所不曾感受到的痛苦，整夜坐卧不安，为我而忧愁苦闷。

次日清晨，我从梦中醒来，我妻将预备好的饮食送到我面前，一看，是四只炖鸡和其他美好的酒肴。我开怀畅饮，待吃喝够了，这才放下钱袋，站了起来，预备出走。

"你上哪儿去？"她问我。

"上我要去的地方去。"我说。

"别去，坐下来吧。莫不是你的爱情已经达到花完金钱，牺牲手掌的程度了吗？我向你保证，安拉也是我的保证人：我是不能离弃你的。过一会儿你便知道我所说的都是真情实话呢。"

她挽着我的手，带我去到一间密室里，打开一个大柜子说："你看柜子里面的东西吧。"

我一看，满满的一柜子全是手巾。"这是我从你手中得到的金钱。"她说,"过去,每当你给我一方手巾的时候,我便将里面包着的五十金币卷结起来,投在这个柜子里。你拿去吧,现在该归还你了。今天你是最应该受到原谅的;为了我,你已经遭了患难,甚至于牺牲了一只手掌,这是我无法报答你的;在这种情况下,我自己即使付出生命也不能弥补这种缺憾的万分之一。来吧,把你的钱收起来吧。"

我听从她的嘱咐,将她的钱柜挪到我的钱柜面前,将我自己的钱和我给她的那些钱并在一起,感到无限的快慰,心中的忧愁苦闷,一朝烟消云散,并向她表示谢意。"为了爱我,你牺牲了一只手掌,"她说,"这教我怎么能够报答你呢?我自己为爱你即使付出了生命,也是微不足道的,不能尽到我对你应尽的义务的。"于是她毅然决然见诸笔墨地立下字据,将她的服装、首饰和家产全部归属于我。

当天晚上,她为我而忧愁苦闷得整夜不能入睡。我被她的真诚所感动,因此不能再缄默下去,便将发生事件的经过向她叙谈。从此我们夫妻间的感情越加亲密。可是从不幸的事件发生之后还不到一个月的工夫,她的身体逐渐衰弱,病势有增无减,还未超过五十天,她便瞑目长逝,离开人间。

我替她治丧,埋葬了她的遗体,追悼她在天之灵,为她的灵魂广施博济。最后清理她的遗产,发现她还有许多现款、房屋和田地。我托你出卖的胡麻,便是她遗产的一部分。现在我之所以有空和你吃喝、闲谈,是因为贮藏室中的储存物品全都销售完了。我因为忙碌,一直没有工夫来取存在你处的货款。希望你别违反我对你所提出的那个条件吧,因为我既然吃了你的饮食,便该将胡麻的存款送给你。前面所谈的一切经过,便是我被割了手掌和使用左手吃饭的原因。

"你对我太好了,"我对那个没有手掌的青年说,"谢谢你的恩惠。"

"你愿意随我到我的家乡去吗?"没手掌的青年问我,"我已经收买开罗和亚历山大出产的货物,预备运去销售。你如果愿意,就陪我一块儿去好了。"

"好的,我愿意随你去。"

我跟那个青年约定月初启程,于是将自己的产业拍卖,并收买一批货物,随他离开家乡,一直旅行到贵国来。那个青年卖完货物,收购了本地的特产,然后转回埃及去了。我自己一个人留在这里经营生意,生活过得很好。可是却想不到,人在家中坐,祸从天上来,昨夜里居然发生了那样的事件。话又说回来:启禀主上,这个没手掌的青年的故事,难道不比驼背的故事更奇怪吗?

"不行!"皇帝说,"非把你们一个个绞死不可。"

"陛下如果许可,"总管走到皇帝面前说,"那么让我讲一讲我碰到这个驼背之前所看见的一桩事情吧;如果它比驼背的故事更稀奇,那么请陛下赦免我们的罪过好了。"

"可以,你讲吧。"皇帝说。

总 管 的 故 事

昨天夜里我参加一个朗诵《古兰经》的集会,到会的有一班法学家和其他阶层的人物。朗诵完毕,主人摆出筵席招待客人。摆出的饮食中,有一盘滋尔巴者①,我们都喜欢吃,只是有个青年例外,坚决拒绝。我们屡次邀请他,他却发誓不肯吃。他说:"你们别怨我;我生平吃过一次已经够呛的了。"

"指安拉起誓! 我们问你,"我们说,"你不吃滋尔巴者的原因到底是什么?"

"如果非要我吃滋尔巴者不可,那么吃过以后,我必须用肥皂洗手四十次,用苏打洗四十次,用皂角洗四十次,总共要洗手一百二十

---

① 滋尔巴者,阿拉伯一种加香料煮的肉食。

次,非这样我是不吃的。"

主人吩咐给他预备了水和肥皂等洗手需要的东西,他才勉为其难,犹豫迟疑地伸手去取滋尔巴者,但他仍然显出厌恶的态度。他的手抖得好厉害,令人惊诧不已。当时我们仔细观察,见他仅用四个指头抓取食物,大拇指已经没有了。"指安拉起誓,"我们说,"你的大拇指怎么会是这样?先天便是这样吗,还是后天发生的事故?"

"弟兄们,"他说,"不仅这个大拇指如此,我左手上的大拇指和两只脚上的大脚趾也都是这样的。"

他伸出左手,大拇指果然和右手一模一样,两只脚上的大脚趾也不例外,都没有了。看了这种情景,我们越发感到惊奇,说道:"关于你的遭遇,我们急于要知道个中的原因。告诉我们吧,你的大拇指为什么被割?你为什么要洗一百二十次手?"青年这才对我们谈了下面的故事:

你们要知道:我父亲是个富商,在哈里发何鲁纳·拉施德执政时代,他是巴格达城中数一数二的商界领袖。可是他生性好饮酒,爱到娱乐场所去听弹唱看舞蹈,过花天酒地的生活,挥金如土,因此到他过世的时候,财产已被他挥霍得所存无几。当时景况萧条,我给他预备善后,丧葬完毕,从事追悼、守孝,继而打开他的铺子,清理账目。铺中存货寥寥无几,兼之债台高筑,欠下很大的一笔债款。我好生应付,苦苦恳求债主宽限归偿时期,并安定他们的心。之后我振奋起来,勤勤恳恳,从事经营,买的买,卖的卖,一周一周,继续经营下去,逐步还清债款;最后除偿还债款之外,手中还剩下一笔本钱。

有一天我正在铺中做买卖,有一个我生平不曾见过的标致漂亮的女郎,戴着富丽的首饰,穿着华贵的衣服,骑着骡子,带着一个仆人一个奴隶到街口下马,东张西望。当时其他的商店还未开门,她便带着仆人来到我铺中,向我问好。她说话的声音,柔和美妙,是我生平不曾听过的。

"青年人,"她说,"你这儿有上好的衣料吗?"

"小姐,"我说,"对不起,我是小本营生;不过请你稍微忍耐一会儿,等其他商店开门时,你需要什么衣料,我可以帮忙采购。"

我陪她闲谈,直到商店开市,才替她采购她需要的衣料,总共赊了五千元的货物。她将货物交给仆人,然后走到街口,跨上骑骡,扬长而去。

她不曾告诉我她的住址,我自己也过于腼腆,不好意思问她;商人们向我索款,我只好权且做了五千元的债务人。过了一星期,商人来催款,我恳求他们再担待一星期。过了两周之后,她带着一个仆人和两个奴隶骑骡来到市中,向我问好,说道:"先生,我们把付款的时间给耽误了;现在请找个兑换银钱的人来,将货款收下吧。"

兑换银钱的人来了,仆人取出银钱,当面兑了货款,我便陪她闲谈。到开市时,她告诉我需要的货物,我便代她采办了一千金的货物。她不问一问价钱,便带走了货物。她走后,我才懊悔不已。当时我暗自想道:这算怎么一回事呢? 她交来五千元的货款,又带走一千金的货物,这样的结果,是要我破产了。我自言自语地说道:"个中的情形,商人们不知道,只是我自己清楚。这个女郎不是别的,一定是个骗子。她用姿色作为欺骗我的手段,见我年轻,便来作弄嬉戏我!"

由于我不曾问明她的住址,一直沉溺在惶惑不安的状态中。往后整整耽延了一个多月的工夫不见她转来,商人们来催款,追得很紧。他们逼得我准备变卖自己的产业,以便偿还债款,弄得我差一点倾家荡产。当我为这桩事沉思默想、焦急万状的时候,不知不觉之间,她又姗姗来到市场,走进我的铺中。这时候,我的混乱情绪一下子廓清了,过去所处的窘境也忘得一干二净。她用甜蜜的语言跟我交谈,说道:"找个兑换银钱的人来,把货款兑给你吧。"于是她把比欠款较多的数目兑给我,接着又跟我攀谈起来,问道:"你有妻室吗?"

"不，我从来还不认识一个妇女。"我一时感慨，忍不住流下眼泪。

"你为什么哭泣？"

"没有什么，我不过想起往事罢了。"

她起身走后，我赶紧送款赔还商人。他们都赚了钱，只是我自己落得两袖清风，由于她的消息断绝，只落得无限的苦恼。幸而过了没有几天，她的仆人来了，我殷勤招待，向他打听女郎的消息。

"她生病了。"仆人说。

"她的身世如何？告诉我吧。"

"她从小受哈里发何鲁纳·拉施德夫人祖白玉黛太太抚养，是她的使女，出入宫门，随时不离夫人的左右，非常受宠，至今已经成为她的管家了。她在太太面前提过你，恳求太太把她匹配给你为妻。太太说：我必须看看那个青年，如果他和你相称，我就同意你和他结婚。因此，我们打算带你进宫去。要是能够一帆风顺地去到宫里，就可达到和她匹配成婚的目的。万一不幸，事情被人发现，那么你的脑袋会被砍掉的。对这件事，你做何打算？"

"我愿意跟你去，你所说的我全都同意。"

"那么今夜里，你往底格里斯河畔祖白玉黛太太建筑的那座清真寺里去做礼拜，并在里面过夜。"

"好的，我按时去做礼拜就是。"

傍晚时候，我去到清真寺里，做了礼拜，并在里面过夜。黎明前，有两个仆人划着一只小船，带了几个空木箱，来到寺中，放下木箱，其中一人匆匆走了，其余的一人留在寺中。我走过去一看，原来是和女郎一块儿去过我铺中的那个仆人。他让我钻进一个木箱里，同时拿衣服什物装满其余的木箱，一同搬到船中，然后向祖白玉黛太太的宫殿划去。

我躲在木箱里，觉得危险，胡思乱想，百感交集，暗自想道："从此我完蛋了！"忍不住边哭泣，边恳求安拉保佑，摆脱危险。

小船划到宫前,太监吩咐仆人搬箱子进宫。进门时,人声嘈杂,门吏蒙眬醒来,高声问道:"这些箱子里装的什么东西?"

　　"里面装着祖白玉黛太太的衣服什物。"太监回答。

　　"一个一个地打开来,让我看看,到底是些什么?"

　　"你教打开箱子,这是为什么?"

　　"别耽搁了!"主事的呼吼起来,"这些箱子非打开检查不可。"

　　门吏嚷着走到箱子面前。他最先要检查的便是装我的那个箱子,当时我吓得浑身发抖,昏昏然理智几乎全部不存在了。

　　"开了这些箱子,"太监对门吏说,"万一随便弄坏了里面价值万金的东西,那时节,你不单是坑害了我,而你自己也是要同归于尽的。里面装的全是最名贵的彩色衣料和顶贵重的香水等什物,万一打破一瓶,弄污衣料的颜色,那怎么得了?"

　　"既然如此,带走箱子,滚你妈的蛋吧。"

　　仆人们抬起箱子,急急忙忙正在搬运,我在箱中骤然听见有人说:"糟糕! 糟糕! 哈里发! 哈里发!"一听哈里发,我便吓呆了,说道:"毫无办法,只盼伟大的安拉拯救了! 这种灾祸,是我自己寻找的呀。"之后,听见哈里发问道:"这些箱子里装的什么东西?"

　　"里面装着祖白玉黛太太的衣服什物。"

　　"打开让我看看吧。"

　　听了哈里发的吩咐,我一怔,吓得跟死人一般,想道:"这是我的末日到了! 我要是能够逃出此关,那用不着怀疑,自然是和她匹配成婚;可是此中秘密万一被人揭露,我的脑袋就和身子分家了。"继而听见太监对哈里发说:"这些箱子中装的全是祖白玉黛太太的衣服什物和化妆品,她不许我打开给别人看。"

　　"里面装的是什么东西,必须打开让我过目。"哈里发边说,边吩咐仆人们:"把箱子抬到我面前来。"

　　当时我相信自己是非死不可的了,吓得昏头昏脑,好像已经离开人世。仆人遵从命令,把箱子一个一个抬到哈里发面前,让他检查,只见里面装的全是化妆品、布帛和名贵的衣服等物。他们继续打开箱子,哈里发一一亲眼看过。最后他们伸手要开装我的那个箱子,太监赶忙奔到哈里发面前,说道:"这个箱子里装的纯是闺秀应用之物,因此只能当祖白玉黛太太的面开启。"

听了太监的陈述,哈里发便吩咐把箱子全都抬进内宫。这样我被抬到一间大厅里,和其他的箱子摆在一起。经过种种的折磨,太监把我弄出来的时候,我的口涎都干了。他安慰我说:"现在不要紧了,别害怕,你只管放心,安静下来,坐在这里等祖白玉黛太太来吧;也许这是你的造化呢。"

我在大厅里坐了一会儿,便有十个月儿般的宫娥走了进来,五人一行地排成两行,站在两边伺候;接着又有二十个同样美丽的彩女簇拥着祖白玉黛太太姗姗而来。由于她穿戴的宫服和首饰过于庄重、讲究,累得她几乎不能举步行动。她刚坐定,彩女们便散开,站在侧面侍候。我走过去,跪在她面前,吻了地面,然后祝福她。她以手示意,让我坐在一旁,跟我谈话,问我的情况和家系。我的回答,博得她的欢心;她对女郎说:"小丫头,我们不曾白养你呀!"继而又对我说:"你要知道,这个姑娘在我们这里是当亲生儿女看待的;如今安拉把她托付给你了。"我赶忙跪下去,吻了地面,说道:"我愿意和她结为夫妻。"于是她命我住在宫里,等候十天。我遵命住下,在那个期间一直不见女郎的面,只是她的姊妹给我端茶送饭,受到殷勤的招待。

之后,祖白玉黛太太跟哈里发商议出嫁使女的问题,哈里发同意了,并给一万金币办妆奁。继而太太邀请法官和证人替我们订婚,写下婚书,接着准备筵席和喜果,宫里的人,全都参加宴会,连续热闹了十天。

从我去到宫中,前后耽延了二十天,才正式举行婚礼。宫娥彩女们陪新娘去澡堂沐浴,把她收拾打扮起来。那天仆人端给我的那桌筵席中,有一盘滋尔巴者,是用麝香水玫瑰汤混糖煮的,里面还有红烧鸡胸和其他惹人注目的美味。指安拉起誓,当时别的饮食我不曾动,净吃那盘滋尔巴者,饱餐了一顿。吃毕,我不曾洗手,随便揩了一揩就算完事。

天黑了,宫中到处点上灯烛,歌女们奏着鼓乐围着新娘欢唱、狂舞,撒了喜钱,并拥着她转遍了整个宫殿,最后才送她进洞房,卸了宫服,尽欢而散。

新婚之夜,我们预备睡觉的时候,我妻闻到滋尔巴者的气味,便大叫起来。随着她的叫声,宫娥彩女们从四面八方赶来,问道:"姊妹! 你怎么了?"

"给我把这个疯子撵出去吧!"她说,"先前我认为他是一个有理性的人呢。"

我战战兢兢,不知发生了什么变故,问道:"何以见得我是疯子?"

"疯子!"她说,"你吃了滋尔巴者,为什么不洗手? 指安拉起誓:这种行为,非处罚不可。像你这样的人,够得上和我一起过活吗?"

之后,她拿起鞭子,不住地在我背上鞭挞,打得我晕了过去。继而她对宫娥彩女们说:"把他送给巡察,砍掉他那只吃了滋尔巴者而不洗的手。"

听了她的吩咐,我莫名其妙地叹道:"毫无办法,只盼伟大的安拉拯救了。吃了滋尔巴者不洗手,你便要砍我的手吗?"

"姊妹!"宫娥彩女们说,"姑念他第一次犯错误,饶了他吧。"

"不行,非把他的手足砍掉一部分不可。"她说着,怒气冲冲地拔脚走了。

她走了,我一直不见她的面。隔了十天,她才出现在我面前,说道:"你这黑人呀! 我不适于匹配你吗? 你吃了滋尔巴者,为什么不洗手呢?"于是她吩咐一声,宫娥彩女们就动手把我捆绑起来。她用锋利的剃头刀,割掉我手脚上的大拇指,如你们现在所见这样;当时我痛得昏迷不省人事。

她给我的伤口敷上药粉,血才止住。我慢慢苏醒过来,发誓说,从今以后我决不再吃滋尔巴者；如果吃了，必须用苏打洗手四十次，用皂角洗四十次，用肥皂洗四十次；同时我妻也教我向她赌咒：吃了滋尔巴者，必须洗手一百二十次。因为这个缘故，现在在席间看见滋尔巴者，我的脸色就变了，因为，这是我被割掉拇指的原因。你们让我吃，所以我说："我必须履行誓约。"

我向妻子赌过咒，博得她的欢心，彼此在一块生活了一个时期。后来她对我说："住在哈里发的宫廷里，我们不大方便，因为别人不能随便进宫来，你不得太太的允许也不能随便出宫去。"于是她给我五千金，说："给你，拿去买所宽敞的房屋居住吧。"

我带钱出宫来，买了一所既宽敞又漂亮的屋子，把妻子的衣服财物和贵重的东西搬在新置的屋中，开始过自由快乐的生活。以上便是我被割掉拇指的经过。

我们听了青年的谈话，吃饱喝足，然后尽欢而散——总管说，我回到家中，发现驼背，便去打他，这就是我惹祸的经过；恳求主上饶恕吧。

"这个比驼背的故事差多了，"皇帝说，"还是驼背的故事稀奇有趣。我非把你们全都绞死不可。"

"主上，"犹太医生走到皇帝面前跪下，吻了地面说，"让我讲个故事给陛下听吧，它比驼背的故事更奇怪呢。"

"什么故事，你讲吧。"皇帝同意了。

犹太医生的故事

我年轻时在大马士革学医。在我实习的时候，曾经遇到一桩非常奇怪的事。事情是这样的：有一天我在家中，省长家里的一个仆人来找我,对我说:"我们主人有话对你说。"

我跟仆人去到省长家中,走进一间大厅,里面摆着一张镶金银的杜松床,床上躺着一个非常标致漂亮的年轻病人。我靠近他坐下,替他祈福,祝他恢复健康。他以眼色向我表示谢意。我对他说:"我的小主人,伸手给我吧。"

他伸出左手,使我惊奇不已,暗自说:"好奇怪的漂亮青年呀!虽然出身于官宦人家,却不懂礼节,这真是奇怪的事呢!"我替他诊脉,开给药方,并在十天内,经常去替他诊断,终于把他医好了。他父亲送我一套名贵的衣服,表示感谢,并派我为大马士革医院的主持人。

我陪那个青年去澡堂沐浴。仆人送衣服给他,并将脱下的衣服带了回去。换衣服时,我见他的右手掌已经被割掉,看来似乎是最近发生的事,也是他生病的原因。眼看这种情景,我心里吃惊,替他难过。我仔细打量,发现他身上遍体鳞伤,留下许多鞭挞的痕迹,还用药膏敷着。这时,我的惊诧表现在面目之间,被他看见了。他知道我的心事,便对我说:"你别惊诧,大夫,待出浴室后,我把情况告诉你好了。"

沐浴毕,我陪他一起回家;饭后,坐着休息。当时他对我说:"我们去花园里坐谈,好吗?""很好,"我说。于是他吩咐仆人布置一番,并嘱咐他们预备烤羊肉和水果。我们边吃边谈,我说道:"谈谈你的际遇吧。"他便谈了下面的故事:

你要知道:我是卯隋里人。先祖父有十个儿子。我父亲排行第一,弟兄们成年后,娶了亲,各自成家立业。我父亲膝下只有我一个独生子,他的九个弟弟都不曾生育,因此叔父们格外爱我,在他们的抚养下,我逐渐长大成人。

有一天我们去卯隋里大寺中参加聚礼,那天是星期五,我父亲也在场。礼拜后,人们陆续散了,家父和叔父们坐在寺里闲谈,叙述各地方的奇观。谈到埃及的风光时,叔父们说:"一般旅行家都说,埃及和埃及的尼罗河是世界上最好不过的地方。"我听了此言,对埃及产生了无限的景仰和向往。

"不到埃及去的人,可以说是不曾见过世面。"我父亲说,"那里的土壤像金子,尼罗河发源于天上,景致异常美丽,建筑都是宫殿,气候温暖,到处泛着馨香,气味超过沉香。尤其傍晚太阳偏西时,尼罗河上映出倒影,景致之美,令人陶醉倾倒。"

他们叙述埃及的风光和尼罗河的景致,我听了这些赞美,对埃及无限的羡慕,心儿竟被它吸引住了。谈论毕,叔父们各自归去,我随父亲回到家中,从此一心向往埃及,茶不思,饭不想,对饮食已不感兴趣,当天夜里,辗转不能入睡。过了不久,叔父们预备往埃及去经商,我在家父面前哭哭啼啼地恳求准我随叔父们往埃及去。结果,他给我预备了货物,让我跟叔父们一块儿出门。当时他对叔父们说:"让他在大马士革经营好了,不必带他往埃及去。"

我们开始踏上旅程。我辞别父母,离开卯隋里,继续在旅途中跋涉。到了候勒比,休息几天,然后启程,一直去到大马士革。

大马士革盛产水果,树林、河流、花卉、雀鸟将城市点缀成一座人间乐园。我们寄宿在旅店中,叔父们从事经营,买的买,卖的卖;我名下的货物也给他们销售了,赚了五倍的盈余,心中感到无限的快慰。

叔父们让我留在大马士革,他们动身往埃及去了。他们走后,我搬进一间美丽考究得非言语可以形容的大厅里居住,每月付两枚金币的租金。当时手中有的是钱,讲究吃喝、游玩,过着享乐生活。

有一天我坐在门前休息,看见几天前认识的两个朋友从那里经过,便约他们进来,办了丰盛的饮食、果品和各种必需的食物,尽东道之谊,在一块儿吃喝、谈笑、游玩;继而又畅饮,一直喝醉了。当时两个青年野性发作,互相争吵起来。他们酒后发疯,越闹越凶。我从中竭力劝解,并留他们住宿,随即熄灯入睡。

次日清晨,我从梦中醒来,唤身旁睡着的那个朋友,不见他回答,便扯着他的臂膀一摇,只见他的头从枕上滚了下来,继而又发现满床斑斑的血迹。我这一惊非同小可,理智不翼而飞,眼前一片黑暗。我找另外的那个朋友,却不见他的踪影,这才恍然知道是他因怀恨而杀人。当时我束手无策,叹道:"毫无办法,只盼伟大的安拉拯救了,这叫我怎么办呢!"

我考虑了一会儿,随即跳将起来,脱掉衣服,在室中掘个地坑,将死者的尸首挪在里面,用土埋起来,再盖上石板,然后洗手,换了干净衣服,带着剩余的钱,锁上房门,匆匆去见房主,鼓起勇气,缴了一年的租金,说道:"我要往埃及找叔父去。"

我旅行到埃及,和叔叔们见面言欢,心中无限的快慰;见他们的货物已经卖完了。

"你干吗来了?"他们问。

"因为想念你们。"我回答。

当时我没对他们说我身边还有钱,于是和他们生活在一起,参观埃及的名胜古迹,欣赏尼罗河的美丽景致,花着身边的钱财,尽情地吃喝、游玩,一直过了一个年头,到临近叔父们快要离开埃及的时候,才悄然躲起来,不见他们的面。他们到处寻找,却什么消息也得不到,因此他们说:"他也许回大马士革去了。"于是动身离开了埃及。

叔父们走后,我才露面,从此流落在埃及,过了三个寒暑,每年照例寄租金给大马士革的房主。可是三年后,我手头的钱已经挥霍殆尽,剩余的钱总共只够缴一年的租金了。埃及虽好,终非久居之地,最后不得不动身启程。

我离开埃及,回到大马士革,房东见我,非常喜欢,我租的那间大厅原封锁着。我开门进去,收检存在里面的衣服什物,发现床下有个镶宝石的金戒指。我捡起来,拭去上面的血迹,然后收藏起来,在寓所休息了两天。

第三天我去澡堂沐浴,并更换衣服。之后,我手中的钱逐渐花光,生活感到困难,这时候魔鬼便乘虚而入,为了要执行命运的决议才不断地扰乱我;因此我带着戒指,去到市中,交给经纪人,托他代为拍卖。

经纪人让我坐在他身旁,等开市时,便拿戒指去找买主;他用行话宣布,说些什么我听不懂。后来有人出一千金币,可是经纪人却来对我说:"这个戒指,先前我们认为是金的,其实是铜质的西欧镀金货。现在有人出一千元。""不错,"我说,"这原是铸来给妇女开玩笑的,后来叫我妻继承下来。现在要卖它,你拿去卖一千元好了。"

经纪人听了我的话,认为这种事情形迹可疑,马上去见商界的头目,将戒指交给他。头目拿戒指去见省长,说道:"这个戒指是我的,被人偷去。现在找到偷窃的人,他是打扮成商人模样的。"

不知不觉之间,人们已经把我包围,带我去见省长。他问我戒指的来历,我把对经纪人说的话向他重复了一遍。他笑一笑,说道:"此话不真。"随即吩咐手下的人脱掉我的衣服,重刑拷打,打得我忍受不住,便招认说:"是我偷的。"当时我暗想:"最好承认是自己偷的,不说戒指的主人在我房里被杀的事,免得他们拿我偿命。"

他们写下我的口供,定了案,照偷窃罪处罚,割了我的右手掌,将伤口在沸油中煎过。我痛得晕倒,他们拿酒灌我,才慢慢苏醒过来,带着被割的手掌回到寓所。

"既然发生这样的事件,"房东对我说,"请你搬家,到别的地方去住吧,因为你是偷窃的嫌疑犯呀。"

"太太,"我说,"请你担待两三天,容我找别的住处吧。"

"好的,你去找吧。"

房东回答着走了。我躲在房里伤心哭泣,自言自语地叹道:"一只手掌被割了,怎么好意思回家去见人呢?我的清白,家里的人是不会知道的,今后看安拉如何安排了。"我越想越伤心,那时候每见房东之面,便惭愧得无地自容,在凄惨、尴尬的情况下,混混沌沌地过了两天。

第三天,在不知不觉的情况下,房东突然带着官家的人和那个诬我偷窃戒指的商界头目一起闯进寓所。"什么事?"我惊奇地问。他们不容分说,马上动手捆起我的臂膀,把铁链套在我的脖子上,说道:"原先在你手中的那个戒指,是省长的所有物,他是大马士革的执政官。据他说那戒指是三年前和他儿子一块儿遗失的。"

听了他们的叙述,吓得我的心都跳出口来,暗自说:"这回,生命是完蛋了!指安拉起誓,我非把情况向戒指的主人说清楚不可。说明白之后,任他处置好了,要么拿我去偿命,要么饶恕了我。"

我被带到省长面前。他转眼打量我一回,对逮我的人们说:"这个人很可怜,他无罪,你们为什么割他的手?你们割他的手是亏枉、作恶的行为呀。"

"指安拉起誓,我的主人!"听了省长的话,我胆壮心喜地说,"我不是贼,他们却诬赖我偷窃,在市中用鞭子抽我,屈打成招,在威逼下,我欺骗自己,不得不承认是我偷窃,因此受到他们的裁判和处罚。其实偷窃案与我是毫不相干的。"

"与你无干。"省长说着,随即吩咐逮捕商界的头目,并对他说:"人家的手,你负责赔偿损失;否则,我绞死你,并没收你的全部财产。"

省长吩咐毕,喝了一声,人们拥过去,捧走了商人,同时吩咐解掉我的臂膊和脖子上的铁链,亲切地看我一眼,说道:"孩子,对我说实话吧,这戒指是怎样落到你手里的?"

"我的主人哟!"我说,"我一定对你说实话。"于是我对他叙述我的遭遇以及事件的经过。他听了我的叙述,摇着头,用右手拍着左手,继而拿手巾捂着脸伤心哭泣,说道:"我的孩子,你要知道:那个青年是我的儿子。你看,我的遭遇多惨痛啊!我的孩子,现在我有事跟你商量,希望你别违反我的意思。是这样的,我想把我的女儿配给你为妻室,不向你索取聘金,而且我要供养你们,将你当亲生的儿子看待。"

"很好,"我说,"对我这样的人说来,这是太幸运了。"

省长立刻邀请法官和证人,替我们订婚,写下婚书,并勒令商界的头目赔给我一笔损失费。我在省长面前,一变而为有地位有面子的人物。就在今年,我接到家父逝世的噩耗,并继承了他的遗产,过着幸福愉快的生活。以上便是我被割掉手掌的经过。

听了青年的叙谈——犹太医生说——我觉得非常奇怪。我在他家里住了三天,然后告辞,他给了我许多金钱。

我在旅途中跋涉,最后来到贵国,过得很舒服。可是美中不足,昨天夜里却碰到驼背的不幸事件。

犹太医生谈罢,皇帝说:"你的故事不见得比驼背的故事稀奇,非绞死你们不可;不过那个祸首的裁缝还未谈。裁缝!"他接着喊道,"要是你能讲一个比驼背的故事更奇怪的故事给我听,我便饶恕你们。"

于是裁缝讲了下面的故事:

裁 缝 的 故 事

我生平听过最奇怪的事情是和驼背见面前,昨天清晨去赴朋友的宴会所听到的。参加宴会的约莫二十个本地人,其中有裁缝、装配玻璃者、木匠等手艺工人和其他行业人员。太阳出来时,主人摆出饮食招待我们。正在吃喝的时候,主人突然领了一个巴格达的漂亮青年入席。那青年衣冠楚楚,服饰非常考究,只是美中不足,他是个瘸腿。

那青年向我们打招呼,我们站起来,请他入席。可是当他看见我们中间有一个理发匠,便拒绝入座,拔脚要走;我们赶紧挽留,同时主人也拉着他不让走,向他赌咒说:"你刚来,怎么就要走?"

"指安拉起誓,我的主人啊!你别阻拦我。我要走是为了坐在席间的那个丑恶的理发匠呀。"

主人听了青年的话,感到惊奇,说道:"一个巴格达青年人,对这个理发匠怎么恼恨到这步田地呢?"我们的视线都集中在那个青年身上,说道:"告诉我们吧,你生理发匠的气,到底是为什么呢?"

"诸位!"那青年说,"在我的家乡巴格达城里,我曾和这个理发匠打过一次交道,结果他使我变成了瘸腿。从那回以后,我赌咒不再和他来往,并且凡是他居留的城市,我就不在里面居住。因此我离乡背井,抛开巴格达,来到这个城市。不想在此又碰到这个家伙。今晚我不能在此过夜,非动身离开这个地方不可。"

"指安拉起誓,"我们说,"把经过的情形从头讲给我们听吧。"

当时那个理发匠羞得脸色苍白,形迹狼狈。接着那青年对我们讲了下面的故事:

诸位!你们要知道,我父亲是巴格达商界的头目,膝下只有我一个独生子。我刚成年,他便过世了。他遗下财产和婢仆,因此我吃好的,穿好的,生活非常舒适,一切都好,只是对妇女不感兴趣,生性讨厌她们。

有一天我走在街上,碰着一群妇女迎面走来,我便逃进一条横街去躲避,靠在一家门前的台阶上休息。不一会儿,忽然听得一缕清脆的歌声,抑扬顿挫,那么动人,是我有生以来不曾听到的。我受了歌声的感染,一直听了下去,此身飘飘然好像已经离开宇宙,当时恨不得到歌唱者面前去倾听。可是好景不长,歌声突然中断,致使我感到无限的遗憾,像失了灵魂似的。接着巴格达的法官骑马而来,前面有奴隶开道,后面随着仆人,一块儿走进歌唱者的那所屋里去了。

我打听歌唱者的消息,一个老妇人对我说:"孩子,唱歌的是巴格达法官的女儿。她爱好音乐,可是她父亲不许她唱,因此偷偷摸摸,趁她父亲去做聚礼的时候歌唱一会儿。我是经常和她见面的,如果你喜欢听她歌唱，那么星期五聚礼前到这儿来吧，我想法贿赂仆人，教他开门，带你进去，让你躲在僻静的地方，毫不困难地听她歌唱，然后在她父亲回家之前你悄悄地溜走吧。"

我听了老妇人的一席话，喜不自禁，送她一百金币，然后怀着甜蜜的希望回到家中，安心地期待着。好容易才盼到星期五。一清早我便整理衣冠，穿戴齐全，待人们去清真寺做礼拜时，便可前往幽会。这时候，那个老妇人突然来到我家，向我问好，并对我说："现在时间还早，你要去澡堂洗个澡，并理理发，尤其需要修饰一下你的病容，这对你的健康是有好处的。"

"你的意见很正确，让我先理发，后洗澡吧。"于是打发仆人去请理发匠，嘱咐他："你去街上找个理发匠来替我理发，拣个有理性而不饶舌得令我头痛的就可以。"

仆人出去的结果，找来了这个丑恶的老头子。他一进门就向我问好，我也回敬他一声；接着他说："我看你瘦得很哪！"

"我刚害过病。"我说。

"愿安拉消除你的忧愁苦闷，恢复你的健康。"

"愿你的祈祷被安拉接受。"

"先生，你痊愈得了啦；现在你要理发呢，还是要放血？先贤伊本·阿巴斯说过，在礼拜五这天剃头的，安拉使他避免七种疾病。他还说，在礼拜五放血的，可以避免害眼和其他的疾病。"

"我精神不大好，你别谈这些，快给我理发吧。"

他慢吞吞地打开一方手巾，拿出一具镶银片、分为七层的观象仪，去到院心里，抬头凝视太阳，左看、右看，耽搁了很长的时间，然后说："你要知道，今天是回历六五三年二月十日，星期五，折合亚历山大历七三二〇年；根据历法的推算，系值木星，计八度六分，即水木二星会合之日。因此今天理发是再好不过的，这也象征着你要到一处吉利的地方去。不过事后要发生事件，这我可不能对你讲。"

"你扰乱我，使我局促不安，胡说八道地替我占卜起来，这是什么道理？告诉你：我只要你来替我理发；你动手替我理发好了，别再喋喋不休吧。"

"假若你知道将来要发生在你头上的事件，那么你会按照我根据星象学指示你的方向，决不至于在今天随便轻举妄动的了。"

"除你之外，我向来不知道哪个理发匠会懂得天文学；但是你应该知道：你太迷信了！我请你来理发，你却对我说这些无稽之谈。"

"你需要我详细解释吗？像我这样一个理发匠，一个精通化学、天文、星象、语法、修辞、论理、数学、工程、法律学、圣训、经注等学理的人，前来服务你，劝告你，这是安拉给予你的恩惠。我读书而深究其理；我努力钻研而了解各种事物的底蕴；我懂得学理而能充分应用；我学习手艺而能掌握技术；我分析各种事物而能驾驭自如。由于我不爱多说话，博得先父的称誉；因此种种缘故，我是适合于服务你的；我不是像你所说那样的话多，因此才得到'庄重的寡言者'的称号，可是你却嫌我话多。照理，你应当感谢安拉，并且不该反对我，因为我关心你才向你进忠言的。我乐意忠诚老实地服务你，尽我的义务，在一年期内不向你索取分文的报酬。"

"无疑，今天你算是把我给害死了。"

"我的领袖啊！因为我话不多，比我那五个兄弟的话都少，所以人们才称我为'寡言者'。我的大兄弟名叫白格波格，二弟叫斐勾谷，三弟叫罕多鲁，四弟叫科祖·艾斯瓦尼，五弟叫奈沙尔。"

这个理发匠的话越说越多，令人讨厌极了，当时我的胆囊似乎也给他嚷破了。我对仆人说："给他四分之一的金币，让他看在安拉的情面快快走吧；我不需要剃头了。"

"我的主人啊，这是什么话呢？"听了我吩咐仆人，理发匠说，"我要替你服务，不要分文的报酬；我必须替你服务，解决你的需求，这在我都是应当的；报酬不报酬，那我是不在乎的。你虽然不懂得我的分寸，我可知道你的身价。你父亲，愿安拉慈悯他在天之灵，是个仁慈慷慨的人，对我们做过许多好事。曾经有一次，就像今天这样吉庆的日子,他请我替他放血。当时他家里还有一群宾客。他对我说:'替我放一放血吧。'我取出观象仪,替他测度一番,发现气象凶险,要是放血,凶多吉少。我向他报告情况,他接受我的建议,改了放血的时间,于是我吟诗赞道:

> 我来替主人放血,
> 发现这不是适于放血的时节。
> 我坐下去,
> 极其能事地歌颂赞誉,
> 并在他面前,
> 尽量表现自己的学行,
> 博得听众的称羡。
> 主人说:
> '学问的库藏呀,
> 你已经超过知识的界线。'
> 我回道:
> '主人呀!
> 若不是你的赐予和灌输,
> 我便成为不学无术。
> 你似乎是尊荣、慷慨和布施之父,
> 又像一座知识、学问与宽恕的宝库。'

"令尊受到感动,高兴快乐,对仆人说:'赏他一百零三枚金币和一套衣服吧。'仆人遵从命令,拿赏钱和衣服给我。继而吉利的时候一到,我便替他放血。当时他不但依从我的调度,而且向我表示谢意,在座的宾客也钦佩我。放血之后,我缄默不住,这才对他说:'指安拉起誓,我的主人,你对仆人说给他一百零三枚金币这句话,到底是什么意思呢?'令尊说:'一枚是观象费,一枚是解释费,一枚是放血的手续费,其余的一百金和衣服,那是你对我歌功颂德的报酬。'"

当时我气极了，说道："我父亲竟然认识像你这样的人物，愿安拉不要慈悯他！"这个理发匠听了我的愤慨语，张口大笑，说道："安拉是唯一的，穆罕默德是他的使徒；赞美清高伟大的主宰！你这个孩子呀，过去我总以为你还不失为聪颖伶俐的人，可是如今你却给病魔弄昏了。《古兰经》说得好：'抑制情绪而善于容忍的人是应该获得善报的……'总而言之，我应当原谅你；不过我不明白，你究竟为什么这样急躁？你要知道：你父亲和你祖父，两位老人家每做一件事，必须和我商量。肯商量的人才不会吃亏；事情经过商量讨论，才能顺利进行。老话说得好：'若要好，问三老。'我的经验阅历并不亚于任何人；我不辞劳苦，不怕麻烦，甘心为你服务效劳，你为什么对我不耐烦呢？老实说，我是为了报答令尊大人对我的恩情，才低声下气、非常耐心地劝诱你呢。"

"你这条驴子尾巴呀！你喋喋不休，越说越多！"我生气了，"请你剃了头，快滚蛋吧。"

他开始弄湿我的头发，口中还是念念有词地说："我知道你讨厌我，不过我不怪你，因为你年纪轻，头脑幼稚。在你孩提时代，我曾把你掮在背上，送你进学堂呢。"

"弟兄！指安拉起誓，对不住，劳你忍耐一时，我有事要处理，请走你的大路吧。"我说着发起脾气，扯破了衣服。他看见我的举动，这才慢条斯理地拿剃头刀去鐾。他继续不断地鐾着，耽搁了很长的时间，把我的理性都折磨光了，才动手剃头。他刚剃了几刀，便抬起手来，说道："我的小主人呀，急躁是属于魔鬼的习性，稳重才是君子的品行。诗云：

> 沉着些，
> 别因某种企求过于匆忙。
> 你宽待人，
> 人家会报你以慈祥。
> 因为宇宙间但有一种权力，

安拉的便在它之上；

　　但有一桩亏枉，

　　人家也给予同样的报偿。

　　"我的小主人，你恐怕不知道我的身价吧。我的手跟王公大臣、绅士学者们的头颅经常是碰来碰去的。曾经有诗人吟诗夸赞我：

　　所有的手艺像一串美丽的项链，

　　这位理发匠是串在当中的独珠。

　　他超然站在权威者之上，

　　在他的手下垂着王公大人们的脑袋。"

　　"这些与你无关的事情你暂时搁下，别再唠叨了。我的心胸给你吵得收缩起来了，这颗心苦闷得快要炸开了！"

　　"我看你很忙吧？"

　　"是的，是的，我是很忙的！"

　　"你只管慢些，因为忙碌是魔鬼的行为，带给人类失望和懊悔。先知说：'最好的事是在稳健中做出来的。'便是这个意思。我不放心你，希望你把心事告诉我，这对你也许是有好处的。因为你要做的事，我怕其中有不适当的地方。现在还需等三个钟头才到做礼拜的时候呢。关于正确的礼拜时间，不可有丝毫的怀疑，必须清清楚楚地测度出来才对。因为猜测着说出来的话是有毛病的，尤其像我这样信用昭著的人，不能和那般普通的星相家同流合污，胡说八道。"

　　他说着，扔下剃头刀，拿起观象仪，去到院心里，站在太阳下面观测了好一阵，然后转到我面前，说道，"现在离做礼拜的时间，不多也不少，恰恰还有三个钟头。"

　　"指安拉起誓，我的肝胆全给你吵破啦！"我说，"闭着嘴，不准你再唠叨了。"

　　他拿起剃头刀，像头次那样一鎏再鎏，然后剃了几刀，随即说道："你的急躁使我忧愁苦闷；你要是把原因告诉我，对你只会有益无害。你要知道：从前你父亲和祖父，两位老人家每做一件事情，总要先和我商量呢。"

当时我被他缠得无从脱身，暗自说："做礼拜的时间快到了，我必须在人们散拜前出去，要是耽误了时间，就听不到歌唱了。"于是我对他说："撇开这些废话，不要再啰唆了。告诉你吧：我忙着要去找朋友，请人家来吃饭。"

听说请客的消息，他一声叫起来："哈哈！今天的日子对我来说太吉利了！昨天我约几个朋友，叫他们今天去我家吃饭，可是忘了预备饭菜，现在我才想起来，这如何是好？怎么对得住朋友呢？"

"你既然知道我今天请人吃饭，就用不着顾虑了。你要是简单利落，很快地给我剃头，那么我家里的饭菜全都给你拿去待客好吗？"

"愿安拉报答你。你要给我拿去待客的饭菜中，有些什么名堂，数数给我听吧。"

"五盘肉食，十个红烧鸡，一只烤羊羔。"

"请拿出来，让我亲眼看看吧。"

我将饭菜全部拿了出来，他看了一会儿，说道："啊！这是天赐之物！你多么仁慈啊！这里只缺少香料了。"

我取出一个匣子，里面盛着沉香、麝香、龙涎香等各式各样的香料，共值五十金。当时时间不待，马上就是做礼拜的时候，我不耐其烦，局促不安，说道："给你，收下吧。指穆罕默德的生活起誓，快给我剃头吧。"

"指安拉起誓，这里面的东西，我要看个明白才肯收呢。"

我吩咐仆人打开匣子，理发匠便扔掉手中的剃头刀，席地坐下，翻着那些香料，左看右看，一直看个不休，那副吊儿郎当的样子，急得我满肚子气，喘都喘不过来。经我屡次催促，他才慢吞吞地站起来，随便剃了几刀，吟道：

　　小子像他父亲那样成长起来了，

幼苗原是从根底上长出来的。

吟罢,接着说道:"少爷,今天我请客用的饭菜全是你赏赐的,我不知道应当感谢你,还是感谢你父亲?其实我的客人中没有谁应该享受这样好的饮食。因为他们都是些可怜虫,譬如澡堂的看门人臧图帖、小贩撒里尔、卖豆的西览、杂货商尔克里舍、清道夫哈密德、驼夫塞欧德、脚夫苏彼德、烧水的艾博·买柯尔叔、更夫格西睦、马夫凯里睦等,都是好人,性格善良,不讨人厌。他们善于舞蹈,每个人都有一套,也会唱几句歌词。最值得夸奖的是他们都很沉默,话不多,好像都是你的奴仆。譬如那个看澡堂门的,他弹着一具古怪的乐器唱歌,有时情不自禁地且歌且舞,唱道:'我去汲水,装在土罐里……'那个小商贩,他懂得的东西比谁都多,经常边跳边唱道:'诺玉哈我亲爱的太太,请你……'啊唷唷,他唱起来,谁都被引得捧腹大笑。还有那个清道夫,他唱起歌来,空中的飞鸟也会停下来倾听。他边舞边唱道:'消息传到我妻的耳朵里,好像装在一个匣子里……'"

他喋喋不休,把每个人的性格、嗜好、特长详详细细无微不至地向我介绍一通,然后说道:"百闻不如一见;你如果去我那里看看,那对你和对我们都是再好不过的。你打消去找朋友的念头吧,因为你的健康还未完全恢复,说不定去了会碰着一群话多的人,说长道短,胡乱和你攀谈起来呢。你刚病好,需要休息,在这种情况下,如果碰着一个饶舌的人,那会使你头痛呢。"

"也许改一天我到你那儿去。"我怒火中烧,苦笑了一笑,"今天在安拉的保佑下我要前去处理自己的事务。你的朋友想必早已等着你,你也该回家去了。"

"少爷,我只是要求你随我去和那些高尚活泼的朋友结交往来,他们都是沉默寡言的。我自己有生以来,一向不与一般说长道短、爱管闲事的人往来;我所结交的都是像我自己这样沉默寡言的人。你只消同他们见面谈一次,保证能使你跟你的老朋友息交绝游的。"

"愿安拉保全你们之间的友谊和快乐;以后我必须找机会和他

们见面。"

"今天你愿意去吗？要是你决心去，那么我带着你赏赐的饮食一块儿到我家里去享受。如果今天你非去你自己的朋友那里不可，那么让我先把你赏赐的食物送回家去，摆起来给他们吃喝，吩咐他们不必等我，因为我们之间没有什么可客气的，他们不会怨我。然后我马上转来，陪你一块儿去拜访你的朋友；不管你到什么地方，我都愿意陪随你。"

"毫无办法，只盼伟大的安拉拯救了。"我长叹着对他说，"去吧，你回去招待你的客人，我去拜访我的朋友。你既然请客，他们一定等着你呢。"

"我不让你一个人去，我放心不下。"

"我要去的那个地方，别人是轻易进不去的。"

"我想你今天一定是去会女人，否则为什么不能带我去呢？我是最适于陪随你的，你要做什么我都能帮助你。我随时替你担忧着呢，因为巴格达城中有危险，尤其是像今天这样的日子。"

"你这个该死的老坏种！滚你的吧！你胡说八道，到底为了什么？"

"我的乖乖！我不过愿意牺牲自己来协助你罢了。"

当时我过分激动，局促不安，没奈何，只好急在心里，一直不吭气。过了好一阵，已经是做礼拜的时候，头才算剃完。我对他说："先把这些饮食送回去招待你的朋友，然后快来陪我一块儿去，我等着你。"

我拿言语敷衍这个该死的家伙，打算骗走他。可是他对我说："你骗我，想一个人悄悄地去冒险，把自身投进不可挽救的灾难中。指安拉起誓，你别走，必须待我转来陪随你，让我知道你的事情。"

"好的，"我说，"快去快来，别耽搁。"

他带走我给他的全部食品，雇个脚夫替他送回去，他本人却藏在巷里，窥探我的行踪。当时已经是招祷的时候，我匆匆整理衣冠，仓促离开家，踉踉跄跄一直奔进横街，去到前次听见里面唱歌的那间屋子门前，那个老太婆已经在门前等我多时，我随她进去，被安置在一间僻静的小室里。我刚躲定，接着主人也就礼拜回来。我由临街的窗户望出去，突然发现这个该死的理发匠坐在门前，我叹道："这个家伙怎么知道我在这里？"

事属巧遇。就在这个时候发生了一桩意外的事情，活该是安拉有意识地要揭露我的秘密。事情是这样的：屋中的一个女仆犯了错误，被主人责罚，她哭喊着求救；一个男仆动了慈悲心肠，前去讲情，也被主人迁怒，打得叫苦连天。当时屋中一片哀哭嘈杂声，被门外这个该死的理发匠听见，认为是我挨打，便吼叫起来，撕破自己的衣服，抓土撒在自己头上，不住地呼吁求救，惹得无数的人围着他看热闹。

"我的主人在法官家里被人杀害了！"他一边说一边哀号啼哭，急急忙忙跑回去报信。他的哭喊声，引得无数的人跟着他乱跑。

我家里的人和婢仆听了噩耗，放声啼哭，撕破衣服，打散头发，跟着这个理发匠，哭哭啼啼大喊大叫地一直涌到法官门前，叫道："打死人了！打死人了！"

房主人听了门前哀号呼唤的喧哗声，不知是何缘故，吩咐仆人："你出去看看，那是怎么一回事？"

仆人遵从命令，出门看了一会儿，转回去对主人说："报告主人，门前站着成千上万的人，其中有男人，有妇女，指着我们的屋子叫道：'打死人了！打死人了！'"

法官听了仆人的报告，以为发生大事，心中着急，亲自出去察看，见门前聚着人群，顿时被吓呆了，说道："请问各位，这是什么事情？"

"你这个该死的瘟猪、癞狗！"仆婢们一齐叫喊起来，"是你杀害我们的主人哪！"

"诸位，你们的主人干了什么，我才要杀害他？这是我自己的屋子呀。"

"刚才你拿鞭子打他，"理发匠说，"我亲耳听见他的叫喊了。"

"他究竟干了什么,我才要来打他？是谁带他到我屋里来的?他由哪里来？他要到哪里去?"

"你别做老坏蛋了,"理发匠说,"这里面的情况我全都明白。你知道我的主人到你家里来,便教仆人打他。指安拉起誓,现在只有两条路可走:或者我们向哈里发起诉,或者你快把人放出来交给我们,免得我进去搜出人来,你就没有脸面了。"

他的一席话说得法官莫名其妙,嗫嚅着讲不出话来,在群众面前感到无限的惭愧。最后他对理发匠说:"你要是真有把握,那么进去把他搜出来好了。"

理发匠果然冲进屋来,到处寻找。我看事情不妙,想逃避,可是无路可逃。我藏身的那个地方只有一个大木箱,我便钻了进去,拉盖子盖起来,憋着气躲在里面。他来到室里,一眼看见这个木箱,走了过来,左右前后打量一番,就将箱子顶在头上飞快地跑。我被吓得魂不附体,知道他不会停止,便挣扎着挤开箱盖,跃身跳了出来,结果跌在地上,摔坏了腿。当时法官的大门开着,门前挤满人群,我把带在身边的金钱向他们一撒,趁他们去抢钱不注意的时候溜出巷道,摆脱那个危险地区。可是这个该死的理发匠一直追随着我,我到哪里,他跟到哪里,而且大声说:"他们折磨我的主人,使我悲哀痛苦。谢谢安拉援助我,算是把我的主人从他们手中救出来了。"接着他对我说:"你这样的行动,不顾自身的安全,真使我为难。要是安拉不差遣我来保护你,你是摆脱不了灾难的;人家有意陷害你,是要把你置之死地的。历来我诚心诚意、忠心耿耿地要陪随你、保护你,你却自作主张干出这种事情来。当初你要一个人去找朋友,但是因为你年轻、幼稚,我才不放心呢。"

"你把我坑害到这步田地还不够吗?"我责问他,"现在你还跟着我在大街上喋喋不休地说这些无稽之谈干吗?"

我讨厌他到了极点,气得喘不过气来,几乎丧失生命。迫不得已,中途走进一家铺子,向织布匠求援,这个讨厌的理发匠才算被他撵走。

我坐在织布匠的贮藏室里,想道:"我被这个该死的理发匠整天整夜追随着,这一辈子恐怕也难摆脱他了,我的生命恐怕也不会延长下去,能够看得见他的下场了。"于是差人邀请证人,写下遗嘱,分配了自己的财产,并把家人委托给一个保护人,请他代为拍卖产业,管理家务。从此离乡背井,漂泊在外,我的希望和目的也不过是想摆脱这个老鬼罢了。

我离开巴格达,流落到贵地,在这里生活下来,已经有很长的一段时间。今天应你们的约,前来赴会,不想在此碰到这个该驱逐的老鬼,见他坐在首席,回想过去,怎么叫我不伤心呢?他既纠缠过我,为了他我才摔坏了脚,变为瘸腿。在这种情况下,再和这个家伙同席,对我来说,这有什么可愉快的呢?

那个瘸腿青年始终拒绝入席——裁缝接着说——当时我们听了他的叙述,怀着好奇心理,对理发匠说:"这位青年所谈的关于他和你之间所发生的事件,真是这样的吗?"

"我替他奔走,为的是人道,是对他行好。"理发匠说,"假若没有我,他早就死了。他所以能够脱险,全是我的功劳。我虽然弄伤了他的一条腿,可是保全了他的生命,这是应当感谢安拉的。假若我是个饶舌的人,那就不至于对他做好事了。好吧,现在我向诸位摆摆我自己的经历,让你们相信我自己是个沉默寡言的人,不像我的五个兄弟那么饶舌多话。"

理发匠本人的故事

哈里发穆斯堂隋尔·彼拉执政时期,我住在巴格达。他是个好人,一向关心爱护贫穷可怜的老百姓,同时也跟一般文人学士和洁身自好的廉洁者结交往来。有一天他想起十个流寇的案件还未解决,勃然大怒,勒令省长必须在节日逮捕匪徒归案。省长奉到命令,诚惶诚恐,出去缉捕。最后逮着他们,弄在一只船里,预备过渡。当时我认为他们集合在一起,是为寻乐做戏,打算在船中吃喝、饮宴,闹他一个整天罢了。这样的宴会,我不参加怎么成呢?于是凭着我的忠厚为人和正确的认识,毅然决然地跟上船去,和他们打成一片。可是船渡到对岸的时候,巡察已在那里等候着,拿链子拴住他们的脖子。我自己的脖子上,也同样给他们套上了一条链子。在这种情况下,我缄默着,一声不吭;这还不足以证明我是沉默寡言的人吗?

我们戴着枷锁,被押到哈里发穆斯堂隋尔·彼拉面前,结果被哈里发判处死刑,吩咐行刑官砍下十个匪徒的头颅示众。刽子手把我们布置在皮垫子上,随即抽出宝剑,按照顺序一个一个地一直砍了十个头颅,到我面前却止住不砍了。哈里发看我一眼,对刽子手说:"才砍了九个,怎么就不砍了?"

"主上令我砍十个,"刽子手说,"我怎么敢只砍九个呢?"

"我认为你才砍了九个呢。你面前站着这个人,他是第十个呀。"

"指您的恩惠起誓,我已经砍掉十个了。"

"你们数数看吧。"

经过一数,果然砍了十个,一点儿不差。哈里发看我一眼,说道:"在这样危急的时候,你为什么还不吭气?你这个老头子,脑筋却这么简单!你干吗跟匪徒在一起?这是什么缘故?"

"启禀主上,我是个沉默的老人,本身具有许多经验阅历;说到我理智方面的严密,认识方面的卓越,言行方面的稳重,那更是没有止境的了。我是以理发为职业的,昨天清晨看见这十个人去乘船,我当他们是去开宴会的,便上船和他们一块儿过渡,不想到了对岸,巡察逮捕他们,同时也套一条链子在我脖子上,把我也逮捕在内。我为人过于忠厚老实,向来沉默寡言,因此不愿计较长短,不肯辨明是非,这都是我做人的本分。我们被押进宫来,在您面前受审,您下令处十个人死刑，我虽然跌在罗网中，站在刽子手面前，并未向你们辩护、解释，却免遭杀戮，这是我人格伟大的地方。像这样的事例多着呢。我一生替人奔走，做好事，结果却往往得到反面的报酬，落得一个罪名。"

哈里发听了我的叙述，知道我是有人格、性情沉默的人，并不像被我拯救过的这个青年所说的那样饶舌多话，便哈哈大笑，笑得差一点倒在地上。他对我说："寡言者，你有弟兄吗？"

"有五个兄弟，我们一共是弟兄六人。"

"你弟弟都像你这样沉默寡言、足智多谋吗？"

"主上这样说未免太侮辱我了。他们处世接物，一点儿也不像我。主上不该把他们拿来和我相提并论。他们最无人格，而且话多，因此一个个都变成了残废。他们中一个是驼背，一个是瞎子，一个是独眼，一个被割掉耳朵，一个被割掉嘴唇。他们都遭遇患难，给每个人带来终身的不幸。他们每人的经历，我必须向陛下谈一谈，和我对照一番，免得陛下认为我是饶舌的人。"

理发匠二兄弟的故事

我的二兄弟名白格波格，是个瘸子，以缝纫为业，在巴格达城中租一个富翁的一间铺子谋生。那间铺子的上面是房主人的住家，下面是他的磨坊。有一天我的瘸子兄弟坐在铺中缝纫，无意间抬头看见一个妇人站在屋子的阳台上观看过路的人。他从看见那个妇人之后，便撂下活计，呆呆地凝视着她。

次日清晨，他打开铺子，坐在铺中缝纫，可是心绪不宁，缝一针，便抬头向阳台上看一看，见妇人还是昨天的那个模样。第三天他坐在铺中，还是不停地抬头向阳台上窥探。这回他的情形被那个妇人看见，知道他已经成为自己的俘虏，便向他嫣然一笑，然后从容退进屋去，随即打发女仆拿包袱包一匹红色花绸送到他铺中，对他说：

"我们太太问候你，请你用这份衣料替她缝一件衬衣，缝工要认真些。"

"听明白了，遵命就是。"他回答着立刻动手，剪裁之后，接着就缝，当天就缝好一件衣服。次日女仆一早去见他，对他说："我们太太问候你，向你致意。"随即交给他一匹黄缎子，说道："我们太太说，请你替她缝两条裤子，要你今天替她缝好。"

"听明白了，遵命就是。"他说，"代我向你们太太多多致意。"

他煞有介事地忙着剪，忙着缝，非常卖力地替她缝裤子。在缝纫期间，他曾见她出现在阳台上，喜笑颜开地用动作向他调情。当时他以为她是钟情于他了。下午女仆去到铺中，拿走了裤子。当天夜里他躺在床上，翻来覆去，直到天明还睡不着。

次日清晨他起床，刚打开铺子，女仆也就赶到，对他说："我们老爷请你，有话对你说。"

听说老爷请，他吓了一跳。女仆见他畏缩，便安慰他："不要紧，请你去有好事可做，不必害怕。太太对老爷说过你的好处了。"

他喜形于色，欣然随女仆去见她的主人，卑躬屈节地吻了地面，然后向他问好。主人回问一句，交给他许多衣料，说道："替我缝几件衬衣吧。"

"听明白了，遵命就是。"他回答着马上动手剪裁，饿着肚子一直做到午饭时候，共裁为二十件衬衣。当时主人问他：

"该付你多少工资？"

"二十元。"他回答。

主人呼唤女仆，说道："拿二十块钱来。"当时我弟弟不吭气，可是女主人却站在一旁用眉目向他传情，暗示他不要接受。因此，他便说："指安拉起誓，工钱我是不收的。"随即带着裁过的衣服回铺中去了。其实他的景况非常窘迫，是需要拿工钱来糊口的。尤其自从认识那个妇人之后，三天内只随便吃喝很有限的一点饮食，勉强撑持，整天忙忙碌碌地替她夫妇缝衣服。当天他回到铺中，仍然不辞劳苦地继续缝纫,待他赶完工作,女仆去铺中催促时,他说:"已经缝好了。"于是收存起来,带着衣服随女仆去见她的主人,亲手交代清楚,才空着手转回家去。其实,我弟弟的痴情和单相思的情况,早被妇人告诉了她的丈夫,他却茫然不知。因此他们夫妇约着开他的玩笑,利用他无偿地替他们缝衣服。

次日清晨,女仆去到铺中,对他说:"我们老爷唤你,有话对你说。"他毫不犹豫,随女仆去见她的主人。"我要你替我做五身长袍。"主人对他说。他马上替他剪裁,然后带到铺中,勤勤恳恳地忙着替他赶工作。

长袍缝好了,他送去的时候,主人很满意,夸赞他的手艺好,并给他几块手工钱。他刚伸手去接,妇人便从她丈夫的后面向他示意,教他别接受,于是他说:"别忙吧,先生,以后再给好了,日子长着呢。"他说罢告辞回家。当时他的情况狼狈不堪,尴尬得比驴子还卑贱。事实上,他已经被贫穷、饥饿、褴褛、疲惫所包围,但他却勉强撑持,甘愿供人家役使。

那家夫妇利用我弟弟替他们把衣服缝够了,便异想天开,用嫁婢女给他为妻的办法作弄他。当新婚之夜,便对他说:"今晚你去磨坊里过夜,这对你的将来是再好不过的。"

他相信他们的说法,果然一个人去磨坊里过夜。然而那个妇人的丈夫事先已经嘱咐磨面的人,教把他作为牲畜弄去推磨。当天半夜里,磨面的人走进磨坊,自言自语地说:"这头牛太坏了,它站着不动,不肯继续推磨,尤其今晚该磨的麦子还多着呢。"于是他去到磨前,把麦子添满了漏斗,然后手持绳索,去到我兄弟面前,用绳套在他的脖子上,说道:"起来,跟我推磨去;你这个家伙,只想吃喝睡觉。"

他在磨面者的鞭打、督促下,哀哭、求救,却无人过问,只得硬着头皮推磨。黎明时,房主人去磨坊里看看他脖上的轭,然后默然退了出去。清晨女仆去看他,说道:"你的遭遇使我难过极了;我和太太都同情你,为你担忧着呢。"

他被人打得疲劳不堪，死气沉沉，对女仆的慰问，默然无言回答，只好有气无力地回到自己铺中去将息。不想这时候，替他写婚书的一个老人前去向他贺喜，一见面便祝祷："愿安拉延长你的寿岁，使你的婚姻美满幸福……"

"安拉不教说谎者平安无事！你这个坏种！这有什么美满幸福的？你知道吧：你到这里来，结果却教我代替牲畜磨了一整夜的面粉哪。"

"这是怎么一回事呀？告诉我吧。"老人莫名其妙。

我弟弟将夜里遭遇的折磨从头说了一遍。老人听了说："你和她的星宿不合，没有姻缘之分。你要是愿意，让我替你另物色一头亲事吧。"

"好的，劳你替我另说一头好了。"

老人走了。他坐在铺中，等着看有谁送活计给他做，以便弄几个工钱维持生活。正当他走投无路的时候，想不到那个女仆又去到铺中，对他说："我们太太请你。"

"小姐！去你的吧。我和你的太太绝交了。"我弟弟表示不耐烦。

女仆匆匆回去，把情况一报告，不一会儿，太太便出现在阳台上，哭哭啼啼地对他说："究竟为了什么你才不让我们的交往继续保持下去呢？"

我弟弟不理会她，她便赌咒发誓，说所有在磨坊中发生的事都不是她选择的，那一切的事与她无关。这样一来，他可乐了，接受她的道歉，并向她问好，以前所遭受的种种磨难都烟消云散，从此重理旧业，安心地做他的针线。

过了一晌，那家夫妇又要作弄我弟弟。男的对老婆说："你有什么方法骗他到这儿来吗？""有，"女的说，"让我用计策骗他，管教他恶名远扬，在城中出丑。"

圈套布置好了，这才打发女仆去唤他。"我们太太问候你，"女仆对他说，"请到我们家去，太太有话对你说。"

妇女的阴险毒辣手段，他一点也不知道，因此毫不怀疑，坦然随女仆前去。那妇人一见他，便喊道："我的人儿呀！我多想念你啊。"

"我也想念你呀……"他还没有说完，男人便从房中出来，骂道："岂有此理的家伙！胆敢到我家里来调戏我的妻室。指安拉起誓，非把你交给警察治罪，我是不甘休的。"

他百般谦恭求饶，人家可不理会。结果被送到衙署，挨了一顿鞭挞，并让他骑着骆驼游街示众。当时人们喊道："这是奸邪者的下场……"他从驼背上跌下，摔坏了腿，变成一个瘸子。

最后他被驱逐出境，走投无路。当时我不知道他会流落到什么地方，心中十分忧虑，悄悄地把他带到我家中，一直供养到现在。

哈里发穆斯堂隋尔·彼拉听了我的叙谈，哈哈大笑，说道："寡言者，你谈得好。"于是吩咐赏赐我，赦我无罪。我说道："我不接受您的赏赐，我只希望把剩下那几个弟弟的遭遇向您讲一讲，以便您认识我不是一个饶舌的人。"

理发匠三兄弟的故事

我的三兄弟名斐勾谷，是个盲人。有一天他被命运驱使到一幢大房屋门前，伸手敲门，一心希望跟主人谈话，向他要点布施。听了敲门，主人在里面问道："谁呀？"他不作声。继而里面又大声问道："你是谁？"他还是不作声。之后，他听见主人的脚步声，走到门前，开了门，问道："你要什么？"

"看安拉的情面，求你给点布施吧。"我弟弟说。

"你是瞎子吗？"

"不错，我眼睛不好。"

"伸手给我吧。"

我弟弟满以为主人要给他布施,果然伸出手来。主人拉着他的手,引他进去,接着带他登上楼梯,顺着梯子一级一级地一直去到楼头。当时他相信主人要给他一些食物,或者赏他几文钱。可是到了最高一层的时候,主人却开口问他:"瞎子,你要什么?"

"为了安拉,你随便给吧。"我弟弟说。

"去吧,安拉会给你开辟出路的。"

"在下面你怎么不这样对我说呢?"

"你这个恶徒!当初我问你的时候,你为什么不回答我?"

"现在你打算怎样对待我?"

"我没有什么布施给你。"

"那么带我下去好了。"

"大路摆在你面前,你滚蛋吧。"

不得已,他只好自己摸索着下楼。他下着下着,到了离地面还剩二十级的地方,不幸脚一滑便跌倒,一直滚了下去,砸破了脑袋。

他哼唧着狼狈地走出那幢建筑物的大门,茫然不知该向哪里去,正在踟蹰、彷徨的时候,碰巧和他的两个盲伙伴邂逅相遇。"今天你讨得些什么?"他们问他。他把刚才的遭遇谈了一遍,接着说:"弟兄们,今天我要把存款中我自己的那部分取点出来用。"

当时那个房主人悄悄地随在他的后面,偷听他的谈话;他自己却不知道,他的伙伴也不知道。就那么样他一直回到住处,房主人也随他溜了进去,他同样不知道。他坐着耐心地等到伙伴们讨饭回来,这才对他们说:"关起门来,仔细检查室内,别让生人闯进来。"

房主人听了我弟弟对伙伴们的谈话,便拉着一条系在屋顶上的绳索攀缘上去,腾在半空中,因此,他们搜索的时候,什么也没发现。于是他们把存款取出来,坐着清点,总共积蓄得一万二千多元,然后每人取出一些零用钱,其余的整数仍然埋在屋角。一切弄妥当了,这才摆出饭菜,大家一块儿围着吃喝。正在吃得有味的时候,我兄弟突然发觉他旁边有生人咀嚼的声响。"大事不好,有生人闯到我们屋里来了!"他一边对伙伴们说,一边伸手抓住那个房主人。于是几个盲人按住他打,一直打得精疲力竭,这才高声喊道:"穆斯林弟兄们!快来看,有贼来偷我们的钱了……"

随着他们的喊声,许多人都跑来看热闹。当时那个房主人闭起眼睛,装成瞎子,靠近几个盲人,也像他们一样地喊叫着,教人们看不出破绽:"穆斯林们! 我求安拉和国王保佑,我求安拉和省长保佑……"

不一会儿,人越集越多,把几个盲人包围起来,并送他们到衙门去排解。

"这是怎么一回事情?"省长问。

"老爷请听我说,"那个房主人说,"我们之间的纠葛,非动刑法是弄不清楚的。现在请先处罚我,然后再处罚这个吧。"他用手指着我弟弟。

于是狱吏把那个房主人摔倒,重责了四百鞭。他支持不住,便睁开一只眼睛。待他们继续鞭挞的时候,他这才睁开另一只眼睛。省长见了,非常惊诧,问道,"该死的家伙,你这种行为,到底是什么意思?"

"望老爷宽恕,让我招认吧。"房主人回答,"我们四个人,扮成瞎子骗人,经常到人家里乞讨、行骗,侵犯别人的利益,做损人利己的勾当。因此我们先后积蓄了一笔巨款,总计一万二千元。今天我向他们索取我名下应得的三千元,他们不给我,反而合起伙来打我,强占了我的钱财。现在我向安拉和省长老爷求救,应该把存款分给我一份。如果要证明我的诚实,老爷只消加倍地重刑拷打,他们自然就睁开眼睛了。"

当下省长吩咐狱吏用刑拷打,先从我弟弟开始,把他绑在一张梯子上拷打。"你们这些无赖家伙!"省长骂道,"否认安拉给予的恩惠不去享受,却甘愿做瞎子!""安拉! 安拉! 安拉!"我弟弟不息的呼号着,"指安拉起誓,老爷,我们真是失明的盲人。"

他们继续不断地鞭挞，把他打得昏死过去，省长这才吩咐道：
"暂停一停吧，等他苏醒过来再打好了。"

继而省长吩咐给其余的瞎子受刑，每人挨了三百多鞭。当时那个房主人站在一旁，装模作样地喊道："快睁开你们的眼睛吧，要不然，还得继续挨打呢。""这些家伙怕在人前丢脸，不肯睁眼，"他对省长说，"现在请派个人陪我去把那些存款取来证实好了。"

省长果然派人将存款取来，分三千元给那个房主人，其余的全部没收，并下令驱逐三个盲人出境。我奔到郊外，找到我弟弟，向他了解情况，悄悄地带他进城，把他藏在家里，好生供养。

哈里发穆斯堂隋尔·彼拉听了我的叙述，忍不住大笑起来。他命令左右的人："重重地赏赐他，让他走吧。"

"不，"我说，"我什么也不要，只希望向陛下谈谈我弟弟们的遭遇，俾您知道我是寡言的人罢了。"

理发匠四兄弟的故事

我的四兄弟名罕多鲁，瞎了一只眼睛。他原是个屠户，在巴格达城中开铺子卖羊肉谋生。当时城中官宦富贵人家的肉食都由他供应，生意好，赚了很多钱，因此广置房产，饲养大批牲畜，在富足的情况中，过了很长的年月。

有一天他照常在铺中经营，一个垂着长须的老头子递给他一块银币，说道："要一块钱的羊肉。"

老头子拿着羊肉走了。他仔细打量那块银币，发现银色灿烂闪光，于是把它另外储存起来。从那回起，在五个月期内，那个老头经常向他买，他总是将钱收集在另外一个箱子里。之后，他预备买羊，打开箱子取钱，才发觉箱里全是剪碎了的纸片。当时他气得打自己的耳光，大声喊叫，引得人们跑去看热闹。经他叙述情况，人们都感到惊奇。

事后他照常经营。一天宰了一只绵羊挂在铺中,并卸下几块羊肉挂在铺外,暗自想道:今天老头也许会来买肉,他要是真来,我一定抓住他向他理论。果然不出他的意料,一会儿那个老头真的带着一块银币来了。他起身一把抓着老头子不放,同时高声喊道:"穆斯林弟兄们!来吧,你们都来听听我和这个老坏蛋的故事吧。"

"两个办法任你选择,"老头说,"要么你放手,离开我,要么我当众人的面揭你的底。"

"你揭我的什么底?"

"揭你挂羊头卖人肉的底。"

"该死的家伙!你造谣!"

"把人肉挂在铺中的人才是该死的家伙呢!"

"你说的要是真有其事,那么让你拿走我的钱财,并且就杀我也是应该的。"

"各位请听,"老头对观众说,"你们若要证明我所说的都是事实,请进他铺里去看一看就明白了。"

人们涌进铺里,看见先前宰的那只绵羊果然变成了一具人尸挂在里面。看了那种情景,大家怒火上冲,把他包围起来,骂道:"邪恶的恶毒的坏蛋呀……"甚至于向来对他最好的人也动手搽他,打他的耳光,问道:"你卖人肉给我们吃吗?"接着那个老头一拳打落了他的一个眼珠。后来人们带着那具尸体,押着他去见省长。

"报告老爷,"老头说,"这个屠户宰了人,并把他们的肉当羊肉卖给人吃。现在我们把他送到官厅,恳求老爷法办,按照法律判他应得的处分。"他辩护,省长不理会,打他五百大板,宣布没收他的财产,并驱逐出境。幸亏他有财产,否则,性命是难保全的。

他离开巴格达,走投无路,徘徊流浪。后来他去到一个大城市里,根据当时的情况,认为做个鞋匠倒是顶好的职业。于是他全力准备,开了一个铺子谋生。有一天他因事出街,听到马叫声,便向行人打听,知道是国王带领人马出猎,于是站在路旁看热闹。当人马经过时,国王一眼看见了他的眼睛,马上低头说:"今天兆头不好,愿安拉保佑。"随即勒住马缰,打消出猎念头,率领人马回宫,同时命令仆从追了过来,抓住我弟弟,脚踢拳打,胡乱揍了一顿,差一点把他打死。

他莫名其妙地挨了一顿,不知是何缘故,死气沉沉地回到铺中养息。后来他把那天不幸的遭遇向国王的一个侍从叙述,侍从听了,笑得倒了下去,说道:"弟兄,你要知道:独眼龙是不能让国王看见的,尤其是瞎右眼的人,如果被他看见,就没有赦免的余地,非杀头不可。"

他听了侍从的叙述,感到恐怖,决心离开那座城市,另找安全的地方安身,于是毅然决然,动身起程,不辞劳苦跋涉,一直去到一座没有熟人的城市里,安居下来,在那里住了很久。有一天他出去散步消遣,忽然听到后面的马叫声,他一怔,说:"大事不好,安拉的法令到了!"于是急急忙忙寻找一处躲避的地方。可是仓促之间,没有适当的地方,便推开人家的大门,闯到长廊下面躲藏;然而就在那个不知不觉的时候,蹦出两个大汉,对他说:"你这个安拉的仇敌,算是跌在我们手中了;这应当感谢安拉呢。你叫我们尝到死的滋味,整整三天三夜不让我们休息睡觉了。"

"人啊!这是怎么一回事呀?"他说。

"你窥伺我们,要污辱我们,打算谋杀我们主人;你和你的同党弄得他倾家荡产,这还不够吗?每天夜里你用来威胁我们的那把刀在哪里?快交出来吧。"

他们说着,一检查,从他身上搜出一把刀子。当时他说:"人啊!你们如此对待我,应当畏惧安拉哪。你们要知道,我的故事奇怪着呢。"随即向他们叙述自己的遭遇,企图得到释放。可是人家不理会,不听他的,反而打他一顿,扯破他的衣服,又发觉他遍体鳞伤,骂道:"该死的家伙!这是被鞭挞的痕迹呢。"于是送他去衙门治罪。当时他悲观厌世,叹道:"我跌在罪孽中了,除安拉之外,别人是解救不了我的。"

"恶棍！你闯到人家里去行凶,这种行为是谁主使你的?"省长审问他。

"老爷,"他说,"凭安拉的名义,我恳求您听我申诉,别忙处罚我。"

"一个使人倾家荡产,遍体都是伤痕的匪徒,我们能听他申诉吗? 你犯了大罪,人家才把你送来治罪的。"

省长宣布他的罪状,打他一百板,然后游街示众,驱逐出境。人们给他骑着骆驼,在城中游行,前面有人喊道:"入宅行凶的恶徒,如此对待他,这是最轻的处罚呀!"

不幸的消息传到我耳里,我忙打听清楚,奔去照拂,待人们释放了他,才悄悄地带他到巴格达城中,藏在家里,好生供养他。

理发匠五兄弟的故事

我的五兄弟名科祖·艾斯瓦尼,被人割掉两只耳朵。他的生活很苦,原是靠乞讨过活的,晚上讨了白天吃。先父是个长者,活了很高的寿岁。他死后遗下六百块钱,我们六弟兄每人分得一百元。我的五兄弟拿了他的一百块钱,感到迷惑,不知怎样处理才好。后来忽然想到贩卖玻璃器皿可以赚钱维持生活,便用一百块钱买了各式各样的玻璃器皿,装在一个箩筐中,拿到市上,摆在一处较高的地方贩卖。当时他靠在一堵墙上沉思默想,一时想入非非,自言自语地说:"我以一百元的本钱购买这些玻璃器皿,可以卖得二百元;再用二百元购买一批玻璃器皿,卖他四百元。然后再买再卖,如此循环买卖下去,直到积累得很多的本钱。到了那个地步,我调换一下行业,从事贩卖珠宝、香料和其他各式各样的商品,赚他一笔大钱;那时节买所漂亮的屋子,买几个婢仆,并买匹骏马,配上金鞍银镫,然后安居乐业,吃好的喝好的,穿好的戴好的;凡是城中著名的歌男舞女,谁都不放过，通通请到家里歌舞。我好生干下去，若是安拉愿意，总共凑足十万块的本钱。"

他那么想象着自言自语的时候，那盘玻璃器皿，全都摆在他的面前。继而他说："待我有了十万元的时候，便打发媒婆去向公主或公侯宰相的女儿求亲；据说当今宰相的千金小姐生得十全十美，我用一千金做聘礼，向他求亲；他若慨然允诺，那没有话说；若是不答应，我便强迫着娶她，丢一丢他的面子。

"娶了亲，我买十个使女伺候她，我自己也得买一套帝王将相们穿的宫服，替自己弄一副嵌珠宝玉石的金鞍，出入必须骑马，由奴婢簇拥着去城中周游，让人们见了向我问好，替我祈福。随后我去到相府，前后左右有奴婢簇拥着，派头很大，让宰相见了，立刻起身迎接，请我坐在他的交椅上；他已经是我的岳丈，所以自己坐在一旁。我身边有两个仆人，每人携带一个钱袋，每袋盛着一千金。一千金作为娶亲的聘礼，其余一千金当礼物送给宰相，表示我为人慷慨、慈祥，教他知道我的派头不小，钱财是不放在眼里的。他对我说十句话，我却漠然回他一两句，然后从容辞别回家。我妻要是打发人来看我，我一定赏赐使者金钱和衣服。如果是来送礼，我便断然拒绝，点滴不收，教他们知道知道我的人格伟大，除了重视千金小姐本人之外，其他一切都不在我意下。往后我跟他们商量结婚的办法，征求他们的同意，然后决定婚期，收拾布置。举行结婚仪式的时候，我身穿华服，洋洋得意地坐在铺丝垫的靠椅上，显出庄重大方的模样，连眼睛都不斜视一下。那时候我妻穿着华丽的衣服，戴着昂贵的首饰，打扮得花枝招展，月儿般站在我身边。我却不理会，任她站着，让客人们说：'喂！主人呀，你的妻室，你的奴婢站在你身边呢，抬头看她一眼，赏她脸吧，别叫她站坏了。'必须让他们向我下跪恳求多次，我才抬头看一眼，随即低下头，让他们领走她。往后我起身换一套更华丽的衣服，待新娘子第二次来见我的时候，我还是不理会，必须经他们屡次恳求，才抬头看她一眼，随即低头不语；我就这样摆着架子，直待婚礼

234

完毕。

"我吩咐仆人预备五百金,盛在一个钱袋中,做喜钱送给侍候新娘的妇女们,教她们带新娘进洞房。在房中我不看她,也不跟她谈话,表示看不起,教人们知道我的派头很大。待她母亲过来讲情,吻我的头和手,说:'贤婿,可怜可怜你的奴婢吧。'我也不作声。这样,她会低声下气地跪下去一再吻我的脚,说:'贤婿,姑娘年轻,人又腼腆,娇养惯了,眼看你这样厌恶她,她的心会粉碎的,走过去和她谈谈吧。'她说着总要端酒给我喝,并使女儿把酒送到我面前侍候,我自己却傲然靠着,不理会她,任她站在一旁,教她知道我这是帝王派头。她说:'我的主人呀,我是你的奴婢。指安拉起誓,你别拒绝,从奴婢手里喝这杯酒吧。'我不作声,她总会缠绵着把酒送到我的嘴边,说:'你必须喝掉它。'这时候我摆着手推开她,并举起脚来这样一脚踢过去。"

他想象着抬起脚来一比,结果踢中盛玻璃器皿的箩筐,箩筐翻倒,里面的玻璃器皿全部摔碎。他大声叫起来,说道:"这一切都是我高傲自大的结果呀!"他气得哭起来,打自己的耳光,撕身上的衣服,惹得过路的人都围着他看热闹。人们有的同情他,可怜他,有的漠不关心地走他们的路。

他既然损失了本钱和盈益,越想越气,待在那里伤心流泪。凑巧那天是礼拜五,去做聚礼的人当中,有个善良的妇女带着奴仆从那里经过,骑着一匹配金鞍银镫的骡子,身上泛着麝香的芬芳。她看见摔坏的玻璃器皿和我弟弟伤心哭泣的情景,发生怜悯心肠,便打听其中的缘故。有人对她说,他卖玻璃器皿谋生,箩筐中的玻璃器皿给摔碎了,所以他伤心哭泣。

"把你身边的钱送给这个可怜人吧!"那位妇女吩咐她的仆人。仆人给他一包东西,里面包着五百金。那份钱递在他手里,他喜欢得要命,忙向她表示谢意,替她祈祷、求福一番,然后带着钱欢天喜地地回到家中。他刚坐定,便听得敲门之声。他开门一看,原来是个素不相识的老太婆,对他说:"我的孩子,礼拜的时间快到了,我还未洗脸,望你给我腾出一个地方来洗脸,预备礼拜吧。""听明白了,遵命就是。"他应诺着让老太婆进屋去,弄一壶水给她去洗脸,自己却得意忘形地坐下,慢慢将钱装在钱袋中,收藏起来。

老太婆洗了脸,到他起坐的地方,做了礼拜,随即替他祈祷求福。他感激老妇,伸手掏出两枚金币,送给她,暗自说:"这是我给她的布施。"老妇却不接受,说道:"赞美安拉!哟!你怎么把最爱你的人看作穷苦人呀?我不需要钱,你收起来吧,我已经心领神会了。给你钱的那位妇女,她是我的朋友,你若打算同她结婚,我愿意帮忙。"

"老伯母,那该怎么办呢?"他问。

"孩子,她希望同一个有钱的人结婚,你把所有的钱带着随我来,该怎样办,我会指示你呢。你去到她家里,尽可能地说好听的话,显出活泼的态度,注意别露出丝毫缺点,这样你便可以达到目的了。那时候你要多少钱,她会给你呢。"

我弟弟相信那个老太婆,果然带着所有的钱随她出去,一直去到一幢大建筑物面前。她一敲门,一个希腊姑娘出来开门,于是老妇在前,他随在后面,去到一间陈设非常考究美观的宽敞大厅里。他坐下去,把钱放在身旁,脱下缠头,摆在膝盖上。就在那个不知不觉的时候,眼前突然闪出一个彪形黑奴,握着明晃晃的宝剑,对他说:"该死的家伙!是谁带你到这里来?你到这里来干什么?"

我弟弟看见那个黑奴,吓得目瞪口呆,一句话也说不出口。于是他被黑奴剥掉衣服,用宝剑砍得昏死过去。黑奴认为已经结果了他的性命,问道:"盐罐在哪里?"随着他的喊声,一个姑娘端出一个大盘,里面盛着许多盐巴。他拿盐巴塞在我弟弟的伤口上。他忍着疼痛,不敢动弹,怕黑奴知道他还活着,又遭杀戮。

那姑娘退了出去,黑奴接着一喊,老太婆便出现,走到我弟弟面前,扯着他的脚,拖了出去,扔在地窖里的一堆死尸上。他在地窖里待了整整两天两夜,伤口上的盐巴止了血流,变成救命的良药。经过两天的工夫,他的精神慢慢恢复过来,有力气可以动弹了,这才爬起来,心惊胆战地挣扎着弄开盖板,悄悄地趁黑夜溜到走廊下面躲着。

清晨,那个鬼鬼祟祟的老太婆开门出去猎取别人的时候,他偷偷摸摸地从她后面逃出虎口,回到家中,继续吃药医治创伤。在那个期间,他屡次发觉老太婆把人一个一个地诱往她家里去。他沉着气不说话,直到健康恢复,力气充沛的时候,才拿块破布缝个口袋,盛满碎玻璃,用线绑扎起来,然后穿上一身波斯服,化装成波斯人,衣服里面佩戴一柄宝剑,故意去碰那个老太婆,操着波斯语对她说:"老人家,我是外路人,今天刚到这个地方,没有认识的人;你有没有可以量九百金的秤? 请替我称一称,我送给你一些金子。"

"我有个儿子是做兑换银钱生意的。"老太婆说,"他有各种戥秤,你跟我来,趁他离开寓所之前教他替你称好了。"

"好的,你在前带路吧。"

那个老太婆在前,他随在后面,一直去到那幢大建筑物面前。她一敲门,仍然是那个希腊姑娘出来开门。老太婆喜笑颜开地对她说:"今天给你们带肥肉来了。"于是姑娘牵着他,引他去到前次去过的那间大厅里,陪他坐了一会儿,然后起身说:"你坐着别动,我去一会儿就来。"

姑娘刚出去,那个黑奴霎时蹦到室中,握着明晃晃的宝剑,走过去站在他前面,说道:"倒霉的家伙,站起来!"他一边起身,一边趁黑奴措手不及的一刹那,抽出衣服下面的宝剑,一剑砍掉他的脑袋,并扯着脚把尸体拖往地窖,大声问道:"盐罐在哪里?"随着他的喊声,一个姑娘用托盘送盐进来,可是一见他便回头逃避。他跟踪追出去,结果了她的性命,接着喊道:"老人家在哪里?"

老太婆出来的时候,他问道:"老坏蛋! 你认识我吗?"

"不,我的主人,我不认识你。"

"我是那份钱财的主人呀! 你曾去我家里洗脸,礼拜,并且用阴谋诡计对付我,把我引诱到这个地方来危害我。"

"畏惧安拉吧！关于我的事情,请你仔细弄个清楚明白吧。"

他不理会,举剑杀了老妇,把她的尸体砍成四块,这才去找那个希腊姑娘。她见我弟弟手里握着宝剑,吓得魂不附体,向他乞怜求饶,说道:"饶恕我吧。"

"你为什么会落在这个黑奴手里?"他问。

"我原是一个商人的女儿,那时候这个老太婆经常去看我,日子久了,彼此感情好,我自己也获得了一些慰藉。有一天她对我说:'我们举行一个空前的盛会,希望你前去参加。''听明白了,遵命就是。'我回答着起身整装,穿起华丽的衣服,戴上昂贵的首饰,取一百金盛在钱袋里带在身边,随她前去赴会。结果却被她带到这个地方来。我从跨进这道大门,就被黑奴操纵着,在该死的老太婆主使下干这种勾当,已经三年多了。"

"这屋里有什么东西吗?"

"里面东西很多,要是你能够搬动,你就把它搬走吧。"

她带他去察看,打开一个箱子,里面净是钱囊,储藏着无数的金银,使他望着那些财物发愣。她对他说:"我在这里等你,快去找人来搬吧。"

他出去雇了十个脚夫转来搬东西的时候,看见大门洞开,不见那个姑娘的踪影,而且连盛金银的那些钱袋也不翼而飞。他仔细检查,屋中只剩了些简单的布匹等物。这时候他才知道自己受骗,懊悔已不济事,只好收拾残存的钱财,并将贮藏室中剩余的东西一样不留地搬走。

当天他感到无限的快慰,安逸甜蜜地过了一夜。可是次日清晨,想不到大祸也就临头,他发现门前有二十个士兵等着拘捕他,对他说:"我们奉省长的命令来逮捕你。"一边说一边就动手绑他。他好言交涉,请他们进屋去协商,人家不肯;他愿意把所有的金钱送给他们,人家也不接受,结果被牢牢地绑起来押走。

在解往衙门的途中,他碰着一个朋友,就扯着人家的衣角求救。

那个朋友站着向士兵们打听他的情况。他们说:"奉省长的命令逮捕他,现在解往衙门去审讯。"

那个朋友从中调停,出五百金贿赂他们,说道:"放了他吧,你们回到衙门回复老爷,说不曾碰到犯人不就完事了吗?"可是人家不听他的,拒绝贿赂,终于把他拖进衙门。

"你的那些钱财和布匹是哪里来的?"省长一见他便问。

"请老爷先赦免我吧。"他要求。

省长给他一方手巾,作为赦免的标志,他这才把受老太婆欺骗的情况,他向她报复的经过,希腊女子逃走的始末,从头到尾详细叙述一遍,然后接着说:"我获得的那些财物,老爷要什么,尽管去取,只望老爷给我留下必需的生活费就感激不尽了。"

省长把他的钱财和布匹全部没收,但是又怕消息传到国王耳中,自己会受处分,为了消灭口实,便对他说:"你赶快离开这个城市,否则我就吊死你。"

"听明白了,遵命就是。"他回答着,诚惶诚恐地出走,打算逃往别个城镇去找生活出路。可是祸不单行,途中遇着强盗,衣服被剥掉,身体被打伤,甚至两只耳朵也被割掉。噩耗传来,我匆匆送衣服去给他穿,悄悄地带他回城,好生供养他。

理发匠六兄弟的故事

我的六兄弟名奈沙尔,被人割掉嘴唇。原来他很穷,生活困难,被饥饿逼迫,有一天不得已才出去乞讨,希望得到一点食物充饥。他行在街上,从一幢巍峨的建筑物前面经过,从堂皇的大门看进去,见广阔深邃的走廊直通到里面,门前的仆人在那里发号施令,神气十足。他向附近的人打听,知道那幢屋子是白拉密克后裔的居室。他走过去,向守门的乞食。他们对他说:"进屋去吧! 你需要什么,我们主人会给你的。"

他听从他们的指使,走进大门,在走廊中行了一会儿,发现那是一幢非常美观整洁的屋子,中央有个无比美好的花园,室内的地上铺着云石,门窗上挂着窗帘。面对那种情景,他感到惊愕,不知该向哪里去。之后,他鼓起勇气,一直走到堂屋里,看见一个容貌清秀、须髯美丽的男人。

那个男人一见他,便起身迎接,问他的情况。他把需要救济的意思陈述一番,主人听了,立刻显出十分忧愤的神情,伸手撕破自己的衣服,说道:"我在城中的时候,难道你还陷在饥饿之中吗?指安拉起誓,这种情况我是不能容忍的。"于是答应满足他的需要,并且说:"今天你必须同我一块儿吃喝。""我的主人啊,"我弟弟说,"现在我饿得要命,已经不能支持了。"

"喂,叫仆人快把盆、壶拿来。"他吩咐一声,接着便对我弟弟说:"客人! 请去洗手用饭吧。"

他站起来,预备去洗手,可是不见盆、壶,便比着姿势,好像洗手似的敷衍了一番。"上菜吧!"主人唤了一声,随即对他说:"请了,随意吃吧,不必客气。"

但是面前什么饮食也没有。他举手做出姿势,好像进餐似的敷衍着。"奇怪得很!"主人说,"你吃这么一点点! 不要吃假饭才对。我知道你饿了,快吃吧。你看这些面饼,多白呀!"

他继续举手做出吃喝的姿势,想道:"此公喜欢开别人的玩笑!"于是他开口说:"先生,面饼真是白极了,这是我生平没见过的,它的味道也是顶好的。"

"这是一个使女烤的,"主人说,"我买这个女仆,花了五百金呢。"于是接着喊道:"仆人! 端黑律塞①来吧,多加点油。"他又对我弟弟说:"客人,指安拉起誓,你见过比这盘黑律塞更美味的饮食吗?指我的生命起誓,你吃吧,别害羞。"他又呼唤仆人:"仆人! 给我们

① 黑律塞,一种小麦面混肉煮的食物。

上烩肥松鸡的‘西克巴芷’①来吧。"他接着对我弟弟说,"客人,吃吧,你饿了,需要多吃点。"

他摆动着嘴巴,大嚼特嚼。主人却不息地喊出各种名堂的菜肴,左一样,右一样,只顾唤仆人上菜,事实上却空空如也,什么饮食也不见端出来摆在桌上;相反地,他却尽量地请我弟弟吃喝。继而他喊道:"仆人,上红烧鸡吧。"接着他又对我弟弟说,"我的客人,指你的生命起誓,这种烧鸡是用阿月浑子填肥的,你从来不曾尝过这样的味道,吃吧,你应该多吃点。"他说着伸手向前抓一抓,然后举起来送到我弟弟的嘴面前,像取食物喂他似的。

"不错,我的主人,这个实在好极了。"我弟弟口里如此回答主人,可是他听了主人数出的那些个可口的菜肴,却越发馋涎欲滴,饿得更厉害了。在这种情况下,他只希望能有几块大麦饼充饥,也够心满意足了。

"你见过比这个更滋补的饮食吗?"主人问。

"不,我的主人,我从来不曾见过。"

"那么努力吃吧,不要害羞。"

"谢谢主人,我吃够了。"

"快来收拾杯盘,"主人呼唤仆人,"将甜食摆出来吧。"他接着对我弟弟说:"这种甜食真好,吃吧,你尝这种蜜饯;指我的生命起誓,吃这块;快! 别教蜜流了。"

"好的,"我弟弟回答,"不过我不能剥夺你自己的一份。现在我来问你,我的弟兄呀,蜜饯里为什么放这许多麝香呢?"

"哟,这是我的习惯。他们给我做蜜饯,总得放一砝码②麝香和半砝码龙涎香在里面调味。"

当主人夸夸其谈的时候,我弟弟摇着头,抿着嘴,动着嘴巴,好像

---

① 西克巴芷,加醋煮的肉汤。

② 一砝码等于4.68克。

吃喝得很起劲的样子。主人让他,说道:"吃吧,你尝一尝这种杏仁,不必客气。"

"够了,先生;我吃得过多,什么也咽不下去了。"他回答主人。

"弟兄,如果你要吃,那么其他的饮食你都吃一点,尝一尝好了。指安拉起誓,应当老实些,不要饿肚子才对。"

"我的主人啊,吃了这许多,哪里还有吃不饱的道理?"

这时候,他暗自想道:此人讨厌极了,我得想法对付他,教他以后不要再干这种勾当。继而他听见主人喊道:"斟酒来。"接着仆人们在空中比了手势,好像斟酒似的;同时主人伸手接过一杯,递给他,说道:"喝这杯吧!如果合你的口味,请告诉我好了。"

"我的主人啊,气味是顶好的,"他说,"不过我习惯喝那种糟过二十年的老酒。"

"你不能喝到比这个更好的酒了,你尝一尝这杯吧。"

"看你的面子,我喝就是。"随即举手比个干杯的姿势。

"祝你身体健康。"主人也比出干杯的姿势。之后我弟弟又斟了第二杯,一饮而尽。接着他醉眼蒙眬,显出酩酊大醉的姿态,高高地抬起手来,照准主人的脖子一巴掌打了下去,打得脆响;接着他用另一种方式满口奉承、夸赞主人。

"坏种!你这是怎么着?"主人问。

"我的主人啊,奴婢蒙主人款待,准我到府中来叨扰,吃了菜饭,又赏老酒喝。我贪馋喝醉了,坏脾气发作,终于冒犯了主人。想主人这样德高望重,不至于因我的无知愚妄而责备我吧。"

主人听了他的应答,哈哈大笑起来,说道:"多少年来,我作践人们,惯于戏弄朋友,在长久的过程中一直没有发现一个有见识有作为的人。凡是到我家里来的人,对于我的玩弄,谁也不曾应对到底,你真是例外了。现在我原谅你,愿你在实际的吃喝方面,做我的一个陪随吧。从此你和我一起过活,天长地久,我们永不分离。"于是吩咐仆人把刚才数过的菜肴摆出来,两人一块儿吃饱喝足,然后移到喝酒的地方，一边听姑娘们歌唱，看她们跳舞，一边尽情地纵饮，喝得酩酊大醉。

从那回以后，主人留他为食客，待他如手足，供给穿的吃的，对他无上的优待和敬爱。他感到无限的慰藉，终日讲究吃喝、寻乐，二十年如一日。后来主人过世，官家清理他的财产，我弟弟多年积蓄的一些财物也在没收之列，从此他无依无靠，一贫如洗，没有谋生的办法，只好离开城市，奔往他乡去找生路。但不幸途中遇匪，被掳到匪窟去受到残酷的蹂躏。

"赶快拿钱来赎身吧，否则我就杀死你。"匪首向他勒索。

"我穷得一无所有，我既然做了你的俘虏，要怎么办，你就怎么办好了。"他哭泣着说。

匪徒抽出腰刀，割掉他的嘴唇，更进一步残暴地向他索取赎身银子。最后逼不出钱来，这才用骆驼把他驮到野外，抛在山中。旅客由那里经过，给他饮食吃喝，救活了他，并将消息告诉我。我匆匆溜出去找到他，背他进城，藏在家中，好生供养。

关于这些事件，过去我一直隐藏着，不曾向陛下呈报，这是我的过错，到如今才公开出来，罪该万死。现在家中虽然有五个残废的弟弟，嗷嗷待哺，靠我养活他们；但不得主上的指示，我是再也不敢回去的，请陛下发落好了。

哈里发穆斯堂隋尔·彼拉听了我自己的故事，以及我所叙述关于我弟弟们的故事，忍不住大笑起来。他说："寡言者，你说实话了。你真是个沉默寡言的人物。不过从现在起，你赶快离开这座城市，往别个地方找出路去吧。"他下令驱逐我出境。

我被人家驱逐，只好离开巴格达，开始过流浪生活，走遍了天涯地角，最后听得哈里发穆斯堂隋尔·彼拉归天，别人继承帝位，我才敢卷土重来，回到巴格达。那时候我的几个弟弟，一个个都过世了。

后来我认识了这个青年，和他在一起过活，忠心服侍他，给他做了许多好事。假若没有我，他早被人杀害了。可是他反而误解我、嫌疑我。各位听众，人们诬蔑我话多饶舌，那全是莫须有的事。为了这个青年，曾经累我奔波跋涉，跑了许多地方，最后我流落到这里来，才跟各位见面认识呢。各位仁人君子！这难道不是我的人格吗？

我们听了理发匠的故事——裁缝说——知道他饶舌、话多，认为是他亏枉那个青年，因此大家激于义愤，干脆把他禁闭起来，然后安安静静地吃喝。待大家吃饱喝足，尽欢而散的时候，已经是下午招祷的时候了。我回家去，我妻哭丧着脸对我说："今天你很幸运，玩耍够了，只是该我倒霉，整天忧愁苦闷。现在你要是不趁剩余的这点时间带我出去散步消遣，那就完了，从此断绝关系，这就是我们离婚的原因了。"

不得已，我陪老婆出去散步消遣，玩到日暮。后来在回家的途中，我碰到这个驼背，当时他喝成一个彻头彻尾的醉汉，醉醺醺地唱道：

> 杯亮酒清，
> 两者相似得无从分辨；
> 这好像是酒不是杯，
> 又似乎是杯而不是酒。

为了取乐，我约他到我家去，买了煎鱼招待他，陪他吃喝。我妻让他吃，弄块鱼肉塞在他嘴里，他一咽便鲠死了。别无办法，我只得设计将他抱到犹太医生家里，嫁祸给医生；医生又设法把他弄到总管家里；总管又把他捎到大街上嫁祸给基督教商人。这是我的故事，也是我所碰到的情况；这个难题不比驼背的故事更稀奇古怪吗？

中国皇帝听了裁缝的故事，点点头，表示满意，说道："这个瘸腿青年和理发匠的故事,的确比驼背的故事稀奇古怪。"接着他吩咐侍从:"你们随裁缝去把那个被禁闭的理发匠带来见我,让我亲自听他讲述,然后埋葬驼背,替他修建坟墓。那个理发匠,也许他是你们的救星呢。"

侍从随裁缝去到禁闭理发匠的地方,释放了他,并带他进宫。皇帝一见,仔细打量一番,见他须眉皆白,黧黑的脸庞上配着一根大鼻子、一双小耳朵,是个年逾耄期的老头子,已经九十多岁了。皇帝望着他笑一笑,说道:"沉默的人,把你的故事讲给我听吧。"

"主上!"理发匠说,"为什么这个基督教商人、犹太医生、穆斯林和死了的驼背都在这儿呢?他们全都聚在这里,这是怎么一回事呀?"

"为什么你问这个?"

"我问它的目的,是希望陛下知道我不是饶舌的人;他们误解我,嫌我多言,这个与我无干。人们都称我为寡言者,我是配得上这个称号的。"

"来吧,你们把驼背昨天吃晚饭时的情形,以及基督教商人、犹太医生、总管和裁缝所谈的关于他们与他发生纠纷的经过,全都讲给理发匠听吧。"

"这是奇事中最奇怪的了!"听了他们的叙述,理发匠摇着头说,"让我看一看驼背吧。"于是他靠近驼背的头坐了下去,把他的头挪在他自己的大腿上,仔细打量一番,便哈哈大笑,笑得差一点倒在地上。他说:"每个人的死亡都有个原因的,而驼背之死,尤其值得用金墨记载下来呢。"

他的论调惹得在场的人莫名其妙,皇帝同样也感到奇怪,问道:"你怎么着,寡言者?告诉我们吧。"

"主上,指你的恩惠起誓,这个驼背不曾死定,他还喘着气呢。"他说着伸手从腰里掏出一个罐子,打开取出一个眼药瓶,拿瓶中的油质抹在驼背脖子上,继而掏出一个铁钳子,伸进驼背的喉管,挟出一块裹满了血丝而带骨片的鱼肉,驼背就打了一个喷嚏,一骨碌爬将起来,神气十足地举手抹一抹嘴脸,说道:"安拉是唯一的主宰,穆罕默德是他的使徒。"

这种情况使得皇帝和在场的人都感到惊奇,继而他们全都笑得死去活来。"指老天起誓,"皇帝说。"这桩事奇怪极了,我从来不曾见过比这个更稀奇的事。庶民们,"他接着说,"全体官兵们,你们生平见过一个人死了又活回来吗?倘若老天不造化这个理发匠,那么驼背这回一定是死定的了。""指上帝起誓,"人们齐声说,"这真算得是奇事中最奇怪的了。"

皇帝这才一方面吩咐宫中的人记录驼背的故事,预备保存在宫中作为历史文献,一方面赏赐犹太医生、基督教商人和总管每人一套名贵衣服,然后打发他们回家。他同样赏给裁缝、驼背和理发匠每人一套名贵衣服,并且任命裁缝在宫中服务,做缝纫工作,按月领取薪俸。驼背仍然奉陪皇帝,任谈笑取乐的职务,享受很高的俸禄。委理发匠为随身的陪侍,替皇帝理发。这样他们各司其事,过舒适愉快的生活,直至白发千古。

努伦丁·阿里和艾尼西·张丽丝的故事

古代巴士拉国王穆罕默德·本·苏里曼·艾尔邹年,为人忠厚,非常爱护人民,关心老百姓的疾苦。他的两个宰相,一个叫艾尔姆欧·本·萨威,另一个叫艾尔斐子鲁·本·哈高。哈高的道德、品格,在当时是超群出众的,因此,博得人们的拥护爱戴;由于他趋善避恶,所以人们都赞美他,希望他长命百岁。至于萨威的为人,恰恰与哈高相反,道德败坏,无恶不作,名誉扫地,因此为人所不齿,遭到人们的怨恨和咒骂。

在人们竭诚拥护爱戴哈高,百般讨厌咒骂萨威的情况下,有一天,群臣朝拜国王,国王坐在宝座上,文武百官分站两旁。朝拜毕,国王对宰相哈高说:"我要你给我物色一个当今最美丽的女子,不单要她的面貌生得非常漂亮,体态长得格外窈窕,而且还要她的性格十分温和文雅。"

"要找这样十全十美的女子,非得花一万金不可……"当时朝中有人提出意见。国王斟酌情况,随即吩咐司库官:"我命令你将一万金送往相府,交给宰相哈高。"司库官诚惶诚恐地遵循命令,果然将一万金币送到相府。宰相执行国王交给他的任务,天天去到市中物色女子,嘱咐经纪人,凡是价格超过一千金的姑娘,必须先送往相府看过,才可自由买卖。经纪人得了命令,严格奉行,每贩卖一个姑娘,总要通过宰相;可是所有送去的姑娘,都不合格,不如宰相之意。

有一天经纪人在市中碰到一个美貌的姑娘,名张丽丝,即刻前往相府报告。途中遇宰相骑马进宫,迫不及待便当面报告:"启禀大人,大人吩咐物色的姑娘已经找到了。"

宰相听了非常高兴,说道:"带来我看吧。"经纪人匆匆去了一会,带来一个衣服华丽,生得非常美丽的妙龄女郎。她的体态窈窕得像招展的花枝,言谈清晰得像清晨的和风。宰相一见,十分满意,回头对经纪人说:"这个姑娘的身价几何?""虽然言定为一万金,"经纪人回答,"可是她的主子赌咒发誓,一再声明说,一万金还不敷买鸡给她享受所花之数,其余穿戴和教育方面的费用除外。她读过书,知书识礼,能作能写,精通语法、修辞、经注、法学原理、教律、医术、测量等学问,并且还长于弹唱歌舞呢。"

"既然如此,教她的主子来见我好了。"宰相吩咐。

经纪人遵从命令,即刻领人贩子去到宰相跟前。宰相一看,原来是个年满花甲的波斯老头,便对他说:"这个姑娘,你愿意以一万金的价格卖给国王去受用吗?"

"指安拉起誓,"波斯老头说,"要是能够无偿地把她献给国王,这是我应尽的义务呢。"

宰相命侍从取来一万金,兑给波斯老头,替国王买了女郎,预备带进宫去,献给国王,交代自己的使命。这时候,那个波斯老头向前对宰相说:"切望老爷准奴婢进句忠言吧。"

"有什么话,你只管说。"

"愚意以为,今天大人不必送姑娘进宫去见国王,因为她风尘仆仆,刚到这儿,水土不服,受了气候的影响,精神疲困,神气不足,应该让她在府中将息十天。待神色恢复过来,精神充沛的时候,再沐浴熏香,穿戴打扮起来,送进宫去。那时节,老爷的功劳就不可限量了。"

宰相考虑人贩子的建议,觉得不无道理,果然带女郎转回府中,特意布置一间屋子,备她起居之用,并且周到地给她安排了饮食和日常生活必需的用品,让她过得格外舒适。

宰相哈高有个儿子名叫努伦丁·阿里，生得标致漂亮，像满圆的月儿那么清秀可爱，玫瑰色的腮上，镶着一颗龙涎香似的黑痣，更显得仪表非凡。可是他美中不足，纨绔脾气浓重，娇生惯养，性格粗暴。有一天张丽丝出言不慎，冒犯了他，致使他大发雷霆，捏起拳头，一拳把她打倒，摔破了额角，血流如注，一时昏迷过去。婢仆们眼看这种情景，吓得狂叫起来。少爷知道自己的过错，怕受处罚，一溜烟逃跑了。太太闻声赶来，问道："屋中喧哗吵闹，这是怎么回事？"

她一边问，一边来到室内，见张丽丝头破血流，婢仆们正在替她擦洗。她问明情况，急得放声哭泣，打自己的耳光，生怕儿子被宰相宰掉，非常担忧。正在这个时候，宰相不期而至，追问事情的究竟。太太说："你发誓听从我的建议吧。"

"好，你说吧。"宰相同意她的要求。于是她将儿子打张丽丝的行为说了一遍。宰相听了，顿时忧愤交集，急得扯破衣服，打自己的耳光，拔自己的胡须，说道："她脸上弄了这样一个疤痕，我不可能把她献给国王了。"

"别糟蹋你自己的身体吧。"太太劝慰宰相，"事情已经到了这步田地，由我名下赔她的身价一万金好了。"

"该死的你呀！"宰相抬头瞪着太太，"我并不需要她的身价银子，我只怕从此我的生命和财产都完蛋了。"

"哟！老爷，怎么会完蛋呢？"

"莫非你不知道，我们后面有那个叫萨威的冤家对头吗？他什么时候听到这桩事情，会去对国王说：那位嘴里说爱戴陛下的宰相，向陛下取了一万金，替陛下买了一个无比美丽的姑娘，可是他看中姑娘的姿色，便认为他自己比国王更应该享受，因此便留在家中自己受用了。国王即使不相信他的谗言，他会请求国王准他来搜索的。国王如果允许，他一来搜查，封闭我的房屋，将姑娘弄到宫中，国王一盘问，她是不能否认的。这样一来，他在国王面前表现他的忠诚，把我拿去审问，让人们笑骂，我这不就完蛋了吗？"

"这桩事情，别人不知不晓，一切托庇安拉保佑吧。"

听了妻室的安慰，宰相的心逐渐安定下来。

努伦丁·阿里畏罪逃避，不敢见宰相的面，白天偷偷摸摸地躲在花园中，夜里蹑脚蹑手地窜到母亲房中过夜，不待天亮便起身溜到园中躲避，始终不敢在他父亲面前露面，如是整整过了一月。有一天，他母亲对宰相说："老爷，我们损失一个姑娘还不够，莫非定要牺牲儿子不成？这种情况如果延长下去，孩子会被逼而逃走的。"

"该怎么办呢？"宰相问。

"今天夜里你别睡觉，待他回来，你抓住他，然后父子言归于好，各自谈开了吧。往后把张丽丝姑娘匹配给他为妻室，她的身价银子，由我赔还好了。"

当天晚上，宰相耐心等着，待儿子回家的时候，一把抓住他，按在地上。太太闻声赶到他们父子面前，问道："哟！你要怎样处置他呀？"

"我要宰掉他。"宰相说。

"爸爸，您老人家要把我这样不当一回事地宰割吗？"努伦丁·阿里眼里含着满眶的眼泪说。

"儿啊，你为什么把我的生命财产不当一回事地抛弃呢？"

"爸爸，我作了孽，请您老人家饶恕我。您老人家的名誉地位高，惹人嫉妒不浅，这就不该让那些冤家对头幸灾乐祸了。"

宰相被儿子的一番话说得回心转意，如释重负，随即从儿子身上爬了起来，说道："儿啊，我饶恕你了。如果我知道你能好生对待张丽丝姑娘，那是应该早日把她配给你的。"

"爸爸，"努伦丁·阿里吻了宰相的手，"我怎么能够不好生对待她呢？"

"那么我嘱咐你吧，孩子：你有张丽丝为妻，便该好生对待她，不可伤害她，不可出卖她，更不可见异思迁，另娶其他的妇女为妻。"

"爸爸，我向你起誓，从此我不另娶妻室，也不出卖张丽丝。"

努伦丁·阿里当父亲的面赌咒发誓,愿意遵守父亲的嘱咐,与张丽丝姑娘配为夫妻,在一起过活。在那个期间,国王把物色姑娘的事忘记了。张丽丝姑娘的消息虽然传到宰相萨威耳中,可是他慑于哈高在国王面前的威望,不敢告密。过了一年之后,宰相哈高往澡堂沐浴,感冒成疾,卧病不起,并且长期失眠,身体越来越衰弱,眼看仙游之日已近,便唤努伦丁·阿里到床前,嘱咐道:"儿啊,你要知道,人的饮食寿岁是有限度的,谁都要走死亡这条道路。我要嘱咐你,在我死后,你应当畏惧安拉,随时考虑言行的后果,并好生对待张丽丝。"

"爸爸,您做过许多好事,曾经站在讲坛上大声疾呼,号召人们做好事,这是别人不能和您媲美的地方。"

"儿啊,但愿安拉承领我的那番好意。"他说着念道:"我证实安拉是唯一的,穆罕默德是他的使徒。"随即瞑目长逝,府中响起了一片悲哀哭泣之声。继而消息传到宫中,人们听了宰相哈高逝世的噩耗,都失声痛哭,学堂里的儿童也为他的死而悲哀。努伦丁·阿里怀着悲痛的心情替亡父治丧,朝中公侯将相、文武官员以及城里的绅商庶民都去参加葬礼,在送葬的人中也有宰相萨威其人。

葬礼毕,送葬的人归去之后,努伦丁·阿里回到家中,想着父母养育之恩,痛哭流涕,怀着悲愁的情绪在家居丧。过了一晌,有一天忽然听得敲门之声,他起身开门一看,原来是他父亲生前的一位莫逆朋友来访,一见面便吻他的手,安慰他说:"小主人,令尊遗下你这样的后嗣,他虽死犹生,况且古往今来,无数的圣贤豪杰,谁都是这样归宿的,你应该达观些,不必过于悲伤。"

他听了客人的劝慰,果然振奋起来,布置一番,将日常生活必需的东西移到客厅里,从此接待宾客,经常有十个商人的子弟同他来往,一块儿吃喝玩耍,并广施博济,挥金如土。当时开支太大,他的管家劝告他:"努伦丁,我的主人,你不知道吗,没有节制的开销,会使人不知不觉地穷下去的?近来这样庞大的开支和无限度的馈赠,逐渐把钱财用亏了。"

听了管家的劝告,努伦丁若无其事,翻着眼皮看管家一眼,说:"管家的,你说的这些我全都不听。告诉你吧,当你手中还有钱可以开早餐的时候,希望你不必教我考虑晚饭的问题。"

管家的建议得不到主人的接纳,只好默然退了下去。之后,努伦丁继续沉溺在享乐的生活中,吃最好的饮食,任意挥霍。朋友中谁指着家里的陈设对他说:"这东西顶好。"他便说:"送给你。"要是对他说:"你的某幢屋子很漂亮。"他便说:"送你去住好了。"就这样他继续不断地早早晚晚设席招待朋友,终日无所事事地吃喝逍遥,混混沌沌地过了一个年头。

在此期间,有一天正当他和朋友们坐在客厅里谈笑的时候,忽然听得敲门声。他起身去开门,便有个朋友悄悄地随他后面窥探他的行踪。他开门一看,原来是管家的找他。他问道:"什么事?"

"主人呀!从前我为你所顾虑的事,现在果真实现了。"管家的说。

"这是怎么样的事呀?"

"你要知道,你的钱已经开支得干干净净,我手中没有值一文钱的东西了。这是我经手的开支账簿,这一本是收入账簿,都交给你吧。"

努伦丁·阿里听了管家的报告,低下头,呆呆地望着地板,自言自语说:"毫无办法,只望伟大的安拉拯救了。"这时候隐在他后面的那个朋友把他和管家的谈话听在心里,便溜进客厅,对其余的人说:"告诉你们吧,努伦丁已经破产了,现在看你们怎么办。"他刚说完,努伦丁·阿里便走进客室,脸上显出忧愁苦闷的颜色。这时候有个朋友站起来,看他一眼,说道:"我要走了,朋友!你允许我吧。"

"为什么要走呢?"

"老婆生孩子,不能再耽搁,必须回去看一看她。"

"我也走了,"那个朋友刚走,另一个接着站起来说。"我要到我哥哥那里去一趟,他的孩子行割礼。"就这样他的朋友每人推个事故,接二连三一个个地向他告辞走了。

努伦丁·阿里一个人孤单单地留在客厅里,唤张丽丝来对她说:"张丽丝,你不知道我的遭遇吧?"于是将管家报告的情况对她叙述一遍,接着说:"你是知道的,我的钱差不多全都花在朋友们的头上了,可是他们对我毫无表示便各自走了。我既然到了这步田地,想必他们不至于不帮助我吧。"

"指安拉起誓,求他们接济你,这是不可靠的事。"张丽丝说。

"现在我去找他们,敲他们的大门,也许能得到他们的援助,凑上一点本钱,从此我息交绝游,好生经营生意。"

他立刻动身,一直去到朋友们居住的那条巷里,敲第一家的大门,出来一个女仆,问道:"你是谁?""请告诉你的主人,"他说,"努伦丁·阿里站在门前,对他说:你的奴婢吻你的手,等着你的恩顾和赏赐呢。"

女仆进屋去,将情况告诉主人。主人听了,责备女仆,吩咐道:"出去对他说,主人不在家。"女仆遵从命令,出去对努伦丁说:"先生,我们主人不在家。"

得到回话,努伦丁转身离开大门,想道:"他若是一个吝啬鬼,拒绝见我的面,其余的人,想必会比他好些。"于是他去敲第二家的大门,但所碰到的情况,和第一次完全一样。他暗自说:"指安拉起誓,我非把他们全都试验一下不可,也许有一两个人会与众不同的。"于是他顺序一家一家地前去敲门求援,可是走遍了十家人家,没有一家开门和他见面,也没有一家赏他一个面饼充饥。碰了这个钉子,他伤心感叹,吟道:

> 人在走运的时候,
> 受到人们的欢迎奉承,
> 像一棵果子成熟的树木,
> 被人们围着采摘。
> 待果子摘完的时候,

他们便一去不回头，

　　撇下空树任日晒风吹。

　　这个时代的人类，

　　应该全在被消灭之列；

　　因为十室中没有一个诚实可靠的人。

　　吟罢，他垂头丧气地回到家中，心情越发苦闷了。张丽丝对他说："主人，我不是对你说过吗，他们是不会接济你的？"

　　"非但不接济，连我的面他们都不肯见。"

　　"倒不如出卖家具什物，暂时维持生活，看以后安拉怎样开解吧。"

　　他听从张丽丝的主张，果然出卖家具什物维持生活，直至卖完所有的器物，没有什么剩余的东西可卖，到了山穷水尽，无法可施的时候，这才对张丽丝说："现在该怎么办呢？"

　　"主人啊，我的主意是快带我去市场，干脆把我卖了吧。你是知道的，我是以一万金币被令尊买来的，也许目前安拉会用我的身价来解决你的困难。如果前生有缘，那么安拉会让我们百年聚首的。"

　　"张丽丝，我的人儿呀，同你分别一个钟头的工夫，对我来说都是不容易的事呢。"

　　"主人啊，我也是同样不能和你离别的，不过事情出于无奈，就目前的需要来说，我们被迫不得不走这条路嘛。"

　　努伦丁·阿里站了起来，牵着张丽丝的手，眼中流着雨一样的眼泪，吟道：

　　请你们留步，

　　让我在离别前向你们一顾，

　　以便我这颗快要粉碎的心儿得到医治。

　　你们对这桩事故如果感受困苦，

　　就该让我光荣地死去，

你们不必勉强受苦。

吟罢,他带张丽丝去到市中,委托经纪人,说道:"哈只①哈桑,告诉我吧,她可以卖多少钱?"

"我的主人努伦丁啊,高贵的品质是保存在记忆里的,"经纪人说,"这不是令尊以一万金币从我手中买去的那位张丽丝姑娘吗?"

"是呀,她就是张丽丝。"

经纪人去到商人中打量一番,见做买卖的人还没到齐,因此等了一会,直至交易的人从四面八方逐渐赶拢,所有土耳其、法兰西、佘尔克斯、埃塞俄比亚、诺摆、塔克鲁尔、希腊、鞑靼、迦泰基等地的女郎被带到市中,形成热闹拥挤的场面时,他才出现在人群中,高声喊道:"各位商家、富人! 大凡圆的不一定是胡桃,大凡长形的未必就是芭蕉,大凡红的不一定是肉,大凡白的也未必是脂肪。各位富商大贾,请问你们,我这里有一颗独珠子,是无价的宝贝,我应该喊多少价?"

"你喊四千五百金来开盘吧。"商人中有人建议。

经纪人喊出四千五百金的价格,让商人们开始竞买的时候,宰相萨威凑巧从市中经过,看见努伦丁·阿里站在市区的一旁,暗自想道:"哈高的儿子为什么站在这里? 难道狗崽子还有钱买姑娘不成?"他转着眼看了一看,见经纪人站在市中,被商人们围绕着,高声喊价,便暗自说:"我想他总是破了产,才把张丽丝这个姑娘拿来出卖的。"于是他唤经纪人。经纪人诚惶诚恐,赶忙奔到他面前,跪下去吻地面。

"刚才喊价的这个姑娘我要了。"他对经纪人说。

"好,我的主人,凭安拉的大名我带她来好了。"他不敢违命,赶紧带张丽丝到他面前,让他观看。

"哈桑! 这个姑娘别人给你出多少钱?"他已看中她了。

"刚才是以四千五百金开盘的。"

①　朝觐过麦加圣地的人被称为哈只。

"那我出四千五百金好了。"

一般生意人听了宰相萨威出的价格，一个个只是往后退缩，谁也不敢增价竞买；因为他们都知道宰相残酷、暴虐成性，恐怕惹是非。萨威瞪经纪人一眼，喝道："为什么站着？快去商量去，姑娘四千金卖给我，你有五百金的赏钱。"

经纪人去到努伦丁面前，说道："我的主人啊，张丽丝是没有希望了，可能是无偿地牺牲了。"

"这是为什么呢？"

"我们对她刚以四千五百金开盘，开始竞买的时候，不想那个横暴的萨威从市中经过，看中姑娘，愿出四千五百金收买。我想姑娘的主权属于你，这件事他是知道的，他要是当场兑钱给你，那是再好不过的；不过我懂得他的恶习，少不了写给你一张字条，教你去向他的代理人取款，同时他会通知他们不给你兑现。这样一来，你每次去索款，他们就用言语支吾、搪塞，对你敷衍、拖延。你自己是刚强而有血性的人，如果为你去讨债而使他们感觉难堪的时候，他们会把字条骗去撕掉，那时节你便人财两空了。"

"关于这桩事情，现在应当怎样应付才对？"

"我指示你一个办法，你果能照办，那就算你走好运了。"

"什么办法？你说吧。"

"待我去到市里，你随后赶来，从我手中夺过张丽丝，打她几个耳光，说：'我的誓愿赎过了，由于我发了要把你拿到市上出卖的誓愿，这才带你到市中来的；这不过是了一了赎罪的手续罢了。'如果你这样做，这个计策也许可以骗过他，人们也会相信你是为了赎罪才带姑娘到市上来的。"

"这个办法是正确的。"

经纪人跟努伦丁·阿里商议妥帖，匆匆走进市场，牵着张丽丝走到宰相萨威面前，说道："老爷，那是姑娘的主人，他已经来了。"他刚说完，努伦丁·阿里便赶到他面前，一把从他手中夺过张丽丝，并打她耳光,说道:"你这个该死的家伙!为了罚赎誓愿我才带你到市中来的。现在随我回家去吧,以后不许再违拗我。你这该死的家伙!难道是需要钱财我才出卖你吗?要是为了钱财,那么我家中的什物随便出卖一件,也超过你的身价几倍呢。"

宰相萨威冷冷地看努伦丁·阿里一眼,说道:"该死的家伙!你还有什么可卖的不成?"他想要殴打努伦丁·阿里,可是眼看着商人们都把视线集中在努伦丁·阿里身上,对他显出爱戴同情的神色。"我现在站在各位面前,"努伦丁·阿里对商人们说,"他的暴虐霸道大家是清楚明白的。""指安拉起誓,"宰相萨威说,"假若不是看在你们的情面上,我非杀他不可。"

商人们吓得面面相觑,暗示努伦丁·阿里,教他退让,说道:"我们谁也不干预你和他的私事。"但努伦丁·阿里终究是个血气方刚的青年,一股勇气地冲过去,伸手扯着宰相萨威,把他拖下马鞍,摔在泥塘里,接着脚踢拳打,揍了他一顿。有一拳打中他的牙齿,染得他满胡须的血迹。当时他的十个侍从眼看主人挨打,一齐伸手握住剑柄,预备抽出宝剑,保卫主人,要杀努伦丁·阿里。幸而旁观的人警告他们,说道:"他们一个是宰相,一个是宰相的儿子,现在虽然发生冲突,可是过些时候也许他们会和好如初,那时节在他们面前你们便成为讨厌的人了。要是你们碰伤了他,那会闯下杀身之祸呢。据我们的看法,你们最好不要干涉他们的私事。"

努伦丁·阿里打了宰相萨威,从从容容带着张丽丝回家去了。这时候宰相萨威从泥塘中爬出来,衣服上染满着黑泥、红血和灰土三种颜色,一看自己一旦间变成狼狈不堪的模样,索性不顾一切,从地上拾起一棵弯形的伽罗木套在脖子上,两只手里各握着一束芦苇,一股劲跑到王宫里去喊冤。他站在寝宫前面,大声喊道:"国王陛下!请来替我做主吧!我受人欺侮凌辱了。"

宫里的人闻声跑出来观看,并将他扶到国王面前。国王仔细一看,原来是宰相萨威,问道:"爱卿!是谁这样对待你?"听了国王的

慰问,他更加伤感,痛哭流涕,吟道:

> 您在世的一天,
> 我能受人欺侮吗?
> 您是狮王,
> 能让狼吃我吗?
> 您是云雨,
> 人们从您的甘池中取饮,
> 我却在您身旁受饥。

"主上,"宰相萨威吟罢对国王说,"莫非所有敬爱您、侍奉您的人,都教他受到这种遭遇吗?"

"你的尊严就是我的尊严。"国王说,"快对我讲吧,这是怎么一回事? 到底是谁这样对待你?"

"启奏主上,今天我往奴市去,打算买个女仆烧饭。我在市中看见一个姑娘,她生得那么标致美丽,是我生平不曾见过的。我要买她,预备贡献给陛下受用,因此向经纪人打听她的主子,从经纪人口中知道她的主子是哈高的儿子努伦丁·阿里。提到哈高,我便记起陛下曾经给他一万金,命他物色一个美丽的姑娘。可是他买了那个姑娘,自己看中她,便私心自用,不肯献给陛下,留给他的儿子享受。哈高死后,他的儿子靠卖产业和家具什物过活,后来终于破产了,没有生活费,这才把姑娘带往市中,托经纪人代他出卖。经纪人开盘喊价,商人们争先竞买,一会儿把她的身价抬高到四千金。我看了那种情景,一时计上心头,想道:'让我买了她,贡献给国王吧;反正当初哈高也是用国王的钱买她的。'于是我对他说:'我的孩子,从我名下取四千金作为她的身价吧。'他听了我的话,抬头看我一眼,骂道:'你这个老坏种! 我宁可卖给犹太人、基督教徒,也卖不到你头上去。''我不是为我自己,'我向他分辩,'而是为恩顾我们的那位国王才买她的。'他听我提到陛下,大发脾气,伸手扯着我,把我这样一个年老力衰的人从马上摔到泥塘里,不问青红皂白,脚踢拳打,把我糟蹋成这个样子,这是陛下亲眼看见的。我被人毒打,不为别的,只为我要替陛下买一个姑娘罢了。"

宰相萨威向国王申诉毕,不顾一切,倒身躺在地上,哆嗦着号啕痛哭。国王听了他的哭诉,眼看他狼狈不堪的形状,不禁怒火上冲,大发雷霆,回头看看朝臣,继而吩咐他面前的四十名仗剑的卫队:"去吧,你们立刻往哈高家中,抢劫一阵,然后捣毁他的屋宇,再将努伦丁·阿里和那个姑娘捆绑起来,一直顺地拖来见我。""听明白了,遵命就是。"卫队们回答着,马上佩带武器,离开宫廷,前去捉拿努伦丁·阿里。

国王的侍从中有个叫尔勒闷丁·桑基尔的,他原是宰相哈高的仆人,由于他的本领好,所以被提升为国王的侍从。当时他听了国王逮捕努伦丁·阿里的命令,并亲眼看见卫队们整装出发前去危害小主人的情景,一时惶惑不安,悄悄地从国王面前溜了出去,骑马飞快地赶往努伦丁·阿里家中报讯。到了门前,下马一敲门,努伦丁·阿里开门一看,便认识他。他迫不及待,说道:"主人呀!事情紧急,现在不是问候和细谈的时候,诗人吟得好:

> 你若嗅到威胁的气味,
> 即刻拔脚逃命,
> 宁可撇下居室,
> 让建筑者去凭吊、哀怜。
> 因为宇宙间到处有你栖息之地,
> 可是你的身躯仅仅只有这一具。"

"这是怎么一回事呀,尔勒闷丁?"努伦丁问。

"快吧,你自己和张丽丝快快动身逃走吧。萨威老贼已经给你们布下罗网。你们几时跌在他手里,就要被他屠杀的。国王已经派了四十名卫队前来捉拿你们,祸患马上就要临头。我劝你们趁早逃走吧。"他从衣袋里掏出四十金递给努伦丁，说道："给你，带去使用。要是我有多余的钱，我一定送给你，现在用不着客气了。"

努伦丁·阿里走进屋去，将那种突兀的事件对张丽丝一谈，吓得她举着两手只是发抖。两人仓皇失措地逃往郊外，在安拉冥冥地保护之下，一直去到海滨。凑巧那里有只商船正准备开航，船长站在乘客中说："谁还需要备办饮食，或者需要向家属告辞，或者忘了携带什物？请赶快去办理吧，我们就要启碇了。"

"船长，我们没有什么事情了。"听了船长的吩咐，乘客们齐声回答。

"那么松缆、拔锚，准备起程吧。"船长吩咐船员们。

"船长，你们的船预备开往什么地方去？"努伦丁·阿里过去打听消息。

"准备要开往巴格达那个平安的城市去。"

努伦丁·阿里听了船长的回答，非常高兴，暗中给自己报喜，随即带张丽丝上船，同其他的旅客一块儿航行。船在海洋里，像鸟儿翱翔在空中，一路顺风地向巴格达前进。

努伦丁·阿里带着张丽丝高飞远走之后，国王的卫队涌到他的家中，破门而入，到处搜索，不见努伦丁·阿里和张丽丝的踪影，便拿屋子出气，破坏捣毁一番，然后转回宫去报告。国王吩咐道："你们往他们可能隐身的任何地方去寻找。""听明白了，遵命就是。"卫队齐声回答，随即分头前去缉捕。同时国王一方面下了通缉令，派人在城中晓谕道："告谕人民知悉：国王下令，悬赏捉拿逃犯努伦丁·阿里，凡知道他的下落前往报告的，赐衣服一套，赏银千金；知而不报，或隐匿犯人的，与犯人同罪。"一方面安慰宰相萨威，赏他一套衣服，对他说："放心吧，我能替你报仇雪耻。"萨威感激得五体投地，替国王祈福，高呼国王万岁。然而国王的命令虽然严厉，缉捕的人虽然卖力，可是终归徒劳，一直找不到努伦丁·阿里的踪影。

努伦丁·阿里和张丽丝跟其他的旅客同舟航行，一帆风顺地到达巴格达,当时船长宣布道:"这里便是巴格达,它是一座平安的城市。现在冬天已经带着严寒归去,温暖的春天佩着玫瑰花朵接踵而来,百花正在争艳怒放,河渠潺潺一泻千里,整个城市变得春暖花香了。"

努伦丁·阿里和张丽丝缴了五枚金币的旅费,然后舍舟登陆,向前行了一会,不知不觉被命运驱使到一处幽静的所在,那个地方被洒扫得干干净净,罗列着石凳,水槽中泻着清泉,上面架着竹篷,一条曲径直通到一座花园的大门。"好一个幽静的地方啊!"努伦丁·阿里赞不绝口。"让我们坐在凳上休息一会,消除疲劳吧。"张丽丝提议。于是他们坐下来休息,并取槽中泉水洗脸,继而陶醉在和风中,不知不觉呼呼地睡熟了。

那座花园叫快乐园,园中有一幢建筑,叫消愁宫,是哈里发何鲁纳·拉施德建来供他自己游息的。哈里发每当心绪不宁,便往宫中小住,借景消愁解闷。消愁宫中有八十道窗户,每窗之前悬挂彩灯一盏,中央有一座黄金烛台。哈里发每到宫中,必吩咐婢女尽开窗户,听宫廷艺人伊斯哈格·本·伊补拉欣奏乐和宫娥彩女们歌舞,借以消愁寻乐。园中有个年长的老园丁,名伊补拉欣,做事认真,为人严肃。有一次他因事离开快乐园,园中的花木受到游人的损坏,他恼在心头,趁机向哈里发控诉。哈里发对他说:"在花园门前无论碰到谁,你可以随便处罚他。"

那天老园丁伊补拉欣因事出去,刚跨出园门,发现两个不速之客用罩袍捂着头酣睡在花园门前,便出声嚷道:"指安拉起誓,好极了,这两个家伙不知道我曾奉哈里发的圣旨,可以随便惩罚在园前碰到的闲杂人等。现在让我来痛打他们一顿,教别人知道我的厉害,不致随便到园门附近来游荡。"于是他折了一根棕榈枝,高高举起,要打在他们身上。这时候,他忽然转念一想,自言自语地说道:"伊补拉欣呀!你不了解他们的情况,怎么就要动手打人?他们可能是外路人,也许是旅行者,无意间流落到此。现在让我揭开他们的脸面看个究竟,到底是怎么一回事情。"他说着伸手拉开罩袍一看:"哟!是一对漂亮的人儿,我不该打他们。"于是照样给他们盖起来,随即转到努伦丁·阿里的脚前,伸手紧紧地按住他的两脚。努伦丁·阿里从梦中惊醒,睁眼一看,见一个相貌威严的老头子在他脚前,感到无限的惭愧,把腿一缩,即刻坐将起来,拉着伊补拉欣,吻他的手。

"孩子,你从哪里来?"伊补拉欣问。

"老先生,我是外路人。"努伦丁·阿里眼里流着清泪。

"孩子,你要知道,穆圣教我们要爱护出门人。来吧,孩子,随我到花园里看看,消遣一会好吗?"

"这是谁的花园呀,老伯?"

"这是我从祖先的遗产继承下来的。"

伊补拉欣这样说的目的,是要他不必顾虑,可以安心自如地进去游览。努伦丁·阿里听了,衷心感激,一骨碌爬起来,带着张丽丝随老头走进花园。他们一看,这不是一座普通的花园;穹形的大门,布置得像宫殿一般,被葡萄藤覆盖着,累累的果实,红的像红宝石,黑的像紫檀。走过大门,长着各式各样的果树,雀鸟在枝头上唱着清脆的歌,夜莺播送着和谐的声音,雏鸠的咕咕声充满了整个园地,山鸦唱得和人语没有分别,唱鸽蹦蹦跳跳,狂欢得如同醉汉一样。各式各样的果子已经成熟,各式各样的花草已经开放。果子中如杏、梅、樱桃、无花果、佛手柑、柠檬等,每一种都包括两个品种,显出鲜艳的颜色,泛着香甜的气味,令人望着垂涎欲滴。玫瑰、紫罗兰、桃金娘、风信子、白头翁、水仙以及其他各式各样的花卉,正在怒放争艳,开遍了整个园地,白的如珍珠,红的似珊瑚,其他黄紫青绿等灿烂的颜色,配着芬芳的花香,清脆的鸟语,凉爽的和风,淙淙的清流,把花园点缀成一座人间乐园,煞是美丽,令人流连忘返。

努伦丁·阿里和张丽丝在花园中欣赏了花草树木,然后随伊补拉欣老头走进消愁宫,去到楼阁的大厅里。他举目望着堂皇富丽的陈设,精巧细致的烛台和彩灯,一时触景生情,回想到他那消逝了的少爷公子生活,不禁感慨系之,流露出羡慕的情绪,自言自语地赞道:"好一座美丽的宫殿呀!"于是他们坐下享受伊补拉欣老头摆出的饭菜;吃饱之后,洗了手,然后凭窗眺望园中树上累累的果实和草地上万紫千红的花朵,陶醉在那绮丽的风光景色中。一会儿他回头对伊补拉欣老头说:"老伯,吃过饭应该喝点东西助消化,你这儿有什么可喝的吗?"听了努伦丁·阿里的提议,老头子忙端出凉水招待他们。努伦丁·阿里见了,说道:"老伯,这个不是我所要求的。"

"也许你是要酒吧?"伊补拉欣问。

"对了,我就是要喝酒。"

"求安拉保佑我!至今有三十年的工夫我不闻酒的气味了。因为喝酒、酿酒和卖酒的人全是受圣人指责和咒骂的。"

"请你听我说两句话好吗?"

"有什么话你只管说吧。"

"譬如这匹讨厌的驴子,要是挨了咒骂,人家的咒骂对你碍不碍事?"

"不,对我毫无损益。"

"那么这里有一枚金币和两个银币,你带在身边,骑驴去到酒店,远远地站在一旁,等有谁去买东西时,你给他两块钱,托他替你买一枚金币的酒,拿来系在驴上带将回来,这样既不是你买的,也不是你带回来的,这便与你无关了。"

努伦丁·阿里的一席话,引得伊补拉欣老头哈哈大笑,说道:"孩子,像你这样活泼,这样会说话的人,我从来还不曾见过。"于是按照努伦丁·阿里的办法,骑驴出去沽酒回来。努伦丁·阿里非常感激,说道:"我们成为依赖你的人了,还得麻烦你给我们拿几个杯子来。"

"孩子,这是给哈里发预备的伙食房,"伊补拉欣老头说,"里面什么都有,需要什么,你去取吧。"

听了老头的吩咐,努伦丁·阿里进房去,见里面的器皿,有金的银的,也有镶珠宝的水晶杯。他取出几套酒杯,齐齐整整地摆起来,把酒斟在杯中,然后喜笑颜开地坐下,与张丽丝举杯对饮。伊补拉欣老头给他们摘来香甜的果子当酒肴,然后远远地坐在一旁冷眼看他们痛饮。

努伦丁·阿里和张丽丝对着美丽的景色愈喝愈起劲,显出欢欣愉快的情绪,而且他们腮上的红潮,迷离的眼光,蓬松的头发,说明他们已经陶然沉醉了。伊补拉欣老头眼看这种放浪不拘的形态,心有所感,自言自语地说道:"为什么我远远地坐在这里?为什么我不同他们一块儿起坐?像这样月儿般的一对青年,我几时还有机会和他们碰头聚首呢?"于是他挪一挪地方,静悄悄地坐在一旁。努伦丁·阿里说道:"我的主人,指我的生命起誓,请你靠近我们坐吧。"

待他走过去的时候,努伦丁·阿里满满地斟了一杯,看他一眼,说道:"你喝这杯,尝尝里面的滋味吧。""求主保佑我,"伊补拉欣说,"三十年以来我就不曾干这个了。"

努伦丁·阿里装出不介意的神情,将手中的酒一饮而尽,随即倒下去,呼呼地睡着了,好像酩酊大醉,不省人事的样子。这时候张丽丝举目看着伊补拉欣老头说:"老伯,您看这个人吧,他是怎样对待我的?"

"他怎么着?"老头问。

"他经常如此对待我,他喝一会,便睡他的觉,撇下我一个人孤孤单单的,无人和我对饮,也没有人陪我谈笑歌唱。"

"指安拉起誓,这样是不对的。"

张丽丝趁机斟满一杯,看伊补拉欣老头一眼,说道:"指我的生命起誓,我敬您一杯,接过去喝了它吧。我恳求您别拒绝我的这番好意,喝了它,使我的心可以得到慰藉。"

伊补拉欣伸手接过酒杯,一饮而尽。张丽丝接着斟了第二杯,放在烛上温了一会,递给伊补拉欣老头:"老伯,再喝这杯吧。"

"不,我不能喝了;喝一杯已经够了。"

"非敬您这杯不可。"

他接过去,喝了;张丽丝斟了第三杯,他接过去刚要喝的时候,努伦丁·阿里一骨碌爬起来,正襟坐着说道:"伊补拉欣长者,这是怎么一回事呀?先前我斟酒敬你,你不肯喝,说你三十年来就不干这个了;可是为什么现在要开戒呢?""指安拉起誓,"伊补拉欣老头感到无限的惭愧,"是她让我喝,我自己是没罪的。"

努伦丁·阿里哈哈大笑一会,接着畅饮起来。张丽丝转眼看了一看,悄悄地对他说:"你喝你的,别让老头子,一会我教你看好的。"于是她斟酒给努伦丁·阿里,努伦丁·阿里也斟酒还敬她,彼此对饮,只是不理会老头子。伊补拉欣老头眼看那种情景,忍不住动起气来,马上提出抗议:"岂有此理!为什么不斟给我?这成什么体统?"

听了老头子的抗议,努伦丁·阿里和张丽丝笑得几乎倒在地上。继而他俩斟给老头,三个人继续不断地畅饮到三更时分。这时候张丽丝说:"老伯,让我燃一支蜡烛吧,你许可吗?""可以,"伊补拉欣老头说,"你去燃一支好了。"于是她站起来,顺序把所有八十支蜡烛全都燃着。她刚坐下,努伦丁·阿里说道:"老伯,你该赏我什么呢?你不允许我点一盏彩灯吗?""去吧!"伊补拉欣老头说,"你去点一盏好了;不必多点,免得麻烦别人。"于是他站起来,顺序把窗前挂着的八十盏彩灯全都点着。于是整个消愁宫,一时光耀夺目,好像舞蹈起来一样。这时候伊补拉欣老头已经有了几分醉意,醉眼蒙眬地说道:"你们比我好玩多啦!"于是抖身站了起来,去到窗前,开了所有的窗户,然后在光辉灿烂的灯光下,被欢欣快乐的气氛笼罩着,他们重整旗鼓,一面劝酒畅饮,一面朗诵诗歌。

事出巧遇。那天夜里月光皎洁,哈里发何鲁纳·拉施德从宫窗里欣赏底格里斯河的夜景,发现河水中反映出万道金光,仔细看了一会,才看清楚原来是消愁宫中的灯烛全被燃着了,于是吩咐随从:"传张尔蕃进宫。"不一会,宰相张尔蕃应召赶到宫中听令。哈里发一见张尔蕃便开口大骂:"你这个狗东西!莫非巴格达失守了,你不报告我吗?"

"这话是怎么说的?"张尔蕃莫名其妙。

"巴格达要是不失守,消愁宫的窗户不会开着了,里面的灯烛也不会点着了。该死的你呀! 既然有人敢这样做,显见得是要篡夺王位了。"

"消愁宫的窗户开着,里面的灯烛燃着?"张尔蕃全身的肌肉发抖,"这是谁报告陛下的?"

"你自己过来看一看便知道了。"

张尔蕃走到哈里发面前,抬头向底格里斯河那方面看过去,深夜里,消愁宫果然灯火辉煌灿烂。这时候他存心替园丁伊补拉欣推个故,把事情敷衍过去,也许哈里发会饶恕他。于是说道:"启禀主上,上礼拜五的那天,伊补拉欣长者来见我,希望在陛下执政的这个升平时代,使他的儿子们高兴快乐一番。我问他需要什么,他便托我恳求陛下准他在消愁宫中替儿子举行割礼。当时我答应转达他的要求,打发他走了。可是后来我竟忘了报告主上。"

"张尔蕃! 先前你只是犯了一重罪过,现在却一变而为两重罪孽了。因为你的错误是两方面的:第一,你不曾把这桩事情报告我;第二,你不曾使伊补拉欣长者达到他的希望目的。他既然来见你,对你说那样的话,唯一的目的是希望得几个钱维持生活。你既不给他什么东西,也不把他的情况告诉我。"

"众穆民的领袖,我把这桩事忘了。"

"指我的祖先起誓,在天亮之前,我必须上他那儿去。因为他为人廉洁,经常与老弱贫困的人们结交往来,关心他们。我想今晚他们总是聚会在那里,说不定其中有善良的人,会给我们好影响呢。再说我去参加他们的行列,会给他们带来好处,尤其伊补拉欣长者会感到高兴快乐的。"

"主上,时间不早,就快天亮了。"

"非去那儿走一趟不可。"

张尔蕃沉默下来，惶恐万状，不知如何是好。哈里发说着便动身，身边除了张尔蕃之外，还有马师伦奉陪。他们三人扮成商人模样，悄悄地溜出王宫，一直去到快乐园。发现园门洞开，哈里发说："你看，张尔蕃，这样更深夜静，伊补拉欣长者怎么还不关门，这不是他的习惯吧。"于是他们一块儿进去，穿过花园，去到消愁宫下面，哈里发说："张尔蕃，在和他们见面之前，我要暗中打听一番，看一看他们究竟干的是什么好事。你注意看这些老人家吧！直到现在我还不曾听见声响，他们中没有谁在提念安拉。"他说着抬头看见一棵高大的胡桃树，便说："张尔蕃，这棵树的枝干靠近窗户，我要爬上树去窥探他们。"于是慢慢爬上树去，攀缘着从一根丫杈挪到另一根丫杈，直爬到靠近窗前的一根丫杈上坐着，然后从窗口往里一看，见一对月儿般美丽的青年男女坐在里面，同时见伊补拉欣长者也坐在一旁，手里端着酒杯，说道："饮酒的时候没有音乐伴奏，这是不能尽欢的，因为诗人曾经说过：

　　　　把它盛在大杯小盏中去传递，
　　　　并向那月儿般的人的手中去领受。
　　　　干杯的时候不可无声无气，
　　　　因为马儿是随着口哨声而饮水的。"

　　哈里发看了伊补拉欣老头的言行，无名的怒火一直烧到眉梢，急急忙忙从树上下来，说道："张尔蕃，这个时代绝对不存在廉洁的人了！你上去看吧，廉洁者的福分是不可不看的。"

　　听了哈里发的话，张尔蕃莫名其妙，一时弄糊涂了，只好爬上树去，定睛一看，努伦丁·阿里、伊补拉欣老头和张丽丝便呈现在他眼前，伊补拉欣老头的手中还端着酒杯。看了这种情景，他心中无限恐怖，相信这回是非死不可的了。他下树来，垂头丧气地站在哈里发面前。

　　"张尔蕃！"哈里发说，"赞美安拉，他使我们成为遵循教律的人，并教我们不犯那种伪善的罪恶。你瞧,究竟是谁勾引这些人到这里来的? 是谁把他们领到我的宫中来的? 不过,像这样漂亮的青年男女,我生平还是第一次看见的。"

张尔蕃当初惭愧得哑口无言,可是听了哈里发谈话的口气,心中闪出一线希望,说道:"实在的,主上! 您说得真对。"哈里发提议说:"张尔蕃,让我们爬到靠窗户的树枝上,仔细看一看他们的举止动静。"

哈里发和张尔蕃两人一起爬上树去,躲在丫杈里,定睛望着他们,只听得伊补拉欣老头说:"我的主妇呀! 为了喝酒,我抛弃尊严了。可是单喝酒,不弹唱,这是不痛快的。""老伯,"张丽丝说,"要是这里有什么乐器,那我们就可以尽欢了。"

听了张丽丝的话,伊补拉欣老头起身便走。看了这种情况,哈里发对张尔蕃说:"你瞧,他去干什么呢?""我不知道。"张尔蕃回答。伊补拉欣老头去了一会,带来一把琵琶。哈里发仔细一看,原来是宫廷艺人伊斯哈格的乐器。"这个女子如果弹唱得不行,我非把你们一个个钉死不可,"哈里发说,"要是她弹唱得不错,那么我可以饶恕他们,只是钉你一个人罢了。"

"主宰呀! 愿您教她唱得很丑吧。"张尔蕃在祈祷。

"这是为什么呢?"哈里发问。

"以便您把我们全都处死,让我们在一起,彼此有些慰藉。"

他的话惹得哈里发忍不住发笑。这时候,张丽丝从伊补拉欣老头手中接过琵琶,调了弦,从从容容地弹起来,那抑扬顿挫的音调中,隐藏着一种可以熔解钢铁、激动白痴的魔力。她弹罢,接着拉开嗓子唱道:

> 观众们!
> 我们是相爱的可怜人,
> 难道不该获得你们的同情?
> 不管你们怎样处置都行,

对我们来说都是应该承受的。

我们切望你们庇护、支援，

恳求慨然满足我们的要求。

“指安拉起誓，她唱得真好！”哈里发说，“张尔蕃，像这样美妙动听的歌声，我生平还是第一次听见呢。”

“主上的怒气已经消除了吧？”张尔蕃问。

“对，已经消除了。”

哈里发和张尔蕃君臣相继溜下树来，站在消愁宫前，徘徊不知所措。哈里发看张尔蕃一眼，说道：“我要上楼去，和他们坐在一起，听姑娘歌唱。”

“主上！”张尔蕃说，“您现在上楼，会打乱他们的，伊补拉欣老头可能活生生地被您吓死呢。”

“张尔蕃，告诉我吧，必须用什么方法才能使他们不认识我？”

哈里发和张尔蕃君臣正为此事感到为难，沉思默想，希望想出一个妙计。于是他们边想边走，慢步去到河边，无意间发现一个渔翁在宫窗下面打鱼。

原来在很久以前，哈里发在消愁宫中小住，听到嘈杂的声音，便问伊补拉欣老头：“宫窗下面为何发生喧哗之声？”“那是打鱼者的声音。”伊补拉欣回答。“下去告诉他们，禁止他们再到此地打鱼。”哈里发吩咐。从那回以后，消愁宫附近绝对禁止人们打鱼。可是那天晚上渔翁克律睦发现园门开着，暗自想道：“这是人们不注意的时候，让我趁机会进去打几网鱼吧。”于是带着网儿，悄然溜到宫窗下，偷偷摸摸地预备去打鱼，不想哈里发已经来到他面前，一看便认识他，喊道：“克律睦！”

渔翁听到有人喊自己的名字，回头一看，见是哈里发站在自己后面，吓得浑身发抖。“主上，”他说，“我这样做并不是蔑视禁令，实在是迫于饥寒，不得已才这样冒险的。”“既然如此，你替我打一网好了。”哈里发吩咐他。

渔翁喜出望外,立刻抖擞精神,跨前几步,把网撒在河中,等一会扯起来一看,见网中有好几种鱼。哈里发见了,异常高兴,说道:"克律睦,脱下你的衣服吧。"

渔翁听从命令,即刻从身上将那件补着百多个补丁,沾满污垢的长袍脱了下来,并从头上取下那条戴了三年多,烂成条条的缠头,一并递给哈里发;同时哈里发也脱下自己身上的两件亚历山大和拨尔勒潘克的丝织锦袍,递给渔翁:"给你,拿去穿吧。"于是拿渔翁的衣服和缠头穿戴起来,扮成渔翁。可是不一会,那破长袍中的虱子陆续爬到他身上骚扰起来,他抬起两只手,把虱子从脖子上一个个摸下来,惊奇地嚷道:"克律睦,你这个该死的家伙!衣服里怎么这样多的虱子呀?"

"我的主人啊!现在你刚穿起来,难免是要吃些苦头,可是一星期后,习惯成了自然,那时候就不觉得怎么样了。"

"喏!该死的家伙!"哈里发笑了一笑,"我怎么能穿这样的衣服呢?"

"我要向陛下进句忠言。"

"有什么话,你只管说。"

"主上若是要学打鱼的本领,企图掌握一种可以谋利的技能,那么穿这件衣服,是最适宜不过的了。"

"好,"哈里发忍不住笑起来了,"克律睦,去你的吧。"

哈里发用绿草盖在鱼笼上,慢步提着走到张尔蕃面前。张尔蕃认为他是渔翁,大吃一惊,说道:"克律睦!你为什么到这儿来?赶快逃你的命吧,因为哈里发今晚到花园中来了,他要看见你,你的脖子就不保险了。"

哈里发听了张尔蕃的话,忍不住笑了一笑;张尔蕃这才明白,说道:"您是主上吧。"

"不错,张尔蕃,你是我的宰相,我到你面前,你还不认识我,伊补拉欣老头子喝得醉眼蒙眬,怎么能认识我呢?你在这儿等一等,让我进去吧。"

"听明白了,遵命就是。"

哈里发走进消愁宫,去到大厅面前,轻轻地敲门。听了敲门声,努伦丁·阿里对伊补拉欣老头说:"老伯,有人敲门呢。"

"谁敲门呀?"伊补拉欣老头问。

"是我,伊补拉欣老伯。"哈里发回答。

"你是谁?"

"我是渔翁克律睦。听说您这儿有客人,我特意给您送鲜鱼来了。"

努伦丁·阿里和张丽丝听了送鱼来的消息,异常喜欢,说道:"老伯,开门让他把鱼拿进来吧。"

伊补拉欣老头起身,开了门。哈里发一进去便问候他们。"欢迎你这个小偷和赌棍,"伊补拉欣老头说,"进来吧,把鱼拿给我们看看。"

哈里发把鱼递过去,他们一看,是两尾活生生的新鲜鱼儿,张丽丝便说:"老伯,鱼是不错,但愿它是煎熟了的,那该是多好呀!""我的主妇啊!你说的对。"伊补拉欣老头应答着,随即对哈里发说:"渔翁,为什么不把鱼煎熟了送来?去,现在就去,替我们煎熟了再送来吧。"

"遵命,我拿去煎;煎好了再送来。"

"好,你去吧。"

哈里发带着鱼急急忙忙走了出来,去到张尔蕃面前,叹道:"唉!张尔蕃!"

"主上有何吩咐?"张尔蕃应着,"事情进行得好吧。"

"他们吩咐我替他们煎鱼呢。"

"给我,我代劳替他们去煎好了。"

"指我祖先的坟墓起誓,我非亲手去煎不可。"

哈里发去到园丁的茅舍里,举目一望,凡是需要的东西,全都齐备,甚至于连盐巴、番红花、茴香都不缺少,于是生着炉子,支起煎锅,小心翼翼地煎熟了鱼,摆在芭蕉叶上,并从园中摘了柠檬,然后端到大厅里,摆在他们面前,让他们开怀享受。吃毕,他们起来洗手,努伦丁·阿里说:"渔翁,今夜里蒙你给我们好饮食吃,"他伸手从衣袋中把动身时桑基尔给他的金币掏出三枚递过去,"请原谅吧,假若在遭难之前我认识你,那么一定能解除你心中的痛苦的。这几个钱给你,拿去吧。"

他把钱丢给哈里发,哈里发赶忙捡起来,吻一吻,放在衣袋里。他这样做的目的,是希望听到张丽丝歌唱。因此他说:"蒙您赏赐,实在感激不尽;还望您恩上加恩,让这位姑娘唱一支歌给我听吧。""张丽丝,"努伦丁·阿里说,"指我的生命起誓,你看渔翁的情面唱一曲吧;他喜欢听你歌唱呢。"

张丽丝听了努伦丁·阿里的吩咐,就抱起琵琶,调了弦,轻举玉指,弹着唱道:

> 一个柔和温顺的女郎,
> 她举指弹奏琵琶的时候,
> 人们的灵魂被她夺去。
> 她歌唱的时候,
> 歌声迷住盲人的眼睛,
> 博得哑巴称誉说:
> "你唱得真好听。"

她唱了一曲,接着弹起令人陶醉、扣人心弦的歌曲,唱道:

> 你们光临,
> 驱散了夜里的黑影,
> 使我们无上的荣幸。
> 我应当打扫屋宇,
> 用麝香、樟脑和玫瑰水,

为的是迎接你们驾临。

听了歌唱,哈里发深受感动,无从抑制兴奋的情绪,不自主地大声叫道:"好!好!好!"

"渔翁!你看中这个姑娘了?"努伦丁·阿里问。

"是呀,指安拉起誓。"

"好吧,我把她当礼物送给你。这是一个慷慨者馈赠的礼物,他不希望你的报答,也不至于索回他的礼物。"

他说着站了起来,拿起一件衣服丢给渔翁,命他带走姑娘。张丽丝望他一眼,说道:"主人哟!不经话别,便这样分手吗?如果非分手不可,那么请等一等,让我和你话别吧。"随即吟道:

> 如果有谁在泪水中游泳,
>
> 我便是他们中的先锋队。
>
> 哈高的后裔、我所希望仰赖的人哟!
>
> 你的爱情永不磨灭地刻在我的心头。
>
> 为了我,
>
> 你曾违背我的主人,
>
> 且不辞离乡背井,
>
> 跋涉奔波。
>
> 你既把我送给一位慷慨①而受人赞美的人物,
>
> 但愿安拉不让你因我而感受寂寞、孤苦。

张丽丝吟罢,努伦丁·阿里继她吟道:

> 离别之日,
>
> 她向我话别。
>
> 因为别恨离愁,

---

① "克律睦"在阿拉伯文中是慷慨者的意思。而渔翁的名字也叫"克律睦",故此处是双关的意思。也可译为"你既把我送给受人赞美的克律睦"。

她洒着伤心的眼泪，

向我探询：

"分别之后，

你打算何为？"

我对她说：

"这样的问题，

请你向生活着的人们去打听。"

哈里发听了张丽丝的吟诵，其中有"你曾违背我的主人"这样的字句，对他们依依难分难舍的情形，感到切肤之痛，对其中的隐情，似乎非问个清楚明白不可，便对努伦丁·阿里说："我的主人，这个姑娘在她的诗中说，你曾违背她的主人。告诉我吧：她的主人到底是谁？你究竟违背了谁？有谁向你勒索什么？"

"渔翁，指安拉起誓，"努伦丁·阿里说，"我和这个姑娘之间发生过奇奇怪怪的遭遇，如果把个中的情节记录下来，对于后人是个很好的教训呢。"

"你的境遇何妨对我谈谈？让我明白你的情况，对于解救你，也许有些好处。"

努伦丁·阿里低头思索一会，随即将自己和张丽丝的遭遇，从头到尾叙述一遍。哈里发听了，问道："现在你打算往哪里去？"

"安拉的国土宽阔着呢，不愁我没有去处呀！"

"我写一封信，你带去交给国王艾尔邹年。他读了信，能照顾你，不敢伤害你。"

"世间哪里有渔翁致书国王的道理？这是绝对不可能的事呀！"

"你说的对，不过我得对你讲明理由。你要知道，从前我和他是同学，在一位法学大师帐下攻读，因此我们是知己。出了学校以后，他走运，一步步高升，终于做了国王；我自己活该倒霉，没有进展，落寞下来，受到安拉的惩罚，被贬为渔人。虽然如此，我要是写信给他，总能得到他的应允；即使每天写信向他要求一千桩事，他都能替我解决的。"

听了哈里发的解释,努伦丁·阿里说道:"好的,你写吧。待你写毕,让我看一看。"

哈里发执笔写道:"何鲁纳·拉施德致书藩王穆罕默德·本·苏里曼·艾尔邹年阁下,寡人念阁下劳苦功高,特准其退职;今委宰相哈高之子努伦丁·阿里前来接替,负责国家大事。诏书至时,盼即刻交代,勿违此令。"

哈里发写了信,交给努伦丁·阿里。努伦丁·阿里接过去,吻一吻,把它放在缠头里,然后告辞,匆匆前去下书。这时候伊补拉欣老头看看哈里发这副渔翁模样,说道:"最下贱的渔翁哟!你送来两尾鱼,充其量值一块钱,但是你得了三个金币的报酬,现在你还要领走姑娘吗?"

哈里发听了伊补拉欣老头的辱骂,非常恼火,一方面大声斥责他,一方面举手向马师伦示意。随着哈里发的指示,马师伦闪身跳了出来,逼近伊补拉欣老头。当时,张尔蕃事先打发往王宫给哈里发取衣服的一个园中的仆人已经完成任务,跪在地上,将衣服呈现在哈里发面前。哈里发脱了身上的渔翁衣服,换上宫装,站着打量伊补拉欣老头。伊补拉欣老头一怔,呆然坐在椅上,昏头昏脑,咬着手指,自言自语地说道:"你瞧!我是醒着呢,还是在梦中?"

哈里发瞪他一眼,说道:"伊补拉欣长者! 这算是一种什么情况呢?"

听了哈里发的质问,伊补拉欣老头恍然大悟,一时清醒过来,立刻跪下,苦苦告罪求饶。哈里发望着他那副尴尬可怜的窘况,慨然饶恕了他,同时吩咐带张丽丝进宫,腾出一幢宫室供她居住,派专人侍奉她,对她说:"你要知道,我派你的主人努伦丁·阿里去做巴士拉国王。若是安拉愿意,我打发人送衣服赏赐他,并送你去巴士拉和他见面。"

努伦丁·阿里带着哈里发的信,不辞跋涉,兼程赶到巴士拉,一直闯进宫去，大声一嚷，国王艾尔邹年闻声出来接见，唤他过来。他走过去，跪着吻了地面，然后取出诏书，呈了上去。国王接过去一看，见是圣旨，立刻站起来，亲切地吻了三次，诚惶诚恐地说道："一切都明白了，遵循安拉和哈里发的命令不误。"于是召集四位法官和各部大臣，准备当众宣布退职，把王位让给努伦丁·阿里。他把诏书递给宰相萨威。萨威接过去看了，立刻扯破，塞在嘴中嚼一嚼，然后唾在地上。他的举止惹得国王惊慌、生气，说道："你这个该死的家伙！怎么这样胡闹？"

"启奏主上，"萨威说，"指陛下的生命起誓，此人不曾谒见哈里发，也不曾和他的宰相见面；这显然是那班善于欺骗的鬼祟之徒，为所欲为地模仿哈里发的笔迹，伪造出来的诏书。哈里发不曾派个专使带着亲笔的上谕陪他前来接替你的王位，这证明他绝对不是从哈里发那里来的。如果这是真实事件，哈里发必定要派御前大臣或宰相陪他前来上任，才是道理，如今却是他自己一个人前来上任，这是不足为信的。"

"那该怎么办呢？"国王问。

"把这个青年交给我负责处理好了，我会派专人前往京城报告，如果实有其事，教他带上谕和委状前来，否则，这个人是我的冤家对头，我是非向他报复不可的。"

"好的，你暂且带他去吧。"

宰相萨威得了国王的许可，带努伦丁·阿里回到府中，交给家丁，吩咐他们摔倒他，毒打一顿。打得他昏迷不省人事，这才给他戴上重镣，送进监狱，并把狱卒唤去亲自下命令。那个在府中管理监狱的人名叫革推图，听了宰相的呼唤，诚惶诚恐地跑到宰相面前，跪下去吻地面，敬听吩咐。"革推图，"宰相说，"我要你将这个犯人带去关在狱中的地窖里，不分昼夜地鞭挞他。"

"听明白了，遵命就是。"牢卒回复宰相，随即带努伦丁·阿里去到狱中，关上门，吩咐打扫门后的长凳，安置座位，铺上皮垫，让努伦丁·阿里坐在上面休息,并卸掉他的脚镣,好生优待他。在那个期间,宰相督促得紧,每天派人前去嘱咐管监的,教他认真鞭挞努伦丁·阿里。狱卒却阳奉阴违,在四十天之内,始终保护他,不随便侵犯他。

努伦丁·阿里被宰相拘禁后的第四十一天,哈里发的一批礼物送到巴士拉王宫中。国王艾尔邹年见了礼物非常惊奇,召宰相和朝臣进宫计议。朝臣中有人说:"这批礼物,也许是送给新王的。""谈到努伦丁那个家伙,"宰相萨威说,"他刚来时就该处他死刑了。"

"现在你提醒我了。"国王说,"快去解他来,让我处他死刑好了。"

"听明白了,遵命就是。"宰相萨威应声站了起来,"我打算先在城中宣布努伦丁·阿里的罪状,居民中谁愿意看处他死刑的,教他们都到王宫里来,让人们亲眼望着斩他的首级,一方面我自己感觉愉快,一方面教那些嫉妒我的人感受痛苦。"

"你愿意怎么办便怎么办吧。"

宰相萨威得了国王的许可,心中无限快慰,急急忙忙赶到省府,吩咐省长照他的意图宣布努伦丁·阿里的罪状,并号召人们前去王宫里看热闹。人们听了处决努伦丁·阿里的噩耗,感到忧愁苦闷,痛哭失声。学堂里的孩子,商店里的生意人,市场上的贩夫走卒,一个个伤心哭泣,洒下同情的眼泪。人们怀着沉重关怀的心情前去看个究竟,还有人一直去到宰相府中的狱前探听情况。当时宰相萨威被十个侍卫簇拥着去到狱中提取努伦丁·阿里。狱卒见了,问道:"老爷有何吩咐?"

"快把那个坏种押出来。"

"他被我打得潦倒不堪了!"革推图应诺着走进地窖,只听得努伦丁·阿里吟道:

　　　　病已得深,
　　　　无药可服,

这样的灾难有谁可以挽救我？

愤消磨我的心血，

摧毁我的生机；

时日夺去我的爱人，

将她呈献给我的仇人。

诸位！

你们中谁是同情、怜悯的人？

谁能挽救我的厄运？

响应我的呼吁？

死亡对我已是平淡无奇，

它的麻醉割断我的希望、目的，

摧残我的美妙生命。

您智如浩海差圣到人间的主宰呀！

求您救援我，

饶恕我的失足，

消除我的灾祸。

　　狱卒革推图听他吟罢，脱掉他身上洁净的衣服，给他两件肮脏的衣裳穿起来，然后带他出狱。努伦丁·阿里抬头看见要杀害他的那个冤家对头站在自己面前，一怔，忍不住落下伤心的眼泪，问道："你能保险未来的事件吗？莫非你不知道，古代的帝王公侯们，他们横征暴敛，无恶不作，可是他们自身和他们收集的金银财宝现在哪里去了？你应当知道，安拉为所欲为，他是万能的。"

　　"你用这些话来威胁我吗？"宰相萨威说，"今天我要割掉你的脑袋，给巴士拉人一点颜色看看；未来的事情我不管，时日该怎样，让它怎样吧。你的劝告我顾不得这许多了。古话说得好，消灭仇人，便可万事如意。"于是他命令侍卫给他骑着骡子，带去游街示众。侍卫们面面相觑，颇有难色。最后他们对努伦丁·阿里说："让我们用石头砸他，干脆砍碎他吧，纵然拿我们偿他的命也是不要紧的。"

"你们不可蛮干,"努伦丁·阿里制止他们,"难道你们没听过诗人的话吗?

> 我的寿限未免是有数的,
> 到该死的时候便自然殒命。
> 当我还有生存的余地,
> 纵然被狮子赶到它们的巢穴里,
> 也不至于有生命的危险。"

宰相萨威的侍卫们听从努伦丁·阿里的制止,勉为其难地让他骑着骡子,带他去城中示众,沿途喊道:"这是欺君罪中最轻的处罚呀……"他们继续不断地游遍了整个巴士拉城,最后把他押到王宫,拴在宫窗下面的皮垫上。刽子手走到他面前说:"少爷,我是奉命来行刑的,你有什么要求,告诉我,让我满足你的愿望吧,因为国王从窗户里露面的时候,你的生命就完结了。"

努伦丁·阿里抬头左右前后看了一眼,吟道:

> 宝剑、刽子手和皮垫子全都呈现在我的眼帘,
> 显得我的灾祸严厉,
> 生命卑微。
> 你们中谁是救援我的良友?
> 恳求迅速答复我的质疑。
> 时限赶上我的生命,
> 大去之日已经临头。
> 这里有谁向我垂怜,
> 以便获取我的报酬,
> 重视我的处境,
> 洞察我的灾情,
> 且盼他赐我凉水一杯,

浇灭我心头的火焰。

　　人们望着这凄惨的景象,人人伤心饮泣。当时刽子手递一个水罐给努伦丁·阿里,让他喝水。宰相萨威即刻站起来,走过去一掌打破水罐,大发雷霆,斥责刽子手,命他动手行刑。刽子手被迫而束起努伦丁·阿里的眼睛,准备行刑。当时人们激于义愤,一齐呼吼骚扰起来,议论纷纷。正当危急紧张的时候,骤然发现尘埃飞扬,霎时弥漫了整个天空。国王艾尔邹年看见这种情景,问道:"你们瞧,这是什么事情?"

　　"让我们把犯人处决了再说吧。"宰相萨威提议。

　　"不,你忍耐一时好吗?让我们先了解这桩事情吧。"

　　那突然弥漫在空中的尘埃,原来是哈里发的宰相张尔蕃率领的人马踏起来的。那支队伍突然开到巴士拉,是因为努伦丁·阿里离开巴格达之后,哈里发忘了他的事情,当时也没有人提醒他,足足经过三十天之后,一天夜里哈里发无意间闲步去到张丽丝住宿的宫室里,发觉她悲哀哭泣,凄切婉转地吟道:

　　　　你的形影,

　　　　时远时近。

　　　　纪念你的言词,

　　　　随时挂在我的嘴边。

　　她吟罢,痛哭流涕,越哭越伤心。哈里发开门进去慰问。张丽丝一见哈里发,便哭哭啼啼地跪了下去,吻他的脚三次。

　　"你是谁?"哈里发问。

　　"我是努伦丁·阿里送给陛下的那件礼物。主上曾许可送我回去,现在恳求陛下实践诺言。因为我在这里居留了三十天,从来还没有尝到瞌睡的滋味呢。"

　　"张尔蕃!"哈里发唤来宰相说,"三十天以来,我没有得到努伦丁·阿里的消息,我想他恐怕被国王艾尔邹年杀害了。指我的头颅和祖宗的坟墓起誓,要是个中发生什么不幸的事变,那么当事的人中,即使是我最敬仰的人,也非处死不可。现在我要你立刻动身前往巴士拉,调查国王艾尔邹年和努伦丁·阿里的事情。你必须按期到达目的地,途中如果耽误时日,超过途程上必须经历的日期,你就得受割头的处分。关于努伦丁·阿里的案件。你是知道的,我曾经致函国王艾尔邹年;他要是不按照信中的指示行事,那么你竟可将他和宰相萨威一并解来见我。当心不要在途中耽误日期。"

"听明白了,遵命就是。"

宰相张尔蕃奉了使命,积极准备,动身起程,率领一支队伍,浩浩荡荡地兼程赶到巴士拉。人马进了巴士拉城,发现里面人山人海,挤得水泄不通,问道:"如此拥挤,这是为了何事?"继而从人们口中,探得原是为了努伦丁·阿里的案件,便急急忙忙奔到王宫,向国王艾尔邹年问好,讲明他的来意,并传达努伦丁·阿里若遭遇不测,惟当事人是问的圣旨,继而下令逮捕国王艾尔邹年和宰相萨威,并释放努伦丁·阿里,宣布立他为巴士拉国王,即日登极,坐上国王的宝座。

张尔蕃在巴士拉做了三天的上宾,受到无限的欢迎和款待。努伦丁·阿里留恋地望着他说:"我非常惦念哈里发,希望和他再见一面。"张尔蕃随即吩咐国王艾尔邹年:"好生准备吧,明天晨祷后,我们便动身转回巴格达。""听明白了,遵命就是。"国王艾尔邹年回答着马上积极准备一切。

第四日晨祷毕,张尔蕃率领人马,解着国王艾尔邹年和他的宰相萨威离开巴士拉,浩浩荡荡地向巴格达迈进。途中,努伦丁·阿里和张尔蕃并辔而行,继续不断地在旅途上跋涉,一直回到巴格达,接着进宫谒见哈里发,报告努伦丁·阿里几乎被杀害的经过。哈里发站起来,走到努伦丁·阿里面前,亲手递给他一把宝剑,吩咐道:"拿去,把你的仇人的脑袋砍下来。"

努伦丁·阿里接过宝剑,去到萨威面前,瞪他一眼说:"我是按本分做人的,你也应该守本分才对。"于是抛了宝剑,转向哈里发:

"启奏主上,他用语言欺骗我,我却以德报他。"

"你饶恕他了?"哈里发说,随即吩咐马师伦:"马师伦,来,你来砍吧。"马师伦遵循命令,手起刀落,结果了萨威的性命。

"努伦丁·阿里,你要我赏你什么? 告诉我吧。"哈里发问。

"主上,我不要做巴士拉国王;我只希望能在御前光荣地侍奉陛下,心愿已足。"

"好,我同意你的要求。"于是立刻着人带张丽丝来和他见面,当面赏赐,指定宫室给他们居住,委努伦丁·阿里为侍臣,规定了俸禄。从此努伦丁·阿里和张丽丝过恩爱幸福的生活,直至白发千古。

窝尼睦和姑图·谷鲁彼的故事

　　古代,哈里发何鲁纳·拉施德执政时期,富商阿尤勃的资财很多。他的儿子窝尼睦,生得像满圆的月亮,非常俊秀,并且口才很好。窝尼睦的妹妹斐特娜·凡丽黛,聪明美丽,有倾国之色。阿尤勃过世后,给他的儿女遗下许多财产。

　　在阿尤勃的遗产中,有一百担丝绸、锦缎和麝香,是他生前准备运往巴格达销售的,上面批着"运销巴格达的货物"等字样。

　　阿尤勃死后,过了一些日子,窝尼睦继承父亲的遗志,辞别母亲和亲戚朋友,携带那批货物,一帆风顺地去到巴格达经营生意。同路的商人替他赁了一幢屋子,铺下地毯,挂上窗帘,布置了各种日常生活需要的陈设,然后卸下货物,在里面安居下来。巴格达城中的商人和闻名的绅士都来拜会他,彼此交际、认识,过往甚密。

　　窝尼睦用包袱包了十种名贵的衣料,规定了价格,带往市场,跟商人们接头,博得商人们的欢迎,向他致敬,百般敬重他,在商界的头目铺中接待他。他打开包袱,取出丝绸、锦缎,头目从中帮忙,一会儿便售完了,获得两倍的利润,因此他感到无限的快慰。从此他继续经营,零售货物。时间过得快,不知不觉也就过了一个年头。

　　窝尼睦到巴格达后第二年开始的那天,照例往盖谊撒律叶市场经营生意,但出乎他的意料,市场的大门关闭着,没有开市。经过打听,有人对他说:"死了一个商人,其余的人都送葬去了。你愿意积德行善,前去参加送葬吗?""是,"他说,"我愿意随他们一块儿去送葬。"于是问明出殡的地点,随即沐浴,赶去替死者祷告,然后随送葬的人群,出城一直去到墓地。在墓地里,丧主张起帐篷,预备灯烛,作为送葬者休息的处所。葬了死者,送葬的宾客一起坐在帐篷中听诵《古兰经》。窝尼睦坐在人群中,感到汗颜,想道:"在这种情况下,我不便一个人先行,只好待一会随大伙一块儿走吧。"于是勉为其难地坐下,一直听到日暮。丧主摆出饭菜和甜食招待宾客,大家吃饱喝足,洗过手,然后归座。这时候,窝尼睦惴惴不安,怕有贼去偷他的财物,想道:"我是异乡人,被人视为财主,我要是远离寓所,在外面过夜,钱财货物会遭窃呢。"他越想越怕,终于站起来,说有事需要处理,告辞来宾,从原路匆匆回城。

他在途中迈步向前,当时已是半夜时分,一路没有来往的行人,只有犬吠、狼嗥的声音。他急急忙忙赶到城下,见城门关了,大吃一惊,自言自语地叹道:"毫无办法,只盼伟大的安拉拯救了。先前我担心财物被窃,才赶回来呢,现在城门关了,我不得不担心自己的生命了。"

他转背离开城门,打算找个地方暂时栖息一宿,待天明时进城。正当他徘徊游移不定的时候,忽然发现一块周围打着短墙的坟茔,里面长着一株高大的枣树,一道石头穿门敞开着,他便闯了进去,预备暂时在里面栖身。

深夜里在坟茔中,受到阴森、寂寞的侵袭,使他哆嗦着不能睡熟,只好站起来想个安全的办法。他走到门前,见一线火光远远地在城门附近闪动。他向前走了几步,仔细打量,见火光隐约向坟茔这方面移动。他这一惊非同小可,赶紧关上门,迅速攀到枣树上,躲在枝叶中窥探。只见那火光越来越明显,最后来到坟茔门前。原来是三个奴隶,其中两人抬着一个木箱,其余一人手中提着灯笼,拿着镢头。到了门前,抬木箱的人说:"撒瓦补!你看如何?"

"你呢,卡夫尔?"撒瓦补问。

"晚饭时我们不是在这儿吗？当时这道门不是开着吗？"

"不错，你说得对。"

"现在怎么关起来了？"

"你们的脑筋太简单了！"提灯的人开口说，"难道你们不知道，那些田庄主人从园地里享受归来，到得太晚，城门关了，怕碰到和我们一般的黑人把他们捉去烧烤来当饭吃，因此逃进坟茔，关起门来，躲在里面哩。"

"白侯图，你说得对；我们的脑筋谁也不比你更简单！"

"你们要是不相信，待我们进去寻找，一定可以找到人。我想里面的人总是看见我们的灯火，感到恐怖，才爬到枣树上去躲避呢。"

窝尼睦在树上听了白侯图的谈话，暗自说："该死的奴才！愿安拉打消你的这种想法和认识。毫无办法，只盼伟大的安拉拯救了。现在有什么办法避免这些奴才的危害呢？"

继而抬木箱的人对提灯笼持镢头的人说："白侯图，我们抬木箱吃了苦头，疲劳不堪，劳你越墙进去给我们开门吧。你开了门，我们把捉来的人香香地烤一个给你吃，保证点滴脂肪都不糟蹋。"

"由于我的脑筋简单，所以我心里害怕。这个木箱是我们的宝藏，最好让我们把它从墙头上抛进去吧。"白侯图提议。

"从墙头上抛进去，一定会砸碎的。"

"我怕坟茔里藏着那帮杀人越货的匪徒，也许他们打劫归来，时候迟了，才闯进去分赃哩。"

"傻瓜！他们会到这些地方来吗？"抬木箱的人说着，越墙进去，开了门。当时白侯图拿灯笼照着他们，他手中除了镢头，还带着一篮石膏。于是三人进了坟茔，关上门，面对面地席地坐下。接着有人说："弟兄们，我们抬箱子走了许多路程，到这里又爬墙开门关门，这些事把我们累够了。现在是半夜时候，我们疲劳不堪，不能挖土埋藏木箱了，让我们坐着静静地休息三个钟头，待精神恢复过来，再动手埋葬吧。并且趁休息的这个机会，我们每人谈谈自己面庞被烙上火印的原因,以及个人的经历,无妨从头到尾,详详细细地谈一谈,以便消磨时间。"

"既如此说,让我先谈我自己的经历吧。"白侯图自告奋勇地说。

"好的,你谈吧。"其余的两个人同意了。

白侯图的故事

弟兄们!你们要知道:我从八岁起便开始说谎骗人,每年习惯说一次谎,欺骗奴贩子,而且每次的谎言都能实现,致使奴贩子惴惴不安,感到头痛,不得已,才带我到奴市去,托经纪人出卖我,教他对买主讲明我的缺点。于是经纪人在市中当着众人的面喊道:"有人买这个带有缺点的奴才吗?"

"他有什么缺点呀?"人们问经纪人。

"他每年习惯说一次谎,欺骗主人,这便是他的缺点。"

"人们出多少钱来买他的缺点呀?"一个商人走到经纪人面前问。

"已经出六百元了。"

"好,我买下他,你有二十元的赏银。"

于是经纪人教奴贩子和商人碰头见面,促成交易,彼此收兑了银钱,这才带我去到商人家中,亲手交代清楚,取了二十元的手续费,然后从容归去。

商人给我一套适合我身份的布衣穿用。从此他成为我的主人。我唯命是从,好生侍候他,一直过到年终。第二年开始的时候,恰是丰收季节,到处显出升平景象,因此人们庆祝丰年,家家户户宴会作乐。我的主人也不例外,在城外的庄园中设下筵席,办了各种饮食,样样齐备,真是应有尽有。他和商界的亲朋一块儿坐着大吃大喝,开怀畅谈,欢欣快乐,称心如意。

正午时候，主人需要家中的什物，对我说："白侯图，你骑骡回家去，向太太取一件东西，快去快来。"我遵从命令，赶紧回家。快到门口的时候，我大吼一声，哭喊起来，引得巷中的人，不分老幼，全都围拢来看热闹。太太和小姐们听了我的哭声，忙开门出来观看，问发生什么事情。我说："老爷和他的朋友们坐在一堵古墙下面吃喝、谈笑，那堵古墙突然倒了下来，把他们都压死了。我看见这种情景，才赶紧骑骡回来报告消息的。"

太太和小姐们听了我的报告，一声哭喊起来，撕破身上的衣服，打自己的耳光。隔壁邻舍的男女老幼也闻声赶来慰问。当时我的女主人急得昏头昏脑，进得家去，不管一切，见什么便摧毁什么，大大小小的家具什物，一件件被摔倒，门窗、搁板全被捣坏，还涂污了墙壁。她边打边对我说："白侯图呀！你这个该死的家伙，快来帮着我捣毁橱柜和这些瓷器吧。"我听从她的指示，果然动起手来，摔破搁板上的各种摆设，继而到处走动着，一见瓷器便拿起来抛向天花板砸个粉碎。我一边破坏，一边哭道："唉！我的主人哟！唉！我的主人哟……"就这样家里的瓷器全都葬送在我手里了。

家里的什物被捣得一团糟，差不多没有可以破坏的东西了，太太这才披头散发，抛头露面，带领小姐和少爷们涌出大门，说道："白侯图！你向前走，带我们往老爷遭难的地方去，让我们从土中刨出他的尸体，装在木匣中抬回来好好地安葬他。"

我听从女主人的吩咐，一边悲哀哭泣，一边向前带路。她们光着头，露着脸，跟在我后面，哭哭啼啼地喊道："啊！我的人哟！啊！我的人哟……"巷中的男女老少，一个不剩地出来跟随我们，人人洒下同情的眼泪。我带着她们经过大街出城的时候，人们见了大惊小怪，都出来打听情况。有人把从我口中听到的消息透露给他们，于是有的人叹道："毫无办法，只盼安拉拯救了。"有的说："这是一个大人物呢，让我们去报告省长吧。"

省长听了消息，立刻骑马，率领一批人员，携带锄头、篮子，从我们后面赶来救援。同时,其他出来看热闹的人,一路上络绎不绝。我一直走在前面,一边哭,一边打自己的脸。太太和小姐少爷们随在后面,哭声震野,真是一个遭丧的局面。快到庄园的时候,我抓土撒在头上,批着颊,抬高嗓子号哭,跨大脚步,狼狈不堪地迅速赶进庄园,嚷道:"呃!我的太太哟!嗬!嗬!嗬!我的太太死了,这还有谁来疼我?但愿我能代替她死去……"

主人看见我的情形,吓得瞠目结舌,苍白着脸问道:"你怎么着,白侯图?发生什么事情了?""老爷打发我回家去取东西,"我说,"我进得家去,见堂屋的墙壁塌了下来,压在太太和少爷们的身上了。"

"太太怎么样?她安全吧?"老爷问。

"不,老爷;谁也不安全,全都给压死了,最先死的还是太太哩。"

"我的小女儿安全吗?"

"不,她也死了。"

"我的那匹骡子怎样了?它还好吧?"

"不,指安拉起誓,我的老爷哟!正屋和马厩的墙壁一齐垮下来,压在所有的东西上,甚至于牛羊鸡鹅,全被压成肉块,什么也不剩了。"

"老太爷该活着吧?"

"不,屋中所有的人和物全都完了,踪影都不见了,那些牲畜的尸骨也给猫狗吃光了。"

主人听了我的话,面上的光泽马上变成黑影,笼罩住脸面,一时不能抑制自己,呆然失了知觉,脚瘫手软,支持不住,歪歪倒倒,气得撕衣服,拔胡须,摔缠头,不住地批自己的颊,打得鲜血直流,哭道:"嗬!可怜我的孩子们!可怜我的夫人哟!好惨痛的灾难呀!世间有谁像我这样的遭遇哇?"那些商界的朋友们可怜他的境遇,陪着他哭泣,陪着他撕自己的衣服。由于刺激过度,面颊批得太重,致使他变得像酗酒的醉汉,摇摇摆摆地走出庄园,其余的人都随在他后面。

主人刚走出园门,发现满天的尘埃和一片哭喊声,仔细一看,原来是省长率领各色人等，成群结队地迎面赶来，他的家眷哭哭啼啼地随在人群后面。跟主人最先碰头的是他的老婆和儿女。彼此一见面都愣住了，息了一会他才喜笑颜开地安定下来，问道："你们好吗？家中发生了什么事情？你们遭遇了什么不幸？""赞美安拉！爸爸，您总算平安无恙了。"少爷小姐们一个个跑去拥抱主人。这时候太太说："你好生活着，赞美安拉，他教我们看见你和你的朋友们都平安无恙啦。"她感到无限的惊奇，见了丈夫，喜得几乎发疯，问道："老爷，你和你的朋友们是怎样摆脱灾难的？"

"你们家里的情况如何？"主人问。

"我们在家里老幼都平安如常，什么意外的事情也没有，只是你的这个奴才白侯图光着头，撕破衣服，'我的主人哟！我的主人哟'地哭喊着回到家中。我们问他：'白侯图，这是怎么一回事？'他说：'老爷和他的朋友都被墙压死了。'"

"他刚才也哭哭啼啼跑来对我说，太太和少爷们全都死了。"主人说着回头，见我站在一旁，头上套着撕成条条的缠头，腮上挂着眼泪，满头满脸的泥土，便大声喝道："该死的坏奴才！你这个鬼东西！你干的什么好事？我非剥你的皮、割你的肉不可。"

"老爷！你不能惩罚我，因为这是我的缺点，当初买我的时候，这是其中的一个条件，经证人证明过的。你是知道的，我每年要说一次谎话，这次不过说了一半，待年终我再说一半，这才成为一次呢。"

"狗崽子！你这个罪该万死的奴才！"主人大发雷霆，"造成如此严重的灾难，还只算说了一半谎吗？真糟透了！你走吧，看安拉的情面，我给你自由了。"

"你虽然恢复我的自由，我却不愿离开你，必须待到年终，说了剩余的一半，凑成一次全谎；那时节，你带我上奴市去，根据我的缺点，照你买我的手续出卖我好了。现在你不必释放我，因为我没有什么技能可以维持生活。这个奴隶问题，在法学的释奴章程中有明文规定，你是跟法学大师学习过的。"

我们辩论的时候,男女老幼的人群涌过来围着主人,慰问他。继而主人和他的朋友们迎过去招呼省长,对他叙述事情的真相,并讲明造成这个事件只是说了一半谎话的结果。省长和其余的人听了,认为这个玩笑开得太不像话,感到百般惊诧,众口同声地咒骂我,责备我。我却若无其事地笑着说:"主人怎么能处罚我呢?这是我的缺点,他原是为我的缺点才买我的。"

之后,主人回到家中,看见屋里的家具什物捣得粉碎;其中大部分是被我砸坏的;单是我破坏的器物,其价值也就无从计算,其他毁于太太之手的,也不例外。当时太太对老爷说:"这些瓷器,全是白侯图一手砸碎了的。"她的话火上加油,增加了老爷的怒火,他无可奈何地拍着手说:"我生平没见过像这个奴才这样的人呢。弄出这样的祸事,还说只算说了一半谎话,如果说足一次谎话,那该怎么样呢!不是要毁坏一两座城市吗?"

主人愈想愈生气,带我去见省长,我挨了一顿鞭挞,打得昏迷不省人事,这才刺破我的面颊,烙上火印,然后带往市中拍卖。后来,我继续不断地在新主人家中作祟,结果辗转被人买卖,从相府卖到相府,从富贵人家卖到富贵人家,最后,终于流落到王宫里来了。

白侯图讲了自己的故事,他的两个伙伴听了,哈哈大笑,说道:"你的玩笑开得太厉害了。"白侯图接着说道,"卡夫尔,现在轮到你了,讲你的故事给我们听吧。"

"弟兄们!"卡夫尔说,"我的故事长着哪,现在不是讲故事的时候,天快亮了,这个木箱如果不趁早处置妥当,到了天亮就会泄露秘密,我们的性命就难保了。等回到宫中,我再讲给你们听吧。"

于是三人一齐动手,在四座坟茔当中,按木箱的长宽尺度,进行挖掘。卡夫尔用镢头使劲地挖,撒瓦补用篮子飞快地抬土,直挖到半人多深,这才把木箱挪到地穴里,掩上土,整整齐齐地埋藏起来,然后约着走出坟茔,关上门,扬长而去。

坟茔里一片寂寞,只剩窝尼睦孤单单一个人待在树上,当时他的整个心思都集中在那个木箱上。他自言自语地说:"你瞧,木箱里到底装的什么东西?"他耐心等到黎明,曙光照耀着坟茔,才从枣树上下来,用手刨开土,取出木箱,找个大石头砸破锁,揭开盖子一看,原来是个被麻醉的女郎睡在里面,还在急促地喘着气。他仔细打量一番,见她生得非常美丽,戴着镶珠宝的金首饰,全是稀罕的无价之宝。他审慎琢磨一会,知道她是受人危害,便赶紧进行救护,把她从箱中抱了出来,放在地上,让她仰卧着。一会儿,她呼吸了新鲜空气,接着打了几个喷嚏,咳了几声嗽,猛然呕出一块足以麻痹大象的麻醉剂,继而慢慢苏醒过来,转着眼珠,用甜蜜的音调喊道:"该死的律和!没有水给人解渴吗?宰赫鲁·勃丝塔尼哪儿去了?"她等了一会无人回答,便接着喊道:"撒宾哈!沙芷兰·顿鲁!努尔·胡达!娜吉美·肃勃哈!该死的佘赫旺!努子赫!哈勒旺!左律蕃!来吧,来,我对你们说。"她喊了一阵,始终无人回答,便转眼看了一会,这才惊慌起来,叹道:"可怜我!原来我是睡在坟茔中呀!洞察内心、在复活日赏罚分明的主宰哟!求您告诉我,到底是谁把我从深宫闺阁中弄到荒无人烟的坟茔里来的呀?"

窝尼睦站在一旁,默然听了她的叹息,然后说道:"小姐,这里没有宫殿闺阁,只是我这个名叫窝尼睦的无知奴婢站在你面前。这是能知未见的安拉差遣我到这儿来援救你,使你达到希望目的的。"

听了窝尼睦的谈话,她恍然知道事件的始末,长叹一声,说道:"我证明安拉是唯一的主宰,穆罕默德是他的使徒。"随即捂着脸,转向窝尼睦说:"现在我清醒过来了,幸运的青年人,告诉我吧,是谁把我弄到这里来的?"

"小姐!曾经有三个奴隶,抬了这个木箱,一直来到这儿。"窝尼睦把亲眼看见的事件,他在坟茔中过夜,以及拯救她的经过,从头叙述一遍,接着便询问她的情况和遭遇。她回道:"青年人,我赞美安拉,他教我碰在像你这样的好人手中。现在你来,仍然把我装在木箱里,然后往路旁去,遇赶牲口的,雇匹驴或骡子来,把木箱运回去,让我寄宿在你家里,这样也许安全妥善些;到家里我将对你叙述我的境遇,这会给你带来好处的。"

窝尼睦非常喜欢,一股劲跑到路旁,那时候天已大亮,曙光照遍旷野,人们来来往往,大地已经活跃起来。他向赶马的雇了一匹骡子,带到坟茔里,驮木箱回家。在归途中,他满心欢喜,因为那女郎标致漂亮,她的身价值一万金,而且身上穿戴的衣服首饰也值一笔大钱,因此他想象着,乐不可支,不知不觉,就来到家中。

到了家中,他卸下木箱,赶忙打开,让女郎出来。她举目一望,屋子非常堂皇,里面的陈设也很富丽,还有一驮驮一挑挑、捆扎得整整齐齐的匹头和其他的货物,知道他是巨商富贾,说道:"我的主人,给我点饮食吃喝吧。"

"好的,马上给你预备。"窝尼睦热情地回答着一溜烟跑到市上,买了烤羊肉、甜食、葡萄酒、蜡烛和其他吃喝熏香必需的东西,带到家里,与女郎开怀享受。他们吃饱喝足,已是天黑时候,便分头每人倒在一张床上,安然睡到次日清晨。

次日,窝尼睦去到市中,买了蔬菜、肉、酒和其他的食品,陪女郎吃了早餐,接着两人开怀畅饮。在吃喝当中,他发觉女郎性格温和而有礼貌,便追求她,希望和她结为夫妇。可是对方给他的回答是:"这是不可能的事呀。""那是为什么呢?"他问。

"你要知道,"女郎说,"我是哈里发的妃子,名姑图·谷鲁彼。哈里发从小养育我,待我成年后,他见我这副天赋的姿色,格外宠爱我,娶我为妃,让我居住在宫中,派十个使女侍奉我,赏我这些首饰佩戴。可是哈里发对我的宠爱,引起王后的嫉妒。有一天王后祖白玉黛太太趁哈里发出巡的时候,找我的一个使女去,对她说:'我需求着你呢。'

"'有什么事,太太只管吩咐。'使女说。

"'等你的太太姑图·谷鲁彼睡熟后,你把这块迷药放进她鼻中

或放在她喝的水里。做了这桩事情,你需要多少钱我都给你。'

"'遵从太太的吩咐。'

"使女从祖白玉黛太太手中收下迷药,心中无限的欢喜,因为可以得到赏钱的缘故,兼之她先前原是服侍祖白玉黛太太的。她回到我房里,暗暗放迷药在水中。夜里我喝了水,不知不觉被麻醉了,晕眩一阵,倒了下去,不省人事。因为遭此意外,所以当我苏醒时,已置身在另一个世界中了。

"祖白玉黛太太的计谋得逞,把我装在那个木箱里,收买奴隶和门房,趁黑夜里把我送到你在里面过夜的那块坟茔中,挖坑把我埋在地里,那种情况,你是亲眼看见的。我幸而遇到你这样的好人,一手把我救活,带我到这儿来,当上宾款待,我是感激不尽的。这便是我的情况和遭遇。这桩事件发生以后,我不知道哈里发的感受如何。现在希望你弄清楚我的地位、身份,千万别泄露秘密。"

听了姑图·谷鲁彼的叙述,窝尼睦知道她是哈里发的宠妃,慑于王威,吓得倒退几步,远远地离开她,一个人寂然坐着,彷徨不知所措,感到事情棘手,考虑到自身的安危,惶惑不安,怅然如有所失。

有一天,他照例去市中买饮食招待姑图·谷鲁彼。他回家时,见姑图·谷鲁彼伤心哭泣,可是一见窝尼睦便喜笑颜开地对他说:"哟!你教我一个人感到孤单寂寞哩。"于是两人坐下欢欣快乐地吃喝。

祖白玉黛太太趁哈里发出巡的时候谋害姑图·谷鲁彼之后,惴惴不安,想道:"哈里发回来找姑图·谷鲁彼的时候,我怎么办?拿什么话回答他呢!"她迟疑犹豫一阵,然后唤手下的一个老太婆来商议,把秘密告诉她,向她讨主意:"我这样处了姑图·谷鲁彼,这该怎么办呢?"

"是呀!"老太婆说,"太太你要知道,哈里发不久便要回来了。太太要不要打发人去找木匠,教他用木头造个假人,拿来挖一座坟埋在宫中,再盖一间屋子,里面点上灯烛,教宫中的人都穿起丧服,吩咐婢仆们待哈里发回宫时,在走廊里撒下碎秆,告诉他姑图·谷鲁彼病故的消息,太太厚葬她的情况。哈里发听了噩耗,一定会悲伤,要在坟前追祭、守陵。万一他怀疑是太太嫉妒她而速其死,要挖坟检验,太太只管镇静,不必惊惶,让他们刨出来,看看那具丰殓厚葬的尸体。哈里发若是要揭开寿衣看她的面目,那时候太太和别人向前阻止他,托言教律不许如此做,这样他自然会相信她的死亡,会把她原样埋葬起来,并且会感谢太太的。若是安拉愿意,太太便可摆脱祸患了。”

祖白玉黛太太听了老太婆的计划,认为正确可行,赏她一套衣服,让她带一笔钱出去进行。老太婆像煞有介事地马上去找木匠,照她的计划造了一具木人,带到宫中,交给祖白玉黛太太,给她穿起寿衣,再挖了坟埋葬起来。坟前铺下毡毯,燃上灯烛,她自己穿上丧服,并吩咐婢仆们人人戴孝,于是姑图·谷鲁彼死了的消息传遍整个宫廷。

哈里发巡游归来,见婢仆们戴孝,大吃一惊。他去到后宫,见王后也穿着丧服,便询问戴孝的缘故,祖白玉黛太太这才告诉他姑图·谷鲁彼死了的消息,致使他气得昏迷过去。

哈里发慢慢苏醒过来,追问姑图·谷鲁彼葬身的地方。祖白玉黛太太回道:“众穆民的领袖啊!为了厚爱她,我已把她葬在我的宫里。”哈里发穿着旅行服装,匆匆前去踏看。见坟前铺着毡毯,燃着灯烛。他望着这种情景,一方面感激祖白玉黛太太布置得好,一方面心中忐忑不安,将信将疑。他觉得事情突兀,心中的疑虑愈结愈深,最后终于命人挖坟,刨尸体出来检验。他眼看那具被寿衣包裹着的尸体,要揭开寿衣看清楚她的面目,可是顿然发生畏惧安拉的心情,犹豫不决,当时那老太婆趁机说道:“你们快快把她埋将起来,别做伤天害理的事吧。”

哈里发召集法学家和朗诵《古兰经》的人,从事追悼,并在姑图·谷鲁彼的坟前守陵一月,这才回宫视事。可是事出巧遇,有一天哈里发刚从梦中醒来,在他床头床尾给他打扇的两个宫女,以为他还酣睡着，便攀谈起来。哈里发侧耳细听，只听在床头的宫女说："海玉祖兰！事情糟透了！"

"格萃补·艾尔巴尼，你叹息什么呢？"在床尾的宫女问。

"事情的经过，主上是不知道的。他在坟前守陵，坟中埋的却是木匠做的假人呀。"

"那么姑图·谷鲁彼到底遭到什么呢？"

"你要知道，祖白玉黛太太吩咐使女用迷药麻醉了她，装在木箱里，打发撒瓦补·白侯图抬出宫去，抛在荒冢中了。"

"该死的海玉祖兰！这么说，姑图·谷鲁彼还活着吗？"

"是呀，她的青春还不曾被扼杀，据说她流落在一个叫窝尼睦·本·阿尤勃的青年商人手中。那个青年是大马士革人，姑图·谷鲁彼和他在一起，至今已经四个月了，可是主上不知真情实况，却在坟前守着那具假尸伤心。"

宫女谈论姑图·谷鲁彼的遭遇，哈里发暗中侧耳细听，待她俩谈毕，他才明白个中情况，原来宫中的坟墓是虚构出来的；姑图·谷鲁彼和窝尼睦·本·阿尤勃在一起，已经四个月了。明白了这些情况之后，他抑不住怒火上冲，万分激动，立刻起身，匆匆上朝发布命令。宰相张尔蕃诚惶诚恐，跪在哈里发面前听令。哈里发怒气冲冲地说："张尔蕃！命你带领人马前去窝尼睦·本·阿尤勃的家里，夺回我的姑图·谷鲁彼，把窝尼睦逮来，我非惩罚他不可。"

张尔蕃以"遵命"回答了哈里发，于是与省长带领人马一直赶到窝尼睦的寓所。当时窝尼睦刚由市中买来一锅炖肉，同姑图·谷鲁彼预备动手吃喝，想不到大祸突然临头。她转眼一看，见屋子被人包围起来，上至宰相、省长，下至悍吏和差人，人人手中握着明晃晃的宝剑，像眼皮包围瞳孔那样把他们的屋子围困得水泄不通。姑图·谷鲁彼知道消息已经传到哈里发耳中，相信非遭殃不可，脸色霎时变得苍白，吓得几乎不像人样。她望窝尼睦一眼，说道："逃你的性命吧。"

"我怎么办呢？我的财物全在屋里，叫我往哪儿去呢？"

"快走！别耽搁了，否则便人财两空了。"

"屋子被他们包围，我怎么出去？"

"别害怕，"她说着取件破衣服给他穿上，把那锅炖肉装在一个篮中，周围放上一些碎馍和乳饼一类的食物，然后递给他，"这样带着出去吧！你别管我，在哈里发面前我自有办法应付。"

窝尼睦穿着破衣，带着篮子，扮成下人模样，混了出去。姑图·谷鲁彼赶忙整理一下衣冠，急急忙忙把金银、首饰、珠宝和价昂而易于携带的货物收集起来，装满一大箱。这时候宰相张尔蕃下马走进屋去，见姑图·谷鲁彼收拾打扮得齐齐整整。她一见张尔蕃便跪下去，说道："相爷！这一切都是生前注定了的。"

"太太！我只是奉命逮捕窝尼睦罢了。"

"他带着货物往大马士革经营生意去了，至今没有信息。现在我要托你代我保管这个箱子，到了宫中再交还我吧。"

"听明白了，遵命就是。"

张尔蕃收下箱子，命人抬走，并下令抄了窝尼睦的居室，然后恭恭敬敬地带姑图·谷鲁彼进宫，报告情况。哈里发指定一间暗室给姑图·谷鲁彼居住，派个老宫女照管她，同时下一道诏书，命大马士革国王穆罕默德·本·苏里曼·艾尔邹年缉捕窝尼睦·本·阿尤勃，迅速解京发落。

国王奉到诏书，毕恭毕敬地吻了一吻，把它顶在头上，然后派人前去逮捕窝尼睦·本·阿尤勃，同时派人去城中晓谕：居民中要抢劫的，无论何人，竟可往窝尼睦·本·阿尤勃家中去。官吏和差人奉了命令，去到窝尼睦家中抄掠，搜查，见窝尼睦的母亲和妹妹坐在屋中的一座坟前悲哀哭泣。原来她母女自从窝尼睦出门之后，日久不归，杳无音信，便以为他死在异乡，因而在屋中建筑一座坟墓，作为窝尼睦埋骨之处，坐在坟前，日夜想着亲人悲哀哭泣。那天官兵去抄家，她母女被捕，解往衙门审讯，但究竟为了什么，却莫名其妙，茫然不知。国王审问她母女,追究窝尼睦的去向,她母女答道:"他出门一年多,杳无音信,至今我们不知他的下落。"之后她母女虽然被释放,可是走投无路,无家可归,便开始过流浪生活。

窝尼睦遭劫之后,想着自己的境遇伤心哭泣,由于精神上受了过重的打击,兼之饿着肚子,仓促逃难,从早奔波到晚,所以疲乏困顿得无力支持。当天夜里他漫无目的地流浪到一个乡村里,在清真寺中,靠着墙壁忍饥耐寒地过了一夜。他饥饿疲劳得发抖,脸色苍白,身体枯槁,形容憔悴。

次日黎明时候,人们进寺去做晨祷,发现他气息奄奄地睡在寺里,从外表看出他是富裕人家享福的人,大家便围拢来照顾他,问道:"外路人,你从哪儿来?为什么你这样疲弱?"他睁眼看看,默然不答,只是伤心流泪。人们发现他饥饿寒冷,便给他一件破衣御寒,有人赶紧送来馍馍、蜂蜜给他充饥。大家都可怜他,关心他,围着照管他,直到太阳出来了,才归去工作。从此窝尼睦寄宿在清真寺中养息,可是整整过了一月,他却越来越疲弱,病势有增无减,人们可怜他,都流着同情的眼泪,替他想办法,最后同意送他去巴格达医院里医治。就在那个时候,村中又来了两个女乞丐,原来就是窝尼睦的母亲和妹妹,可是因为情况有了改变,彼此都认不清楚对方。窝尼睦把枕边吃剩的馍馍给她们充饥,当晚他们都在清真寺中过夜。

次日清晨,村里的人去到寺中,雇来一匹骆驼,对驼夫说:"这个病人,你把他送到巴格达,放在医院门前;他的病在医院中也许能够医治。你回来时,我们给你脚钱。"

"听明白了,遵命就是。"驼夫回答着,把窝尼睦系在驼鞍上,准备出发。当时窝尼睦的母亲和妹妹也挤在人群中观看,呆呆地望着他说:"他倒像我们的窝尼睦。你瞧,难道他原来便是这般憔悴枯槁的吗?"

窝尼睦苏醒过来,见自己被绑在驼鞍上,忍不住伤心、诉苦,人们和他的母亲、妹妹也陪着他哭泣。就在窝尼睦被送走那天,他母亲和妹妹也离开村庄,继续过流浪、乞讨的生活。

　　驼夫护送窝尼睦,继续不断地跋涉到巴格达,把他放在医院门前,然后赶着骆驼回乡去了。窝尼睦躺在医院门前过了一夜,清晨,过路的人见他气息奄奄、骨瘦如柴地睡在地上,因此看热闹的人愈集愈多。最后商界的头目由那里经过,驱散人群,说道:"让我行个阴功,救救这个人吧。如果让他住在医院里,不要一天工夫,他的生命就完结了。"随即吩咐身边的童仆把窝尼睦抬回家去,给他预备新床,铺上新的被盖、枕头,让他躺着将息,并嘱咐老婆:"你好生照顾他吧。"

　　"好的,遵命不误。"老婆回答着,急急忙忙烧水替他洗手洗脚,拿仆人的衣服给他穿,拿酒喂他取暖,并洒玫瑰香水在他身上。经过一番调治,窝尼睦慢慢苏醒过来,呻吟着回忆种种残酷的遭遇,病势反而加重了。

　　姑图·谷鲁彼遭到哈里发的恼恨,被幽禁起来,在那样凄惨的情况下,一直过了八十日。有一天哈里发由拘禁她的那间暗室门前经过,听见她在里面吟诗,继而自言自语地叹道:"窝尼睦!你的为人多么善良!你的性格多么纯洁!亏枉你的人,你却以德报他;轻蔑你的人,你却敬重他;糟蹋你的人,你却保护他的妻室。不过总有一天你会同哈里发站在一位公正的裁判者面前分庭抗礼的;到安拉出来当法官、天神出来做证人的那天,你便可以获得胜利了。"哈里发听了她的悲叹和抱怨,知道她受委屈,于是转回宫去,感到无限的快慰,打发仆人去唤她。姑图·谷鲁彼应召,忧郁苦恼、眼泪汪汪地低头走到哈里发面前。

　　"姑图·谷鲁彼!"哈里发说,"你误解我,指我为亏枉暴虐的人,并说我亏枉我的恩人。到底是谁尊重我而受我侵害呢? 是谁保护我的妻室而遭我摧残呢?"

　　"就是窝尼睦·本·阿尤勃。主上,指您的恩惠起誓,他没有凌辱我、奸污我呀。"

"毫无办法,只盼安拉拯救了。姑图·谷鲁彼,你有什么要求? 说吧! 我满足你。"

"主上,我只希望得到窝尼睦·本·阿尤勃。假若我把他找来, 主上能把我赏给他吗?"

"要是找到他,我愿意把你无偿地赏给他。"

"恳求主上准我出去寻找,也许安拉会使我和他邂逅相遇呢。"

"你想怎么办便怎么办吧。"

姑图·谷鲁彼感到欢喜快乐,带着一千金币出去寻找窝尼睦;首 先拜访一般德高望重的老年人,并为窝尼睦而广施博济,救济生活困 难的可怜人。次日她继续出去寻找,到市场里访问商人的头目,把金 钱交给他,说道:"请你拿去救济那班异乡人。"

过了一礼拜,她又带一千金币去市中卖银器和珠宝的地方,找到 头目,把钱交给他说:"拿去救济那班异乡人吧。"头目人收下钱,望 姑图·谷鲁彼一眼,说道:"太太,你肯劳驾到我家看看从异乡流落 到这里的一个活泼、善良的青年吗?"

其实头目家中的那个青年就是窝尼睦·本·阿尤勃,他却不清 楚,认为是个负债而落魄的穷小子。姑图·谷鲁彼听了头目的话,心 慌意乱,局促不安,说道:"派个人带我上你家去吧。"头目就吩咐童 仆领她前往。

到了头目家中,姑图·谷鲁彼向女主人致意,问道:"住在你家 的那个外路人在哪儿?"女主人殷勤招待,淌着同情的眼泪,回道: "他生病躺在床上。太太你来看吧。这孩子,他脸上还留存着富裕 的痕迹呢。"

姑图·谷鲁彼走到床前一看,好像他就是窝尼睦。再仔细打量, 见他憔悴枯槁,骨瘦如柴,气息奄奄,昏迷不省人事,致使她感到模 糊,弄不清底细。在这样情况下,她虽然辨不出他是不是窝尼睦,可 是心中油然产生慈悲念头,抑制不住激情,流下同情的眼泪,叹道: "人即使生为达官贵人,可是到了离乡背井的时候,就显得凄惨可怜了!"她因他而感觉苦痛,不忍骤然离去,便留下协助女主人,递汤送药,照顾病人,在他床前坐了一阵,才告辞回宫。

姑图·谷鲁彼每天照例往市场中探听窝尼睦的消息。有一天头目领窝尼睦的母亲和妹妹斐特娜去见她,说道:"善良的太太,今天城中来了一家两母女,人的模样倒不错,眉目容颜之间隐约显出一些富裕的余痕,不过衣着褴褛,穿的是粗毛布,每人肩上挂着一个褡裢,眼泪汪汪,愁云满面,情况非常凄惨、可怜,因此我才带她们来见你,求你收容、保护她们,她们都是异乡人,无依无靠,我们向她母女行好,安拉会恩赏我们呢。"

"老伯,你的话使我渴念她们;现在她们在哪儿? 快带来见我吧。"

头目吩咐仆人领斐特娜母女去见姑图·谷鲁彼。她一见斐特娜母女的俊秀形貌,便洒下同情怜悯的眼泪,叹道:"从外表看来,她们属于富裕人家的眷属,幸运的余晖在她们眉目之间还残存着呢。"

"不错,"头目说,"为行阴功,所以我们爱护一般可怜的穷苦人。这些人也许是遭了横祸,受人掠夺而倾家荡产,无家可归,才到处流浪哩。"

听了姑图·谷鲁彼和头目的谈话,斐特娜母女回忆她们过去的幸福生活,想到罹难后的痛苦和窝尼睦的失踪,忍不住痛哭流涕,叹道:"恳求安拉使我儿窝尼睦·本·阿尤勃同我母女团圆聚首。"

姑图·谷鲁彼听了她母女的叹息,知道她们是窝尼睦的母亲和妹妹,忍不住伤心哭泣,对她们说:"好了,今天是你们的幸福开始、苦难告终的日子,今后你们用不着忧愁苦闷了。"于是吩咐头目收留她们。头目带她母女去到自己家中,嘱咐老婆领她们进澡堂沐浴,给新衣服穿,当宾客招待,格外尊敬她们。

次日,姑图·谷鲁彼骑马去到头目家中,见斐特娜母女沐浴熏香,洗得干干净净,穿得整整齐齐,眉目间露出安逸的颜色,便陪她们坐在一块闲谈。后来她问主人:"病人的情况如何,有起色吗?"

"情况没有转变，还是原来的那个模样。"

"来吧，让我们去看看他。"

姑图·谷鲁彼、头目人的老婆和斐特娜母女一起进房去看病人，坐在病人床前闲谈。当时窝尼睦骨瘦如柴，憔悴枯槁，气息奄奄地躺在床上，在昏迷的状态中，无意间听到她们提说姑图·谷鲁彼的姓名，他身心里突然生出一股活力，便挣扎着把头从枕上抬起来，喊道："姑图·谷鲁彼！"

姑图·谷鲁彼闻声站起来，仔细打量一番，这才认识清楚，知道他就是窝尼睦，便回道："哦！我亲爱的人呀！"

"来吧，靠近我些。"窝尼睦说。

"也许你是窝尼睦·本·阿尤勃吧？"

"不错，我就是。"

姑图·谷鲁彼欢喜过度，顿时昏厥。斐特娜母女听了他们的谈话，大声叫道："好喜欢啊！"接着也昏倒在窝尼睦和姑图·谷鲁彼身上。过了一会，她们慢慢苏醒过来，姑图·谷鲁彼对窝尼睦说："赞美安拉，他使我们团圆聚首，并使你和你的母亲妹妹邂逅相遇了。"接着向他叙述分手后的境遇，最后说道："我对哈里发谈过我们之间的真情实况，得到他的信任。他了解你，希望和你见面，而且要把我送给你呢。"她又对其余的人说，"现在，你们安定下来，别走动，我去一会就来。"

姑图·谷鲁彼立刻动身，回到宫中，打开从窝尼睦寓所带去的那个箱子，取一笔钱带来交给头目，对他说："这笔钱交给你，劳你替他们每人买上好材料的衣服四套、二十方手巾，以及其他需要的东西。"吩咐毕，随即带窝尼睦和他母亲、妹妹去澡堂沐浴，煮肉汤、肉桂、玫瑰水给他们喝，和他们住在一起，拿鸡肉、甜食给他们滋补身体。三天后，他们的精神逐渐恢复，便第二次带他们进澡堂沐浴，换上新衣服，让他们在头目家中将息着，这才回到宫中，谒见哈里发，跪在他面前，报告她找到窝尼睦·本·阿尤勃和窝尼睦的母亲、妹妹，也跟他一起住在头目家中的消息。哈里发听了报告,命宰相张尔蕃带人接窝尼睦进宫。

姑图·谷鲁彼迅速转到头目家里传达哈里发召窝尼睦进宫的消息,嘱咐他进宫去要镇静,谈吐要活泼伶俐,多说恭维话;并让他穿上最华丽的衣服,给他许多金钱带在身边,嘱咐道:"对哈里发的侍从,必须多给他们赏钱。"

一切准备妥当以后,张尔蕃也就骑着努摆马来到头目家里。窝尼睦起身迎接,跪下去吻了地面,谦恭地问候他。这时候他的吉星已高照,幸福已向他放出灿烂的光芒。于是他随张尔蕃去到宫中,站在哈里发面前,抬头看见哈里发周围的宰相、朝臣、文武官员和侍卫,威风凛凛,警卫森严。他用极其动听的言词赞颂、祝福一番,然后低头静静地站着。哈里发受到感动,钦佩他的口才,说道:"靠近我些,把你的情况和境遇讲给我听吧。"

窝尼睦遵命,在哈里发身边坐下,叙述他到巴格达经营生意,在坟茔里过夜,从地里刨出木箱的详细经过。哈里发听了,知道他是个忠诚老实的人,不曾虚应故事,因此非常喜欢他,赏他一套衣服,说道:"原谅我吧。"

"主上,我们的主人!"窝尼睦说,"奴婢我和我手中所掌握的一切,都是属于陛下的。"

哈里发感到无限的快慰,吩咐腾出一幢宫殿,给他居住,派婢仆侍候他,供给生活需要的各种物品,并接他母亲和妹妹和他一块儿过活。哈里发听说他妹妹斐特娜生得窈窕美丽,要娶她为妃子,便向窝尼睦求婚。窝尼睦说:"她是主上的丫头,我是主上的奴婢。"

哈里发兴高采烈地赏窝尼睦一千金,随即邀请证婚人和法官,当日写下两份婚书。一份是哈里发娶斐特娜为妃子的,一份是窝尼睦与姑图·谷鲁彼结婚的。同时哈里发吩咐记录窝尼睦的经历,作为史料保存。从此窝尼睦与姑图·谷鲁彼成为一对青年恩爱夫妻,过着幸福生活,直至白发千古。

叔尔康、臧吾·马康昆仲和
鲁谟宗、孔马康叔侄的故事

　　古代哈里发奥补督·买里克·本·迈鲁旺执政前,大马士革国王奥睦鲁·努尔曼,是个强悍、威严的君主,波斯和东罗马帝国曾先后被他征服。他非常威武、尊严,能耐寒,不用烤火取暖,在战场上任何人都不是他的敌手。他一生气,鼻孔里便喷出火星。他的权力既大,管辖的地方又广,因而他的命令通行于各村庄、城镇之间。他的兵马无远弗届,足迹踏遍东西各国的土地,举凡印度、信德、中国、也门、汉志、埃塞俄比亚、苏丹、叙利亚、迪亚鲁、白克尔等国,以及赛浑河、质浑河、尼罗河、幼发拉底河流域间的各大小国家,都是他的藩属,受他指挥、统治。他还派人去各地区察访,知道附属国的官吏都遵循法令,人人奉公守法,个个称臣纳贡,老百姓安居乐业,竭诚拥护、尊敬他,并按期缴纳钱粮赋税,因而他的威望日高,令名越传越远,四海之内都是他的版图。

　　国王努尔曼的儿子叫叔尔康,性格、派头跟他父亲很相似。因为他生在盛世,威风凛凛,武勇过人,能战胜最勇敢的敌人,为同辈景仰、钦佩而望尘莫及,是个天生的英雄豪杰,因此国王爱他爱到极点,存心让他继承王位,俾他的江山,子孙万代传之久远。

　　太子叔尔康逐渐长大成人。他年满二十岁的时候,身体发育健壮,显得越发精明、强悍,武艺、本领已发展到登峰造极境地,因而人们对他怀着敬畏心情，人人向他屈服、低头。他父亲按法定手续，娶了四个后妃，可是除了叔尔康的母亲之外，其余的三个妻妾都不会生育。此外国王宫中还按照科卜特人沿用的历法规格，设置了三百六十个宫女，专供国王娱乐、享受，她们都是从各民族中挑选出来的。并按照每年划为十二月的分类法，给宫女们建筑了十二幢宫殿，再根据每月规定为三十天的数字，把每座宫殿装置为三十院，总计三百六十院，供宫女们住宿、游息，每人居住一院。国王每天轮流同一个宫女在一起过一宿，因此每个宫女，在一年期内，只能和国王见一次面。

国王努尔曼尽情满足自己的愿望，过着吃喝享乐的舒服生活。这期间，太子叔尔康继续操练武艺，对于战术武功，精益求精，威望日显，赫赫有名。国王眼看那种情景，感到欢喜快慰。他野心勃勃，变本加厉地越发强暴、专横，对其他民族肆意侵略蹂躏，贪得无厌地扩充疆土、巩固统治权。这期间，国王努尔曼的宫中，有个宫女已经珠胎暗结。喜讯传到国王耳里，他欢喜若狂，怡然说道："也许我的后嗣，全都是男性！"于是他把妊娠的日期记录下来，并格外关怀、优待那个怀孕的宫女。同样的消息传到叔尔康耳里，他很生气，认为这个消息对他很不利，因而喟然叹道："跟我争江山、夺社稷的人就要出现了！"于是他暗自决定："如果那个宫女生下来的是个男孩，我就要他的命。"从此他心里设下阴谋诡计。

那个怀孕的宫女叫萨斐娅，是罗马的一个希腊姑娘，原是罗马陜撒利亚的国王把她当礼品，随同一批珍贵礼物进贡给国王努尔曼的。她在宫女群中，不但人生得美丽，品格高尚，而且非常聪明伶俐。轮到国王和她在一起欢度的那天夜里，她奉承国王，说道："主上！我切望上帝赏我替陛下生个儿子，俾我全心全意地抚养、教育他。"国王听了感到欢喜快慰，非常钦佩她能言善道的口才。妊娠期间，她经常虔心虔意地祷告、祈求，希望上帝赏她生个男孩，分娩时安全顺利。她临盆期间，国王派个婢女守在她面前，以便分娩后即刻去报喜，俾他立刻知道生下来的是男孩还是女孩；同样叔尔康也派人暗中调查、监视,以便向他通风报信。

　　萨斐娅妊娠期满,临盆以后,稳婆仔细一看,见生下来的是个比月亮还美丽的女孩子,于是她把消息向在场的人宣布。国王和太子叔尔康的差使,立刻分头去向各自的主人报喜、透露消息。叔尔康听了这消息,感到高兴快慰。然而情况出乎意料。因为当报喜、送信的人刚走之后,萨斐娅对稳婆说:"你等一会吧,我觉得肚里还有东西呢。"接着她的肚子又阵痛起来,发生再产的现象。不一会,果然又顺顺利利地生了一个孩子。稳婆把孩子抱起来仔细一看,见这次生下来的是一个男孩。他的额角闪着光泽,腮颊泛出玫瑰色,眉清目秀,像太阳一样美丽。萨斐娅和婢女显得格外欢喜,情不自禁地高声欢呼、祝福。接着欢呼、报喜之声,此起彼落,传遍宫廷的每个角落。可是消息传到其他宫女耳中,她们都感到震惊,不认为是可喜的事,内心里却燃起嫉妒的火焰。

　　国王努尔曼听了公主和王子诞生的喜讯,不禁喜出望外,亲身来到萨斐娅宫里,亲切地吻她的头,然后弯下腰仔细欣赏子女的面容,把王子和公主抱在怀里痛吻,并给王子取名臧吾·马康,给公主取名诺子赫图·宰曼。还给王子和公主指派了乳娘和保姆,并吩咐大量供给蜜、糖、脂肪、乳汁和各种珍贵补品。当时,宫娥彩女们奏着乐,敲着鼓,成群结队地向国王欢呼、庆贺。接着消息从宫中传到城里,老百姓听到喜讯,都额手称庆,立刻装饰城郭,表示庆贺、祝福。文臣武将和大小官员,也闻讯赶进宫来贺喜。国王对他们的隆情厚谊衷心感激,倍加赏赐。其他凡来宫中贺喜的人,不分绅商庶民,都得到赏赐。

　　国王努尔曼对萨斐娅的生活和王子、公主的生长发育情况非常关心重视,每隔几天,便抽空前来看望她们,经常和她们接触见面。似水流年,不知不觉就过了四个年头。国王赏萨斐娅许多财物和珍贵的衣服、首饰,嘱咐她好生抚育公主和王子。在这漫长的四年期内,太子叔尔康不断地操练,继续扩充势力,经常与各方英雄豪杰比高低,争雄长,因此他只听到公主诺子赫图·宰曼的诞生,却不闻王子臧吾·马康的出世。宫里的人始终保持缄默,不肯告诉他个中详情。

有一天国王努尔曼的侍卫突然来到国王面前,跪下去吻了地面,说道:"启禀主上,现有君士坦丁国王的一批使臣前来求见。如果陛下允许,我便带他们进来谒见。若不允许,我绝不敢违命。"

国王努尔曼慨然允许,侍卫便带使臣进宫。国王起身迎接,问他们前来求见的原因。使臣跪下吻了地面,说道:"启奏尊严伟大的国王陛下,我们奉君士坦丁国王艾辅律敦的命令,前来谒见陛下,报告敝国和暴虐无道的陜撒利亚国王宣战的原因,恳求陛下出兵支援。现在战争在我们两国进行得非常激烈。情况是这样的:阿拉伯的某国王,在被征服的一个地区,发现亚历山大大帝时代建筑的一个宝库,从那个宝库中获得无数的金银财宝。那些财宝中,有三颗纯白的、体积跟鸵鸟蛋一般大的、举世无媲的圆珠。每颗珠子的表皮上,载满了古希腊文写的各种符咒。那种符咒的好处是一言难尽的。据说初生的婴孩佩戴那样的珠子,不但保险不害疾病,而且还可以防止各种不测的天灾人祸。那位阿拉伯国王得到珠子,多方试验、研究,深知其中的奥妙。之后,他把三颗珠子和一批金银财宝,当礼物进贡给敝国王艾辅律敦。为运送贡礼,他预备了两艘大船,其中一艘装载礼物,另一艘载运护送人员。他是赫赫有名的阿拉伯国王,船只通过之地,都是君士坦丁的领域,都在国王艾辅律敦的统辖、保护范围内,因此他相信,船只不会被他人无理扣留、劫掠。然而事与愿违。那两艘载人运物的船只开到距我国海岸不远的地方,突然受到海盗袭击。海盗中包括陜撒利亚国王的部队,他们抢了金银财宝和三颗名贵珠子,而且杀死了护送礼物的全体人员。噩耗传到敝国王耳里,他兴师问罪,但寡不敌众,被对方击溃。第二次开出一支大军,结果也被击败。敝国王非常生气,要率领全国兵马,亲自出征,决心打败陜撒利亚国王,踏破他的疆土才肯罢休。为了保证此次出师能获全胜,敝国王不揣冒昧,派我们前来向拥有巴格达、呼罗珊的大国王陛下呼吁、求援,恳请陛下主张公道,派遣义师,助敝国一臂之力,使敝国转败为胜,则不胜感激、荣幸之至。临行敝国王命我们带来薄礼,伏乞陛下赐收是幸。"

使臣们说明来意,跪下去再一次吻了地面,然后献上礼物。国王努尔曼一看礼物,原来是罗马出生的男女奴仆各五十名。他们的衣履非常华丽、整齐。男仆身穿锦缎外衣,缠着金银腰带,耳上挂着有珍珠宝石、价值千金的耳圈。女奴的装束、打扮尤其新颖别致,衣服全是顶值钱的名贵材料制备的,簪环首饰也都镶满了无价的珍珠宝石。国王面对着那批生气勃勃的奴仆,非常喜欢,欣然接收下来,吩咐宫人格外尊敬使臣,当上宾优待,并召集朝臣,商讨出兵问题。

国王的宰相是个年满花甲的老臣,名叫丹东。他站起来,拜倒在国王面前,吻了地面说:"主上,陛下若派一支部队,由太子叔尔康率领,臣等在他马前效犬马之劳,开往前线,支援君士坦丁国王,这样的措施,臣以为是最适宜不过的。臣下力主出兵,有两重理由:一则君士坦丁国王既派使臣向陛下呼吁求救,并进贡礼物,且蒙陛下收受,则礼尚往来,出兵支援,这是义不容辞的。二则我国目前没有受到敌人窥伺、威胁,并无后顾之忧,若趁此发兵支援君士坦丁国王,打败他的敌人,解除他的危急,则战功必属陛下享有,从此陛下的令名即将传到远近各地,尤其马格里布地区的人听到陛下的声誉,会油然产生钦佩、崇拜心情,他们会前来向陛下称臣纳贡的。"

国王努尔曼听了宰相丹东的建议,非常钦佩、重视他的见解,认为他的看法正确而有道理,因而重加赏赐,说道:"此次出兵,像你这样历来参与运筹帷幄的臣僚,应该担任总指挥职务,至于太子叔尔康,只能统帅主力部队,担任殿军职位。"于是国王召见太子叔尔康面授机宜。

叔尔康奉命来到国王面前,跪下去吻了地面,然后坐在一旁听令。国王先说明君士坦丁国王派使臣来呼吁、求援和宰相丹东同意派兵支援的主张,然后命他即刻调兵遣将,准备远征,并嘱咐他征战期间,悉听宰相丹东指挥;叫他精选一万名既精壮又配备齐全的骑兵,开上战场。

叔尔康遵循命令,即刻准备,挑选了一万名精壮骑兵,认真检阅、犒赏,决定三天后成行。部队唯命是听,秣马厉兵,充实粮草,认真准备。叔尔康亲身到马厩、军库中,选择战马和武器。

三天后,一切准备齐全,部队聚集在巴格达城外待命出发。国王努尔曼亲临校场送行,赏太子叔尔康七箱钱币,叫他事事尊重宰相丹东的意见,随时跟他商议,听他的指示。太子叔尔康应诺着跪下去吻了地面,表示竭诚感谢。临行,国王转向宰相丹东,一再嘱咐他多多关怀照顾叔尔康和部队。宰相丹东应诺着说:"听明白了,遵命就是。"随即拜倒在国王脚下,吻了地面,表示绝对遵循命令。

国王努尔曼回宫之后,太子叔尔康开始发号施令,作最后一次检阅。除佐理人员之外,计正式作战部队共一万名精壮骑兵。临行,老百姓扶老携幼,敲着鼓,吹着唢呐前来送行,人山人海,旌旗蔽空,热闹空前。太子叔尔康和宰相丹东并辔骑着战马,统率部队,旌旗在他俩头上迎风招展,浩浩荡荡地踏上征程。君士坦丁国王的使臣自告奋勇,充当向导,在前领路。部队跟随他们,继续向前,整整跋涉了一天,直到日落西山,才扎营露宿。

次日清晨,部队在太子和宰相率领下,跟随使臣们首程,威风凛凛,人人奋发,个个争先,保持饱满情绪,晓行夜宿,连续不断地跋涉了二十天。到了第二十一日夜里,路经一处植物丛生的广阔山谷地带。叔尔康下令就地宿营,休息三天。他亲自指挥、督促,规定山谷中央为司令部和使臣们宿营之处,部队则分左右两面张起帐篷露宿。待人马住定,他便放松缰绳,任战马一直往前走。从出发以来,部队已进入罗马境内,距敌越来越近,为遵循国王临行时谆谆的训诫,必须仔细探听虚实、查看地形,才能履险如夷。他吩咐侍卫人员留在宰相丹东身边,然后匹马单刀,一个人沿山谷边缘,径直向前去踏看地形。

叔尔康不停地向前迈进,到二更时,他感到精疲力竭,疲劳得不能驾驭战马,非常需要休息,幸亏他习惯于骑在马背上打盹,所以他不顾一切地闭眼就睡着了。

战马带着叔尔康不停地向前走,半夜时候,来到一处森林地带。当时他睡梦沉沉,直至听见马蹄不住地踏地的声音,才蒙眬惊醒。睁眼一看,见置身在森林里,一轮明月悬在空中,寒光洒遍原野。他猛吃一惊,叹道:"全无办法,只望伟大的安拉拯救了。"他怕野兽袭击,正感觉恐怖、迷惘的时候,见月亮逐渐西偏。他沿着月亮照耀的方向看过去,突然发现一块既宽敞又平坦,而且非常幽静、美丽的草坪,同时还听见一股清脆悦耳的谈笑声。他跳下马来,把马拴在树上,慢步走了过去,挨到河边,听见一个女郎的声音:"指耶稣基督起誓,这种事情你们也许看不顺眼,可是谁出怨言,我便摔倒谁,还要拿腰带绑住她的手臂。"

叔尔康顺说话的方向走过去,极目一望,眼前便出现一个世外仙境。那幽静的所在,既有河渠,又长着各种植物花卉。看情况,显然是飞禽走兽出入、栖息之地。他摆着头,仔细欣赏、踏看,发现前面有一幢基督教的修道院,院中的楼阁高耸入云,河水穿过修道院,一直流向草坪。草地上站着一个女郎,身旁带着十个妙龄姑娘,一个个生得月儿般标致漂亮,穿着各式各样惹人注目的服装。这时候,只听那女郎说:"来呀! 趁月落日出之前,快来跟我角力一回吧。"

姑娘们闻声挨过去,顺序跟女郎角力,结果一个个被摔倒,并且被她拿腰带捆绑起来。这时候,女郎身旁的一个老太婆,恶狠狠地怒目瞪着她说:"小娼妇! 你摔倒丫头们,竟这般欢喜得意? 喏,我这个老太婆,摔倒过她们四十次哩,你有什么值得骄傲自负的? 你若真有本领,那么来和我摔一回吧,我会摔你个倒栽葱,管叫你落得个两脚朝天。"

女郎启齿微微一笑,内心里却充满怒火,说道:"指基督起誓,左图·黛娃仙我的老太婆哟！你跟我开玩笑,还是真的要和我摔跤?"

"我真的要和你摔跤。"

"你若有余力,请来和我较量一回吧!"

老太婆听了女郎的回答,十分生气,气得汗毛像箭猪的鬃毛直竖起来。女郎迎过去,预备跟她角力。她怒声说道:"指基督起誓,我要裸着身体才跟你这个小娟妇摔呢。"于是她解开衣扣,两手往里一缩,朝下捏着衣边,再往上一扯,把衣服从头上脱掉,然后拿一条丝帕裹住下身。这样一来,她已经变成一个一毛不长的妖怪,又像一条浑身生满斑纹的毒蛇。接着她冲向女郎,说道:"你招架着,我来了。"同时那女郎闻声迎了过去,于是两人碰在一起,摔起跤来。

叔尔康眼看那种情景,一方面觉得老太婆的丑态可笑,一方面却对女郎表示同情,因而不自主地仰视天空,替她祈祷,恳求安拉默助她,让她把老太婆摔倒。

叔尔康和伊彼丽簪

老太婆左图·黛娃仙跟女郎扭成一团,角力得正起劲的时候,女郎临机应变,一头钻在老太婆的身体下面,展开两臂,伸出两手分别捏着她的腰肢和脖子,使劲把她举起来,端在手上。老太婆不甘示弱,拼命挣扎,企图从她手里挣脱。可是她用力过猛,终于仰面朝天地跌了下来,差一点送了老命。

叔尔康眼看那种情形,非常高兴,笑得支持不住,一下子倒在地上。过了一会儿,他站起来,拔出宝剑,左右前后看了一番,只见老太婆赤裸裸地仰卧着,便暗自说:"给你起名为左图·黛娃仙的人真有先见之明。这回你该知道她的厉害了吧!"他移动脚步,慢慢挨近她俩,以便更清楚地观察她们的举止、言谈。只见那女郎走到老太婆面前,边拿衣服给她穿,边向她道歉:"左图·黛娃仙老人家啊,当初我只打算摔败你,没有让你跌跤的意思,不过当我举起你的时候,你猛烈挣扎,这才跌下来的。幸亏上帝保佑,没有跌坏你的身体。”

老太婆左图·黛娃仙面有愧色,不声不响地站起来,拔脚就走,扬长而去。这时候,草坪上只剩那个女郎和被缚躺在地上的十个姑娘。眼看那种情形,叔尔康暗自欢喜,说道:“每一份衣食都有它的出处和来源,我先前被瞌睡袭击,被战马带到这个地方,这只能说是我走运了。如此说来,草坪上这个女郎和她身边的十个姑娘,很快就会成为我的俘虏了。”他思量着跑进森林,跨上战马,握着明晃晃的宝剑,像离弦之箭,快马加鞭,大声说:“安拉最伟大!”随即一直奔向草坪。

女郎闻声见叔尔康策马奔来,赶忙跑向河堤,纵身跳过六尺宽的河面,高声问道:“你是什么人?胆敢到此扰乱我们!看你抽出宝剑,杀气腾腾,似乎是个带兵的将领。你打哪儿来?要上哪儿去?老实告诉我们吧!只有说老实话对你才有好处。你可不许说谎,因为说谎是卑鄙无耻之流的行为。毫无疑问,你是夜里走错了路,才误入这个无可逃命的地区吧。你要知道:在这里,我们只要随便喊一声,四千罗马将领会应声出来保护我们。你要什么?只管告诉我们。如果需要带路,我们可以给你派出向导。如果需要帮助,我们同样可以满足你的要求。”

“我是一个信仰伊斯兰教的异乡人,今晚匹马单枪出来寻找战利品。在月白如昼的夜里,我认为这十个姑娘是再好不过的一批战利品,我打算把她们通通带走。”

“告诉你,在这里你不可能轻易找到战利品。指基督起誓,姑娘们并不是你的战利品。难道我不曾告诉你:说谎是最卑鄙下流的行为吗?”

“不错,能接受别人劝告并尊敬别人的人,那才是聪明人呢。”

“指基督起誓,要是不考虑你会死在我手里,我只消呼唤一声,前来对付你的人马,准会把这个地方站得不剩空隙。我可不愿意这样做，因为我向来同情、怜悯离乡人。你想获得战利品，那请你下马来，指你的宗教起誓，不用武器，仅凭角力跟我比个高低。你若胜利，就可以把我和姑娘们当成战利品带走。如果你败在我手里，我可是要把你当俘虏拘留呢。如果你同意我提出的这个办法，请你赌咒好了。否则，我是不相信你的，免得受你欺骗。古人说得好：'欺骗是人类的天性，信任每一个人，是不可能的事情。'所以你必须赌个咒，我便过河去和你角力。"

叔尔康存心把女郎逮到手，暗自说："她可不知道我是出色的英雄豪杰！"因而不把她放在眼里，于是慨然说道："我保证不靠近你，直待你预备妥帖，并开口叫我动手，我才开始和你角力。我若败在你手里，便用金钱赎买自由。反之，我若旗开得胜，那我的战利品可丰富无比。"

"我同意你的这个建议。"

叔尔康犹豫、彷徨一会，毅然说道："指穆圣起誓，同样我是要按这个建议行事的。"

"现在你该指创造宇宙和人类的主宰发誓：除了单纯的角力，你并不怀其他的坏念头。否则，你临终时，就该变成伊斯兰教的叛逆。"

"指安拉起誓，即使一位官吏或最高法院的法官叫我在他面前赌咒，也不该规定我这样赌咒的。"继而他还是勉为其难地按照她的指使赌了咒，然后若有所思地把战马拴起来，整束一下腰带，预备跟女郎角力。最后他对女郎说："你过河来吧！"

"我不过去，还是请你过来吧！"

"我可跳不过去呀！"

"小伙子，你既然跳不过来，那我过去也行。"她说着纵身从对岸跳到叔尔康面前，趁他措手不及，闪电般把他抓在手里，高高举起，然后再把他摔了下去，说道："穆斯林，我来问你：信仰伊斯兰教的人，既然许可杀害基督教徒，现在让我杀死你，你还有什么话好说的？"

"我的主人哟！这种说法，纯是诽谤中伤的无稽谰言。至于你要杀害我，这是违法行为。我们的圣人穆罕默德，即使在战争的情况下，他还严令禁止伤害无辜的老弱妇孺和牧师哩。"

"你们的圣人既然如此行事，我们基督徒便该以他为模范。现在我饶恕你，你站起来吧。反正做一件好事情，总是会有好报应的。"

叔尔康一骨碌站起来，拂去头上的泥土。女郎一跃跳到对岸，笑着说道："我的主人啊！和你分手，这对我来说，是一件痛苦的事情。不过考虑到你们的安全，你还是趁天亮前赶快回去的好，免得被罗马将领发现，他们会把你挑在刀尖上的。因为你连妇女都抵挡不住，怎么能够和骑士交锋、对敌呢？"

叔尔康眼看女郎离开他，往修道院走去，顿时感到迷离、失望，说道："我的女主人哟！你忍心把我这个孤单可怜得心都粉碎了的异乡人抛下不管吗？"

女郎回头看了他一眼，笑了一笑，说："你要什么呢？说吧！我满足你的愿望好了。"

"我踏上你的这块土地，在这儿和你萍水相遇，对你的武艺崇拜得五体投地，此身已经变成你的一个奴隶，可是我还没有尝到你的一口饮食，这叫我怎能骤然回去呢？"

"世间不肯乐善好施的，只限于那帮一毛不拔的悭吝人。指上帝起誓，我竭诚欢迎你。请你骑着马，就在对岸跟我并肩朝前走，我请你到我家去当上宾招待。"

叔尔康喜出望外，奔到马前，一跃跨上马背，跟着女郎，迈步向前，来到一座装有带钢链的辘轳和钩状铁锁的白杨木渡桥前面，抬头一看，见先前在草坪上跟女郎摔跤的那几个姑娘早已站在桥上。女郎挨近她们，用罗马语言吩咐她们："你们过去，替他牵着马，带他进修道院去吧。"

叔尔康在姑娘们的牵引下，过了桥，进入修道院，眼看那景象，感到高兴、惊诧,心里想:"如果宰相丹东和我一块儿到这儿来,看看这里的风光和美丽的姑娘,那该有多好啊!"于是他得意洋洋,回头对女郎说:"最美丽的人儿呀!蒙你陪伴我,约我上你家里来做客,使我受到双重敬意,显然我已变成你的随员了。往后,我希望你赏个脸,舍驾随我们去伊斯兰教国家走走,看看那班狮子一般勇猛的将领,这样你就明白我在那里的地位和为人了。"

女郎听了叔尔康的话,非常气愤,说道:"指基督起誓,当初我以为你还不失为足智多谋,现在我才明白你的恶毒心肠。你为什么夸口说大话骗人呢?我怎么会上你的当去做那样的傻事呢?我知道假若我到你们国家去,你们的国王奥睦鲁·努尔曼是不会放过我的。因为他是巴格达、呼罗珊的国王,曾经按照历法的规格,建了十二座宫殿,每座宫殿装置为三十幢院落,每幢院落里住着一个宫女,总计三百六十人,专供他享受,可是那些宫女中却没有一个人可以和我媲美的。按照你们的想法,天下的美女都应该聚集在王宫里供帝王享受。如果我上你们那儿去,他怎么能让我自由?在这种情况下,你干吗夸口说谎骗人呢?你还说让我去看看那班英勇的穆斯林将领,指基督起誓,这种说法只能是弥天谎言。因为在这两天里,你们的部队已开到我国境内,我看他们乱七八糟,毫无纪律,显然是乌合之众。至于说要我明白你的为人和地位,这的确是大言不惭的口气。须知:我对你表示好感,可不是因为你为人伟大,地位特殊,其实我这样的表现,只为向你炫耀炫耀而已。老实说,像你这样的人,根本不配在我面前夸口,即使当今闻名一时的国王奥睦鲁·努尔曼的儿子叔尔康到此,他也不会对我说这种无耻谰言的。"

叔尔康心里想:"据她说来,我军的行动和人数以及我奉父王之命带领人马前去支援君士坦丁国王的消息,已经被他们知道了。"于是他试探着问道:"你认识叔尔康吗?"

"不错,我知道他带一万骑兵,开到我国境内。他是奉他父亲奥睦鲁·努尔曼国王的命令,率领人马前来支援君士坦丁国王的。"

"指你的宗教起誓,我的主人呀!请你告诉我此中的原委,让我明白到底谁真谁假?谁是谁非吧。"

"指你的宗教起誓,假若不怕消息传出去,让人知道我是罗马公主,那我一定会冒着危险,冲到那一万之众的阵营中,杀死他们的指挥官宰相丹东,打败他们的统帅叔尔康,出一出我的怨气。我这样做,并不是什么耻辱或过错。不过我是知书识礼的,懂得阿拉伯人的风俗习惯和语言学术的。在你面前,我用不着夸耀自己的本领,反正经过一度角力,你算知道我的力量了。今夜里假若叔尔康和你易地而处,我叫他跳过河面,显一显本领,他是无法应付的,会承认他的弱点的。我切望上帝差他来和我较量一下,让我女扮男装,跟他交锋一回,把他擒为俘虏,我才心满意足呢。"

叔尔康听了女郎的话,知道自己的名望传播遐迩,飘飘然不自主地矜骄自满起来,打算在女郎面前露露英雄本色,显显威风,让她产生钦佩、畏惧的心情。但他转念一想,觉得这样做是背信弃义的可耻行为。他抑制情绪,默然随女郎朝前走了一程,来到一道云石砌成的弓形门前。女郎打开大门,引叔尔康进入由十道拱架构成的长廊中。廊中的每道拱架上挂着一盏水晶灯,灯光闪耀夺目。过了长廊,便有一群婢女手持馨香扑鼻的灯烛,披着镶有珍珠宝石的头巾前来迎接,排成行列,在前面开路。女郎和叔尔康随在后面,鱼贯而入,走进修道院。叔尔康一望,屋子四周顺墙摆满了床铺,铺着贴金绣花被盖。地板是用云石铺成的。当中有个喷水池,二十四根金水管,喷出白银般的清水。堂屋的正上方,摆着一张大床,床上的被褥非常华丽。女郎带他来到床前说:"我的主人,你在这张床上睡觉吧!"她说罢,匆匆而去。

叔尔康坐在床上等了一会儿,不见女郎转来,便问她的去向。仆人回答说:"她睡觉去了,我们是奉命在这儿侍奉你的。"仆人们说着端来山珍海味,供他吃喝,并拿金盆银壶供他洗手。仆人殷勤招待,一切都好,可是他心不在焉,惴惴不安。这是因为他擅自离开部队,不知人马的情况。这显然是违拗父命的举动，因此深悔不该轻举妄动，擅离职守，所以感到彷徨、迷离，躺在床上，辗转不能入睡，直到深夜才蒙眬睡熟。

次日清晨，他刚醒来，眼前便出现一种美妙可爱的景象。他仔细一看，原来是二十多个月儿般美丽的姑娘，簇拥着那个女郎姗姗走来。女郎在姑娘丛中，像群星中的月亮那样标致漂亮。她身穿宫服，腰束飘带，飘带上镶满珍珠、宝石。面对这种景象，他喜不自胜，乐得差一点失去理智，所以把部队和宰相丹东忘得一干二净。他睁大眼睛，仔细端详，见女郎头上的珍珠发网，闪烁发光，衬得她更加美丽、可爱。姑娘们左右排成两行，替她提着衣尾。她袅袅娜娜来到叔尔康面前，圆睁慧眼，盯着他左看右看，直把他辨别清楚，才开口说："叔尔康，现在是天亮时候了。我要问一问你这位强悍的勇士，昨天我走后，你是怎样过夜的？"她不等叔尔康回答，接着又说："撒谎骗人的行为，对达官贵人来说，是卑鄙可耻的，对帝王将相来说，更是奇耻大辱。现在我知道你是国王奥睦鲁·努尔曼的儿子叔尔康。你别隐瞒事实，也不要躲躲闪闪地不说老实话。须知撒谎是有害无益的，它给人带来的只会是仇恨、愤怒和不可思议的后果。现在命运之箭已经射中你了。但你只管放心，在这里，你的安全是有保障的，我会让你感到心满意足的。"

叔尔康听了女郎语重心长的话，无可抵赖，坦率承认事实："不错，我原是国王奥睦鲁·努尔曼的儿子叔尔康。如今遭时不遇，终于落在你的手里。你要怎么办，就怎么办吧！"

叔尔康说罢，低头若有所思，缄默不语。息了一会，女郎回头看他一眼说："你安心吧！你是我的客人，你我之间的关系，跟盐巴和面饼的关系是一样的。你只管放心，在我保护下，万无一失。指基督起誓，在这里，只要我活着一天，谁都休想危害你。为保护你，我不惜牺牲自己的生命。在基督的庇护和我的保护下，你是绝对安全的。"女郎说罢，坐在叔尔康身边，和他谈心，安慰他，消除他的畏惧、顾虑心情。在这样情况下,叔尔康认为女郎不至于危害他,否则昨天夜里就该动手杀他了。想到这里,他安心自若,怡然自得。女郎用罗马语言吩咐几句,有个姑娘即刻退了下去。一会儿她端来食具和饮食。叔尔康心里想:"也许她放毒在饮食里,存心毒死我!"因此不肯动手吃喝。女郎看出他的心事,从容瞅他一眼,坦然说道:"指基督起誓,情况并不如此,你所想象的毒药,一点也没有放在这些饮食里。我若存心害你,是可以立刻杀死你的。"她说着挨到桌前,每种饮食都吃了一口。这样一来,叔尔康才放心吃喝。女郎非常欢喜,陪他一块吃饱喝足,然后洗手,吩咐姑娘撤去剩余的饮食,另摆出一套金银、水晶杯盘,端来各种稀奇名贵的酒肴。女郎亲手斟一杯酒,像先前尝饮食那样,举杯一饮而尽,然后又斟一杯酒,递给叔尔康,说道:"穆斯林,请干这杯,让我们痛痛快快地享受吧。你说对吗?"于是她陪叔尔康边斟边饮,直待他有几分醉意,才吩咐姑娘:"麦尔佳娜,给我们拿乐器来。"

"听明白了,遵命就是。"姑娘应声,匆匆去了一会,随即带来大马士革的琵琶、波斯的竖琴、鞑靼的笛子、埃及的线琴。女郎抱起琵琶,调了弦,然后用比微风还柔和的声调,边弹边抑扬顿挫地唱道:

> 愿上帝饶恕你的眼睛,
> 它流过多少人的鲜血,
> 射穿了多少人的身心!
> 我只尊重那因爱情而彷徨、迷离的情人,
> 因为怜悯虚伪的谈情说爱者原是犯罪行为。
> 让我祝福那为你而失眠的眼睛,
> 让我向那崇拜你的心灵贺喜。
> 由于你是我的国君,
> 所以你能判我死刑。
> 我可是要拿自己的生命,
> 替判我死刑的法官赎罪。

女郎刚唱罢,另一个姑娘继起,边弹竖琴,边悠扬婉转地唱了一支罗马歌曲。叔尔康听了十分感动。接着女郎又弹唱了一曲,然后问道:"穆斯林啊! 我唱的是什么意思? 你知道吗?"

"你弹唱的我虽然不完全知道,但是你的弹唱技艺,我是非常佩服的。"

女郎启齿嫣然一笑,说道:"如果我给你弹唱一支阿拉伯歌曲,你该怎么样呢?"

"那我会控制不住我自己的理智哩。"

女郎抱起琵琶,边弹边唱道:

> 分别的滋味是苦涩的,
> 你是否能够忍受?
> 三件事情——拒绝、隔离与回避,
> 同时呈现在我面前。
> 可是我的自由被美丽的面容剥夺无遗,
> 致使我感到置之不理确是不可忍受的痛苦事件。

女郎唱罢,见叔尔康醉眼蒙眬,神魂颠倒,已经不知人事。他倒在姑娘们的身旁,睡了一阵,才慢慢清醒过来。他望着眼前的一片春色,回忆起歌声的余音,忍不住玩兴复萌,于是兴致勃勃地又跟女郎对饮、嬉戏、谈笑起来。他跟她们无拘无束地一直玩到天黑,女郎才告辞和他分手,各自归去。

次日清晨,叔尔康刚醒来,便有个姑娘来见他,对他说:"我们小姐请你。"于是他随姑娘一直往前,走了一程,便遇到一些姑娘敲着鼓奏着乐前来欢迎他,把他送到一道嵌镶珠宝玉石的、用象牙雕成的大门前。他随她们走进大门,一看,是一幢巍峨的大建筑,正屋的大厅里陈设着丝绸细软的摆设,从墙壁上的窗户里望出去,可以看到树林和河渠。室内陈列着一些镂空了的塑像;随着空气的流通,装置在塑像腹内的机关便振动起来,它们就显出栩栩如生的、似乎在谈话的神情。

　　女郎在室内等候多时,一见叔尔康,便起身迎接,亲切地同他寒暄、问好,并设宴款待。叔尔康回问、祝福一番,然后跟她并肩坐在一起,吃喝、谈笑、嬉戏,快快乐乐地玩到天黑,才分手去安息。

　　第二天清晨,姑娘们照例吹吹打打地来到叔尔康的住处,跪在他面前吻了地面,说道:"我们小姐请你,你跟我们去见她吧。"于是敲着鼓,奏着乐,前呼后拥地把他接到先前那幢建筑物,引入另一间更宽大的房间里。室内陈列着各种飞禽走兽的模型,真是应有尽有,异常稀奇古怪。女郎一见叔尔康,赶忙起身迎接,热情地伸手牵他,让他坐在身边,说道:"你是国王奥睦鲁·努尔曼的儿子,象棋下得好吗?"她征得叔尔康的同意,摆出象棋,和他对弈起来。叔尔康每举棋要走一步,必抬头先看她一眼,因而颠三倒四,经常弄错了马象的位置,惹得女郎哈哈大笑,说道:"你这种走法,说明你是不会下棋的。""这是第一盘,你别作数。"他输了第一盘,可不服气,接着另摆第二盘,也输了。就这么样,他兵败如山倒,继续一盘、二盘、三盘……总共输了五盘。女郎瞅着他说:"你呀,无论做什么事情,总是要失败的!""我的主人哟!跟你这样的人儿在一起,输了,对我来说,却是再好不过的。"

　　弈棋后,女郎吩咐姑娘们端来饭菜,陪叔尔康吃喝。吃饱饭,洗过手,她又吩咐端来酒肴,陪他边喝酒,边谈心,卿卿我我,痛痛快快地一直嬉戏、玩耍到天黑,这才分手,各去安息。

　　第三天早晨,姑娘们照例敲着鼓,奏着乐前来迎接叔尔康,前呼后拥地带他去见小姐。他一到,女郎便起身迎接,热情地伸手牵着他,让他坐在身边,问他好,并抱起琵琶,轻举纤指,边弹边抑扬顿挫地唱道:

　　　　你暂别打算归计,
　　　　免得勾起离愁情绪。
　　　　太阳落山的时候,

它的脸色也是因离愁而变黄的。

她刚唱毕,彼此还没有交谈,就在这时,忽然听到喧哗嘈杂的声音。他俩抬头一看,见一群大汉和青年小伙子涌到屋里,其中很多人都是雄赳赳气昂昂的将领,手中握着赤条条明晃晃的锋利宝剑。他们齐声嚷道:"叔尔康,你落在我们手里了!"

叔尔康一怔,感到大事不好,认为非遭劫不可,心里想:"也许是这个美丽的娘儿欺骗我,施用缓兵计,才招来她的部下呢。因为这些将领,她为吓唬我,曾经提过他们。但是归根结底,只怨我自作孽,自投罗网罢了。"于是,他回头盯着女郎,打算狠狠地指责她。可是出乎意料,却见她的脸色一时变得苍白,而且挺身站了起来,质问那些来人:"你们到这儿来做什么?"

"高尚的、独珠子般的公主呀!"他们中为首的一个将领说,"在你面前这个人,你不认识他吗?"

"我不认识,他是谁呀?"女郎反问一句。

"他是个骑兵头子,也就是国王奥睦鲁·努尔曼的儿子叔尔康。他侵略过很多地方,占领了无数城堡。这消息是老太太左图·黛娃仙告诉国王陛下的。咱们国王哈尔都补陛下已经把事情弄得清清楚楚、明明白白。喏,你快擒住这个倒霉的狮子吧。逮住他,对罗马部队来说,你的功劳可就大了。"

女郎听了将领的一席话,瞪着他问道:"你叫什么名字?"

"我叫马稣勒图,是大将柯施尔德图的子嗣。"

"干吗不经我许可你就闯了进来?"

"我的主人呀,我来时,卫队和管门的谁都不加阻止,他们反而打破常规,都站起来给我们带路,不像别人来求见时,必须站在门外,等候他们先请示才能进来呀。总而言之,现在不是谈论的时候,国王陛下等我们把在伊斯兰军中起着星火作用的这个家伙解去发落,俾他的人马迅速撤退,我们才能避免战争的灾难和痛苦呢。"

"这话不对头;左图·黛娃仙这个老太婆不明白真情实况,她撒谎骗人。指基督起誓,在我身边这位客人,他并不是叔尔康。他到这儿来是为结交、往来,经他请求,我才当客人招待他呢。即使他真是叔尔康,即使事实千真万确,那他既投身在我保护下,拿我平素的为人来说,我也不好眼看你们随便逮捕他而不管。你们不得对我的客人无礼,也不得在人前丢我的脸。你应该规规矩矩地回宫去,跪在父王面前,把左图·黛娃仙那个老太婆的传说与事实不符的情况禀明才对。"

"伊彼丽簪啊!不擒住国王陛下的这个死敌,我是不能回宫去的。"

"该死的家伙!"公主很生气,"你只管回宫去,禀告父王。你这样做是不会受埋怨的。"

"不带着他,我回去是不能交差的。"

"你少废话!"她顿时变了脸色,"告诉你,此人是有胆量才敢上这儿来的,他的勇猛是以一挡百的。你硬要说他是国王奥睦鲁·努尔曼的儿子叔尔康,他是会承认的,可是你们没有奈何他的办法呀。你们胆敢跟他敌对,结果会一个一个地死在他的刀下。喏,他在我身边,我让他出来跟你们动武吧。"

"你生气,这要不了我的命。要是国王陛下生起气来,我的命可就难保。如果敌人敢于抗拒,我马上下个命令,我部下的官兵能逮住他,会把他解进宫去让国王发落的。"

"事情可不这么简单,你这种想法只算得是痴人说梦。不过他仅仅是单枪匹马的一个孤人,你们却是成百的官兵,人数如此悬殊,这该怎么办才算公道呢?如果你们要动武,也只能把官兵一个一个地派出来跟他对打吧。因为这样的打法,才能分辨出谁是英雄好汉呢。"

"指基督起誓,你的办法很对,首先让我和他较量好了。"

"你等一等,让我先跟他讲明情况,征求他的意见。如果他不反对,那就照我们的规定行事。假若他不同意,你们是没法奈何他的,我和修道院里的全体人员为保护他是不惜牺牲性命的。"于是她转向叔尔康，说明突然发生的事变。

叔尔康欣然有喜色，忍不住笑起来。原因是公主未泄密出卖他。消息传到国王耳里，也不是她乐意的事。归根结底，只怪他的名声太大，才惹出意外的。他埋怨自己，唉声叹气地责备自己："干吗我要到罗马来冒生命危险呢？"最后他同意跟他们比一比高低，说道："和我个别对打，他们支持不住，叫他们每次出来十个人和我较量吧。"

"这种办法不公道，还是和他们个别较量的好。"

听了公主的主张，他纵身跳将起来，右手持剑，左手握盾，一下子冲到官兵面前。马稣勒图一见叔尔康，也跳起来迎战。叔尔康猛狮般剑起手落，一剑劈开他的肩膀，从脏腑里抽出宝剑，当场结果了他的性命。公主眼看这个情景，非常钦佩他的本领，其实他是败在她的姿色下的。于是她转向官兵们，说道："替你们的将领报仇吧！"

马稣勒图的弟弟是个强暴、傲岸的大汉，他闪身出来对付叔尔康。可一个措手不及，叫叔尔康手起剑落，以同样的刀法，一剑从肩膀劈开他的脏腑，结果了性命。接着公主喊道："基督的奴仆们，替你们的将领报仇吧！"于是罗马官兵前仆后继，一个随一个地出来跟叔尔康对打。叔尔康舞着宝剑，游戏似的从容应付，一口气杀死五十名官兵，其余的人被他的威武吓住，只顾退缩，再不敢个别出来应战，迫不得已，最后才联合起来，群起而攻之。叔尔康稳如磐石，毫无惧色，奋勇应战，左来左挡，右来右拒，很快便收拾了残兵败将。这时候公主大声问姑娘们："修道院中还有人吗？"姑娘们齐声回答："除了守门的，再没剩什么人了。"她问明情况，这才挨到叔尔康面前，把他搂在怀里，一起走进内室。可是一进去，却发现屋角里躲藏着几个逃脱的官兵。她一见他们，马上离开叔尔康，飘然而去。过了一会，她又回到叔尔康身边时，已经全副武装，身穿锁子铠，手持印度宝剑，雄赳赳气昂昂地说道："指基督起誓，为了尊敬、保护客人，我是不惜牺牲性命的，我是不能不顾客人而袖手旁观的，即使因此在罗马留下臭名,我也是不在乎的。"于是她仔细踏看,见当场被杀的官兵八十人,被打败而屈服的二十人,叔尔康的伟大战绩,使她佩服得五体投地,因而夸赞道:"你勇敢极了,叔尔康!世间有你这样的英雄豪杰,举世的骑士应该以你为荣。"

叔尔康抖擞精神,擦掉剑上斑斑的血迹,慨然吟道:

> 多少部队前来和我战斗,
> 他们的栗色战马被我抛给野兽。
> 如果要追问我的战绩,
> 请向参战的人去打听。
> 鏖战、争胜的时候,
> 我杀死强敌中的英雄豪杰,
> 让他们躺在灼热的沙地上抛尸露骨。

公主听了吟诵,满面笑容,吻他的手,随即脱掉锁子铠。叔尔康问道:"小姐,你身披铠甲,手执宝剑,这是什么意思?"

"为保护你不让卑鄙下流之辈杀害。"她回答着,唤来守门的人,责问道:"你们不先请示,干吗随便让官兵闯进修道院来?"

"公主啊!凡是国王的钦差使臣以及带兵的将领上修道院来,我们是不阻止他们的。"

"你们这种行为,显然是故意揭我的底,存心危害我的客人。"于是吩咐叔尔康杀死他们,并对其余的婢仆说:

"这些家伙罪大恶极,给予这样的处分算是太便宜他们了。"

她布置一番,使走婢仆,回头跟叔尔康坐在一起谈心,说道:"当初隐瞒着不说的事,如今全都显露在你面前了。喏,现在让我对你谈谈自己的身世和希望吧。我是罗马国王哈尔都补的女儿,名叫伊彼丽簪。那个叫左图·黛娃仙的老太婆,是我的祖母,也是她把你的消息告诉父王的。你既杀死父王的将领和官兵,兼之我跟穆斯林交往的消息传了出去,我祖母非设法害我不可。因此在她施展阴谋诡计之前，比较安全的办法，是让我赶快离开这个地方。我希望你像我待你一样地诚心待我，因为仇恨在我和父王之间牢固地结下了，这桩不幸的事是你惹出来的，你可不能随便看待它。"

叔尔康听了伊彼丽簪语重心长的话，欢喜若狂，心情顿时舒畅愉快起来，说道："指安拉起誓，只要我活着一天，谁也休想碰你。不过，你能离开令尊和家人吗？"

"可以，我能离开他们。"

公主立志坚决，叔尔康发誓向她表示诚心，于是二人山盟海誓，结下约言，矢志永远遵守诺言。她说道："现在我放心了，但是我还要提个条件。"

"什么条件？你提吧！"

"希望你撤退全部人马。"

"我的小姐哟！我为夺回被令尊抢去的一批财物，才奉命率领人马前来跟他交战的。据说被劫的财物中顶贵重的是三颗无价的宝珠。"

"你安心吧，暂别着急！喏，让我把事情的始末和君士坦丁国王跟我们之间的结仇经过告诉你吧。是这样的，我们原有个节日，通常被称为道院节。每年到了节期，各王国的公主和富商大贾的太太小姐，不怕山高路远，都前往修道院去过节。大家欢欢喜喜，热热闹闹地在一起欢度七天节日。我每年都去参加盛会，可是从我们和君士坦丁国失和之后，整整七个年头父王不让我去参加盛会了。有一年的节期里，各国公主照例从各方赶到修道院去过节。她们中有一个叫萨斐娅的，是君士坦丁国王艾辅律敦的女儿。她们在修道院中过了六天节日，到第七天大家收拾行李，预备离开修道院的时候，萨斐娅公主不肯走陆路回君士坦丁，一心要走海道。侍从给她预备一只帆船，载她和随从人员张帆航行。在归途中，飓风突起，帆船迷失方向，漂到卡夫尔岛附近，被基督教人发觉，于是乎五百名全副武装、惯于在海上抢劫的海盗向帆船袭击，使用铁钩卡住帆船，卸下风篷，强迫帆船驶向海岛。然而天不遂人意,中途又遇飓风,海盗船上的桅杆被风吹断,他们的船只和被劫的帆船一股脑儿刮进我们领海之内,我们才趁机用武力消灭海盗,夺取横财。当时发现船中有四十个姑娘,萨斐娅公主是其中之一。姑娘们被送进宫去,我父亲选了十名留在宫中使唤,萨斐娅公主在被选十人之内,其余的分送给属僚。后来我父亲又从留用的十个姑娘中挑选五人,萨斐娅公主在被选之列,连同大批呢绒、丝绸、毛布作为贡礼,一并送给令尊奥睦鲁·努尔曼国王陛下。令尊看中萨斐娅公主,选她为妃子。今年年初,萨斐娅的父亲艾辅律敦国王写信给我父亲,怨言百出,大肆威胁,说两年前,我们从西方海盗手中劫夺他的女儿萨斐娅公主和六十个姑娘,却隐瞒着不告诉他真实情况。他因女儿遭劫,怕在各国王公前丢脸,不便张扬,只好忍辱含垢,暗中寻找。最后从海盗那里得到消息,知道萨斐娅公主流落在我国。他在信末说:'假若你们不存心和我作对,不打算侮辱我的门庭、摧残我的女儿,则信到之时,希即刻释放小女萨斐娅回国,否则我对你们的丑恶行为,将给予最严厉的报复。'我父亲读了来信,感到左右为难。由于不认识萨斐娅公主而没早日送她回国,深感遗憾。再说时隔既久,事过境迁,已不可能向奥睦鲁·努尔曼国王去要人。据说萨斐娅公主被选为妃子,曾经生男育女。我父亲感到事情更为难办,一直陷入彷徨迷离的困境。这桩不幸事件发生后,我们知道会招致灾患。我父亲出于无奈,只得低声下气地向艾辅律敦国王道歉、认错,赌咒发誓说明当初不知道萨斐娅公主跟姑娘们同船的情况,还叙述送她到奥睦鲁·努尔曼国王宫中,被选为妃子,并已生男育女的情形。君士坦丁国王艾辅律敦读了我父亲的回信,坐卧不安,大发雷霆,叹道:'我的女儿怎么会叫人当婢女劫夺呢?王公们干吗拿她当礼物送人呢?不正式缔姻怎么就跟她婚配呢!指基督起誓,这对我来说,真是奇耻大辱,非报仇雪耻不可,我非做一件惊天动地的大事不可。'他既有此打算,便忍耐、镇静下来,细心思考、策划,结果终于派使臣去向令尊奥睦鲁·努尔曼国王送礼、求援,借机混淆视听，颠倒是非。令尊听信流言，才派你率领大军前往支援他。其实他们的目的是要你和你的人马陷入圈套，从而全军覆没罢了。至于他在信中谈到的三颗珠子，那也不见得都是事实。珠子原来是萨斐娅公主带在身边的。她和其他的姑娘们被俘后，送到宫中，我父亲才从她手中获得那三颗珠子的。后来我父亲把珠子送给我了。如今原物还保存在我手中。现在你快赶回军中，即刻撤退人马，千万别上他们的当。若不然，你一旦踏进他们的国土，就陷入穷途末路，会全军覆没的。据我所知，你的人马还驻扎在原地方，这一方面是你下令宿营三天的缘故，另一方面是从你悄然离开部队，人马便失去主脑，因而彷徨无措，感到进退维谷的缘故。"

　　叔尔康听了伊彼丽簪公主推心置腹的一番谈话，心有所感，深思一会，然后拿起伊彼丽簪的纤手，亲切地吻了一吻，说道："赞美安拉，是他借你的手向我施恩的，也是他托你帮助我和我的人马平安脱险的。现在我告辞了，但不知我走后你会遭遇什么意外？这就使我和你难分难舍了。"

　　"你先回营去，赶快撤退人马吧！假若艾辅律敦的使臣还在军中，你就逮住他们，然后拿他们作为揭露虚伪、秘密的把柄吧。你们离家不远，三天后我赶去追上部队，陪你们一起进巴格达城好了。"

　　叔尔康告辞，临别之时，伊彼丽簪嘱咐道："你可别忘记我们的约言！"于是起身送行，依依不舍，落雨般洒下惜别的眼泪。叔尔康眼看她多情多谊，觉得她越发可亲可爱，因而忍不住落下两行热泪，怅然吟道：

　　　　　我向她告别时，
　　　　　右手粘湿了泪水，
　　　　　左手紧搂着她的腰肢。
　　　　　她问我：
　　　　　"莫非你不会害羞？"
　　　　　我回道：

"生离死别之日，

　　　伴侣间早已不存在羞耻。"

　　叔尔康辞别公主，走出修道院。仆人牵来战马，他一跃跨在马背上，通过长桥，穿过森林，行在草坪上。忽然间他眼前出现三个骑士。他提防起来，抽出宝剑，一直走向前去，定睛一看，才知原是自家人，其中有宰相丹东，其他两人是僚属。宰相丹东和僚属看见叔尔康，即刻跳下马来，走到他面前，和他寒暄，问他离开部队的情况。他把遇见伊彼丽簪公主和跟她结交的经过，从头到尾，详细叙述一番。宰相丹东听了，惊喜交集，衷心感谢安拉。继而叔尔康说道："我们赶快离开这个地区吧！君士坦丁国王的使臣已经离开部队，给他们的国王报信去了。说不定他们的人马很快就赶到，我们会垂手被擒的。"于是下令即刻撤退人马。撤退令传到军中，人们归心似箭，大家欢欢喜喜、急急忙忙地离开宿营地。

　　叔尔康和宰相丹东率领人马撤退，连续跋涉二十五天路程，进入本国领域之内，远离危险地带，这才安心宿营休息。他们受到老百姓的犒赏、欢迎。人马休息了两天，然后动身起程，其中只是叔尔康例外。他留一百骑兵在身边，其余的人马由宰相丹东率领先行。大队人马开拔之后，叔尔康逗留了一天才决心起程。他带领一百骑兵，行了约莫六七里地，刚到两山之间的一处山谷地带，便发现前面腾起一阵烟尘，弥漫了整个山谷，阻断了他们的去路。过了一会，烟尘散处，出现一支骑兵部队，披坚执锐，狮子般张牙舞爪地迎面冲向他们，大声喝道："指太阳和马利亚起誓，我们整天整夜奔波、跋涉，赶到这儿才追上你们，我们的理想可以实现了。你们赶快下马，规规矩矩地缴械投降吧，这样才能保全你们的性命。"

　　叔尔康听了叫骂、威胁之言，气得满脸通红，回骂道："你们这些基督教的狗崽，无端侵袭冒犯我们，还不知足，竟敢如此威胁、吓唬我们？难道你们不要狗命，不想回老家了吗？"接着他回头对部下说："他们的人数跟我们差不离，你们千万别放过这些狗崽！"他说着抽出宝剑，率领部下，冲向敌人。在那种情况下，对方也不示弱，胆壮气盛地一起迎了过来。于是两军相遇，互打起来，将对将，兵对兵，一场激战，越打越紧张，情况越来越恐怖，吼声越来越响亮，人人争先恐后，个个大显身手，双方坚持搏斗混战到天黑，才收兵停战。叔尔康集合部下，仔细踏看，见部下没有死亡的，仅四人受轻伤。他慨然叹道："指安拉起誓，我一生沐浴在汹涌的战海里，出没于枪波剑涛之中，跟英雄豪杰敌对、争雄，可是从来还没遇见像这帮人马这样顽强、善战的敌人哩。"

部下听了叔尔康的慨叹和他对敌人的钦佩口气，有人说："主帅，他们中的那位领袖，为人非常勇猛，枪法尤其准确，可是我们碰在他手里，他却装傻，貌似糊涂，轻易放过我们，不肯伤害我们。指安拉起誓，假若他肯杀我们，那我们早死光了。"

叔尔康听了部下的叙述，不自主地困惑起来，毅然说道："明天我们列队突破他们。喏，我们一百人，跟他们的人数差不离，祈求安拉默助，让我们很快战胜敌人。"

部下赞成叔尔康的计划，大伙枕戈安息。同样，敌阵里的人马也都集合在一起讨论善后，有人说："今天在敌人面前，我们不曾尽量发挥威力。"他们的首领说："明天我们列队而出，准备跟他们个别对打吧。"部下赞成他的主张，随即就地安息。

第二天清晨，太阳照亮了平原、山岗。叔尔康跨上战马，率领骑兵列队奔赴战地，准备冲锋陷阵。他见敌人早已摆开阵势，便鼓励部下："敌人出现在阵前了，大家向前冲吧！"他刚说罢，敌阵里便传出一片喊声："今天我们打算跟你们个别交锋。你们派出一名好汉来跟我们的一名英雄对打吧！"

叔尔康部下的一名骑士，闻声策马奔到两军阵前，大声说："有应战的人吗？谁来和我对打？懒汉和低能儿可别轻易出来送死。"经他一挑衅，敌人阵中闪出一个年轻骑士，全副武装，骑一匹灰色战马，一直冲到阵前，跟他交锋、对打。可是还没打上几个回合，他就被敌人一枪挑下马来，狼狈不堪地被擒住。接着敌阵中响起一片欢呼声，同时又派出一名骑士前来挑战。

叔尔康军中闻声冲出一个骑士，他是被擒者的弟弟，一心要替哥哥报仇。他奋勇向前，跟敌人交锋、对打。可是打不上几个回合，敌人勇猛进攻，步步逼紧，先打乱他的枪法，叫他无法招架。然后趁机掉转枪柄一戳，他便应声落马，垂手被擒。

叔尔康继续派骑士跟敌人交锋，但左一个右一个都被敌人打败、擒走。到天黑收兵时，总计被擒的骑士已达二十人之多。叔尔康眼看这种情景，既吃惊又失望。他召集部下说道："我们怎么这样惨败呀？明天我亲自出马，跟他们的首领决个雌雄，问他干吗侵犯我们？他是奉谁的命令来和我们作对的？如果他要坚持打一仗，我们就拼到底。要是他愿意讲和，我们就跟他讲和。"他打定主意，随即吩咐部下安息睡觉。

第三天清晨，叔尔康率领部下，排队来到战地，见敌人早已摆好阵势。他们中大部分战士排队走在一个骑士前面，一直向前推进，直逼到阵前。叔尔康仔细打量，原来那个骑士就是敌人的首领。他身穿蓝色花缎袍，外面罩一袭精细铠甲。他面如满月，手握印度宝剑，骑一匹黑战马。马额上的白斑像银币一样闪闪发光。他很年轻，嘴皮上还没出胡子。他策马奔到阵前，指着叔尔康的人马，用流利的阿拉伯语说："奥睦鲁·努尔曼的儿子叔尔康，你这个以善于攻城夺地闻名的人，请出来和我这个跟你势均力敌的战将斗一场吧。你和我既是两军的首领，让我和你决一雌雄吧。谁打了败仗，就缴械投降吧。"

叔尔康听了对方的挑衅，怒气冲天，策马冲了过去，举剑就刺。对方随着他的攻势，像一只发怒的狮子，赶忙招架，然后从容应付。于是彼此交锋、对垒起来，此攻彼守，彼进此退，越打越起劲，像两山相撞，二海交流，连续战到天黑停战时，还不分胜负。

叔尔康回到营中，对部下说："那个骑士如此勇敢善战，是我从来没遇过的。他有一手绝妙枪法,可以说是他的特长。当他碰到机会足以致敌死命的时候,却掉转武器,拿枪柄轻戳一下。这是值得钦佩的武艺。情况如此,我和他的交锋会有什么样的结局,这是我不可想象的。总而言之,我军中应有像他和他部下那样骁勇善战的将士才能出奇制胜呢。"说罢,忧心忡忡地和部下安息了。

第四天清晨,叔尔康率领人马上阵,见对方早已严阵以待,于是两军首领开始交锋,继续厮杀。他俩彼奔此赶,往返奔驰,越战越紧张,阵地也越打越宽广。彼此的部下目不转睛地伸长脖子观战。他们直战到日落天黑才收兵各回己营,彼此对部下叙述战斗中的经历,双方的首脑都对部下说:"明天可以分胜负了。"

第五天清晨,叔尔康的人马和对方照常列队上阵,仍由两军的首领交锋对垒,彼此大显身手,越战越起劲,直杀到正午,叔尔康的敌手才耍了一个花招,企图显露本领。他先策马,任它奔腾,继而猛勒缰绳,让战马立刻站定。但他收得过急,致使战马失足,因而连人带马一齐摔倒,给对方造成可乘之机。叔尔康唯恐战斗延长下去,更难应付,因而趁机扑了过去,举剑要下毒手。对方见势头不妙,大声说:"叔尔康!骑士是不乘人之危的。这只算得是娘儿们的报复行为。"

叔尔康听了对方的谈话,睁大眼睛,仔细一看,这才弄清楚,原来他是在修道院中结识的伊彼丽簪公主。他马上扔掉手中的宝剑,滚鞍下马,倒身跪在她面前,吻了地面,问道:"你干吗跟我来这一套呢?"

"我存心在战地上考验你,看一看你在战术战略方面的能力。我部下的战士,全是女流,可她们把你的战士打败了。假若战马不失足,我会让你知道我的威力呢。"

叔尔康笑一笑,说:"公主啊,赞美安拉,是他保护你的,也是他让我和你重逢的。"

接着伊彼丽簪公主毅然下令释放被擒的二十名战士,然后动身起程。娘子军遵从命令,放了俘虏,随即跪在伊彼丽簪和叔尔康面前,吻了地面,听候命令。叔尔康夸奖她们:"像你们这样骁勇善战的人,真是捍卫社稷、抵抗强敌不可多得的人才。"接着他指示部下向伊彼丽簪致敬。部下听从吩咐,走到她面前,跪下去吻地面,毕恭毕敬地行礼致敬,然后一起跨上战马。从此二百名骑士在叔尔康和伊彼丽簪的率领下,浩浩荡荡,不分昼夜,连续跋涉了六天,来到巴格达附近。叔尔康一方面吩咐伊彼丽簪和她的部下解除武装,穿戴上罗马妇女的衣饰,一方面派人进巴格达城,报告他同罗马国王哈尔都补的女儿伊彼丽簪公主凯旋归来的消息,以便城中派人出来迎接他们。

次日清晨,叔尔康和伊彼丽簪并辔率领部下向巴格达迈进。宰相丹东奉国王努尔曼之命,带一千人马出城迎接太子和公主。宰相丹东带领的人马一见太子和公主,就拜倒在他俩面前,毕恭毕敬地吻了地面,然后热热闹闹地迎接他俩和部下进城。到了宫中,叔尔康谒见国王,国王起身迎接,亲切地拥抱他,和他寒暄问好。叔尔康把从伊彼丽簪公主口中听到的各种消息,以及他和她之间的友好结识,从头到尾,详细叙述一遍,最后说道:"伊彼丽簪公主自愿到我国来,打算长期跟我们生活在一起。君士坦丁国王为萨斐娅公主的劫运处心积虑,存心跟我们作对。这是因为罗马国王把萨斐娅公主当礼物送给父王,才引起君士坦丁国王跟我们结仇结怨的。当初罗马国王不知道萨斐娅是君士坦丁国的公主,否则他是不敢把她送给父王的,相反,他只会把她送回君士坦丁去。此次出兵,幸亏伊彼丽簪公主大力帮助,我们才免中君士坦丁国王的阴谋诡计。像伊彼丽簪这样既英勇又有义气的人,我是生平第一次碰见的。"接着他把伊彼丽簪公主跟他摔跤和交锋、对垒的经过,从头详细叙述一遍。

国王听了叔尔康的叙述,非常重视伊彼丽簪公主,急于要和她见面,便马上下一道召见令。叔尔康急忙去到伊彼丽簪的住处,对她说:"父王召见你呢。"随即带她上殿谒见国王。

国王屏退左右的人,身边只留一个侍从,正襟坐在宝座之上。伊彼丽簪来到国王面前，跪下去吻了地面，用最美妙的言词，赞颂、祝福国王。国王非常钦佩她的口才，当面感谢她对叔尔康的关怀、优待，然后赐座。她遵命坐下，揭开面纱，露出美容。国王看见她的本来面目，一下子愣住了，精神有些失常，不自主地挨近她，对她表示亲昵，慨然允许预备一座宫殿供她和她的婢女们居住，并给她和她们规定俸禄。接着便谈到那三颗珠子，追问珠子的下落。她回道："那三颗珠子，都在我身边呢。"她说着即刻回到寓所，打开箱子，取出一个匣子，再从匣中取出一个金瓶，带到殿上，揭开瓶盖，取出三颗珠子，吻了一吻，这才拱手献给国王，然后告辞。她走后，国王心不在焉，如有所失。继而国王唤叔尔康到自己身边，赏他一颗珠子。叔尔康问其余两颗珠子的下落。国王说："儿啊，剩余的两颗珠子，我打算给你弟弟臧吾·马康和你妹妹诺子赫图·宰曼每人留一颗作为纪念。"

叔尔康只知道他有一个妹妹叫诺子赫图·宰曼，却从来不晓得他还有个弟弟叫臧吾·马康，因此，他一听臧吾·马康的名字便骇然震惊，回头呆呆地望着国王问道："父王！除我之外，您老人家还有另一个儿子吗？"

"不错，我还有另一个儿子，他已经六周岁了，名叫臧吾·马康，跟诺子赫图·宰曼原是一母所生的一对孪生姐弟呀。"

叔尔康听了这个消息，很不舒服，觉得事情难办，但不得不抑制激情，掩藏心事，反而说道："这是安拉的恩赐呢！"于是他抛下手中的珠子，假装抖擞衣冠。国王眼看这种情景，说道："儿啊，将来你是我的继承人。关于传位给你的问题，我已经对宰相和朝臣谈过。可是你听了弟弟的消息，怎么一下子就不高兴了呢？这颗珠子是赏给你的，你怎么好扔掉它呢？"

叔尔康低头无言对答，内心感到惭愧。他因一时过于激动，不知该怎么办才好。他起身告辞，一口气溜到伊彼丽簪的寓所去找慰藉。

伊彼丽簪起身迎接，感谢他对她的关怀和优待，并替他和他父亲祈福求寿，让他坐在自己身边。见他满脸怒色，便问他为什么生气。

他把萨斐娅公主替他父亲生了一男一女,男的叫臧吾·马康,女的叫诺子赫图·宰曼的情况叙述一遍,接着告诉她:"这种事情,过去我一点也不知道,今天才听说的。这消息真叫人生气。至于那三颗珠子么,除赏我一颗之外,其余的两颗都留给臧吾·马康和诺子赫图·宰曼了。这便是我生气的原因。我一点也不隐瞒,把情况全都告诉你。现在我所担心的是他要娶你的这桩事情,在我看来,他是有这个企图的。关于这桩事情,你作何打算呢?"

"叔尔康,你要知道:令尊大人的权威是施展不到我头上来的,我不同意,他是不可能娶我的。万一他要强迫我,那我只好自杀了事。至于那三颗珠子么,我只以为他会把它们收藏在国库里作为传家贵宝,却想不到他会分给他的子嗣。令尊赏赐你的那颗珠子,要是你收下了,那你行行好,把它转送给我吧。"

"听明白了,遵命就是。"叔尔康毅然把珠子送给伊彼丽簪,然后坐着闲谈。伊彼丽簪安慰叔尔康:"关于娶我这件事,你不必担心。不过我父亲要是听到我在你们这里,他会不辞跋涉前来找我的。而艾辅律敦国王为替他的女儿萨斐娅公主报仇,会跟他联合起来,派部队前来进攻,那就糟了,会造成不可收拾的局面哩。"

"我的女主人呀!你既然愿意跟我们一起过下去,就别再提他们。即使他们把全部陆、海部队联合起来,我们也能打败他们。"

"但愿未来的一切都是美好的。至于我本人么,只要你们好心待我,我便跟你们一起过下去。要是你们对我三心二意,那我是会离开你们而远走高飞的。"

她开诚布公地谈罢自己的抱负,吩咐婢女摆出宴席,款待叔尔康。他随便吃喝一点,便闷闷不乐地告辞归去。

国王奥睦鲁·努尔曼赏叔尔康一颗珠子,待他走后,才带着剩余的两颗回后宫去找妃子萨斐娅。她见国王驾临,忙起身迎接,殷勤侍候。王子臧吾·马康和公主诺子赫图·宰曼姐弟双双挨到国王面前。国王分别吻他姐弟二人,在每人脖子上挂一颗珠子。姐弟二人戴着宝珠,无限欢喜,吻过父王之手,然后走到母亲面前,让她欣赏珠子。萨斐娅非常珍惜珠子,感到无限快慰,当面颂扬国王,祝福他万寿无疆。国王对她说:"萨斐娅,你既是君士坦丁国王艾辅律敦的女儿,你就该告诉我实情,让我越发尊重你,更抬高你的身价、地位才对。你却不告诉我,这是为什么呢?"

"主上,我沉浸在陛下的恩惠福泽中,已经替陛下生了一男一女。在这样的情况下,我怎么还需要比这个更高的身价、地位呢?"

国王努尔曼非常钦佩她的谈吐和见识,非常喜欢她活泼而又有礼貌的风度,因此特别预备一座最美丽的宫殿给她们母子居住,指派婢仆服侍她们,并聘请法学、哲学、天文和医学等名家负责教育藏吾·马康和诺子赫图·宰曼,给予最高的薪俸,并且格外尊重优待他们。这是他对萨斐娅母子们关怀备至的地方。此外,他对伊彼丽簪公主也抱着很大的野心,不分昼夜地疯狂地追求她,每天晚上都去找她,跟她坐在一起谈话,拿言语表示对她的爱慕。他虽然落花有意,可伊彼丽簪却流水无情。她不但不正面答复他,反而对他说:"国王陛下,现在我还不需要结婚呢。"

国王受到伊彼丽簪公主的拒绝,对她的恋念和追求越发变本加厉,可是始终不能成功,最后感到疲于奔命,无法可施的时候,便找宰相丹东来替他出主意,讲明他爱上国王哈尔都补的女儿伊彼丽簪公主的心事,讲明她不依从他的情况,说他爱她爱到极点,却什么都得不到手。宰相丹东听了国王的诉苦,便替他出主意说:"到天黑时候,陛下带一块银币重的麻醉剂去找她,陪她吃喝叙谈。喝到该休息睡觉的时候,再斟最后一杯,把麻醉剂放在杯中,让她去喝。因为麻醉剂吃到肚中,药性会立刻发作的。这样一来,陛下的希望、理想就可实现了。这是为臣的一点小意见,不知陛下以为如何?"

"你给我想的这个办法真好啊!"

国王决心采用宰相的办法欺骗伊彼丽簪公主,因而他亲身去到贮藏室中,弄了很有分量的、即使大象喝了也可以醉倒的一块麻醉剂,装在衣袋里,耐心等到天黑,才上伊彼丽簪公主的宫中去寻开心。

伊彼丽簪公主见国王驾临,立刻起身迎接。国王让她坐,她才遵命陪他坐下,并为他预备酒肴,摆设食器,燃点蜡烛,备办果品和他所需要的各种食物,然后坐下陪他一起吃喝。待公主有几分醉意,国王才从衣袋里掏出麻醉剂,捏在手中,斟满一杯酒,一饮而尽,接着又斟满第二杯,悄悄地把麻醉剂放在酒中,递给她说:"你喝这杯吧!"

伊彼丽簪公主接过酒杯,一饮而尽。酒刚下肚,药性便发作,她失去知觉,迷迷糊糊,一下子倒了下去,昏迷不省人事。在烛光照耀下,国王眼看她那美丽的姿色和可爱的睡态,神魂颠倒起来,于是兽性发作,终于不顾一切,动手脱掉她的裤子,公然进行强奸,摧毁了她的贞操,破坏了她的处女膜。直至满足欲望之后,他才踉踉跄跄,狼狈而走。临行对她的一个婢女说:"麦尔佳娜,你快来照拂小姐吧!"

婢女麦尔佳娜赶来,见伊彼丽簪公主赤裸裸地仰卧着,两条腿上流满斑斑的鲜血。她大吃一惊,赶忙急救,拿手帕擦她腿上的血,让她安静地睡到次日早晨,这才端水替她洗脸洗手足,并用蔷薇水给她漱口。伊彼丽簪公主打了一个喷嚏,呕吐起来,终于吐出麻醉剂,才逐渐清醒过来。她盥洗漱口之后,对麦尔佳娜说:"昨夜里我怎么了?快告诉我吧!"

麦尔佳娜把昨晚见到她仰卧着、鲜血流满两腿的情形,从头说了一遍。她听了,恍然知道自身已被努尔曼国王奸污,他的阴谋、暗算已经得逞,为此,她咬牙切齿,愤不欲生。从此她悲观厌世,决心躲避起来,不跟别人往来。她嘱咐婢女们:"任何人来见我,都别让他进来! 告诉来找我的人,说我生病了。我抱定这个主意,等候上帝解救我吧。"

伊彼丽簪公主患病的消息传到努尔曼国王耳里,他便派人送药品、糖食给她,让她好生养息。就这样她闭门过了几个月的隐居生活。这个期间,国王对她逐渐冷淡下来,爱她的火焰已告熄灭,不见她的面也安得下心来。而伊彼丽簪公主,从被国王奸污、凌辱那天起,已珠胎暗结,过了几个月,她的孕情逐渐显露,肚子一天比一天大起来,她感到十分苦恼、害羞,觉得宇宙狭窄得简直没有容身之地。她对婢女麦尔佳娜说:"你要知道:家里的人谁也没有对不起我的地方。从我离开爹娘和自己的家乡来说,这是我自作孽。现在我活厌了,我悲观到极点,我的志气和力量一点也不存在了。从前跨上战马,我是能够驾驭自如的,是可以驰骋疆场的,可是到了今天,我连马都骑不上了。这儿宫里的人,谁都知道他奸污我,破坏我的贞操,几时我在这儿分娩的时候,在婢女群中,我就会成为人们白眼、讥笑的对象。如果我回国去找我的父亲,这叫我拿什么脸面去见他呢? 凭什么身份回家乡去呢? 诗人说得好:

> 没有骨肉,
> 没有国土,
> 没有朋友,
> 没有酒肉,
> 也没有栖身之处,
> 这凭什么诉苦求恕?"

"小姐,事情由你自主。该怎么办,你只管吩咐。说什么我都依从你。"

"现在我要悄悄地出走,回家找爹娘去。这桩事,除你之外,谁也不让知道。因为人到失意落魂的时候,除了骨肉,别人是靠不住的。此外,我的事情就看上帝如何安排了。"

"小姐,你打算这样做,是对的。"

伊彼丽簪和埃子邦

伊彼丽簪公主打定出走的主意,暗中准备,耐心等待着,直到努尔曼国王出去打猎，太子叔尔康上堡垒中去宿营的时候，她才趁机对婢女麦尔佳娜说："我打算今天晚上出走，不过我分娩的时刻已经接近。如果再待上四五天，就得在这儿分娩，那就回不去了。这种事情都是生前注定了的，我该怎么办呢？"她思索一会，接着说："现在我不能披坚持锐保护自身，你快去找个人来跟我们一起出走，让他在途中照拂我们。"

"指上帝起誓，小姐！除了那个叫埃子邦的黑奴，别的人我可不认识。他原是国王的一个仆人，为人很勇敢，据说他打败过强盗，国王看重他，才派他给我们当差，替我们看门。平时我们优待他，现在我可以找他谈谈，赏他几个钱，告诉他只要他愿意跟我们在一起，我们便替他安家娶妻。如果他同意，我们的希望是可以实现的，可以一帆风顺地转回老家去的。"

"你叫他到这儿来，我跟他讲吧。"

麦尔佳娜在门前找到埃子邦，对他说："埃子邦，上帝恩赐你了，主子有话对你讲，你快随我见她去吧。"于是牵着他的手，领他去到公主面前。一见面，他便趋前吻她的手。公主固然讨厌、害怕他，但心里说："凡是必须的事，都要带点强求性呢。"她压着厌恶之心，对他说："埃子邦，在患难期间，你肯帮助我们吗？假若我把自身的事告诉你，你能保守秘密吗？"

埃子邦被公主的美丽姿色迷住了，一见面便爱上了她。他对公主说："小姐，你吩咐我做什么事情，我一点也不违拗你的命令。"

"我要你现在给我和我的这个使女捆绑两套行李，预备两匹马，拿一个鞍袋装载粮食和钱币，然后送我们回我们的老家去。到了那里，只要你愿意跟我们一起过活，我们会把你看中的婢女嫁你做妻子。如果你要回家，那么除你需要的钱财之外，凡是你喜爱的东西，我们都可以送给你。"

埃子邦听了公主的话，非常欢喜，兴高采烈地回答道："小姐，我凭自己的眼睛侍奉你们，跟你们一起走，并给你们预备马匹和食物。"他边说边欢天喜地地离开她俩,心里却暗自说:"这回我可达到目的了。要是她俩不依从我,我就杀死她俩,抢走她俩身边的财物。"他心怀叵测,急急忙忙预备了两套行李和三匹御用的好马,牵到宫中,准备他自己骑一匹,其余两匹供公主和麦尔佳娜骑用。于是,她们主仆三人骑马离开了巴格达,悄悄地出走,不分昼夜地赶路。伊彼丽簪以临产抱病之身,仍忍痛坚持跋涉了几昼夜,最后来到一处山谷地带,离她的家乡仅剩一天的路程了,却已届临盆之时。她感到一阵阵腹痛,痛得无法支持,不能再骑马了,这才喊道:"埃子邦,我要分娩了,你来扶我下马吧。"接着她又对婢女说:"麦尔佳娜,你快下马来替我接生吧。"

听了公主的喊声,埃子邦和麦尔佳娜赶快下马,前来照拂。他先把马拴好,然后去扶公主。公主因产痛躺在地上,气息奄奄,动弹不得。埃子邦眼看她的美丽姿态,一时兽性发作,悍然抽出宝剑威逼她,要强奸她,说道:"我的主人,你允许我吧。"

伊彼丽簪回头看他一眼,怒不可遏,叹道:"完了!我把英勇的君王公侯撇在一边不要,到头来只留下一个黑奴了。"她伤心哭泣,愤怒到极点,骂道:"你这个该死的家伙,刚才你胡说什么?你要知道,我宁可粉身碎骨,也不能轻易失身,你千万不可在我面前胡说妄想。你滚过去,让我收拾婴儿,恢复一下产痛,然后你要杀我,就杀吧!你若不肯抛弃奸淫念头,还敢胡说妄想,那么为了摆脱苦难,我只能被迫自杀了。该死的埃子邦哟!你这个娼妓养的狗杂种,胆敢如此胡说妄想?莫非你以为全人类都是一个样吗?不分高下善恶吗?"

埃子邦听了伊彼丽簪理正词严的责问,恼羞成怒,顿时变得眼红脸青、鼻肿唇裂,局促地呼喘着,露出残暴凶恶的面目。他毫不迟疑,跨上一步,举起宝剑,一剑砍死了公主,掳着她的财物,跨马逃走。

伊彼丽簪被杀,死在血泊中。她生下的是个男孩,像月亮一样标致可爱。麦尔佳娜忙把婴孩收拾包裹起来,让他躺在死了的母亲怀里,含着她的奶头,之后才坐下来伤心哭泣。她想着主人的身世和遭遇,越哭越伤心,气得撕破衣服,抓灰土撒在头上,不停地打着自己的面颊,打得鲜血直流。她哭道:"哟!多惨痛呀!我的主人英勇一世,大江大海都过来了,怎么惨死在这个卑鄙的黑奴手下呢?"

正当麦尔佳娜伤心哭泣走投无路的时候,无意间发现前方出现了一股烟尘,散布在空中,弥漫了大地。过了一会儿,烟尘散处,出现了一大队人马。这队人马原来是伊彼丽簪的父亲罗马国王哈尔都补的部队。他们突然赶到这里,原因是这样的:国王哈尔都补听说伊彼丽簪带着婢女们前往巴格达,投奔国王奥睦鲁·努尔曼,便亲身率领大批人马,出来寻找女儿,沿途向商人和旅行者探听其中的虚实。恰巧国王在很远的地方,隐约看见伊彼丽簪、麦尔佳娜和埃子邦三人骑马跋涉,这才赶来看个究竟。可是事出意料之外,他们赶到的时候,国王哈尔都补见他的女儿已躺在血泊中,她的婢女坐在尸体旁边悲哀哭泣。看了那种悲惨情景,他受的刺激过大,支持不住,跌下马来,昏迷不省人事。他部下的战士和文臣武将,一个个滚鞍下马,拥过来救护他,大家动手就地支起帐篷,把他抬到帐篷中急救,文武官员都在帐外侍候。

麦尔佳娜见赶来的都是自家人,而且见国王亲身驾临,便越哭越伤心。待国王苏醒过来,她才把事情的经过和伊彼丽簪公主的遭遇从头叙述一遍,最后说:"杀害公主的就是国王奥睦鲁·努尔曼的一个黑奴。"

国王听了公主的不幸遭遇,顿时感到宇宙全都黑暗起来,忍不住痛哭流涕。

国王哈尔都补和左图·黛娃仙

国王哈尔都补吩咐部下预备一乘轿子,把女儿伊彼丽簪的尸体搬回陕撒利亚埋葬。他本人回到宫中,立刻谒见太后左图·黛娃仙,对她说:"难道穆斯林就该这样虐待我的女儿吗?他们的国王奥睦鲁·努尔曼强奸她,破坏她的贞操,最后让他的一个黑奴杀害了她。指基督耶稣起誓,我一定要替女儿报仇雪耻,如果此志不达,我只能走自杀之路了。"他说罢,忍不住号啕痛哭。他母亲左图·黛娃仙安慰他说:"杀害公主的人,恐怕是麦尔佳娜这个臭丫头吧,她对小姐总是抱着嫉妒怀恨心情。至于替公主报仇雪耻的事,你暂别着急。指基督耶稣起誓,若不杀掉国王奥睦鲁·努尔曼父子,我是永不甘休的。我准备对付他的办法,是英雄谋士们望尘莫及的,会被后人指为奇谈越传越远的。不过你需要听我的指示,照我的计划行事,报仇雪耻的目的才能实现。"

"指基督耶稣起誓,我一定听从你的吩咐,按照你的计划行事。"

"那你给我选拔一批美丽可爱的小姑娘,高价聘请几位知名学者,教姑娘们读诗书、习礼仪,灌输高深的哲理。我们要请的学者,都应该是穆斯林,以便姑娘们跟他们学习阿拉伯历史和古帝王的事迹。做这桩事情,即使花十年工夫,也得耐心等下去。阿拉伯人说得好:'四十年后报仇,为时并不算迟。'这句话是有道理的。只消把姑娘们教育、培养出来,我带她们去应付敌人,就可以无往而不胜地为所欲为了。因为我们的敌人奥睦鲁·努尔曼国王是个色徒,视妇女如生命。他宫中的后妃和宫娥彩女,已达三百六十六人之多,可他仍贪得无厌,还把伊彼丽簪公主的一百娘子收进她们队伍中去。话又说回来,只要照我的办法把姑娘们教育、培养出来,我就好带她们去远征了。"

国王哈尔都补听了母后左图·黛娃仙的谈话,欢喜若狂,热烈地吻她的头,表示决心照她的计划行事。于是他毫不迟疑,派专人去很远的地方聘请著名的穆斯林学者。国王哈尔都补非常尊重聘来的学者,赏他们衣服,给予丰厚的薪俸,责成他们教育、培养一批小姑娘,当面许下诺言:只要他们能胜任,他还要重赏他们。

叔尔康嫉妒他的弟妹

　　国王奥睦鲁·努尔曼打猎归来,亲自来到伊彼丽簪公主的宫中探问她的疾病,却不见她的踪影。当时不但人去楼空,而且竟无人知道她的去向,因此国王大失所望,惴惴不安,喟然叹道:"这个丫头打宫里出去,怎么会没有人知道呢? 情况如果长此下去,我这个王国的法纪都废弛了,根本就谈不上有纪律有秩序了。何况我出去打猎之前,还吩咐当差的严密防守各道宫门呢。"由于伊彼丽簪公主的出走,他感到无限的忧愁苦闷。正当国王忧心如焚、如坐针毡的时候,太子叔尔康已宿营归来,国王向他诉苦,告诉他伊彼丽簪公主趁他出猎之时不辞而走的消息,叔尔康听了消息,骇然震惊,深感遗憾、苦恼。

　　伊彼丽簪公主出走后,奥睦鲁·努尔曼国王心灰意懒,什么事都不感兴趣,于是摒除一切,终日以关怀儿女、重视他们的教育为乐事。他曾经花很大的薪金聘请了闻名的学者,认真教育诺子赫图·宰曼和臧吾·马康姐弟二人,对他们关怀、重视无微不至。叔尔康看到这种情形,非常生气,对他的两个异母弟妹的优越境遇,逐渐由羡慕而变为嫉妒,愤怒的情绪居然表现在脸色之间。因此他郁结于衷,年深日久,终于害了疾病。有一天国王问他:"我看你面容苍白,身体日益瘦损,这到底是为什么呢?"

　　"父王,每逢我见您老人家和蔼可亲地亲近、关怀弟弟和妹妹,无微不至地照顾、爱护他们,我就不自主地由羡慕而产生嫉妒心情,我怕这种内心的嫉妒日益扩大,会使我产生不轨行为。万一我对他们真有一差二错,会招致您老人家的惩罚呢。因此我害了心病,形容便日益憔悴。现在恳求您老人家行行好,派我去镇守要塞地方,让我在外面终此余生吧。古人所谓'远香近臭'又说'眼不见则心不烦',

这都是经验之谈呢。"他说罢，低头静候国王吩咐。

　　国王听了太子坦白由衷之言，知道他变化的原因，进而谅解同情他，说道："儿啊！你所希望的，我全都答应你。我所管辖的地区，大马士革是最大的要塞之一，从现在起，我就把它分封给你。"于是他毅然做出决定，立刻召集文武朝臣，吩咐写下委状，当面宣布分封太子叔尔康为藩王，镇守大马士革，并派宰相丹东同行，负责辅佐太子治理内政。

　　叔尔康被封为藩王，收拾准备停当，然后同宰相丹东率领人马，辞别国王和文武朝臣，浩浩荡荡，前往大马士革走马上任。大马士革的老百姓听到新官上任的消息，赶忙装饰城郭，成群结队地吹着号、打着钹出城迎接，真是万人空巷，热闹空前。

臧吾·马康和诺子赫图·宰曼

　　国王奥睦鲁·努尔曼封太子叔尔康为藩王，打发他前去上任之后，接着王子和公主的老师前来谒见，报告臧吾·马康和诺子赫图·宰曼在哲理、文艺和其他学术方面的造诣和成就。国王听了非常高兴，重赏他们以表示感谢。这时候臧吾·马康已年满十四岁，身体苗壮，好骑射，经常参与宗教和其他的活动，与学术界人士也有往来，跟老百姓也有接触，而且表示同情、爱护他们。因此，巴格达城中，不分男女老幼都喜欢、爱戴他。国王眼看这种情景，感到无限快慰。就在这期间，伊拉克的朝觐旅行团在巴格达城中游行，仪式非常隆重、壮观。臧吾·马康眼看那种情景，很受感动，对于参加朝觐团游览穆圣的故乡和陵园很感兴趣。于是他毅然来见国王，说道："父王，我来征求您老人家的同意，让我随朝觐旅行团上麦加朝觐去。"国王劝止他说："儿啊，你暂且忍耐一时，等来年，我带你一块儿去好了。"

　　臧吾·马康觉得要等来年才去朝觐，为时过长。他急于要实现朝觐的愿望,便往姐姐诺子赫图·宰曼房中,跟她商量。当时诺子赫图·宰曼正在礼拜。他耐心等她礼毕,这才对她说:"姐姐!我打算上麦加去朝觐,趁机游览穆圣的陵园。我要求父亲同意我去朝觐,可他不许可。现在我有心筹笔旅费,悄然出走,不让父亲知道此事。"

"弟弟,指安拉起誓!让我和你一块去吧。关于游览穆圣的故乡、陵园一事,你可别叫我绝望啊。"

"你要去,就等天黑时候,打这儿悄悄溜出去,和我一起动身起程吧,我们的行动谁都不让知道。"

臧吾·马康和他姐姐打定主意,当天晚上半夜时候,诺子赫图·宰曼带着旅费,穿一身男子服装,悄然离开内宫,走出宫外,见她弟弟臧吾·马康已经替她准备好骆驼,于是姐弟二人骑上骆驼,顺顺利利地踏上旅途,不停地向前迈进,赶上朝觐旅行团,跟他们一起,连续跋涉,终于平平安安地到达麦加。在朝觐期间,他俩跟所有朝觐者一道,在阿尔发台山中驻过,认真地履行了朝觐者应交代的各种手续,还去游览穆圣的陵园。最后朝觐的功课完毕,是随哈只们离开麦加回家的时候了,臧吾·马康却对诺子赫图·宰曼说:"姐姐,我想趁机作耶路撒冷之行,顺便游览圣亚伯拉罕的故乡。"

"我也要去欣赏那里的风光呢。"

他俩打定上耶路撒冷去游览的主意,便准备一切,雇了骆驼,跟前往耶路撒冷的旅客一起动身。然而好事多磨,臧吾·马康在动身旅行的那天夜里,突然患疟疾,温度忽高忽低,有时清醒,有时昏迷,病情时好时歹。诺子赫图·宰曼沿途耐心照拂他,姐弟二人忍苦耐劳,连续跋涉,终于来到了耶路撒冷,投宿在旅店中,赁一间屋子住下。臧吾·马康的病不但没有起色,反而越来越严重,身体羸弱不堪,经常处于昏迷状态。诺子赫图·宰曼眼看这种情形,不觉忧心如焚,喟然叹道:"全无办法,只望伟大的安拉拯救了。这种灾难,是生前注定的呀!"她无微不至地耐心照拂弟弟。在旅途中,除了生活费用,又加医药开支,所携的旅费已用完,不得已只好托店中的差人拿衣服去变卖,勉强维持生活,调养弟弟的身体。她不断变卖衣物,一天天应付下去,逐渐都卖完了,身边仅剩一张破席子,已经濒于绝境,无法维持生活,因而伤心哭泣,叹道:"古往今来,事无大小巨细,都是安拉掌握着呢。"正当她感到困难,无法维持的时候,她弟弟突然开口说:"姐姐,我的疾病有起色了。现在我想吃烧肉呢。"

"弟弟,我不好意思出去乞讨,不过我打算明天上有钱人家去找点临时事做,赚几个钱来维持生活。"她稍微思索了一会儿,接着说道:"你病到这个地步,我是不忍离开你的,不过我们要活下去,不得已我才走这条路呢。"

"姐姐,这样一来,你就变得卑微下贱了! 全无办法,只望伟大的安拉拯救了。"他说着忍不住流下伤心的眼泪。

"弟弟,我们是离乡人,流落在这个地方,已经整整一个年头,从来没人关心照顾我们;在这种情况下,难道我们坐着等死不成?别的办法没有,唯一的出路是去当佣工,赚几个钱来维持生活。等你痊愈,我们再想法回家去不迟。"

诺子赫图·宰曼伤心哭泣一阵,毅然决然地站了起来,拿驼夫遗下的那件破外衣捂着头,亲切地吻一吻弟弟的头,替他盖好被子,然后哭哭啼啼、不知去向地走出旅店。她弟弟睡在床上等她,等到晚饭时候不见她回来,又眼巴巴地等到次日早晨,仍不见她回来。这样,他望眼欲穿地整整期待了两天,还是不见她的踪影。他怕得发抖,饿得要命,挣扎着歪歪倒倒地走出房门,喊着差役说:"劳你驾把我背出去吧。"

差役果然背他走出旅店,扔在街前不管。街上的行人围拢来看热闹,见他濒于死亡的情景,都同情、可怜他。他比个手势,表示向周围的人要吃的。有人向市中的生意人捐几个钱,买食物喂他,把他抬到一间铺子里,铺床席子让他睡觉,在他头前放下一个水罐给他喝水解渴。人们殷勤照拂他,到天黑才惴惴不安地各自归去。半夜里,臧吾·马康惦念姐姐诺子赫图·宰曼,怕发生意外,因而越想越着急,急得一点饮食不能下咽,结果又陷入昏迷状态。

臧吾·马康和澡堂火夫

耶路撒冷城中有些好心肠的人,热心地向生意人捐了三十块钱,雇一匹骆驼,嘱咐赶脚的:"你把这个病人带往大马士革,送他进那儿的医院去治疗。他的病能治好的。"

"是。"赶脚的满口应诺,可他心里想:"这个人都快死了,干吗还要送他去住院呢?"于是他把臧吾·马康藏起来,等到天黑,把他扔在澡堂的灰堆上,然后扬长而去。

第二天早晨,澡堂里的火夫起床生火,发现臧吾·马康仰卧在灰堆上,自言自语地埋怨道:"干吗偏偏要把死人扔到这儿来呢?"他伸脚一踢,发觉躺着的人动弹起来,便破口大骂:"你们这些坏家伙!吃了大烟,就随便倒下来睡觉。"他挨过去一看,见是个年轻小伙子,人生得挺不错,知道他是害病的异乡人,因而起了慈悲、怜悯念头,喟然叹道:"哟!我亏枉这个孩子了。穆圣一再嘱咐我们要尊重离乡人,尤其要关怀贫病的异乡人呢。全无办法,只望伟大的安拉拯救了。"于是他背着臧吾·马康,回到自己家中,把他交给老婆,吩咐给他铺床。老婆立刻铺了床,让他睡下,拿枕头给他枕着,烧一锅热水替他洗脸洗脚。同时火夫急急忙忙跑出去,买来蔷薇水和糖食,把蔷薇水洒在他的脸上,喂他糖汁,拿干净的衬衫给他穿。经过澡堂火夫夫妇一番调理,病人渐渐清醒过来,精神焕发,病情逐渐有了起色,可以坐起来了。澡堂火夫眼看这种情景,满心欢喜,说道:"赞美安拉,这个小伙子有救了。我主!恳求您默默地帮助我,让我一手医好这个孩子的病吧。"

澡堂火夫花了三天的工夫,辛辛苦苦地照拂臧吾·马康,每天端汤送药,喂他果子汁,和颜悦色地安慰他,鼓励他。他的健康逐渐恢复,脸色日益正常起来。一天,澡堂火夫来到屋里,见他精神抖擞地坐在床上,满面露出愈后的健康神色,因而问道:"孩子!现在你觉得怎么样了?"

"还好,我的病大有起色了。"

澡堂火夫高兴地边感谢、赞美安拉,边去到市中,买回十只母鸡,交给老伴,吩咐道:"每天宰两只鸡煮给他吃,早晚各一只吧。"

老伴听从丈夫吩咐,立刻宰只母鸡,煮给臧吾·马康吃,并拿热水给他洗手,叫他靠在枕头上,替他盖好被子,让他安安静静地睡觉。下午她又宰第二只,煮熟撕给他吃。澡堂火夫回家来,见老伴撕鸡肉喂臧吾·马康,便坐在他面前,问道:"孩子,现在你觉得怎么样了?"

"赞美安拉,病快痊愈了。你的恩情,愿安拉替我多多回赐你。"

澡堂火夫感到高兴,立刻去市中买来紫罗兰、玫瑰汁和其他果品,给他吃喝、滋补。这个火夫在澡堂中干活,每天有五块钱的收入,可他每天却花一块钱买果子汁和糖食,一块钱买鸡给臧吾·马康滋补身体。他不断安慰、调养臧吾·马康,整整过了一个月,眼看他的病体痊愈,他夫妇才怡然自得,感到无限的快慰。他对臧吾·马康说:"孩子,你愿意跟我一块儿上澡堂去吗?"

"是,我愿意跟你去。"臧吾·马康非常快乐。

澡堂火夫带臧吾·马康去到市中,雇匹毛驴给他骑,小心翼翼地搀扶他,直带他来到澡堂,让他坐下,然后亲自跑出去,买来碱和皂角,亲切地说道:"孩子,让我替你擦洗吧。"于是拿皂角和碱替臧吾·马康擦洗起来,从脚开始,直洗擦到上身。澡堂老板打发来伺候臧吾·马康的侍役,看到火夫动手替臧吾·马康擦洗,心里不服,说道:"你越俎代庖,违背老板规定的职责了。"

"指安拉起誓,老板待我们不错,这是无关紧要的小事,你别见怪。"火夫安慰侍役两句,于是二人合作:火夫替臧吾·马康擦洗,侍役替他剃头。剃、洗毕,火夫带臧吾·马康回到家中,拿自己的衬衫、衣服、缠头和鞋袜给他穿戴起来,让他打扮得整整齐齐地坐在床上,然后拿玫瑰水给他喝,撕煮熟的两只鸡给他吃,舀鸡汤给他喝。

臧吾·马康吃饱喝足,洗过手,欣然赞颂安拉一番,然后向火夫表示衷心感谢,说道:"你是安拉派来照拂我的恩人,在你的保护下,我是很安全的。"

"先别谈这个。在我看来,你是个享福的人。现在我只想知道你是哪里人? 你到这儿来干吗?"

"我将对你叙述我的境遇,不过请你先告诉我:你是怎么碰到我的?"

"是这样的:那天早晨我起床干活,见你躺在灰堆里,昏迷不醒,人事不知,因而产生同情、怜悯心情,所以把你背回家来调理、医治。可我不知到底是谁把你扔在灰堆上的。"

"赞美复活枯骨的安拉! 我的好弟兄呀,你算是对好人做了一桩好事情了,将来你会得到好报应的。"臧吾·马康说着低头沉思默想起来,然后问道:"如今我到底是流落到什么地方了呢?"

"在耶路撒冷城里。"

臧吾·马康想到离乡背井和跟诺子赫图·宰曼姐姐失群离散的境遇,不禁悲从哀来。他边向火夫叙述自己的遭遇,边伤心哭泣,凄然吟道:

> 出乎我的忍耐范围,
> 他们把我高高悬挂在友谊里。
> 就是为了他们,
> 我的末日才突然降临。
> 去了的人们哟!
> 你们走后,
> 幸灾乐祸者曾对我表示同情、怜悯,
> 难道我这孤苦的灵魂,
> 一直得不到你们陪随?
> 别吝啬吧,

让我见你们一面，

以便改变我的处境，

消除心中的惦念。

我曾规劝自己的心：

"好生忍耐，逆来顺受！"

它回道：

"去你的吧！忍耐不是我的本性。"

臧吾·马康越哭越伤心。火夫安慰他说："别哭了！你的疾病已经痊愈，健康也都恢复了，应该感谢安拉才对。"

"打这儿上大马士革去有多远？"

"六天路程。"

"你让我回去吧。"

"我的孩子，你这么年轻，我怎么能让你一个人去呢？如果你要上大马士革去，我可不放心，还是让我送你去吧。倘若老伴顺从我，愿意跟我一块儿去，我带她上那儿去安家也可以。"于是他回头对老婆说："这个孩子要上大马士革去，我可不忍心一下子离开他，怕他途中遇匪。你愿意跟我一块儿上叙利亚的大马士革去吗？或者你待在家里，让我一个人送他去行吗？"

"我愿意跟你们一块儿去。"火夫的老婆慨然答应。

"你愿意和我们一起去，这使我感谢安拉不尽。"火夫兴高采烈地马上准备，卖掉家具什物，买了一头骆驼，雇了一匹毛驴，带着老伴和臧吾·马康动身起程。他们连续跋涉了六天，夜里到达大马士革。火夫照例忙着买些食物。在城中刚住了五天，不幸老婆不服水土，身患疾病，服药无效，几天工夫，便瞑目长逝，死在旅途中。这桩不幸的事件，使臧吾·马康感到无比遗憾。因为死者生前忠心耿耿地招待、服侍他，彼此间已结成情深义重、难分难舍的友情。这桩不幸的事件，同样给火夫带来无限的悲哀、苦恼。臧吾·马康眼看火夫悲哀、哭泣，只好抑制感情劝慰他："别过于悲伤吧，我们谁都要走这条路的。"

"孩子,愿安拉加倍回赐你!我们的损失,安拉会补偿的,我们的忧愁,安拉会消除的。孩子,你要不要陪我出去走一趟,借此消除胸中的苦闷?"

"我愿意陪你出去走走。"

火夫站了起来,把手递给臧吾·马康,两人手牵着手一块儿到了市中,慢步走到一家马栈附近,见一队骆驼驮着箱笼和丝绸匹头,还有许多鞍辔齐全的马匹和许多仆役,大伙忙忙碌碌,行色匆匆,好像有什么事似的。臧吾·马康一愣,惊叹道:"你看!这么多箱笼、货物,这么多骆驼、人马,到底是什么人的。"他向仆役中的一人打听消息。对方告诉他:"这都是大马士革政府预备连同地方税收一起运往京城献给国王奥睦鲁·努尔曼的贡礼呢。"臧吾·马康听到这个消息,眼眶里一下子充满泪水,慨然吟道:

一

若是我们诉说彼此隔得太远,
我们应该如何诉苦?
如果需要表达彼此间的思念,
我们应该采用什么方法?
派个代表去解释吧,
不见得他会把双方的情意清楚传达。
或者我们索性缄默忍耐到底吧,
可失去心头上的人儿之后,
我身上的耐性已残存无几。

二

他们动身起程,
离开我的眼睛,

可他们永久生活在我的心头。
今后如果安拉给予碰头聚首的机会，
我将缕缕不断叙谈别后相思离愁。

臧吾·马康吟罢，忍不住痛哭流涕。火夫劝慰他："孩子，你病体初愈，还没恢复元气，需要耐心养息，不可多动感情，也不宜悲哀流泪，否则旧病会复发的。"他不断规劝、安慰他。臧吾·马康充耳不闻，老是唉声叹气地悲叹流落失所、远离家乡和丢失骨肉的悲惨境遇，洒着流不完的眼泪，凄然吟道：

请准备足够的盘费，
因为你将离开人世间，
向另一个世界作长期旅行。
请你相信：
毫无疑义，
死期迟早会突然降临。
人世间的一切享受，
全是欺世骗人的东西。
你的舒适生活，
不外乎是虚无幻影。
莫非尘世不像为旅客开设的旅店，
仅供过客投宿一夜，
次日清晨，
旅客们总得先后告别归去？

臧吾·马康吟罢，长吁短叹地一再为自己离乡背井的孤苦境遇伤心。同样，火夫也触景生情，边想着死去的老伴伤心饮泣，边竭力安慰、规劝臧吾·马康，整整熬了一夜。次日清晨，他对臧吾·马康说："你像是很想家吧！"

"是的，我很想家。我不能再在这儿待下去了。现在我把你托付给安拉,打算跟随进贡的人们动身起程,慢慢走回家乡去。"

"我不能离开你。你要回去,我陪你一起去。我既然照顾你,就要有始有终地照顾到底。"

"愿安拉替我报答你的好心肠。"臧吾·马康为火夫的情谊感到无限欢欣快慰。

火夫去到市场,买了一匹毛驴,并预备旅途上需要的食物。一切准备齐全,回到旅店,对臧吾·马康说:"在回家的旅途中,你骑这匹毛驴吧。一路之上,如果感觉疲劳,你下来走一程也是好的。"

"你待我比弟兄手足还好。愿安拉回赐你,替我报答你。"

臧吾·马康和火夫耐心等到日落,然后动手收拾行囊,包扎食物,用毛驴驮着,从从容容地随进贡的人马动身离开大马士革。

诺子赫图·宰曼和乡下佬

那天诺子赫图·宰曼披着驼夫遗下的破大衣,离开弟弟臧吾·马康,走出旅店,打算去作临时佣工,赚几个钱,买烧肉给弟弟吃。她走投无路,不知去向,既焦心患病的弟弟,又惦念家人和故国,忍不住伤心哭泣起来,切望安拉暗中保佑她,让她摆脱苦境,她哀然吟道:

> 黑夜降临,
> 掀起我的友情澎湃、奔腾,
> 惦念刺痛我身上的创痕,
> 别恨离愁填满我的肠胃,
> 致使我濒临死亡的边缘。
> 忧愁使我心神恍惚、迷离,
> 惦念放火焚烧我的心灵,
> 泪水揭穿我们之间友爱的秘密。
> 我不知该用什么方法,

谋求碰头聚首的机会，
进而消除满腔忧愁、苦闷。
思念在我心头燃起火苗，
友爱之情中途被烈焰焚焦。
埋怨我的人儿哟！
告诉你吧：
我的境遇糟糕到极点，
可命运注定的一切，
我甘心全部忍受。
凭据友情，
我向你赌咒：
我的处境并不舒适、安逸。
请你相信：
友谊者的呼吁，
它是忠诚可靠的誓语。
漫长的黑夜啊！
请带去我的消息，
给心头上的亲人捎个音信，
且麻烦你做个见证人，
证明通宵达旦，
我不曾打过瞌睡。

　　诺子赫图·宰曼徘徊街头，东张西望，正在寻找出路的时候，突然碰着一个乡下老头，带着五个小喽啰在城中游荡。那个乡下佬呆呆地注视着诺子赫图·宰曼，见她披着破大衣，人生得顶美丽，因而一方面羡慕她的姿色，一方面却奇怪她的困顿情状，便暗自说："这个小姑娘，人倒生得美丽，可她的情形有些寒酸。总而言之，不管她是本地生长的或者是异乡人，我非把她骗到手不可。"于是他跟踪在她后面，慢步追随着，直到一处狭窄地方，他才吆喝她，问道："小姑娘！你是小姐出身？还是有钱人家的丫头使女？"

诺子赫图·宰曼闻声，回头看他一眼，回答道："指你的生命起誓，请你千万别给我添烦恼。"

"我这一生，前后生过六个女儿，其中夭折了五个，现在只剩下最小的一个还活着，我打听你的情形，有意带你上我家去，跟我的小女儿住在一起，让你陪伴她，安慰她，解除她因丧失姐姐而感到的忧愁、苦闷。如果你没有亲戚故旧，我还可以把你当女儿看待，这样你就变成我亲生的一个女儿了。"

诺子赫图·宰曼听了老头的谈话，心里想："跟这个老人在一起，也许我的安全会有保障。"于是她低头羞答答地说道："老伯伯，我是个离乡人，现在跟我在一起的只有一个害病的小弟弟。我上你家去，只能白天陪随、伺候你的千金小姐，夜里我可得回旅店去照管我的弟弟。如果你同意，我可以上你家去。眼前我虽然离乡背井，流离失所，但是我的出身是高贵的。我们姐弟二人朝觐毕，离开麦加，在归途中，因弟弟害病，旅费用完了，所以变得这样凄惨可怜。现在我最放心不下的是：只怕我弟弟不知道我的去向，这会使他的疾病更加严重呢。"

老头听了诺子赫图·宰曼的话，心里说："指安拉起誓，这回我算达到目的了。"于是他对诺子赫图·宰曼说："我只需要你白天陪伴、安慰我的小女儿，晚上你是可以回去过夜的。如果你愿意，就把你弟弟搬到我家里跟你住在一起也行。"老头继续说好话，花言巧语地说服、诱骗，直至她同意上他家去伺候他女儿时，他才领她去找他的喽啰们。

这个乡下佬原来是个老奸巨猾、无恶不作的强盗，根本没有女儿，却胡说八道，乱扯一通，其最终目的，只为欺骗、拐带可怜的诺子赫图·宰曼。他领诺子赫图·宰曼走出城门，跟她有说有笑地一直来到郊外他的喽啰们等候的地方。喽啰们在他的指使下，早已准备好骆驼和食物。于是他轻而易举、顺顺利利地带诺子赫图·宰曼骑上骆驼,动身起程。

他们黑夜里跋涉,不停地赶了大半夜的路程,诺子赫图·宰曼才恍然大悟,知道自己受了骗,忍不住伤心哭泣,大声呼吁求救。老贼心虚,怕被人发觉,只顾往山里逃避。天快亮了,他们停下来,老头子恶狠狠地问道:"城市姑娘! 你哭什么? 指安拉起誓,你再哭,我就揍死你。"

诺子赫图·宰曼受了老贼的威胁、辱骂,愤不欲生,不顾一切地昂然瞪了他一眼,骂道:"老白毛! 老坏蛋! 你欺骗我、蒙混我,我怎么能信任你呢?"

"城市姑娘! 你敢回嘴吗?"老头子挨近她,举起手杖,边抽打,边骂道:"你再哭,我打死你。"

诺子赫图·宰曼挨了打骂,被迫忍气吞声地静默下来,想着患病的弟弟,暗中饮泣。次日早晨,她回头看老头一眼,说道:"你干吗用欺骗手段带我到荒山里来? 你到底想把我怎么样?"

"城市姑娘! 你要回嘴吗?"老头子心一横,举起手杖,残暴地打她,打得她死去活来。她痛不可耐,伏在地上,吻他的脚,苦苦求饶。老头止住打,恶狠狠地骂道:"城市姑娘! 指我的帽子起誓,你再哭,我就割掉你的舌头,拿它塞在你的身体里。"

诺子赫图·宰曼被打得遍体鳞伤,动弹不得,不敢呻吟哭泣。她忍气吞声,抱着两腿,枕着膝,想着弟弟孤苦伶仃病在旅店中的凄惨情形和自己变得这般卑微可怜的遭遇,暗自伤心饮泣,凄然吟道:

> 否极泰来,
> 泰极否生,
> 这是时日循环的规律。
> 整个时日里,
> 并不存在某种永恒不变的情景。
> 人世间形形色色,
> 万象更新,

却各有它局限的年岁，

人们死亡的时候也会按期降临。

可叹呀，可悲！

无数的冤屈、恐惧，

我都承担、忍受。

生活里全是欺压、恐惧，

我度过的那些岁月里，

没有一段幸福的时期。

尊荣的范围内，

充满屈辱、卑贱，

我的希望理想，

已到破灭关头。

流离失所，

别乡离井，

割断亲戚骨肉的联系。

寄语过往的行人，

你若路过那幢还住着人的屋宇，

请顺便进去替我递个音信，

告诉他：

我在这儿终日以泪洗面。

老头听了诺子赫图·宰曼的吟诵，有动于衷，觉得可怜，因而对她表示同情、怜悯，挨到她面前，替她擦干眼泪，给她一块面饼，说道："我发脾气的时候，不许人说话顶撞我。今后你别再说丑话顶撞我吧，我替你找一个跟我一样的好主子，把你卖出去，让你的新主子像我一样地优待你。"

"你打算得多美啊！"她顺便答应一句。由于很长时间没有吃喝，饥不可耐，她拿起那块面饼，啃了几口。

当天夜里，老头吩咐喽啰们收拾行囊，趁黑夜起程。他跨上骆驼,让诺子赫图·宰曼骑在他后面,然后动身,从此晓停夜行,连续跋涉,赶了三天路程,来到大马士革城中,在王府附近的皇家旅店住下。诺子赫图·宰曼过分忧伤,兼受风霜之苦,弄得形容憔悴,身体枯槁,想着自己的身世越哭越伤心。老头挨到她面前,说道:"城市姑娘,指我的高帽子起誓,你再哭,我就把你卖给犹太人。"他恶狠狠地拉她进房去,把她禁闭起来,然后急急忙忙奔往奴市,找到人贩子,跟他们攀谈起来,说道:"我随身带来一个丫头,她弟弟患病,被我送往耶路撒冷家里养病去了。自从她弟弟病倒,她就哭哭啼啼地和他难分难舍。现在我要卖掉她。谁温温和和地说几句好话安慰她,骗她说:'你弟弟病在耶路撒冷,睡在我家里。这样一来,我就把她廉价卖给他。'"

他刚说完,一个人贩子一骨碌跳将起来,问道:"她多大年纪了?"

"她刚成年;非常聪明,很有礼貌;人生得窈窕美丽,有倾国之色。只因我送走她弟弟,她终日惦念他,所以影响健康,身体瘦了些,姿色也减退一点。"

"既是这样,老人家!我要去看看你所称赞的那个聪明、美丽的姑娘。如果合适,我就买她。我可是要提一个条件,你若同意,我就兑钱给你,否则就拉倒。"

"假如你愿意,最好拿她献给国王,这样一来,无论提什么条件,我都接受。你要把她献给巴格达国王奥睦鲁·努尔曼的儿子叔尔康,投合他的心意,那么除了姑娘的身价,他会给你更多的赚头哩。"

"我对太子叔尔康本来怀有一个很大的愿望,希望他给我一张免税执照和一封介绍信,让我有机会谒见国王奥睦鲁·努尔曼陛下,恳求他关心照顾我。这样,我生平的愿望就实现了。总而言之,只要太子叔尔康接受我献给他的姑娘,我就马上兑钱给你。"

"好的,我同意你提出的条件。"

老头和人贩子彼此商妥贩卖人口的办法,一起来到旅店中。老头站在房门外面,大声喊道:"纳吉娅!"——他一直这样呼唤她。诺子赫图·宰曼听见老头喊她,默不作声,只顾啜泣。老头回头看人贩子一眼说:"喏!她坐在房里,你进去看一看,用我嘱咐你的话,好生安慰她吧。"

人贩子走到诺子赫图·宰曼面前,见她生得十分美丽,很高兴,尤其看她懂阿拉伯语言,就越发珍爱起来。他得意忘形地对老头说:"她本人跟你所夸奖的真是一模一样,这回我的愿望一定能实现了。"他仔细打量诺子赫图·宰曼一番,然后对她说:"小姑娘!我向你致意!你怎么样?"

诺子赫图·宰曼听了人贩子跟老头的谈话,明白他的企图,回头看他一眼说:"这类事情,是生前注定的了。"她仔细端详那个人贩子,见他道貌岸然,人品不凡,因而暗自想道:"此人想必是来买我的。我若拒绝他,老留在这个残暴的乡下佬身边,会被他活活地折磨死掉。总而言之,此人看来面貌不凡,模样也不错,比起这个粗暴、愚昧的乡下佬,似乎稍有可取之处。他上这儿来,或许是想听一听我的谈吐吧。既然如此,让我好生奉承他吧。"她垂头深思熟虑,暗中打定主意之后,便抬头望人贩子一眼,亲切地说道:"我的主人呀!奴婢我向你致意,并切望安拉慈悯、恩赏你。至于谈到我的情形,这是一言难尽、不堪回首的。除非你站在敌对立场,用幸灾乐祸的眼光来看问题,否则你知道我的处境之后,是会产生恻隐之心的。"

诺子赫图·宰曼简单扼要地回答之后,低头默然不语。人贩子听了她的谈吐,喜形于色,乐得差一点丧失理智。他回头对乡下佬说:"这个姑娘可敬极了,你打算将她卖多少钱?"

乡下佬听了人贩子称赞诺子赫图·宰曼,非常生气,板着脸孔说:"小丫头是下流社会出身的一个卑贱奴婢,她说话咒骂我,你干吗说她可敬?我不卖她了。"

人贩子听了乡下佬的怨言,知道他无知愚昧,脑筋简单,值不得跟他计较,说道:"你别性急,请你克己些!正因为她具备你所说的这种缺点,我才要收买她呢。"

"你打算出多少钱?"

"只有做父亲的替儿子取名字。要多大的价钱才出卖她?请你先开口吧。"

"必须由你先开口出个价钱才对。"

人贩子心里想:"这个乡下佬昏庸、粗暴,姑娘的身价值多少钱,我估计不出来,不过我被她的口才和姿色迷住了。如果她能读书写字,那么她是个十全十美的人,而买她的人呢,也算是够幸运的了。不过这个乡下佬,对于姑娘的身价茫然不知,毫无估计,真是可叹可笑。"于是他回头对乡下佬说:"老人家,姑娘的身价么,除税款和交易应缴的各种手续费不计外,给你净赚二百金如何?"

乡下佬听了人贩子出的价,勃然大怒,吼叫起来:"去你的吧!你出二百金买她身上披的这件破大衣,我也不会卖给你。我不卖她了,我留着她替我牧驼、推磨好了。"于是他唤诺子赫图·宰曼:"臭东西!你过来,我不卖你了。"继而他回头看人贩子一眼说:"当初我是把你当好人看待的。指我的高帽起誓,你再不走,我要骂你了。"

人贩子冷眼观看乡下佬的举止,听了他的谈话,心里想:"这个老家伙是个疯子,他根本不知道姑娘的身价,现在我不必跟他讲价钱。如果他稍有头脑,那是不会指高帽起誓的。指安拉起誓,这个姑娘的身价,应该拿成库的珠宝来计算,我自己根本买不起她,但无论他索取多高的代价,我也得兑给他,即使为她倾家荡产,我也在所不惜。"于是他回头看乡下佬一眼说:"老人家,你忍耐些!请告诉我:照你的看法,她跟那件破大衣有什么了不起的关系吗?"

"这个臭东西根本不配穿衣服,给她披那件破大衣,就够便宜她了。"

"请让我像平常买丫头的人那样揭开她的头巾,看看她的面貌吧。"

"你高兴怎么办就怎么办好了。愿安拉保佑！无论从表面或内部，你都可以随便看她。只要你愿意，索性脱掉她的衣服，让她赤裸裸地供你看吧。"

"那是不必要的，我只看一看她的面容就够了。"人贩子慢慢挨到诺子赫图·宰曼面前坐下，问道："小姐，你叫什么名字？"

"你问我现在的名字，还是问过去的？"

"难道你现在和过去不是叫一个名字吗？"

"正是这样。从前我叫诺子赫图·宰曼，现在改称温撒图·宰曼了。"

人贩子听了姑娘的回答，心有所感，眼眶里顿时充满同情的眼泪，进而问道："你有个弟弟在害病吗？"

"不错，我的主人啊。他害病留在耶路撒冷的旅店里；命运把我们姐弟二人给分割开了。"

人贩子听姑娘口灵舌便，能说善道，非常钦佩她的口才，一时感到迷惘，心里想："如此说来，这个乡下佬倒也不曾撒谎。"诺子赫图·宰曼想起她弟弟病在旅店中，自己不能留在他身边照顾他，又不知道他的情况，同时想到背井离乡、远离父母、惨遭乡下佬虐待的可怜身世，泪水忍不住涔涔地从腮角上滚下来，凄然吟道：

> 生活在我心房中，
> 如今已动身去了的人儿哟！
> 你无论走到哪里，
> 我的主宰会关心、保护你。
> 你在任何地方投宿过夜，
> 安拉就是你的邻居。
> 他关心、保佑你，
> 不会让你受到灾难侵袭。
> 看不见你的倩影，
> 我感到孤苦伶仃，

眼睛泼水般流泪。

你流落到哪里？

在什么地方投宿、过夜？

但愿我能知道个中底细。

你那里如能喝蔷薇的绿汁维持生命，

我这里可以止渴的只有泪泉。

你那里如能安然睡眠，

我这里的床位却燃着熊熊的失眠火焰。

除了生离死别，

人世间的一切都是轻而易举的。

在我的心目里，

除了别恨离愁，

人世间再没有一桩可以难倒人的事情。

  人贩子听了诺子赫图·宰曼由衷的吟诵，觉得可怜，不自主地洒下同情的眼泪，伸手要替她抹去腮上的泪水。诺子赫图·宰曼拒绝他，拉头巾蒙住脸面，不让他碰她。乡下佬见她扯头巾遮脸，认为她不让人贩子看她，非常生气，一骨碌站了起来，奔到她面前，甩起手中那根拴骆驼的绳子，猛力抽打她。她支持不住，倒在地上。擦破脸皮，血流满面，惊叫一声，昏迷不省人事。人贩子眼看这种惨状，觉得难过，心里想："我一定要买下这个姑娘，把她从暴徒手中救出来，即使花跟她体重等量的黄金，也不在乎。"于是他骂乡下佬几句，埋怨他不该如此暴躁、狠毒。

  过了一会儿，诺子赫图·宰曼慢慢苏醒过来，想着自己的遭遇，越哭越伤心。最后她擦干眼泪和脸上的鲜血，拿头巾缠住伤口，抬起头来，望着天空，喃喃地祈祷，吟道：

  我主，

  求您慈悲、可怜我，

一个高尚、尊严的女性，

因为遭受虐待、欺骗，

一旦变得卑微、下贱。

她悲哀哭泣，

洒下如注的眼泪。

她还诉苦说：

"诺言没有实践。"

诺子赫图·宰曼吟罢，回头看人贩子一眼，悄悄地对他说："指安拉起誓，这是个不知有安拉的暴虐家伙，恳求你千万别让我再在他手里待下去了。今晚如果还要我跟他在一起，我只有走自杀的道路了。你救救我吧！不论今生和来世，你遇到困难和不如意的事，安拉会解救你呢。"

人贩子听了诺子赫图·宰曼的苦苦哀求，便决心买她，于是挨到乡下佬面前，说道："老人家！刚才你跟我讲的都不是由衷之言。你说个价钱，把她卖给我吧。"

"可以的，你兑出钱来，把她带走好了。若不然，我就把她带到乡下去，住在草棚里，叫她牧驼、捡粪也是有用处的。"

"如此说来，我出五万金买她吧。"

"不成。"

"七万金如何？"

"不成，这个数目，连本钱都不够。她吃面饼所花的钱，远在九万金以上呢。"

"你和你家里的人活一辈子都吃不了一千金的面饼吧。现在我给你出最后一个价钱，你若不肯卖，我就上官厅去告你，让大马士革国王强迫你交出人来。"

"说吧！最后你出多少钱？"

"十万金。"

"凭这个价钱我卖她了。老实说，这区区的十万金，只够我买盐用啊。"

人贩子听了乡下佬的风凉话，哈哈大笑一阵，回到自己家中，取来十万金，兑给乡下佬，完成交易，然后带走诺子赫图·宰曼。

乡下佬贪得无厌，收下拐卖诺子赫图·宰曼的一笔钱财，心里想："我非上耶路撒冷去一趟不可，也许我能找到她弟弟，好把他带到这儿来出卖。对，我就是这个主意。"于是他骑上骆驼，立刻动身，连续地赶路。最后到达耶路撒冷，去旅店中打听消息，但始终不知他的下落，因而大失所望。

诺子赫图·宰曼和人贩子

那个人贩子兑了款，从乡下佬手中买了诺子赫图·宰曼，脱下自己的外衣给她穿上，带她回家。回到家里，给她换了一身最华丽的衣服，才领她上市场，买了一套簪环首饰。他用丝绸包袱把首饰包起来，递给她说："这是我给你买的首饰。我对你没有其他的期望，只是等我把你献给大马士革国王的时候，望你把我买你所花之钱的数目告诉他。他若愿意从我手里买你，那么望你对他谈谈我待你的好处，替我要一张通行证，让我带着上巴格达去，请求国王奥睦鲁·努尔曼发给免税执照，以便将来买卖货物，免缴各种捐税。能够达到这个目的，我就感激不尽了。"

诺子赫图·宰曼听了商人的话，心有所感，一声号啕起来。商人觉得奇怪，说道："小姑娘，我每次提到巴格达，都见你伤心流泪。莫不是你有亲人住在巴格达城中？如果真有亲属在那里，你只管告诉我，城中无论经管生意的商人或者做各种行业的人我都认识。如果你要寄信，我可以替你捎去。"

"指安拉起誓，做生意买卖和其他行业的人，我都不认识，我所认识的仅国王奥睦鲁·努尔曼陛下而已。"

商人听了诺子赫图·宰曼的回答，启齿笑笑，感到无限欢喜，心里想："指安拉起誓，这回我算是达到目的了。"于是他问诺子赫图·宰曼："莫非从前有人把你送进宫去充当贡礼不成？"

"不，其实我是在国王卵翼下，跟公主在一起教养成人的。当时在王宫中，我受到国王另眼看待。你希望国王赏你免税执照，那给我拿笔墨纸张来吧，我替你写封信，你带往巴格达，呈给国王奥睦鲁·努尔曼，便可达到目的。在国王面前，你顺便谈谈他的丫头诺子赫图·宰曼遭遇灾难、被人辗转贩卖和怀念王恩的情况。如果国王打听我的消息，请告诉他：我流落在大马士革王宫里。"

商人钦佩诺子赫图·宰曼的言谈，越发表示尊敬爱护她，说道："我看人们都糟蹋你，作弄你，都把你当奇货赚钱。你能背诵《古兰经》吗？"

"不错，我能背诵《古兰经》，也能解释它的意义。我在哲学、语法、修辞、圣训、论理、几何、算术、解剖、符咒等学术方面也有高深的造诣。此外关于希波革拉第所注格林诺斯的《药典》、伊本·彼塔尔的《姆弗勒多图》、伊本·西纳的《戈努尼》和沙斐尔派的神学，我都研究过。我还读过《台前克勒图》，给《布尔何努》做过解释，对伊本·西纳的《戈努尼》有不同的见解；我还编过历书，解析谜语，并当面跟学者辩论。你拿笔墨纸张来吧！我替你写封介绍信，让你带往巴格达，呈给国王奥睦鲁·努尔曼。凭我的一封介绍信，你的目的是可以实现的。"

商人听了诺子赫图·宰曼的谈话，乐不可支，说道："好极了！好极了！你在王宫里住过，多么幸运啊！"于是急忙拿来纸墨和一管铜笔，跪下去递在她手里，表示十分尊敬她。诺子赫图·宰曼拿起笔来，以诗代简，边沉吟边写道：

一

瞌睡离开我的眼睑，

翩然展翅远走高飞。
别后你可了解我这双失眠的眼睛?
每当回忆你的时候,
我感到烈火烧心。
岂不是每个热情奔腾的人,
都要吃这种苦头?
我们在一起的时候,
生活多么幸福甜蜜!
然而昙花一现,
我不曾尽情享受它的余荫。
我向风儿乞怜,
求它把消息送到你面前,
告诉你:
孤苦无靠的我向你诉苦求援。

致书者——

思念连绵,
失眠相继;
容颜憔悴,
难辨晨夕;
辗转于离愁之床笫,
画眉专用失眠之签;
既要陪伴星斗,
又须守护黑夜;
冥冥溶于沉思,
缕缕诉无尽时;
寂寞举目无亲,
终日以泪洗面。

二

黎明唱鸫在枝头啼鸣,

我的心弦受到致命的敲击。

每当多情善感的人呻吟叹息,

悲哀苦恼情绪就涌上我的心头。

漠然不怜悯我的人儿哟!

我向你诉苦呼吁;

古往今来,

多少人曾为友谊而舍生!

三

离别之日,

友情毁灭我的身体,

离散成为我眼睑和瞌睡之间的鸿沟。

我是个垂危的病人,

身体羸弱瘦损。

假若我默不作声,

你就看不见我的生存。

去国怀乡、忧心如焚的诺子赫图·宰曼再拜

诺子赫图·宰曼把信摺叠起来,递给商人。商人接过去,吻了一回,打开读了一遍,明白个中情形,喜形于色,心有所感,欣然说道:"赞美安拉! 是他创造你这个完美的形象呀。"于是百般尊敬她,亲切、诚恳地陪她谈话,用尽办法安慰她,体贴她。天黑时,他去市中,买了可口的饮食,拿来奉承她。吃喝毕,便带她到澡堂去洗澡,嘱咐服侍的人说:"洗完澡,替她梳梳头,照拂她穿戴起来,然后给我打个招呼。"吩咐之后,他急忙去到市中,买了食物、果品和蜡烛,拿到澡堂里,摆在石凳上,等诺子赫图·宰曼出来享受。

澡堂中的差役受到委托,小心翼翼地殷勤伺候诺子赫图·宰曼,替她擦背梳头,拿衣服首饰给她穿戴起来,然后领她走出浴室,陪她一起吃商人预备的食物。待她吃饱喝足,商人把剩下的食物分给看守澡堂的人,这才带她回家,把上房腾出来供她睡觉,自己搬到侧室里安息。

次日清晨,商人唤醒诺子赫图·宰曼,把为她用一笔很可观的钱所购备的一件薄绸衬衫,一方价值千金的华丽头巾,一身土耳其绣花服,一双盘红金线镶珠宝的绣花鞋,一双价值千金的珍珠耳环,一个金项圈,一串用龙涎香镂成十个圆球、九个月牙,圆球和月牙上都嵌满红宝石、红钢玉,价值三千金的长项链,拱手奉送给她,吩咐她艳艳地穿戴打扮起来,然后带她出去,预备送她进宫当礼物献给国王。一路之上,凡是看见的人,都啧啧称赞,惊羡她的姿色,一个个呆头呆脑、不自主地说道:"赞美安拉!这是人类中最美丽的形象哪。跟她在一起的人算是太幸运的了,值得我们同声祝福他呢。"

商人在前领路,诺子赫图·宰曼跟在后面,两人一直来到王宫。商人求见国王,在国王叔尔康面前跪下,吻了地面。说道:"幸福的国王陛下!庶民不揣冒昧,前来敬献一件礼物。这件礼物非常稀奇、罕见,是当今绝无仅有的,世间所有的美丽都集中在这件礼物身上哩。"

"让我亲眼看看你的礼物吧!"国王简单地说了一句。

商人赶忙退下,即刻带诺子赫图·宰曼来到国王面前,供他欣赏、品评。国王叔尔康一见诺子赫图·宰曼,顿时产生亲切、眷怀的念头。原来叔尔康和诺子赫图·宰曼虽属同父异母所生的兄妹,有着血缘关系,可是自幼不在一起,彼此没见过面。只是诺子赫图·宰曼出生后,叔尔康听说他有个妹妹叫诺子赫图·宰曼,有个弟弟叫臧吾·马康。但是由于彼此所处的地位,涉及王位的继承问题,所以叔尔康对他的弟妹,向来抱着仇恨心情,因而形成他们互不认识的原因。

商人把诺子赫图·宰曼呈现在国王面前,说道:"主上,这个姑娘不但具有倾城倾国之色,为当今绝无仅有的美女,而且她知书识礼,学问非常渊博,上自宗教、哲学,下至世俗、政治,她都有独特的见解和高深的造诣。"

"既然如此,我收下她,把她的身价如数兑给你好了。"

"听明白了,遵命就是。此外恳求主上恩上加恩,赏我一张免税执照,俾我今后做生意买卖时免缴各种捐税,这就感激不尽了。"

"过去我没发过免税执照,现在我可以发给你。告诉我吧:在这个姑娘身上,你总共花了多少本钱?"

"她的身价共支出十万金,其他制备服装首饰,同样也花了十万金。"

"既然如此,除赔还你的本钱之外,我还要加倍赏赐你。"国王叔尔康说着,立刻唤来财务大臣,吩咐道:"你去国库中提取三十二万金,兑给这位商民,这样他就有十二万金的赚头了。"继而他满足商人的要求,发给一张通用于全国各地的免税执照,并加上执照人足迹所到之地应该享受特权和保护的批示,此外还赏赐一套名贵衣服,并当上宾招待他。

国王叔尔康不惜重金买下诺子赫图·宰曼,随即召四个法官进宫,对他们说:"我请你们来做证人,我要释放这个丫头,恢复她的自由,让她成为一个平民,同时我要娶她为妻。现在你们先给她写张恢复自由的证据,然后再替我们证婚,写一份结婚证书吧。"

法官遵命,分别写了释放证据和结婚证书,替他俩证婚,举行结婚仪式。国王叔尔康慨然把许多金钱一把一把地往在场的人头上撒。婢仆们欢天喜地,一个个争先恐后地抢落在地上的喜钱。

叔尔康和诺子赫图·宰曼

婚礼毕,参加婚礼的宾客陆续散了,国王面前只剩下四个法官和商人。他对法官说:"这位商民夸讲姑娘知书识礼。现在我要你们听她谈一谈,看她的学识、礼貌如何,当面证实一下商民所说的,到底是不是事实。"

"这是不碍事的。"法官们齐声回答。

国王吩咐放下垂帘,让诺子赫图·宰曼和婢女们躲在帘后。婢女们知道诺子赫图·宰曼已经成为王后,都另眼看待,争相吻她的手、脚,殷勤侍奉她,替她宽衣,排队围绕着欣赏她的姿色、姣态。接着消息很快传到宫外,宰相、朝臣们的太太小姐听说国王叔尔康花三十二万金买了一个知书识礼的绝代佳人,恢复她的自由,并选她为王后,曾举行婚礼,写过婚书,并召集四个法官,准备当面试验,看她怎样回答问题。因而她们怀着好奇心,纷纷争得宰相、朝臣们的同意,成群结队地进宫来看热闹。她们到了宫中,见婢女们兴高采烈地围绕在诺子赫图·宰曼周围。她看见太太小姐们,立刻起身迎接,笑容可掬地热情欢迎、接待她们,按她们的品级分别让她们坐在适当的位置上,俨然她是她们阶层中的一分子,对她们的品级非常熟悉似的。因此,她的举止言行在吸引着她们的视听,致使她们百般惊羡她的姿色、聪慧和礼貌,相互议论说:"她不像是丫头、使女出身的,俨然是帝王公侯的千金小姐哪。"她们对她赞不绝口,对她说:"我们的主人啊! 你的光辉照亮我们这个地方了,我们的国土因你而生色了,整个国家都是你的了,宫殿也是你的了,我们都是你的丫头使女哪。指安拉起誓,求你宽待我们,让我们经常看到你的尊容,千万不要使我们绝望吧!"

诺子赫图·宰曼听了她们的夸奖、称赞,非常感激她们。正当她们在帘后互相认识、交谈得很热闹的时候，忽然听见帘外国王叔尔康对诺子赫图·宰曼说："你这位当代最令人敬仰的姑娘啊！商民们夸奖你知书识礼，说你通晓各种学艺，甚至于连天文也有高深的造诣。现在请你把每门学术简单扼要地讲一点给我们听吧。"

听了国王的吩咐，诺子赫图·宰曼在帘后回道："主上，听明白了，遵命就是。第一门关于政治的，就王法、执政者的职责与修养方面，我来谈谈自己的见解吧。善良的品质是从宗教和人世两方面磨炼出来的。一个人撇开人世，单凭宗教是不会有成就的，人世是通往来世的一条康庄大道。人世之所以蓬勃向前发展，这是人们分工活动的结果。人类分工分为士农工商等四种职别，各司其事，尽其所能，群策群力，促使人世前进。士为四民之首，是社会这幢大厦的柱石。身为士宦的人，尤其掌握政权的帝王将相，他本身应该具备英明的政治头脑，正确的鉴别能力。因为今生是通往来世的一个过程。安拉让人类在今世自由活动，以期通往来世。这跟旅行者须具备盘缠才能到达目的地的道理是一样的。所以执政者应该给庶民自由生存、活动的权利，让他们通往来世，不可贪得无厌，要求过高。如果执政者公正廉明、大公无私，人世中形形色色的罪恶、仇恨便可防止、消除，形成太平盛世。反之，假若执政者贪赃枉法、暴虐自私，这就会给人世带来混乱、灾难，形成不可收拾的局面。总之，人类需要有君主来主持公道，管理他们的事情。如果没有王法制裁，人世上就会发生强凌弱、众欺寡和各种不可想象的人为灾祸。艾子德施尔说过：'宗教和国王是一对孪生子。宗教是个宝库，国王是管库的人。经验和理论一再证明人们应当拥护君王，靠他维持治安秩序，进而抑强扶弱，除暴安良，以便庶民安居乐业，得过太平日子。'由此看来，身为国王的人，必须自身具备优良品质才能强国富民，长治久安，博得庶民拥护爱戴。穆圣的遗训：'有德者治其国，无德者乱天下。'原来就是这个意思。某学者研究君主制度，认为国王可大别为三种类型：第一种是信仰宗教的，第二种是保持法制的，第三种是私心自用的。信仰宗教的国王,主要是根据宗教信仰来施政,在宗教事务方面,他跟庶民取一致的行动,信仰必须更坚定,遵守教规必须更严谨。为了谋求庶民的皈依、驯服,他的指示、禁令,必须处处符合教义。此外他必须以关心、服务庶民的实际行动来消除他与庶民之间的隔膜和怨尤,改变他们的观感,获得他们的信任和拥护。保持法治的国王,他是根据宗教信仰和社会习俗来施政的。在执法行政方面,他既遵循特殊的宗教信仰,又能维护一般的传统习惯,既重文教,又重武功。凡文教无能为力的地方,便施加武力纠偏,伸张正义,达到国泰民安的目的。私心自用的国王,是根据他自己的嗜好来施政的,既不信仰宗教,也不重视传统,不怕天,也不顾庶民的疾苦。这类国王,自私自利,其作恶暴虐的结果,总是一败涂地的。有一位哲学家说:'万民之上只有一个国王,王国境内却有千千万万黎民,情况复杂,千头万绪。因此,执政者要治平天下,必须洞察民情,然后驾轻就熟,赏罚分明,关心庶民的疾苦,从而消除人民的怨尤,最后才能博得庶民拥护爱戴。'艾子德施尔是波斯王国第三王朝的一位贤明君主,他的德政,有向陛下叙述的必要。当时他治理的波斯王国,幅员非常广阔。为了便于管理,他把国家大事分为内政、财务、武装、治安四个部门,每部门各派专人管理,因而政治修明,国泰民安。他的制度,被波斯王国历代的君主递嬗沿用,直至伊斯兰教盛兴时代。从前波斯王子统辖军队在外,国王写信嘱咐他:'你别随便赏赐部下,他们就不至于贪得无厌。对部下别卡得太紧,他们就不怨恨叫苦。你应该关心爱护他们,赏罚分明;该赏的,无妨放宽尺度;该罚的,可不能太过;总须适可而止,恰到好处。'据说有一次一个阿拉伯人拜访曼稣尔,一见面就劝他:'你应该随时随地把狗带在身边。'曼稣尔听了不懂他的意思,很不高兴。幸亏艾彼·奥巴斯突松在旁解释道:'怕别人拿块馍馍把它诱走掉呢。'曼稣尔听了解释,认为阿拉伯人的话不错,这才息怒,并吩咐给予阿拉伯人应得的赏赐。从前奥补督·买里克派他弟弟奥补督·阿曾子去埃及任职时,曾写信嘱咐他:'你要认真选择秘书和侍从人员。因为公文是经秘书之手办理的,来往求见的人是由侍从人员通报、接待的。'从前奥睦鲁·本·汉塔补任用随从人员,必先约法三章:第一不许骑载重的牲口;第二不许穿透明华丽的衣服;第三不许吃腐烂的食物;第四不许推迟礼拜的时间。从前有人分析人类的性格、品质说:'人的理智比金钱还可贵,而理智中最特殊的性格是机警和刚毅。至于恭敬、虔诚却远非机警、刚毅可以比拟。优秀的品质,它远远超过安分守己的习性。此外卓越不能和礼貌对比,幸福高于一切利益。做利己利人的事,比经营生意更赚钱。安拉的报酬是最好的赢利。坚持教义原则的行为强过抱残守缺的个人行为。任何知识都比不上深思熟虑。任何功德都不如遵循天命。羞耻是信仰的根源,谦恭是高尚的特征,学问是尊荣的实质。因此人们应该好生保护头脑和心脏,并且随时想到死亡和灾难。'先贤在待人接物方面各有精辟的遗训。阿里教导我们说:'你们必须警惕妇女的阴谋诡计,不可把任何事情都跟她们商议;但对待她们必须体贴入微,逐渐改正她们的缺点。'他还说:'浪费无度,必然会走上穷途末路。'此外他还有许多嘉言懿行,往后有机会再谈吧。先贤鄂迈尔对男女的看法,也有独特的见解。他说:'妇女可大别为三类:第一类是信仰坚定、性情贤淑、多情多谊而会生育的良妻贤母;平时夫唱妇随,埋头家务;如果遭时不遇,不怨天尤人,而能逆来顺受。第二类是只会替丈夫生男育女的。第三类是争吃吵闹、变为丈夫脖子上之枷锁的。男子也可大别为三类:第一类是聪明伶俐、足智多谋的。第二类是普通平常,但肯虚心接受别人意见解决疑难问题的。第三类是不知好歹、不辨是非、也不听取忠言的。'先圣贤的言行说明公平合理是处世接物必不可少的原理,任何阶层都需要它,不仅一般当差跑腿的奴婢希望得到公平合理的待遇,而且有人甚至于举出打家劫舍,危害人群的盗贼作例,说他们分赃的时候也得按照公平合理的原则分配赃物,否则便会自相残杀、内讧起来。总之慈良的性格、优秀的品质是值得夸奖的。诗人吟得好:

一

一个青年人，

用慷慨豪爽的行为，

加上任劳任怨的精神，

一跃而为安邦定国的领袖。

他的办法、行为，

可以做你治国平天下的借鉴。

二

任劳任怨的品性，

使人达到最美满的境地。

宽怀大度的性情，

显得人格更威严。

忠诚老实成性，

临危时有脱险的机会。

想花钱博得人们的好评，

必先用慷慨、敦厚的德行换取起码的荣誉。"

在座的人听了诺子赫图·宰曼的谈话，非常钦佩，不约而同地夸道："像这位姑娘的这种政治见解，我们从来还没听人谈过。也许她还要讲别的事给我们听吧。"

诺子赫图·宰曼听了他们的夸赞，懂得他们的心情和要求，继续说道："谈到礼教问题，范围可就广了，它是集各部门之大成的。现在容我举出一些实例来说明问题吧。从前白尼·特密睦人拜访哈里发沐尔伟叶，当时艾哈乃孚·本·革谊肃也是代表之一。哈里发的侍卫进去请示说：'启禀主上，现有伊拉克人前来求见，恳祈陛下接见他们吧。'哈里发说：'你看他们都是些什么人？'侍卫回道：'都是白尼·特密睦人。'哈里发说：'让他们进来吧。'于是侍卫遵命带客人来到宫中。哈里发欢迎客人说:'艾哈乃孚·本·革谊肃!来吧,靠近我些,让我清清楚楚地听你谈话吧。'接着哈里发问道:'艾哈乃孚,你给我带来什么忠言?'艾哈乃孚回道:'我建议陛下分梳头发,经常修整唇髭,剪短指甲,拔除腋毛,剃掉阴毛,洗刷牙齿,每逢聚礼日保持熏香沐浴,这对身体健康是有百利而无一弊的。'哈里发问道:'你是怎样要求你自己的?'艾哈乃孚回道:'我走路,照例脚步放得很轻,移动得也慢,而且眼睛一贯注视地面。'哈里发问道:'没有官员在场的情况下,你是用什么样的态度接见庶民的?'艾哈乃孚回道:'我先向对方致意,然后和他促膝谈心。不关紧要的事,我避而不提。因为怕羞,所以经常低头不言语,也不随便发言。'哈里发问道:'跟同僚在一起,你采取什么态度呢?'艾哈乃孚回道:'他们谈论的时候,我倾耳静听,他们放肆的时候,我却不表同情。'哈里发问道:'接近上司时,你采取什么态度呢?'艾哈乃孚回道:'我规规矩矩地请安问候,然后等待他们指示。如果他们召唤我,我便挨过去,否则我总是站在跟他们有一定距离的地方听候命令。'哈里发问道:'你是怎样对待妻室的?'艾哈乃孚回道:'恳求陛下原谅,别叫我谈这个吧。'哈里发说道:'我向你起誓,你必须告诉我。'艾哈乃孚回道:'妇女是用弯曲的肋骨造成的,她本身具有一定的娇嫩性,需要体贴、照顾,因此我对老婆格外温存、亲近,并且给她预备宽裕的费用。'哈里发问道:'你回答得很正确嘛。你需要什么?告诉我吧。'艾哈乃孚回道:'我需要陛下在治国方面多多畏惧安拉,并且公公道道地对待老百姓。'他说罢,起身告辞。临别,哈里发夸赞道:'如果伊拉克什么都没有,只有你这个宝贝,这也够值得自豪的了。'鄂迈尔·本·汉塔补执政时期,木尔谊革补在财政部任职。有一天他看见鄂迈尔的儿子,便随手拿部里的一块钱给他。当天他回到家中,刚坐下,鄂迈尔的使臣便跟踪赶到他家里。他感觉恐怖,起身迎接,见使臣手中拿着一块钱,对他说:'该死的木尔谊革补哟!我发现你作弊了。'他问道:'我作什么弊呀?'使臣回道:'为这块钱,将来总清算的日子,你得跟穆罕默德的信徒们争辩是非曲直呢.'还有一桩事情,也是发生在鄂迈尔执政时期。当时鄂迈尔每年照例写信给艾彼·木萨·艾施尔律叶,吩咐他把开支外剩余的税款解京入库。艾彼·木萨遵命,如期解缴。其后鄂斯曼执政,同样写信催艾彼·木萨解税款晋京入库。当时艾彼·木萨率领宰雅督解款晋京。到了京城,税款全部交到宫里。鄂斯曼的儿子望着那么多金钱眼红,伸手拿一块钱塞在口袋里。宰雅督眼看那种情景,忍不住伤心流泪。鄂斯曼觉得奇怪,问道:'你干吗哭泣?'宰雅督回道:'从前我解款前来上缴,有一次鄂迈尔的儿子拿了一块公款,鄂迈尔立刻喝令随从从他儿子手中剥出那块银币,原物归公,公私分明。如今税款解到,令郎随便拿取公款,不但没人责令他退还,而且连说一句公道话的人也没有了,因此我思今追昔,忍不住伤心流泪.'鄂斯曼满不在乎,说道:'哟! 像鄂迈尔那样公正廉明的人,如今你哪儿能碰得到呢?'据说有一天夜里艾斯勒睦陪鄂迈尔出宫访察民情,发现一处烧着篝火的地方,鄂迈尔说道:'艾斯勒睦! 我想那是出门人吧,他们恐怕会冻伤的,让我们过去看看吧.'于是君臣二人一起去到篝火边,见一妇人带着几个孩子正在那里生火煮饭,孩子们叽叽哇哇叫个不息。鄂迈尔对生火煮饭的妇人说:'我问候你,你们的身体好吗?'妇人回道:'天气寒冷,我们受着冻馁侵袭.'鄂迈尔问道:'孩子们的情况如何? 他们叽叽咕咕地嚷什么呢?'妇人回道:'饥寒交迫,他们无法忍受.'鄂迈尔问道:'你锅里煮的什么可吃的东西?'妇人回道:'我烧一锅白开水,用它安定孩子们的饥饿情绪。如今,我们已经没有生存余地。我们的这种处境和遭遇,将来总清算之日,安拉会替我们向鄂迈尔·本·汉塔补算总账哩.'鄂迈尔说道:'你们的这种处境,鄂迈尔可是一点也不知道.'妇人说道:'他执掌政权,老百姓的疾苦,怎能毫不关心?'鄂迈尔被问得无言对答,回头对艾斯勒睦说:'我们走吧!'于是君臣二人急急忙忙回到宫中,从仓库里取出一袋面粉和一钵脂肪,然后鄂迈尔对艾斯勒睦说:'你把面粉放在我肩膀上!'艾斯勒睦说道：'让我替你背吧！'鄂迈尔说：'将来总清算之日，你能替我担责任吗？'不得已，艾斯勒睦只好举起面粉，放在鄂迈尔肩膀上，让他自己背着，君臣急急忙忙来到那个挨饿受冻的妇人面前，亲手从袋中取出面粉，放在锅里，对妇人说：'让我替你煮吧。'于是他蹲下去吹火，弄得蓬松的胡须里冒出一缕缕的炊烟，他却丝毫不觉得麻烦辛苦。直到面食煮熟，把脂肪混在食物里，他才对妇人说：'我替孩子们晾起面食来了，你快来喂他们吧。'就这样，他眼看孩子们吃饱，再把剩余的面粉留给妇人，这才如释重负，欣然告辞。在归途中，他对艾斯勒睦说：'眼见这些可怜人饥寒号啼，我心里非常难受。幸亏我没有骤然离开篝火，终于弄清楚烧篝火的原因。这桩事情的结局，使我由衷感到高兴、快慰。'据说有一次鄂迈尔碰到一个牧羊的奴隶，随便跟他聊天，打算从他手里买一只绵羊。奴隶说：'羊不是我的，我没有买卖的权利。'鄂迈尔这才开诚布公地说：'你说得对，我原来没有买羊的念头，其实我要买的却是你的身体。'后来他果然花一笔钱替奴隶赎身，恢复他的自由。他做完这桩事，欣然向安拉祈祷：'我主！按您给我解放一个小奴隶的这桩事例，恳求您同样赏赐我解放全体奴隶的权利。'在日常生活中，鄂迈尔一贯是节俭朴实的。他待人宽厚，自奉菲薄，宁可自己吃粗饭穿布衣，都让婢仆们穿好的，吃好的。他赏罚分明，让别人充分享受应得的权利。有一次他优待烈士家属，除了家属应领的四千恤金外，他又增加了一千元。当时有人向他建议说：'难道您不像优待烈属这样加赏令郎吗？'鄂迈尔回道：'不，这是不可以的。须知我所以优待烈士家属，那是人家的父兄在伍哈德战役用生命赚来的。'据说有一次公款解到宫中，鄂迈尔的女儿哈富萨向他建议说：'爸爸，拿些钱分给您老人家的亲戚骨肉吧。'鄂迈尔回道：'儿啊，安拉吩咐我拿自己的钱照顾亲戚朋友，至于公款么，我是不可以随便开支的。你这样提议，从亲戚骨肉方面着眼固然不错，但是从你父亲这方面来说，你是会惹我生气的。'哈富萨听了鄂迈尔的教训，知道自己不对，拖着长裙，恧然而退。相传鄂迈尔逝世之后，他的儿子非常想念他，切望安拉让他见他父亲一面。后来果然夙愿得偿，他在梦中看见鄂迈尔揩额上的汗水，因而欣然问道：'爸爸，您怎么了?'鄂迈尔回道：'幸亏是安拉慈悯，要不然，前途就不堪回首。'先贤哈桑·巴索拉亚说：'人到临终时，才觉得心头有三桩遗恨的事情：第一恨没有尽量享受生前的积蓄；第二恨没有达到原有的目的；第三恨没有做慈善事情，为来世多准备盘缠旅费。'有人问先贤粟夫亚：'有钱人能成为忍苦耐劳、坚定不渝的信徒吗?'粟夫亚回道：'在患难中能够忍耐，受人帮助知道感谢，这样的有钱人是可以的。'据说奥布顿拉·本·尚多德临终时，唤儿子到床前，嘱咐道：'儿啊，我快离开人世了，今后你应该表里如一地敬畏安拉，衷心感谢他的恩赏，说话做事应该忠诚老实。因为感谢足以招致福利，敬畏就是去来世的最充足的旅费。'据说哈里发奥睦鲁·本·奥补督勒·阿曾子执政时期，慨然把家中的钱财捐入国库，白尼·伍曼叶族中的人不满意他的措施，赶忙奔告他姑母法图美，求她设法阻止他。法图美差人告诉阿曾子，说有事一定要跟他当面商议。当天晚上，法图美果然如约去见阿曾子。阿曾子照拂她下了驼轿，迎接到家中坐定，这才开口说：'姑母，你是有事才驾临的，应该你先开口，有什么话只管说吧。'法图美说道：'众穆民的领袖，还是应该你先开口，因为你可以把我们不明白的道理讲给我听。'阿曾子说道：'安拉派穆罕默德圣人前来教化我们，给他指出明确的道路。他惨淡经营，按部就班地开凿一条河渠，给后人有饮水解渴的余地。穆圣逝世，艾补白克尔继承哈里发职位，做了他分内应做的事情，继续疏通这条河渠，河水因而畅流不停。其后鄂迈尔继承职位，做了许多好事情，在建树方面他的辛勤努力是后人望尘莫及的，因而河水更为清澈畅流。到了鄂斯曼接位执政，他却改弦更张，另辟渠道，其后沐尔伟叶、叶曾督相继执政，都采用鄂斯曼的手法。最后白尼·麦尔旺族中出任哈里发职位的人如奥补督·麦里克、瓦礼德、苏里曼都因袭效尤，结果每况愈下，先前一泻千里的河渠，已经面目全非。如今事情到我手里,我必须名副其实地恢复这条河渠的本来面目呢.'法图美听了阿曾子的叙述,说道:'我本来要跟你谈谈,打算给你提些意见.你既然有这样的打算,我就不必饶舌了.'于是她回到白尼·伍曼叶族中,嘱咐他们:'根据你们与鄂迈尔·本·汉塔补的姻亲关系,大家安分守己地做人吧.'据说奥睦鲁·本·奥补督勒·阿曾子卧病不起,临终时,子嗣们围在床前伺候他,当时穆士礼默图·本·奥补督勒·买里克也在场,建议说:'众穆民的领袖,这些孩子们,您负着养育他们的责任,怎么能丢下他们,让他们去过穷苦无告的可怜生活呢?趁您还活着,赶快从国库中提出一笔公款留给他们做生活费吧,这是谁都不能阻挠您的.这么办,比把全部公款留下来供您的继承人挥霍、挪用更为恰当呢.'阿曾子怒形于色地瞪着穆士礼默图说道:'我在世执政期间,从来不在儿女头上挪用公款,怎么能在临死时作弊,让他们去过不幸不义的生活呢?我的子嗣们,将来他们要么安分守己,要么为非作恶.如果他们循规蹈矩地守本做人,安拉自然会照顾他们.假若他们不学好,甘心堕落,那我何必助桀为虐呢!告诉你吧,穆士礼默图,有一次我同令尊大人一起参加白尼·麦尔旺族人的葬礼,事后梦见死者的结局很糟糕,差一点把我给吓坏了.从那时起我向安拉保证说:"如果轮到我执政,我绝不踏那位死者的覆辙."因此我勤勤恳恳,毕生在这方面努力,存心不犯错误,衷心切望安拉饶恕我的过失.'据说有一次穆士礼默图参加一个葬礼,当天夜里,他梦见死者穿一身白衣服,住在一座百花齐放,清泉畅流的花园里,怡然自得地挨近他说:'穆士礼默图呀,但愿公务人员都这样做吧!多向这方面努力吧!'相传奥睦鲁·本·奥补督执政期间,有一位学者爱劳动,做挤奶工作.有一次他经过牧场,见羊群中有几只野狼.他从来没见过狼,因而他以为那是家犬.他被好奇心驱使,挨到牧羊人面前,问道:'你养狗何用?'牧羊人回道:'这是狼,不是狗.'学者问道:'狼混在羊群里,还能不吃羊吗?'牧羊人回道:'只要头脑改正,身体会因之而被矫正的.'相传奥睦鲁·本·奥补督勒·阿曾子有一次站在土台上讲道。他先赞颂安拉,然后嘱咐听众说:'听众们!你们好生改善心术,以便你们摒除私心,大公无私地待人接物。在生活方面,应该适可而止,不可贪得无厌。你们看吧:奥补督·麦里克和他以前的执政者都过世了,我自己和未来的人,也要相继而亡的。'相传有一次穆士礼默图对奥睦鲁·本·奥补督勒·阿曾子说:'众穆民的领袖啊!我们替您做一张靠背椅,让您坐着休息吧。'阿曾子回道:'这不必了,因为我怕过多的享受会成为犯罪的根源,将来总清算的时候,我是吃不消的。'于是他伤心过度,喘不过气来,昏迷不省人事。当时法图美边洒水救他,边大声呼唤:'麦丽娅,木佐哈姆,事情不好,你们快来吧。'她哭哭啼啼地救醒阿曾子。阿曾子睁眼见她悲哀哭泣,问道:'法图美,你干吗哭泣?'法图美回道:'您老人家昏晕的时候,我联想到您百年归天之日,我们会失群离散的,因此我才忍不住悲哀哭泣呢。'阿曾子怡然回道:'行了,法图美!你懂事了。'他说着站了起来,还来不及迈步,就力衰气绝,随即倒下去,溘然长逝。法图美赶忙把他抱起来,失声哭道:'众穆民的领袖哟!指做父亲的您和我的母亲起誓,今天我们失怙,从此我们不能和您见面谈话了。'相传有一次奥睦鲁·本·奥补督勒·阿曾子写信给卯西睦地方的老百姓,告诉他们:'朝觐期间,我在麦加圣地恳求安拉作我的见证人,证明我对你们若有错误言行,或者你们受到别人侮辱、压迫等事件,我不管,那我是无意的,不知道的,是处心无愧的。因为我从来不准人做败坏道德的事,也不纵容为非作恶的人,一班恶徒所做损人利己的坏事,既没有人告诉我,我自己也不知道。照理说,对一般受压迫、受委屈的人,我负着保护的责任,因此我向来不许人明目张胆地违法乱纪,随便欺压庶民,同样我更不准公务人员离开《古兰经》和圣训行事。对他们的任何偏颇行为,向来严加追究,直至改正错误为止。在这样的情况下,万一我在你们中无意间做错事情,希望你们原谅我,饶恕我的过失。'相传阿曾子有一次对人说:'我向来抱着视死如归的念头,但不图死亡减轻我的痛苦,因为它是穆民应得的最后报酬。'相传哈里发阿曾子执政期间,有一位学者去宫中拜访,见他递十二块银币给侍从,吩咐送入国库。当时那位学者建议说:'众穆民的领袖啊!您老人家因公忘私,丢下一家人不顾,让他们过穷苦生活,这不太合适。干吗您不吩咐一声,从国库中拨笔钱作为接济子女,救济穷亲戚之用呢?'阿曾子回道:'请你靠近我些,让我告诉你这里面的道理吧。你说我不照顾子女,让他们过穷苦生活,教我挪用公款救济他们,接济族中的穷亲戚。我认为你的说法是错误的。安拉是我的代理人,我把子嗣和穷亲戚都委托他了。将来他们要么安分守己,要么为非作恶,非此即彼,总离不开这个范围。如果他们安分守己、畏惧安拉,我不用愁,安拉会给他们出路的;假若他们为非作恶,那是他们自作孽,不可活,我替他们焦愁也不管用,现在我也不要助长他们的依赖情绪。'他说罢,把十二个儿子叫到面前,流着眼泪说:'儿啊!我作父亲的,对你们只有两桩事情可做:要么打破惯例,进而贪污,为你们挪用公款,叫你们成为富人,过丰衣足食生活。如果这样做你们的父亲将来肯定是下地狱的。要么我坚持己见,保全公正廉洁性格,公私分别,让你们艰难困苦些,过节俭朴实生活。这样做下去,你们的父亲将来肯定是会进天堂的。让我进天堂或让你们成为富人这两桩事情,在我看来,前者是最可爱不过的。我作父亲的,已经把你们托付给安拉了,他会保护你们的,你们努力好自为之吧。'相传哈里发徐沙睦·本·奥补督·麦里克执政期间,好交游寻乐。有一次他带家眷、婢仆郊游,张起帐篷野宿。正当家人围着他谈得非常惬意的时候,哈利德·本·撒孚旺和郁苏福·本·鄂迈尔前来拜访,走进帐篷,一见面,哈利德便祝福他:'众穆民的领袖啊!安拉给您预备各种福利了,把您周围的各种事情变成正大光明的了,让您欢喜快乐到头了。因此,众穆民的领袖啊!现在给您进句忠言,这是最及时不过的。'哈里发徐沙睦听他要进忠言,离开靠枕,正襟坐了起来,说道:'哈利德,你有话只管说吧。'哈利德说道:'一年前某国王率僚属在郊外露宿,寻乐。当时他傲然不可一世地问在座的人:"你们见过像我这样既有地位而又享福的人吗?"座中一位阅历丰富的元老说:"陛下提出这个大问题,老夫可否试作分析?"国王回道:"可以的。"元老问道:"请问陛下对职权究竟作何看法? 永久不变吗? 还是暂时性的?"国王回道:"暂时性的。"元老问道:"既是这样,陛下干吗斤斤计较这微不足道的职权呢? 干吗视它一成不变呢? 干吗把它当作抵押品呢?"国王问道:"我该怎么办呢?"元老回道:"陛下在位执政的一天,就该本替天行道的心情,秉公正直地处理国家大事。生活方面应当节俭朴实,布衣也穿,糙饭也吃。修身方面应该虔诚地膜拜安拉,以终余年。每一件事务须尽全力而为之。现在不宜多讲,待黎明我再来跟陛下谈吧。"次日黎明时,元老果然按时去敲门。国王重视元老的劝谏,立刻脱下王冠,准备倾耳听讲,并躬身力行。哈里发徐沙睦听了哈利德的叙述,有动于衷,忍不住痛哭流涕,泪水淋湿了胡须。他吩咐随从,即刻拆卸帐篷,迅速收拾回宫。哈里发的随从不满意哈利德,涌到他面前,质问道:'你破坏哈里发的快乐,扰乱他的生活,如此对待皇上行吗?'"

诺子赫图·宰曼一口气谈了上面的嘉言懿行,接着说道:"关于劝善禁恶的实例很多,不可能一次谈完。好在来日方长,以后有机会再谈吧。"

在座的法官听了诺子赫图·宰曼的谈论,非常钦佩,都夸赞她。他们对国王叔尔康说:"主上,这位姑娘才貌双全,是历代绝无仅有的,像她这样学识渊博的人,我们可是从来没见过,连听都没听过。"他们赞颂、祝福国王一番,然后告辞归去。

国王叔尔康回头看婢仆一眼,吩咐道:"你们快去备办饮食,招待宾客,热烈庆祝婚礼。"他让听讲的太太小姐们暂且留下,以便参加宴会。婢仆们遵循命令,兴高采烈地分头行动起来,烹的烹,煮的煮,布置的布置,整个宫室充满欢乐气氛。午后吃饭的时候,一桌桌丰富、美味、可口的筵席已经预备妥帖,烧烤的肉食、鸡鹅和各种菜肴,应有尽有。国王、来宾和宫中各行人等大嚼特嚼,饱餐一顿。之后,国王派人把大马士革城中的歌女艺人请进宫来,跟宫中能歌善舞的宫娥彩女一块弹唱歌舞,欢庆婚礼。天刚黑,宫中点燃灯烛,从堡垒的大门直到深宫内院的走道两旁,全都燃着灯烛,照得整个宫廷辉煌如同白昼。宰相和文武百官集会在宫中参加婚礼,大家围着国王叔尔康热烈祝福庆贺。后宫里的婢女一个个忙着替诺子赫图·宰曼梳妆打扮。她们初见诺子赫图·宰曼时,都啧啧称羡,百般羡慕她的美貌,认为不需打扮,光是她的本色已够标致漂亮的了。宫中充满欢乐的气氛,人们先把举行婚礼必需的各种用品准备齐全,待国王熏沐完毕,穿戴起来,才举行结婚仪式。接着庆祝、歌唱、欢呼之声充满整个宫室,热闹盛况空前绝后。

叔尔康收到家书

叔尔康和诺子赫图·宰曼新婚之后,一对恩爱夫妻,相亲相爱,过着愉快美满生活。说来事属巧ання合。新婚之夜,诺子赫图·宰曼便身怀有孕。她把情况告诉叔尔康。叔尔康不禁喜出望外,吩咐哲人记下妊娠日期。第二天清晨,叔尔康上朝,坐在宝座上,接见文武百官。早朝毕,他吩咐秘书写信报告国王奥睦鲁·努尔曼,说他买了知书识礼、对学艺很有造诣的一个姑娘,恢复了她的自由,娶她为妻,已身怀有孕,打算送她晋京看望父母。秘书遵命写了信,叔尔康盖章封起来,派人送往巴格达。一个月后,送信的回到大马士革,捎来一封回信。叔尔康收到家书,欣然拆开一看,里面写道:

叔尔康吾儿:

从你赴任以来,此间情况有所变动,致使为父急躁不安,郁郁不乐,已无忍耐余地,至今不可不向汝一叙始末。先是汝弟臧吾·马康征求我之意见,拟赴麦加朝觐。我怕途中发生意外,放心不下,许他来年或后年成行。其后我入山狩猎归来,相隔不过一日之久,汝弟汝妹二人已私带旅费,随朝觐者不告而走。我闻知此事,忧心忡忡,坐卧不宁。我一心盼望朝觐事毕,他姐弟即随朝觐者同路归来,然而事实出人意料之外。今者朝觐人士已陆续归来,惟不见汝弟妹之踪影,且无人知其行踪;因此为父寝不安席,食不甘味,终日老泪滂沱。此事与我王族名誉攸关,对于探索彼姐弟之下落,汝不可等闲视之,置之不理。即此顺祝安泰,代向属僚致意,并附诗抄:

> 惦念他俩的心情始终不渝,
> 这心情牢不可破地保存在我心坎里。
> 如果不是他俩的凯旋给予一线希冀,
> 我就不要偷安苟活下去。
> 倘若不想在梦寐中和他俩见面,
> 我就不会安然躺在床上休息。

叔尔康认出诺子赫图·宰曼

叔尔康读了家书,不禁悲喜交集。这是因为一方面他同情父亲的处境,所以感到悲哀;另一方面是他的异母弟妹失踪,对他继承王位有利,所以觉得满心欢喜。在这种情况下,他带着家书回后宫去看诺子赫图·宰曼。当时他夫妇都不知道彼此间的血统关系。在那种情况下,叔尔康日夜亲近、照顾诺子赫图·宰曼。诺子赫图·宰曼妊娠期满,顺利生下一个女孩,她对叔尔康说:"这是你的女儿,你随便给她取个名字吧。按习惯孩子生后第七天就该命名的。"

叔尔康俯下去吻他的女儿,无意间发现她项上戴着一颗珠子,仔细一看,认识那是伊彼丽簪从罗马带来的三颗珠子中的一颗。眼看珠子,他怒火中烧,一下子愣住了。他再一次看看珠子,然后怒目瞪着诺子赫图·宰曼问道:"我的丫头哟! 这颗珠子你是从哪儿弄来的?"

"我是你的夫人,宫里的人谁都称呼我太太,你却叫我丫头,你不害臊吗?告诉你吧:我是国王的女儿,原是公主出身的。现在索性揭穿个中秘密,把情况说清楚吧。我叫诺子赫图·宰曼,是国王奥睦鲁·努尔曼的亲生女儿呢。"

叔尔康听了诺子赫图·宰曼的直爽之言,知道自己的妻室,原来是同父异母所生的一个妹妹,因而抑制不住内心的激情,脸色顿时变得惨白,浑身不寒而栗,垂头丧气,差一点丧失理智。可他勉强撑持着镇静下来,觉得事情过于古怪离奇,暂且不便告诉她真实情况,只是从旁问道:"夫人,你真是国王奥睦鲁·努尔曼的女儿吗?"

"是的。"

"你干吗离开令尊?为什么被人当奴隶出卖呢?"

诺子赫图·宰曼把自己的遭遇:在耶路撒冷如何离开害病的弟弟出去找工作,如何被乡下佬拐骗,如何被卖到商人手里的经过,从头到尾,详细叙述一遍。叔尔康听了她的遭遇,证实她真是自己的同父异母妹妹,便暗自叫苦,心里想:"怎么我会跟自己的妹妹结婚呢?这该怎么挽救呀?现在我把她转嫁给我的侍从武官来弥补这当中的过失吧。如果个中真情实况传扬出去,我就推故说我和她发生关系之前,即已办过离婚手续。对的,就是这个主意。"于是他抬起头来,怀着无限的遗恨心情说:"诺子赫图·宰曼哟!你果真是我的妹妹,你我之间有着血缘关系呢,因为我叫叔尔康,是父王奥睦鲁·努尔曼的大儿子。我们跌在这样的错误中,犯了严重的过失,只望安拉饶恕我们的过失了。"

诺子赫图·宰曼睁大眼睛,仔细打量叔尔康,豁然如有所悟,精神一下子反常起来,边痛哭流涕,边打自己的脸。之后,她哭哭啼啼地埋怨道:"我们犯了错误,罪孽深重,这该怎么办呢?父王母后问我哪儿来的这个女儿,叫我怎么回答他们呢?"

"在我看来,要弥补这当中的过失,只好不让人知道我们之间的血缘关系,让我把你配给我的侍从武官为妻。至于我们的女儿依然由你暂时随身带去教养,往后我们再从长计议。这种事是生前注定了的,无法避免。我们既然到了这个地步,必得趁人还未发觉,让我把你配给我的侍从武官为妻,这才能掩人耳目呢。"叔尔康说出他的主意,亲切地吻她的头,温存地安慰她,并征求她的同意。

在那样的情况下,别无办法。没奈何,诺子赫图·宰曼只好勉强同意她哥哥的建议,问道:"你给孩子取个什么名字呢?"

"叫她古萃叶·斐康吧。"

叔尔康征得诺子赫图·宰曼的同意,即刻找他的侍从武官商量,顺利地把诺子赫图·宰曼转嫁给他,圆满地解决了困难问题,同时还周到地处置古萃叶·斐康,给她一份俸禄,供给各种食物、用品,派保姆保育她。诺子赫图·宰曼跟侍从武官结婚,一对新夫妇,相亲相爱,带着古萃叶·斐康,过着快乐幸福生活。

诺子赫图·宰曼回巴格达

有一天国王奥睦鲁·努尔曼的钦差大臣从巴格达赶到大马士革,把老王的信呈给叔尔康。叔尔康接到家书,拆开一看,上面写道:

叔尔康吾儿:

为父自遗失子女之后,忧心如焚,寝不安席,终夜辗转不能成寐。今者因需款甚急,故专函达。信至之时,希将本年度赋税迅速解京上缴,以应急需之用,并将汝收买而与之结婚之婢女,送至京城,俾我能观其面貌,听其言谈也。盖近日有一罗马籍之老妇旅居我国,曾随身带来五名罗马妙龄少女,人人知书识礼,多才多艺。彼等对学术造诣之渊博,出乎吾人想象范围之外,实非言语可以形容。我一见倾心,决心收为己有,俾留在宫中使唤,足以增光生色。盖如此稀罕、可贵之美女,任何皇宫王室之中皆不可多见。我曾询问彼等之身价,该老妇愿以大马士革今年之全部税收作为交易。指安拉起誓,大马士革一年之税收,较彼等之身价,实属微不足道,盖彼等中只一人之身价,已超过此区区之数而有余。是故,吾慨然允诺,愿以税收完成此项交易。吾已将彼等接入官内,在我掌握之中。汝应速将赋税解京,促成此项交易,俾该老妇早日归去也。再者,汝收买之俾女,务希与赋税一并送至京城,俾与罗马女郎见面、媲美,让彼等当学者之面,作比较、竞赛之后,吾即遣人送伊回大马士革可也。

叔尔康拜读家书后,诚惶诚恐地吩咐侍从武官带他的妻子诺子赫图·宰曼进宫,征求她的意见,问道:"妹妹,有何高见?我们应该怎样回禀父亲?"

诺子赫图·宰曼思乡心切,十分惦念父母,剀切回道:"兄长的主张便是我的意见。望哥哥派我丈夫送我赶回巴格达去,以便当面禀告父王。届时我将把自己的遭遇:如何受乡下佬拐骗卖到商人手里,哥哥怎样从商人手中收买我,让我跟侍从武官结婚的始末详细禀告父王母后。"

"好的,就这样办吧。"叔尔康同意诺子赫图·宰曼的意见。于是他开始准备:一方面领回自己的女儿古萃叶·斐康,指派奶娘和保姆照管、抚育。另一方面则清理赋税,委托侍从武官负责解京上缴,护送诺子赫图·宰曼晋京,并特制两顶轿子供他夫妻二人乘坐。税款、驼马、货驮全部准备妥帖,叔尔康才把写给国王的信交给侍从武官,然后送他夫妇起程。事先他还从诺子赫图·宰曼手中留下那颗珠子,系上纯金链子,预备留给古萃叶·斐康作为纪念。

臧吾·马康在归途中

侍从武官率领人马货驮起程那天晚上,臧吾·马康同澡堂火夫去市中散步消遣,见一帮驼马货驮和成群结队的人,打着灯笼火把,行色匆匆,像有什么事似的。他被好奇心驱使,向前打听消息,问是谁的人马货驮。有人告诉他,这是解往京城上缴给国王奥睦鲁·努尔曼的地方赋税。他又追问道:"负责解款的是谁?"

"就是娶了满腹经纶、学艺超群的一个使女为妻的那位侍从武官呀。"

听了传说,眼看面前情景,臧吾·马康触景生情,一时想起家乡和亲戚骨肉,忍不住伤心落泪,对火夫说:"我不再在这儿待下去了,我要跟这个驼帮慢慢走回家乡去。"

"你从耶路撒冷上大马士革来我都不放心,打这儿上巴格达走这么远距离,我怎么能放心得下呢?还是让我陪伴你,把你一直送到家吧。"

"好的,我们一块回去。你的情谊我是感激不尽的。"

主意打定之后,火夫精神抖擞,立刻收拾行囊,预备一些粮食,盛在鞍袋里,搭在驴背上,绑扎起来。他把旅途上需要的东西都准备妥帖,然后站在路旁,让侍从武官的货驮、人马动身走了,这才照拂臧吾·马康骑驴起程。他俩相依为命,亲如骨肉,因此刚动身起程,臧吾·马康便唤火夫:"你过来! 让我和你一块骑着毛驴走吧。"

"我不要骑毛驴,我服侍你就行了。"

"路途遥远,你非骑不可。"

"等到感觉疲倦时,我再来骑吧。"

"老大哥啊! 等回到家中,你就知道我该怎样感激你了。"

他们不停地跋涉,整整行了一夜,至天明日出时,天气太热,侍从武官才吩咐打尖休息。于是驼马停下来,人们忙着喂驼的喂驼,饮马的饮马,然后吃喝休息。就这样,他们晓宿夜行接连赶了五天路程,到达哈摩突。他们在城中停留三天,然后动身,继续跋涉。行了几天,到达另一座城市,照例休息三天,然后起程。他们连续跋涉几天之后,终于来到迪亚鲁·白克尔。这个地方离京城不远,和风袭来,使人回想到巴格达的景象和风光。在这样的情况和气氛里,臧吾·马康突然想起他姐姐诺子赫图·宰曼,同时联想到他的父母和家乡故国,尤其想到姐姐不在身边,一个人没有脸面去见父母,因此唉声叹气,越想越难过,凄然吟道:

> 亲爱的人儿哟!
> 在漫长的时日里,
> 我耐心等待着,
> 忍受了多么严重的苦难、折磨?
> 却不见你使人送个信息给我。
> 我眼巴巴切望离别的日期迅速消除,
> 难道聚首、相逢的时间不可以减缩?
> 请扶着我,
> 脱掉我身上的衣服,
> 看一看瘦削的躯壳,
> 这是我忍苦耐劳的结果。
> 如果你们劝我忘记种种遭逢,
> 我的回答是:
> "指安拉发誓,
> 天长地久,
> 直到死后复活,
> 我都忘不了苦难、折磨。"

臧吾·马康一味悲哀哭泣,致使火夫惴惴不安,心绪不宁,因而耐心嘱咐他:"我们住在侍从武官的帐篷附近,你别唉声叹气地再吟诵了吧。"

"诗是非吟诵不可的,因为非吟诵不足以泼灭我满腔苦恼的火焰。"

"指安拉起誓,现在你不必忧愁苦恼,等回到家中,你再随便吟诵吧。到那时我就不阻拦你了。"

"指安拉起誓,我抑制不住悲哀的心情,所以安静不下来。"于是在月光下,他面对着巴格达方向边哭边吟诵起来。那时候诺子赫图·宰曼躺在帐篷中,始终睡不熟。深夜里,万籁俱寂,她想起弟弟臧吾·马康,不知他现在在何处,因而忧心忡忡,忍不住暗中伤心饮泣。事属巧遇。就在这时候,她忽然听到她弟弟凄凉悲哀的吟诵声:

> 吉庆的电光闪烁,
> 使我回忆起共同享受过幸福的骨肉,
> 加深我的忧愁、痛苦。
> 隐约可见的闪电哟!
> 请你告诉我:
> 那欢乐可爱的时日,
> 什么时候可以恢复?
> 爱责难的人哟!
> 请暂别埋怨我。
> 由于厄运作恶,
> 骨肉流离失所,
> 我已遭灾罹祸。
> 命运开始变脸背叛我,
> 诺子赫图也就和我分割,
> 从此苦难包围我,
> 使我饱经患难、痛苦。
> 因此,
> 可敬爱的朋友啊,
> 我还不曾享受生活的快乐,
> 就变成僵硬的尸壳。
> 爱作弄我的命运哟!
> 请携带欢欣、快乐,

快来安慰、保护我。
因为我孤苦无告，
流离失所，
怀着恐怖心情在黑夜里奔波；
尤其诺子赫图·宰曼的失落，
我越发感到忧郁、孤独，
且饱受卑鄙下流之辈的欺凌、侮辱，
更需要你格外施恩、照顾。

臧吾·马康吟罢，惨叫一声，晕倒在地，昏迷不省人事。

诺子赫图·宰曼住在附近的帐篷中，想着她弟弟臧吾·马康，苦恼得不能入睡。在夜阑人静的旷野地区，不期而然地听到如泣如诉的吟诵声，不禁高兴到极点，一骨碌爬起来，连呼带喊，颤巍巍地呼唤仆人。仆人从梦中惊醒，忙应声问道："太太唤我做什么？"

"快去把那个吟诗的人给我找来。"

"我没听见有人吟诗。现在人们都睡梦沉沉，我可不知是谁在吟诗呀。"

"你去查看一番，见谁醒着，便知他是吟诗的人了。"

当差的听从吩咐，果然出去查看，见人们都入梦了，只剩澡堂火夫一个人守着昏迷不省的臧吾·马康，还没睡觉。他走到火夫面前，恶狠狠地问道："我们太太听见吟诵之声，是你在吟诗吗？"

火夫见当差的，大吃一惊，认为他们太太生气，讨厌吟诗的人，因而十分恐惧，矢口否认，回道："指安拉起誓，不是我。"

"那是谁呢？告诉我吧。你一定知道，因为你没睡觉呀。"

火夫替臧吾·马康担忧，心里想："这个当差的会坑害他呢。"因而断然回道："我不知道是谁。"

"指安拉起誓，你撒谎！这儿只有你一个人醒着，你一定知道的。"

"好，我说实话吧：吟诗的是个过路人，他走了。我是被他吵醒的。那个讨厌家伙,愿安拉惩罚他。"

"如果他再来,你告诉我,让我逮住他,送给我们太太去发落,或者你捉住他也行。"

"好的,你去吧。如果他再来,我替你捉住他好了。"

当差的回到帐篷中,把情况告诉太太说:"谁都不知道吟诵的人是谁。据说是一个过路人,已经找不到了。"

诺子赫图·宰曼听了仆人报告,默然不语。这时候,臧吾·马康苏醒过来。他望着当空明月,感受着徐徐扑面袭来的清凉晓风,一种异乡的景色,掀起他满腔望乡思亲的激情,于是他咳嗽一声,清理一下嗓子,又要引吭吟诵。火夫忙问道:"你要做什么?"

"吟几首诗,压抑一下我心中的火焰。"

"你可不知道我挨过什么苦头!刚才好说歹说,向那个当差的苦苦哀求,才保住这条老命呢。"

"这是怎么回事?告诉我吧。"

"我的主人啊!正当你昏迷不省人事的时候,有个当差的,手里握着一根胡桃树的长拐杖,到处查看,追问吟诵的人。当时人们一个个都睡熟了,只剩我一个人还醒着。他向我打听,我告诉他是过路人吟诵的,这才勉强把他应付过去。幸蒙安拉保佑,要不然,我一定会死在他手里的。临走时他嘱咐我:'你听见他再吟诵,替我捉住他。'"

臧吾·马康听了火夫的叙谈,痛哭流涕,说道:"我吟诵消愁,高兴怎样就怎样,谁管得着我?反正就快到家了,谁都不在我意下了。"

"你这是自己找麻烦呀。"

"我非吟诵不可。"

"这么说我和你只好从此分手了。我本是不愿离开你的,我原是要奉陪你,送你进巴格达城,让你和令尊令堂团圆聚首的。我们萍水相逢,彼此待在一起,同甘共苦,过了一年零半载的时光。这期间我一直体贴你,丝毫没有对不起你的地方。我们一路跋涉、熬夜,疲劳困倦到极点,你干吗还要吟诵呢?人们都睡熟了,谁都需要安安静静地休息嘛。"

"我一往情深,满腔激情奔腾,已经达到无法抑制自己的地步,必须借吟诵消愁解闷。"于是他拒听忠言,随心所欲地企图排除胸中的忧愁苦闷,便边吟边高声朗诵道:

一

我要去艾尔摆尔·德鲁梭地区,
站在那幢屋宇面前,
高声呼吁,
她可能欣然回应。
如果寂寞的黑夜遮住我的视线,
我便摸索着燃上一把惦念的火炬。
要是人去楼空,
面目全非,
那是平淡不足奇的;
因为她种下瓜,
我不可能收豆。
你这座壮丽的屋宇!
主人凄然和你生离死别,
如果不为那永恒的乐园显示些慰藉,
我早该霍然身死气绝,
不至于偷安苟活到今天。

二

想当年我们得天独厚,
命运卑躬屈节,

成为我们的奴隶；

我们欢聚在极其荣幸的王国里，

快乐无穷，

幸福无比。

今日沧桑世变，

事过境迁。

谁能带我去找亲人的屋宇？

那庭园里有臧吾·马康的形影，

也有诺子赫图·宰曼的足迹。

臧吾·马康吟诵毕，尖叫三声，霍然晕倒，昏迷过去。火夫忙起身伺候，给他盖上被子，然后默然坐在一旁守候着。诺子赫图·宰曼在附近的帐篷中，亲耳听见吟诵者的诗中，提到她弟弟和她自己的姓名，叙述他们的史实，因而她越发伤心、难过，即刻唤醒仆人，说道："该死的家伙哟！那个一次又一次吟诵的人，据我听来，他就在我们帐篷左近。指安拉起誓，你再不把他找来，我就唤醒老爷，叫他打你一顿，撵走你。这儿有一百金币，你拿去送给他，和颜悦色地带他来见我。如果他不肯来，你就把另一个钱袋中的一千金送给他。万一他还是不肯来，就随他便，别强迫他。你只消认清他的住处，问一问他是做什么的，从哪儿来，然后告诉我。可不许你耽搁时间。"

仆人遵循太太的命令，走到露宿的人丛中，仔细查看，见人们一个个都入了梦了，睡得很熟。他找来找去，始终不见有谁醒着。最后他来到火夫面前，见他光头兀坐，便挨过去，一把抓住他的手说："唉！刚才吟诵的原来就是你呀。"

火夫怕吃亏，十分恐怖，矢口否认，说道："不，指安拉起誓，吟诵的不是我。"

"除非你给我指出吟诵的人，我是不会轻易放过你的，因为找不到吟诵的人，我是不敢去见太太的。"

听了差人的话，火夫十分替臧吾·马康担忧，边哭泣边分辩：

"指安拉起誓,吟诵的不是我。我是个离乡人,家住在耶路撒冷,是从大马士革跟你们同路来的。我只隐约听见过路人边走边吟诵,可他吟诵什么,我一点也听不清楚。"

"人们全都睡熟了,只是你一个人还醒着。来吧!跟我一块儿见我们太太去,你自己跟她分辩好了。"

"当初你上这儿来的时候,我不是一个人待在这儿吗?我露宿的地方你是清楚的。在这儿露宿的人,谁都不可以自由行动,否则差官会出来干涉、拘捕。现在你回帐篷去吧!往后再有人吟诵,不管他离我们或远或近,我负责替你找他好了。"他说着亲切地吻差人的头,骗取他的信任,勉强把他应付走了。

当差的离开火夫,因为找不到吟诵的人,不敢去见太太。他踟蹰、徘徊一会,胡乱兜了一个圈子,随即在靠近火夫露宿的地方躲藏起来。这时候,火夫唤醒臧吾·马康,说道:"起来!听我告诉你吧。"于是他把刚才发生的事,详细地叙述一遍。臧吾·马康听了,满不在乎,剀切说道:"让我自由些吧!到了家乡,谁都不在我意下了。"

"你干吗这样任性?你虽然不怕谁,我可担心我们的性命呢。指安拉起誓,我求你千万别吟诵了。你要吟诵等回家去再吟诵吧。你淘气到这步田地,这是我想象不到的。莫非你不知道:侍从武官的太太曾经屡次禁戒你?多次派人来找你?她似乎是害病,或许是旅途中过于疲劳,再加上你的侵扰,所以她才睡不着觉哩。"

火夫苦口婆心地劝告臧吾·马康,他却听而不闻,不顾一切地大吼三声,然后吟诵起来:

> 我抛弃埋怨、饶舌的人,
> 他的怨言给我带来苦闷,
> 使我惴惴不宁。
> 他责难我,
> 反而给我无限鼓励,

他却不辨此中的妙意。

挑拨离间的人说：

"他得意忘形，

已经忘记过去的一切。"

我回道：

"这是思国怀乡的表现。"

他们说：

"他对他多么体贴入微！"

我回道：

"他对我何其残酷、粗鲁！"

他们说：

"他对他多么抬举、崇敬！"

我回道：

"他视我何其卑微、下愚！"

我若否极吃尽苦头，

必须跟他绝交息游。

我不向埋怨的人低头，

因为我投之以友谊，

他却报我以怨言。

臧吾·马康刚吟罢，当差的就从隐蔽的地方跑出来，奔到他面前。火夫一见他，吓了一跳，即刻逃避，跑到老远的地方，极目静观动静。只见当差的彬彬有礼地招呼臧吾·马康，问候他："你好，我的主人！"

"你好，愿安拉慈悯你，恩赏你。"臧吾·马康回问一声。

"我奉太太的命令来请你。今夜里我上这儿来，已经是第三次了。"

"那条母狗在哪儿？她干吗请我？这娘儿愿安拉憎恨她，重重地惩罚她和她丈夫吧。"接着他毫不留情地大骂差人一顿。

差人想起太太的嘱咐不勉强他,随他的便,还要赏他钱,因此挨骂也不敢回嘴,只好和颜悦色地说道:"孩子,我们并不怀恶意,也没有其他企图。喏,这是赏你的钱,请你收下吧。我只求你动一动脚,随我去跟我们太太见面谈几句话,随后便可平安无事地回这儿来。上我们那儿去对你是有益无害的,你会因此而得赏哩。"

臧吾·马康听了差人的由衷之言,毫不犹豫、畏缩,一骨碌爬起来,随他去见他们太太。火夫怀着顾虑、绝望心情,远远地跟在他俩后面,暗中窥探,边走边唉声叹气地说:"可惜他青春年少,明天他会被他们绞死的。"他一步不放地跟上去,同时又怕带累自己,心里想:"如果他在人家面前诬陷我,说是我怂恿他吟诵,那就糟了。"

臧吾·马康和诺子赫图·宰曼邂逅相遇

臧吾·马康跟差人去到帐篷边,悉听差人摆布。差人叫他等在外面,自己进帐篷去报告。他对诺子赫图·宰曼说:"太太吩咐寻找的人已经找来了。是个标致漂亮的小伙子,看样子是有钱人家享惯福的公子少爷呢。"

诺子赫图·宰曼听了差人的报告,一怔,心脏忐忑、怦怦地跳个不止。她勉强抑制情绪,吩咐道:"你先叫他吟几首诗,让我就近听一听,然后你再问他的姓名和来历吧。"

当差的遵循命令,来到帐外,对臧吾·马康说:"我们太太在帐篷内,离你很近,你先吟首诗给她听,然后再告我:你姓甚名谁? 家住哪里?"

"你打听的这些事都是不堪上口的。这是因为我的遭遇古怪离奇,算得空前绝后,所以我被折磨得埋名隐姓,至今我的形影显得异常尴尬、狼狈,我的身体衰颓,羸弱到极点,一直沉沦在糊涂、醉梦的状态里,情况比醉汉有过之无不及。在这样的境况里,我受病魔、痛苦包围、袭击。我徘徊歧途,走投无路,惶惶然终日沉浮在幻海里。"

诺子赫图·宰曼在帐中听了臧吾·马康叙述他的悲惨身世,深受感动,忍不住畅洒同情之泪。她暗中叹息、饮泣一回,然后吩咐当差的:"你问他是否走失了一个同父母一样可敬爱的亲人?"

当差的按照诺子赫图·宰曼的吩咐一问,臧吾·马康毫不迟疑地回道:"不错,我失掉整个家庭,最后我唯一可敬爱的姐姐和我也东散西离,变为失群的孤雁。"

诺子赫图·宰曼听了臧吾·马康的回答,暗自说:"安拉终于让他跟他敬爱的亲人团圆了。"于是她吩咐当差的:"你叫他谈一谈离乡背井、同骨肉失群离散的情形吧。"

当差的按照太太的吩咐一说,臧吾·马康便热泪盈眶,哭哭啼啼地吟道:

> 有这么一天,
> 山谷中的泥土突然散发出麝香气味,
> 因为逊顿①曾经姗姗行经此地。
> 全凭安拉无微不至地保佑、顾惜,
> 最可敬的亲人才能履险若夷。
> 她原是人中最高尚的典型,
> 周围的人群却为她臣服、效力。
> 每当日落西山黑暗降临,
> 我就找不到栖身、安息的屋宇。
> 这是唯一的一块里程碑和一株杨柳,
> 人们经常向二者打听我的信息。
> 但我一辈子忠诚不渝,
> 从来不肯泄漏个中秘密。
> 安拉降下祥云霈雨,

———————————

① 逊顿,女人名,有时泛指一般妇女。

灌溉诺子赫图·宰曼的心灵。

她的健壮身体、坚强信念，

经得起暴风、迅雷突然袭击。

诺子赫图·宰曼听了臧吾·马康的吟诵，揭开垂帘，仔细观看，见吟诵的人就是她的弟弟，便情不自禁地喊道："臧吾·马康我的亲兄弟啊！"臧吾·马康闻声抬头一看，见他姐姐出现在眼前，欣然大声喊道："诺子赫图·宰曼我的亲姐姐呀！"于是姐弟久别重逢，邂逅相遇于旅途中，悲喜交集，抱头失声痛哭，伤感得双双晕倒，昏迷不省人事。当差的眼看这种情景，莫名其妙，大吃一惊。他赶忙拿被子给他俩盖起来，然后规规矩矩地坐下，等待他俩苏醒过来。

息了一会，他俩果然慢慢苏醒过来，顿时感到无限的欢喜。诺子赫图·宰曼更是快乐无比，欣然吟道：

命运发过誓愿，

存心继续作祟。

命运啊！

你的誓愿没能兑现，

请你赶快赎罪。

幸福已经全部实现，

亲人帮助我赢得胜利。

请你起立，

赶快向报喜的人送个信息。

臧吾·马康听了诺子赫图·宰曼的吟诵，乐得流下两行泪水，搂着他姐姐吟道：

我和她一起吃尽苦头，

彼此的灾情大同小异。

有时她却艰苦卓绝，

逆来顺受。

我可急躁成性，
毫无忍耐余地。
我们处的同是逆境，
她固然慑于仇恨者的恫吓、威胁，
我为她却一直疯狂得不顾性命。

　　他俩吟罢，一起进入帐篷。诺子赫图·宰曼建议说："来吧！你把离散之后的经历从头叙述一遍，然后，我来谈谈我的遭遇。"

　　"还是你先说吧。"

　　于是诺子赫图·宰曼滔滔不绝地把她的遭遇：从离开旅店起，如何被乡下佬拐骗、虐待，当奴隶卖到商人手里，商人怎样图财把她转卖到王宫中，她哥哥叔尔康如何赎买她，恢复她的自由以及父亲听到她的消息而召她晋京的经过，从头到尾，详细地叙述一遍，接着说道："赞美安拉，我们久别之后能够重新相会，这是他的恩赐呢。现在我们像一块离开家那样，又可以双双地回到父母面前了。告诉你吧：在哥哥叔尔康主持之下，我已经和他的侍从武官结为夫妻，这次就是他奉命送我回家的。我的遭遇如此，你呢？别后你的情况如何？详详细细地讲给我听吧。"

　　臧吾·马康果然把他的际遇：如何碰见澡堂火夫，如何受他优待、照顾以及私掏腰包陪他旅行的经过，从头到尾，详细叙述一遍，然后说："这位火夫待我的好处，是任何人对最心爱的人也达不到的，即使做父亲的对自己的子女也不可能如此。他宁可自己饿肚子，让我一个人吃饱；宁可自己跋涉跑路，让我一个人骑毛驴。老实说，他是我的救命恩人。如果不遇见他，我是断然活不到现在的。"

　　"事情既然如此，若是安拉愿意，我们必须尽量报答他的恩情。"诺子赫图·宰曼说着，出声一喊，当差的应声进入帐篷，先吻臧吾·马康的手，然后毕恭毕敬地站着听候吩咐。诺子赫图·宰曼说道："你这个好心人，快来领赏吧！我和我弟弟碰头聚首，是你一手弄成功的。先前交给你的那袋金币，我赏给你了。现在你快去请老爷来!"

当差的得了赏钱,感到无限高兴,即刻去到侍从武官的帐篷里,请他去见太太。侍从武官来到诺子赫图·宰曼的帐篷里,见她和她弟弟坐在一起,便问他的来历。诺子赫图·宰曼把她姐弟二人的情况和遭遇,从头到尾地详细说给他听,最后说:"官人!你要知道:你所娶的并非丫头使女,却是国王奥睦鲁·努尔曼的千金小姐。我原是赫赫有名的诺子赫图·宰曼公主,这个叫臧吾·马康的,是我的同胞兄弟。"

侍从武官听了诺子赫图·宰曼的谈话,明白事情的真相,恍然大悟,相信他做了国王奥睦鲁·努尔曼的东床,一跃成为驸马公,不禁欢喜雀跃,心里想:"从此我有封爵受禄的资望了。"他洋洋得意,转向臧吾·马康,恭维、奉承他,竭力祝贺他平安归来同他姐姐团圆之喜,吩咐当差的给他预备帐篷和最好的坐骑。诺子赫图·宰曼对武官说:"我们就快到京城了。我和弟弟长期离散,久别重逢,彼此难分难舍,因此我打算趁此大好机会,跟他在一起痛痛快快地畅谈一夜。"

"好的,你跟他随意谈吧。"侍从武官给她俩预备足够的蜡烛和可口的饮食、果品,还送给臧吾·马康三套名贵衣服。

"还有那个澡堂火夫,"诺子赫图·宰曼对侍从武官说,"打发差役去找他,给他预备一匹马骑,一早一晚好生招待他吃喝,叫他别离开我们。"

侍从武官唤差役到跟前,按照诺子赫图·宰曼的意图吩咐他。差役遵循命令,带几个手下人去找火夫。他们终于在宿营地的边缘找到火夫,见他忙忙碌碌地捆绑行李,预备逃走。他的情况非常凄惨可怜,因为他既怕受累,又不愿和臧吾·马康分手,所以感到忧愁苦恼。他流着眼泪,哭哭啼啼自言自语地埋怨道:"我苦口婆心、死心塌地地进忠言,他却不听。到如今,情况糟糕到什么地步呀!"

他刚说完怨言,差役出现在他面前。他抬头一看,见差役们威风凛凛地站在他面前。他惊恐万状,吓得脸色苍白,浑身发抖,喃喃地怨道:"我对他忠心耿耿,他却不理解我的心意。这显然是他在这些差役面前诬陷我,存心拉我陪他一起受刑。"这时候差役吼叫起来:"你这个撒谎的家伙!吟诵的究竟是谁?明明是你的朋友,你干吗骗我说不知道?现在我不离开你了,等回到巴格达城中,你的朋友该得到什么样的处置,你也会得到同样的处置呢。"

火夫听了差役的谈话,越发恐怖,暗自说:"唉!我所顾虑的,果然成为事实了。完了,我们归宿到安拉御前去了。"

差役指手画脚、恶狠狠地呼唤仆从,叫他们牵走火夫的毛驴,换一匹高头大马,供他骑用,然后照应他跟随马帮动身起程。在旅途中,差役和仆从们经常跟随火夫,不离他的左右。差役还暗中嘱咐仆从们:"你们必须尊敬他,不可怠慢他。他身上只消脱落一根毫毛,我就要你们的命。"

火夫眼看差役和仆从老跟随着他,绝望到极点,认为非受害不可了。他左思右想,回头望着差役诉苦:"老总,我孤苦伶仃,没有兄弟手足,也没有亲戚骨肉;我跟这个青年人,既不沾亲,也不带戚,彼此陌生,互不相识。我原是在澡堂中当火夫的,只因我发现他害病倒在灰堆上,气息奄奄,就要断气,觉得很可怜,才发善心救活他,殊不知慈悲生祸患,到头来我反而受累了。"他说着痛哭流涕,替自己的生命担忧受怕。差役在他身边,不肯透露臧吾·马康的消息,不仅什么情况都不告诉他,反而危言耸听地对他说:"你跟那个小伙子整夜吟诗,放荡不羁,吵得我们太太不能安静睡觉。事情已经弄到这步田地,哭管什么用!我劝你还是不要忧愁顾虑吧。"

差役老是作弄火夫,存心开他的玩笑。可是每当打尖休息或到宿营地时,他却陪火夫一块吃喝享受。因此一路之上,火夫每天都吃得饱,喝得足,过着优裕生活。然而他始终顾虑生命不能保全,兼之骤然跟臧吾·马康分手,倍感惜别。同时深深体验到别乡离井的悲惨滋味,感伤、苦恼情绪日益加深。因此他终日哭哭啼啼,眼里总是噙着清泪。

在旅途中，驼马货驮成行，人喊马叫，倒也不觉寂寞。负责护送赋税进京上缴的侍从武官，精神抖擞，洋洋得意。他不辞辛苦，各方面都照顾得周全。他有时跟驼轿并行，亲身照应、安慰诺子赫图·宰曼和臧吾·马康。有时也表示关心火夫，经常退到后面，亲眼看看他的举止动静。

侍从武官和宰相丹东

诺子赫图·宰曼和臧吾·马康姐弟二人久别重逢，非常欢喜快乐，在归途中整天在一起，有时谈笑风生，有时涕泗交流，一路之上，倒不寂寞。驼队马帮连续跋涉，日复一日地向前迈进。最后到达距巴格达只有三天路程的地方，便息下来宿营过夜。

次日清晨，人们从梦中醒来，忙着收拾东西，正准备动身起程的时候，突然发现一片烟尘，从前方的平地上腾起，弥漫在空中，遮蔽了半个天空，大地突然暗淡下来，如同黑夜一般。侍从武官临机应变，大声吩咐随从人员："暂别搬动行李、货驮，让我们慢一步起程吧。"于是跨马率领部下，奔向烟尘起处，前去踏看。

他们奔到烟尘起处，朝前一看，见烟尘下面涌出一支波涛般汹涌澎湃的部队。他们扛着军旗，敲着战鼓，骑兵和将领显得异常骁勇、威武。侍从武官不知道是哪里来的队伍。正在惊奇诧异的时候，那支队伍中约莫五百多人的一个大队骤然冲了过来，把他和部下包围得水泄不通。对方的人马相当于他的部下五倍。在这种情况下，寡不敌众，侍从武官不敢轻举妄动，只好对对方说："这是怎么一回事？你们是从哪儿来的？干吗这样对待我们？"

"你是谁？"对方反问一句，"你从哪儿来？要上哪儿去？"

"我是大马士革国王叔尔康陛下的侍从武官，奉命负责解款和护送礼物晋京,向巴格达国王奥睦鲁·努尔曼陛下进贡的。"

对方听了侍从武官的回答,一个个掏出手帕,捂着嘴脸,伤心哭泣,说道:"国王奥睦鲁·努尔曼陛下已经过世了,他老人家是被人毒死的。现在没事了,你继续向前,快见宰相丹东去吧。"

侍从武官听了国王奥睦鲁·努尔曼逝世的噩耗,痛哭流涕,叹道:"唉!糟糕透了,我们算是虚此一行了。"他率领部下,哭哭啼啼地去见宰相丹东。

宰相丹东下令停止行军,就地宿营,吩咐侍从赶快张起帐篷,热情迎接侍从武官,让他坐在帐中,和他谈心。侍从武官叙述他奉命解款晋京上缴,并护送礼物进贡的事情。宰相丹东听了,伤心流泪,说道:"国王奥睦鲁·努尔曼陛下叫人给毒死。国内发生这桩不幸事件,对于谁来继承王位问题,朝野看法不同,意见分歧,争论不休,甚至引起械斗。幸亏朝中德高望重的文臣武将,群策群力,出面和解、调停,制止骚乱,劝庶民听候四大法官根据法律作出指示,从而解决继承问题,争论才告平息,同意我们去大马士革迎接先王的子嗣叔尔康回京继承王位。也有人主张先王的第二个儿子臧吾·马康继承王位。但他五年前和他姐姐诺子赫图·宰曼往麦加朝觐,一去不复返,至今杳无音信,究竟流落在什么地方?没人知悉。"

侍从武官听了宰相丹东的谈话,证实他妻子诺子赫图·宰曼的不幸遭遇确是事实。这时候,他对老王之死越发感到忧愁、苦闷。同时他想到臧吾·马康一旦归来,就可以继承王位,迎刃解决困难问题,因此感到无限欢喜、快慰。于是他告诉宰相丹东:"相爷阁下!你们的事稀罕极了,情况越变越奥妙了,我们在此邂逅相遇,这是安拉为免除你们跋涉之苦而作出的巧安排,因为安拉按照你们的意图,把臧吾·马康和诺子赫图·宰曼差遣回来,使你们的希望、理想实现了。"

宰相听了侍从武官的谈话,喜不自禁,笑逐颜开地说道:"告诉我吧:他姐弟的情况如何?遭到什么危险?他俩迟迟不归是怎么一回事?"

侍从武官先谈诺子赫图·宰曼的遭遇和她跟他结婚的经过,继而又把臧吾·马康的经历,从头到尾详细叙述一遍。

宰相丹东知道臧吾·马康和诺子赫图·宰曼的情况和下落,立刻召集文臣武将和大小官员,告诉他们臧吾·马康和诺子赫图·宰曼的遭遇和平安归来的消息。他们听了,额手称庆,欢喜若狂,对事件的演变和巧遇,同样感觉惊奇、诧异。于是大家跟侍从武官见面言欢,表示竭诚尊敬、爱戴。宰相丹东和侍从武官坐在首席,让文臣武将和大小官员按照官阶分别坐下,举杯庆贺一番,然后下令,着部队先行撤退,只留下大臣们共同商讨继承王位的人选问题。

臧吾·马康继承王位

部队奉令,高举旌旗,敲着战鼓,浩浩荡荡,从从容容地撤退之后,大臣们商讨国家大事的会议也迅速圆满结束。他们预备前去追赶部队,侍从武官对宰相丹东说:"我打算先去预备一番,布置一个适当的环境,好把碰到你们和你们选臧吾·马康继承王位的消息报告他,因此我失陪了。"

"你的见地很好,你先走吧。"宰相丹东同意侍从武官的意见,立刻起身送行,并送他礼物。同时其他的官员也站起来送行,也纷纷送他礼物,并嘱咐说:"劳你替我们向臧吾·马康致意,希望他保留我们原来的职位。"

侍从武官应诺着率部下动身起程。宰相丹东命令仆人携带帐篷,随侍从武官先行,嘱咐他们在距巴格达一天路程的地方张搭起来,接待臧吾·马康。

侍从武官洋洋得意,满心欢喜,暗自说:"这次出差,幸运极了!"

这样一来,诺子赫图·宰曼和臧吾·马康在他心目中,显得更重要更伟大了。他和人马货驮继续跋涉,马不停蹄地向前迈进,直赶到距巴格达城仅剩一天路程的地方,才停下来,选定休息的地方,张搭帐篷,认真、妥善地布置得井井有序,这才毕恭毕敬地接待诺子赫图·宰曼和臧吾·马康姐弟,亲切地同他俩谈心,叙述中途遇见宰相丹东率领的人马和老王奥睦鲁·努尔曼被害驾崩的噩耗,最后报告臧吾·马康当选继承王位的喜信,当面庆贺一番。诺子赫图·宰曼和臧吾·马康听了国王逝世的噩耗,抱头痛哭,追问国王被害的原因。侍从武官说道:"此中详情,只有宰相丹东知道。明天他和部队到此地时,必然会叙谈个中情况。目前大势所趋,他们既然选你继承王位,掌握国家大权,你应该慨然顺从民意,不可推委,否则他们另选别人当政,你自身的安全就难保证,说不定发号施令的人会存心害你呢。如果你一味表示软弱、畏怯,到头来,江山也会被人篡夺掉呢。你再三考虑吧。"

臧吾·马康低头沉思默想一会,觉得侍从武官的话有道理,认为非听从他的话不可,因而勉为其难地表示同意,说道:"我同意继承王位,不过这叫我怎样对待我哥哥叔尔康呢?"

"你继承王位,做巴格达国王,让你哥哥继续做他的大马士革国王不就行了吗?这没有什么难对待他的地方呀。你应该坚强些,勇敢些,好生准备吧!"

臧吾·马康听从侍从武官的怂恿、鼓励,愿意继承王位,侍从武官这才拿出宰相丹东带来的御用官服、王冠和传国宝剑,给臧吾·马康穿戴起来。然后吩咐仆人选择一处高地,张起高大、宽阔的帐篷,布置陈设得非常富丽堂皇,让臧吾·马康在里面接见文武官员,同时还吩咐厨役烹调丰富可口的饮食,预备大量茶水,以便招待官员士卒。一切预备妥帖,接着就发现前面大路上,突然烟尘飞扬,弥漫了整个天空。继而烟尘开处,出现了一支部队,潮水般滚滚涌来。侍从武官仔细一看,原来是宰相丹东率领的人马已经按计划开拔回来了。

由于臧吾·马康愿意继承王位，他们喜笑颜开，人人高兴，好像打胜仗凯旋归来似的。

臧吾·马康头戴王冠，身穿宫袍，腰佩御剑，骑马径向穹顶帐篷中去，预备接见将相士兵。他坐在帐篷中央，把宝剑摆在膝上，侍从武官和侍卫站在两旁伺候；卫队握着明晃晃的枪刀剑戟，整齐严肃地排立在过道两旁，仪式非常隆重。官兵们前来欢呼、庆贺，都希望亲眼看新王一眼。国王臧吾·马康教他们每十人分为一组，每次接见十人。他们听从吩咐，果然分组列队站在帐外。凡是轮到谒见的小组，通由侍从武官带领鱼贯而入。他们来到帐中，见到臧吾·马康，便紧张起来，诚惶诚恐地表现出敬畏心情。臧吾·马康和蔼可亲地接见他们，宣布他卫国保民的决心。他们欢欣鼓舞地庆贺他，呼他万岁，宣誓愿终身效忠他，永不违背他的命令，最后跪下去吻了地面，欣然退出。

部队轮流谒见国王臧吾·马康，经过很长的时间才轮流完毕，最后只剩宰相丹东一人。他慢步走进帐篷，来到国王臧吾·马康面前，跪下去吻了地面，然后站起来祝福、庆贺。国王臧吾·马康站起来，趋前迎接他，说道："欢迎你这位前朝的遗老，先君的谋臣。你为国为民，劳苦功高，你深谋远虑博得朝野的敬仰、钦佩。"

国王臧吾·马康和宰相丹东见面言欢，彼此寒暄、庆贺之后，侍从武官才吩咐摆下筵席，大宴宾客。上至国王将相，下至士卒仆役，大家齐聚一堂，举杯相庆，欢呼之声雷动。直待人人吃饱喝足，才尽欢而散。

臧吾·马康继承王位之后，对老王之死一直念念不忘。他对宰相丹东说："你下个命令，叫部队在此驻扎十天，以便我和你促膝谈心，听你叙述先君蒙难的始末。"

"对的，非这样做不可。"宰相丹东遵循国王的指示，下令军中，放假十天，让部队驻扎下来，原地休息，同时吩咐婢仆们，在三天的限期内不许进入国王帐内。

国王奥睦鲁·努尔曼之死

　　臧吾·马康继承王位,接见将相士卒之后,急于要知道先王努尔曼蒙难的始末,便指示宰相丹东下令放假十天,并约他在一起谈心,同时还去见诺子赫图·宰曼,对她说:"你知道父王蒙难的原因吗?也许你知道了,故意不告诉我,这是什么意思?"

　　"父王蒙难的原因,我一点也不知道。"诺子赫图·宰曼回答着,赶忙收拾布置,预备静听宰相丹东讲述个中情况。她给自己预备一个丝绸帷幕,挂在帐篷中,让国王臧吾·马康和宰相丹东坐在幕前叙谈,她自己躲在幕后倾听。

　　当天晚上,臧吾·马康请宰相丹东来到帐中,说道:"请把先王奥睦鲁·努尔曼蒙难的原因和经过详细讲给我们听吧!"

　　"事情说来话长,"宰相丹东说,"情况是这样的:那年先王奥睦鲁·努尔曼打猎归来,不见你们姐弟二人。经过打听,才知你二人约着往麦加朝觐去了。他为这桩事情,感到忧愁、苦闷,越想越生气,愁眉不展,终日郁郁不乐。在整整半年期内,他一直打听你二人的消息,却始终没有得到结果,因此感到悲观失望。

　　"有一天,大约离你二人走后一年的时间,我们都在先王御前,突然有个道貌岸然的老太婆进宫来谒见国王。她随身带来五个月儿般美丽的妙龄女郎。她们的容貌、姿色,不是言语可以形容得出来的。她们不单是窈窕美丽,有倾城倾国之色,而且学艺超群出众,能读《古兰经》,精通哲理,还懂历史、掌故。

　　"那个老太婆得到许可,来到先王御前,跪下去吻了地面,然后毕恭毕敬地站起来。当时先王见她那朴实的仪表,肃然起敬,让她坐在身边。老太婆坐下,对先王说:'启奏主上:我带来五个姑娘,她们聪明伶俐,窈窕美丽,知书识礼,能讲解《古兰经》,精通哲学历史。

这样才貌双全的人,在许多王宫中都是找不到的。现在我把她们送进宫来侍奉陛下。陛下当面试验,便知她们的底细。'先王抬头观看五个姑娘,一见倾心,喜不自禁,怡然说道:'把你们知道的哲理和古人的事迹讲些给我听吧。'

"那五个姑娘听了先王的吩咐,其中有一个姗姗走到先王御前,跪下去吻了地面,从容说道:'懂礼而有教养的人,必须从善如流,不搬弄是非,不爱管闲事,此外还需实践天命,避免作恶犯罪,且能坚定主意,至死不变。所谓礼貌,是从善良、温和的基础上成长起来的。我们应该知道:谋生的最大原因,是要生存下去,而生存的目的,是为修功悟道,礼拜安拉。当权执政的人,应该维持道统,克制自己,用秉公无私、慈祥温存的态度对待老百姓。对一般庶民来说,在生活中,必须磨炼自己的性情,才能安分守己地待人接物,而不至于铤而走险。在这方面,帝王将相比老百姓更需要磨练心性。他们必须奉公守法,慷慨无私地主持公道,疾恶如仇,天下才会太平,国家才能长治久安。我们应该知道:仇人就是敌手。对付敌人,可以提高警惕,也可以据理力争,出奇制胜。可是对待朋友,除了以诚相待,是没有更好的办法。感情破裂之后,是找不到法官来判断是非曲直的。我们应该从两方面选择、结交朋友:第一,选择有知识学问而又能身体力行的人作知心患难朋友。对知行合一、言行一致的朋友,必须诚心诚意地爱护他,尊敬他。如果发现对方的缺点,应该谅解他,劝他改正,要认真珍惜友谊,不可轻易绝交。知心朋友间的感情,恰如一块玻璃。感情一旦破裂,跟打破玻璃无异。受伤的心情不易复原,跟破碎的玻璃不可修复正是一个道理。诗人吟得好:

> 必须尽力保护心神,
> 避免遭受耗损,
> 否则恢复就不可能。
> 受创伤的心灵和打破的玻璃,
> 彼此之间并无差别。

医治受伤的心灵和修复打碎的玻璃，

两者都不容易。

第二，应从广大的人群中，摒弃无知愚顽和口是心非的人，然后从剩下的人中，选择忠诚老实者，作为一般的、泛交的朋友。因为朋友一词原是从诚实这个字根中演变出来的；而诚实应该是从心坎里抒发出来的心理表现。一般无知愚顽的人，是非不明，好歹不分；一般口是心非的人，言不由衷，胡言乱语，惯于颠倒黑白，欺世骗人，他们都不诚实，所以够不上朋友资格。这种人，连他们的父母、亲戚，都应该回避他们。据经验丰富的人说：朋友中最可靠的是肯进忠言的人；工作中最可贵的是有成果的行为；颂词中最有价值的是男人口中的称誉。有人说：作为一个奴婢，应该对安拉随时表示感谢；从自身的健康和智慧两方面来说，更不该忘记安拉给予的恩惠。前人说过：惟克己修身的人，可以控制私欲。不肯化小事为无事的人，必然会惹火烧身。谁私心自用、随心所欲，结果是自己作孽，抛弃应有的权利。谁听信谗言，他就得牺牲朋友。对自己表示好感的人，必须给他适当的信任。谁爱争论、好口角，他就是违法乱纪。不克制暴虐、恶霸行为，难免不遭杀身的罪罚。现在谈一谈法官的职责吧：众所周知，法官必须深思熟虑，根据确凿证据，公平合理地处理案件，才能排解庶民中的分歧。身为法官的人，对官与民应该一视同仁，执法如山，这样才能制止权贵们营私舞弊，或因犯罪而企图逃避罪责。同时也能加强庶民对公道正义的信心，并消除他们心中的观望、怀疑。审判时，法官应该向原告索取证据，让否认罪行的人赌咒，并据理申辩。替穆斯林排难解纷，是法庭应尽的职责，不许法官颠倒是非，如判无辜为罪人，或变罪犯为无辜。法官对处理过的案件发生怀疑，就该翻案另行审理，务必实事求是，力求案件得到公正解决。证据是审案的根据，根据证据判决案件，比凭表面现象判断是非曲直，更正确更合理。判决时如需举例作比较，事物之间必须有符合的条件。法官应该从证据的观点着眼，力求尽了人力，然后听从天命。原告如能举出确凿证据,就该判给他应享的权利,否则须让被告赌咒申辩,这是处理案件的一般程序。此外法官必须找正直的人作证,因为教法规定,执法者在掌握案情之后,可以凭据客观事物进行判决。法官害病和饥饿时,都不宜出庭审讯,他应该正视自己的职权,把审理案件看成是为庶民服务、替天行道的神圣职责。法官中只有诚心诚意、表里如一的人,对执掌神圣的审理职权,才能当之无愧。先贤宰赫律说:"宽容坏人、好大喜功、留恋地位这三种坏行为,对法官来说是不该容忍、宽恕的,具备这三种坏行为的法官,必须给予撤职处分。"从前鄂迈尔·本·阿曾子革掉一个法官的职位,那个法官不服气,质问鄂迈尔说:"你干吗革我的职!"鄂迈尔回道:"为你言过其实。"从前亚历山大大帝嘱咐他的法官说:"我任命你职掌这个神圣职责,我的生命、荣誉和德行都寄托在你手里,你必须善用理智,多动脑筋,好生执行这个职务。"他嘱咐厨子说:"我是委托你来管理我的身体的,在这方面,你必须客气、温和些。"他嘱咐秘书说:"我的心思、意念,都在你的支配范围之内,你书写时,务必考虑到我的安全问题。"

"那第一个姑娘讲说完毕,退了下去。"宰相丹东继续对国王臧吾·马康说,"接着第二个姑娘走了出来,挨到先王面前,跪下去吻了七次地面,然后从容说道:'从前圣卢格曼对他的儿子说:"有三个概念,它们的涵义必须在一定的情况下,才能全部体现。第一是'忍耐'的涵义,要在生气、发怒的情况下,当事人才可以体会。第二是'勇敢'的涵义,要在战斗或临危的情况下,身当其冲的人才能体会。第三是'弟兄情谊'的涵义,要在紧迫关头,急需支援的情况下,人们才能体会。"古人说过:"暴虐、蛮横的人,即使受到人们的一时赞扬,终究会懊悔不置。受欺压的人,即使受到人们一时责备,终究会平安无事。"《古兰经》告诫我们:别以为那班坐享其成、妄受赞扬的人可以逃脱罪名,其实他们将受到严厉的处分。穆圣教训我们:"功绩的成与败,离不开意念的好与坏,因此每个人根据自己的意念,都有不同程度的收获。"他还说:"人的身体里有一块收缩、蠕动的血肉,它的好和坏,关系人品的优良与败坏;这块血肉,就是最宝贵的心脏。"我们知道,人的身体里最奇妙的就是心脏,因为它是总管一切事物的缰绳。心地如果起了贪婪念头,或者带有苦恼情绪,或者受到过分刺激,人就会因此死于非命。心地如能安分守己,人就不至于遭受白眼、唾弃。心地如果起了恐怖情绪,人就会感受痛苦、忧愁。心地如果遭逢意外的不幸,人就离不开忧郁、恐惧。心地如果重视物质享受,人就会把提念安拉扔在脑后。心地如果受到恶劣环境包围,人就会感到惴惴不宁。心地如果担负过重的压力,人就支撑不住、疲于奔命。归根结蒂,心脏必须和体力相互配合、呼应,最好是一面提念安拉,一面谋求生活,并进一步为人生的归宿作充分准备。有人问一位学者:"什么样的处境最值得羡慕、钦佩?"学者回道:"能克制私欲、有志立功立德,而且好学不倦、竭力避免过失者的处境,才是最值得羡慕、钦佩的。"盖谊士吟得好:

> 我不要强制、逼迫他人,
> 因为众目视为邪恶的事物,
> 都不是正确可行的路途。
> 金钱、品行都是借来的东西,
> 每个人掩盖在内心的一切,
> 终于会暴露无遗。
> 出自旁门的事物,
> 会吸引你误入歧途、末路。
> 你若从大门出入,
> 自可踏上光明的坦途。

从前徐沙睦・本・彼施尔问奥睦鲁・本・鄂贝督:"什么人才是真正刻苦修行的信徒?"奥睦鲁回道:"按穆圣的指示,只有时刻记住死亡、灾祸,经常崇善嫉恶,既不认为明日自己还能生活,并随时视死如归的人,才是真正刻苦修行的信徒。这里我可以加上一句:凡信任、

410

依靠安拉,循规蹈矩,安分守己者,都是刻苦修行的人。相传有一次艾彼赞尔说:"我爱清苦,胜过富庶;我甘受疾病折磨,不图享受健康的快乐。"当时有人夸奖他:"艾彼赞尔的言行,可钦可贺,愿他受到安拉的饶恕。"据说萨彼特·白诺尼经常畏罪流泪,几乎哭坏了眼睛。一位医生替他医病,对他说:"我替你治病,必先提出一个条件。"他问道:"你提什么条件?"医生说:"不许你再伤心哭泣。"他回道:"不伤心哭泣,我这双眼睛还有什么可取?"有一次有人请求穆罕默德·本·奥补顿拉教他做人的道理。穆罕默德对他说:"愿你今生做一个主动的勤修苦炼的人,来世做个服服帖帖的人。"那人问道:"这是为什么呢?"穆罕默德答道:"因为主动的刻苦修炼者,他可以获得今生和来世的幸福。"据奥肃·本·奥补顿拉说:从前以色列有两个兄弟,在一起谈心。哥哥问弟弟:"你生平做过什么最可怕的事情?"弟弟回答说:"有一回,我从一家人的鸡窝里捉出一只母鸡,后来我懊悔做违法的偷窃事情,终于把那只母鸡扔到鸡窝里,但不是扔在原来的那个鸡窝里。这便是我做过的一桩最可怕的事情。你呢? 你做过什么最可怕的事情吗?"哥哥回答说:"我做礼拜的时候,唯恐自己是为报酬才履行天命,这便是我所做的事情中最可怕的一件。"当时那两兄弟的父亲听了儿子的谈话,欣然祈祷说:"我主! 如果他俩说的是真情实话,那恳求您趁他俩还没做坏事的时候,赶快把他俩招回到您御前去。"往后那俩兄弟的言行博得人们的称羡,人们夸赞他们为可贵的子弟。塞欧德·本·朱伯尔说:有一次我跟樊佐勒图·本·鄂贝督碰在一起,趁机请他谈谈做人的道理。他对我说:"我劝你注意两桩事情:第一,对安拉不可有诽谤言行;第二,不可危害任何生命。"继而他慨然吟道:

一

你可以按照自己的意愿随便处理事情,
反正安拉尊严无比。

你必须毅然排除忧虑，

这对你只会有利无弊。

然而诽谤安拉、危害生命，

却是两桩应该警惕的事情，

你千万别违犯纪律。

二

你如果没有携带足够的旅费，

死后在归途中碰到盘缠充实的伴侣，

你将悔恨自己跟他不是一个类型，

因为你不像他那样预先准备旅费。'

"那第二个姑娘讲说完毕，退了下去。"宰相丹东继续对国王臧吾·马康叙述老王努尔曼蒙难的经过，"接着第三个姑娘走出行列，挨到先王面前，跪下行过礼，然后说道：'关于刻苦修行、立身处世的道德行为，它的范围宽广无比，一朝一夕不能谈尽。现在就我知道的，把古人的嘉言懿行举出来谈几件。古代有一位学者说："我是欢迎死神而视死如归的，我可不相信死会给人带来安息和乐趣，但我知道人的作为和生存会受到死亡的干预、割裂，因此我竭力避免不道德的言行，总希望努力做些好事情。"据说耳塔温·塞勒谟写完遗嘱，便战战兢兢地浑身发抖，痛哭流涕。有人问他干吗悲哀哭泣？他回道："我将开始做一桩最伟大的事情，就是说，我要在安拉面前，对自己的言行，树立起一种跟遗嘱完全一致的准绳。因为过分激动和恐惧，所以我悲哀哭泣。"从前阿里·载谊尼·阿彼丁在世时，他每次作礼拜，总是战战兢兢，身体发抖，表现出恐惧心情。有人问他干吗发抖？他回道："你们知道我是站在谁面前？是跟谁对言？"据说从前粟夫亚·苏律身边有个盲人，每逢斋月，他不怕艰难，总要按时慢慢地去到清真寺里，跟其他的人一起祈祷，而且向来缄默寡言。粟夫亚被他的言行所感动，欣然说道："将来总清算之日，人们都集合在

412

一起的时候,那班信仰坚定、虔诚的人,他们会带来与众不同的情景。"他还说:"一个安分守己、心口合一的人,他会因渴望天堂而欢乐、快慰,同样他也会为害怕地狱而苦恼、忧愁。"他又说:"每个人必须疾恶如仇,并把暴虐、作恶的歹徒都看成是不共戴天的仇敌。"'

"那第三个姑娘讲毕,退了下去。"宰相丹东对国王臧吾·马康继续叙述老王努尔曼蒙难的经过,"接着第四个姑娘走了出来,挨到先王面前,行礼后说道:'喏,现在我来谈谈我所知道的关于几位贤达的嘉言懿行。先贤布施乐·哈腓:有一次哈利德警告我们:"你们千万不可做秘密的多神教徒。"我问他:"什么叫秘密的多神教徒?"他回道:"比方说你们中谁做礼拜时,故意把鞠躬、叩头等动作的过程,延长到影响注意力的集中,而使心神濒于涣散的地步。"某学者说:"嘉言懿行,足以消灭罪恶行为。"伊补拉欣·本·艾德赫睦说:有一次我请求布施乐教我一些深奥的哲理,他对我说:"孩子!这种深奥的知识,我们不能让每一个人都去学习,只可以按照天课①的比率,每百人中选五人去学习,以便他们埋头钻研。"我认为他的解释很有道理,非常感激、钦佩,因此经常跟他接近。有一次从他衣袋里落下一枚达尼克②,我拾起,然后拿自己的一块钱币代替那个达尼克递给他,可是他断然拒绝。我说:"这是出自我的心意,你怎么不接受?"他说:"我不愿拿今生的恩惠换取来世的享受。"还有一次我和布施乐一起做礼拜,跟随他鞠躬、叩跪,直到正式宣礼时,在座中有个衣服褴褛的人突然站起来,大声疾呼:"乡亲们! 我向你们进句忠言,你们宁可做利人济世的谎言者,千万别做损人害群的忠实人。因为人在危急存亡、迫不得已的时候,是无选择余地的;也因为赞扬不会给无功而受赏的人带来利益,跟沉默抹杀了急公好义者的荣誉正是一个道理。"据说有一次布施乐·哈腓的妹妹去找艾哈默德·

---

① 按伊斯兰教法规定:信徒除生活必需的开支外,如有富裕的财物,须从余财中捐出百分之五作慈善事,或救济亲友,谓之"天课"。

② 达尼克,钱币名,相当于一元的六分之一。

本·汉伯礼,对他说:"我来请教你这位宗教领袖,我自己白天忙于谋求衣食,只能利用晚上的时间从事纺织。黑夜里巴格达王府的火炬经常在我们屋前来回巡视,我们便利用火光,在屋顶上纺织。这桩事情,是否合理而不算偷窃?"汉伯礼问道:"你是谁?"她回道:"我是布施乐的妹妹。"汉伯礼说:"你不愧为布施乐的亲戚,像你这样清白廉洁而善于避免嫌疑的人,我生平还不曾见过。"某学者说:"如果安拉要关心、照顾奴婢,自然会替他开辟途径。"从前马立克·本·邸纳尔每从市场经过,被心爱的东西所吸引,他总是竭力克制自己,暗自说:"灵魂哟!忍耐些,你希望的,我可不同意,我必须遵循穆圣的教导,因为他说过:抑制私欲,可以平安常乐;随心所欲,足以招灾引祸。"先贤曼稣尔·本·奥汉尔说:从前我去朝觐,在库发往麦加的旅途中,有一天黑夜里,旅客们都睡觉了,忽然有人大声祈祷:"我主!指您的伟大、尊严起誓,我是有认识而诚心信仰的,我根本不愿违拗您的命令,更不愿为非作孽。假如我无意间犯了什么过错,恳求您饶恕。"祈祷毕,接着就朗诵《古兰经》的原文:"信士们!愿你们早作准备,以便你们和你们的家属远离地狱,免遭火刑,因为地狱里的燃料是人和石头。"朗诵毕,便有什么东西落到地上的响声。次日清晨,我们动身赶路程,途中遇见送葬的,我向一个气衰力弱的老妇人打听消息。她说:"死者是个过路人,昨晚在我家投宿。夜间礼拜时,他听我的儿子朗诵《古兰经》,伤感过度,胆囊破裂,倒在地上,顿时气绝身死。'"

"第四个姑娘讲毕,退了下去。"宰相丹东继续向国王臧吾·马康讲述老王努尔曼蒙难的经过,"第五个姑娘走了出来,挨到先王面前,行礼后说道:'喏!现在我来谈谈先圣贤的德行。沐斯礼默图·本·邸纳尔说:"做人只要心地光明磊落,他的大小过错,一定会得到饶恕。做人只要决心不犯罪、作恶,必有正大光明的出路。一切不正当的享乐,都会招灾引祸。利令智昏,贪得无厌,原是人的本性,因为有限的财富,会使人不愿多为来世的幸福建树;财富越多,越使人忘记来世的幸福。"从前有人问艾彼·哈子睦："什么人是富有的?"哈子睦回答说："终身皈依安拉的人。"来人又问："什么人是最愚蠢的?"哈子睦回道："贪图享受、出卖来世幸福的人。"相传圣摩西青年时代逃避法老的迫害,流浪到麦杜叶尼人的水源地带,走投无路,情况非常凄惨,但他信心十足,不肯向人乞讨。他自动帮助两个牧女给羊饮水。那两个牧女原是圣叔尔谊补的女儿。她俩回到家中,叙述牧羊饮水的经过。叔尔谊补听后说："也许他饿了!"于是打发一个女儿去唤摩西。女儿遵从父命,走到摩西面前,羞答答地遮住脸面说："我父亲请你上我们家去,为你帮助我们给羊喝水,他老人家要报答你。"摩西见她是个发育成熟的姑娘,具有肥大的臀部,为避免嫌疑,本不愿跟她交谈,但不得不勉强应诺。一路之上,她的衣服随风摆动,摩西怕看见她的肢体,只好闭起眼睛说："你走在我后面吧!"于是他谨言慎行、小心翼翼地一直走到叔尔谊补家中,这时见晚饭已准备妥帖,叔尔谊补对他说："小伙子,你帮助我的两个女儿给羊饮水,我要报答你的好心肠。"摩西回道："我是虔诚的穆斯林,做好事是我的本分,我可不图金钱而出卖来世的福分。"叔尔谊补说："你既然光临,就是我家的客人。招待、尊敬客人,是我的习性,也是祖传下来的风气。"摩西不好推辞,便坐下来,和叔尔谊补一起吃喝。后来,摩西自食其力,受雇于叔尔谊补门下,替他牧羊,终于以八年劳动的代价,换取叔尔谊补的女儿为妻,成家立业,满载而归。相传有两个知心朋友,久别重逢,彼此欢聚谈心。甲说："好久不见你的面,使我尝到孤单寂寞滋味。"乙说："为了伊本·史和璧的事情,使我没有机会和你碰头。你可认识伊本·史和璧,究竟是谁?"甲说："三十年以来,伊本·史和璧一直是我的老邻居,可我没和他谈过一次心。"乙说："因为你忘记安拉,所以才忘记邻居,如果你对安拉怀着热爱心情,必然会关心邻居。俗话说远亲不如近邻,莫非你不知道邻居如亲戚的道理?"哈载谊斐图说:有一年我跟伊补拉欣·本·艾德赫睦去麦加朝觐,当年白勒海地方的佘勾古也去朝圣,彼此在圣寺中邂逅相遇。伊补拉欣问佘勾古:"你们那里的情况如何?"佘勾古回道:"情况倒也不错,丰产年成,我们丰衣足食;歉收年头,我们却忍受饥饿。"伊补拉欣说:"如此说来,白勒海的牲畜自然也是过的这种生活。不过敝邑的情形和你们比起来,却有不同之处,丰收年成,我们欢喜快乐,过富裕生活。如果荒旱临头,五谷不收,我们还是信心十足,同样怀着愉快的心情度过荒年。"佘勾古听了伊补拉欣的叙述,恍然如有所悟,坐下来和伊补拉欣促膝谈心,说道:"我应当跟你从头学起,你是我的老师呢。"根据穆罕默德·本·尔睦罗尼的传说,有一次有人去见哈台睦·矮萨睦,问道:"你是怎样托靠安拉的?"哈台睦回道:"我是从两方面托靠安拉的:第一,我知道任何人都有必需的衣食,我自己的衣食,别人不能侵占,因此我向来是心安理得的。第二,我觉得人活一世,不该醉生梦死,不该对安拉毫无所知,因此我经常感到惭愧、害羞。"'

　　"第五个姑娘讲毕,退了下去。"宰相丹东继续对国王臧吾·马康叙谈老王努尔曼蒙难的经过,"接着那个道貌岸然的老太婆毕恭毕敬地拜倒在先王御前,先后吻了九次地面,然后从容说道:'关于刻苦修养的道理和先圣贤们的嘉言懿行,姑娘们给陛下讲了一些,现在我只谈一谈先圣贤们的道德品行。据说先贤沙斐尔惯于把夜里的时间平均分为三部分。他利用第一部分研究学问,第二部分安息睡眠,第三部分勤修苦炼。先贤艾彼·哈尼蕃经常利用夜里的一半时间修功悟道,勤修苦炼。有一次在人群中,有人指着他对别人说:"此人整夜不睡,从事修身养性,令人可钦可佩。"他听了觉得难受,说道:"我没有做的事情,妄受赞誉,这在安拉面前,我实在感到惭愧。"从那回之后,他果然通宵不睡。勒彼尔说:先贤沙斐尔在世时,每年从斋月开始,便趁礼拜的机会从头朗诵《古兰经》,到月末计算,总共读了七十遍。先贤沙斐尔说:"十年以来,我食无求饱,饮食定量,不敢多吃多喝,因为饮食过度,人的性情会变粗鲁,智慧因之而减退,瞌睡随之而增多,最后只落得精神颓唐、萎靡,身体软弱无力。"

奥布顿拉·本·穆罕默德·孙凯律说：有一次我和鄂迈尔在一起谈天，他对我说：像沙斐尔那么廉洁守本而长于辞令的人，我从来没见过。有一次我和哈律肃一块儿出去散步，当时哈律肃跟沐子尼学习，有很好的嗓子。他抑扬顿挫地朗诵《古兰经》："今天他们不吭气了，不能随便说话了，怎么还能赖罪呢……"他朗诵毕，我见沙斐尔脸色苍白，战战兢兢地浑身发抖，随即倒了下去，昏迷不省人事。息了一会，他慢慢苏醒过来，喃喃地祈祷说："愿安拉保佑，别让那班说谎骗人和昏庸糊涂者的言行玷污我。我主！有见识的人都服从您，归顺您，恳求您饶恕我的罪过，保全我的诚笃，原谅我的短处。"从前有一位信仰诚笃的人说：有一年我因事路过巴格达，当时先贤沙斐尔也住在那里。有一天我去河边洗涤，预备履行天命。突然有位长者来到河岸上，对我说："小伙子！你好生盥洗，愿安拉赏赐你今生和来世都享福。"我回头看见人群跟随着那位说话的老年人，于是忙洗过脸，跟踪追了过去。那位老年人回头问我："莫非你对我有什么要求？"我回道："是的，求你指示我一条做人的道路。"他坦然说道："你记住，谁信仰安拉，他就会成功；谁遵循教律，他保险不栽跟头；谁今生刻苦锻炼，来世他准能尽情享受。希望你今朝刻苦锻炼，准备来世痛痛快快地享受。如果你能推心置腹，事事忠诚老实，便可以跟随胜利者一起踏上成功的道路。"老人说罢，飘然而去。我非常钦佩他的学识和为人，因而向左右的人打听他的姓名。有人告诉我："这位老人是法学界的领袖沙斐尔。"一次先贤沙斐尔说："我只希望人们从我写的书籍里获得有用的知识，对生活有些帮助，但不要把功劳归于我个人。"他还说："我每次和不认识的人见面，总希望他能得到安拉启发，认识真理，并得到安拉帮助，能够身体力行，发扬真理。我每次和人在一起研究学问、讨论问题，总是以追求和发扬真理为唯一的目的。至于我和对方谁的意见正确，谁先发现真理，我认为都是一样的，我从来不计较这些枝节问题。"有一次穆圣教导我们说："如果你怕虚夸、浮华或高傲、自大，只消从三方面去检查：第一，你讨谁的欢喜？第二，你希望得到什么享受？第三，你害怕受到什么惩罚？"有一次有人向艾彼·哈尼蕃报喜讯，告诉他说："哈里发艾彼·贾尔斐·曼稣尔委任你为法官，规定给你一万元的年俸。"艾彼·哈尼蕃听了这个消息，心里很不高兴。正式下委任状那天，艾彼·哈尼蕃晨祷毕，拿衣服蒙着头，不言不语。哈里发的钦差大臣奉命带着俸禄到他家里去下聘，他不理睬。钦差大臣解释说："这笔钱是合法的薪金。"艾彼·哈尼蕃回答说："作为薪俸来说，我知道它是合法的，但我不愿跟权贵们建立感情。"钦差大臣建议说："你无妨毅然去上任，只有在工作中，随时对他们提高警惕，多加小心，也就不至于跟他们发生关系。"艾彼·哈尼蕃回答说："这不可能，因为我跳在大海里，哪有衣履不被海水浸湿的道理？先贤沙斐尔吟得好：

> 灵魂哟！
> 你若听从我的忠言，
> 便可终身高尚、幸福。
> 你千万不可无稽妄图，
> 须知多少贪婪之徒，
> 一个个都被死难抓住。"

从前粟夫亚·安稣律谆谆嘱咐阿里·本·哈桑："你应该忠诚老实，不可撒谎作弊，更不可沽名钓誉、骄傲自矜，因为一个人的道德、品行，往往会被这些坏习气毁坏无遗。你只该向遵循教律的人学习宗教知识，并与廉洁守本的人结交认识。你必须随时想到人的最后归宿，经常忏悔求恕。有人和你讨论宗教事务，必须做到进忠言的义务。对待穆斯林应该推心置腹，避免欺诈言行，否则就等于跟安拉和圣贤作对。你的生命还存在一天，就该恳求安拉保佑你的安全。不可稍存仇恨心理，随时避免嫌疑，消除别人的疑虑，这是求安全的途径。你必须鼓励人们从善如流，禁止人们为非作孽，这样便可获得安拉的喜悦。你的心地正大光明，你的外表才能端正庄严。你别恼恨穆斯林，要原谅向你道歉的人，要跟和你绝交的人恢复交情，要饶恕亏枉你的人，这样你就有资格做圣贤的朋友。你的事情，无论大的小的，还是公开的秘密的，必须处心无愧，然后委托安拉去管理。对安拉应当本着死后在总清算之日受审者应有的心情，虔心虔意地表现出敬畏心意。要想到将来的归宿，总不外两条道路：一条是进天堂，永久享乐；另一条是下地狱，永久吃苦。'"

"老太婆讲罢，规规矩矩地跟五个姑娘坐在一起。"宰相丹东继续对国王臧吾·马康叙谈老王努尔曼蒙难的经过，"先王听了她们的讲述，认为她们是最尊贵最特殊的人物，被她们的姿色和礼貌所迷惑，非常钟爱她们，万分尊敬老太婆，把从前罗马王的女儿伊彼丽簪居住的宫殿腾出来招待她们，供给各种名贵食物和需要的物品。老太婆领着五个姑娘住在宫里，在十天内，先王经常去看她们。每去一次，总是看见老太婆一个人悄悄地躲着修功悟道，白天斋戒，夜间祈祷、礼拜，日以继夜，一会也不休息，因此给先王留下很好的印象。有一次他对我说：'爱卿，这位老妇人是女流中的廉洁、特殊人物，我非常钦佩、崇拜她。'于是在第十一天，先王召见老太婆，打算把五个姑娘的身价银子兑给她。可她剀切地对先王说：'主上，姑娘们的身价可不能按一般的市价来计算，显然她们比什么货物都值钱，但我并不因此而把她们当作奇货可居，我也不想拿她们来赚你的金银或珠宝玉器。'先王听了她的话，心里觉得奇怪，问道：'老太太，她们究竟值多少钱呢？'老太婆回道：'我只要你虔心虔意地斋戒一个月，在斋戒期间，必须白昼封斋，夜间礼拜。做到这一步，姑娘们就算卖给你，你就可以随便使唤、享用她们了。'

"先王认为老太婆为人廉洁、刻苦、清高，眼光远大，对她越发钦佩、敬仰，欣然说道：'是安拉差遣这位老太太来恩顾我们呀！'于是慨然接受老太婆提出的条件，愿意斋戒一个月。老太婆自告奋勇地说道：'我将用祈祷词来帮助你，以便你顺顺利利地把姑娘们买到手。现在请给我一杯凉水吧。'继而她捧着凉水坐下去喃喃地念起来。她振振有词地念了一阵。她念的什么，我们一点也听不懂。最后她用布封起那杯凉水，递给先王，嘱咐说：'你继续斋戒十天，到第十一天夜里，再喝这杯凉水开戒。这杯凉水，它能把光明和信仰灌入你的心田，排除你贪恋红尘的心情。城里我有的是亲戚朋友，我很想念他们，明天我要出宫去拜访他们，和他们在一起欢聚，等过了第一个十天，我再回宫来看你。'

"先王收下那杯凉水，自己布置一间屋子，把凉水锁在里面，随手携带钥匙。从第二天开始，便一个人悄悄地躲在屋里，诚心诚意地斋戒礼拜。老太婆也如约出宫拜访她的亲戚朋友去了。先王继续斋戒了十天。到第十一天，他遵从老太婆的吩咐，打开杯子，喝了凉水，顿时觉得心旷神怡。继而第二个十天的斋戒开始。老太婆果然如约回到宫中，身边带着一包用绿叶裹着的糖食。先王一见她，立刻起身迎接，说道：'欢迎你这位廉洁的贵宾！'老太婆从容说道：'主上，我的那些外路亲戚朋友都问候你，祝福你。我对他们夸赞你的德行，他们很欢喜，一致表示拥护、爱戴你，托我把这包来世的糖食带进宫来奉敬你。从今天起，每天夜里，请你专吃糖食开戒。'先王非常高兴，说道：'赞美安拉，是他使那班外路人向我表示弟兄般的友谊。'他感谢老太婆，吻她的手，格外尊敬、奉承她和姑娘们。

"时间过得很快，先王继续斋戒、礼拜，不知不觉也就过了二十天。到最后一个十天的斋戒开始时，老太婆来见先王，说道：'主上，我对亲戚朋友们详细谈了我们之间亲密的感情和姑娘们在宫里生活的情况，他们都关心姑娘们的前程，认为姑娘们能在你的王宫中生活下去，是她们的造化，因此他们很高兴。如果他们跟姑娘们见面，他们会进一步替她们祈福求寿呢。为了让姑娘们有机会接受亲戚朋友的礼物和敬意，我要带她们出宫去和他们见见面。此去，也许她们满载而归，会给你带来许多稀奇名贵的财物呢。到那时，你斋戒完毕，可以替姑娘们制备衣裙首饰，让她们收拾打扮起来，好生侍奉、陪随你，大伙欢欢喜喜地生活在一起，尽情地享受人生乐趣。'

"先王听了老太婆的话，十分感谢她的关怀照顾，说道：'假若不怕违背你的意见，我是不稀罕世间的任何财礼的。不过为尊重你的意见，我才同意你带她们去和亲友见面呢。你打算几时带她们出去？'老太婆回道：'打算本月二十七日那天带她们出去，预备在外面逗留几天，到下月初再回宫来看你。那时候斋戒期满，你算是圆满地履行诺言，姑娘们便属于你，可任你随意享受。指安拉起誓，这几个姑娘是一批无价的宝贝，她们一人的身价，比起你的江山来，是有过之无不及的。'先王回答说：'尊贵、廉洁的老太太呀！不瞒你说，姑娘们的身价，我是清楚的。'老太婆进而要求道：'主上必须派一位最亲信的人陪随我们，让我们在亲友面前感到骄傲、荣幸。'先王说道：'宫里有一位叫萨斐娅的罗马籍王妃，她替我生育一男一女，可惜那对子女早年失踪，至今杳无音信。为使萨斐娅王妃沾光受福，我让她陪你们一块儿去。也许你的亲戚朋友替她祈祷、哀求一番，安拉会应答他们的祈求，会差遣她的两个子女回来和她团圆聚首的。'老太婆说道：'你的想法非常对头。'

"先王继续斋戒、礼拜，到第二十七天，老太婆说：'我的孩子，现在我要看望亲戚朋友们去了，让萨斐娅王妃陪我们一块儿去吧。'先王果然唤出萨斐娅王妃，吩咐她随老太婆和姑娘们一道出宫去看望她们的亲戚朋友，借此消愁寻乐。这次老太婆暗中下毒手，把一个严封的杯子递给先王说：'等到第三十天，你进澡堂沐浴、熏香，回宫后，一个人静悄悄地躲在屋里喝这杯中的水开戒，然后安息下来，好生睡一觉，你的目的便可全部实现。最后我祝福你安泰康宁、万寿无疆。'当时先王异常欢喜，对老太婆表示竭诚感谢，吻着她的两手说：'廉洁的老太太啊！我什么时候才能和你见面呢？我是一时一刻也不愿离开你的。'老太婆祝福几句，替先王祈祷一番，最后说：'现在我把你委托给安拉了。'说罢，带着五个姑娘和萨斐娅王妃扬长而去。

"老太婆带着姑娘们走后，先王继续斋戒、礼拜。过了三天，是月终时节，他便按照老太婆的嘱咐，进澡堂沐浴、熏香，然后回到后宫，一个人静悄悄地躲在屋里，不准人见他。他把门窗关闭起来，喝完老太婆给他的凉水，便倒身睡觉。我们坐着伺候，等到天黑，还不见什么动静。我们说：'一个月以来，他白昼斋戒，夜间礼拜，加之刚洗过澡，身体过于疲劳，所以才睡得这么香甜呢。'我们耐心等到第二天，仍不见他清醒。我们站在门前，高声呼喊，希望能够吵醒他，让他起来追问我们吵嚷的原因，可是始终不见屋里有什么动静。不得已，我们才撬开房门，进去一看，见先王肉破骨裂，僵然死在屋里。那种惨状使我们大为吃惊。我们拿起杯子一看，见盖子里面有一张字条，上面写道：

> 暴虐者，自作孽，不可活。这是欺骗、奸污公主的恶徒们应该受到的惩处。这里我们要对阅读这张字条的人说清楚：叔尔康侵略我们的国土，奸污伊彼丽簪公主，给我们带来奇耻大辱。他如此作恶多端，还不知足，进一步又抢夺公主，百般蹂躏、侮辱，最后把她交给一个黑奴，使她受尽凌辱，被杀害在荒无人烟的道途，抛尸露骨，惨不忍睹。这都是国王、太子们明目张胆干出来的罪恶，应当给予同样的报复。请不要嫌疑是别人到你们宫中来行凶、抢夺。这里我正告你们：惩罚国王的，原是我这个智勇双全、名叫左图·黛娃仙的老祖婆。至于萨斐娅公主，我将带她上君士坦丁去，让她和她父亲国王艾辅律敦团圆聚首。此后我们势必兴全国的义师，前来讨伐你们的国土。那时候除却崇拜十字架的基督教徒，我们决心把你们斩草除根、杀绝斩尽，决不留下一个生物。

我们读了字条，恍然知道那个老贼婆作威作福，胆敢欺负我们。我们既已受骗，中了他人之计。大家痛定思痛，痛哭流涕，气得打自己的耳光，越哭越伤心。尽管我们悲哀哭泣，但哭来哭去，终无济于实际。朝中群龙无首，对于选谁来做国王这个问题，朝野意见分歧，尤其军队中议论得更激烈。当时有人欢迎你来执政，有人却选择令兄叔尔康继承王位。意见始终不一致，整整争执了一个月。最后我们纠合一部分志同道合的人，动身起程，准备去见令兄叔尔康，跟他商议继承问题。可想不到事属巧遇，中途却碰上你们姐弟二人。以上所述便是先王奥睦鲁·努尔曼蒙难的前因后果。"

宰相丹东奉命迎接叔尔康

臧吾·马康和诺子赫图·宰曼听了宰相丹东叙述老王蒙难的经过，姐弟二人抱头痛哭，侍从武官也陪他俩伤心流泪。接着，侍从武官规劝臧吾·马康："主上，我们徒悲无益，现在只有坚强、振作起来，救亡图存，挽回狂澜，庶民才能安居乐业，国家才能长治久安。老实说，先王虽死，但有陛下这样的继承人，他老人家的精神是永垂不朽的。"

臧吾·马康听从劝解，勉强抑制悲痛情绪，吩咐在帐外布置检阅台，率领宰相丹东、侍从武官和其他文臣武将，检阅军队，吩咐宰相丹东把他从先王库中带来的钱财什物拿出来，还叫侍从武官把大马士革的钱粮赋税以及进贡的各种珍贵礼物拿出来，当面悉数分给士卒和文武百官。士卒和文武官员得到奖赏，人人感激涕零，跪下去感谢王恩，呼他万岁，都说从来没见过像他这样慷慨慈良的国王。

第二天人马奉命起程，浩浩荡荡，继续跋涉，赶了三天路程，顺顺利利地回到巴格达。为了迎接新王，城里张灯结彩，装饰得焕然一新，万民欢腾，热闹空前。臧吾·马康来到宫中，坐在先王遗留下来的宝座上，正式掌握政权。宰相丹东、侍从武官和文武百官分别侍立两旁。满朝文武，齐聚一堂，景象威武森严。臧吾·马康开始发号施令，首先吩咐写信给他哥哥叔尔康，告诉他先王蒙难的始末，催他迅速带领军队，前来巴格达会师，准备讨伐基督教人，替先王报仇雪耻。

臧吾·马康盖上印，把信折封起来，递给宰相丹东，说道："只有阁下才能担负投递这封信的任务，因此必须偏劳你再作一次大马士革之行。其目的，一方面是送信，另一方面是代我向家兄表明我的态度。到那里，婉言对他说明情况。如果他要继承王位，我一定让位，甘心去大马士革代理他的职权，终身镇守边防地区。"

宰相丹东接受任务，马上告辞，退下去准备起程。接着臧吾·马康正式下令，吩咐宫中的人好生优待那个老火夫，给他预备顶好的被盖和住处，让他过舒适、享福生活。从此文武百官竭诚拥戴新王臧吾·马康，事事听从命令，群策群力，朝中出现了朝气蓬勃的景象。宫中人喊马嘶，布置、整顿得有条有理，恢复了先王时代兴旺、繁荣的局面。国王臧吾·马康除了发号施令，讲求文治武功外，其他生活方面，凡是帝王所需要的车马、服饰和起居饮食等方面的享受，宫中都齐全、完备，应有尽有，因而生活非常安逸舒适，有时他还上山打猎消遣。

有一天国王臧吾·马康狩猎归来，适逢朝臣中有人向他敬献几匹良马和几个美女。他便从美女中选择最美丽、贤淑的一人，娶为王后。夫妻相亲相爱，彼此的感情异常笃厚，因而生活越发美满，不久王后便身怀有孕。就在这个时候，宰相丹东已经顺利完成任务，从大马士革旅行归来，报告执行任务的经过以及叔尔康奉命晋京的消息，并建议说："陛下应当出去迎接令兄才对。"

"好的，我一定亲自出迎。"国王臧吾·马康欣然接受宰相丹东的建议。于是率领亲信，出城走了一天路程，然后张起帐篷，在郊外宿营，等待着热烈欢迎叔尔康。

次日叔尔康率领叙利亚的健儿和英雄豪杰，雄赳赳气昂昂，浩浩荡荡，旌旗蔽空，一直向巴格达挺进。国王臧吾·马康一见他们的旗帜，按捺不住激情，便迎面向前。待到看见叔尔康时，他要下马步行表示诚恳、热情。可是叔尔康立刻发誓阻止，坚决不让他下马，他自己却滚鞍下马，奔到臧吾·马康面前。臧吾·马康倒在叔尔康怀里，叔尔康紧紧地搂着臧吾·马康不放。昆仲二人初次见面,悲喜交集,彼此抱头痛哭。

他俩悲哀哭泣一场,然后擦干眼泪,彼此交谈、寒暄,互相安慰、鼓励一番,这才跨马,并辔回到巴格达。到达巴格达后,他们双双下马,亲亲热热地携手步入王宫,共同商讨国家大事。

叔尔康和臧吾·马康昆仲向君士坦丁进军

叔尔康率领叙利亚的健旅回到巴格达的第二天,臧吾·马康便正式发布命令,调兵遣将。一方面大肆宣传,号召广大的老百姓起来替先王报仇雪耻,一方面积极准备充足的粮饷、器械。驻扎各地的部队奉到命令,都陆续赶到京城聚集,受到国王的嘉奖。各地的老百姓也响应号召,成群结队,一批一批地先后前来支援,备受当局欢迎、优待。

叔尔康和臧吾·马康弟兄二人团结一致,互助合作,边备战,边叙谈家庭往事。有一天叔尔康对臧吾·马康说:"弟弟,几年以来,你经历过什么风霜?讲给我听听吧。"

为了满足哥哥的愿望,臧吾·马康果然把他的遭遇,从头到尾,详细叙述一遍,对于火夫救护的恩情,尤其表示衷心铭感。叔尔康问道:"你报答他的恩情了吗?"

"还没有,"臧吾·马康回答,"直到今天我还没工夫报答他呢。若是安拉愿意,等征服敌人之后,我再报答他不迟。"

经过这次谈话,叔尔康证明他妹妹诺子赫图·宰曼从前跟他所谈的各种情况,全都是事实。从此他把他和她之间的那段经历始终保守秘密,一字不提,只是暗中通过侍从武官向诺子赫图·宰曼祝福、问好。诺子赫图·宰曼同样也问候他,并向他打听女儿古萃叶·斐康的情况。叔尔康把古萃叶·斐康发育苗壮和非常健康的情况告诉她,诺子赫图·宰曼听了,异常欢喜,衷心感谢安拉的保佑。

叔尔康和臧吾·马康昆仲秣马厉兵,精心备战,经过两个月的努力,各方面的队伍已经调齐,粮饷军械也都充实齐备,叔尔康便对臧吾·马康说:"兄弟,粮草准备齐全,各方的队伍也陆续到齐,是誓师出兵的时候了。"于是分头配发粮饷器械,布置交代宫内事务,终于在叔尔康率领叙利亚军队到达巴格达之后的第三个月,正式誓师出发,派以鲁斯图为将领的代谊勒睦军和以白赫拉睦为将领的土耳其军等两支友军为先锋,臧吾·马康任统帅,叔尔康和侍从武官分别担任左右翼职务。军容威武、庄严,浩浩荡荡地开拔出去,直向君士坦丁进军。由于人马太多,每行军一星期之后,必就地驻扎下来休息三天。如此且行且住,一个月之后进入罗马境内。大军所到之处,罗马人闻风而逃,乡镇之内,十室九空,人们都逃窜到君士坦丁城内去躲避、求援。

国王艾辅律敦听到穆斯林部队入境的消息,惊慌失措,赶忙找左图·黛娃仙商讨对付办法,因为她是祸首的缘故。原因是这样的:先是左图·黛娃仙伪装成廉洁善良的好人,混进巴格达王宫,用美人计毒死国王奥睦鲁·努尔曼,然后带着姑娘们和萨斐娅公主安然逃回罗马,对国王哈尔都补说:"儿啊!我毒死国王奥睦鲁·努尔曼,替你的女儿伊彼丽簪报了仇,并且夺回萨斐娅公主,你该高兴了。现在让我陪你上君士坦丁去一趟,送萨斐娅公主去见国王艾辅律敦,跟他讲明个中情形,以便我们提高警惕,共同准备对策,因为我相信穆斯林是不甘心的,他们会派人马来跟我们拼命的。"

"等敌人来时我们再去君士坦丁不迟,现在让我们赶快准备实力才是。"国王哈尔都补跟左图·黛娃仙商议一番,随即行动起来,马上调兵遣将,把兵力集中起来,一切都预先做了妥善安排、布置。因此他们一听到敌人入境的消息,立刻就由左图·黛娃仙率领人马,开往君士坦丁,以便跟艾辅律敦国王联合起来,共同对付敌人。

君士坦丁国王艾辅律敦听得罗马国王哈尔都补驾临的消息,亲自出迎。见面之后，国王哈尔都补把他母亲左图·黛娃仙用计谋杀穆斯林国王和救回萨斐娅公主的经过，从头叙述一遍，最后说："现在穆斯林率领他们的人马，已经开到我国境内，因此我们前来跟你合作，彼此团结互助，共同对付敌人。"

国王艾辅律敦听到国王奥睦鲁·努尔曼被毒死和被劫的萨斐娅公主已经回到自己身边的消息，不禁喜出望外。为了对付敌人，他果然跟国王哈尔都补联合起来，立刻调兵遣将，宣布谋杀穆斯林国王奥睦鲁·努尔曼的理由，向各藩属发出号召，希望各国派人马前来支援，保卫君士坦丁。因此在短期内，不仅君士坦丁国内的兵力都调齐，而且凡是信奉基督教的西方国家，如法兰西、日耳曼、都柏勒、扎拉、威尼斯、热那亚和巴尼·艾斯腓尔人都响应号召，派精壮部队，迅速开到君士坦丁。当时国内外的兵马都集聚在君士坦丁城下，人山人海，城内有人满之患。就在这个时候，穆斯林远征军入境的消息传到，国王艾辅律敦赶忙跟左图·黛娃仙商讨抵抗办法，随即下令，开大军出去拦截敌人。

君士坦丁的大军奉命开拔出去，连续跋涉了十天路程，来到咸海附近最广阔的山谷地带，就地驻扎下来，养息了三天。到第四天准备出动的时候，忽然听到穆斯林的人马向前挺进的消息，便停留下来，继续待在山谷中，按兵不动。

穆斯林和基督教徒大会战

基督教的军队在山谷中停留下来，静观动静。他们连续等了三天，直到第四天，才发现边远地区，烟尘飞扬，弥漫了整个天空。继而尘散天青，穆斯林的军旗出现，刀枪剑戟的光辉照耀着大地。接着披坚执锐的一支部队，穿着耀眼夺目的铠甲，潮涌般奔腾澎湃地开了过来。那支部队中首先出来挑战的是宰相丹东。他率领三万叙利亚健儿,兼程赶到敌人的心腹地带。他后面还有鲁斯图和白赫拉睦两个将领,每人带领一万人马,也同时赶到。

驻扎在山谷中的基督教军队,以逸待劳,毫不示弱。他们喊着耶稣、马利亚的大名,开了出来,冲向宰相丹东及其部下。于是两支军队碰在一起,像两个大海的水混流在一起似的,开始厮杀混战起来。

这个地区遭遇战的突然发生,纯是左图·黛娃仙行军计划的结果。情况是这样的:当战争爆发之前,君士坦丁国王艾辅律敦听到穆斯林出兵的消息,惊慌失措,赶忙找左图·黛娃仙商讨对策说:"这桩困难事情,是你惹出来的,该怎么办呢?"

"主上不必惊慌着急,"左图·黛娃仙回答说,"现在让我给陛下指出办法吧。我的策略非常高明,这是鬼神也猜想不到的。计划是这样的:请陛下开五万之众的一支部队,乘船渡过咸海,赶去占据雾山,埋伏在山里,等发现敌人的行踪,再出其不意地突然袭击;同时我们也伺机而动,从大陆这边出击,内外两路夹攻;这样一来,敌人无法幸免,便可一网打尽,那时节我们就转危为安,一劳永逸地摆脱威胁而可望长治久安了。"

国王艾辅律敦认为老太婆的策略正确可行,因而夸赞她说:"英明强悍、未卜先知的老太太呀!你的这个作战计划是最好不过的,我们按你的计划行事好了。"于是基督教徒果然按照左图·黛娃仙的战略行军,做好打埋伏战的准备。

由于基督教徒采取埋伏战术,所以当穆斯林的先头部队到达山谷地带时,突然发现敌情,他们便先发制人,不待敌人出击,就趁机猛攻猛打,放火焚烧敌帐。他们进展神速,阵地到处都是大火,变成一片火海,两军战士挥着刀枪剑戟,奋不顾身,争先恐后,各显身手。正当两支军队进入遭遇战,彼此越战越激烈,越杀越起劲的时候,穆斯林军队中由臧吾·马康统率的十二万巴格达和呼罗珊的健儿,陆续开至前方支援。但事出意料之外,中途受到埋伏在雾山中的敌人突然袭击。臧吾·马康临机应变,立刻勒转马头,发布命令,调人马全力抵抗敌人。说来事属巧遇。就在他们受基督教徒伺隙出击的危急关头，叔尔康统率的十二万人马却及时赶到，跟臧吾·马康会师。当时他们的人数跟基督教徒的一百六十万大军比起来，众寡悬殊，处于劣势，但两路人马会师之后，他们就胆壮气盛起来，大声鼓励士卒："虔诚的穆斯林，大家努力跟基督教徒拼命吧，我们以少胜多，这是安拉许诺我们的，让我们为真理、正义而战吧。"于是，穆斯林和基督教徒的大会战开始，两军对垒厮杀起来。叔尔康身先士卒，大显身手，冲破阵线，如入无人之境。他呼着"安拉最伟大"的口号，在敌阵中来回冲杀，一人能挡数千之众。他的勇猛给敌人很大的威胁，使他们胆战心惊，不寒而栗。战争相持不下，越战越激烈。那种惨痛、可怕景象，如果婴儿有理智，他们的头发会被吓白的。最后基督教徒被杀得精疲力竭，东倒西歪，醉汉般地被迫退到海岸附近。穆斯林取得初步胜利，然后收兵停战。此次战役，基督教徒总计死伤四万五千人，穆斯林伤亡三千五百人。

当天夜里，叔尔康和臧吾·马康昆仲都没睡觉，而是忙着整顿队伍，庆祝胜利，慰问伤员，宣布战功，奖赏部下。同时，在基督教徒军中，国王艾辅律敦、国王哈尔都补和左图·黛娃仙也同样召集将领商讨对策。当时他们对失败的看法不同，众说纷纭。有人说："照理说，我们本来可以一鼓作气地一举消灭心腹之患而操胜券的。然而我们自恃人多，这可把我们给坑死了。"左图·黛娃仙强调说："除非你们都靠拢基督，都具有坚定不移的正确信仰，否则是任何利益都说不上的。指基督起誓，穆斯林军队中，除了叔尔康那个鬼怪之外，其他人马都不是精壮而不可消灭的。"国王艾辅律敦说："我们打算明天摆开阵势，选派赫赫有名的大将鲁戈·本·佘睦鲁颏上阵，和叔尔康对打，决个雌雄。鲁戈出阵，准能杀死叔尔康和其他的将领。让他把敌人的将领都杀尽斩绝。今天夜里我还要替你们举行神圣的熏染礼呢。"

在座的人听了国王艾辅律敦的话，都跪下去吻地面，表示尊敬、爱戴。国王所要举行的大熏染祭礼,是利用有生杀予夺之权的大主教的大便进行的。他们异常珍惜大主教的粪便,认为是最好的药剂,人人争相竞买,因而那帮有名望地位的主教,经常拿麝香、龙涎香和大主教的粪便混在一起,再用丝绸包扎起来,运往各地销售。大粪运到王宫中,每值一元钱的大便,国王往往不惜以千金的高价收买,再转让给老百姓替新娘新郎作洗礼之用。一般牧师、王公大臣,经常把大主教的粪便放在眼药中点眼睛,或作治疗肚疼和其他疾病之用。由于大主教的大便为数不多,供不应求,不够分配到各教区,因此一般主教就拿他们自己拉的屎,混在大主教的大便中,拿到各地区贩卖。

那天晚上,国王艾辅律敦准备举行熏染礼,连夜祈求、祷告,待次日天明,士兵拿起武器上阵地时,他才召集文臣武将,大加赏赐,在他们脸上画了十字,拿大主教的粪便替他们熏染。最后召见那个被称为"基督之剑"的鲁戈大将,拿大主教的粪便训勉他,给他闻过,并熏染他的身体,还把剩余的大便涂在他的胡须上。虽然鲁戈的相貌最为奇丑,天生一张毛驴脸,一副猴子形,一个毒蛇状,皮肤像伸手不见掌的黑夜,呼出的气味臭不可挡,身躯跟弯弓毫无差别,是邪教徒中的典型。人们很不容易和他接近,可是他很有本领,射箭的准确、剑法的熟练和作战的英勇,是罗马帝国中首屈一指不可多得的人物,谁都匹敌不过他,因此博得国王的器重。他受过熏染礼,跪下去吻了国王的两脚,然后毕恭毕敬地站起来,敬听国王吩咐。国王对他说:"国王奥睦鲁·努尔曼的儿子、大马士革国王叔尔康入侵我国,给我们造成莫大灾难、耻辱,因此,今天派你出阵,和他对打,跟他拼个死活。"

"听明白了,遵命就是。此去若不撵走穆斯林部队,我誓不为人。"鲁戈应诺着发过誓,然后告别。国王忙替他在脸上画十字,鼓励他努力杀敌,说胜利马上就会实现。他穿一身红衣服,外罩一袭镶珠宝玉石的金属锁子铠,跨上栗色战马,手执三叉戟,率领部下,冲向阵地。他们中有人向穆斯林部队挑战,大声叫道:"告诉你们穆斯林部队,战争开始了,把你们那个被称为'伊斯兰之剑'的大马士革国王叔尔康派出来和我们的大将决个雌雄吧!"接着喊杀声和马蹄声混成一片,震动着地面,弥漫在空间。那种汹涌澎湃的阵势,使得穆斯林阵营中胆小的人感到恐怖,都引领观望,踟蹰不前。叔尔康、臧吾·马康昆仲率领穆斯林部队,布好阵势,仔细观察敌情,听到对方挑战喊杀的叫嚣,眼看鲁戈那种雄赳赳气昂昂不可一世的派头,料到他是敌阵中骁勇善战的名将,他的威风是使土耳其、代谊勒睦和艾克拉督人恐怖、动摇的原因。臧吾·马康回头对他哥哥叔尔康说:"他们一直挑战,口口声声要你上阵呢。"

"既然如此,这是我求之不得的一件爽心事呢。"叔尔康说罢,怒狮般一跃跨上战马,驱策着飞奔上阵,冲向鲁戈。他手中的长枪闪闪发光,活像一条毒蛇。他站在阵前昂然吟道:

> 我胯下的是一匹栗色战马,
> 它衔着马铁嚼朝前奔腾,
> 竭力满足你的欲求。
> 我手中的武器是一支长矛,
> 矛头异常尖锐,
> 死神似乎骑着矛杆到处周游。
> 我佩在腰间的是一把锋利的印度宝剑,
> 我抽剑出鞘的时候,
> 你满以为是电光充满了宇宙。

鲁戈茫然不知叔尔康在说什么,对他诗中猛勇的涵义更是莫名其妙。他只是举起手来,摸一摸画在脸上的十字,再吻一下手,表示尊敬十字的意思,然后举起标枪,对准叔尔康,作个攻击的姿势,随即把标枪抛在空中,很快用另一只手接住,像魔法师那样耍了一个花招,这才狠狠地用它投射叔尔康。人们望着那支流星似的标枪,哗然震惊,都替叔尔康担心。可是标枪刚飞到叔尔康面前,就被他从容接在手里。在场的人都钦佩他的本领。叔尔康捏着标枪愤然一摇摆,几乎把它弄成两截。继而他把标枪抛向空中,转瞬间换手接住它,大声叫道:"这个该死的家伙,我非让他遗臭万年不可。"于是用标枪猛力还击鲁戈。鲁戈想学叔尔康的那套本领,伸手去接标枪。可叔尔康一点也不放松,趁机又投出第二支,击中鲁戈额上的十字,打得他翻身落马,一命呜呼。

鲁戈阵亡,基督教军中哗然震惊,他的人马都悲哀哭泣,一个个气得捆自己的嘴巴,哭哭啼啼地向大主教呼吁、求援,还有人怨天尤人地埋怨说:"十字架和主教们的灵验哪儿去了?"他们激于义愤,不顾死活,全军出动,潮涌般奔向穆斯林做殊死战。于是两军短兵相接,互打起来,喊杀声和刀枪剑戟的碰撞声连成一片,震天动地,响彻云霄。战争继续进行着,越打越激烈;战士前仆后继越杀越起劲;刀枪剑戟,极尽其杀伐的能事;倒下去的人,被马踏得尸首不全;活着的人,脚手瘫软,疲惫不堪,连战马也东倒西歪,身子好像没有脚跟似的。一场血战从早鏖到天黑,只杀得尸横遍野,血流成河,伤亡的人数,简直无法计算。由于战争过于激烈,持续的时间太长,平时最骁勇善战的将士,经此战役,也感到气衰力弱,醉汉般无法撑持身体。

当天晚上,两军收兵之后,叔尔康跟他弟弟臧吾·马康、侍从武官和宰相丹东碰头,在一起商讨善后,对他们说:"赞美创造宇宙的安拉,是他替我们开辟消灭异教徒的门路哪。"

"是的,"臧吾·马康说,"由于安拉替阿拉伯人和我们的友军揭开战幕,给予充沛的胆气,因此我们始终感激不尽。你对付鲁戈那个倒霉家伙的还击,和你凭空接住标枪的武艺,以及你替天行道,当众消灭敌手的功绩,会被后人世世代代歌颂、传扬下去的。"

叔尔康和臧吾·马康计议、商讨之后,随即吩咐侍从武官:"敌人准备包围我们。你和宰相丹东率领二万人马,兼程赶往距咸海约莫一二十里的地区,选择比较低洼的地方埋伏起来,好生观察形势,待机出击。可是你们必须等待敌人登陆,跟我军开起火来,甚至我军显出败退,而敌人四面八方围攻之时,才异兵突起,冲出来狠狠地打击敌人。那时候,我们将举起写着:'安拉是唯一的主宰,穆罕默德是他的使徒'的旗号。你们见了军旗,必须举起绿旗,喊出'安拉最伟大'的口号,和我们彼此呼应。你们必须尽最大的努力,千万别让敌人有可乘之机,而将我们与海岸线之间的地盘占去。"

"听明白了,遵命就是。"侍从武官同意叔尔康的布置,接受了任务,同宰相丹东一起,率领二万人马,开往前线埋伏。

次日,基督教军中,人人怀着报复的心情和必胜的愿望,一清早就全副武装,剑拔弩张,出现在战场上。满山遍野,都是人马,呈现出一片杀气腾腾的景象。同样,渡海的部队也呐喊起来。他们光着头,把十字架绑在桅杆上,从不同的地方登陆,跟陆地上的人马互相呼应。基督教部队就这样从四面八方向穆斯林阵营围攻,企图一举歼灭他们。可是,穆斯林阵中,并不因基督教徒人多势众而稍示弱;相反,他们却喊着赞美安拉和穆罕默德的口号,群起应战,英勇杀敌。于是两军接触,互打起来。当此之时,刀枪剑戟和铠甲上闪烁的光泽相互辉映,射出万道耀眼金光,显出一片恐怖景象。人们成群结队向前冲杀,前仆后继,死伤遍野。死亡之磨一直转动着,继续磨着士卒。人们有的被杀掉头颅,闭着眼,身首异处;有的被砍断手臂,肢体不全;有的吓破了胆,惊叫不休;有的被砸碎了脑袋,脑浆涂地;战马也都淹没在血海之中。在这种呻吟、惊叫、哭泣、呐喊和刀枪剑戟碰撞声混成一片的悲壮情势中,战争依样进行着,而且越杀越凶猛,越杀越激烈。正当胜负不分的时候,叔尔康和臧吾·马康转身向后退却,部下便迟疑、踟蹰不前起来,接着阵营骚动,显出败退的形势,战士们边高声朗诵《古兰经》,边踏着横陈地上的尸体撤退。

基督教徒眼看穆斯林的阵营骚动起来,已经开始退却,以为对方支持不住,便集中兵力,乘胜追击。有人鼓励士卒说:"基督的奴婢、主教的仆役们! 你们是虔诚的信徒,穆斯林的队伍败退了,你们的前途大放光明了。你们别放过他们，大家紧握宝剑，乘胜跟踪追击，狠狠地砍杀他们。如不获全胜而使基督的宗教得到安全，我们誓不罢休。"部下听了将领的鼓励、号召，士气为之振奋。他们互相呼应，鼓励说："大家努力杀敌，替鲁戈大将报仇雪耻！"

君士坦丁国王艾辅律敦不明白穆斯林部队的行动是伪装，却认为是基督教徒打胜战，因而，高兴得意，喜不自胜，立刻差人向罗马国王哈尔都补传递捷报，告诉他，此次基督教徒能够获胜，全是大主教的粪便在教徒们的胡须上散发芳香所起的决定性作用。他还指基督和马利亚的奇迹发誓，决不让一个敌人留在自己国土之内，决心说到哪里，做到哪里。

罗马国王哈尔都补听了君士坦丁国王艾辅律敦派人传送给他的捷报，喜不自胜，马上号召、督促部下配合其他部队，跟踪追杀敌人。他鼓励部下努力杀敌，替伊彼丽簪公主报仇。于是基督教的各路人马，从各方面会合起来，开来围攻穆斯林部队。这时候，臧吾·马康认为反攻的时机到了，便振臂呼喊，说道："虔诚的信徒们！拿起你们的宝剑、枪杆，杀死那些暴虐作恶的异教徒吧！"随即率领人马，迎向敌人，跟基督教徒厮杀起来。军中还有人从事鼓动、宣传，大声说道："热爱穆圣的人们！现在是为仁慈的安拉出力的时候了，赶快起来消灭伊斯兰的仇敌吧！希望在总清算之日得到解脱的人们！赶快努力杀敌立功吧。"

叔尔康也率领部下，冲向基督教阵营，阻断他们的退路，在他们阵中杀进杀出，如入无人之境。他正杀得起劲的时候，忽然发现一名非常活跃的勇将，使着双枪，佩着双剑，独挡一方，开辟了另一个战场，跟基督教徒周旋起来。他横冲直撞，杀得敌人尸横遍野，东逃西散，人人见而畏之，只会伸长脖子供他砍杀。

叔尔康看到这种情景，心里感到胆寒，便挨过去，对他说："你砍杀、驱逐那些暴虐作恶的异教徒，你的丰功伟绩，准能博得安拉的欣赏、喜悦。愿安拉保佑你！告诉我吧，你是谁？"

"叔尔康啊！昨天你还跟我在一起商讨战局呢，怎么你今天就忘记我了？"那位将领回答着把面罩揭开，露出真面目，原来他就是臧吾·马康。叔尔康一见他就感到万分高兴，可是由于他出现在那种旗鼓相当者的角触和勇将们拼死活的场合下，所以他感到胆寒。这是因为一方面他还年轻，应当好生保护他，不让敌人注意他；另一方面是他的安全，对国家来说就是最大的胜利，因此他对他说："你拿生命不当回事，太冒险了，这对你的安全实在不保险。今后请你经常跟在我后面，让我负责保护你。为了不给敌人有放冷箭暗害你的机会，你别再出马上阵了。"

"我原是要协助你，跟你并肩作战的，在战争中我是不惜牺牲生命的。"

叔尔康、臧吾·马康昆仲语重心长地交谈之后，精神振奋，率领部下，猛冲猛打，并与其他友军紧密配合，从各方面进行围攻，一鼓作气地压倒敌人的优势，打下他们的威风，逼得他们节节败退。君士坦丁国王艾辅律敦眼看部下无可撑持的败亡局面，吓得惊慌失措，弃甲曳兵，抱头鼠窜，一直奔向海滨，乘船逃窜。当此之时，穆斯林埋伏在海岸附近的人马，在宰相丹东指挥下，突然冲杀出来，从前方拦住敌人的去路，跟白赫拉睦率领追杀敌人的二万健儿互相呼应、配合，前后夹攻敌人。同时，穆斯林还开出一支部队袭击停泊海滨的船只。船中的敌人仓皇无路可逃，都跳在海里被淹死了。他们的船只，除二十艘趁机逃跑外，其余的全部投降。总计此次战役，基督教徒死伤十余万之众，战斗之激烈，是人们从来没见过的。穆斯林军中夺得的辎重、军火和各种物品不可胜数，单是战马，就有五万匹之多。这样的胜利是空前的，因此他们感到无比欢喜、快乐。

基督教徒吃了败仗，都向君士坦丁逃窜。先是决战之前，国王哈尔都补打败穆斯林的消息传到君士坦丁城中，左图·黛娃仙听到捷报，洋洋得意，喜不自胜，欣然说道："我知道我儿罗马国王哈尔都补是战无不胜的，他向来不怕穆斯林，肯定是能保土安民的。"于是，她吩咐国王艾辅律敦下令装饰城郭,表示庆祝,并饮酒作乐,欢喜得了不得。正当他们得意忘形、乐不可支的时候,忽然报丧的乌鸦啼叫起来,给他们带来料想不到的噩耗,接着乘船逃跑的哈尔都补国王,带着残兵败将,狼狈地回到君士坦丁。

国王艾辅律敦赶到海滨,跟国王哈尔都补和他的残部见面,打听战况。他听了鲁戈大将阵亡的消息和穆斯林战胜基督教徒的实况,这才恍然大悟,知道先前的捷报已经变成噩耗,认为这样的挫败是永无挽救的余地了。这对他来说,等于世界末日降临,因而伤心饮泣。同样,其余的人也同病相怜,为吃败仗而唉声叹气,痛哭流涕,情形非常凄惨、悲凉。

国王哈尔都补去到宫中,正式谒见国王艾辅律敦,把战争的经过详细叙述一遍,最后说:"先前穆斯林的败退是伪装的,他们是用欺骗战术对付我们的。我们的人马,除已经逃回来的外,其余的都牺牲了,你别再等待他们了。"

国王艾辅律敦听了国王哈尔都补的叙述,气得一头栽倒,昏迷不省人事。息了一会儿,他苏醒过来,自怨自艾地叹道:"也许是基督恼恨他们,这才使穆斯林来惩罚他们吧。"这时候,他们的大主教也忧心忡忡地赶到宫中慰问国王。他说道:"主上不必忧愁、苦恼,事情既然糟到这步田地,总是你们中有谁犯了基督戒律,所以才连累全体受罚。不过请你放心,我马上就在寺院里替你们念经、祷告,祈求基督保佑,让你们摆脱穆斯林部队就是了。"

左图·黛娃仙的诡计

基督教徒受挫失败之后,左图·黛娃仙深谋远虑,一心一意要挽回狂澜。她想出补救危局的办法,便前去谒见国王艾辅律敦,向他献计说:"启奏主上,穆斯林的人马很多,不使用计策,我们是无法打败他们的。现在我决心利用计策,混到穆斯林军中去活动,此去也许我能够像谋杀他们的老国王那样,顺利地达到杀掉他们的大将叔尔康的目的。如果我的计谋行之有效,会叫他们全军覆没,一个也不能生还,这就是所谓擒贼先擒王的道理。穆斯林之所以如此嚣张、狂妄,全是叔尔康给他们撑腰、壮胆的缘故。不过这桩事不是我一个人可以包办得了的,必须有一部分长年累月去叙利亚经商的基督教徒协助我,目的才能达到。"

"你打算什么时候要人?何时可以行事?"国王非常兴奋,愿意给她助手。

左图·黛娃仙喜不自胜,请求国王即刻给她找人。国王果然替她物色了一百名在叙利亚做过生意的人,把他们召集在宫中,亲自跟他们交谈,说道:"你们知道穆斯林给咱们基督教人带来的灾难吗?"

"我们全都知道。"商人们齐声回答。

"告诉你们吧,这位老太太准备为宗教而牺牲她的生命呢。现在为阻止穆斯林向我们进攻,维护我们的长远利益起见,她决心要把你们伪装成穆斯林,带你们去协助她执行计划,完成一项重要任务。你们愿意以身许教吗?我这儿给你们预备一百磅黄金的奖赏;将来你们中生还的人,谁都有权利享受这份奖金;至于在执行任务中牺牲的人,基督自然会赏赐他的。"

"主上,"商人们齐声回答,"我们不但愿意以身许教,而且我们还愿意做陛下的替身呢。"

左图·黛娃仙得到商人之后,立刻行动起来,从事各种准备工作。她收集种种必需的药物,放在水中泡过,再加热煮沸,变成黑色,然后摆开来,耐心等它冷却,目的是拿它作为化装之用。她将药膏涂在脸上,披一条长头巾,穿一身绣花衣服,手提一串数珠,然后道貌岸然地去见国王。当时国王不认识她,在座的人也不知道她是谁。待她揭开披巾,卸掉伪装,在座的人才恍然看出她的本来面目,都怀着感谢的心情,非常钦佩她的巧妆妙计,尤其她儿子哈尔都补国王高兴得了不得,当面夸赞她:"像你这样的人,是我们基督教必不可缺少的。"这样一来,她更有把握和信心,随即带着商人们离开君士坦丁,径向穆斯林军中去进行阴谋活动。

左图·黛娃仙原是在僧尼行中担任祭祀职务的。她精通魔法,善于作假行骗,相貌非常凶恶丑陋,一张灰脸皮上,配着一个紫额角、两块黄腮帮、一张恶臭嘴;眼角堆满眼屎,鼻嘴里随时淌着鼻涕口水;披头散发,弓腰驼背,浑身长满癞疮,令人一见生畏。她的相貌虽然丑陋不堪,可是对书本却有钻研,读过许多伊斯兰教书籍,曾到伊斯兰教的圣地麦加,调查伊斯兰教的情况,仔细研究《古兰经》。她还在耶路撒冷做了两年的犹太教徒,深入研究基督教,以期加强她的颠覆、破坏本领。因此,她是没有信仰的,是为作恶行凶而研究宗教的,居心是最阴险的。很多灾难、祸患都是她惹出来的。她固然喜欢周游、猎奇,可是到了晚年,她便经常待在她儿子罗马国王哈尔都补宫中,以训练姑娘们作为阴谋活动的本钱。凡是被她看中的小姑娘,就被收罗到宫中,在很长的时期内,不让装饰打扮,生活方面也不给予享受。经过考验之后,极端顺从她的,才能得到她的优待和保护,稍有反抗言行的,总要遭到迫害,结果生命不保。由于她的性情、行为太阴险、残暴、兼之她生理上具有的狐臭和比腐尸还难闻的口臭等缺陷,致使她的孙女伊彼丽簪公主也非常讨厌她,向来不跟她接近,并拒绝跟她学习。

左图·黛娃仙带着那帮商人前往穆斯林军中进行阴谋活动,这时候国王哈尔都补对国王艾辅律敦说:"这回我们不需要大主教替我们念经、祈祷了,凭我母亲左图·黛娃仙的计谋,我们可以对付穆斯林了。不过他们继续进军,最近可能兵临城下,那时候我们就要被围困,单靠计谋,看来是不容易一下子就把敌人消灭得了的。"

国王艾辅律敦听了国王哈尔都补的谈话,心里恐怖、惊慌,立刻写信给各地区的基督教徒,向他们呼吁、告急,号召所有的武装部队和有作战能力的男女老少,尽快地赶到君士坦丁集中,抵抗穆斯林,保护基督教。

左图·黛娃仙带着那批伪装穆斯林商人的基督教徒和一百匹骡马,驮着各种名贵的绸缎细软,身边带着国王艾辅律敦发给的特许证,证明他们是旅居在本国的叙利亚籍商人,应在被保护之列,并证明因交易买卖对地方商业起促进、繁荣作用,所以给予免税特权。她对他们说:"告诉你们吧:我打算用计谋消灭穆斯林部队。"

"老太后,"基督教徒齐声说,"我们都听您的指示,有什么事,您只管吩咐。"

她原是狡猾成性的人,身体既瘦削,眼睛又深凹下去,形象非常古怪难看。她身穿一身白色的细毛衣裳,把额角摸擦得又紫又肿,还用药膏把身体涂得晶莹发光,并戴上一副脚镣,领着随从一直来到穆斯林军营附近。她取下脚镣,拿血涂在有痕迹的脚杆上,然后吩咐她的随从重重地打她一顿,再把她装进木箱,教他们彰明较著地打着穆斯林的口气说话。随从都觉得奇怪,不敢打她,说道:"您老人家身为太后,又是我们的首领,我们怎么敢打您呢?"

"不要紧的,做这种事,你们是不会受埋怨、惩罚的;为了需要,犯禁的事情有时候是许可做的。你们把我装在木箱里,跟其余的财货一起用骡马驮着,一直向穆斯林部队驻扎的地方走去,丝毫不必顾虑。要是穆斯林出来阻拦、抢劫,你们无妨撒下财货,前去向他们的国王臧吾·马康喊冤、求救,拿特许证给他看,告诉他:'这是国王艾辅律敦发给我们的特许证明书,我们上这儿来经营生意买卖,人家保护我们,给我们享受免税特权,但你们干吗要抢劫自家人呢?'如果他问你们:'你们上罗马国去经营,到底赚得什么没有?'你们对他说:'我们救了一位超凡入圣的信使,这是我们最大的赚头呢。那位洁身自好的信士,被囚禁在地窖里十五年之久,成天成夜遭罗马人毒打、折磨。他呼吁求救,始终没人救援他。我们虽然在君士坦丁逗留日久,却一直不明白其中的底细。这次我们卖完货物,并收购别的物品,然后收拾行囊准备回国。那天夜里,我们在一起商量旅途中的各种事情,忽然发现墙壁上出现一幅画像。我们过去仔细一看,画中人便栩栩如生地活动起来,并开口对我们说:"穆斯林们,你们中有谁愿意跟安拉打交道吗?"我们问他:"你这是什么意思?"他回道:"安拉教我跟你们谈一谈,支持你们壮起胆来,毅然离开这个基督教国家,赶快去找穆斯林部队,投奔他们的国王叔尔康。他是当代的英雄好汉,被称为'伊斯兰之剑',君士坦丁就是被他征服了的,基督教徒打了败仗,吃他的大亏了。你们走三天路程,便可去到一幢叫'麦秃鲁哈诺'的修道院。你们必须怀着虔心虔意的心情上那儿去,下最大决心,想办法把囚禁在修道院中的一位信仰非常诚笃、能显神通、名叫阿布顿拉的圣洁之士解救出来。他原是耶路撒冷人,是受僧侣欺骗而长期被囚禁在那儿地窖里的。拯救他能够博得安拉的欢喜快慰;因为援救这样的人脱险,是最高尚的品德呢。"当时我们听了画中人的指示,认为那是一位最虔诚、最圣洁的信士,必须前去解救他。于是我们跋涉了三天路程,赶到那幢修道院,按照一般的习惯,在那儿做了一天的买卖,直等到天黑,我们才悄悄混进修道院。我们挨到地窖门前,便听见那位信士读《古兰经》的声音,继而又听他吟道:

> 我身受阴谋迫害、打击,
>
> 感到苦恼、忧愁,
>
> 心儿淹没在苦闷的海洋里。
>
> 要是没有脱脸的机会,
>
> 倒不如早日结束生命,
>
> 因为灾难比死亡更残酷、可畏。
>
> 闪电哟!
>
> 你去到屋舍里,
>
> 和人们见面的时候,
>
> 喜笑颜开的脸面会等着你去报喜信;
>
> 可是我和他们之间烽火连绵,
>
> 牢狱的门窗还没开启,

我怎能和他们碰头、见面？
还是劳你捎个书信，
替我向可敬爱的人们问好、致敬，
告诉他们：
在老远的罗马帝国中，
我被囚禁在牢狱里。'

总而言之，你们只消听从我的指示，把我带往穆斯林军中去。因为到那儿之后，我就有办法施展计谋，欺骗他们，把他们杀得一个不剩。"

随从听了左图·黛娃仙的一席话，争相吻她的手，表示尊敬、钦佩。他们认为遵从她的指示是必须的，为了表示尊重她，他们果然按照她的吩咐，打她一顿，然后把她装在木箱里，驮着径向穆斯林部队驻扎的地方，进行阴谋活动。

穆斯林的部队打了胜仗，夺得无数的胜利品，人人欢喜，个个快乐，大家心情舒畅，无忧无虑地坐下来休息、谈心，怡然自得。国王臧吾·马康对哥哥叔尔康说："由于我们大公无私，彼此上下一心，亲密团结，又蒙安拉冥冥中协助，我们才打败敌人，获得胜利。我打算杀他十个国王，替父王偿命，此外宰他五万罗马人并攻破君士坦丁城，否则不足以泄我心头之恨。但愿哥哥本着顺从天命的精神，同意我的做法，跟我连成一气，同心协力，有始有终地干到底。"

"我愿意牺牲自己的生命替你赎身，我必须继续奋斗，赴汤蹈火，在所不辞，即使在异国奔走一辈子，我也心甘情愿。不过有一桩事要向弟弟说一说：我有一个女儿在大马士革，她叫古萃叶·斐康，人生得非常秀丽，将来是会有出息的，现在我一心惦念着她呢。"

"我也是离开家眷的人。按理说，现在是我妻临盆分娩的时候了，但我不知道安拉将会让她生个什么。哥哥，你我弟兄二人来个协议吧。假若安拉赏我妻子生个男孩，你就把令嫒古萃叶·斐康许配给他为妻室吧。"

"好极了,你的建议是可贵而受欢迎的。"叔尔康伸手跟臧吾·马康握手。"若夫人生下的是一个儿子,我把古萃叶·斐康嫁给他作媳妇好了。"

叔尔康和臧吾·马康昆仲替子女的婚姻做了决定之后,满心欢喜,互相道贺一番,并且也为打胜仗而欢呼、庆祝。宰相丹东也向叔尔康和臧吾·马康祝福、庆贺,并建议说:"启奏两位国王陛下:由于我们离乡背井,不惜为国为教而牺牲身家性命,所以安拉默助我们,让我们获得如此辉煌战果。因此,我认为我们应该再接再厉,乘胜追击、围攻敌人,这样一来,或许安拉会让我们达到消灭敌人的目的。如果你们二位同意我的意见,那么我们就分头进军,请二位率领部下,乘船由海路出发,我们带着部队,从陆路围剿,大家忍苦耐劳地跟敌人作最后一战吧。"他不息地怂恿、鼓励他们继续战斗,并朗诵古人歌颂战争的诗句:

一

跨上战马,
歼灭敌人,
都是大快人心的好事情。
有一位差人,
给我送来爱人的约会;
可爱人几时光临?
却遥遥无期。

二

但凡我生活着的时候,
我指战斗为母亲,
视武器为兄弟,

认麦史勒斐叶①为生身的父亲。

我凭全部勇气，

怡然自得，

视死如归，

好像死亡就是我最终的希望、目的。

臧吾·马康同意宰相丹东的说法，下令开拔队伍，向君士坦丁进军。于是，穆斯林的人马，浩浩荡荡，继续跋涉，一直来到一处广阔的草原地带。这里遍地长着花草树木，羚羊和其他动物出没其间，好似人间仙境。他们在荒无人烟的不毛之地长期跋涉，整整有六天的时间无水喝，人马俱渴。因此，一旦来到这样草木茂盛地区，眼看涌流在地面上的清泉和结在树枝上的成熟果子，不禁欢喜若狂。在他们眼中，那里的各种景象都是美好可爱的，不但有清水可喝，有甜蜜的果子可吃，而且清风习习，使人身心感到凉爽舒畅。树枝似乎喝醉了甘露，摇来摆去，发出沙沙的响声。这样清幽的景致，恰如诗人写的：

你看这块美丽的园地，

好像人们给它盖上一床绿色的棉被。

你举目往前观望，

一条河渠准会映入你的眼帘，

河中荡漾着清流。

在这个地域，

你走到哪里，

头顶上都飘扬着大旗，

可以尽情享受树林的浓荫。

臧吾·马康看中这个绿树丛生、花开遍地、鸟语花香的地方，恋恋不舍，对叔尔康说："哥哥啊！像这样美丽可爱的地方，大马士革

---

① 麦史勒斐叶，高超、卓越。属也门的一个地名，以产好剑著称。古城堡中的高塔。

是找不到的。我们既然从这个地方经过,就该在这儿驻扎下来,逗留三天,不但我们可以休息,而且人马有消除疲劳的机会,以便养精蓄锐,一举歼灭敌人。"

他们商议妥帖,刚在那儿驻扎下来,就听到从远方传来一片呼吁、求救声。臧吾·马康问军中发生了什么事情?左右的人赶忙前去察看,然后回报说:"有一批叙利亚商人到这儿来打尖,叫我们的队伍给冲撞了。由于他们是在罗马境内,也许我们的人拿了他们的什么货物。"

臧吾·马康吩咐带商人来见他。过了一会,商人们果然叫喊着一哄来到他面前,向他呼吁、求救说:"主上,我们在基督教人的国境内经营生意,人家并没抢劫我们,可我们穆斯林兄弟反而抢劫我们的货物。我们原是看见你们的队伍,才前来投奔你们的,可是我们的遭遇却是这样。"他们诉说着把君士坦丁国王发给他们的特许证明书拿了出来,叔尔康接过去看了之后,说道:"你们被劫的货物,马上赔还你们。不过,你们早就不该上这些基督教国家来做买卖了。"

"我们的领袖哟!安拉差遣我们到他们国境之内,是要让我们收到任何远征队无从获得的成果呢,我们的成就,也远远不是你们的武力可能获得的。"

"你们到底获得什么成就呢?"

"这桩事情,我们不能在大庭广众之前告诉你,因为个中秘密万一稍有泄露,不但会造成我们死亡的原因,同时也会给凡是到罗马来的穆斯林带来致命的打击呢。"

按他们的说法,事情既然如此严重,臧吾·马康和叔尔康只好屏退左右之人,带他来到帐中,听他们讲述秘密事件。于是他们趁机把左图·黛娃仙指示他们的,从头到尾,详细叙述一遍。他们讲述完毕,伤心饮泣,痛哭流涕。

叔尔康听了商人们的叙述,很受感动,起了恻隐、怜悯之心,问道:"你们援救那位圣洁之士没有?现在他还被囚禁在修道院吗?"

"我们把他救出来了，为了保护我们的生命、货物，我们还杀死修道院的主人。之后，我们才逃跑，避免遭灾、惹祸。据可靠的人说，那个修道院中，还藏着几百磅重的金银珠宝玉器呢。"他们说罢，抬来那个木箱，当面把枷锁锒铛、皂角般又黑又瘦的左图·黛娃仙放了出来。

臧吾·马康和在场的人看见左图·黛娃仙那副道貌岸然的形象，尤其看到她那用药膏涂得晶莹的额角，便认为她是个既虔诚而又清高的隐士，大家伤心落泪，表示同情、可怜她。臧吾·马康昆仲二人更是痛哭失声，毕恭毕敬地吻她的手脚，诚惶诚恐地站着伺候她。她却慢条斯理地举手示意说："可以了！别哭了！你们听我说吧！"

臧吾·马康和叔尔康遵从命令，停止哭泣，她才继续说："你们要知道，我对这种灾祸是甘心忍受的，因为我认为这种灾祸是伟大的主宰把它降下来试验我的。不忍受灾难的人，是不得进天堂享受幸福的。我并不怕降在我头上的灾难，我一心一意只希望能够回到祖国去，跟那班卫教的志士们并肩作战，战死在马蹄下。因为那些救国卫教的志士们，虽然战死疆场，但他们杀身成仁，他们的精神是永垂不朽的。"她说罢，慨然吟道：

> 烽火已经燃着，
> 西奈山是堡垒一座。
> 你是圣摩西，
> 现在正是聆听默示的时候。
> 你把拐棍扔下去！
> 它会吞掉敌人变出来的蛇蝎。
> 你别忧愁、恐惧！
> 这是他们用绳子变出来的把戏，
> 不是真的蛇蝎。
> 在战斗的日子里，
> 你读一读《圣经》中关于战争的描绘；

因为对人们的脖子来说，

你的宝剑是一部经典。

老家伙吟罢，她那双嵌在晶莹发光的额角下的眼睛，涌出了两行清泪。她伪装的这一幅庄严、圣洁的形象，把人们给迷惑了。叔尔康站起来，毕恭毕敬地吻她的手，拿饮食奉承她。可她拒绝吃喝，托词说："十五年以来，我一直不间断地斋戒，现在我怎么能破例开戒呢？主宰既然使我摆脱罗马人的囚禁，把我从水深火热中拯救出来，我感激不尽，必须坚持到底，不到日落时，我是不能破例开戒的。"

叔尔康和臧吾·马康昆仲非常尊敬老家伙，事事依从她，直等到日落时候，才亲自给她送饮食来，毕恭毕敬地说道："老人家！请你吃喝吧。"

"现在不是吃喝的时候，而是礼拜主宰的时候。"她漠然回答一句，随即站在礼拜坛上，礼拜、祷告起来，直到深更半夜。从这天起，她在三昼夜内，一直保持这种状态，坚持祷告、礼拜，一会也不休息。她的伪装使臧吾·马康钦佩、信任到极点，他对哥哥叔尔康说："你给那位圣洁的老人家张一个皮帐篷，派专人好生侍候她吧。"

左图·黛娃仙混到穆斯林军中的第四天，才自动地开口要饭吃。人们给她端来既可口而又惹人馋涎欲滴的最好饮食，她却不感兴趣，只随便拿一个馍馍蘸盐充饥，然后立意斋戒，夜里仍继续祷告礼拜，不肯睡觉休息。她的伪装行为，使叔尔康崇拜得五体投地，因而对臧吾·马康说："这位老人家，算得是人类中最刻苦、最圣洁的了。假如不为征战，那我一定要拜他为师，追随他的骥尾，侍候他，跟他一起膜拜安拉，直到老死。我早就希望上他帐中去，跟他谈心，借此向他求教呢。"

"我也有同样的想法，"臧吾·马康表明自己的心意，"不过明天我们就要向君士坦丁进军了，像现在这样的好机会是不可多得的。"

"我也希望去拜望那位圣洁的老人家。"宰相丹东说，"也许他会替我祈祷一番，给我指示殉道的途径，让我将来有个好归宿哪。"

当天夜里,叔尔康、臧吾·马康和宰相丹东一起去看左图·黛娃仙。他们进得帐来,见她正继续祷告礼拜。他们被她的行为迷惑、感动得直叹息流泪。她却不理睬他们,直到深夜,才终止祷告,回头招呼他们,问道:"你们上这儿来做什么?"

"圣洁的老人啊! 我们在你面前哭了大半天,莫非你没听见吗?"

"站在安拉面前做祷告礼拜的人,早已不存在人世间了,怎么还能看见人影或听见人言呢?"

"我们希望你老人家跟我们谈谈你被捕的原因和遭劫的经过,因为今天晚上是一个很难得的好机会,在我们看来,它比君士坦丁国王的头颅还可贵呢。"

"指安拉起誓,如果你们不是穆斯林的首领、头目,那我绝对不会把个中的情况告诉你们,因为除安拉外,我根本不打算向人诉苦。喏,现在让我把被捕的经过详细讲给你们听吧。我本来是住在耶路撒冷,跟同道中人生活在一起,专心修功悟道的。承蒙安拉优赏厚待,使我具有刻苦、谦虚的美德,对同道中人,一向诚恳、和蔼,从来没有一点矜骄、自大的言行。可是不幸的事件却在一天夜里发生了,当时我趁黑夜去到海滨,在水面上自由自在地滑行,不知不觉之间,忽然产生了傲慢的念头,居然孤芳自赏起来,自言自语地说:'谁能像我这样在水面上滑行呀?'从那时起,我的心情就起了变化,刚愎自用,放荡不羁,逍遥遨游。我去到罗马,在一年期内,遍游各地。每到一个地方,我虽然按时膜拜安拉,不敢懈怠。但是我要走遍天下的愿望,却给自己招来磨难,等于受到安拉的惩罚和教训。因为当时我旅行到一处崇山峻岭中,发现一幢基督教的修道院。主持那座修道院的主教叫麦秃鲁哈诺,他一见我便出来迎接,吻我的手脚,对我说:'从你进入罗马境内那天起,便引起我去伊斯兰教国家旅行的念头。'于是他带我走进修道院,引入一间黑房子中,一下子把我关锁起来,整整囚禁了四昼夜,不给我吃喝,存心把我活活地饿死。

"就在我被囚禁的第四天,有一个叫笛古亚诺斯的贵族,带着他的女儿和十个仆从去修道院祷告、祈福。他的女儿叫台曼西露,生得非常美丽,有倾国倾城之色。当时麦秃鲁哈诺把囚禁我的消息告诉笛古亚诺斯。他听了,怡然自得地说:'他早饿死啰,他身上连喂鸟的肉片都不剩啰,你们快把他的尸体弄出来吧。'果然他们开了房门,预备收拾我的尸骨。可是出乎他们意料之外,我没有死,还在房中礼拜,读《圣经》,数念珠,虔心诚意地向安拉祈祷。他们眼看那种情景,骇然震惊,面面相觑,尤其麦秃鲁哈诺显得格外尴尬、狼狈,骂道:'这是一个魔法师呀!'其余的人听了骂声,在笛古亚诺斯的带领下,涌进房来,不分青红皂白,把我痛打一顿。当时我悲观厌世到极点,不想再活下去,自怨自艾地埋怨自己:'这是骄傲自矜、盲目自大应得的惩罚呀。我的灵魂哟!你犯骄傲自大的罪孽了,莫非你不知道:骄傲自大的行为会触怒主宰,会使人心残酷成性,会带人走进地狱吗?'当时我懊悔到极点。

"他们尽情地折磨我,给我戴上脚镣,长期囚禁在修道院中的地窖里,每隔三天才扔给我一个馍、一杯水。笛古亚诺斯每隔一二月,总要带女儿去修道院中祈求、祷告。他的女儿台曼西露也逐渐长大成人。我初次见她时,她才不过九岁。我被他们整整囚禁了十五年,屈指算来,现在她已经二十四岁了。她在罗马是独一无二的美女,在我们那地区,从来没听说有像她这么美貌的妇女。因为她许身基督,愿做修女,终身不嫁,她父亲十分担心她的前途,生怕帝王将相来强娶她,所以让她女扮男装,经常穿着骑士服饰,跟她父亲一起出入于大庭广众之中,谁都看不出她是个女流。她父亲过分爱她,替她在修道院中储备了很大一笔财产。凡是珍贵值钱的东西,都保存在修道院中,金银财宝、古玩玉器、名贵的家具什物,应有尽有,更仆难数。老实说,那么丰富可贵的一笔财物,在那些卑鄙无赖手中算是白糟蹋了,你们比他们更应该拥有那份财物。你们赶快想办法,去把它拿出来,分给为正义而奋斗的穆斯林使用吧。

"这帮生意人,他们在君士坦丁经营,卖完货物,收拾准备回乡的时候,安拉才借墙壁上画中人的口吻,叫他们去修道院中解救我。他们凭着指示,去到修道院中,逮住麦秃鲁哈诺,揍他一顿,拉着他的胡须,追问地窖的所在,先把我解救出来,才杀死他,然后逃到这儿来投奔你们。明天晚上,台曼西露照例要由她父亲和仆从护送她上修道院去。如果你们需要证实这桩事情,无妨带我一起上那儿去,我会把笛古亚诺斯储藏财物的地方指给你们看。或者你们派人去修道院中潜伏起来,等笛古亚诺斯带他女儿来时,趁机逮住她。老实说,叔尔康或臧吾·马康陛下享用她是最适宜不过的。总之行事越快越好,免得笛古亚诺斯知道你驻在这儿的消息,不敢进修道院去,事情就糟糕了。"

叔尔康和臧吾·马康听了左图·黛娃仙的一席话,很感兴趣,其中只是宰相丹东例外。他不相信她,认为她所说的都不合情理,对她的说法感到奇怪,表现出不相信的神色;而他之所以耐心听她讲说,全是碍于国王的情面。

当天夜里,叔尔康、臧吾·马康和宰相丹东在一起商讨行军计划。臧吾·马康说:"我主张选择一百名精壮战士,预备许多骡马,前往山中,搬走修道院里的金银财宝。"于是他把侍从武官和鲁斯图两位将领唤到面前,吩咐道:"明天早晨,你们率领人马进攻君士坦丁城,由侍从武官代我发号施令,由鲁斯图代我哥哥指挥作战,三天之后,我们就赶上你们,我们不随军出发的消息,不许告诉部下。"继而他又吩咐选择一百名精壮勇士,预备许多骡马,打算明天前去修道院取宝。

次日清晨,侍从武官和鲁斯图执行命令,率领人马,继续向君士坦丁进军。国王和宰相丹东要去修道院取宝的事,谁都不知道。

左图·黛娃仙混到穆斯林军中,她带来的那些伪装成叙利亚商人的罗马奸细前来见她,吻她的手脚,向她请示,听她吩咐,然后带着使命,悄悄地逃回罗马。此外她还把她的阴谋、诡计详细写信告诉国王艾辅律敦，用信鸽寄往君士坦丁。她在信中最后写道：

> 希望迅速派一万人马，赶到山中埋伏，趁机行事。穆斯林国
> 王臧吾·马康和他哥哥叔尔康已中我的计谋。我将带他俩去修
> 道院夺取财物，同去的仅宰相丹东和一百士卒。此去我决心牺
> 牲麦秃鲁哈诺的生命，作为胜利的代价，不如此，计谋不易实现。
> 如果计策能够顺利实行，敌人就休想逃命，可以一网打尽。

信鸽飞到君士坦丁城中，饲鸽的把信取下来送进宫去。国王艾
辅律敦读罢，立刻调兵遣将，积极准备骡马、快驼和粮草，如期派了一
万人马开往修道院附近的山中埋伏起来。

那天穆斯林的人马由侍从武官和鲁斯图率领，向君士坦丁开走
之后，后方只剩臧吾·马康、叔尔康和宰相丹东。他们率领一百精壮
武勇战士和许多骡马，预备前往修道院夺取财物。他们直等到傍晚
天黑时候，左图·黛娃仙才慢吞吞地走出帐篷，对他们说："来吧！
你们轻装简从地跟我一块儿上修道院取宝去吧。"于是她带领人马，
径向修道院出发。由于计谋进行得顺利，她精神抖擞，满心欢喜，显
得格外有劲。臧吾·马康看到这种情景，夸赞说："你老人家老当益
壮，实在不可多得。赞美安拉，是他使你老人家如此健壮呀！"

臧吾·马康、叔尔康和宰相丹东带领战士们，在左图·黛娃仙陪
同下，一哄走进修道院。院中的主教麦秃鲁哈诺闻声出来观看。左
图·黛娃仙指着他，吩咐战士们："杀掉这个该死的家伙！"战士遵循
命令，果然杀死麦秃鲁哈诺。之后，她引他们到了储藏财物的地方，
打开屋门，只见里面装满金银财宝和各种名贵的古玩、器皿，数量之
多，比当初她跟他们谈到的，有过之无不及。他们取出财宝，装在箱
笼中，绑成驮子，预备让骡马驮着，照计划行事，满载而归。可是美中
不足，事出意料之外，他们始终不见台曼西露和她父亲的踪影。他们
一直在修道院中等了三天，仍不见他父女二人到来。他们等得不耐
烦，叔尔康说道："指安拉起誓，我不知道穆斯林部队进军的情况如

何？因此我焦心极了。"

"罗马军队吃了败仗，我想台曼西露和其他的人是不敢上修道院来了。"臧吾·马康说，"我们已经获得这么多财物，应该知足了。现在我们应该走了，但愿安拉在攻打君士坦丁的战役中，大力援助我们。"

他们不再等待，驮着财物，走出修道院，动身下山。左图·黛娃仙唯恐秘密被泄漏，不敢阻止他们。可他们刚走到一处山谷地带，左图·黛娃仙这个老家伙调来埋伏在山中的一万人马，便披坚执锐，突然从四面八方冲了出来，趁势猛攻猛打，把他们包围得水泄不通。他们眼看这么多敌人，来势凶猛，很是出乎意料。臧吾·马康大为惊恐，忙向旁人问道："到底是谁把我们的行踪告诉了敌人呢？"

"兄弟！现在不是谈论的时候，而是拿起刀箭来射杀的时候。"叔尔康说，"让我们勒紧腰带，鼓起勇气跟敌人拼吧。因为我们处在这个山谷地带，它的形势跟巷道差不离，总共只有两处出口，因此我们的处境非常险恶。倘若这个地方不太狭窄，那么敌人纵有十万之众，我能把他们一个个杀绝斩尽。"

"如果预先知道会有这样的事情发生，我们一定会带五千人马来的。"

"在这样的狭窄地区，即使有一万人马也不管用。"宰相丹东说，"我们的处境固然恶劣，但安拉会援助我们的。从前我跟先君奥睦鲁·努尔曼攻打君士坦丁，曾经转战于此，对这个地区的情况，略有一些认识。这山谷中有很多隐蔽的地方，某些地方还有如冰的凉水。现在趁敌人来得还不太多，我们应该振奋起来，突围出去，否则上山的出口被敌人先占据，他们投石袭击，我们就束手待毙了。"

他们按照宰相丹东的指示，立刻行动起来，预备突围，冲出山谷。左图·黛娃仙眼看他们的行动，与她的意图不符，立刻出来阻挠，说道："你们既然许身宗教，为正义而战，干吗惊慌失措，显得如此恐怖？我被人囚禁，在地窖里整整待了十五年，可我逆来顺受，从来不说怨语抱怨安拉,最后我还是平安脱险了。你们应该不怕死,为正义奋战到底,跟敌人拼个你死我活才对。须知打死一个敌人是无上光荣而有功的,牺牲在战场上的人,天堂便是他的归宿地。"

他们听了左图·黛娃仙一番激发、鼓励的话,心里的忧愁、顾虑顿时烟消云散,大家都稳定、镇静下来,胆壮气盛地抵抗四面八方进攻的敌人,做殊死战斗。在激烈的战斗中,他们怀着必胜的信心,以一当百地狠狠打击敌人。尤其臧吾·马康,他英勇善战,大显身手,接连杀死几个将领,其余兵丁士卒的头颅,也被他砍得落满一地。死在他手下的敌人之数,真不可细算。正当他越杀越起劲的时候,忽然看见左图·黛娃仙手持宝剑,也出入于军中,指挥作战。其实她是暗中鼓舞敌人,指示他们围攻叔尔康。在这种情况下,凡是胆怯的人,都奔向她,而敌人在她的暗示之下,一队一队直向叔尔康攻击,可是每一队都被叔尔康消灭掉,最后来一队更强大更凶猛的,结果也被叔尔康杀得落花流水,一个也不剩。在这旗开得胜,节节胜利的情况下,连他自己也觉得奇怪,认为他的胜利和优势,全是凭据那位圣洁者的福分产生出来的结果。他暗自想道:"这位圣洁者,她是安拉另眼看待的人物,能显神通,不但壮了我的胆量,而且使敌人一见我就发生畏惧心情,不敢和我对垒,甚至于跟我一碰头就弃甲曳兵,望风而逃,这些个都是她居心诚恳、笃厚的结果呢。"

他们连续和敌人苦战了一整天,到了天黑,两军收兵的时候,他们发现被敌人打死的人很多,伤亡过重,因而赶快找山谷中可以栖身的洞穴,暂作休息之地。然后清点人数,查明了共牺牲四十五名战士。最后所有活着的人都集合在一起,仔细检查,却始终不见那位圣洁者的踪影,大家惴惴不安,非常替她担心。有人说:"也许她杀身成仁,已经殉道了。"叔尔康为此事非常痛心、惋惜。他说:"战争最激烈的时候,我见她经常出现在阵前,鼓舞士气,指挥作战,还朗诵《古兰经》,给战士做安全掩护呢。"

正当他们议论纷纷,莫衷一是的时候,左图·黛娃仙这个肮脏家伙，提着一个人头突然赶到。那个头颅，原是敌阵中率领二万人马的一个大将的首级，他为人凶恶、残暴，身先士卒，非常好战。他率领人马向穆斯林猛冲猛打，如入无人之境。由于他的目标太显著，终于被穆斯林军中一个土耳其籍的战士瞄准放了一箭，当场结果了他的性命。他的部下要替他报仇，奋不顾身，拥去围攻那个战士，左图·黛娃仙便趁机偷偷割下那个将领的头颅，带到穆斯林军中来邀功，企图借此掩盖她的阴谋形迹，骗取他们对她的信任。叔尔康一见她，纵身跳将起来，满心欢喜地说道："赞美安拉！圣洁的老人家哟！你总算平安归来了。"

左图·黛娃仙把那个首级扔在叔尔康面前，说道："孩子啊！今天我本着殉道的决心，奋不顾身，冲到敌人阵中，存心战死疆场，可他们都害怕我，一见我就抱头鼠窜。你被敌人冲散之后，我对你们的安全，担惊受怕，忧心如焚。最后我不顾死活，鼓足勇气，追击他们的一员大将，结果了他的性命，因而敌人谁也不敢挨近我，只顾逃命。这个大将，在敌人中是一个赫赫有名的，被称为有千夫之勇的大人物，如今我把他的首级割来献给你们，以助军威，好让你们振奋起来，再接再厉，英勇杀敌，利用你们的宝剑换取安拉的欢喜。我自己决心跟你们合作奋斗到底。现在我要赶到穆斯林大队中，搬他二万人马来，把这些败类一网打尽。你们的部队虽然远在君士坦丁城下，但我是不怕跋涉的。"

"老人家！这个地带全被敌人占领，四面八方都有敌兵把守，你怎么能出去搬兵呢？"

"不碍事，在安拉的掩护下，敌人是看不见我的，即使有人看见我，也是不敢挨近我的。因为在那样情况下，我一显神通，悄然隐身起来，敌人不但无法对付我，而且他们会遭天兵挞伐呢。"

"老人家！你说的真对，你的本事我亲眼看见了。如果今晚你快去搬兵来解我们的围，这是再好没有的了。"

"我马上就去。如果你愿意跟我一块儿去，倒也可以，别人是看不见你的,快准备动身吧。如果令弟臧吾·马康要去,我也可以带他一块去,此外就不可以再加人了,因为掩蔽的范围是不能超出二人的。"

"我要指挥部下,不可轻易离开他们。倒是我弟弟臧吾·马康,他是穆斯林的堡垒,也是伊斯兰教的宝剑,应该让他早日离开这个危险地带。如果他愿意去,你就带他先行吧。要是他选择宰相丹东或别人陪他同行,我想这是无妨碍的,只要你们快快赶到穆斯林军中,迅速调一万人马前来解围就是了。"

叔尔康从长计议,跟臧吾·马康、宰相丹东商量之后,决定臧吾·马康和宰相丹东随左图·黛娃仙先行,离开敌人,前去搬兵。临行,左图·黛娃仙对他们说:"慢些,你们稍等一会,让我先出去探听一下,看敌人睡了没有。"

"不必了,一切事情都托靠安拉,我们跟你一起走好了。"

"假若我同意你们这样做,弄出乱子来,你们可不能埋怨我。为安全起见,我才要你们慢一步,让我先出去探听敌情呢。"

叔尔康同意左图·黛娃仙的办法,说道:"好的,你先去打听敌情吧!我们等你,你快去快来。"他等左图·黛娃仙走了之后,对臧吾·马康说:"这位老人家是能显神通的,否则她就消灭不了敌人的大将了。由于她杀死那个残暴、凶恶的大将,敌人的军威才受挫折的。仅凭这桩事情,足以证明她是神圣不可侵犯的了。"

臧吾·马康和宰相丹东被擒

左图·黛娃仙布置好圈套,以探听敌情为名,离开叔尔康和臧吾·马康,一直去到罗马军中,跟他们联系,说明她要带穆斯林国王去罗马军中的计谋。他们听了消息,非常高兴,说道:"我们军中最英勇善战的大将被敌人杀害了,非杀死他们的国王,不足以平我们心头之恨。等你带穆斯林国王来时,我们擒住他,把他送给国王艾辅律敦发落好了。"

左图·黛娃仙跟罗马将领讲明她的计谋,彼此协商、布置妥帖,然后鬼鬼祟祟地回到穆斯林军中,满有把握地许下诺言,说她能顺利地带臧吾·马康和丹东出走。她的言行博得他俩的感谢和钦佩。继而她对臧吾·马康说:"你和宰相丹东一起,跟随着我,以便带你二人上君士坦丁去。"于是她在前面领路,带他俩走出山谷,经过最窄的出口,再从罗马部队的封锁线穿过,敌人却视若无睹,秋毫不犯他们。臧吾·马康和宰相丹东眼看此景,心中感觉奇怪。宰相丹东喟然叹道:"真的,这是老人家的神通哪!毫无疑问,她一定是修炼到家的一位神仙呀!"

"我认为敌人都是些瞎子。"臧吾·马康说,"若不然,怎么我们看得见他们,他们却看不见我们呢?"

正当他俩赞不绝口,感到十分惊奇诧异的时候,情况突然改变了,敌人群起袭击包围了他们,终于逮住他俩,问道:"说实话!你们还有同路的人吗?让我们逮住他吧。"

"在我们面前这个男人,莫非你们没看见吗?"宰相丹东反问一句。

"除了你们二人,我们谁都看不见。"

"完了,这是天意啊!"臧吾·马康感到悲观失望。

左图·黛娃仙不管他俩的死活,从容离开他俩,飘然而去。他俩被敌人铐上枷锁管押起来,失去自由,不禁悲从中来,叹道:"在山谷中没有受的灾难,现在落到我们头上了。不认真遵循老人家的指示,必然会遭更多的磨难,这是值得我们深思熟虑的。"

叔尔康打发臧吾·马康和宰相丹东跟随左图·黛娃仙离开敌人的包围,前往君士坦丁去搬救兵之后,带着剩余的部队守在山谷中,过了一夜。次日黎明醒来,做过晨祷,便整顿队伍,准备跟罗马人拼命。他鼓励战士,许下诺言,说将来要论功奖赏他们。继而他率领部下,一直迎向敌人,预备交锋。可是敌人不待他们上阵,便高声呼喊起来,说道:"穆斯林们!告诉你们吧:你们的国王和替你们出主意的宰相,都叫我们给擒住了。你们再不放弃抵抗念头,我们就全部消灭你们。假若你们缴械投诚,我们便带你们去见我们国王,共同订下和约,从此互不侵犯。如果你们同意,这算是你们的造化,否则,只有死路一条。这是最后的忠告,我们算是优待你们了。"

叔尔康听了敌人的警告,证明他弟弟臧吾·马康和宰相丹东被擒,大吃一惊,气得眼泪直流,相信非死不可了,一下子自馁起来,自言自语地叹道:"你看!他俩怎么会落在敌人手中呢?莫非他俩对那位圣洁者不礼貌吗?违反他的意愿吗?这到底是怎么一回事呀?"之后,他心一横,不顾一切,抱定不怕死、不逃避的决心,率领部下,身先士卒地冲向敌人,跟他们混战起来,一股劲杀死无数敌人,刀枪剑戟染满了血迹。他越战越起劲,充分表现出英武气概,杀得敌人死的死,逃的逃,真正到了尸横遍地、血流成渠的境地。

激烈的战争继续打下去,直到天黑,两军各自收兵回营。叔尔康率领残余部下,退到山谷的山洞里,清点人马,他这才明白,此次战役虽然占了上风,可是自己的损失也很严重。自古道:杀人三千,自损八百。他们虽然杀死几千敌人,自己也伤亡了三十五名战士,总计部下仅剩二十五人了。叔尔康眼看目前处境,人单势孤,凶多吉少,不禁悲伤起来,勉强跟部下商讨善后,问道:"下一步我们该怎么办呢?"

"大势已去,咱们听天由命吧。"部下同声回答。

"现在我们处在人单势孤、粮食缺乏的劣势,如果再同敌人正面对垒,那是凶多吉少,会死得一人也不剩的。处境既然如此,战术必须改变。明天,我们最好是拔出宝剑,举起枪杆,坚守阵地,作防御战,大家群策群力,一条心地把守洞门,敌人若来进犯,就迎头还击。我们这样坚持下去,也许那位圣洁者摆脱敌人的视线,已经赶到君士坦丁,很快搬来一万援兵,我们就得救了。"

"毫无疑义,这个办法是正确可行的。"部下同意叔尔康的办法。

第二天,叔尔康的部下遵循既定计划,举起武器,严守阵地,抵抗敌人,坚持到底。

叔尔康和部下被俘

战争继续延续下去,基督教军队伤亡遍地,情况凄惨可怕,活着的人发生厌战心情,怨言百出。有人说:"我们跟穆斯林打厌倦了,这种苦难日子,什么时候才完结?"有人说:"他们的人数,所剩无几,让我们继续进攻吧,如果再打不下来,我们就用火攻。他们最好有自知之明,缴械投诚,落得做个俘虏,免得死于刀下。假若他们执迷不悟,不肯投降,我们就把柴火抛进山洞,放火烧死他们,让后人拿他们的结局作为鉴戒。"

基督教军中议论纷纷,各说不一,都希望早日结束战争,因而他们连续进攻,但始终攻不进去,最后果然使用火攻的战术,点燃柴火,抛向洞口,存心烧死穆斯林。叔尔康和部下,孤军镇守山洞,前有敌人包围,后无退路,眼看就要化为灰烬,终于被迫放下武器,束手就擒。

叔尔康和部下被俘之后,基督教的将领恨之入骨,指使部下当场杀死他们,根除后患。其中有人建议:"应当把他们解往君士坦丁去处死,以息国王艾辅律敦的心头之恨。现在暂且把他们作为俘虏关押起来,明天解押晋京,让国王艾辅律敦任意处置他们。"

"不错,这是正确的办法。"将领同意部下的建议,并吩咐部下绑住俘虏的手,派人监管起来。因为除去了心腹之患,基督教中,官兵皆大欢喜。当天夜里,他们大吃大喝,饮酒作乐,结果一个个喝得酩酊大醉,东倒西歪,茫然不省人事。

叔尔康和部下断缚脱险

　　臧吾·马康、叔尔康和他的部下先后被擒,成为阶下囚,被敌人关押起来,形景狼狈,心情沉重。当天夜里,叔尔康对臧吾·马康说:"弟弟,我们应该怎样挽救自己呢?"

　　"我们像关在笼中的鸟,我也不知道有什么办法可以脱险。"

　　叔尔康愤慨到极点,喘着粗气,使劲一挣扎,一下子就挣断臂缚,恢复了自由。他趁机悄悄地从管押人的袋中掏出钥匙,开了臧吾·马康、宰相丹东和部下的脚镣,恢复他们的自由。然后他和臧吾·马康、宰相丹东商议善后,他说:"我打算杀他三个管押人员,把他们的衣服穿起来,扮成罗马人,逃出敌营,然后前去归队。这个办法行吗?"

　　"这个办法不见得合适、可靠。我怕万一被杀者的呼喘、挣扎声惊醒敌人,他们群起进攻,我们就遭殃了。我认为我们还是赶快离开山谷,再从长计议。"

　　叔尔康和宰相丹东同意臧吾·马康的办法,率领部下,悄悄地出动了。离开山谷不远,他们发现那里拴着一群战马,管马的人都睡熟了。叔尔康对弟弟说:"我们应该每人弄他一匹马骑。"于是他们蹑手蹑脚、偷偷摸摸地进行偷窃,不但盗了二十五匹战马,而且还弄到足够的武器。他们把自己的部下武装起来,跨上战马,动身逃跑。行了一会儿,叔尔康勒住马缰,对部下说:"在安拉的掩护下,咱们犯不着害怕了。现在我想到一个计策,使用起来,可能是正确的。"

　　"一个什么样的计策?说给我们听吧。"部下齐声问他。

　　"我的意思是:让我们趁机会上山去,把人马分为两部分,你们在那边高声赞颂安拉,然后传播谣言,大声说:'穆斯林的人马进攻了,你们赶快起来抵抗吧!'接着我们在这边响应,高声喊'安拉最伟大'的口号。这样一来,敌人仓促醒来,醉眼蒙眬,黑夜里分辨不清真假虚实,阵营里必然发生骚乱,他们会不分敌我,自相残杀起来,我们这就趁机混进敌阵,杀他一个痛快。"

"这个计策不见得恰当、可靠,"臧吾·马康说,"我认为最妥善的办法,还是先去找到我们的队伍。出走时,我们千万不可谈话、呼口号,免得惊醒敌人,因为他们一来追赶,我们就难逃性命了。"

"即使敌人被惊醒过来,黑夜里,他们醉眼蒙眬,什么都分辨不清,对我们也毫无害处。因此,希望你们同意我的办法,这是有益无害的。"

叔尔康巧计杀敌

臧吾·马康和部下赞同了叔尔康的计策,一起去到山中,按计划行事,同声赞颂安拉,接着叫唤起来,最后高声喊道:"安拉最伟大。"一片豪壮响亮的呼吼声,震天动地,弄得山石树木都发出回声。黑夜里,基督教阵营中的战士闻声惊醒,醉眼蒙眬,仓皇失措,乱嚷着叫道:"糟了,敌人进攻我们了,赶快起来应战吧……"于是拿起武器,互相冲撞杀伐起来。叔尔康带领部下,趁敌阵乱成一团糟的时候,冲了进去,一直杀到黎明,才带领部下,溜之大吉。

黑夜里,基督教军营中发生的一场混战,伤亡惨重,单是死在他们自家人手里的人数,已无法计算。清晨,他们收拾残局,检查俘虏,才发觉他们已不翼而飞了。将领们恍然大悟,说道:"制造这场混战的,原是我们抓来的那批俘虏,是他们叫我们自相残杀的,现在我们用不着害怕,赶快跟踪追捕,把他们一个个都捉来治罪。"

基督教人的部队,听从将领吩咐,跨上战马,快马加鞭,毫不放松地一直追赶,很快就赶上了敌人,把他们包围起来。臧吾·马康见敌人来势凶猛,处境危险,大吃一惊,对叔尔康说:"我们顾虑的事终于发生了，情况如此危急，除非使出全力，跟敌人拼一个你死我活，否则是没有出路的。"

叔尔康默不作声。臧吾·马康振臂一呼，号召部下鼓足勇气，奋勇杀敌，冲出包围，并喊着"安拉最伟大"的口号，激励士气。部下迫于形势，不愿束手待捕，因而响应号召，人人奋勇，个个当先，决心奋斗到底，宁可战死疆场。正当他们准备跟敌人拼命的时候，突然从远方传来穆斯林的"安拉最伟大！""安拉是唯一的主宰，穆罕默德是安拉的使徒，"等口号声，越来越清楚地可以听到。他们朝喊声传来的方向观望，见是自家的队伍，不禁喜出望外，顿时胆壮气盛起来，立刻齐声高喊口号，彼此呼应，形成气壮山河，呼声震野的大好气势，吓得敌人弃甲曳兵，不战而逃。叔尔康和臧吾·马康率领部下，乘胜追击，跟顽强的敌人鏖战，剑起头飞，只见人头落地，把敌人杀得落花流水，尸横遍野，溃不成军。

白赫拉睦和鲁斯图的队伍突然赶到

叔尔康和臧吾·马康率领部下，跟突然赶到的穆斯林部队，互相呼应、夹攻，一战打败敌人，于是两军会师，彼此欢呼、庆贺。大将白赫拉睦和鲁斯图滚鞍下马，挨到臧吾·马康面前，跪下来行礼问候。臧吾·马康回问他们，说道："为了穆斯林的胜利和敌人的溃败，让我们额手称庆，皆大欢喜吧。"

大将白赫拉睦和鲁斯图率领二万生龙活虎的壮士，雄赳赳气昂昂地突然赶来救驾，打败敌人，替叔尔康和臧吾·马康解围。个中原因是这样的：白赫拉睦、鲁斯图和侍从武官奉命，率领人马，向君士坦丁城进军，队伍浩浩荡荡，军旗蔽空，一直到君士坦丁城下才发觉敌人严阵以待，早有准备，男女老幼都出动，坚守碉堡战壕，阵容非常严整。原来事先他们收到左图·黛娃仙的密报和指示，知道穆斯林部队进攻君士坦丁的消息,因而早作准备。之后他们看见穆斯林的军旗和马蹄踏起的烟尘,继而听见人喊马嘶和器械碰撞的嘈杂声,还听见赞颂安拉和朗诵《古兰经》的声音,接着如飞蝗、似暴雨的人马,涌到君士坦丁城下。由于他们事先有准备,所以他们不慌不忙,按照左图·黛娃仙的计划,严阵以待,从容应付。

穆斯林军中的将领仔细观察形势,觉得情况出乎意料,因而商讨对策。侍从武官向白赫拉睦和鲁斯图建议说:"敌人深沟高垒,致使我军处于危难的劣势。从对方坚固的碉堡和波涛般的旌旗看来,敌方的人数,至少超过我们百倍。我们主帅不在军中的秘密,难保不被探子泄漏。我们主帅臧吾·马康和他哥哥叔尔康以及宰相丹东都不在军中,致使敌人有机可乘,敢于顽抗,兼之敌我之势,众寡悬殊,形成我们处在劣势的危险境地,情况非常不妙,因此,我建议由你们二位率领二万人马,兼程赶到那个叫麦秃鲁哈诺的修道院,向主帅报告情况,请求增援。二位如果同意我的办法,不怕敌人势众,我们的情况是可以转危为安的。假若你们不同意,将来事情弄糟了,你们可别怨我。古人说得好,未行兵,先找退路。把问题看严重些,这不算是坏事。如果你们愿意去,那请快去快回吧。"

白赫拉睦和鲁斯图同意侍从武官的办法,果然带领二万人马,兼程赶来,解除臧吾·马康、叔尔康和部下的危难。这便是他们突然赶到的原因。

左图·黛娃仙那天带臧吾·马康和宰相丹东去到基督教阵营中,让他俩束手被擒之后,便对他们的将领说:"穆斯林的大队人马已经开往君士坦丁,我要跟踪追击,想办法消灭他们。我要把他们的主帅、将领被擒的消息告诉他们,借此打击他们的情绪,涣散他们的军心,挫折他们的士气,管叫他们四分五裂,溃不成军。最后我要进城去见国王艾辅律敦和我儿哈尔都补,把敌情告诉他俩,以便他们派大军出来扫荡,把敌人杀个精光。"她说罢,骑上战马就上路了。她快马加鞭赶了一夜路程。次日清晨,正当她忙着赶路时,突然发现白赫拉睦和鲁斯图的部队,在她前面,迎面开来。她赶忙进入路旁的树林里,把战马拴起来,然后慢步走出来,心里想:"也许穆斯林部队在君士坦丁吃败仗退回来了。"她边走边注视他们的行动和旌旗,却不见有偃旗息鼓或狼狈逃窜的迹象,这才证明他们不是残兵败将,也丝毫没有畏惧、恐怖的神情。她弄清楚情况之后,像被驱逐的魔鬼似的,没命地一口气奔到他们面前,慌慌张张地嚷道:"赶快吧! 你们这些为正道而奋斗的人哟! 赶快吧……"

大将白赫拉睦见她奔来,立刻滚鞍下马,走到她面前,跪下去吻了地面,问道:"老人家,是谁追赶你呀?"

"你别问了! 事情糟着呢。情况是这样的:当我们从麦秃鲁哈诺修道院中取出财物,正要开往君士坦丁的时候,敌人突然开来一支无比凶猛的强大部队包围我们……"她极尽欺骗之能事,虚构种种恐怖情节吓唬他们。最后她说:"我们的人马大部分牺牲了,只剩二十五人了。"

"老人家,你是什么时候跟他们分手的?"

"我是昨天夜里离开他们的。"

"赞美安拉,你是得天独厚而有道行的人,因此你步行一夜,竟能走那么遥远的路程。"白赫拉睦表示钦佩、赞赏。同时由于听到噩耗,不禁忧心如焚,悲观绝望地跨上战马,凄然叹道:"我们劳苦奔波,结果主帅被擒,落得一个忧愁苦恼,这等于白辛苦了。全无办法,只望伟大的安拉拯救了。"他感叹着率领人马,继续向前,兼程赶了一昼夜的路程,黎明时候到达山谷附近,听见臧吾·马康、叔尔康和部下呼喊的口号声,便跟他们呼应起来,指挥部下,围攻敌人,大战一场,终于打败敌人。

天大亮时,一场血战宣告结束,两军胜利会师。白赫拉睦和鲁斯图见臧吾·马康和叔尔康平安无恙,不禁喜出望外,赶忙跪下去吻地面,报告行军经过。叔尔康也把他和部下在山谷山洞中跟敌人对垒的情况叙述一遍。他们听了,感到不寒而栗,同时对他们的武勇、善战也赞赏、钦佩不置。最后白赫拉睦说道："我们把队伍留在君士坦丁城下，实在放心不下。现在让我们迅速向君士坦丁进军，前去支援他们吧。"

臧吾·马康和叔尔康同意白赫拉睦的建议，下令军中，乘胜开拔，向君士坦丁进军。临行臧吾·马康赋诗抒情，借以鼓励士气。他吟道：

> 应受歌颂、感谢的主宰啊！
> 赞美您，
> 因为您始终帮助我完成我的事业。
> 我流落异地，东奔西走，
> 多蒙您保佑、护卫，
> 还替我规划成功、胜利的途径。
> 您给予我锐利的宝剑，
> 又赏赐金钱、国土和各种恩惠。
> 您用世代相传的王业作我的庇荫，
> 您的慷慨施舍万古长青。
> 是您教我跟卓绝的宰相商讨、钻研，
> 我才顺利地迎刃解决我所警惕的难题。
> 凭您的功绩，
> 我们得操胜券，
> 打败罗马军队，
> 杀得他们溃不成军，
> 弃甲曳兵逃命。
> 凭您的关注，
> 您叫我以胜利者的身份出现，
> 狮子般威风凛凛、高歌凯旋。
> 我们给敌人斟满死杯，
> 灌得他们尸横遍野，

醉汉般东倒一群西卧一堆，

可惜他们喝的不是醇浆美酒。

乾坤掌握在我们手里，

海洋、陆地都在我们的权力范围。

此外您还给我们派来一位道行超化的圣贤，

他的神通、妙计在乡村城市中传遍。

我们统率义师，报仇雪耻，

消灭暴虐作恶的歹徒，

足迹所到之处，人皆争相乐道、欢呼。

在疆场上我们牺牲了一部分士卒，

那是敌人叫烈士们用生命换取乐园中不朽的住处。

臧吾·马康吟罢，士气焕发，将心振奋，人们都为主帅和部下危而后安的结局欢呼快乐。继而全部人马，在臧吾·马康、叔尔康指挥率领下，再接再厉，勇往直前地向君士坦丁进军。

左图·黛娃仙分化侍从武官的力量

左图·黛娃仙中途跟白赫拉睦和鲁斯图碰头见面，散播谣言，把他们使走之后，才走进树林，牵出战马，快马加鞭，马不停蹄地赶到君士坦丁附近，找到穆斯林部队驻扎的地方，闯进侍从武官的帐篷。侍从武官一见她，马上起身迎接、让座，说道："欢迎你这位清高、圣洁的信士！"随即向她打听情况。她危言耸听地散播一些谣言，接着说道："我中途碰到白赫拉睦和鲁斯图，已经打发他们前去救驾、解围去了。不过他们只带二万人马，这我可替他们担心着呢。因为敌人的实力超过他们几倍，他们跟敌人较量起来，必然是凶多吉少。因此我要你再派一部分人马，迅速赶去增援，免得他们全军覆没。形势紧急得很，刻不容缓，你快派一支部队去吧！越快越好。"

侍从武官和其他将领听了左图·黛娃仙的危言,着了慌,精神、意志顿时颓唐、消沉下来,忍不住叹息流泪。左图·黛娃仙假惺惺地表示关怀、眷顾,劝慰说:"你们向安拉求助吧!灾难既已临头,大家还是逆来顺受吧!从穆斯林的先辈中,你们是有榜样可以效法的。天堂里有的是宫殿楼阁,那是安拉给一般为正道而牺牲的烈士们准备好了的。再说人谁都要死,可是为正义奋斗而死,才是最光荣的。"

侍从武官听了左图·黛娃仙的劝慰,心悦诚服,依从她的指使,果然调一万精壮人马,派白赫拉睦的弟弟图尔科叔率领,开去增援。大将图尔科叔接受任务,率领人马,马不停蹄,兼程赶了一昼夜路程,中途跟臧吾·马康、叔尔康率领的队伍碰在一起。

图尔科叔的队伍快要跟主帅的人马会师的那天清晨,叔尔康突然发现他们踏起来的烟尘,大吃一惊,说道:"朝我们开来的这支部队,莫非是基督教的人马?生前注定了的事,人力是无法转移的。"继而他安慰臧吾·马康:"弟弟,你不用顾虑,我将不惜牺牲自己的生命来保护你。朝我们开来的部队如果是穆斯林自家人,我们的幸运就大了。万一是敌人,我们就跟他们拼个你死我活。现在我只希望能和那位圣洁的信士见一面,求他替我祈祷一番,让我为殉道而战死疆场,也算求仁而得仁了。"

叔尔康和臧吾·马康一起商讨对策,正在犹豫未决的时候,图尔科叔率领的队伍越来越近,穆斯林的旌旗隐约可见。叔尔康知道来者是自家人,喜不自胜,高声问道:"穆斯林的情况怎么样了?"

"全都很好。"图尔科叔边高声回答,边滚鞍下马,奔到叔尔康面前,跪下去吻了地面,说道:"我们是来保驾的。你们的情况如何?国王、宰相、大将鲁斯图和家兄白赫拉睦都好吗?"

"大家都好。到底是谁把我们的消息告诉你们的?"

"是那位圣洁的信士告诉我们的。据说她中途碰到我哥哥白赫拉睦和大将鲁斯图,便让他俩前去支援你们,还说你们被围困,敌人的兵马很多。可据我看来,你们是胜利者,她听说的跟事实恰恰相反。"

"老人家是怎样上你们那儿去的?"

"是步行去的。她走了一昼夜就赶了十天路程。"

"毫无疑问,她是得天独厚的有道之人。现在他在什么地方?"

"她留在君士坦丁的军营中,和将士一起跟敌人对垒呢。"

叔尔康了解情况之后,感到无限喜悦,为他们脱离危险、转败为胜的结局以及圣洁者的安全无恙而高兴。他怀着感谢的心情,赞美安拉,替阵亡战士祈祷,然后率领队伍,浩浩荡荡,向君士坦丁进军。

左图·黛娃仙赶到臧吾·马康军中

叔尔康、臧吾·马康率领部队,兼程向君士坦丁进军,快到目的地时,发现前方烟尘遮黑了大地。叔尔康眼看这种恐怖情景,大吃一惊,喟然叹道:"天空中弥漫着烟尘,这是大战的迹象。穆斯林部队孤军作战,人单势薄,我怕敌人会打败他们。"于是他率领人马,向烟尘集聚的地方奔去,以便弄清真实情形。正当紧张、慌乱的时候,被他们指为神仙的左图·黛娃仙突然出现在他们眼前,慌慌张张地前来呼吁求救,说道:"最善良的民族哟! 黑暗中的明灯哟! 穆斯林原是安然住在帐篷中的,可是敌人突然来袭击,给他们带来莫大灾难,伤亡过重,你们赶快开部队去支援,把他们从穷凶极恶的异教徒手中救出来吧!"

叔尔康骤然听了她的呼吁、求救,一怔,心脏怦怦地跳得几乎飞腾起来。他迷惘着跳下马来,走到左图·黛娃仙面前,跪下去吻她的手、脚,臧吾·马康和其他将领也同样吻她的手、脚,表示尊敬、爱戴,只是宰相丹东例外。他不肯下马,冷静地说道:"我是不信任这个信士的,因为凡是抬着宗教招牌夸夸其谈、沽名钓誉的人,没有不为非作歹的。这号人是安拉所不容许的,你们别理睬她,大家还是继续进军,赶快跟穆斯林队伍联系起来的好。我追随先君努尔曼转战多年,这里也是我们足迹走过的地区,大家前进吧,没有什么值得顾虑的。"

"你别这样瞎猜想,信口雌黄,这是很不对的。"叔尔康制止宰相丹东,"难道你没见这位信士的行为吗?她不避刀剑,勇往直前,始终大声疾呼,竭力鼓励我们努力杀敌。假若安拉不另眼看待她,那么在长期经受折磨之后,就不会让她跋涉这么遥远的路程了。"

叔尔康越发信任左图·黛娃仙,格外尊敬、照顾她,特意给她预备一匹努摆出产的骡子,说道:"老人家,你走累了,请骑这匹骡子代步吧。"她却断然拒绝,始终不肯骑,企图利用吃苦耐劳、勤恳奋发的行动,达到不可告人的目的。可他们不明白这个伪装的圣洁信士,一直用斋戒、礼拜作幌子,长期欺骗、蒙混他们。她的行径,恰如诗人的描绘:

> 为追求某种目的,
> 他既斋戒又做礼拜。
> 一旦希望、理想实现,
> 他不但不斋戒,同时也不做礼拜。

左图·黛娃仙用计围攻穆斯林军营

左图·黛娃仙不肯骑马,她精神抖擞,故作勤劳奋勇之态。这个老奸巨猾的老太婆活像一个被追逐的狐狸,不停地在人马之间窜来窜去,一会儿低声赞颂安拉,一会儿高声朗诵《古兰经》。臧吾·马康的队伍就这样继续向前迈进,直到君士坦丁城下,只见穆斯林的队伍受到基督教人的全面围攻,形势岌岌可危,侍从武官招架不住,几乎就要溃败了。

围攻君士坦丁的穆斯林部队,一旦转攻为守,处于被包围的劣势,原因是这样的:诡计多端的左图·黛娃仙在中途和大将白赫拉睦、鲁斯图碰头,支使他们前去支援主帅之后,便急急忙忙赶到君士坦丁附近穆斯林军中,散播谣言,调走侍从武官部下的大将图尔科叔,达到分化穆斯林队伍、削弱他们的力量的目的。这以后她又偷偷地去到君士坦丁城下,叫守城的官吏垂下一根绳子,把她写给国王艾辅律敦和她儿子哈尔都补的信吊上去,送到宫中,让国王按信里的指示行事。守城的官吏听从她的吩咐,果然垂下绳子,把信吊了上去,送到宫中,呈给国王艾辅律敦。

国王艾辅律敦收到左图·黛娃仙的密信,喜不自胜,立刻拆开过目,见信上写道:

左图·黛娃仙再拜,谨上书国王艾辅律敦陛下:

为了彻底消灭穆斯林部队,我已设下天罗地网,你们只管放心,不必忧愁顾虑。告诉你们,穆斯林的国王臧吾·马康和他们的宰相丹东,已经束手被擒,成为我们的阶下囚。我还把这个消息在敌人军中,广为宣传,动摇敌人的军心,挫折他们的士气。最近我欺骗围城的军队,用调虎离山、分化削弱敌人的实力之计,调走他们的大将图尔科叔,带二万人马,离开君士坦丁。现在围攻君士坦丁的穆斯林孤军作战,所存无几,势单力薄,不堪一击。希望你们倾全城之师,趁敌人防而不备的时候,偷袭他们的营寨,以期一举消灭敌人,斩草除根,除却心头之患。

国王艾辅律敦读了左图·黛娃仙的密信,喜出望外,十分高兴快乐,立刻使人邀请国王哈尔都补,前来商议大事,把左图·黛娃仙的密信读给他听。国王哈尔都补听罢,怡然自得,说道:“你们看一看我母亲的计谋吧!她杀人是不用宝剑的。她一出现,就做出惊天动地的事情,一手挽回了局面。”

“不错,我们的胜利跟令堂的奔走是分不开的。”国王艾辅律敦说罢,随即发布总攻击的命令。命令传到军中,整个城市都沸腾起来,基督教的人马,上至将官,下至士卒,人人摩拳擦掌,个个剑拔弩张,一齐出动,向穆斯林军营开起火来。

基督教部队突然反攻的战术,使穆斯林的人马受到威胁、震惊。侍从武官见到这种情景,忧心忡忡地说:"罗马人集中力量向我们进攻了。他们知道我们的国王不在军中,知道我们的大部分队伍被调走,因此他们才乘虚来袭击我们的。"他怒不可遏,大声疾呼,号召部下坚决抵抗,说道:"保卫正教的穆斯林将士们!逃亡就是死难,忍耐可以赢得胜利。你们要知道:能坚持的就是勇敢;事无大小,经过艰难困苦阶段,前途必然光明远大;大家鼓足勇气,努力杀敌吧!愿安拉眷顾、保佑我们。"

"安拉最伟大!安拉是唯一的主宰,穆罕默德是他的使徒!"穆斯林部队听了他们的将领侍从武官的号召,立即响应。他们齐声呼喊口号,举起武器,争先恐后地起来迎战,跟敌人决斗起来。战争越打越激烈,刀枪剑戟,极尽其砍杀的职能,战士越战越勇,一场血战,只杀得血流成渠,尸横遍地。天黑的时候,基督教部队还不肯收兵,凭他们人多势众的优势,继续包围穆斯林军营,毫不放松,企图彻底消灭他们。

次日清晨,侍从武官重整旗鼓,率领部下,英勇上阵,跟敌人肉搏、混战起来。他所到之处,刀起头落,形成恐怖局面。两军之中,彼此各有伤亡,骁勇善战的将士,进退自如,如入无人之境,越战越起劲;胆小怕死的人,弃甲曳兵,抱头鼠窜,或被杀身死。战争延续下去,逃跑死亡的人数,越来越多。两军对垒、混战的结果,穆斯林的人马,终以寡不敌众,军营被敌人攻破,处境岌岌可危,不得不压缩阵地,向后退守,显然大势已去,濒于无力撑持,即将溃败、死亡的境地。当此千钧一发,危急存亡之时,幸亏叔尔康率领的穆斯林先头部队及时赶到,击退敌人,救了他们。接着臧吾·马康、宰相丹东、大将白赫拉睦、鲁斯图和图尔科叔率领的人马,旌旗蔽空,浩浩荡荡地陆续赶到,在君士坦丁城下会师,人喊马嘶,颇有气吞山河之势,吓得基督教人马销声匿迹,魂飞魄散,闭城不敢出战。

叔尔康召见侍从武官,慰问他,赞扬他的坚韧、顽强性格,对他的勇敢镇静、吃苦耐劳精神倍加鼓励。从此穆斯林各路人马集合起来,实力更雄厚,将士胆壮气盛,万众一心,准备跟敌人做最后的决战。

穆斯林和基督教两军准备决战

基督教军队被叔尔康率领的队伍打退之后,眼看敌人越来越多,人山人海,旌旗蔽空,旗帜上写着效忠伊斯兰教的各种标语口号,表现出他们的斗志、决心,因而慑于对方的威势,产生消极悲观情绪,士无斗志,军心涣散,甚至于怨声载道,叫苦连天,都想放下武器,不愿送死。可是他们的最高统帅,雄心勃勃,不甘坐而待亡,存心挽回狂澜,因而国王艾辅律敦和哈尔都补,亲身出马,整顿队伍,担任左右翼的指挥职务,派名将廖伟亚居中,为主力部队的统帅,勉强摆成阵势,预备冲锋陷阵,作殊死战斗。

穆斯林部队根据情况,忙着调兵遣将,摆开阵势,预备跟敌人周旋到底。叔尔康同臧吾·马康商讨战略,说道:"毫无疑问,敌人要向我们开火了,这正是我们所期望的。我们应该严阵以待。我想适当地把人马调度一番,另行整顿一下阵容,把英勇、老练的将士布置在最前线,才能镇定局势。因为准确的战略战术,对于战果起着事半功倍的效用呢。"

"这是个好主意。你打算怎么调度呢?"

"我打算带领先锋队,跟敌人的主力对垒;你和宰相丹东分任左右翼的指挥,率领部队挺进;白赫拉睦和鲁斯图每位将领带一支队伍,任左右翼的后卫,左右侧击,形成大包围的局势。这样进可攻,退可守,没有后顾之忧,最后胜利就可以指日而待。陛下身为三军的主帅,除安拉之外,你是唯一的靠山、柱石,须臾不可离开帅旗,才能坐镇三军;大小号令,必由主帅发布,军令才能统一。我们身为将士的,不惜牺牲性命,赴汤蹈火,在所不辞,惟主帅的安全是重。"

臧吾·马康对叔尔康的关怀、体贴,表示衷心感谢,同意他的布置,并根据他的调度发号施令。三军奉到命令,摩拳擦掌,剑拔弩张,严阵以待。正当一触即发的时候,基督教阵中突然跑出一个骑士,骑着一匹如飞的骡子,径向穆斯林阵地奔来。他们仔细观看,见骑士身穿白铠甲,白发苍苍,体魄矍铄,神气栩栩,俨然是一名久经世故的老将。他骑的骡子背上,佩着一副白丝绸装潢的鞍辔,鞍下铺着一床克什米尔特产的毛毯,佩戴特殊,非常惹人注目。

叔尔康和艾辅律敦对打

基督教阵中突然跑出来的那个骑士,跨着骡子,直奔到穆斯林阵前,高声说道:"我是基督教军中派到你们这儿来的一个使者。使者所负的使命,仅仅是传达意见而已,愿你们给予安全,让我完成任务吧。"

"我们保证你的安全,你别顾虑,我们不会杀害你。"叔尔康慨然答应使者的要求。

那个老人一摇一摆地慢慢挨到穆斯林的主帅、将领面前,态度非常谦逊。他们问他,"你奉的到底是什么使命?"

"我是敝国王艾辅律敦派来的使者,"他毕恭毕敬地说,"我一再忠告敝国王,劝他不可随便伤天害理,涂炭生灵。我告诉他说,战争中最重要的路线,是避免流血、保护战士的生命。他同意我的看法,愿意走这条道路,因此派我为使臣,到你们这儿来传达他的意见。他说他愿意牺牲自己,保全战士们的生命。他希望穆斯林的国王也亲自出马,不怕牺牲,为保全部下的生命,匹马单刀地上阵去跟他大战一场,决个雌雄,看是谁胜谁负。如果他打败仗,当场被杀,他的人马就一个也不留在那里。假若对方的首脑被他杀死,穆斯林的军队也该全部撤退。敝国王的这个建议,你们是否同意?"

"这个建议算得公正无私,没有理由反对,我们同意他的建议了。"叔尔康听罢使臣的谈话,剀切地表明自己的态度。"喏,我本人准备出马,跟他较量一番。如果他当场杀死我,胜利便属于你们,穆斯林军队就算一败涂地,除了溃败逃亡,没有别的出路。由于连续行军,今日我们感到疲倦,比武对打的时间,可以定在明天,以便我们有个休息的机会。这个意见,希望得到你们的同意。现在请贵使臣回去转达我们的意见吧。"

使臣完成任务,满心欢喜地回到基督教军中,把出使的经过,从头对国王艾辅律敦和哈尔都补陈述一番。国王艾辅律敦感到高兴快慰,胸中的郁结、苦恼,顿时烟消云散,暗自说:"不可否认,叔尔康是穆斯林军中最勇敢善战的将领,假若我当场杀死他,这就粉碎他的威风,削弱他们的实力了。"他之所以这样想,一方面是左图·黛娃仙把叔尔康英勇无敌和他在穆斯林军中的威望地位对他讲过,嘱咐他必须对叔尔康多加小心、提防的缘故。另一方面,艾辅律敦本人也是赫赫不可一世的骑士,武勇过人,精通各种武艺,举凡抛石、投镖、舞铁棒等技艺,他都很出色,向来不把强敌能手放在眼中,因此他听了叔尔康同意跟他比武的消息,高兴得差一点飞腾起来;这是因为他过分相信自己,认为他是无敌于天下的缘故。当天夜里,他犒赏三军,人们饮酒作乐,欢天喜地地过了一夜。

次日清晨,两军摆开阵势,人喊马嘶,壁垒森严,在紧张严肃的气氛中,有一名大将,突然从基督教阵营里飞奔而出,一直冲到阵前,雄赳赳气昂昂,摆出冲锋陷阵的姿态。他的身体非常魁梧,身穿坚固的铁甲,手握锐利的武器,骑着高头骏马。他来到阵前,揭开面罩亮脸说:"认识我的人,可以不必多提,不认识我的人,我马上可以同他见面。托左图·黛娃仙的福,咱艾辅律敦是也。"

他刚说毕,穆斯林军中的将领叔尔康,身穿镶珠宝玉石的铠甲,手握无坚不摧的印度宝剑,跨着金鞍银辔的栗色战马,猛勇地冲到阵前,跟艾辅律敦面对面地站在一起。艾辅律敦怒骂道:"该死的家伙! 你当我是跟你较量过的那班普通骑士吗? 你以为我不能和你对抗吗?"说着冲了过来,叔尔康也迎了过去,彼此刀兵相见,互打起来,像两山相撞二海交流,忽分忽合,忽远忽近;彼攻此守,交相攻打,轮流招架;有时像嬉戏,有时却非常正经;两个英雄好汉,势均力敌,越打越起劲,越战越激烈。阵营中的千军万马,却伸长脖子,屏息观战;有的估计叔尔康必占上风,有的意料艾辅律敦定操胜券。他们议论纷纷,各说不一。

叔尔康和艾辅律敦,两个冤家对头,谁都不服谁,谁都想置对方于死地,因而彼此都鼓足勇气,使出各种武艺、花招,大显身手,致使部下的议论越来越嘈杂。从早打到太阳西偏,空中充满了马蹄踏起的烟尘,形成一片天昏地暗的景象,可他俩的战斗还不分胜负。后来艾辅律敦一声喊叫起来,说道:"指耶稣基督起誓,你本人虽然是能攻能守的英雄,也是机警灵敏的好汉,可是你欺诈成性,行为不端。据我看来,你的战法离不开莽撞,是靠换枪易马的手段来骗取胜利的。请回头看一看,你的部下已经为你牵出一匹战马,拿来一套刀枪,供你替换着继续交战。你跟我交锋、苦战,累得我疲劳不堪。今晚如果你打算跟我夜战,就别换马易枪,把你的品格和枪法在三军面前显露一番。这样的办法,你敢是不敢?"

艾辅律敦战败叔尔康

叔尔康听了艾辅律敦的讽刺、辱骂,非常恼火,以为部下果真替他预备战马和武器,因而回过头去,想制止他们。可是事实出乎意料。他回头时,并不见一个人影,才知中了敌人奸计,忙回头招架,但已来不及了,只见艾辅律敦暗射他的镖枪已经飞到身边。他仓促低头躲避,镖枪刺中他的胸膛。他大叫一声,昏迷不省人事。臧吾·马康见叔尔康受伤,有坠马的危险,因而唤左右的人前去救护。宰相丹东、大将白赫拉睦和鲁斯图先后奔到阵中,把叔尔康救出来,送到臧吾·马康面前,派人照拂、抢救,随后他们回到阵前,指挥人马,跟敌人继续鏖战。

原来君士坦丁国王艾辅律敦不择手段,说话欺骗叔尔康,趁其不备,暗投镖枪,击中叔尔康的胸膛,便以为已经结果他的性命,从此除却大害,因而怡然自得,勒转马头,扬长而去。当时基督教的人马,眼看这种情景,顿时欢呼跳跃起来,并采取攻势,出动人马,杀向穆斯林阵营,企图乘胜消灭敌人。穆斯林的将士见叔尔康被敌人暗害,哗然震惊,感到悲哀愤慨。他们激于义愤,要报仇雪耻,因而群起应战,于是一场大规模的战斗开始,两军人马争相厮杀,越战越激烈,越杀越起劲,战争一直延续到深夜,活着的人感到精疲力尽、动弹不得,这才收兵,各自回营。被杀的人,尸横遍野,鲜血染红了大地。

君士坦丁国王艾辅律敦用奸计暗射叔尔康之后,在部队的欢呼、赞扬声中,得意洋洋地凯旋君士坦丁城中,坐在宝座上,和罗马国王哈尔都补见面言欢。哈尔都补恭维他说:"上帝加强你的腕力了,我母亲替你所祈祷的,上帝都应诺了,往后她还要继续援助你呢。你要知道叔尔康一死,穆斯林准完蛋了。"

"明天就可分高低、胜负了。等明天上阵时,我向臧吾·马康挑战,跟他对打,用计谋杀死他。这样一来,穆斯林的阵营可以不攻自破,他们的人马会溃败逃跑的。"

臧吾·马康一心惦念叔尔康,见他的伤势严重,便找宰相丹东、大将白赫拉睦和鲁斯图,跟他们商议救护办法,做出延医诊治、急救的决议。他们认为像叔尔康这样的英雄,在当代是绝无仅有的,因而都为他的遭遇伤心流泪,熬夜守护他。就在那天夜里的五更时候,左图·黛娃仙哭哭啼啼,依然摆着那副道貌岸然的面目,进帐篷来看叔尔康。臧吾·马康一见她便起身迎接,拉她的手抚摩叔尔康的伤口。她马上祷告起来,喃喃地朗诵《古兰经》,恳求安拉保佑他,并坐下来,跟他们一起守护叔尔康。

次日清晨,叔尔康从昏迷的状态中清醒过来,睁开眼睛,对身边的人说:"赞美安拉,我的伤势有起色了。那个肮脏、卑鄙家伙!阴险毒辣,放冷镖暗射我。幸亏我躲避得快,否则我的心脏会叫镖枪射穿的。赞美安拉,是他保佑我。现在我们的人马怎么样了?"

"为了你的遭遇,他们伤心哭泣呢!"臧吾·马康说,"托这位信士的福,你的伤势逐渐好转了。"

"我快痊愈了,叫他们别伤心。还有那位信士,她老人家到底上哪儿去了?"

"就在你身边呢。"

叔尔康回头看左图·黛娃仙一眼,亲切地吻她的手。左图·黛娃仙安慰他:"我的孩子!你耐心忍受吧,安拉会给你最大的代价呢,因为代价的大小,是凭事业的难易为准则评定出来的。"

"那么烦你多多为我祈祷吧。"叔尔康对左图·黛娃仙寄予很大的希望。

左图·黛娃仙果然喃喃地祷告起来。

臧吾·马康战败哈尔都补

叔尔康受伤的第二天,穆斯林和基督教的人马,一早摆开阵势,剑拔弩张,摩拳擦掌,准备开火,大战一场。臧吾·马康要亲自出马,跟艾辅律敦对打,替叔尔康报仇。宰相丹东、侍从武官和白赫拉睦劝阻说:"我们矢志效忠正教,愿替陛下出战,陛下不必劳驾亲征。"

"指麦加的圣寺和'渗漠渗漠井水'①发誓,这回我要亲自出马,非一手消灭妖孽不可。"臧吾·马康下定决心,驱策战马,紧握宝剑,冲到阵前。他的英雄气概,使得两个阵营中的将士产生恐怖、钦佩的心情。他雄赳赳,气昂昂地站在阵中,大声说道:"艾辅律敦哪儿去了? 叫他出来接受教训吧!"

艾辅律敦打算亲自出马,对付臧吾·马康,可是心中感觉胆怯、犹疑。罗马国王哈尔都补看他那种神情,赌咒发誓,劝他不要出马,说道:"你昨天征战一整天,今天该我上阵了。你固然武勇,可我也不甘示弱呀。"于是他自告奋勇,拿起枪杆,跨上一匹毛黑如夜的、跑起来像闪电一般的战马,风驰电掣地冲到阵前,像跟命运赛跑似的,鼓足全身勇气,使出准确枪法,跟臧吾·马康对打起来。两名战将,势均力敌,此攻彼守,彼进此退,越战越紧张,打了几百回合,却一直不分胜负。两军的战士目不暇给地观望着,都希望对方吃败仗,大伙等得很不耐烦,都急躁起来。这时候,臧吾·马康大吼一声,猛力一劈,终于一剑砍掉哈尔都补的头颅。接着哈尔都补翻身落马,气绝身死。

基督教军中的将士,眼看哈尔都补战死疆场,哗然震惊,激于义愤,一下子拥上阵来,群起围攻臧吾·马康。臧吾·马康从容应付,乘胜攻杀。同时宰相丹东振臂一呼,说道:"将士们! 大家起来替先王努尔曼和他的儿子叔尔康报仇,努力杀敌吧!"于是率领部下二万人马上阵,跟敌人大战起来。战争继续打下去,穆斯林的将士,胆壮气盛,高声喊着"安拉最伟大"的口号,争先恐后地冲杀。一场激烈战斗,杀得敌人血流成渠,尸积如山,最后终于取得胜利。敌人兵败如山倒,牺牲了五万人马,其他被俘和自相踏死的不计其数。活着的人,弃甲曳兵,抱头鼠窜,逃进城去,闭门不敢出战。

穆斯林的部队打败敌人,凯旋归来。臧吾·马康回到帐中,见叔

---

① 音译,麦加圣寺中的井水。

尔康的情况越来越好,不禁喜出望外,马上祷告,衷心感谢上苍一番,然后向他祝福、道喜。

左图·黛娃仙的悲哀

叔尔康为自己的伤势有了起色,兼之穆斯林的军队打了胜仗,一时感到高兴,欣然对臧吾·马康说:"我们都是托这位老人家的福,才有今天这样的好结果呢。她老人家整天坐在这里替穆斯林祈祷,你们的胜利,是她祈祷来的。我听了你们的欢呼声,知道你们打败了敌人,心里一喜欢,精神就振奋起来,伤势也就有起色了。好弟弟!你是怎样打败敌人的?把经过的情形详细告诉我吧。"

臧吾·马康果然把他和哈尔都补对打并杀死他以及杀退敌人和赶走他们的始末,从头到尾,详细叙述了一遍。叔尔康听了,对臧吾·马康出生入死的大无畏精神和打败敌人的功劳,表示钦佩、感激。

左图·黛娃仙道貌岸然的装出君子、圣贤模样,听叔尔康和臧吾·马康谈战斗情况。可她一听到她儿子哈尔都补阵亡的消息,一下子脸色变得苍白,热泪夺眶而出。不过她狡猾成性,不肯败露真情,反而装出她是为穆斯林的胜利喜极而悲的样子。她心里想:"假若我不像他们杀基督教的柱石哈尔都补那样,杀他的哥哥叔尔康作为报复,那么我活着还有什么意思?"于是她怀恨在心,决心找机会谋杀叔尔康。

当天晚上,臧吾·马康、宰相丹东和侍从武官继续留在叔尔康帐中伺候他,端汤送药,替他敷擦伤口,见他逐渐恢复健康,感到无限快慰。他们把叔尔康的健康情况告诉部下,将士们听了这个好消息,乐得手舞足蹈,奔走相告、祝福,欣然说道:"明天他就跨上战马,带我们一起去围城了。"军中喜气洋洋,顿时活跃起来。

叔尔康服药休息之后，心情舒畅，精神焕发，不愿再劳累属僚，对他们说："你们打了一天仗，已经疲惫不堪，各去安息睡觉吧，不必再为我熬夜了。"

臧吾·马康、宰相丹东和侍从武官遵从叔尔康的吩咐，各归己帐，安息睡觉。叔尔康帐中只留下很少的几个仆人和左图·黛娃仙。他和她谈了一会，便呼呼地睡熟，仆人们一个个也相继进入梦乡，睡得像死人一样。

左图·黛娃仙暗杀叔尔康

叔尔康和他的仆人相继睡着了，帐中只剩下左图·黛娃仙一个人醒着。她仔细斟酌一番，见他们都睡熟了，便蹑手蹑脚地站起来，像一头贪婪的母熊，又像一条全身布满花斑的毒蛇，慢步挨到叔尔康床前，从腰间抽出一把锋利得足以戳穿顽石的短剑，放在叔尔康的脖子上，使劲一宰，割掉他的头颅。继而她顺序挨到酣睡的仆人面前，下毒手杀死他们，免得他们醒来，泄露秘密。

左图·黛娃仙杀死叔尔康和他的仆人，偷偷摸摸地溜出帐篷，来到臧吾·马康帐前，见护卫的还醒着，不敢进去，便转身向宰相丹东的帐篷走去，见他正在帐中朗诵《古兰经》。她无机可乘，正感到进退维谷的时候，宰相丹东发现了这个不速之客，爽然说道："欢迎你这位诚笃的信士！"

左图·黛娃仙一怔，心跳个不止，赶快敷衍说："我上这儿来，是因为刚才隐约听到默示的声音，所以前来寻找。现在我得随着声音接受默示去了。"她说着，拔脚逃跑。她的鬼祟行动，引起宰相丹东的疑心。他暗自说："指安拉起誓，今天我非跟踪这个圣贤不可。"于是他果然走出帐篷，在她后面追赶上去。她发觉宰相丹东追随着她，怕揭穿她的罪行，心里想："我要是不骗他一骗，就该暴露自己了。"

于是她回头说道："相爷！我先去找传达默示的人，征求他的同意，然后再带你去和他见面，要不然他会埋怨我呢。"

宰相丹东听了她的托辞，不好意思跟她理论，打消原来的念头，回到帐篷中，倒身睡觉。可是他始终睡不熟，惴惴不安，身体似乎被大地挤压得喘不过气来。他自言自语地说："让我去叔尔康帐中，跟他谈到天亮吧。"于是他起身，走出帐篷，一直去到叔尔康帐前。他走进帐篷，见鲜血流了满地，仆人们一个个血淋淋的都被杀死。他这一惊非同小可，吓得喊叫起来。人们闻声从梦中惊醒，纷纷跑进帐来，望着鲜血和尸体悲哀哭泣。臧吾·马康被哭喊声吵醒，听到叔尔康和仆人遭人暗杀的噩耗，立刻奔到叔尔康帐中，一见他哥哥血淋淋的尸体，便晕倒在地，昏迷不省人事。人们围着他伤心流泪。过了一会，他慢慢苏醒过来，望着叔尔康的尸首痛哭流涕，宰相丹东、大将白赫拉睦和鲁斯图都陪他哭泣，侍从武官更为悲哀。

臧吾·马康痛定思痛，悲哀哭泣之余，问道："你们知道究竟是谁这样残杀了我哥哥吗？那位清高、诚笃的信士哪儿去了？我怎么不见她老人家呀？"

"这桩悲惨的事件就是那个鬼祟的伪君子一手弄出来的。"宰相丹东说，"指安拉起誓，我自始至终就一点也不相信那个老家伙。因为我知道：凡抬着宗教招牌沽名钓誉的人，都是坏蛋，都是骗子。"接着他把夜里看见左图·黛娃仙和他追踪她的情况叙述了一遍，证实她的鬼祟阴谋行为。臧吾·马康和将士们听了宰相的话，咬牙切齿，恨之入骨，忍不住又悲哀哭泣起来，并虔心虔意地祷告，恳求安拉给他们机会逮住老家伙，以便报仇雪耻。最后，他们忍辱负重，打起精神，料理善后，把叔尔康的尸首抬到山中，举行隆重的葬礼。

穆斯林的部队，继续围攻君士坦丁城，但是基督教人闭门不理睬，也不应战，甚至于城上连人影都不见一个。穆斯林部队不了解城内情况，觉得非常奇怪。臧吾·马康一心要报仇雪恨，对将士们说："我要是不攻破君士坦丁城，不杀死基督教国王，报不了杀父杀兄之仇,那么即使在此待上几个年头,虽老死于君士坦丁城下,我也心甘情愿。"他宣布决心之后,便把夺来的钱财,全部分给将士,每人得一份。继而他吩咐每个队伍中选出三百名骑兵,对他们说:"为了替兄报仇,我打算在这儿住上几年,甚至于老死于此。现在派你们把将士们的钱财带回国去,交给他们的家属使用。"同时他还指定亲信随员,把将士们的书信、钱财交给他们带回国去,向将士的家属交代,嘱咐道:"你们告诉将士的家属,他们的子弟在外面都平安无恙,大家正在围攻君士坦丁城,预备跟敌人拼命;如果攻不下城池,消灭不了敌人,我们誓不撤兵,即使再过几月或几年,我们都不在乎。"最后他吩咐宰相丹东写信给他姐姐诺子赫图·宰曼,说道:"你把我们征战的情况和遭遇都告诉她,请她多多照顾我的妻子,因为我们出征之时,我妻就要分娩了。如果生下来的是个儿子,请她写信告诉我。"

臧吾·马康重赏使者,跟将士一起,热烈送走他们,随即吩咐宰相丹东下令围攻敌人,向前推进,一直逼近城郭,猛攻了三天。可是敌人销声匿迹,闭门不理睬,连人影都不见一个。碰到这种情况,将士们都感觉惊奇、诧异。臧吾·马康一方面因叔尔康之死而伤感,一方面因左图·黛娃仙的阴险毒辣而痛心疾首,再加上战争无法推进,陷于停顿状态,所以忧心忡忡,苦闷到极点。

左图·黛娃仙回到艾辅律敦面前

基督教部队退入君士坦丁城中,深沟高垒,销声匿迹,始终不出来应战。原因是这样的:左图·黛娃仙那天夜里暗杀了叔尔康,急急忙忙奔到君士坦丁城下,叫守城的人垂下一根绳索,把她吊进城去。守城的人不放心,问道:"你是谁?"她回答说:"我是左图·黛娃仙呀。"

一听左图·黛娃仙的大名,守城的人都认识她。他们果然垂下一根绳子,把她吊进城去。她一口气跑进宫去,来到国王艾辅律敦面前,说道:"据穆斯林们说,我儿哈尔都补阵亡了,这到底是怎么一回事?"

"不错,他牺牲了。"国王艾辅律敦回答。

听说国王哈尔都补战死疆场,左图·黛娃仙狂叫一声,痛哭流涕。她越哭越伤心,惹得艾辅律敦和在座的人也心酸起来,都陪她悲哀哭泣。

左图·黛娃仙哭了一阵,然后把她暗杀叔尔康和他的三个仆人的经过,告诉国王艾辅律敦。艾辅律敦大为欢喜,衷心感谢她,吻她的手,好言安慰她,劝她节哀顺变,多加忍耐。她说道:"杀死一个卑微下贱的穆斯林,我并不认为就是替一位顶天立地的国王报了仇恨。我得尽所有的力量,用最巧妙的计谋,把国王臧吾·马康、宰相丹东、侍从武官、白赫拉睦、鲁斯图都杀死,并消灭他们一万人马。拿叔尔康的头颅抵偿我儿的生命,这是我绝不甘心的。现在让我先设坛追悼我儿哈尔都补,为他守孝吧。"

"你想做什么,就做什么吧,什么事情我都依从你,即使你长期坐下来守孝,这也是不碍事的。因为穆斯林纵然围攻我们几个年头,也休想攻破我们的城池,除了自找苦头,他们是什么都得不到的。"

左图·黛娃仙寄书给穆斯林将士

卑鄙龌龊的左图·黛娃仙,处心积虑,终日搜索枯肠,埋头从事阴谋诡计的安排,经过深思熟虑才拿出笔墨纸张,动手写道:

左图·黛娃仙致书穆斯林将士:

告诉你们吧:先前我曾旅居贵国,赢得你们无上的欢迎爱戴,因而在宫中毒死你们的国王奥睦鲁·努尔曼。继而在贵我两国发生战争期间,你们的无数将士都死在我手里。最近被我杀死的，是叔尔康和他的侍从。将来时机成熟，国王臧吾·马康和宰相丹东也非死在我手里不可。现在我要向你们介绍我自己：我就是扮成清高笃信、道行超凡的那位圣贤君子。我的计策谋略，曾在你们军中通行无阻，完成了预期的任务。今后你们如果希望平安无事，就该迅速撤退人马，自找出路。假若你们把生命不当一回事，可以坐下来等待死期。最后我向你们宣布：尽管你们把株守的时期延长到无限度，也休想得到半点收获。

左图·黛娃仙写了致穆斯林将士的信，折封起来，走进祭室，静坐了三天，继续追悼、超度国王哈尔都补。到了第四天，她唤来大主教，把信交给他，吩咐把信绑在箭上，射往穆斯林军中。她吩咐毕，独自走进教堂，替国王哈尔都补祈祷，超度他的灵魂。她想念儿子，忍不住悲从中来，痛哭流涕，喟然叹道："他死了，这可让谁来继承王位呢？为了报仇雪恨，我得把臧吾·马康和他的将相们杀绝斩尽。"

穆斯林部队围攻君士坦丁城有三天了，始终不见敌人出来应战，将士都感到惊奇、苦闷。到了第四天，忽然发觉城楼上出现一个人影，仓促向他们射出一箭。他们把落在军中的箭送到国王帐中。臧吾·马康吩咐宰相丹东把绑在箭上的信取下来，打开过目，知道来信的内容，恍然明白个中情节，气得眼泪直流。臧吾·马康对左图·黛娃仙的阴谋狡猾行径，感到惶恐不安。他想着叔尔康的惨死，伤心哭泣，愤不欲生。他怨天尤人地叹道："那个老贼婆，她怎么左一次右一次地跟我们捣鬼、作乱呢？事情既然如此，我要把她捉来，拿她的头发绑住她，然后把她吊死在君士坦丁城下才解恨呢。不达到这个目的，无论如何我是不撤兵的。"他说罢，痛哭流涕。

宰相丹东眼看臧吾·马康伤感过度，面容憔悴，身体越来越弱，因而劝慰他："那个老贼婆，我向来不信任她。不过这一切都是生前注定了的，懊悔也不济事。至于令兄的遭遇，这也是气数使然，非人力可以挽救，悲痛没有好处，陛下应该节哀顺变，保重身体。诗人吟得好：

不该发生的事情，

绝对不因某种因素而出现。

应该发生的事情，

它自然会出现。

那应当发生的事情呵，

它将应时而出现。

只是那帮愚蠢兄弟，

他们经常受到蒙蔽。

所以陛下不必悲哀哭泣，必须振奋起来，集中精力，统率三军，努力杀敌，以期获得最后胜利。"

"爱卿，由于先父和家兄先后被害，死于非命，这种切肤之痛，使我郁结于衷，伤心难忘。兼之我们别乡离井，长征远行，久居异域，与吾国和吾民，音讯隔绝，遥望云天，倍增忧民怀乡心情。"

宰相丹东和将领们听了臧吾·马康去国怀乡的由衷之言，深为感动，一个个黯然落泪。他们思乡心切，希望迅速取得胜利，早日结束战争，因而鼓励士卒努力攻城，许可城破之日，将城中的财物分给他们。这样一来，将士们再接再厉，踊跃围攻敌人。这时候，从巴格达派来的使臣，带来诺子赫图·宰曼寄给臧吾·马康的书信，说他的夫人生了一个男孩，她代取名为孔马康。说王子的相貌出众，定是国家栋梁。说她号召学者和传教士替将士祷告，祈求胜利。说宫里的人都平安无恙，尤其他的朋友澡堂火夫很快活，婢仆照顾周全，让他过舒适享福生活，只是直到现在，火夫还不知道他的行踪。最后祝他万寿无疆。

臧吾·马康读了诺子赫图·宰曼寄来的信，喜极而悲，喟然叹道："如今我生了儿子，取名孔马康，从此我肩上的担子越发沉重了。"

追悼叔尔康

臧吾·马康收到家书，知道宫内情况，心情舒畅，欣然对宰相丹东说："我要摒除胸中的忧愁苦闷，振奋起来，举行追悼会，纪念叔尔康，以尽手足之情。你同意吗？"

"你要做的是好事，我非常赞同。"

臧吾·马康征得宰相丹东的同意，在叔尔康坟前张起帐篷，把军中懂得《古兰经》的人挑选出来，朗诵《古兰经》，开会追悼叔尔康。臧吾·马康站在坟前，洒着热泪，凄然吟道：

> 人们出来给你送别，
> 送葬者在你后面悲哀哭泣，
> 每个人的恸哭、叹息，
> 跟摩西时代西奈山震动之声没有差别。
> 人们送你到达茔地，
> 你的墓穴好像挖在每个穆斯林的心房里。
> 送你出殡之前，
> 我想不到会看见勒滋哇山被人抬着前进。
> 还没埋葬你的时候，
> 我更想象不到一颗辰星会沉落在泥土里。
> 莫不是毗连墓地存在着一块安全地带，
> 必须借你的容颜放射出灿烂的光泽？
> 你一旦凋谢，
> 但人们的赞扬、歌颂，
> 复活了你的生命，
> 让你永久生活在人们的心房里。

臧吾·马康吟罢,颓然倒在坟头,痛哭失声,惹得在场的人同声泪下。继而宰相丹东吟道:

> 你抛弃暂时性的一切,
>
> 换取永不磨灭的享受。
>
> 数不尽的人们争先恐后地归去,
>
> 他们的情况跟你差不离。
>
> 你毅然离开人世间,
>
> 毫不留恋、惜别。
>
> 你将遇到的一切
>
> 会使你快乐、满意。
>
> 战争还未爆发,涂炭生灵的时候,
>
> 你捷足奔到阵前挡住敌人,
>
> 保卫江山和社稷。
>
> 世间充满虚伪和欺骗,
>
> 人们争先寻求真理。
>
> 你求仁得仁,
>
> 视死如归,
>
> 安拉拿天堂作为你胜利的报酬,
>
> 让你找到真正的归宿地。
>
> 生离、死别,
>
> 使我苦恼、忧郁,
>
> 通宵达旦不能入睡。
>
> 我还看见东边和西头,
>
> 都为你一旦归去而悲哀、哭泣。

宰相丹东吟罢,泣不成声,眼泪珍珠般夺眶涌流。接着叔尔康的一个知心随从走到坟前,伤感得抽搐、痉挛起来,哭哭啼啼地吟道:

> 你慷慨的双手埋在土里,

叫人上哪儿去讨施与？

你逝后，

我的身体遭受病魔袭击。

动身去了的人哟！

泪墨写在我腮角上的几行语言，

你读了会感到慰藉。

这些语言不但惹你注意，

它美丽的景象还使你陶醉。

指安拉起誓：

每当我的口或心提念你的时候，

或者你的高尚德行一旦在我记忆里出现，

泪水就摧毁我的眼睑。

我的视线刚落到别人身上的时候，

咱俩之间的友谊立刻就勒转眼睛的缰绳，

让瞌睡把我给催眠。

那随从吟罢，泣不成声，惹得臧吾·马康、宰相丹东和全体将士痛哭流涕。（未完）